WILD CARDS
EL VIAJE DE LOS ASES

GEORGE R. R.
MARTIN
Editor

WILD CARDS
EL VIAJE DE LOS ASES

OCEANO

Editor de la colección: Martín Solares
Imagen de portada: Michael Komarck
Diseño de portada: Estudio Sagahón / Leonel Sagahón y Jazbeck Gámez

WILD CARDS, EL VIAJE DE LOS ASES

Título original: WILD CARDS IV. ACES ABROAD

Tradujeron: Rosario Solares Heredia
    y María Vinós («Con todo y verrugas» y «En Praga siempre es primavera»)

D. R. © Editorial Océano de México, S.A. de C.V.
Blvd. Manuel Ávila Camacho 76, piso 10
Col. Lomas de Chapultepec
Miguel Hidalgo, C.P. 11000, México, D.F.
Tel. (55) 9178 5100 • info@oceano.com.mx

Primera edición: 2014

ISBN: 978-607-735-151-1
Depósito legal: B-26834-LVI

Hecho en México / Impreso en España
Made in Mexico / Printed in Spain

9003765011213

*Para Terry Matz,
entrañable amigo desde hace más
tiempo que el que quisiera admitir.*

Nota del editor

♣ ♦ ♠ ♥

Wild Cards es una obra de ficción ubicada en un mundo completamente imaginario, cuya historia avanza de manera paralela a la nuestra. Los nombres, personajes, lugares e incidentes abordados en *Wild Cards* son ficticios o fueron usados dentro de una ficción. Cualquier parecido a hechos actuales, lugares o personas reales, vivas o muertas es mera coincidencia. Por ejemplo, los ensayos, artículos y otros escritos contenidos en esta antología son completamente ficticios, y no existe la intención de implicar a escritores actuales, o afirmar que alguna de esas personas alguna vez escribió, publicó o participó en los ensayos, artículos u otros textos ficticios contenidos en esta antología.

Índice

♣ ♦ ♠ ♥

Los matices del odio

Prólogo

♣ ♦ ♠ ♥

por Stephen Leigh

Jueves 27 de noviembre de 1986, Washington, D. C.

EL TELEVISOR SONY ARROJÓ UNA LUZ TEMBLOROSA SOBRE el banquete de Acción de Gracias de Sara: una comida Swanson recién descongelada, que consistía en una porción de pavo envuelto en humeante papel aluminio, sobre la mesa de centro de la sala. En la pantalla del televisor una turba de jokers deformes marchaba durante una sofocante tarde de verano neoyorquina, mientras sus bocas lanzaban gritos y maldiciones silenciosas. La escena granulosa tenía la apariencia errática de un viejo noticiero cinematográfico, cuando de improviso la imagen giró para mostrar a un hombre atractivo de treinta y tantos años, con las mangas arremangadas, el saco echado sobre un hombro, la corbata floja alrededor del cuello –el senador Gregg Hartmann, tal como era en 1976. Hartmann cruzó a grandes zancadas las vallas policiacas que bloqueaban a los jokers, se quitó de encima a los guardias de seguridad que trataron de sujetarlo y se dirigió a gritos a los policías. Sin el apoyo de nadie, se plantó entre las autoridades y la cada vez más cercana muchedumbre de jokers, indicándoles a señas que retrocedieran.

En ese momento la cámara hizo un paneo hacia un disturbio entre las filas de los jokers. Las imágenes aparecían mezcladas y fuera de foco. Al centro estaba uno de los ases: la prostituta conocida como Succubus, cuyo cuerpo parecía estar hecho de carne mercurial, de manera que su apariencia cambiaba constantemente. El virus wild card la había maldecido al dotarla de una poderosa empatía sexual. Succubus tenía la facultad de adoptar cualquier figura o forma que complaciera a sus clientes, pero durante la manifestación había perdido el control de su habilidad. En torno de ella la multitud respondía a su poder, alargando las manos para alcanzarla con una extraña lujuria reflejada en sus rostros. Su boca se abrió en un grito implorante mientras la multitud que la perseguía, formada tanto por policías como por jokers, se lanzó contra ella. Sus brazos estaban extendidos en señal de súplica, y cuando la cámara hizo un paneo de regreso, Hartmann apareció de nuevo: la sorpresa le hacía mirar boquiabierto a Succubus. Sus brazos se extendían en su dirección, su ruego estaba dirigido a él. Después desapareció bajo la turba. Por algunos segundos estuvo sepultada, oculta. Un momento más tarde la multitud se retiró horrorizada. La cámara siguió de cerca a Hartmann: éste arremetió a empellones contra aquellos que rodeaban a Succubus, y los alejó furiosamente de ella.

Sara se estiró para alcanzar el control remoto de su videograbadora. Tocó el botón de pausa y congeló la escena: se trataba de un momento que había definido su vida. Podía sentir las lágrimas calientes que surcaban su rostro.

Succubus yacía retorcida en un charco de sangre, su cuerpo destrozado, su rostro vuelto hacia arriba mientras Hartmann la miraba fijamente, reflejando el horror de Sara.

Sara conocía el rostro que Succubus, quien fuera que hubiera sido en realidad, había adoptado justo antes de morir. Esos rasgos jóvenes habían perseguido a Sara desde la niñez, pues Succubus había adoptado el rostro de Andrea Whitman.

La cara de la hermana mayor de Sara. Andrea, quien fue brutalmente asesinada en 1950, cuando tenía trece años.

Sara comprendió quién había guardado en su mente la imagen adolescente de Andrea durante tantos años. Supo quién había aportado los rasgos de Andrea al infinitamente maleable cuerpo de Succubus. Quién era el hombre que solía imaginar el rostro de Andrea en Succubus mientras yacía con ella, y ese pensamiento lastimó a Sara más que ningún otro.

—Bastardo —susurró Sara en dirección del senador Hartmann, con voz ahogada—. Maldito bastardo. Asesinaste a mi hermana y ni siquiera permitiste que siguiera muerta.

Del *Diario de Xavier Desmond*

♣ ♦ ♠ ♥

30 de noviembre, Jokertown

MI NOMBRE ES XAVIER DESMOND Y SOY UN JOKER.

Los jokers siempre son vistos como extranjeros, incluso en la calle donde nacieron, y el de la voz está a punto de visitar diversas tierras extranjeras. En el transcurso de los siguientes cinco meses veré altiplanos sudafricanos y montañas, ciudades como Río y el Cairo, el Paso Khyber y el Estrecho de Gibraltar, el Outback y los Campos Elíseos —sitios muy alejados de casa para un hombre que varias veces ha sido llamado el alcalde de Jokertown. Jokertown, por supuesto, carece de alcalde. Es un vecindario; por si fuera poco, un vecindario de un barrio marginal, no una ciudad. Y sin embargo, Jokertown es más que un lugar. Es una condición, un estado mental. Tal vez en ese sentido mi título no es inmerecido.

He sido un joker desde el principio. Hace cuarenta años, cuando Jetboy falleció en los cielos sobre Manhattan y liberó el virus wild card en el mundo, yo tenía veintinueve años, era banquero especializado en inversiones y tenía una hermosa esposa, una hija de dos años y un brillante futuro frente a mí. Un mes después, cuando finalmente me dieron de alta del hospital, yo era una monstruosidad con una trompa rosa elefantina que surgía del centro de mi cara, donde había estado mi nariz. Hay siete dedos perfectamente funcionales en el extremo de mi trompa, y a lo largo de los años me he vuelto bastante hábil con esta «tercera mano». Si de repente se viera restaurada la supuesta normalidad de mi humanidad, creo que sería algo tan traumático como si una de mis extremidades fuera amputada. Es irónico que con mi trompa soy más humano que cualquiera… e infinitamente menos que eso.

Mi encantadora esposa me abandonó a las dos semanas de salir del hospital, aproximadamente al mismo tiempo en que el Chase Manhattan me informó que mis servicios ya no serían requeridos. Me mudé a Jokertown nueve meses después, tras ser desalojado de mi departamento en Riverside Drive por «motivos de salud». La última vez que vi a mi hija fue en 1948. Se casó en junio de 1964, se divorció en 1969 y se volvió a casar en junio de 1972. Tiene cierta debilidad por las bodas en junio, aparentemente. No fui invitado a ninguna de ellas. El detective privado que contraté me informa que ella y su esposo viven ahora en Salem, Oregon, y que tengo dos nietos, un niño y una niña, uno de cada matrimonio. Sinceramente dudo que alguno de ellos sepa que su abuelo es el alcalde de Jokertown.

Soy el fundador y presidente emérito de la Liga Anti-Difamación de los Jokers, o LADJ, la organización más antigua y numerosa dedicada a la preservación de los derechos civiles de las víctimas del virus wild card. La LADJ ha tenido sus fallas, pero en general ha hecho mucho bien. También soy un hombre de negocios moderadamente exitoso. Soy dueño de uno de los clubes nocturnos más celebrados y elegantes, la Casa de los Horrores, donde por más de dos décadas jokers, *nats* y ases* han disfrutado los más distinguidos actos del cabaret de jokers. La Casa de los Horrores ha perdido dinero de manera constante durante los últimos cinco años, pero nadie lo sabe con excepción de mi contador y yo. La mantengo abierta porque es, a pesar de todo, la Casa de los Horrores, y si cerrara, Jokertown daría la impresión de ser un lugar más pobre aún.

El próximo mes cumpliré setenta años de edad.

Mi médico me dice que no viviré para cumplir los setenta y uno. El cáncer ya se había extendido desde antes de ser diagnosticado. Aun los jokers se aferran tercamente a la vida, y yo he seguido los tratamientos de quimioterapia y radiación durante los últimos seis meses, pero el cáncer no muestra señales de aminorar.

---

* Jokers y ases llaman *nats* a los seres humanos normales. *N. del E.*

Mi médico me informa que el viaje en el que estoy a punto de embarcarme probablemente le reste meses a mi vida. Llevo las recetas y seguiré tomándome las píldoras obedientemente, pero cuando uno está dando de brincos por el mundo es necesario renunciar a la terapia de radiación. He aceptado esto.

Mary y yo hablamos con mucha frecuencia de hacer un viaje alrededor del mundo, antes del virus wild card, cuando éramos jóvenes y estábamos enamorados. Nunca me hubiera imaginado que algún día haría ese viaje sin ella, en el ocaso de mi vida, a costa del gobierno, como delegado en una misión de búsqueda de información que sería organizada y financiada por el Comité del Senado para Empresas y Recursos Ases, bajo el patrocinio oficial de las Naciones Unidas y la Organización Mundial de la Salud. Visitaremos cada uno de los continentes con excepción de la Antártida y estaremos en treinta y nueve países diferentes (en algunos por tan sólo algunas horas), y nuestro deber oficial consiste en investigar el trato hacia las víctimas del wild card en distintas culturas alrededor del mundo.

Hay veintiún delegados, de los cuales sólo cinco son jokers. Supongo que mi designación es un gran honor, un reconocimiento a mis logros y a mi condición de líder de la comunidad. Me parece que le debo un agradecimiento a mi buen amigo el doctor Tachyon por ello.

Pero si a ésas vamos, le debo un agradecimiento a mi buen amigo el doctor Tachyon por muchísimas razones.

Los matices del odio

Primera parte

Lunes 1 de diciembre de 1986, Siria

UN VIENTO FRÍO Y SECO SOPLÓ DESDE LAS MONTAÑAS DE la Jabal Alawite a través del desierto de lava rocosa y grava de Badiyat Ash-sham. El viento hacía chasquear los extremos sobresalientes de los techos de lona en las tiendas apiñadas alrededor del poblado. El vendaval hizo que aquellos que estaban en el mercado se ciñeran más los cintos de sus túnicas para protegerse del frío. Bajo el techo acolmenado del mayor de los edificios de adobe, una ráfaga perdida hizo que la flama lamiera la base de una tetera esmaltada.

Una mujer menuda, envuelta en un *chador*, el atuendo negro islámico, sirvió el té en dos tazas pequeñas. Con excepción de una hilera de cuentas de un azul brillante en su tocado, no llevaba adorno alguno. Pasó una de las tazas a la otra persona en la habitación, un hombre de cabello negro azabache, de estatura mediana, cuya piel resplandecía con un reluciente centelleo esmeralda bajo una túnica de brocado azur.

Ella pudo sentir el calor que irradiaba de él.

—Hará más frío en los próximos días, Najib —dijo mientras sorbía el penetrante té dulce—. Al menos estarás más cómodo.

Najib se encogió de hombros como si sus palabras no significaran nada. Apretó los labios; su mirada oscura e intensa la atrapó:

—Es la presencia de Alá lo que resplandece —dijo con su voz áspera y su habitual arrogancia.

—Nunca me has oído quejarme, Misha, ni siquiera bajo el calor del verano. ¿Acaso crees que soy una mujer que maldice al cielo inútilmente por su miseria?

Por encima de los velos, los ojos de Misha se entrecerraron.

—Yo soy *Kahina*, la Vidente, Najib –contestó, permitiendo que un cierto desafío asomara en su voz–. Sé muchas cosas ocultas. Sé que cuando el calor se propaga sobre las piedras mi hermano Najib desearía no ser *Nur al-Allah*, la Luz de Alá –la repentina bofetada que Najib le dio con el revés de la mano la alcanzó en un lado de la cara. Su cabeza rebotó hacia un lado. El té hirviente le quemó la mano y la muñeca; la taza se hizo añicos sobre las alfombras cuando cayó despatarrada a sus pies. Sus ojos, del negro más intenso contra el rostro luminiscente, la miraron con odio mientras ella se llevaba la mano a la mejilla lastimada. Ella sabía que no se atrevería a añadir nada más. Reunió los restos de la taza de té en silencio y de rodillas, secando el charco de té con el borde de su túnica.

—Sayyid vino a mí esta mañana –dijo Najib mientras la miraba–. Volvió a quejarse. Dice que no eres una esposa en todo el sentido de la palabra.

—Sayyid es un cerdo cebado –contestó Misha, aunque no levantó la mirada.

—Dice que debe forzarte para tener relaciones.

—*Por lo que a mí respecta*, no tiene por qué molestarse.

Najib frunció el ceño e hizo un sonido de disgusto:

—¡*Pah*! Sayyid guía mi ejército. Es su estrategia la que barrerá el *kafir* de regreso al mar. Alá le ha dado el cuerpo de un dios y la mente de un conquistador, y me rinde obediencia. Es por eso que te entregué a él. El Corán lo dice: «Los hombres tienen autoridad sobre las mujeres porque Alá ha hecho al uno superior a la otra. Las buenas mujeres son obedientes». Tú haces que el regalo de Nur al-Allah parezca una burla.

—Nur al-Allah no debería haber entregado lo que lo completa –ahora sus ojos se dirigieron hacia arriba, retándolo mientras que sus diminutas manos se cerraban sobre los fragmentos de cerámica–. Estuvimos juntos en el vientre materno, hermano. Así es como Alá nos hizo. A ti te tocó con Su luz y Su voz, y Él me dio el don de Su visión. Tú eres Su boca, el profeta; yo soy tu visión del futuro. No te engañes ni te ciegues a ti mismo. O serás vencido por tu propio orgullo.

—Entonces escucha las palabras de Alá y sé humilde. Agradece que Sayyid no insista en el *purdah* para ti: él sabe que eres Kahina, así que no te obliga a recluirte. Nuestro padre no debió enviarte nunca a Damasco para ser educada; la infección de los no creyentes es insidiosa. Misha, haz que Sayyid esté satisfecho porque eso me hará feliz. Mi voluntad es la voluntad de Alá.

—Sólo a veces, hermano… –hizo una pausa. Su mirada se perdió en la distancia, sus dedos se crisparon. Sólo gritó cuando la porcelana laceró su palma. Su sangre escurrió brillante sobre los cortes superficiales. Misha se tambaleó, gimiendo, y entonces su mirada volvió a enfocarse de nuevo.

Najib dio un paso hacia ella:

—¿Qué sucede? ¿Qué viste?

Misha acunó su mano herida contra su pecho, con las pupilas dilatadas por el dolor:

—Todo lo que importa es aquello que te afecta a ti, Najib. No importa que yo sufra o que odie a mi marido o que Najib y su hermana Misha se hayan perdido en los roles que Alá les dio. Lo que importa es lo que Kahina le pueda decir a Nur al-Allah.

—Mujer… –empezó Najib en tono de advertencia. Su voz tenía una profundidad cautivante ahora, un timbre que instó a Misha a levantar la cabeza y la obligó a abrir la boca para empezar a hablar, a obedecer irreflexivamente. Se estremeció como si el viento del exterior la hubiera alcanzado.

—No uses el don conmigo, Najib –dijo en un tono irritante. Su voz sonaba tan áspera como la de su hermano–. No soy una suplicante. Oblígame a obedecerte demasiadas veces usando la lengua de Alá, y puede que un día descubras que los ojos de Alá te han sido arrebatados por mi propia mano.

—Entonces *sé* Kahina, hermana –replicó Najib, pero usando únicamente su propia voz esta vez. La observó mientras ella iba hacia un baúl con incrustaciones, retiraba una tira de tela, y lentamente envolvía su mano–. Dime lo que acabas de ver. ¿Era la visión de la yihad? ¿Me viste sosteniendo el cetro del Califa de nuevo?

Misha cerró los ojos, evocando la imagen del rápido sueño que tuvo despierta.

—No –le dijo–. Ésta era nueva. Vi un halcón contra el sol, a lo lejos. A medida que el ave voló más cerca noté que sujetaba a un centenar de personas que se retorcían entre sus garras. Un gigante se erguía debajo de él, en una montaña, y el gigante sujetaba un arco entre sus manos. Lanzó una flecha hacia el ave, y el halcón herido gritó con furia. Las personas que sujetaba gritaron a su vez. El gigante había colocado una segunda flecha en el arco, pero el arco se retorció en sus manos, y la flecha encontró un blanco en el pecho mismo del gigante. Vi que el gigante caía... –los ojos de Misha se abrieron–. Eso es todo.

Najib frunció el ceño, molesto. Pasó una mano resplandeciente frente a sus ojos:

—¿Qué significa?

—No lo sé. Alá me da los sueños, pero no siempre la comprensión. Tal vez el gigante sea Sayyid...

—Fue tan sólo tu propio sueño, no el de Alá –Najib se alejó de ella a zancadas, y comprendió que él estaba molesto–. Soy el halcón, sujetando a los fieles –dijo–. Tú eres el gigante, grande porque perteneces a Sayyid, quien también es grande. Alá te recordaría las consecuencias de resistirte –le dio la espalda a Misha, cerró las persianas de la ventana dejando afuera el brillante sol del desierto. Afuera el muzzein llamó desde la mezquita del pueblo:

—*A shhadu allaa alaha illa llah:* Alá es grandioso. Soy testigo de que no hay otro Dios más que Alá.

—Todo lo que deseas es la conquista, el sueño de la yihad. Quieres ser el nuevo Mahoma –replicó Misha con rencor–. No aceptarás ninguna otra interpretación.

—*In sha'allah* –contestó Najib: si Dios quiere. Y se rehusó a darle la cara–. Algunas personas han sido visitadas por Alá con Su terrible flagelo, les han sido mostrados los pecados de su carne descompuesta y maltrecha. Otros, como Sayyid, han sido favorecidos por Alá con un don. Cada uno ha recibido lo que le correspondía. Él *me* ha elegido para guiar a los fieles. Sólo hago lo que *debo:* tengo a Sayyid, quien guía mis ejércitos, y lucho también con aquellos que están escondidos como al-Muezzin. Tú guías también. Tú eres Kahina, y también eres *Fqihas,* la que las mujeres buscan para que las oriente.

La Luz de Alá se volvió hacia la habitación. En la penumbra de las persianas era una presencia espectral. Y le dijo a su hermana:

—Y así como yo obedezco la voluntad de Alá, *tú* debes obedecer la mía.

Lunes 1 de diciembre de 1986, Nueva York

La rueda de prensa era un caos.

El senador Gregg Hartmann finalmente escapó a una esquina libre detrás de uno de los árboles de Navidad, seguido por su esposa Ellen y su asistente John Werthen. Luego examinó la habitación con el ceño notoriamente fruncido. Meneó la cabeza hacia el As del Departamento de Justicia, Billy Ray –Carnifex–, y el guardia de seguridad del gobierno que trató de unírseles, y les hizo señas con la mano para que retrocedieran.

Gregg había pasado la última hora esquivando a los reporteros, sonriendo diplomáticamente a las cámaras de video y parpadeando hacia la tormenta eléctrica constante de los flashes. La habitación se había saturado con el ruido de las preguntas lanzadas a gritos y los chasquidos y zumbidos de las cámaras Nikon que realizaban acercamientos a alta velocidad. Musak tocaba melodías propias de la estación desde los altavoces del techo.

El contingente principal de la prensa rodeaba ahora al doctor Tachyon, Chrysalis y Peregrine. El cabello escarlata de Tachyon resplandecía como un faro entre la multitud; Peregrine y Chrysalis parecían competir para ver quién podía posar de manera más provocativa ante las cámaras. Cerca de ahí, Jack Braun –Golden Boy, el As Traidor– era ignorado deliberadamente.

La turba se había reducido un poco desde que el personal de Hiram Worchester, de Aces High, había preparado las mesas con el bufet; algunos de los miembros de la prensa se habían apoderado de manera permanente de las bandejas repletas.

—Lo siento, jefe –dijo John, a un costado de Gregg. Aun en la fresca habitación el asistente sudaba. Las luces navideñas parpadeantes se reflejaron en su frente perlada de sudor: rojo, azul, verde–. Alguien del personal del aeropuerto metió la pata. Se suponía que no sería el típico evento abierto al público. Les dije que debían escoltar a la prensa al interior *después* de que ustedes estuvieran listos. Les harían sólo algunas preguntas, y entonces… –se encogió de hombros–. Yo cargaré con la culpa. Debí haber confirmado que todo ocurriría como lo prometieron.

Ellen le dirigió a John una mirada fulminante, pero no dijo nada.

—Si John le pide disculpas, hágalo que se arrastre primero, sena-dor. ¡Qué desastre! –esto último fue un susurro en el oído de Gregg (su otra asistente de muchos años, Amy Sorenson, circulaba entre la multitud como si fuera parte del personal de seguridad). Su radio de intercomunicación estaba conectado directamente a un receptor inalámbrico en el oído de Gregg. Ella le pasaba información, le daba nombres o detalles concernientes a las personas con que se topaba. La memoria de Gregg para nombres y rostros era bastante buena, pero Amy era un respaldo excelente. Entre los dos se encargaban de que Gregg rara vez perdiera la oportunidad de saludar de manera perso-nal a quienes lo rodeaban.

El miedo de John hacia la ira de Gregg adquirió un morado vívido y palpitante que sobresalió entre la maraña de sus emociones. Gregg podía sentir la sosa y plácida aceptación de Ellen, coloreada ligera-mente con algo de fastidio.

—Está bien, John –dijo suavemente Gregg, aunque por dentro es-taba bullendo de rabia. Esa parte de sí mismo a la cual se refería en secreto como el Titiritero se revolvió inquieta, suplicando que la dejara libre para jugar con el torrente de emociones que había en la habitación: *La mitad de ellos son nuestros títeres, son controlables. Mira, ahí está el padre Calamar cerca de la puerta, tratando de alejarse de aquella reportera. ¿Aún sientes esa incomodidad escarlata cuando él sonríe? Le encantaría escurrirse para alejarse de ella pero es demasiado educado para hacerlo. Podríamos alimentar esa frustración hasta con-vertirla en ira, hacerlo que maldiga a la mujer. Podríamos alimentarnos de eso. Sólo se necesita un pequeño empujoncito...*

Pero Gregg no podía hacer eso, no con todos los ases reunidos aquí, los que Gregg no se atrevía a usar como marionetas porque poseían habilidades mentales propias, o porque simplemente sen-tía que el prospecto era demasiado arriesgado: Golden Boy, Fantasy, Mistral, Chrysalis. Y el más temido de todos, Tachyon: *Si ellos tuvie-ran el más mínimo indicio de la existencia del Titiritero, si supieran lo que he hecho para alimentarlo, Tachyon haría que me atacaran en ma-nada, como hicieron con los Masones.*

Gregg aspiró profundamente. La esquina tenía un aroma a pino excesivamente cargado.

—Gracias, jefe –dijo John. Su temor lila empezaba a desvanecerse.

Al otro lado de la habitación, Gregg vio cómo el padre Calamar finalmente lograba liberarse de la reportera y caminaba arrastrándose lastimosamente sobre sus tentáculos hacia el bufet de Hiram. La reportera vio a Gregg al mismo tiempo y le dirigió una mirada extraña y penetrante. Se dirigió hacia él.

Amy también había advertido el movimiento.

—Sara Morgenstern, corresponsal del *Post* —susurró en el oído de Gregg—. Premio Pulitzer en el 76, por su trabajo «La gran revuelta de Jokertown». Coescribió ese artículo desagradable sobre SCARE en el *Newsweek* de julio. También acaba de hacerse un cambio de imagen. Se ve totalmente diferente.

La advertencia de Amy sorprendió a Gregg —no la había reconocido. Gregg recordó el artículo: le faltaba poco para ser una calumnia, daba a entender que Gregg y los ases de SCARE habían estado involucrados en la supresión de actos por parte del gobierno relacionados con el ataque de la Madre del Enjambre. Recordó la presencia de Morgenstern en diversos eventos de prensa, siempre era la que lanzaba las preguntas más agresivas, con un tono de voz afilado. Él podría haberla usado como marioneta, sólo por rencor, pero ella nunca se le había acercado. Siempre que coincidían en los mismos eventos, ella solía mantenerse alejada.

Ahora, al verla aproximarse, se congeló por un instante. De verdad que había cambiado. Sara siempre fue tan delgada que parecía un chico. Eso se acentuaba esta noche; llevaba pantalones negros muy ceñidos y una blusa que se le pegaba al cuerpo. Se había teñido el cabello de rubio, y su maquillaje acentuaba sus pómulos y sus ojos grandes, ligeramente azules. Su apariencia le resultó familiar de manera inquietante.

Súbitamente Gregg sintió frío y temor.

Dentro de él, el Titiritero aulló al recordar cierta pérdida.

—Gregg, ¿te encuentras bien? —la mano de Ellen le tocó el hombro. Gregg se estremeció al contacto con su esposa y meneó la cabeza.

—Estoy bien —dijo bruscamente. Sacó a relucir su sonrisa profesional y salió del rincón. Ellen y John se apresuraron a rodearlo, según una coreografía previamente acordada.

—Señorita Morgenstern —le dijo Gregg con calidez, mientras extendía la mano y se esforzaba porque su voz expresara una calma que no sentía–. Me parece que conoce a John, pero ¿ya le presenté a mi esposa Ellen…?

Sara Morgenstern asintió mecánicamente hacia Ellen, pero su mirada se mantuvo fija en Gregg. Tenía una extraña sonrisa forzada en su rostro, mitad reto, mitad invitación:

—Senador –dijo–, confío en que espere este viaje tan ansiosamente como yo.

Tomó la mano que él le ofrecía. Sin voluntad, el Titiritero utilizó el momento del contacto. Tal como había hecho con cada nueva marioneta, trazó los caminos de los nervios hasta el cerebro, abriendo las puertas que más tarde le permitirían el acceso a distancia. Encontró las puertas cerradas de sus emociones, los turbulentos colores que se arremolinaban detrás, y los tocó posesivamente, con avidez. Descorrió cerrojos y pasadores, y abrió de golpe la puerta.

El odio rojinegro que se derramó desde atrás de la puerta lo envió de regreso, dando tumbos. Todo ese aborrecimiento estaba dirigido hacia él, todo. Completamente inesperada, esa furia no se comparaba con ninguna emoción que hubiera experimentado antes. Su intensidad amenazaba con ahogarlo, al grado que lo hizo retroceder. El Titiritero jadeó; Gregg se obligó a disimular su reacción. Dejó caer su mano mientras el Titiritero gemía dentro de su cabeza, y el miedo que lo había alcanzado un momento antes se multiplicó.

Se ve como Andrea, como Succubus: el parecido es asombroso. Y me detesta. Dios, ¡cuánto me odia!

—¿Senador? –repitió Sara.

—Sí, estoy muy emocionado por el viaje –replicó de manera automática–. La actitud de nuestra sociedad hacia las víctimas del virus wild card ha empeorado en el último año. A algunas personas, como el reverendo Leo Barnett, les gustaría hacernos retroceder a la opresión que se vivía en los años cincuenta. En los países menos ilustrados la situación es mucho, mucho peor. Podemos ofrecerles comprensión, esperanza y ayuda, y nosotros mismos aprenderemos algo. El doctor Tachyon y yo nos sentimos muy optimistas con respecto a este viaje, o no habríamos luchado tanto para lograrlo.

Las palabras brotaron con ensayada facilidad mientras se recobraba. Podía escuchar la amistosa naturalidad de su voz, sintió cómo su boca formaba una orgullosa media sonrisa. Pero nada de esto lo ayudó en realidad. A duras penas podía mirar fijamente a Sara. A esa mujer que le recordaba demasiado a Andrea Whitman, a Succubus.

La amé. No pude salvarla.

Sara pareció percibir su fascinación, porque inclinó la cabeza ante ese mismo reto extraño:

—También será un viaje divertido con los gastos pagados, un tour mundial de tres meses a costa de los contribuyentes. Su esposa viaja con usted, amigos suyos como el doctor Tachyon o Hiram Worchester…

Gregg percibió la molestia de Ellen, a un lado suyo. Era una esposa demasiado entrenada en la política como para responder, pero él pudo sentir su súbita tensión: un gato en la jungla buscando una debilidad en su presa. Desconcertado, Gregg hizo una mueca tardía:

—Me sorprende que una reportera con su experiencia piense de esa manera, señorita Morgenstern. Este viaje también significa perderse la temporada de vacaciones; normalmente, yo voy a casa durante las vacaciones del congreso. Significa detenernos en lugares que no están precisamente en la lista de recomendaciones de Fodor. Significa reuniones, sesiones informativas, interminables conferencias de prensa y una tonelada de papeleo de la que ciertamente podría prescindir. Le garantizo que éste no es un viaje de placer. Me gustaría dedicarme a otra cosa que no sea observar los procedimientos y enviar a casa un informe de mil palabras cada día.

Sintió el negro odio inflamarse dentro de ella, y el poder del Titiritero anhelaba ser utilizado: *Déjame usarla. Permíteme reducir ese fuego. Elimina ese odio y te dirá lo que sabe. Desármala.*

Es tuya, contestó. Y el Titiritero saltó. Gregg se había enfrentado a otros tipos de odio antes, cientos de veces, pero ninguno se había centrado en él. Descubrió que el control de la emoción era elusivo y resbaloso, el odio de ella rechazaba su control como una entidad palpable y viva, y pronto envió al Titiritero de regreso:

¿Qué demonios esconde? ¿Qué causó esto?

—Suena a la defensiva, senador –dijo Sara–. Sin embargo, un reportero no puede dejar de pensar que el propósito principal de este viaje, especialmente cuando se trata de un candidato presidencial en potencia para las elecciones del 88, sea borrar de una vez por todas los recuerdos de lo que pasó hace una década.

Gregg se vio obligado a tomar aliento: *Andrea, Succubus*. Sara sonrió: la suya era una sonrisa de depredador. Gregg se preparó para enfrentar ese odio de nuevo.

—Yo diría que la Gran Revuelta de Jokertown nos obsesiona a ambos, senador –continuó con su voz engañosamente trivial–. El tema me obsesionó cuando escribí al respecto. Y su comportamiento tras la muerte de Succubus le costó la nominación para el partido demócrata de ese año. Después de todo, ella no era más que una prostituta, ¿o no, senador? Y no se merecía su… su pequeña *crisis nerviosa* –el recuerdo lo hizo ruborizarse–. Apuesto que ambos hemos pensado en ese momento cada día desde entonces –continuó Sara–. Han pasado diez años y *yo* todavía lo recuerdo.

El Titiritero gimió, en retirada. Azorado, Gregg se vio obligado a guardar silencio. *Por Dios, ¿qué es lo que sabe, qué está insinuando?*

No tuvo tiempo de formular una respuesta. La voz de Amy habló dentro de su oído de nuevo:

—Digger Downs se dirige hacia usted a paso veloz, senador. Trabaja en la revista ¡*Ases!*, cubre la sección de entretenimiento; un verdadero depravado, si me lo pregunta. Supongo que vio a Morgenstern y se le ocurrió que debía acercarse a una *buena* reportera…

—¿Qué tal, amigos? –la voz de Downs se introdujo en la conversación antes de que Amy terminara de hablar. Gregg desvió por un momento la mirada de Sara para ver a un joven pálido y de baja estatura. Downs se removió nerviosamente, sorbiendo por la nariz como si tuviera gripa–. ¿Te molesta que otro reportero meta la nariz, Sara, cariño?

Downs tenía una manera de interrumpir exasperante, sus modales eran groseros y falsamente familiares. Pareció sentir la molestia de Gregg. Sonrió y miró primero a Sara y después a Gregg mientras ignoraba a Ellen y John.

—Me parece que he dicho todo lo que deseaba… por el momento –replicó Sara. Sus ojos de color aguamarina pálido permanecían fijos en los de Gregg; su rostro fingía una inocencia infantil. Entonces, con un giro ágil, se apartó de él y se dirigió hacia Tachyon. Gregg no dejó de mirarla fijamente.

—Esa chica se ve tremendamente bien con su nuevo *look*, ¿verdad, senador? –Downs sonrió de nuevo–. Una disculpa, por supuesto, señora Hartmann. Bien, permitan que me presente: soy Digger Downs, de la revista *¡Ases!*, y los seguiré en esta pequeña aventura. Nos vamos a ver muchísimo.

Gregg, al mirar que Sara desaparecía entre la multitud alrededor de Tachyon, se dio cuenta de que Downs lo miraba de manera extraña. Con grandes esfuerzos se obligó a alejar su atención de Sara:

—Mucho gusto en conocerlo –le dijo a Downs.

Sintió cómo esbozaba una sonrisa demasiado acartonada. Hasta las mejillas le dolieron.

Del *Diario de Xavier Desmond*

♣ ♦ ♠ ♥

1 de diciembre, Nueva York

E L VIAJE COMENZÓ DE MANERA POCO PROPICIA. DURANTE LA última hora hemos esperado en la pista del Aeropuerto Internacional Tomlin a que nos den autorización para el despegue. El problema, nos informan, no radica aquí sino en La Habana. Así que esperamos.

Nuestro avión es un 747 fabricado por encargo especial, que ha sido bautizado por la prensa como «el *Carta Marcada*». La cabina central ha sido adaptada en su totalidad a nuestros requerimientos, los asientos han sido reemplazados por un pequeño laboratorio médico, una sala de prensa para los periodistas de medios impresos y un diminuto estudio de televisión para sus contrapartes electrónicos. Los periodistas fueron segregados a la cola del avión. Ya se han adueñado de esa sección. Estuve ahí atrás hace unos veinte minutos y descubrí un juego de póquer en curso. La cabina de la sección de negocios está repleta de ayudantes, asistentes, secretarios, publicistas y personal de seguridad. La cabina de primera clase supuestamente está reservada en exclusiva para los delegados.

Ya que hay tan sólo veintiún delegados, andamos rebotando como chícharos en vaina. Aun aquí persisten los guetos: los jokers tienden a sentarse con otros jokers, los nats con los nats, ases con ases.

Hartmann es el único hombre a bordo que parece estar completamente a gusto en cualquiera de los tres grupos. Me saludó con calidez en la conferencia de prensa y se sentó con Howard y conmigo durante algunos momentos después de abordar; platicó con seriedad acerca de las esperanzas que había puesto en este viaje. Es difícil no sentir agrado por el senador. Jokertown le ha entregado la mayoría de los votos en cada una de sus campañas, desde los tiempos en que era alcalde, y no es una sorpresa: ningún otro político ha trabajado tanto y por tanto tiempo para defender los derechos de los jokers. Hartmann me da esperanzas; es la prueba viviente de que es posible que existan confianza y respeto mutuo entre un joker y un nat. Es un hombre decente, honorable, y en estos días en que fanáticos como Leo Barnett se dedican a revivir odios y prejuicios antiguos, los jokers necesitan hacerse de tantos amigos como puedan en las altas esferas del poder.

El doctor Tachyon y el senador Hartmann presiden de manera conjunta la delegación. Tachyon llegó ataviado como corresponsal extranjero de algún *film noir* clásico: gabardina repleta de cinturones, botones y hombreras, sombrero de fieltro con alas abotonables, inclinadas elegantemente a un lado. El sombrero luce una pluma roja de un pie de largo. No puedo imaginar el tipo de sitio al que uno acude a comprar una gabardina azul pastel de terciopelo. Es una lástima que todas esas películas sobre corresponsales extranjeros hayan sido en blanco y negro.

A Tachyon le gustaría imaginar que comparte la falta de prejuicios de Hartmann hacia los jokers, pero eso no es estrictamente cierto. Trabaja sin cesar en su clínica, y es indudable que le importan, que le importan profundamente… muchos jokers lo ven como un santo, como un héroe… sin embargo, cuando uno ha conocido al doctor por tanto tiempo como yo, las verdades más profundas se hacen evidentes. En algún nivel tácito él considera sus buenas obras en Jokertown como una penitencia. Hace su mejor esfuerzo para ocultarlo, pero aun tras todos estos años uno puede percibir la repulsión en sus ojos. El doctor Tachyon y yo somos «amigos», nos conocemos desde hace décadas, y creo con todo mi corazón que sinceramente se preocupa por mí… pero ni por un segundo he sentido que me considere su igual, como lo hace Hartmann. El senador me trata como a un hombre, incluso como a un hombre importante, granjeándose mi amistad como lo haría con cualquier líder político capaz de arrastrar a más votantes. Para el doctor Tachyon siempre seré un joker.

¿Es su tragedia, o la mía?

Tachyon no sabe nada acerca del cáncer. ¿Es eso un síntoma de que nuestra amistad está tan enferma como mi cuerpo? Tal vez. No ha sido mi médico personal por muchos años. Mi doctor es un joker, al igual que mi contador, mi abogado, mi corredor de bolsa, hasta mi banquero: el mundo ha cambiado desde que el Chase me despidió, y como alcalde de Jokertown me veo obligado a practicar mi muy personal estilo de discriminación positiva.

Nos acaban de dar autorización para el despegue. Ya no podemos seguir cambiándonos de asiento, la gente se abrocha los cinturones. Parece que viajo con Jokertown a dondequiera que voy. Howard Mueller toma el lugar más cercano a mí, su asiento ha sido adaptado para dar cabida a su figura de tres metros de alto, y a la inmensa longitud de sus brazos. Es mejor conocido como Troll, y labora como jefe de seguridad en la clínica de Tachyon, pero noto que no se sienta con Tachyon, entre los ases. Los otros tres delegados jokers –el padre Calamar, Chrysalis y el poeta Dorian Wilde– también están aquí en la sección central de primera clase. ¿Es una coincidencia, un prejuicio o vergüenza lo que nos puso aquí, en los asientos más alejados de las ventanas? Me temo que ser un joker te hace más paranoico sobre estas cuestiones. Los políticos, tanto los locales como los de la onu, se han agrupado a nuestra derecha, los ases frente a nosotros (los ases por delante, por supuesto, por supuesto) y a nuestra izquierda. Debo detenerme ahora: la sobrecargo me pidió que pusiera mi mesa plegable de regreso en su lugar.

Estamos volando. Nueva York y el Aeropuerto Internacional Tomlin están bastante detrás de nosotros, y Cuba nos espera más adelante. Por lo que he oído, será una primera parada fácil y agradable. La Habana es casi tan americana como Las Vegas o Miami Beach, aunque considerablemente más decadente y perversa. Puede que hasta tenga amigos ahí –algunos de los mejores artistas jokers van a los casinos de La Habana después de iniciarse en la Casa de los Horrores y el Club Caos. Tengo que recordarme a mí mismo que debo mantenerme alejado de las mesas de juego, de cualquier manera; está comprobado que la suerte de los jokers es notoriamente mala.

En cuanto se apagó el aviso de mantener el cinturón de seguridad abrochado, un gran número de ases subió al bar de primera clase. Puedo escuchar sus risas por la escalera de caracol. Peregrine, la bonita y joven Mistral (quien luce como estudiante universitaria cuando no usa su equipo de vuelo), el bullicioso Hiram Worchester y Asta

Lenser, la bailarina del ABT cuyo nombre de as es *Fantasía*, ya forman una estrecha hermandad, una «pandilla dispuesta a divertirse» para los cuales nada podría salir mal. Son la juventud dorada, y Tachyon está prácticamente entre ellos. ¿Lo atraen los ases o las mujeres? Aun mi querida amiga Angela, que ama profundamente a este hombre a pesar de que han pasado más de veinte años desde que terminaron, admite que el doctor Tachyon piensa principalmente con el pene en lo que a mujeres se refiere.

Sin embargo, aun entre los ases hay algunos que prefieren viajar solos. Jones, el hombre fuerte de color de Harlem (que, al igual que Troll, Hiram W. y Peregrine, requiere un asiento a la medida para soportar su peso fuera de lo común), hace durar una cerveza y lee un ejemplar de *Sports Illustrated*. Radha O'Reilly está igualmente sola, mirando por la ventana. Se ve muy tranquila. Billy Ray y Joanne Jefferson, los dos ases del Departamento de Justicia que encabezan nuestro contingente de seguridad, no son delegados y por lo tanto se sientan detrás, en la segunda sección.

Y luego está Jack Braun. La tensión que los demás dirigen contra él es casi palpable. La mayoría de los delegados son amables con él, pero nadie es realmente amigable, y es rechazado abiertamente por algunos, como Hiram Worchester. Para el doctor Tachyon es evidente que Braun ni siquiera existe. Me pregunto, ¿de quién sería la idea de traerlo en este viaje? Ciertamente no de Tachyon, y parece algo demasiado peligroso políticamente como para que Hartmann sea el responsable. ¿Sería un gesto para apaciguar a los conservadores de SCARE, tal vez? ¿O existen ramificaciones que no he considerado?

Braun mira en dirección a las escaleras de cuando en cuando, como si no deseara nada más que unirse al feliz grupo de allá arriba, pero permanece anclado en su asiento. Es difícil creer que este chico imberbe, de cabello rubio, con su chaqueta de safari hecha a la medida, sea en realidad el tristemente célebre As Traidor de los años cincuenta. Es de mi edad o casi, pero se ve como si tuviera apenas veinte años... el tipo de chico que podría haber acompañado a la bonita y joven Mistral a su baile de graduación unos años atrás y la hubiera llevado a su casa mucho antes de medianoche.

Uno de los reporteros –un tipo llamado Downs, de la revista *¡Ases!*– estuvo aquí arriba hace rato, en un intento por entrevistar a

Braun. Fue persistente, pero la negativa de Braun fue más firme, y Downs se dio por vencido. Repartió ejemplares de ¡Ases! y después se paseó por el bar, sin duda para importunar a alguien más. Yo no soy un lector habitual de ¡Ases!, pero acepté un ejemplar y le sugerí a Downs que su editor considerara hacer una publicación complementaria, que se llamara Jokers. No le entusiasmó la idea.

El ejemplar muestra una fotografía bastante llamativa en primera plana del caparazón de la Tortuga, perfilado contra los tonos naranjas y rojos del atardecer, con la leyenda: «La Tortuga: ¿viva o muerta?». La Tortuga no ha sido vista desde el Día Wild Card del pasado mes de septiembre, cuando la atacaron con napalm y la arrojaron en el Hudson. Se encontraron pedazos retorcidos y quemados de su concha en el lecho del río, aunque su cuerpo nunca fue recuperado. Varios cientos de personas afirman haber visto a la Tortuga alrededor de la madrugada del día siguiente, volando con un caparazón más antiguo sobre el cielo de Jokertown, pero ya que no ha reaparecido desde entonces, algunos atribuyeron esos avistamientos a la histeria y a la ilusión colectiva.

No me he formado una opinión sobre la Tortuga, pero odiaría pensar que está realmente muerto. Muchos jokers piensan que es uno de nosotros, que su caparazón esconde alguna de las deformidades indescriptibles que caracterizan a los jokers. Ya sea que esto sea cierto o no, ha sido un buen amigo de Jokertown por un largo, largo tiempo.

Hay, sin embargo, un aspecto de este viaje del cual nadie habla, aunque el artículo de Downs lo trae a la mente. Tal vez me corresponde a mí nombrar lo innombrable. Lo cierto es que toda esa risa allá arriba en el bar tiene un ligero timbre nervioso, y no es una coincidencia que este viaje con los gastos pagados, tan discutido por tantos años, se haya concretado tan rápidamente en los últimos dos meses. Nos quieren fuera de la ciudad por un tiempo: no sólo a los jokers, sino también a los ases. A los ases en particular, para ser más precisos.

El último Día Wild Card fue una catástrofe para la ciudad, y para cada una de las víctimas del virus en todas partes. El nivel de violencia fue impactante y le dedicaron titulares en toda la nación. El asesinato aún sin resolver de Aullador, el desmembramiento de un chico as en medio de una enorme multitud sobre la tumba de Jetboy, el ataque a Aces High, la destrucción de la Tortuga (o al menos de su caparazón), la matanza masiva en los Cloisters, donde una docena de cuerpos fueron hallados en pedazos, la batalla aérea antes del amanecer que iluminó todo el lado este... Días e incluso semanas después las autoridades aún no estaban seguras de tener una cifra precisa del total de muertes.

Un anciano fue encontrado literalmente incrustado en un muro sólido de ladrillos, y cuando empezaron a romper la pared para sacarlo, se dieron cuenta de que no era posible precisar dónde terminaba su carne y dónde empezaba el muro. La autopsia reveló una confusión espantosa, pues sus órganos internos se habían fusionado con los ladrillos.

Un fotógrafo del *Post* tomó una foto de ese viejito incrustado en la pared. Se ve tan dulce y gentil. La policía anunció más tarde que el viejo era en realidad un as, y además un famoso criminal, responsable de las muertes de Chico Dinosaurio y de Aullador, del intento de asesinato de la Tortuga, del ataque a Aces High, de las batallas sobre el Río Este, de los horrendos ritos de sangre realizados en los Cloisters y de una amplia gama de delitos menores. Un gran número de ases se presentó para apoyar esta explicación, pero el público no quedó convencido. Según las encuestas, la mayoría de las personas cree en la teoría de la conspiración que esbozó el *National Informer*: de acuerdo con este medio, los asesinatos no estaban conectados, fueron causados por ases muy poderosos, conocidos y desconocidos, que llevaban a cabo una serie de venganzas personales, usando sus poderes en absoluto desprecio de las leyes y la seguridad pública, y que posteriormente esos ases conspiraron entre sí y con la policía para encubrir esas atrocidades, culpando de todo a un anciano lisiado que hallaron convenientemente muerto, sin duda a manos de un as.

Ya se ha anunciado la publicación de varios libros al respecto, cada uno de los cuales pretende explicar lo que *realmente* sucedió: el oportunismo de la industria editorial no conoce límites. Koch, siempre al tanto de los rumores, ordenó que algunos de estos expedientes fuesen examinados de nuevo y dio instrucciones al IAD de que investigue el rol que jugó la policía.

Los jokers generan lástima y odio. Pero los ases aún conservan

gran poder, y por primera vez en muchos años un importante seg-
mento del público ha empezado a desconfiar de ellos y a temer
dicho poder. No es de extrañar que demagogos como Leo Barnett
hayan ganado tanta presencia en la opinión pública recientemente.

Así que estoy convencido de que nuestro viaje tiene una agenda
oculta: lavar la sangre con algo de «buena tinta», como se dice, a fin
de disipar el miedo de la gente, reconquistar su confianza y alejar los
pensamientos del público de los sucesos del Día Wild Card.

Admito tener sentimientos encontrados con respecto a los ases, algunos de los cuales definitivamente abusan de su poder. Sin embargo,
como joker, espero desesperadamente que tengamos éxito… y temo
desesperadamente las consecuencias en caso de que no sea así.

Bestias de carga

por John J. Miller

De la envidia, el odio, la maldad y toda falta
de caridad, Buen Señor, líbranos.
Letanía, *Libro de oración común*

SUS RUDIMENTARIOS ÓRGANOS SEXUALES ERAN DISFUNCIONALES, pero sus monturas lo consideraban masculino, porque su cuerpo atrofiado y desgastado parecía más masculino que femenino. Lo que él pensaba de sí mismo era insondable. Nunca hablaba de ello.

No tenía más nombre que el que sus monturas le habían dado, luego de extraerlo del folklore: Ti Malice, y no le importaba cómo se dirigieran a él mientras lo hicieran con respeto. Le gustaba la oscuridad porque sus ojos débiles eran excesivamente sensibles a la luz. Nunca comía porque no tenía dientes para masticar ni lengua para saborear. Nunca bebía alcohol porque el saco primitivo que era su estómago no podía digerirlo. El sexo era algo impensable. Pero aun así disfrutaba alimentos gourmet y vinos añejos, licores caros y todas las variedades posibles de experiencias sexuales. A través de sus monturas.

Y siempre estaba buscando más.

I

CHRYSALIS VIVÍA EN EL BARRIO BAJO DE JOKERTOWN, DONDE ERA dueña de un bar, de manera que estaba acostumbrada a ver escenas de pobreza y miseria. Pero Jokertown era un barrio en el país más rico de la tierra, y Bolosse, el distrito de barrios bajos de Port-au-Prince, la ciudad capital que se extendía en la zona costera de Haití, estaba en uno de los países más pobres.

Desde el exterior el hospital parecía el set de una película de terror de segunda clase sobre un manicomio del siglo dieciocho. La barda de piedra que lo rodeaba se estaba desmoronando, la acera de concreto que llevaba hasta el hospital se hallaba en ruinas, y el edificio en sí resultaba asqueroso de tantos años de mierda de pájaro y suciedad acumuladas. El interior era aún peor.

Las paredes lucían diseños abstractos hechos por la humedad y la pintura descarapelada. Los pisos de madera desnuda crujían de manera amenazante, y Mordecai Jones, el as de cuatrocientos cincuenta libras de peso conocido como Harlem Hammer, pisó una sección que se venció. Habría caído hasta el piso si un alerta Hiram Worchester no lo hubiera liberado rápidamente de nueve décimas partes de su peso. El olor que se aferraba a los corredores era indescriptible, pero estaba compuesto principalmente de los diversos hedores de la muerte.

Pero lo peor, pensó Chrysalis, eran los pacientes, especialmente los niños. Yacían sin quejarse sobre asquerosos colchones desnudos que apestaban a sudor, orina y humedad, sus cuerpos atormentados por enfermedades erradicadas tiempo atrás en América, y exangües por la hinchazón que les provocaba la desnutrición. Miraron a sus visitantes pasar en tropel junto a ellos sin curiosidad ni muestras de comprensión, los ojos cargados de serena desesperanza.

Era mejor ser un joker, pensó, aunque odiaba lo que el virus wild card le había hecho a su otrora hermoso cuerpo.

Chrysalis no pudo soportar durante mucho tiempo ese sufrimiento imposible de aliviar. Se marchó del hospital después de cruzar la primera sala y regresó al convoy que los esperaba. El conductor del jeep al que había sido asignada la miró con curiosidad, pero no dijo nada. Tarareó una tonadita alegre mientras esperaban a los otros, cantando de vez en cuando algunas frases desentonadas en criollo haitiano.

Chrysalis, envuelta en una capa con capucha que cubría su cuerpo por completo a fin de proteger su delicada piel y carne de los rayos quemantes del sol, observó a un grupo de niños que jugaba al otro lado de la calle del hospital en ruinas. Con el sudor chorreando en riachuelos cosquilleantes por su espalda, estuvo muy cerca de sentir envidia de ellos, de la fresca libertad de su casi total desnudez. Parecían estar pescando algo en las profundidades del tubo del desagüe pluvial que corría bajo la calle. Le tomó a Chrysalis un momento darse cuenta de lo que estaban haciendo, pero cuando lo hizo, todo pensamiento de envidia desapareció. Estaban sacando agua del desagüe y la vertían en ollas y latas maltratadas y oxidadas. A veces se detenían para beber un trago.

Desvió la mirada y se preguntó si unirse al pequeño circo itinerante de Tachyon había sido un error. Le pareció una buena idea cuando Tachyon la invitó. Era, después de todo, una oportunidad para viajar alrededor del mundo a costa del gobierno mientras se codeaba con una variedad de personas importantes e influyentes. No había manera de predecir qué pedacitos de información interesante podría recabar. Había parecido una idea tan buena en aquel momento...

—Bien, querida, si no lo hubiera visto con mis propios ojos, diría que no puedes soportar este tipo de cosas.

Sonrió sin alegría mientras Dorian Wilde se impulsó con esfuerzo hasta caer en el asiento trasero del jeep junto a ella. No estaba de humor para el famoso ingenio del poeta.

—Ciertamente, no esperaba eso —dijo con su cultivado acento británico, a medida que el doctor Tachyon, el senador Hartmann, Hiram Worchester y otros políticos importantes e influyentes, así como el resto de los ases salían en tropel hacia las limusinas que los esperaban, mientras Chrysalis, Wilde y los otros jokers notorios tenían que arreglárselas con los jeeps sucios y abollados que se encontraban apiñados en la retaguardia de la procesión.

—Debiste hacerlo —dijo Wilde. Era un hombre alto, cuyos rasgos delicados perdían su atractivo a medida que se hinchaba. Llevaba un traje antiguo que necesitaba desesperadamente ser lavado y planchado, y suficiente gel de baño con aroma floral como para que Chrysalis agradeciera estar en un vehículo abierto. Él hizo un gesto lánguido con la mano izquierda mientras hablaba, y mantuvo la derecha en el bolsillo de la chaqueta—. Los jokers son, después de todo, los negros del mundo —frunció los labios y dirigió una mirada al conductor, quien, como el noventa y cinco por ciento de la población de Haití, era negro–. Una declaración no exenta de ironía en esta isla.

Chrysalis se sujetó del respaldo del asiento del conductor cuando el jeep rebotó y se alejó de la acera, mientras seguía a la procesión que se alejaba del hospital. El aire se sentía fresco contra el rostro de Chrysalis, escondido en las profundidades de los pliegues de su capucha, pero el resto de su cuerpo estaba empapado en sudor. Fantaseó con una inmensa bebida fría y un baño fresco y sin prisas durante toda la hora que le tomó al convoy moverse por las calles estrechas y sinuosas de Port-au-Prince. Cuando finalmente llegaron al Royal Haitian Hotel, ella bajó a la calle casi antes de que el jeep se detuviera, ansiosa por la frescura del vestíbulo del hotel, y fue instantáneamente atrapada por un mar de rostros suplicantes, todos balbuceando en criollo haitiano. No podía entender lo que le decían los mendigos, pero no tenía que hablar su idioma para comprender la necesidad y la desesperación que era visible en sus ojos, en su ropa hecha jirones y en sus cuerpos frágiles y macilentos.

La aglomeración de mendigos implorantes la inmovilizó contra un lado del jeep, y el torrente instantáneo de piedad que había sentido por la evidente necesidad de éstos se sumergió y quedó bajo el miedo, avivado por sus voces implorantes y las docenas de brazos delgados como varitas que se hallaban extendidos hacia ella.

Antes de que ella pudiera decir o hacer nada el conductor metió la mano bajo el tablero del jeep y tomó una vara de madera larga y delgada que parecía un palo de escoba roto, se levantó y empezó a descargar golpes contra los mendigos mientras gritaba frases rápidas y duras en criollo.

Chrysalis oyó y vio cómo el delgado brazo de un niño pequeño se rompió al primer golpe. El segundo abrió el cuero cabelludo de un viejo, y el tercero falló cuando la víctima a quien iba dirigido se las arregló para esquivarlo.

El conductor preparó el arma para atacar de nuevo. Chrysalis, su cautelosa reserva habitual derrotada por una súbita indignación, se volvió hacia él y gritó:

—¡Alto! ¡Deténgase! –y con el movimiento repentino la capucha se apartó de su rostro, revelando sus rasgos por primera vez. Revelando, en otras palabras, qué tipo de rasgos tenía.

Su piel y su carne eran tan transparentes como el cristal soplado más fino, sin defecto o burbuja. Además de los músculos adheridos a su cráneo y a su mandíbula, sólo la carne de sus labios era visible. Había una especie de cojines color rojo oscuro sobre el reluciente espacio de su cráneo. Sus ojos, suspendidos en las profundidades de sus órbitas desnudas, eran tan azules como fragmentos del cielo.

El conductor la miró boquiabierto. Los mendigos, cuya continua insistencia se había convertido en gemidos de dolor, se callaron a un mismo tiempo, como si un pulpo invisible hubiera golpeado simultáneamente con un tentáculo la boca de cada uno de ellos. El silencio se prolongó durante media docena de latidos, y entonces uno de los mendigos susurró un nombre en una voz suave y reverente.

—Madame Brigitte.

El nombre corrió entre los mendigos como una invocación susurrada, hasta que incluso aquellos que se habían aglomerado en torno a los otros vehículos del convoy estiraban el cuello para echarle un vistazo. Se recargó de nuevo en el jeep, la asustaban las miradas concentradas de los mendigos, una mezcla de miedo, reverencia y asombro. El cuadro se mantuvo durante varios momentos hasta que el conductor espetó una dura frase e hizo un gesto con la vara. La multitud se dispersó de inmediato, pero no, sin embargo, sin que algunos de los mendigos le lanzaran a Chrysalis unas últimas miradas de respeto reverencial mezclado con terror.

Chrysalis se volvió hacia el conductor. Era un negro alto y delgado que llevaba un traje azul de tela burda que no le sentaba bien y una camisa con el cuello abierto. Él la miró a su vez con resentimiento, pero Chrysalis no podía leer realmente su expresión debido a los lentes oscuros que llevaba.

—¿Habla inglés? –le preguntó.

—*Oui*. Un poco.

Chrysalis podía percibir cómo asomaba el temor en su voz, y se preguntó qué lo había puesto ahí.

—¿Por qué los golpeó?

Se encogió de hombros y dijo:

—Esos mendigos son campesinos. Basura del campo, vienen a Port-au-Prince a mendigar la generosidad de gente como usted. Les dije que se fueran.

—Habla fuerte y carga un buen palo —dijo Wilde sardónicamente desde su asiento en la parte trasera del jeep.

Chrysalis lo fulminó con la mirada:

—Fuiste de gran ayuda.

Bostezó:

—Tengo el hábito de nunca pelear en las calles. Es tan vulgar…

Chrysalis resopló y se volvió de nuevo hacia el conductor. Le preguntó:

—¿Quién es madame Brigitte?

El conductor encogió los hombros de un modo particularmente galo, ilustrando una vez más los lazos culturales que Haití mantenía con el país del cual se había independizado en lo político desde hacía casi doscientos años.

—Es una *loa*, la esposa del barón Samedi.

—¿Barón Samedi?

—Una de las loas más poderosas. Él es el señor y guardián del cementerio. El guardián de las encrucijadas.

—¿Qué es una loa?

Él frunció el ceño, se encogió de hombros casi con coraje.

—Una loa es un espíritu, una parte de Dios, muy poderosa y divina.

—¿Y yo me parezco a esta madame Brigitte?

Él no dijo nada, pero continuó mirándola fijamente desde detrás de sus gafas oscuras, y a pesar del calor tropical de la tarde Chrysalis sintió que un escalofrío le recorría la espina dorsal. Se sintió desnuda, pese a la voluminosa capa que llevaba encima. No una desnudez del cuerpo. Ella estaba, de hecho, acostumbrada a andar medio desnuda en público como un obsceno gesto privado hacia el mundo, asegurándose de que todos vieran lo que ella estaba obligada a ver cada vez que se miraba en un espejo. Era una desnudez espiritual lo que sentía, como si alguien que la estuviera mirando intentara descubrir quién era ella, adivinar los valiosos secretos que constituían las únicas máscaras que tenía. Sintió una necesidad desesperada de alejarse de todos los ojos fijos en ella, pero no se permitió huir. Requirió todo su valor, todo el aplomo que pudo reunir, pero se las arregló para caminar hasta el vestíbulo del hotel con pasos precisos y mesurados.

Adentro estaba fresco y oscuro. Chrysalis se recargó contra una silla de alto respaldo que parecía como si hubiera sido hecha en algún momento del siglo pasado, y la hubieran desempolvado en algún punto de la última década. Inhaló profundamente a fin de relajarse, y dejó salir el aire con lentitud.

—¿Qué fue todo eso?

Miró sobre su hombro y notó que Peregrine la miraba con un gesto de preocupación. La mujer alada había estado en una de las limusinas que se hallaban al frente del desfile, pero obviamente había visto la acción que se suscitó alrededor del jeep de Chrysalis. Las hermosas alas con plumas satinadas de Peregrine no hacían más que agregar un toque de exotismo a su flexible y bronceada sensualidad. Debería ser fácil albergar resentimientos hacia ella, pensó Chrysalis. Su aflicción le había traído fama, notoriedad, hasta su propio programa televisivo. Pero se veía genuinamente preocupada, genuinamente inquieta, y Chrysalis sentía la necesidad de compañía compasiva.

Pero no podía explicarle a Peregrine algo que apenas podía entender ella misma. Se encogió de hombros.

—Nada –miró alrededor del vestíbulo, cada vez más lleno con el personal del tour–. Me caería bien un poco de calma y tranquilidad. Y una bebida.

—A mí también –anunció una voz masculina antes de que Peregrine pudiera decir algo–. Vamos a buscar el bar y les contaré algunas de las realidades de la vida haitiana.

Ambas mujeres se voltearon para ver al hombre que habló. Medía cerca de 1.80 metros de alto y era de complexión robusta. Llevaba un traje de lino blanco, apropiado para el trópico, inmaculadamente limpio pero visiblemente arrugado. Había algo inusual en su rostro, pues sus rasgos no combinaban muy bien: su barbilla era demasiado larga, su nariz demasiado ancha. Sus ojos no estaban alineados y eran excesivamente brillantes. Chrysalis lo conocía sólo por su reputación. Era un as del Departamento de Justicia, parte del contingente de seguridad que Washington le había asignado al tour de Tachyon. Su nombre era Billy Ray. Algún gracioso en el Departamento de Justicia le había endilgado el apodo de Carnifex. A él le gustaba. Un auténtico tipo duro.

—¿A qué te refieres? –preguntó Chrysalis.

Ray echó un vistazo alrededor del vestíbulo y arqueó los labios:

—Vamos al bar para discutir algunas cosas. En privado.

Chrysalis dirigió una mirada a Peregrine, y la mujer alada leyó la súplica en sus ojos.

—¿Les molesta si los acompaño? –preguntó.

—Oye, claro que no. –Ray admiró con franqueza su figura ágil y bronceada, y el vestido veraniego a rayas blancas y negras que la resaltaba. Se humedeció los labios mientras Chrysalis y Peregrine intercambiaban miradas incrédulas.

El vestíbulo del hotel estaba ocupado en las actividades casuales de la tarde. Encontraron una mesa vacía rodeada por varias mesas desocupadas y ordenaron sus bebidas a un mesero con uniforme rojo que no podía decidir a quién mirar, si a Peregrine o a Chrysalis. Se sentaron en silencio hasta que regresó con sus tragos, y Chrysalis se bebió de golpe la copita de amaretto que le correspondía.

—Todos los folletos decían que Haití era supuestamente un maldito paraíso tropical –dijo en un tono desencantado.

—Yo te llevaré al paraíso, nena –dijo Ray.

Chrysalis disfrutaba que los hombres le prestaran atención. A veces, lo sabía, tomaba las decisiones equivocadas. Incluso Brennan (Yeoman, se recordó a sí misma, Yeoman; no debía mencionar su nombre real) se había convertido en su amante porque ella se le había arrojado encima a él. Era, o así lo creía ella, la sensación de poder lo que le gustaba, el control que tenía cuando hacía que los hombres la obedecieran. Pero lograr que los hombres le hicieran el amor a su cuerpo era también, como reconoció con su hábito de autoescrutinio implacable, otra manera de castigar a un mundo que le manifestaba repulsión. Pero Brennan (Yeoman, maldita sea) nunca había sentido repulsión. Nunca le había hecho apagar las luces antes de besarla, y siempre le había hecho el amor con los ojos abiertos, observando el latido de su corazón, el movimiento de fuelle de sus pulmones, la manera como retenía su aliento detrás de los dientes fuertemente apretados…

El pie de Ray se movió bajo la mesa y tocó los suyos, trayéndola de regreso de sus pensamientos sobre el pasado, sobre aquello que se había terminado. Ella le dirigió una sonrisa perezosa, dientes relucientes en un cráneo reluciente. Había algo inquietante en Ray. Hablaba muy alto, sonreía demasiado, y alguna parte de él, ya fueran sus manos, sus pies o su boca, estaba siempre en movimiento.

Se había ganado reputación de violento. No es que ella tuviera nada en contra de la violencia –siempre y cuando no estuviera dirigida en su contra. Por el amor de Dios, había perdido la cuenta de todos los hombres a los que Yeoman les había dado su merecido desde que llegó a la ciudad. Paradójicamente, Brennan no era un hombre violento. Ray, de acuerdo con su reputación, tenía el hábito de causar estragos sin ton ni son. Comparado con Brennan, era un egocéntrico aburrido. Se preguntó si seguiría comparando con su arquero a todos los hombres que conocía, y sintió un arrebato de disgusto y remordimiento.

—Dudo que poseas la habilidad de transportarme al cuchitril más deprimente en la zona más pobre de Jokertown, mi querido muchacho, mucho menos al paraíso.

Peregrine reprimió una sonrisa nerviosa y miró hacia otro lado. Chrysalis sintió cómo se retiraba el pie de Billy mientras dedicaba una mirada dura y peligrosa. Estaba a punto de decir algo cruel cuando el doctor Tachyon se dejó caer en la silla vacía junto a Peregrine. La mirada que Ray le lanzó a Chrysalis anunciaba que su comentario no sería olvidado.

—Querida –Tachyon se inclinó sobre la mano de Peregrine, la besó y saludó con la cabeza a los demás. Era sabido que le atraía la glamorosa mujer voladora, pero si a ésas vamos, reflexionó Chrysalis, lo mismo le pasaba a la mayoría de los hombres. Tachyon, sin embargo, era lo suficientemente seguro de sí mismo para insistir en su tentativa, y lo suficientemente terco para no rendirse, aun tras numerosos rechazos amables por parte de Peregrine.

—¿Qué tal la reunión con el doctor Tessier? –preguntó Peregrine, liberando delicadamente su mano de la de Tachyon cuando él no mostró el menor intento de liberarla por sí mismo.

Chrysalis no pudo distinguir si Tachyon frunció el ceño porque lo decepcionaba la persistente frialdad de Peregrine, o porque recordaba su visita al hospital haitiano:

—Terrible –murmuró–, simplemente terrible –llamó la atención del mesero y le hizo un ademán para que se acercara–. Tráigame algo fresco, muy cargado de ron –miró alrededor de la mesa–. ¿Alguien más?

Chrysalis chocó una uña esmaltada en rojo –parecía un pétalo de rosa flotando sobre sus huesos– contra su copa vacía.

—Por supuesto. Y más… ejem…

—Amaretto.

—Amaretto para la señorita.

El mesero avanzó furtivamente hacia Chrysalis y retiró su copa sin hacer contacto visual. Ella podía sentir su miedo. Era gracioso, en cierta manera, que alguien pudiera temerle, pero eso también la enfadaba, casi tanto como la culpabilidad que asomaba en los ojos de Tachyon.

Este último pasó sus dedos dramáticamente por su largo cabello, rojo y rizado.

—No había una gran incidencia de virus wild card por lo que pude ver –guardó silencio y suspiró de manera entrecortada–. Y el mismo Tessier no estaba muy preocupado al respecto. Pero todo lo demás… por el Ideal, todo lo demás…

—¿Qué quieres decir? –preguntó Peregrine.

—Tú estuviste ahí. Ese hospital estaba tan lleno como un bar de Jokertown un sábado por la noche, y casi tan higiénico. Los pacientes con tifus estaban hacinados con enfermos de tuberculosis, de elefantiasis, de sida, y con pacientes que sufrían de medio centenar de otras enfermedades que han sido erradicadas en el resto del mundo civilizado. Mientras tenía una conversación privada con el administrador del hospital, la electricidad se fue dos veces. Intenté llamar al hotel, pero los teléfonos no funcionaban. El doctor Tessier me dijo que andaban escasos de sangre, antibióticos, analgésicos y básicamente de todas las medicinas. Por fortuna, Tessier y muchos de los otros médicos son maestros en el uso de las propiedades medicinales de la flora hawaiana nativa. Tessier me mostró un par de cosas que ha hecho al destilar ciertas hierbas comunes y cosas por el estilo, algo extraordinario. De hecho, deberían escribir un artículo sobre las drogas que han elaborado. Algunos de sus descubrimientos podrían atraer la atención generalizada del mundo exterior. Pero a pesar de todos sus esfuerzos y su dedicación, están perdiendo la batalla.

El mesero trajo la bebida de Tachyon en un alto vaso delgado, decorado con rebanadas de fruta fresca y una sombrilla de papel. Tachyon tiró la fruta y la sombrilla de papel, y se tomó la mitad de su bebida de un solo trago:

—Nunca he visto tanta miseria y sufrimiento.

—Bienvenido al tercer mundo –dijo Ray.

—¡Y que lo digas! –Tachyon terminó su bebida y miró fijamente a Chrysalis con sus ojos color lila–. Y ahora díganme, ¿qué fue ese alboroto frente al hotel?

Chrysalis se encogió de hombros:

—El conductor golpeó a los mendigos con un palo.

—Un *cocomacaques*.

—¿Disculpe? –dijo Tachyon, volviéndose hacia Ray.

—Se le conoce como *cocomacaques*. Es un bastón pulido con aceite. Tan duro como una barra de hierro. Un arma en verdad desagradable –había aprobación en la voz de Ray–. Los tonton macoutes las usan.

—¿Qué? –preguntaron tres voces de manera simultánea.

Ray esbozó una sonrisa de conocimiento superior:

—Tonton macoute. Así los llaman los campesinos. Básicamente significa «el coco». Oficialmente se les llama el VSN, los «Volontaires de la Sécurité Nationale» –Ray tenía un acento atroz–. Son la policía secreta de Duvalier, encabezados por un hombre llamado Charlemagne Calixte. Negro como una mina de carbón a la medianoche, y feo como el pecado. Alguien trató de envenenarlo hace tiempo. Sobrevivió, pero el veneno marcó su rostro de manera horrible. Él es la única razón de que Baby Doc todavía conserve el poder.

—¿Duvalier ordena a su policía secreta que se infiltre entre nuestros choferes? –preguntó Tachyon, asombrado–. ¿Para qué?

Ray lo miró como si fuera un niño.

—Para que puedan vigilarnos. Nos vigilan a todos. Es su trabajo –Ray lanzó una risotada repentina, que más bien parecía un ladrido–. Es fácil distinguirlos. Todos llevan lentes oscuros y usan trajes azules. Es como un sello distintivo del puesto. Hay uno por allá.

Ray señaló hacia la esquina opuesta del bar. El tonton macoute estaba sentado en una mesa vacía de no ser por él, con una botella de ron y un vaso medio lleno frente a él. Aunque el bar estaba iluminado tenuemente, traía puestos sus lentes oscuros, y su traje azul estaba tan descuidado como el de Dorian Wilde.

—Me encargaré de esto –dijo Tachyon, con la voz cargada de indignación. Iba a ponerse de pie, pero se reacomodó en su silla cuando un hombre corpulento y con el ceño fruncido entró al bar y se dirigió directamente hacia su mesa.

—Es él –susurró Ray–. Charlemagne Calixte.

No era necesario que se lo dijeran. Calixte era un negro de piel oscura, más grande y más ancho que la mayoría de los haitianos que Chrysalis había visto hasta entonces, y más feo también. Su cabello corto y excesivamente crespo estaba salpicado de blanco, sus ojos permanecían ocultos tras los lentes oscuros, y un tejido cicatricial ajado y reseco se extendía por el lado derecho de su rostro. Su porte y estilo irradiaban poder, confianza en sí mismo y eficiencia inmisericorde.

—*Bon jour* –hizo una pequeña y precisa reverencia. Su voz tenía un tono áspero, profundo y terrible, como si el veneno que había carcomido un lado de su cara también hubiera afectado su lengua y paladar.

—*Bon jour* –replicó Tachyon a nombre de todos, inclinándose un milímetro exacto menos de lo que se había inclinado Calixte.

—Mi nombre es Charlemagne Calixte –dijo con una voz grave, apenas más audible que un susurro–. El presidente vitalicio Duvalier me ha encargado que vele por su seguridad mientras visitan nuestra isla.

—Acompáñenos –ofreció Tachyon, señalando la última silla vacía.

Calixte meneó la cabeza con la misma precisión con que hizo la reverencia.

—Lamentablemente, *M'sie* Tachyon, no me es posible. Tengo una importante reunión esta tarde. Sólo me detuve para asegurarme de que todo estuviera bien después del desafortunado incidente frente al hotel –mientras hablaba miró directamente a Chrysalis.

—Todo está bien –le aseguró Tachyon antes de que Chrysalis pudiera hablar–. Lo que quisiera saber, sin embargo, es por qué razón los Tomtom…

—Tonton –dijo Ray.

Tachyon le dirigió una mirada dura.

—Por supuesto; los tonton o como se llamen, sus hombres, en otras palabras, nos están vigilando.

Calixte le dirigió una mirada de educada extrañeza.

—¿Por qué? Para protegerlos precisamente del tipo de situación que sucedió esta misma tarde.

—¿Protegerme? No me estaban protegiendo –dijo Chrysalis–. Estaban golpeando a los mendigos.

Calixte la miró fijamente.

—Puede que parecieran mendigos, pero muchos tipos indeseables han venido a la ciudad —miró alrededor de la habitación casi vacía y emitió un susurro áspero, apenas perceptible—, elementos comunistas, ¿sabe? Están descontentos con el régimen del presidente vitalicio Duvalier y han amenazado con derrocar al gobierno. No hay duda de que estos «mendigos» eran agitadores comunistas que trataban de provocar un incidente.

Chrysalis permaneció en silencio, se daba cuenta de que nada de lo que pudiera decir haría ninguna diferencia. Tachyon también se veía descontento, pero decidió no insistir en el tema por el momento. Después de todo, permanecerían sólo un día más en Haití antes de viajar a República Dominicana, al otro lado de la isla.

—Además —dijo Calixte con una sonrisa tan desagradable como su cicatriz—, es mi deber informarles que la cena de esta noche en el Palacio Nacional será un evento formal.

—¿Y después de la cena? —dijo Ray, midiendo abiertamente a Calixte con su mirada franca.

—¿Disculpe?

—¿Hay algo planeado para después de la cena?

—Pues claro. Se han organizado varias actividades recreativas. Irán a comprar artesanías producidas localmente en el Marché de Fer —el Mercado de Hierro—. El Musée National permanecerá abierto hasta tarde para aquellos que deseen explorar nuestro patrimonio cultural. Saben —dijo Calixte—, tenemos en exhibición el ancla de la *Santa María*, la cual encalló en nuestras costas durante la primera expedición de Colón al Nuevo Mundo. También, por supuesto, se han planeado funciones de gala en varios de nuestros mundialmente famosos clubes nocturnos. Y para aquellos interesados en algunas de las tradiciones locales más exóticas, se ha organizado un viaje a un *hounfour*.

—*Hounfour*? —preguntó Peregrine.

—*Oui*. Un templo. Una iglesia. Una iglesia vudú.

—Suena interesante —dijo Chrysalis.

—Suena más interesante que mirar anclas —dijo Ray despreocupadamente.

Calixte sonrió, sin que su buen humor llegara más allá de sus labios.

—Como usted desee, *m'sie*. Debo irme ahora.

—¿Y qué pasará con estos policías? —preguntó Tachyon.

—Continuarán protegiéndolos –dijo Calixte con desprecio, y se marchó.

—No hay de qué preocuparse –dijo Ray–, al menos mientras yo esté aquí –adoptó una pose heroica con toda intención y dirigió una mirada a Peregrine, quien bajó la suya en dirección de su bebida.

Chrysalis deseó sentirse tan segura como Ray. Había algo inquietante en el tonton macoute sentado en la esquina del bar, mirándolos desde detrás de sus lentes oscuros con la paciencia imperturbable de una serpiente. Algo malévolo. Chrysalis no creía que estuviera ahí para protegerlos. Ni siquiera por un solo, solitario segundo.

A Ti Malice le gustaban en especial las sensaciones asociadas con el sexo. Cuando estaba de humor para una sensación de ese tipo solía montar a una hembra, porque en general las hembras, especialmente aquellas expertas en el autoerotismo, podían mantener un estado de placer durante mucho más tiempo que sus contrapartes masculinas. Por supuesto, había matices y tonalidades en la sensación sexual, algunos tan sutiles como seda frotada sobre un pezón sensible, algunos tan evidentes como un orgasmo explosivo arrancado a un hombre al que se estrangula, y sus monturas eran expertas en diferentes prácticas.

Esta tarde no estaba de humor para nada particularmente exótico, así que se unió a una joven que tenía un sentido táctil especialmente sensible, y estaba disfrutándolo él mismo cuando una de sus monturas vino a entregarle su reporte.

—Estarán todos en la cena de esta noche, y entonces el grupo se dividirá para asistir a diversas actividades recreativas. No debería ser difícil conseguir a uno de ellos. O a más de uno.

Él podía comprender el reporte de su montura bastante bien. Era, después de todo, su mundo, y él había tenido que adaptarse a algunas cosas, como aprender a asociar significados con los sonidos que brotaban de sus labios. No podía responder de manera verbal, por supuesto, aun cuando deseara hacerlo. En primer lugar, su boca, lengua y paladar no estaban diseñados para ello, y en segundo lugar, su boca estaba (y siempre debía estar) sujeta a un lado del cuello de su montura, con el delgado y hueco tubo de su lengua clavado en la arteria carótida de su montura.

Pero conocía bien a sus monturas y podía leer sus necesidades con facilidad. La montura que trajo el reporte, por ejemplo, tenía dos. Sus ojos permanecieron fijos en la flexible desnudez de la hembra mientras se estimulaba a sí mismo, pero también tenía la necesidad de un beso suyo.

Agitó una mano pálida y delgada y la montura se adelantó con entusiasmo, dejando caer sus pantalones y acomodándose sobre la mujer. La hembra dejó escapar un gruñido explosivo cuando la penetró.

Él hizo brotar un chorro de saliva por su lengua, hasta la arteria carótida de su montura, para sellar la fisura en ella, y después trepó con cuidado, como un mono frágil y pálido, a la espalda del macho, lo sujetó por los hombros, y clavó la lengua justo por debajo de la masa de tejido cicatricial a un lado de su cuello.

El macho gruñó con algo más que el simple placer sexual cuando hundió su lengua en él, desviando algo de la sangre de la montura hacia su propio cuerpo a fin de obtener el oxígeno y los nutrientes que necesitaba para subsistir. Montó la espalda del hombre mientras éste montaba a la mujer, y los tres permanecieron encadenados a un placer indescriptible.

Y cuando la carótida de la montura femenina se reventó de manera inesperada, como a veces sucedía, lanzando sobre los tres chorros palpitantes de brillante, cálida y pegajosa sangre, ellos continuaron. Fue una experiencia muy emocionante y placentera. Cuando se acabó, cayó en la cuenta de que extrañaría a la montura femenina –tenía la piel más increíblemente sensible que hubiese conocido–, pero su sensación de pérdida disminuyó debido a la anticipación...

La anticipación de nuevas monturas, y las extraordinarias habilidades que tendrían.

II

EL PALACIO NACIONAL DOMINABA EL EXTREMO NORTE DE UNA gran plaza abierta cerca del centro de Port-au-Prince. El arquitecto había plagiado el diseño del edificio del Capitolio en Washington,

D. C., dándole el mismo pórtico de columnas, la larga fachada blanca y el domo central. Frente a la fachada, en el extremo sur de la plaza, estaban las que parecían, y de hecho eran, barracas militares.

El interior del Palacio contrastaba marcadamente con todo lo demás que Chrysalis había visto en Haití. La única palabra para describirlo era *opulento*. Las alfombras eran ostentosas, el mobiliario y las curiosidades a lo largo del pasillo por el que fueron escoltados por guardias con recargados uniformes eran en su totalidad antigüedades auténticas, los candelabros que colgaban de los altos techos abovedados eran del más fino cristal cortado.

El presidente vitalicio Jean-Claude Duvalier, y su esposa, madame Michèle Duvalier, los esperaban en una línea de recepción junto a otros dignatarios y funcionarios haitianos. Baby Doc Duvalier, que había heredado Haití en 1971, cuando su padre, François «Papa Doc» Duvalier, murió, parecía un niño obeso al que le había quedado chico ese esmoquin sumamente ajustado. Chrysalis pensó que se veía más petulante que inteligente, más codicioso que astuto. Era difícil imaginar cómo se las arreglaba para permanecer en el poder en un país que estaba obviamente al borde de la ruina total.

Tachyon, que portaba un esmoquin de terciopelo color durazno, estaba de pie a la derecha de Duvalier y le presentaba a los distintos miembros del grupo. Cuando llegó el turno de Chrysalis, Baby Doc tomó su mano y la miró fijamente, con la fascinación de un niño con juguete nuevo. Le susurró una frase muy cortés en francés y siguió mirándola fijamente mientras Chrysalis se movía a lo largo de la línea.

Michèle Duvalier estaba de pie junto a él. Tenía la apariencia cultivada y frágil de una modelo de alta costura. Era alta y delgada y de piel muy clara. Su maquillaje era impecable, su vestido con el hombro descubierto era la más reciente creación de un famoso diseñador, y llevaba muchas joyas costosas y llamativas en orejas, garganta y muñecas. Chrysalis admiró el lujo con que vestía, pero no el gusto.

Retrocedió un poco a medida que Chrysalis se aproximaba y asintió un frío y preciso milímetro, sin ofrecerle la mano. Chrysalis esbozó una breve reverencia y continuó avanzando, al tiempo que pensaba: *Perra*.

Calixte, haciendo gala del alto estatus que gozaba en el régimen de Duvalier, era el siguiente. No le dijo una sola palabra ni hizo un solo gesto, pero Chrysalis sintió su mirada clavada en ella durante todo el camino hasta el final de la línea. Era un sentimiento de lo más perturbador, y, como se dio cuenta Chrysalis, una muestra más del carisma y poder que Calixte ejercía. Se preguntó por qué permitía que Duvalier se mantuviera como figura decorativa.

El resto de la línea de recepción fue una confusión borrosa de rostros y apretones de mano. Terminó en la entrada que llevaba al cavernoso comedor. Los manteles en la larga mesa de madera eran de lino, los cubiertos de plata, los centros de mesa eran fragantes ramilletes de rosas y orquídeas. Cuando la escoltaron a su sitio, Chrysalis se encontró con que ella y los otros jokers, Xavier Desmond, el padre Calamar, Troll y Dorian Wilde, estaban confinados al final de la mesa. Corrió la voz de que madame Duvalier los había sentado tan lejos de ella como era posible para que su visión no le arruinara el apetito.

Sin embargo, mientras servían el vino para acompañar el plato de pescado (*pwason rouj,* como lo llamó el mesero, huachinango servido con ejotes verdes y papas fritas), Dorian Wilde se puso de pie y recitó una oda extemporánea y calculadamente exagerada en alabanza de madame Duvalier, al mismo tiempo que gesticulaba con la espasmódica, serpenteante y húmeda masa de tentáculos que era su mano derecha. Madame Duvalier se volvió de un tono de verde apenas menos bilioso que el exudado que goteaba de los rizos de Wilde, y se le vio comer muy poco de los siguientes platos. Gregg Hartmann, sentado cerca de los Duvalier junto con los otros VIP, envió al doberman que tenía de mascota, Billy Ray, a escoltar a Wilde de regreso a su asiento, y la cena continuó de manera más apagada, menos interesante.

Mientras se servía el último de los licores de sobremesa y la reunión se empezaba a dividir en pequeños grupos de conversación, Digger Downs se aproximó a Chrysalis y le plantó la cámara en la cara.

—¿Qué tal una sonrisa, Chrysalis? ¿O debería decir Debra-Jo? Tal vez le gustaría explicar a mis lectores por qué una nativa de Tulsa, Oklahoma, habla con acento británico.

Chrysalis esbozó una frágil sonrisa, mientras su rostro ocultaba la sorpresa y la ira que sentía. ¡Ese hombre sabía quién era! El hombre había espiado su pasado, había descubierto su más profundo, si no más vital, secreto. ¿Cómo lo hizo?, se preguntó, ¿y qué más sabía?

Miró alrededor, pero parecía que nadie más les estaba prestando atención. Billy Ray y Asta Lenser, la bailarina as llamada Fantasy, eran los más cercanos a ellos, pero parecían estar absortos en su propia y pequeña confrontación. Bill tenía una mano en su delgado talle y la estaba atrayendo hacia él. Ella le sonreía con una sonrisa lenta y enigmática. Chrysalis se volteó de nuevo hacia Digger; de alguna manera logró evitar que el enojo que sentía se notara en su voz.

—No tengo idea de qué habla.

Digger sonrió. Era un hombre arrugado y cetrino. Chrysalis había tratado con él en el pasado, y sabía que era un fisgón empedernido que no dejaría pasar una historia, en especial si podía provocar el chismorreo sensacionalista.

—Vamos, vamos, miss Jory. Todo está escrito en blanco y negro en su solicitud de pasaporte.

Ella podría haber suspirado con alivio, pero en vez de eso mantuvo su expresión impasiblemente hostil. La solicitud tenía su verdadero nombre, pero si eso era todo lo que Digger había investigado, estaba a salvo. Pensamientos acerca de su familia cruzaron su mente de modo malicioso. Cuando era niña, había sido la consentida, con su largo cabello rubio y su joven sonrisa ingenua. Nada era demasiado bueno para ella. Ponis, muñecas, malabares con bastones, clases de piano y de baile; su padre le había comprado todo esto con el dinero que venía del petróleo de Oklahoma. Su madre la había paseado por todas partes: fue a recitales, a reuniones en la iglesia y a tomar el té con la alta sociedad. Pero cuando el virus la atacó en la pubertad y volvió invisibles su piel y su carne, convirtiéndola en una abominación ambulante, la encerraron en un ala de la casa del rancho, por su propio bien, por supuesto, y le quitaron sus ponis, sus compañeros de juego y todo contacto con el mundo exterior. Durante siete años estuvo encerrada, siete años…

Chrysalis bloqueó todos los recuerdos repletos de odio que asaltaban su mente. Se dio cuenta de que todavía se hallaba en terreno difícil con Digger. Tenía que concentrarse completamente en él y olvidar a la familia a la que había robado y de la cual había huido.

—Esa información es confidencial –le dijo a Digger fríamente.

Él rio en voz alta.

—Eso es muy gracioso, viniendo de ti –dijo, y súbitamente se puso serio al percibir su mirada de furia incontenible–. Por supuesto, es posible que la verdadera historia de tu auténtico pasado no sea de gran interés para mis lectores –puso una expresión conciliatoria en su rostro pálido–. Sé que sabes todo lo que sucede en Jokertown. Quizá sepas algo interesante acerca de él.

Digger señaló con la barbilla y dejó que sus ojos parpadearan en dirección al senador Hartmann.

—¿Qué quieres saber sobre él? –Hartmann era un político poderoso e influyente al que le importaban mucho los derechos de los jokers. Era uno de los pocos políticos a quienes Chrysalis daba apoyo financiero porque le gustaban sus principios y no porque necesitara untarle la mano.

—Vamos a algún lugar a hablar de ello en privado.

Digger, por supuesto, se mostró renuente a hablar de Hartmann abiertamente. Intrigada, Chrysalis miró el antiguo reloj de broche sujeto en la parte superior del corpiño de su vestido.

—Tengo que irme en diez minutos –sonrió como una calavera de Halloween–. Voy a asistir a una ceremonia vudú. Quizá, si gusta acompañarme, podamos encontrar el tiempo para hablar de estas cosas y llegar a un acuerdo mutuo acerca del interés periodístico que representan mis antecedentes.

Digger sonrió.

—Me parece bien. Una ceremonia vudú, ¿eh? ¿Van a clavar alfileres en muñecas y cosas así? ¿Tal vez harán algún tipo de sacrificio?

Chrysalis se encogió de hombros.

—No lo sé. Nunca he asistido a una.

—¿Cree que les moleste que tome fotos?

Chrysalis sonrió sosamente, deseando estar en un terreno conocido, deseando tener algo que usar en contra de este chismoso profesional, y preguntándose, en el fondo, ¿por qué su interés en Gregg Hartmann?

◆

En un arrebato de sentimentalismo, Ti Malice eligió a una de sus viejas monturas, un macho con un cuerpo casi tan frágil y marchito como el suyo, para ser su corcel esa noche. Aunque la carne de la montura era vieja, el cerebro encerrado en ella todavía era agudo, y más tenaz que cualquier otro que Ti Malice hubiera encontrado nunca. De hecho, decía mucho de la propia voluntad indomable de Ti Malice que fuera capaz de controlar al viejo y terco corcel. La esgrima mental que acompañaba el montarlo era una experiencia de lo más placentera.

Eligió la mazmorra como punto de reunión. Era una habitación tranquila y cómoda, llena de visiones, olores y recuerdos placenteros. La iluminación era tenue, el aire frío y húmedo. Sus herramientas favoritas, junto con los restos de sus últimos compañeros de experiencias, estaban esparcidas en un desorden agradable. Hizo que su montura recogiera un cuchillo para desollar incrustado de sangre y lo probara en su palma callosa mientras él se dejaba llevar por reminiscencias placenteras hasta que el bramido nasal afuera, en el corredor, anunció la proximidad de Taureau.

Taureau-trois-graines, como había llamado a su montura, era un enorme macho con un cuerpo cubierto de bloques de músculo. Tenía una barba larga y tupida y mechones de pelo negro y grueso se asomaban por las rasgaduras de su camisa de trabajo descolorida por el sol. Usaba pantalones de mezclilla desgastados y deshilachados, y tenía una enorme e incontrolada erección que presionaba de manera visible la tela que cubría su entrepierna. Siempre lo hacía.

—Tengo una tarea para ti —dijo la montura por órdenes de Ti Malice, y Taureau bramó, movió la cabeza y se frotó la entrepierna a través de la tela de sus pantalones—. Algunas monturas nuevas te estarán esperando en el camino a Petionville. Llévate un escuadrón de *zobops* y tráemelas aquí.

—¿Mujeres? —preguntó Taureau con un bufido que despidió abundantes babas.

—Quizá —dijo Ti Malice a través de su montura—, pero no vas a tenerlas. Más tarde, tal vez.

Taureau soltó un bramido de decepción, pero sabía que no debía discutir.

—Ten cuidado —advirtió Ti Malice—. Algunas de estas monturas pueden tener poderes. Puede que sean poderosas.

Taureau dejó escapar un bramido que sacudió la harapienta mitad de esqueleto que colgaba en el nicho de la pared junto a él.

—¡No son tan fuertes como yo! –golpeó su sólido pecho con una mano callosa y rugosa.

—Tal vez sí, tal vez no. Sólo ten cuidado. Los quiero a todos –hizo una pausa para permitir que sus palabras hicieran efecto–. No me falles. Si lo haces, nunca experimentarás mi beso de nuevo.

Taureau chilló como un buey conducido al matadero, salió de la habitación haciendo reverencias frenéticamente y se marchó.

Ti Malice y su montura esperaron.

Un momento después una mujer entró a la habitación. Su piel era del color del café con leche mezclado en partes iguales. Su cabello, espeso y rebelde, caía hasta su cintura. Estaba descalza y era obvio que no llevaba nada bajo su delgado vestido blanco. Sus brazos eran delgados, sus pechos amplios, y sus piernas flexiblemente musculosas. Sus ojos eran irises negros flotando en estanques de rojo. Ti Malice habría sonreído con esta visión, si hubiera podido, porque era su montura favorita.

—*Ezili-je-rouge* –canturreó él por medio de su montura–, tuviste que esperar hasta que se fuera Taureau, porque no podías compartir una habitación con el Toro y sobrevivir.

La sonrisa de la montura dejó ver dos filas de dientes bien alineados, de una perfecta blancura.

—Podría ser una manera interesante de morir.

—Podría ser –consideró Ti Malice. Nunca antes había experimentado la muerte por medio del coito–. Pero te necesito para otras cosas. Los *blancs* que han venido a visitarnos son ricos e importantes. Viven en América y, estoy seguro, tienen acceso a muchas sensaciones interesantes que no están disponibles en nuestra pobre isla.

Ezili asintió, humedeciendo sus labios rojos.

—He echado a andar planes para hacer míos algunos de esos *blancs*, pero para garantizar mi éxito quiero que vayas a su hotel, tomes a uno de los otros y lo prepares para mi beso. Elige a uno de los fuertes.

Ezili asintió.

—¿Me llevarás a América contigo? –preguntó nerviosamente.

Ti Malice hizo que su montura estirara una vetusta mano marchita y acarició los pechos grandes y firmes de Ezili. Se estremeció con placer al contacto de la mano de la montura.

—Por supuesto, querida, por supuesto.

III

—¿Una limusina? –preguntó Chrysalis al hombre con la amplia sonrisa y los lentes oscuros que le abría la puerta–. Qué bien. Esperaba algo con doble tracción.

Se subió al asiento trasero de la limusina, y Digger la siguió.

—Yo no me quejaría –dijo–. No han dejado que los de la prensa vayamos a ningún lado. Debería haber visto lo que tuve que hacer para meterme a la cena sin ser invitado. No creo que les gusten mucho los periodistas... aquí...

Su voz fue disminuyendo mientras se dejaba caer en el asiento trasero junto a Chrysalis y notaba la expresión en su rostro. Ella estaba mirando hacia el asiento del lado opuesto, y hacia los dos hombres que lo ocupaban. Uno era Dorian Wilde. Se veía bastante achispado y acariciaba un *cocomacaques* parecido al que Chrysalis había visto esa tarde. La macana obviamente pertenecía al hombre sentado junto a él, el cual observaba a Chrysalis con una horrible sonrisa congelada que desfiguraba su rostro cubierto de cicatrices, verdadera máscara de la muerte.

—¡Chrysalis, querida! –exclamó Wilde mientras la limusina se adentraba en la noche–. Y el glorioso cuarto poder. ¿Ha desenterrado algún chisme interesante últimamente? –Digger movió la mirada de Chrysalis a Wilde y de él al hombre sentado a su lado y decidió que el silencio sería su respuesta más apropiada–. ¡Qué maleducado soy! –continuó Wilde–. No he presentado a nuestro anfitrión. Este agradable hombre lleva el encantador nombre de Charlemagne Calixte. Me parece que es policía o algo así. Va a acompañarnos al *hounfour*.

Digger asintió y Calixte inclinó la cabeza en una reverencia precisa, sin ninguna muestra de respeto.

—¿Es usted un devoto del vudú, *Monsieur* Calixte? –preguntó Chrysalis.

—Es una superstición de los campesinos –dijo con un gruñido ronco, mientras tocaba de manera pensativa el tejido cicatricial que trepaba por el lado derecho de su rostro–. Aunque verla a usted casi podría convertirlo a uno en un creyente.

—¿Qué quiere decir?

—Usted tiene el aspecto de una loa. Podría ser madame Brigitte, la esposa del barón Samedi.

—Usted no cree eso, ¿verdad? –preguntó Chrysalis.

Calixte rio. Una carcajada áspera como un ladrido, tan agradable como su sonrisa.

—No, pero yo soy un hombre culto. Fue la enfermedad lo que causó su aspecto. Lo sé. He visto a otros.

—¿A otros jokers? –preguntó Digger con, reflexionó Chrysalis, su tacto usual.

—No sé de qué habla. He visto otras deformidades anormales. Algunas.

—¿Dónde están ellos ahora?

Calixte se limitó a sonreír.

Nadie tenía muchas ganas de hablar. Digger le dirigió miradas inquisitivas a Chrysalis, pero ella no podía contarle nada, aun cuando hubiera tenido alguna idea de lo que estaba pasando, no había manera de que pudiera hablar abiertamente frente a Calixte. Wilde jugó con la macana de Calixte para fanfarronear y gorreó algunos tragos de la botella de *clairin*, un ron blanco barato, de la que el haitiano bebió varias veces. Calixte se tomó más de la mitad de la botella en veinte minutos, y mientras bebía miraba a Chrysalis con ojos intensos, inyectados en sangre.

Chrysalis, en un esfuerzo por evitar la mirada de Calixte, miró por la ventana y se sorprendió al ver que ya no estaban en la ciudad, sino que viajaban por un camino que atravesaba lo que parecía un bosque.

—¿Exactamente a dónde vamos? –preguntó a Calixte, esforzándose por mantener su voz ecuánime y libre de temor.

Él tomó la botella de *clairin* de manos de Wilde, volvió a beber y se encogió de hombros.

—Vamos al *hounfour*. Es en Petionville, un pequeño suburbio justo afuera de Port-au-Prince.

—¿Port-au-Prince no tiene sus propios *hounfours*?

Calixte lució su malvada sonrisa.

—Ninguno que ofrezca un show tan bueno.

El silencio descendió de nuevo sobre ellos. Chrysalis sabía que estaban en problemas, pero no podía descifrar exactamente lo que Calixte pretendía hacer con ellos. Se sentía como un peón en un juego que ni siquiera sabía que estaba jugando. Miró a los otros. Digger se veía completamente confundido, y Wilde, bastante borracho. Maldición. Sintió más que nunca haber dejado atrás su conocido y cómodo Jokertown para seguir a Tachyon en su loca e inútil travesía. Como siempre, sólo podía contar consigo misma. Siempre había sido así, y siempre lo sería. Parte de su mente le susurraba que en algún momento había estado Brennan, pero ella se rehusaba a escuchar eso. Llegados a la prueba, él habría demostrado ser tan poco digno de confianza como el resto. Lo habría hecho.

El conductor súbitamente se orilló a un lado del camino y detuvo el motor. Ella miró por la ventana, pero era poco lo que podía ver. Estaba oscuro y la carretera estaba iluminada sólo por los destellos esporádicos de la media luna cuando ésta ocasionalmente se asomaba desde detrás de los bancos de nubes muy cerradas. Parecía como si se hubieran detenido junto a una intersección, un encuentro casual de caminos secundarios que corrían ciegamente a través del bosque. Calixte abrió la puerta de su lado y salió de la limusina sin problemas y con paso seguro, a pesar de que se había tomado la mayor parte de una botella de ron en menos de media hora. El conductor se bajó también, se recargó contra un lado de la limusina y empezó a marcar un rápido ritmo continuo en un pequeño tambor puntiagudo que traía consigo.

—¿Qué sucede? —exigió saber Digger.

—Problemas con el motor —dijo Calixte a secas, arrojando la botella vacía de ron hacia la jungla.

—Y el conductor está llamando al Club Automovilístico Haitiano —dijo Wilde con una risita, mientras permanecía tendido en el asiento trasero.

Chrysalis empujó a Digger y le indicó con un gesto que saliera. Él obedeció, miró alrededor desconcertado, y ella lo siguió. No quería quedar atrapada en la parte trasera de la limusina durante lo que fuera que iba a suceder. Al menos afuera del auto ella tendría una oportunidad de correr por su vida, aunque probablemente no podría llegar muy lejos con un vestido largo y tacones altos. A través de la selva. En una noche oscura.

—Oigan —dijo Digger, que comprendió de repente—. Esto es un secuestro. No pueden hacer esto. Soy un reportero.

Calixte metió la mano en el bolsillo de su chaqueta y extrajo un pequeño revólver de cañón corto. Lo apuntó de manera negligente hacia Digger y le ordenó:

—Cállate.

Downs sabiamente obedeció.

No tuvieron que esperar mucho. Desde el camino que intersectaba la carretera por la que venían les llegó el sonido rítmico de pies marchando. Chrysalis se volvió para mirar en dirección de la carretera y vio lo que parecía una columna de luciérnagas, subiendo y bajando, que venía hacia ellos. Le tomó un momento, pero se dio cuenta de que en realidad era un grupo de hombres. Vestían túnicas largas y blancas cuyo dobladillo rozaba la superficie del camino. Cada uno llevaba una vela larga y delgada en su mano izquierda y también una vela sujeta a su frente con una diadema de tela, lo cual producía a lo lejos la impresión de estar ante un montón de luciérnagas. Usaban máscaras. Eran alrededor de quince.

Encabezando la columna estaba un hombre inmenso que tenía un aspecto decididamente bovino. Vestía la ropa andrajosa de un campesino haitiano. Era uno de los hombres más grandes que Chrysalis había visto en toda su vida, y en cuanto la divisó se encaminó directo hacia ella. Se paró delante de Chrysalis sin dejar de babear y de frotarse la entrepierna, la cual, Chrysalis advirtió y no de manera grata, estaba abultada hacia fuera y estiraba la desgastada tela de sus pantalones de mezclilla.

—¡Por Dios! –murmuró Digger–. Ahora sí estamos en problemas. Es un as.

Chrysalis echó una mirada al reportero.

—¿Cómo lo sabes?

—Bueno… parece uno, ¿o no?

Se veía como alguien que había sido tocado por el virus wild card, pensó Chrysalis, pero eso no necesariamente lo convertía en un as. Antes de que pudiera cuestionar más a Digger, sin embargo, el hombre con aspecto de toro dijo algo en criollo, y Calixte le espetó un «no» gutural como respuesta.

El hombre-toro pareció estar momentáneamente listo para desafiar la orden de Calixte, pero decidió dar marcha atrás. Dirigió miradas amenazadoras a Chrysalis y toqueteó su erección mientras hablaba con los hombres de ropas extrañas que lo acompañaban.

Tres de ellos se adelantaron y arrastraron a un Dorian Wilde que no paraba de protestar fuera del asiento trasero de la limusina. El poeta miró a su alrededor desconcertado, fijó su mirada borrosa en el hombre-toro y se rio.

Calixte hizo una mueca. Arrebató el *cocomacaques* de manos de Wilde y lo golpeó con él, al tiempo que gritaba la palabra «*Masisi*».

El golpe cayó en el punto en que el cuello de Wilde se curvaba hacia el hombro, y el poeta gimió y se desvaneció. Los tres hombres que lo detenían no pudieron sostenerlo, y se desplomó al suelo justo cuando el infierno se desató.

El sonido de los disparos salió del follaje que bordeaba la carretera, y dos de los hombres con velas cayeron. Unos cuantos rompieron filas y corrieron para salvarse, aunque la mayoría se mantuvo firme. El hombre-toro bramó de ira y se lanzó hacia la maleza. Chrysalis, quien se había tirado al suelo al primer ruido de los disparos, vio cómo era alcanzado en la parte superior del cuerpo al menos dos veces, pero ni siquiera se tambaleó. Chocó contra la maleza y en un instante algunos gritos agudos se mezclaron con sus bramidos.

Calixte se agachó detrás de la limusina y respondió al fuego con tranquilidad. Digger, al igual que Chrysalis, estaba acurrucado en el suelo, y Wilde simplemente yacía por ahí, gimiendo. Chrysalis decidió que era hora de usar todo su valor. Se arrastró bajo la limusina, maldiciendo al sentir que su caro vestido se atoraba y se desgarraba.

Calixte se lanzó tras ella. Trató de alcanzar su pie izquierdo, pero sólo logró sujetar su zapato. Ella torció el pie, el zapato se zafó, y estuvo libre. Gateó todo el camino bajo la limusina, salió del otro lado y rodó hasta adentrarse en el follaje selvático que cubría el borde de la carretera.

Se tomó unos instantes para recuperar el aliento y pronto estuvo de pie y corriendo, manteniéndose agachada y a resguardo tanto como era posible. En un momento estuvo lejos del conflicto, por fin segura, a solas, y, como advirtió con rapidez, totalmente perdida.

Debió haberse movido de manera paralela a la carretera, se dijo a sí misma, en lugar de avanzar a ciegas hacia el bosque. Debió haber hecho muchas cosas, como pasar el invierno en Nueva York y no en este tour demente. Pero era demasiado tarde para preocuparse por ninguna de esas cosas. Ahora todo lo que podía hacer era seguir adelante.

Chrysalis nunca imaginó que un bosque tropical, una jungla, pudiera ser tan desolada. No vio que nada se moviera, a excepción de algunas ramas de árboles mecidas por el viento nocturno, y no oyó nada que no fueran los sonidos provocados por el viento. Era un sentimiento solitario y aterrador, especialmente para alguien acostumbrado a vivir en una ciudad.

Había perdido su reloj de broche cuando salió huyendo bajo la limusina, así que no tenía manera de medir el tiempo, como no fuera mediante el dolor en aumento de su cuerpo y la creciente resequedad en su garganta. Horas, desde luego, habían transcurrido antes de que, de manera totalmente accidental, tropezara con un sendero. Era burdo, estrecho e irregular, obviamente creado por pies humanos, pero encontrarlo la llenó de esperanza. Era una señal de que la zona estaba habitada. Llevaba a alguna parte. Todo lo que tenía que hacer era seguirlo, y en algún lugar, en algún momento, encontraría ayuda.

Avanzó por el sendero, demasiado concentrada en las exigencias de su situación inmediata para preguntarse cuáles habrían sido los motivos de Calixte al traerla a ella y a los otros a la encrucijada; pensar en la identidad de los hombres ataviados de manera tan extraña y coronados con velas, o preguntarse acerca de los misteriosos rescatadores, si es que la banda que emboscó a sus secuestradores había tenido la intención de rescatarlos.

Caminó en la oscuridad.

Era difícil seguir. Justo al inicio de su vereda se había quitado el zapato derecho para emparejar sus pasos, y poco después lo perdió. El suelo no estaba libre de palos, piedras y otros objetos cortantes, y en poco tiempo los pies le dolían terriblemente. Catalogó sus miserias de manera minuciosa, a fin de determinar con exactitud cuánta de la piel de Tachyon arrancaría si alguna vez volvía a Port-au-Prince.

Nada de *si alguna vez,* se dijo a sí misma. Tan pronto como. Tan pronto como. Tan pronto como.

Coreaba la frase como una de esas canciones hechas para marcar la marcha cuando de repente se dio cuenta de que alguien caminaba hacia ella por el sendero. Era difícil afirmarlo bajo esa luz incierta, pero parecía ser un hombre, un hombre alto y frágil que llevaba una azada o pala o algo sobre su hombro. Se encaminaba directo hacia ella.

Se detuvo, se recargó en un árbol próximo y dejó escapar un largo suspiro de alivio. Pensó fugazmente que podría ser un miembro de la banda de Calixte, pero por lo que pudo discernir estaba vestido como un campesino y cargaba un implemento agrícola. Probablemente era sólo un vecino que había salido a hacer un mandado tardío. Tuvo el súbito temor de que su aspecto lo asustara antes de que pudiera pedirle ayuda, pero su miedo se extinguió al darse cuenta de que él ya debía haberla visto, y a pesar de ello se acercaba a pasos firmes.

—*Bon jour* —llamó, agotando la mayor parte de su francés. Pero el hombre no dio señales de haberla escuchado. Siguió caminando hasta rebasar el árbol contra el que ella se apoyaba.

—¡Oye! ¿Estás sordo? —se estiró y lo jaló por el brazo cuando pasaba a un costado, y en ese instante, él se detuvo, se volvió y clavó en ella su mirada.

Chrysalis sintió como si un pedazo de la noche la hubiera apuñalado en el corazón. Se puso fría y temblorosa, y por un largo momento no pudo recuperar el aliento. No podía apartar la mirada de sus ojos.

Estaban abiertos. Se movieron, enfocaron, incluso parpadearon lenta y pesadamente, pero no la vieron. El rostro desde el cual asomaban era casi tan esquelético como el suyo. Los arcos superciliares, las cuencas de los ojos, los pómulos, la mandíbula y la barbilla se destacaban de modo minucioso, como si no hubiera carne entre el hueso y la tirante piel negra que los cubría. Podía contar las costillas bajo la andrajosa camisa de trabajo con tanta facilidad como cualquiera podía contar las suyas. Lo miró con toda atención mientras él miraba hacia ella, y apenas recuperaba el aliento cuando se dio cuenta de que él no respiraba. Ella estaba a punto de gritar o correr o hacer algo, pero mientras lo observaba él tomó un largo respiro superficial que apenas infló su pecho hundido. Lo observó con atención, y veinte segundos pasaron antes de que él respirara de nuevo.

Ella se dio cuenta de repente de que aún sujetaba su manga raída, y la soltó. Él la siguió mirando por un instante, entonces se volvió hacia donde se dirigía originalmente y se alejó caminando.

Chrysalis miró su espalda por un momento, temblando, a pesar del calor de la tarde. Ella acababa de ver, de hablarle y hasta de tocar, se dio cuenta, a un zombi. Como residente de Jokertown y siendo ella misma una joker, se creía habituada a lo extraño, acostumbrada a lo bizarro. Pero no era así. Nunca había estado tan asustada en su vida, ni siquiera cuando, siendo una chica recién salida de la adolescencia, forzó la caja fuerte de su padre para financiar la fuga del que había sido su hogar.

Tragó saliva con dificultad. Zombi o no, tenía que dirigirse a alguna parte. Alguna parte donde podría haber otras… personas… reales.

Con miedo, porque no había nada más que pudiera hacer, decidió seguirlo.

No tuvieron que ir muy lejos. El zombi salió del sendero y tomó un camino lateral menos transitado, que serpenteaba hacia abajo y rodeaba una colina empinada. Cuando rebasaron una curva cerrada del camino, Chrysalis notó que había una luz encendida más adelante.

El zombi se encaminó hacia la luz, y ella lo siguió. Era una lámpara de queroseno, colgada de un poste frente a lo que parecía ser una pequeña choza en ruinas aferrada a las curvas más bajas de la ladera escarpada. Frente a la choza había un pequeño jardín, y enfrente del jardín una mujer miraba la noche.

Era la haitiana con el aspecto más próspero que Chrysalis había visto hasta el momento fuera del Palacio Nacional. Era regordeta, su vestido de percal parecía fresco y nuevo, y un pañuelo madrás de color naranja brillante rodeaba su cabeza. La mujer le sonrió a Chrysalis mientras el zombi se le aproximaba.

—Ah, Marcel, ¿quién te ha seguido a casa? —se rio—. Madame Brigitte en persona, si no me equivoco —esbozó una reverencia que, a pesar de su gordura, tenía bastante gracia—. Bienvenida a mi hogar.

Marcel siguió caminando hasta que la hubo rebasado, la ignoró y fue hacia la parte trasera de la choza. Chrysalis se detuvo frente a la mujer, quien la veía con una expresión afable y acogedora, más una enorme curiosidad.

—Gracias —dijo Chrysalis dubitativamente. Había mil cosas que pudo haber dicho, pero la pregunta que quemaba al frente de su mente tenía que ser respondida—. Tengo que preguntarle… acerca de Marcel.

—¿Sí?

—No es en realidad un zombi, ¿o sí?

—Por supuesto que sí, mi niña, por supuesto que sí. Ven, ven –hizo movimientos de reunión con las manos–. Debo entrar a decirle a mi hombre que cancele la búsqueda.

Chrysalis se quedó atrás.

—¿Búsqueda?

—Por ti, mi niña, por ti –la mujer meneó la cabeza y chasqueó la lengua–. No debiste haber escapado así. Nos causó bastantes problemas y preocupaciones. Pensamos que la columna de zobops te había capturado de nuevo.

—¿Zobop? ¿Qué es un zobop? –la palabra le sonó a Chrysalis como uno de esos términos que usan los aficionados al jazz. Era todo lo que podía hacer para evitar reír histéricamente ante la situación.

—Los zobops son –la mujer hizo un gesto vago con las manos como si intentara describir un tema enormemente complicado con palabras simples– los asistentes de un bokor, un hechicero malvado, quienes se han vendido a sí mismos al bokor a cambio de riquezas materiales. Siguen sus órdenes en todo, a menudo secuestrando a víctimas elegidas por el bokor.

—Ya… veo… ¿Y quién, si no le importa que se lo pregunte, es usted?

La mujer rio afablemente.

—No, niña, no me molesta para nada. Demuestra prudencia admirable de tu parte. Soy Mambo Julia, sacerdotisa y première reine del capítulo Bizango local –ella debió leer correctamente la mirada confundida en el rostro de Chrysalis porque se echó a reír abiertamente–. ¡Ustedes los blancs son tan graciosos! Creen que lo saben todo. Vienen a Haití en su gran aeroplano, caminan por ahí durante un día, y entonces nos dan el consejo mágico que sanará todas nuestras enfermedades. Y ni uno solo de ustedes sale de Port-au-Prince –Mambo Julia rio de nuevo, esta vez con un tono de burla–. Ustedes no saben nada de Haití, del verdadero Haití. Port-au-Prince es un cáncer gigantesco, que alberga a las sanguijuelas que chupan los jugos del cuerpo de Haití. ¡Pero el campo, ah, el campo es el corazón de Haití! Bueno, mi niña, te diré todo lo que necesitas saber para empezar a entender. Todo, y más, de lo que deseas saber. Ven a mi cabaña. Descansa. Bebe. Come un bocado. Y escucha.

Chrysalis consideró la oferta de la mujer. En ese momento estaba más preocupada acerca de sus propias dificultades que acerca de las de Haití, pero la invitación de Mambo Julia sonaba bien. Quería descansar sus adoloridos pies y beber algo frío. La idea de comer algo también sonaba atractiva. Parecía como si hubieran transcurrido años desde la última vez que comió.

—Está bien —dijo, y siguió a Mambo Julia hacia la choza. Antes de que llegaran a la puerta un hombre de mediana edad, delgado como la mayoría de los haitianos, con una mata de cabello prematuramente canoso, surgió de la parte de atrás de la cabaña.

—¡Baptiste! —gritó Mambo Julia—. ¿Alimentaste al *zombi*? —El hombre asintió e hizo una cortés reverencia en dirección a Chrysalis—. Bien. Diles a los otros que madame Brigitte encontró su propio camino de regreso.

Él hizo una reverencia una vez más, y Chrysalis y Mambo Julia entraron en la choza.

El interior estaba amueblado de manera sencilla, ordenada y confortable. Mambo Julia guio a Chrysalis hasta una mesa de tablones toscamente labrada y le sirvió agua fresca y una selección de frutas tropicales frescas y suculentas, la mayoría de las cuales eran desconocidas para ella, pero tenían buen sabor.

Afuera, un tambor empezó a marcar un complicado ritmo que se esparcía por la noche. Adentro, Mambo Julia empezó a hablar.

Una de las monturas de Ti Malice entregó el mensaje de Ezili cerca de medianoche. Había tenido éxito en la tarea que le habían asignado: una nueva montura yacía adormilada por las drogas en el Hotel Royal Haitian, a la espera de su primer beso.

Emocionado como un niño en navidad, Ti Malice decidió que no podía esperar en la fortaleza a que le entregaran las monturas por las que había enviado a Taureau. Quería sangre nueva, y la quería ahora.

Se cambió de su antiguo favorito a una montura diferente, una chica no mucho mayor que él, que ya estaba esperando en la caja especial que él había construido para ocasiones en las que tenía que moverse en público. Era del tamaño de una maleta grande y era pequeña e incómoda, pero le ofrecía la privacidad que necesitaba para sus excursiones públicas. Requirió algo de precaución, pero metieron a Ti Malice a escondidas, de manera que pasara inadvertido, al tercer piso del Hotel Royal Haitian donde Ezili, desnuda y con el cabello libre como el viento, le franqueó la entrada a la habitación y retrocedió mientras la montura que lo llevaba abrió la tapa y salió de la caja, a fin de que él se cambiara del pecho de la chica a una posición más cómoda sobre su espalda y hombros.

Ezili lo guio a la habitación donde la nueva montura dormía con tranquilidad.

—Me quiso desde el momento en que me vio –dijo Ezili–. Fue fácil lograr que me trajera aquí, y aún más fácil echarle una pócima en la bebida después de tenerme –hizo un puchero, mientras acariciaba el pezón grande y oscuro de su pecho izquierdo–. Fue un amante rápido –dijo con un dejo de decepción.

—Más tarde –dijo Ti Malice por medio de su montura– serás recompensada.

Ezili sonrió feliz mientras Ti Malice le ordenaba a su montura que lo acercara a la cama. La montura obedeció, se agachó sobre el hombre dormido, y Ti Malice se cambió rápidamente. Se acurrucó contra el pecho del hombre, acariciando su cuello con la trompa. El hombre se movió, gimió un poco en el sueño inducido por las drogas. Ti Malice encontró el punto que necesitaba, le clavó su único diente afilado y acto seguido dejó que su lengua llegara a donde debía llegar.

La nueva montura soltó un quejido y trató de alcanzar su cuello débilmente. Pero Ti Malice ya estaba bien afianzado y mezclaba su saliva con la sangre de su víctima, y la montura se calmó como un niño malhumorado que tuviera una ligera pesadilla. Se instaló en un sueño profundo mientras Ti Malice lo hacía suyo.

Era una espléndida montura, poderosa y fuerte. Su sangre tenía un sabor maravilloso.

IV

—Siempre han existido dos Haitís –dijo Mambo Julia–. Está la ciudad, Port-au-Prince, donde mandan el gobierno y su ley. Y está el campo, donde manda el Bizango.

—Usted usó esa palabra antes –dijo Chrysalis, limpiando los dulces jugos de una suculenta fruta tropical que escurrían por su barbilla–. ¿Qué significa?

—Así como tu esqueleto, el cual puedo ver tan claramente, te mantiene junto a tu cuerpo, el Bizango une a la gente del campo. Es una organización, una sociedad con una red de obligaciones y un orden. No todos pertenecen a ella, pero todos tienen un lugar en ella y acatan sus decisiones. El Bizango resuelve las disputas que de otra manera nos harían pedazos. Algunas veces es fácil. A veces, como cuando alguien es sentenciado a convertirse en zombi, es difícil.

—¿El Bizango sentenció a Marcel a convertirse en zombi?

Mambo Julia asintió.

—Era un hombre malo. Nosotros en Haití somos más permisivos sobre ciertas cosas que ustedes los americanos. A Marcel le gustaban las chicas. No hay nada malo en eso. Muchos hombres tienen varias mujeres. Está bien mientras las puedan mantener a ellas y a sus hijos. Pero a Marcel le gustaban las niñas. Niñas muy chicas. No podía parar, así que el Bizango lo juzgó y lo sentenció a convertirse en zombi.

—¿Ellos lo convirtieron en zombi?

—No, querida. Lo juzgaron –Mambo Julia perdió su aire de cordial jovialidad–. Yo lo convertí en lo que él es ahora, y lo mantengo así gracias a los polvos con que lo alimento diariamente –Chrysalis colocó de nuevo en el plato la fruta a medio comer que sostenía, tras haber perdido el apetito de repente–. Es una solución muy sensata. Marcel ya no lastima a las niñas pequeñas. En lugar de eso, trabaja de manera incansable por el bien de la comunidad.

—¿Y siempre será un zombi?

—Bueno, han existido unos cuantos zombis *savane,* aquellos que han sido sepultados y traídos de regreso como zombis, y más tarde de alguna manera lograron volver al estado de los vivos –Mambo Julia sujetó su barbilla pensativamente–. Pero siempre han quedado un poco… dañados.

Chrysalis tragó con dificultad.

—Aprecio lo que ha hecho por mí. Yo… no estoy segura de cuáles eran las intenciones de Calixte, pero estoy segura de que iba a hacerme daño. Pero ahora que estoy libre, me gustaría regresar a Port-au-Prince.

—Por supuesto que sí, niña. Y lo harás. De hecho, estábamos contando con eso.

Las palabras de Mambo Julia eran bienvenidas, pero Chrysalis no estaba segura de que le agradara mucho su tono.

—¿Qué quiere decir?

Mambo Julia la miró con curiosidad.

—Yo tampoco estoy segura de lo que Calixte planeaba para ti. Sé que ha estado atrapando a personas como tú. Personas que han cambiado. No sé lo que les hace, pero se convierten en suyas. Hacen las labores sucias que incluso los tonton macoutes rehúsan realizar. Y las mantiene ocupadas —dijo apretando la mandíbula.

»Charlemagne Calixte es nuestro enemigo. Él es el poder en Port-au-Prince. El padre de Jean-Claude Duvalier, François, era, a su manera, un gran hombre. Era despiadado y ambicioso. Encontró su camino al poder y lo mantuvo por muchos años. Primero organizó a los tonton macoutes, y ellos lo ayudaron a llenarse los bolsillos con la riqueza de todo el país. Pero Jean-Claude no es como su padre. Es tonto y de voluntad débil. Ha permitido que el verdadero poder se deslice hacia las manos de Calixte, y ese demonio es tan ambicioso que amenaza con chuparnos la vida como un *loup garou*[*] —meneó la cabeza—. Debe ser detenido. Tiene a Haití sujeto por el cuello, es necesario que lo suelte un poco para que la sangre fluya por las venas de Haití de nuevo. Pero su poder es más fuerte que las pistolas de los tonton macoutes. O es un poderoso *bokor* o tiene a uno trabajando para él. La magia de este *bokor* es muy fuerte. Le ha permitido a Calixte sobrevivir a varios intentos de asesinato. Aunque uno de ellos, al menos —dijo con un dejo de satisfacción—, dejó su marca en él.

—¿Qué tiene que ver todo esto conmigo? —preguntó Chrysalis—. Deberían acercarse a las Naciones Unidas o a los medios. Den a conocer su historia.

—El mundo conoce nuestra historia —dijo Mambo Julia—, y no le importa. No somos dignos de su interés, y tal vez sea mejor que nos dejen resolver nuestros problemas a nuestra manera.

---

[*] Hombre lobo. *N. de la T.*

—¿Cómo? –preguntó Chrysalis, sin estar segura de querer escuchar la respuesta.

—El Bizongo es más fuerte en el campo que en la ciudad, pero tenemos agentes incluso en Port-au-Prince. Los hemos estado observando a ustedes los *blancs* desde su llegada, pensando que Calixte podría ser lo bastante atrevido para aprovecharse de su presencia de alguna manera, quizás hasta intentar convertir a uno de ustedes en su agente. Cuando tú desafiaste públicamente al tonton macoute, supimos que Calixte experimentaría el impulso de vengarse de ti. Mantuvimos una estrecha vigilancia sobre ti y de esa manera pudimos frustrar su intento de secuestro. Pero se las arregló para capturar a tus amigos.

—No son mis amigos –dijo Chrysalis, que advirtió hacia dónde se dirigía el razonamiento de Julia–. Y aun si lo fueran, no podría ayudarte a rescatarlos –levantó la mano, una mano de calavera con una red de nervios, tendones y vasos sanguíneos tejidos a su alrededor–. Esto es lo que el virus wild card me hizo. No me dio poderes especiales o habilidades. Ustedes necesitan a alguien como Billy Ray, Lady Black o Golden Boy para ayudarlos.

Mambo Julia meneó la cabeza.

—Te necesitamos. Tú eres madame Brigitte, la esposa del barón Samedi.

—Usted no cree en eso.

—No –dijo–, pero los *chasseurs* y *soldats* que viven en las aldeas pequeñas y dispersas, que no pueden leer y que nunca han visto la televisión, que no saben nada de lo que tú llamas el virus wild card, pueden verte con buenos ojos y reunir valor para realizar las acciones que se deben hacer esta noche. Puede que no crean por completo tampoco, pero desearán hacerlo y no se les va a ocurrir la imposibilidad de vencer al *bokor* y a su poderosa magia. Además –dijo con un tono que no admitía réplica–, eres la única que puede servir de carnada para la trampa. Eres la única que escapó de la columna de *zobop*. Vas a ser la única que acepten en su fortaleza.

Las palabras de Mambo Julia le helaron la sangre y la enfurecieron. Le helaron la sangre, porque ni siquiera quería ver a Calixte de nuevo. No tenía ninguna intención de ponerse a sí misma al alcance de su poder. La enfurecieron, porque no quería involucrarse en problemas ajenos, no quería morir por algo de lo cual no sabía prácticamente nada. Era la encargada de un bar y una corredora de servicios de información. No era un as entrometida que metía la nariz donde no la llamaban. No era un as de ningún tipo.

Chrysalis empujó la silla de la mesa y se levantó.

—Lo siento, pero no puedo ayudarlos. Además, yo no sé a dónde se llevó Calixte a Digger y a Wilde.

—Nosotros sabemos dónde están —Mambo Julia le ofreció una sonrisa totalmente desprovista de humor—. Aunque tú eludiste a los *chasseurs* que enviamos a rescatarte, varios de los *zobop* no lo hicieron. Requirió algo de persuasión, pero finalmente uno de ellos nos dijo que el reducto de Calixte está en Fort Mercredi, la fortaleza en ruinas con vista a Port-au-Prince. El centro de su magia está ahí —Mambo Julia se puso de pie y fue a abrir la puerta. Un grupo de hombres estaban parados frente a la choza. Todos tenían un aire de campo en sus burdas ropas de labranza, manos y pies callosos, y cuerpos delgados y musculares—. Hoy —dijo Mambo Julia—, el *bokor* morirá de una vez por todas.

Sus voces se elevaron en un murmullo de sorpresa y temor reverencial cuando vieron a Chrysalis. La mayoría se inclinó en señal de respeto y reverencia.

Mambo Julia gritó en criollo, señalando a Chrysalis, y ellos le respondieron a voz en cuello, felices. Tras unos instantes ella cerró la puerta, se volvió a Chrysalis y sonrió.

Chrysalis suspiró. Era una tontería, decidió, discutir con una mujer que tenía demostrada habilidad para crear zombis. La sensación de impotencia que descendió sobre ella era una vieja conocida de su juventud. En Nueva York ella controlaba todo. Aquí, según parecía, siempre era controlada. No le gustaba, pero no había más que hacer que escuchar el plan de Mambo Julia.

Era un plan bastante simple. Dos *chasseurs* del Bizango —hombres con el rango de cazadores en el Bizango, explicó Mambo Julia— se vestirían con las túnicas y máscaras de los *zobops* que habían capturado esa misma tarde, llevarían a Chrysalis a la fortaleza de Calixte, y le dirían que la habían localizado en el bosque. Cuando se presentara la oportunidad (Chrysalis no estaba muy complacida con la vaguedad del plan en este punto, pero decidió que era mejor mantener la boca cerrada), ellos dejarían entrar a sus camaradas y procederían a destruir a Calixte y a sus secuaces.

A Chrysalis no le gustó el plan, aunque Mambo Julia le prometió alegremente que estaría perfectamente segura, que la loa la protegería. Como protección adicional —aunque fuera innecesaria, dijo Mambo Julia—, la sacerdotisa le dio un pequeño paquete envuelto en hule.

—Éste es un *paquets congo* —le dijo Mambo Julia—. Yo misma lo hice. Contiene magia muy fuerte que te protegerá del mal. Si eres amenazada, ábrelo y esparce su contenido a tu alrededor. ¡Pero *no permitas que nada de esto te toque*! Es magia poderosa, muy, muy poderosa, y sólo la puedes usar de esta sencillísima manera.

Con eso, Mambo Julia la envió con los *chasseurs*. Había diez o doce de ellos, desde jóvenes hasta hombres de mediana edad. Baptiste, el hombre de Mambo Julia, estaba ahí. Charlaban continuamente y bromeaban como si se dirigieran a un día de campo, y trataban a Chrysalis con extrema deferencia y respeto, ayudándola a pasar los puntos más difíciles del sendero. Dos de ellos vestían las túnicas que arrebataron a la columna *zobop* esa misma tarde.

El sendero peatonal que seguían los llevó a un camino irregular donde estaba estacionado un vehículo antiguo, un microbús o algún tipo de camioneta. Apenas parecía que fuera capaz de moverse, pero el motor funcionó tan pronto como todos se apilaron en su interior. El viaje fue lento y traqueteado, pero avanzaron más rápido cuando finalmente tomaron un camino más ancho y nivelado que los llevó de regreso a Port-au-Prince.

La ciudad estaba tranquila, aunque más de una vez se cruzaron con otros vehículos. Chrysalis cayó en la cuenta de que viajaban por escenarios familiares, y de repente comprendió que estaban en Bolosse, la sección de barrios bajos de Port-au-Prince, donde estaba ubicado el hospital que había visitado esa mañana —parecía como si hubiera ocurrido hacía unos mil años.

Los hombres cantaban, parloteaban, reían y contaban chistes. Era difícil creer que planeaban asesinar al hombre más poderoso del gobierno haitiano, un hombre reconocido también como un brujo maligno. Se comportaban más como si fueran a un juego de pelota. O era una asombrosa muestra de valor, o el efecto relajante de su presencia como madame Brigitte. Lo que fuera que ocasionara esa actitud, Chrysalis no lo compartía. Estaba muerta de miedo.

El conductor se orilló de repente y se hizo el silencio mientras estacionaba el microbús sobre una calle estrecha de edificios dilapidados, al tiempo que señalaba y decía algo en criollo. Los *chasseurs* descendieron, y uno le ofreció cortésmente a Chrysalis una mano para ayudarla a bajar. Por un momento pensó en correr, pero vio que Baptiste la vigilaba con recelo, aunque con discreción. Suspiró para sus adentros y se unió a la fila de hombres que caminaba tranquilamente por la calle.

Era una subida extenuante por una colina empinada. Después de un momento Chrysalis se dio cuenta de que se encaminaban hacia las ruinas del fuerte que ella había notado cuando pasaron anteriormente por la zona. Fort Mercredi, así lo llamó Mambo Julia. Le había parecido pintoresco por la mañana. Ahora era una ruina oscura y ominosa rodeada por una perturbadora aura de amenaza. La columna se detuvo en un pequeño bosquecillo de árboles agrupados frente a las ruinas, y dos *chasseurs*, uno de ellos Baptiste, se pusieron las túnicas y las máscaras *zobop*. Baptiste tomó su brazo por arriba del codo, para mostrar de manera ostensible que era una prisionera, pero ella se sintió agradecida por la calidez de un contacto humano. El velo oscuro de la noche había regresado a su corazón, pero había crecido, se había extendido hasta sentirse como una cortina oscura y helada que envolvía su pecho por completo.

La fortaleza estaba rodeada por un foso seco, atravesado por un puente de madera desgastada que llegaba de lado a lado. Una voz que gritó una pregunta en criollo les marcó el alto al llegar al puente. Baptiste contestó de manera satisfactoria con una contraseña cortante —más información, imaginó Chrysalis, arrancada del desafortunado *zobop* que había caído en las manos del Bizango— y cruzaron el puente.

Dos hombres con el traje azul semioficial de los tonton macoutes holgazaneaban del otro lado, con los anteojos oscuros descansando en los bolsillos de la camisa. Baptiste les contó una historia larga y complicada, e impresionados, los hicieron pasar por las defensas exteriores de la ciudadela. Se les marcó el alto de nuevo en el patio siguiente, y de nuevo se les concedió el paso; esta vez fueron guiados al interior del decrépito fuerte por uno de los guardias del segundo grupo.

A Chrysalis le resultó exasperante no poder entender lo que se decía a su alrededor. La tensión se acumulaba, su corazón se helaba a medida que el miedo la envolvía estrechamente. Pero no había nada que pudiera hacer, más que resistir y esperar, aunque sin esperanza, que todo terminara de la mejor manera posible.

El interior de la fortaleza parecía estar en razonable buen estado. Estaba iluminado, aunque muy al estilo medieval, con antorchas muy separadas entre sí, colocadas en los nichos de las paredes. Las paredes y pisos eran de piedra, secos y frescos al tacto. El corredor terminaba en una escalera de caracol sin barandal, hecha de piedra que se desmoronaba. El tonton macoute los guio escaleras abajo.

Imágenes de un calabozo frío y húmedo surgieron en la imaginación de Chrysalis. El aire adquirió una sensación de humedad y un olor a moho. La escalera misma estaba resbaladiza, por culpa de algo parecido al limo pero imposible de identificar, y era difícil moverse con las sandalias hechas de pedazos de neumáticos viejos que Mambo Julia le había proporcionado. Las antorchas estaban espaciadas, y los claros de luz que arrojaban no se encimaban unos con otros, por lo que a menudo tenían que pasar por zonas de total oscuridad.

La escalera terminaba en un amplio espacio abierto que sólo tenía unos cuantos muebles de madera que parecían ser muy incómodos. Una serie de habitaciones desembocaban en esta área, y los guiaron a una de ellas.

La habitación tenía unos seis metros de lado y estaba mejor iluminada que los corredores por los que habían pasado, pero el techo, las esquinas y algunos puntos a lo largo de la pared posterior estaban todos en la oscuridad. La luz bailarina que arrojaban las antorchas le hacía difícil identificar detalles, y tras una primera mirada hacia el interior de la habitación, Chrysalis supo que probablemente era mejor así.

Era una cámara de tortura, revestida con antiguos dispositivos que se veían bien cuidados y usados recientemente. Una doncella de hierro descansaba a medio abrir contra una pared, con los picos en su interior cubiertos por costras de óxido o sangre. Una mesa cargada con instrumentos como atizadores, cuchillos de carnicero, escalpelos, aplastapulgares y aplastapiernas se encontraba junto a lo que Chrysalis imaginó era un potro de tortura. No lo sabía a ciencia cierta porque nunca había visto uno, nunca imaginó que vería uno, nunca, jamás deseó ver uno.

Desvió la mirada de los instrumentos de tortura y se enfocó en el grupo de media docena de hombres apiñados en la parte trasera de la habitación. Dos eran tonton macoutes, que disfrutaban del proceso. Los otros eran Digger Downs y Dorian Wilde, el hombre-toro que guiaba la columna de *zobops* y Charlemagne Calixte. Downs estaba encadenado en un nicho en la pared junto a un cadáver en descomposición. Wilde era el centro de la atención de todos.

Una viga fuerte y gruesa sobresalía de la pared posterior del calabozo, cerca del techo, paralela al suelo. Un aparejo de poleas colgaba de la viga, y una cuerda descendía del afilado gancho de metal de aspecto perverso que se encontraba en la parte inferior del juego de poleas. Dorian Wilde colgaba de la cuerda por los brazos. Intentaba levantarse, pero carecía de la fuerza muscular necesaria para hacerlo. Ni siquiera podía sujetar bien el burdo cáñamo con la masa de tentáculos que era su mano derecha. Sudando, con los ojos desorbitados, y haciendo un gran esfuerzo, oscilaba desesperadamente mientras Calixte operaba un trinquete de manivela que hacía descender la cuerda hasta que las plantas de los pies desnudos de Wilde colgaban justo sobre un lecho de brasas incandescentes que ardían en un brasero bajo que había sido colocado debajo de la horca. Wilde movía los pies para alejarlos del calor abrasador, Calixte lo elevaba y le daba un breve descanso, sólo para bajarlo de nuevo. Se detuvo cuando el hombre-toro miró hacia el frente de la sala, vio a Chrysalis y soltó un bramido.

Calixte la miró y sus ojos se encontraron. Su expresión era salvajemente exultante y sudaba con profusión, aunque se sentía un frío húmedo en el calabozo. Sonrió y les dijo algo en criollo a los hombres del fondo, los cuales se adelantaron y retiraron a Wilde de la horca. Entonces habló con Baptiste y el otro *chasseur*. Baptiste debió contestarle de manera satisfactoria, porque asintió y los dejó marchar con una palabra cortante y un movimiento de cabeza.

Se inclinaron y se fueron. Chrysalis dio un paso instintivo para seguirlos, y de golpe el hombre-toro estuvo frente a ella, respirando pesadamente y mirándola de manera extraña. Su erección, advirtió ella sintiéndose enferma, todavía era incontrolable.

—Bueno –gruñó Calixte en inglés–. Todos estamos juntos de nuevo –se acercó a Chrysalis, posó una mano en el hombro del toro y lo hizo a un lado de un empujón–. Nos estábamos divirtiendo un poco. El *blanc* me ofendió y le estaba enseñando algo de modales –asintió con la cabeza en dirección a Wilde, quien estaba acurrucado en el húmedo pavimento de losa, aspirando enormes y temblorosas bocanadas de aire. Calixte nunca le quitó a Chrysalis los ojos de encima. Estaban brillantes y febriles, ardían de excitación y un placer indescriptible–. Tú también te has hecho la difícil –dio unos tirones al tejido cicatricial que brillaba de manera vidriosa a la luz de las antorchas. Parecía absorto en pensamientos demenciales–. Tú también necesitas, según creo, una lección –pareció decidirse–. Él tendrá a los otros. No creo que le moleste que te utilicemos. ¡Taureau! –se volvió hacia el hombre-toro y le dirigió unas palabras en criollo.

Chrysalis apenas entendió, aunque hablaba en inglés. Sus palabras eran pastosas y confusas, aún más de lo habitual. Estaba muy borracho, muy drogado o muy enojado. Tal vez, comprendió, las tres cosas. Estaba loca de terror. Se suponía que los *chasseurs* no debían marcharse, pensó frenéticamente. ¡Se suponía que matarían a Calixte! Su corazón latió más rápido que los tambores que había escuchado resonando durante la noche haitiana. El miedo oscuro en el centro de su pecho amenazaba con desbordarse e invadir su ser por completo. Por un momento se tambaleó en el delgado borde de lo irracional, y entonces Taureau se acercó, resoplando y babeando, y desabrochó con una mano enorme la bragueta de sus pantalones de mezclilla, así que Chrysalis supo lo que debía hacer.

Sujetó el paquete que Mambo Julia le había dado y con dedos temblorosos y frenéticos retiró la envoltura de papel, dejando al descubierto un saquito de piel cerrado con un cordel. Rasgó la boca del saco y con manos temblorosas lo arrojó junto con sus contenidos en dirección a Taureau.

El saco lo golpeó en el rostro y quedó cubierto por una nube de polvo fino y grisáceo que surgió en oleadas del saco. El polvo le cubrió manos, brazos, pecho y cara. Se detuvo por un momento, resopló, meneó la cabeza y continuó acercándose.

Chrysalis se dio a la fuga. Se volvió con un sollozo y corrió, pensando de manera incoherente que debió de haberlo sabido, que Mambo Julia era una farsante calculadora, que lo que estaba a punto de suceder no sería nada comparado con lo que experimentaría en una vida entera bajo el dominio de Calixte, y entonces escuchó un grito horrible, semejante a un bramido, que congeló cada nervio, músculo y tendón de su cuerpo.

Se volvió. Taureau estaba de pie pero no avanzaba, temblaba de los pies a la cabeza mientras cada enorme músculo de su cuerpo se sacudía en espasmos. Sus ojos casi se salían de sus órbitas mientras miraba a Chrysalis y gritaba de nuevo, un lamento horrible e interminable que no era remotamente humano. Sus manos se abrían y cerraban, arañando con furia su cara, abriendo largos surcos en sus mejillas, arrancando pedazos de carne con sus uñas gruesas y romas, mientras aullaba como un alma en pena.

Un recuerdo pasó por la mente de Chrysalis, un recuerdo lacónico de un bar fresco y oscuro, una bebida deliciosa y un corto discurso de Tachyon sobre la medicina herbolaria haitiana. El *paquets congo* de Mambo Julia no contenía polvos mágicos, ni pócimas preparadas durante un ritual cargado de temor, consagrado a la oscura loa vudú. Simplemente era una preparación herbal, algún tipo de neurotoxina tópicamente eficaz de acción rápida. Al menos eso es lo que se dijo a sí misma, y estuvo cerca de creerlo.

El terrible cuadro continuó por un momento, y entonces Calixte ladró una palabra a los tonton macoutes que observaban a Taureau con ojos de asombro. Uno dio un paso adelante, puso una mano en el hombro del hombre-toro. Taureau giró con la velocidad de un gato cargado de adrenalina, sujetó al hombre por la muñeca y el hombro, y le arrancó el brazo del cuerpo. El tonton macoute miró fijamente a Taureau por un momento con ojos incrédulos, y entonces, con la sangre brotando de su hombro como fuente, se desplomó llorando en el suelo, intentando restañar infructuosamente el sangrado con la mano restante.

Taureau blandió el brazo sobre su cabeza como si fuera un garrote sangriento, y lo agitó en dirección de Chrysalis. La sangre la salpicó en el rostro y ella tragó la bilis que se elevaba por su garganta.

Calixte rugió una orden en criollo, Chrysalis no sabía si la dirigía a Taureau o al otro hombre, pero el tonton macoute huyó de la cámara mientras Taureau giraba en círculos dementes, intentando vigilar a todos al mismo tiempo desde sus ojos enloquecidos y distendidos por el miedo.

Calixte volvió a gritarle a Taureau, mientras éste se sacudía y era sacudido por terribles espasmos musculares. Su cara era el rostro de un lunático torturado, y su piel se estaba volviendo aún más oscura. Sus labios se tornaron inequívocamente azules. Cojeó hacia Calixte, gritando sonidos indescifrables.

Calixte extrajo su pistola con calma. Apuntó a Taureau y le gritó de nuevo. El joker siguió avanzando. Calixte disparó un tiro que alcanzó a Taureau en el lado izquierdo superior del pecho, pero éste siguió avanzando. Calixte disparó tres veces más antes de que el toro enloquecido cubriera la distancia entre ellos, y el último tiro lo alcanzó justo entre los ojos.

A pesar de ello el Toro siguió avanzando. Tiró el brazo que había arrancado, sujetó a Calixte y, con un último golpe de fuerza increíble, lo arrojó a la pared trasera de la cámara. Calixte gritó mientras intentaba alcanzar la cuerda que colgaba de la horca, pero no lo logró. En cambio se ensartó en el gancho que sostenía la cuerda.

El gancho lo alcanzó en el estómago y lo desgarró, atravesó el diafragma y se le ensartó en el pulmón derecho. Soltó una lluvia de gritos y sangre mientras pataleaba y se balanceaba a un ritmo que contrapunteaba las sacudidas espasmódicas de su cuerpo.

Taureau trastabilló, se tomó con ambas manos la frente destrozada y cayó sobre el brasero y sus carbones ardientes. Tras un momento dejó de gritar y se escuchó el crujiente crepitar y el dulce olor de la carne quemada.

Chrysalis vomitó con violencia. Cuando terminó de limpiarse la boca con el dorso de la mano, levantó la mirada para ver a Dorian Wilde de pie ante la forma inerte y oscilante de Charlemagne Calixte. Sonrió y recitó:

> Es placentero bailar al son de los violines
> cuando el Amor y la Vida nos son favorables:
> bailar al son de las flautas, bailar al son de los laúdes
> es delicado e inusual,

¡pero no es placentero
bailar con los pies por los aires!

Digger Downs sacudió sus cadenas con impotencia.

—Alguien sáqueme de aquí –imploró.

Chrysalis escuchó el chasquido de los disparos en la parte alta de la fortaleza, pero los *chasseurs* del Bizango habían llegado demasiado tarde. El *bokor*, que se mecía del gancho para carne sobre el piso del calabozo, ya estaba muerto.

Se le echó tierra al asunto, por supuesto.

El senador Hartmann le pidió a Chrysalis que guardara silencio para ayudar a disminuir el temor hacia el virus wild card que se estaba propagando en su país. No quería que hubiera el menor indicio de que los jokers y ases americanos se habían mezclado en un asunto de política exterior. Ella estuvo de acuerdo por dos razones. En primer lugar, quería que estuviera en deuda con ella, y en segundo lugar, siempre evitaba la publicidad personal. Ni siquiera Digger pudo publicar una historia. Estaba renuente al principio, hasta que el senador Hartmann tuvo una conversación privada con él, una plática de la cual Downs emergió feliz, sonriente y extrañamente reservado.

La muerte de Charlemagne Calixte se atribuyó a una súbita e inesperada enfermedad. La otra docena de cuerpos encontrados en Fort Mercredi nunca fueron mencionados, y los más de cuarenta muertes y suicidios entre oficiales gubernamentales hasta poco más de una semana después nunca se relacionaron con la muerte de Calixte.

Jean-Claude Duvalier, quien de repente se encontró a cargo de un país resentido, asolado por la pobreza, agradeció la falta de publicidad, pero hubo algo que descubrió al final del asunto, algo desconcertante y aterrador que mantuvo cuidadosamente en secreto.

Entre los cuerpos recuperados en Fort Mercredi se encontraba el de un hombre muy, muy viejo. Cuando Jean-Claude vio el cuerpo palideció hasta quedar casi blanco, e hizo que lo enterraran en el Cimetière Extérieur a toda prisa, de noche, sin ceremonia, antes de que nadie más pudiera reconocerlo y preguntara cómo era que François Duvalier, supuestamente fallecido quince años atrás, estaba, o había estado hasta hacía muy poco, aún con vida.

El único que podía responder a esa pregunta ya no se encontraba en Haití. Iba en camino a América, donde esperaba tener una búsqueda larga, interesante y productiva de nuevas y apasionantes sensaciones.

Del *Diario de Xavier Desmond*

♣ ♦ ♠ ♥

8 de diciembre de 1986, ciudad de México

HABÍA OTRA CENA DE ESTADO ESTA NOCHE, PERO ME EXCUSÉ argumentando enfermedad. Unas cuantas horas para relajarme en mi habitación del hotel y escribir en mi diario son más que bienvenidas. Y mis excusas pueden ser lo que sea menos inventadas –me temo que el apretado horario y las presiones del viaje han empezado a hacer mella en mí. No he podido mantener dentro todas mis comidas, aunque he hecho mi mejor esfuerzo para que mi incomodidad pase desapercibida. Si Tachyon sospechara, insistiría en realizarme un examen, y una vez que descubrieran la verdad, podrían enviarme a casa.

No voy a permitirlo. Quería ver todas las tierras lejanas y fabulosas con las que Mary y yo soñamos juntos alguna vez, pero ya me queda claro que en lo que estamos involucrados es mucho más importante que un viaje de placer. Cuba no fue una Miami Beach, no para quien quisiera echar un vistazo fuera de La Habana; había más jokers muriendo en los sembradíos de caña que retozando en escenarios cabareteros. Y Haití y la República Dominicana fueron infinitamente peores, como ya he señalado en estas páginas.

Una presencia joker, necesitamos una poderosa voz joker desesperadamente si es que pretendemos lograr algo bueno con todo esto. No voy a permitir que me descalifiquen por razones médicas. Nuestro grupo ya ha perdido a uno: Dorian Wilde regresó a Nueva York en vez de continuar hacia México. Confieso tener sentimientos encontrados al respecto. Cuando empezamos, tenía poco respeto por el «poeta laureado de Jokertown», cuyo título es tan dudoso como mi propia alcaldía, aunque su Pulitzer no lo es. Parece obtener un placer perverso al agitar esos húmedos y viscosos tentáculos suyos frente al rostro de la gente, haciendo alarde de su deformidad en un intento deliberado de provocar una reacción. Sospecho que esta agresiva indiferencia es motivada por el mismo odio hacia su propia persona que hace que tantos jokers usen máscaras, y en algunos casos tristes incluso intenten amputar las partes deformadas de sus cuerpos. Además, se viste casi tan mal como Tachyon con su ridícula afectación edwardiana, y su preferencia tácita por el perfume en lugar del baño hace que su compañía sea una prueba para cualquiera que tenga sentido del olfato. El mío, por desgracia, es bastante agudo.

Si no fuera por la legitimidad que le confirió el Pulitzer, dudo que lo hubieran invitado a esta gira, pues sólo unos pocos jokers han alcanzado ese tipo de reconocimiento mundano. Encuentro poco que admirar en su poesía, y mucho de repugnante en sus remilgadas declamaciones interminables.

Dicho esto, confieso sentir cierta admiración por su actuación improvisada ante los Duvaliers. Sospecho que recibió una severa llamada de atención de parte de los políticos. Hartmann tuvo una larga conversación privada con «El Divino Wilde» mientras nos marchábamos de Haití, y tras esto Dorian lució más apagado.

Aunque no estoy de acuerdo con mucho de lo que Wilde tiene que decir, pienso que a pesar de todo él debería tener el derecho de expresarse. Lo vamos a extrañar. Desearía saber por qué se marchó. Le hice esa misma pregunta e intenté convencerlo de seguir en beneficio de sus compañeros jokers. Su respuesta fue una sugerencia ofensiva sobre los usos sexuales de mi trompa, expresados en la forma de un vil poemita. Un hombre curioso.

Ahora que se ha ido Wilde, el padre Calamar y yo somos los únicos representantes verdaderos del punto de vista joker, en mi opinión. Howard M. (Troll, para el mundo) es una presencia imponente, de tres metros de alto, increíblemente fuerte, su piel de tono verdoso tan dura y resistente como un cuerno, y también sé que es un hombre profundamente decente y competente, y uno muy inteligente, pero... es por naturaleza un seguidor, no un líder, y hay una timidez en él, una reticencia, que no le permite expresarse. Su altura le impide mezclarse con la multitud, pero algunas veces pienso que eso es lo que más profundamente desea.

En cuanto a Chrysalis, no es ninguna de esas cosas, y tiene un carisma único. No puedo negar que es una respetada líder de la comunidad, una de las más visibles (sin ánimo de bromear) y poderosas entre los jokers. Sin embargo, nunca me ha gustado mucho. Tal vez esto se base en mi propio prejuicio e interés. El levantamiento del Palacio de Cristal ha tenido mucho que ver con la decadencia de la Casa de los Horrores. Pero hay asuntos más profundos. Chrysalis ejerce un considerable poder en Jokertown, pero nunca lo ha usado para beneficiar a nadie que no sea ella misma. Ha sido agresivamente apolítica, se distanció cuidadosamente de la Liga Anti-Difamación Joker, la LADJ, y de todo movimiento a favor de los derechos de los jokers. Cuando los tiempos exigían pasión y compromiso, ella permaneció en calma y sin involucrarse, escondida tras las boquillas de sus cigarrillos, sus licores y su acento británico de clase alta.

Chrysalis habla sólo por Chrysalis, y Troll rara vez habla en absoluto, lo que nos deja al padre Calamar y a mí la labor de hablar por los jokers. Lo cual haría con mucho gusto, pero estoy tan cansado...

Me quedé dormido temprano y me despertaron los sonidos de mis compañeros delegados al regresar de la cena. Les fue bastante bien, según entiendo. Excelente. Necesitamos algunos triunfos. Howard me dice que Hartmann dio un espléndido discurso y pareció cautivar al presidente De la Madrid Hurtado durante la comida. Peregrine cautivó a todos los hombres en la sala, según los reportes. Me pregunto si las otras mujeres sienten envidia. Mistral es bastante bonita, Fantasy es fascinante cuando baila y Radha O'Reilly es impresionante, su herencia combinada irlandesa e india le confiere a sus facciones un aspecto verdaderamente exótico. Pero Peregrine las eclipsa a todas ellas. ¿Qué pensarán de ella?

Los ases masculinos ciertamente la aprueban. El *Carta Marcada* ofrece un espacio reducido, y el chisme viaja rápidamente por los pasillos. Se dice que tanto el doctor Tachyon como Jack Braun le han hecho insinuaciones y han sido rechazados con firmeza. En tal caso, Peregrine parece más cercana a su camarógrafo, un nat que viaja allá atrás con el resto de los periodistas. Ella piensa hacer un documental a partir de este viaje.

Hiram también es cercano a Peregrine, pero si bien existe cierta coquetería en sus bromas constantes, su amistad es de naturaleza platónica. Worchester sólo tiene un amor verdadero, y es la comida. En cuanto a eso, su compromiso es extraordinario. Parece conocer los mejores restaurantes en cada ciudad que visitamos. Su privacidad es constantemente invadida por chefs locales, quienes se acercan a hurtadillas a su habitación del hotel a todas horas, portando sus especialidades y suplicando se les conceda sólo un momento, sólo una probadita, sólo un poco de aprobación. En lugar de oponerse, Hiram se deleita con esto.

En Haití encontró a un cocinero que le gustó tanto que lo contrató ahí mismo y persuadió a Hartmann de hacer algunas llamadas al Servicio de Inmigración y Naturalización, para expedir la visa y el permiso de trabajo. Vimos al hombre brevemente en el aeropuerto de Port-au-Prince, luchando con un enorme baúl repleto de utensilios de cocina de hierro forjado. Hiram aligeró el baúl lo suficiente para que su nuevo empleado (que no habla inglés, pero Hiram insiste en que las especias son un lenguaje universal) lo llevara sobre el hombro. En la cena de esta noche, me cuenta Howard, Worchester insistió en visitar la cocina para obtener la receta de pollo en mole del chef, pero mientras estaba allá atrás preparó algún tipo de postre flameado en honor de nuestros anfitriones.

Por derecho debería oponerme a Hiram Worchester, quien se deleita en su naturaleza de as –su *asedad*– más que cualquier otro hombre que conozca, pero me parece difícil sentir aversión hacia alguien que disfruta la vida tanto y trae tal disfrute a quienes lo rodean. Además, estoy muy consciente de sus diversas obras de caridad en Jokertown, aunque hace todo lo que puede para ocultarlas. Hiram no está más cómodo alrededor de los de mi tipo que Tachyon, pero su corazón es tan grande como el resto de su cuerpo.

Mañana el grupo se fragmentará una vez más. Los senadores Hartmann y Lyons, el congresista Rabinowitx, y Ericsson de la oms se reunirán con los líderes del pri, el partido gobernante de México, mientras que Tachyon y nuestro personal médico visitará una clínica que afirma haber logrado un éxito extraordinario al tratar el virus con laetril. Nuestros ases tienen programado un almuerzo con tres de sus contrapartes mexicanas. Me complace decir que Troll ha sido invitado a acompañarlos. En algunos sectores, por lo menos, su fuerza sobrehumana y su casi absoluta invulnerabilidad lo han calificado como un as. Un avance pequeño, por supuesto, pero un avance a pesar de todo.

El resto de nosotros viajará a Yucatán y Quintana Roo para ver las ruinas mayas y los sitios donde se han reportado varias atrocidades antijokers. El México rural, según parece, no es tan informado como la ciudad de México. Los otros van a alcanzarnos en Chichén Itzá al día siguiente, y nuestro último día en México se destinará al turismo.

Y entonces seguirá Guatemala… quizá. La prensa ha estado llena de reportes acerca de una insurrección por allá, un levantamiento indígena contra el gobierno central, y varios de los periodistas que nos acompañaban ya se han adelantado, percibiendo una historia de mayor importancia que esta gira. Si la situación parece demasiado inestable, es probable que nos saltemos esa parada.

Los matices del odio

Segunda parte

Martes 9 de diciembre de 1986, México

—Estoy en El Templo de los Jaguares, en Chichén Itzá. Bajo el implacable sol de Yucatán, la arcada es impresionante, dos gruesas columnas labradas como serpientes gigantescas, sus enormes cabezas estilizadas flanquean la entrada, sus colas entrelazadas sostienen el dintel.

»Hace mil años, según las guías, los sacerdotes mayas aclamaban a los jugadores en el juego de pelota; el campo de juego estaba ocho metros más abajo. Era un espectáculo que nos parecería familiar. Los jugadores golpeaban una pelota de hule duro con las rodillas, codos y caderas, anotando un tanto cada vez que la pelota hacía una carambola a través de aros localizados en las largas paredes de piedra que rodean el estrecho campo. Un juego simple, jugado para gloria del dios Quetzalcóatl, o Kukulcán, como lo llamaban aquí.

»Como recompensa, el capitán del equipo victorioso era cargado hasta el templo. El capitán perdedor cercenaba la cabeza de su oponente con un cuchillo de obsidiana, enviándolo a una gloriosa vida después de la muerte. Una extraña recompensa para el ganador, si lo juzgamos con nuestros estándares.

»Demasiado diferente para ser agradable.

»Miro este antiguo lugar, y las paredes todavía están marrones por la sangre; no de los mayas, sino de los jokers. La plaga wild card golpeó aquí de manera tardía y virulenta. Algunos científicos han defendido la hipótesis de que el estado mental de la víctima tiene una influencia en el virus; por lo tanto, con un adolescente fascinado por los dinosaurios obtienes a Chico Dinosaurio. De un maestro chef obeso como Hiram Worchester, obtienes a alguien que puede controlar la gravedad. El doctor Tachyon ha sido evasivo respecto a este punto, ya que semejante hipótesis sugiere que los jokers deformes se han castigado a sí mismos de alguna manera. Ése es el tipo de argumento emocional que reaccionarios como el predicador fundamentalista Leo Barnett, o un «profeta» fanático como Nur al-Allah, usarían para sus propósitos.

»Aun así, quizá no es de sorprender que en las tierras ancestrales de los mayas hayan existido no menos de una docena de serpientes emplumadas a lo largo de los años: imágenes del mismo Kukulcán. Y aquí en México, si aquellos de sangre indígena tuvieran la última palabra, tal vez hasta los jokers recibirían un buen trato, ya que los mayas consideraban a los deformes como bendecidos por los dioses. Pero los descendientes de los mayas no mandan aquí.

»En Chichén Itzá, más de cincuenta jokers fueron asesinados hace tan sólo un año.

»La mayoría de ellos (pero no todos) eran seguidores de la nueva religión maya.

»Estas ruinas eran el sitio donde hacían sus rituales. Pensaban que el virus era una señal de que debían regresar a las costumbres de antes; que no debían verse a sí mismos como víctimas. Los dioses habían deformado sus cuerpos y los habían hecho *diferentes* y sagrados.

»Su religión era un retroceso a un violento pasado. Y debido a que eran tan diferentes, eran temidos. Los habitantes de ascendencia española y europea los odiaban. Había rumores de sacrificios animales e incluso humanos, en rituales sangrientos. No importa si todo esto fue cierto. Eran *diferentes*. Sus mismos vecinos se unieron para liberarse de semejante amenaza pasiva. Los arrastraron a pesar de sus gritos desde los pueblos circunvecinos.

»Atados, suplicando piedad, los jokers de Chichén Itzá fueron recostados aquí. Les cortaron la garganta en una brutal parodia de los ritos mayas –la sangre salpicada tiñó de rojo las serpientes labradas. Sus cuerpos se arrojaron al campo de pelota allá abajo. Una atrocidad más, otro incidente de nats contra jokers. Antiguos prejuicios amplificando los nuevos.

»Aun así, lo que sucedió aquí, aunque fue terrible, no es peor que

lo que ha sucedido, les está sucediendo, a los jokers en nuestro propio país. Tú que estás leyendo esto: tú o alguien que conoces probablemente ha sido culpable del mismo prejuicio que causó esta masacre.
No somos menos vulnerables al miedo a lo *diferente*.»

Sara apagó la grabadora y la colocó sobre la cabeza de la serpiente. Entrecerrando los ojos en dirección del sol brillante, podía ver el
grupo principal de delegados cerca del Templo del Hombre Barbado; detrás, la pirámide de Kukulcán arrojaba una larga sombra sobre
el césped.

—Una mujer con tan notoria compasión debería tener una mente
abierta, ¿o no?

El pánico subió por su espalda. Sara giró y se encontró con el senador Hartmann, que la observaba. Le tomó un largo momento recuperar la compostura.

—Me tomó por sorpresa, senador. ¿Dónde está el resto de la comitiva?

Hartmann sonrió a modo de disculpa.

—Siento mucho haberla asustado, señorita Morgenstern. No era
mi intención, créame. En cuanto a los otros... le dije a Hiram que
tenía un asunto privado que tratar con usted. Es un buen amigo y
me ayudó a escapar –sonrió levemente como si algo le pareciera divertido–. No me pude librar de todos. Billy Ray está allá abajo, como
un diligente guardaespaldas.

Sara frunció el ceño ante esa sonrisa. Recogió su grabadora y la
colocó en su bolso.

—No creo que usted y yo tengamos ningún tipo de «asunto privado», senador. Si me disculpa...

Caminó hacia la entrada del templo. Por un momento pensó que
él haría algo para detenerla; se puso tensa, pero él se hizo a un lado
educadamente.

—Dije en serio lo de la compasión –comentó él justo antes de que
ella llegara a las escaleras–. Sé por qué le desagrado. Sé por qué me
es tan familiar. Andrea era su hermana.

Las palabras golpearon a Sara como puños. Jadeó del dolor.

—También creo que usted es una persona justa –continuó Hartmann, y cada palabra era otro golpe para ella–. Creo que si finalmente le dijera la verdad, me entendería.

Sara dejó salir un grito que era mitad sollozo, incapaz de contenerlo. Puso una mano sobre la piedra fría y áspera y se volvió. La compasión que vio en los ojos de Hartmann la aterrorizó.

—Simplemente déjeme sola, senador.

—Estamos juntos en esto, señorita Morgenstern. No tiene sentido que seamos enemigos cuando no hay razón para ello.

Su voz era amable y persuasiva. Tenía un timbre bondadoso. Hubiera sido más fácil si su tono hubiese sido acusatorio, si hubiera intentado sobornarla o amenazarla. Entonces ella podría haber respondido al ataque fácilmente, podría haberse regodeado en su furia. Pero Hartmann sólo permanecía ahí de pie, con las manos a los costados, luciendo sorprendentemente *triste*. Ella se había imaginado a Hartmann de muchas maneras, pero nunca así.

—¿Cómo...? –empezó, y se dio cuenta de que tenía un nudo en la garganta–. ¿Cómo descubrió lo de Andrea?

—Tras nuestra conversación en la recepción para la prensa, hice que mi asistente Amy revisara su historial. Descubrió que había nacido en Cincinnati, que su apellido era Whitman. Vivía a dos calles de distancia de mi casa, en Thornview. ¿Andrea era unos seis o siete años mayor que usted? Se parece mucho a su hermana, luce justo como ella se habría visto si hubiera podido llegar a su edad –se llevó las manos a la cara, formando un triángulo con las puntas de los dedos, entonces se talló el rabillo de los ojos con los dedos índices–. No me siento cómodo con las mentiras o la evasión, señorita Morgenstern. No es mi estilo. Tampoco creo que sea el suyo, no por los ataques tan directos que me ha dedicado en la prensa. Creo que sé por qué no nos llevamos bien, y también sé que es un error de su parte.

—¿Piensa que es mi culpa?

—Yo nunca la he atacado a *usted* por escrito.

—No miento en mis artículos, senador. Son justos. Si tiene un problema con mi información, hágamelo saber y le daré pruebas que la confirman.

—Señorita Morgenstern –empezó Hartmann, con un tono de irritación en la voz. De repente, de manera extraña, echó la cabeza para atrás y rio con fuerza–. Por Dios, aquí vamos de nuevo –dijo, y suspiró–. De verdad, leo sus artículos. No siempre *estoy de acuerdo* con usted, pero seré el primero en admitir que están bien escritos y documentados. Hasta pienso que podría agradarme la persona que los escribió, si alguna vez tuviéramos la oportunidad de platicar y conocernos –sus ojos azul grisáceo se encontraron con los de ella–. Lo que nos separa es el fantasma de su hermana.

Sus últimas palabras le quitaron el aliento. No podía creer lo que había dicho; no de manera tan casual, no con esa sonrisa inocente, no tras todos esos años.

—Usted la mató –dijo en voz baja y no se dio cuenta de que había emitido las palabras hasta que vio la expresión de asombro en el rostro de Hartmann. Él palideció por un instante. Abrió la boca y luego la cerró por completo. Meneó la cabeza.

—No puede creer eso –dijo–. Roger Pellman la mató. No hubo duda al respecto. El pobre muchacho retrasado mental… –Hartmann meneó la cabeza–. ¿Cómo lo puedo expresar de manera amable? Salió del bosque desnudo y aullando como si todos los demonios del infierno lo persiguieran. La sangre de Andrea lo cubría. *Admitió* haberla matado –el rostro de Hartmann seguía pálido. El sudor perlaba su frente y su mirada era huidiza–. Demonios, yo estaba *ahí*, señorita Morgenstern. Estaba afuera, en mi patio delantero cuando Pellman vino corriendo por la calle, balbuceando. Entró corriendo a su casa, con todos los vecinos de alrededor mirándolo. Todos oímos gritar a su madre. Entonces vinieron los policías, primero a casa de los Pellman, después para llevar a Roger al bosque con ellos. Los vi salir cargando el cuerpo envuelto. Mi madre rodeaba con sus brazos a la suya. Estaba histérica, lloraba. Nos contagió a todos. Estábamos *todos* llorando, todos los chicos, aunque en realidad no entendíamos lo que sucedía. Esposaron a Roger, se lo llevaron…

Sara miró fijamente, desconcertada, al rostro torturado de Hartmann. Sus manos formaban puños apretados a sus lados.

—¿Cómo puede decir que yo la maté? –preguntó suavemente–. ¿No se da cuenta de que *yo* estaba enamorado de ella, tan enamorado como sólo un chico de once años puede estarlo? Nunca habría hecho nada para lastimar a Andrea. Después de todo eso tuve pesadillas por meses. Estaba furioso cuando asignaron a Roger Pellman al Hospital Psiquiátrico de Longview. Quería que lo *colgaran* por lo que había hecho; quería ser el que activara el maldito interruptor.

No puede ser. La insistente negación golpeaba el interior de su cabeza. Sin embargo, miró a Hartmann y supo, de alguna manera, que estaba equivocada. La duda había empezado a disminuir un poco la intensidad de su odio.

—Succubus –dijo ella, y se dio cuenta de que tenía seca la garganta. Se humedeció los labios–. Usted estaba ahí, y ella tenía el rostro de Andrea.

Hartmann aspiró profundamente, a bocanadas. Desvió la mirada de ella por un momento hacia el templo al norte. Sara siguió su mirada y vio que el grupo que viajaba en el *Carta Marcada* había entrado ahí. El campo de pelota estaba desierto, en calma.

—Yo conocí a Succubus –dijo Hartmann finalmente, todavía sin mirarla, y ella pudo sentir la emoción que se estremecía en su voz–. La conocí hacia el final de su carrera pública, y todavía nos veíamos de manera ocasional. En ese entonces no estaba casado, y Succubus… –se volvió hacia Sara, y ella se sorprendió al ver sus ojos brillantes de humedad–. Succubus podía ser *cualquiera*, como usted sabe. Era la amante ideal de cualquiera. Cuando estaba contigo, era exactamente lo que deseabas.

En ese instante Sara supo lo que él iba a decir. Ya había empezado a menear la cabeza, negándolo.

—Para mí, frecuentemente –continuó Hartmann–, era Andrea. Tenía razón, usted sabe, cuando dijo que ambos estamos obsesionados con ella. Estamos obsesionados por Andrea y su muerte. Si eso no hubiera sucedido, podría haber superado mi enamoramiento hacia ella seis meses después, como cualquier fantasía adolescente. Pero lo que hizo Roger Pellman grabó a Andrea dentro de mí. Succubus vagaba por tu mente y usaba lo que encontraba ahí. Dentro de mí encontró a Andrea. Así que cuando me vio durante la revuelta, cuando ella quiso que la salvara de la violencia de la turba, tomó el rostro que siempre me había mostrado: el de Andrea.

»Yo no maté a su hermana, señorita Morgenstern. Me confieso culpable de pensar en ella como mi amante en mis fantasías, pero eso es todo. Su hermana era un ideal para mí. No la hubiera lastimado en absoluto. No podría haberlo hecho.»

No puede ser.

Sara recordó todas las asociaciones extrañas que recopiló los meses después de que vio por primera vez el video de la muerte de Succubus. Sara pensó que había escapado de la empalagosa adoración por Andrea que profesaban sus padres, que había provocado que su hermana asesinada siguiera junto a ella por el resto de su vida. El rostro de Succubus había hecho añicos todo eso. Aun tras escribir temblorosamente el artículo que eventualmente la haría acreedora del Pulitzer, ella pensaba que había sido un error, una cruel broma del destino. Pero Hartmann había estado ahí. Ella había sabido todo ese tiempo que el senador era de Ohio. Ella descubrió más tarde que él no sólo era de Cincinnati, sino que había vivido en las cercanías, que había sido un compañero de Andrea. Ella había indagado más, repentinamente recelosa. Muertes misteriosas y actos violentos parecían ser una plaga que seguía a Hartmann de cerca: en la escuela de leyes, como un asesor del gobierno en Nueva York, como alcalde, como senador. Ninguna de ellas fue nunca culpa de Hartmann. Siempre había alguien más, alguien con un motivo y un deseo. Pero aun así...

Ella indagó más. Descubrió que un Hartmann de cinco años de edad y sus padres habían estado de vacaciones en Nueva York el día en que Jetboy murió y el virus fue liberado en un mundo desprevenido. Ellos habían estado entre los afortunados. Ninguno de ellos había mostrado en ningún momento señales de haber sido infectados. Sin embargo, si Hartmann fuera un as oculto, «un as bajo la manga», como se les llama en lenguaje coloquial...

Era evidencia circunstancial. Muy endeble. Su instinto de reportera había gritado que hacía falta mayor objetividad a sus emociones. Pero eso no le había impedido odiarlo. Siempre estaba esa sensación visceral, la certidumbre de que él era el responsable. No Roger Pellman, ni los otros que habían sido condenados, sino *Hartmann*.

Durante los últimos nueve años o más había creído eso.

Sin embargo, Hartmann no parecía peligroso o maligno ahora. Estaba ahí parado, pacientemente –un rostro simple, una frente alta que amenazaba con desarrollar entradas y sudando por el sol intenso, un cuerpo suave alrededor de la cintura, por tantos años de sentarse tras escritorios administrativos. Él permitió que lo observara fijamente, la dejó buscar su mirada sin pestañear. Sara descubrió que no podía imaginarlo matando o lastimando a alguien. Una persona que disfrutara el dolor en la manera en que había imaginado lo reflejaría en algún lado: en su lenguaje corporal, sus ojos, su voz. No había nada de eso en Hartmann. Tenía una presencia, sí, un carisma, pero no parecía peligroso.

¿Te habría dicho lo de Succubus si no le importara? ¿Un asesino se hubiera abierto tanto ante alguien a quien no conocía, ante una reportera hostil? ¿No es cierto que la violencia lo sigue a uno de por vida? Dale crédito por eso.

—Yo… tengo que pensar en todo esto –dijo ella.

—Eso es todo lo que pido –le respondió suavemente. Inhaló profundamente, miró las ruinas calcinadas por el sol en torno de ellos–. Debería regresar con los otros antes de que empiecen a interesarse por nuestra conversación, supongo. Por la manera en que Downs me está espiando, ya habrá iniciado todo tipo de rumores –sonrió con tristeza.

Hartmann se movió hacia las escaleras del templo. Sara lo observó, frunciendo el ceño ante los pensamientos contradictorios que remolineaban dentro de ella. En el momento en que el senador pasó junto a ella, él se detuvo.

Su mano tocó su hombro.

Su contacto fue suave, cálido y su rostro estaba cargado de compasión.

—Yo puse el rostro de Andrea en Succubus y siento mucho que le causara sufrimiento. También me ha afectado –su mano cayó, su hombro estaba fresco donde la había tocado. Él echó una mirada rápida a las cabezas de serpiente a ambos lados–. Pellman asesinó a Andrea. Nadie más. Sólo soy una persona atrapada por accidente en su historia. Creo que seríamos mejores amigos que enemigos.

Pareció dudar por un momento, como si esperara una respuesta. Sara miraba en dirección de la pirámide, sin confiar en sí misma lo suficiente como para responder algo. Todas las emociones conflictivas relacionadas con Andrea brotaron en ella: indignación, la dolorosa pérdida, amargura y mil más. Sara mantuvo su mirada alejada de Hartmann, pues no quería que él la viera.

Cuando estuvo segura de que él se había ido, se sentó con la espalda recargada contra una columna con forma de serpiente. Con la cabeza sobre las rodillas, dejó salir las lágrimas.

En la parte inferior de los escalones, Gregg miró hacia arriba en dirección al templo. Una sombría satisfacción lo llenaba. Hacia el final había sentido cómo el odio de Sara se disipaba como niebla a la luz del sol, dejando detrás sólo un leve rastro de su presencia. *Lo hice sin ti*, le dijo al poder dentro de él. *Su odio te ahuyentó, pero no importa. Ella es Succubus, es Andrea. Voy a hacer que venga a mí. Será mía. No necesito que tú la fuerces hacia mí.*

El Titiritero permaneció en silencio.

Derechos de sangre

por Leanne C. Harper

El joven lacandón maya tosió mientras el humo lo seguía a través del campo despejado recientemente. Alguien tenía que quedarse y vigilar cómo la maleza que habían cortado se reducía a cenizas que después usarían para abonar el terreno de la milpa. El fuego ardía de manera uniforme, así que retrocedió y se puso lejos del alcance del humo. Todos los demás estaban en casa durmiendo la siesta, y el calor húmedo lo ponía somnoliento a él también. Alisando su larga túnica blanca sobre sus piernas desnudas, se comió los tamales fríos que eran su cena.

Recostado en la sombra, parpadeó y poco a poco cayó bajo el hechizo del sueño una vez más. Sus sueños lo habían llevado al reino de los dioses desde que era niño, pero era raro que recordara lo que los dioses habían dicho o hecho. José, el anciano chamán, se enojaba mucho cuando todo lo que podía recordar eran emociones o detalles inútiles de su más reciente visión. La única esperanza en todo esto era que el sueño se volviera más claro cada vez que lo tenía. Le había estado negando a José que el sueño hubiera regresado, esperando el momento en que pudiera recordar lo suficiente para impresionar incluso a José, pero el chamán sabía que mentía.

El sueño lo llevó a Xibalbá, el dominio de Ah Puch, el Señor de la Muerte. Xibalbá siempre olía a humo y sangre. Tosió cuando la atmósfera de muerte entró en sus pulmones. La tos lo despertó, y le tomó un momento darse cuenta de que ya no estaba en el inframundo. Con los ojos llorosos, retrocedió para alejarse del fuego y del humo que el viento había enviado para seguirlo. Quizá sus antepasados también estuvieran enojados con él. Fijó la mirada en las llamas, que se apagaban de manera progresiva, y se acercó a la hoguera en el centro de la milpa. Con los ojos desorbitados, se acuclilló frente al fuego y lo miró fijamente. José le había dicho una y otra vez que confiara en lo que sentía y que fuera a donde su intuición lo llevara. Esta vez iba a obedecerlo, asustado, pero contento de que no hubiera nadie ahí para verlo.

Con ambas manos empujó su cabello negro detrás de las orejas y se estiró para jalar una rama corta y frondosa de entre la maleza, y la colocó en el piso delante de él. Poco a poco, con su mano izquierda temblando levemente, sacó el machete de la sucia funda de cuero que descansaba a un costado. Flexionando su mano derecha, la sostuvo frente a él a la altura de su pecho. Apretó las mandíbulas y volteó su cabeza ligeramente hacia arriba y lejos de la vista de su mano. El sudor de su frente le caía en los ojos y goteaba por su aristocrática nariz al momento en que hacía descender el machete sobre la palma de su mano derecha.

No hizo ningún ruido. Tampoco se movió mientras la sangre rutilante escurría por sus dedos hasta caer en el verde oscuro de las hojas. Sólo sus ojos se entrecerraron y su barbilla se elevó. Cuando la rama estuvo cubierta con su sangre, él la tomó con su mano izquierda y la arrojó a las llamas. El aire olía a Xibalbá otra vez y a los antiguos rituales de sus antepasados, y él regresó al inframundo una vez más.

Como siempre, un conejo escribano le dio la bienvenida, hablando en la antigua lengua de su pueblo. Aferrando el papel amate y el pincel contra su pecho peludo, le dijo en una voz extraña y grave que lo siguiera. Ahau Ah Puch lo esperaba.

El aire olía a sangre quemada. El hombre y el conejo caminaron a través de una aldea de chozas de paja abandonadas, muy parecidas a las de su propia aldea. Pero aquí faltaban pedazos de paja en los tejados. Los portales descubiertos se abrían como bocas de calaveras, mientras que el barro y la hierba de las paredes caían como la carne de un cuerpo en descomposición.

El conejo lo guio entre los altos muros de piedra de una cancha de juego de pelota, decorados con anillos tallados en piedra en la parte superior de los mismos, por encima de su cabeza. Él no recordaba haber estado en una cancha de juego de pelota con anterioridad, pero sabía que él podía jugar aquí, que había jugado aquí, que había anotado aquí. Volvió a sentir la pelota de caucho sólido golpear el protector de algodón sobre su codo y girar hacia las colas de las serpientes talladas en el anillo de piedra.

Dirigió sus ojos detrás de una serpiente hasta que se topó con la cara del Señor de la Muerte, sentado en un tapete de junco sobre el estrado, en un extremo de la cancha de juego frente a él. Los ojos de Ah Puch eran pozos negros orientados en dirección de la franja blanca que cruzaba su cráneo. La boca y nariz de Ahau se abrían a la eternidad, y los olores de sangre y carne podrida eran intensos en él.

—Hunahpú. Jugador de pelota. Has regresado a mí.

El hombre se arrodilló ante Ah Puch y posó su frente en el piso, pero no sentía miedo. En este sueño no sentía nada.

—Hunahpú. Hijo –el hombre levantó su cabeza al sonido de la voz de la anciana a su izquierda. Ix Chel y su aún más anciano marido, Itzamná, estaban sentados con las piernas cruzadas sobre tapetes de junco y eran atendidos por el conejo escribano. Sus estrados eran sostenidos por enormes tortugas gemelas cuyos ojos, que parpadeaban de manera intermitente, eran lo único que demostraba que seguían con vida.

—El ciclo termina –añadió la abuela–. Vienen cambios para los *hach winik*. Los blancos, las marionetas de madera, han iniciado su propia caída. Tú, Hunahpú, hermano de Ixbalanqué, eres el mensajero. Ve a Kaminalijuyú y reúnete con tu hermano. Encontrarás el camino, jugador de pelota.

—No nos olvides, jugador de pelota –Ah Puch habló y su voz era cruel y hueca como si hablara a través de una máscara–. Tu sangre es nuestra. La sangre de tus enemigos es nuestra.

Por primera vez el miedo auténtico quebró la impasibilidad de Hunahpú. Sus manos palpitaron dolorosamente al ritmo de las palabras de Ah Puch. Pero a pesar de su miedo se levantó de su posición arrodillada y miró el negro infinito de los ojos de Ah Puch.

Antes de que pudiera hablar, una pelota cuyo borde era una afilada navaja cortó el aire en dirección a él. Entonces Xibalbá se desvaneció y regresó al fuego que acababa de extinguirse, mientras escuchaba al anciano dios decir una sola palabra:

—Recuerda.

El robusto obrero maya permaneció a la sombra de una de las tiendas de trabajo y miró cómo se separaba el último grupo de profesores y estudiantes de arqueología. Mientras caminaban hacia sus tiendas de dormir, él se replegó aún más profundamente hacia la tienda. Su clásico perfil maya lo señalaba como un indígena de raza pura, la clase más baja en la jerarquía social de Guatemala; pero aquí entre los estudiantes rubios eso lo marcaba a él como una conquista. Era poco frecuente que un estudiante del pasado pudiera dormir con el ejemplo viviente de una raza de sacerdotes-reyes. El obrero, vestido con pantalones de mezclilla holgados y una camiseta sucia de la Universidad de Pensilvania, no veía ninguna razón para desalentar esa impresión. Pero se hizo a sí mismo lo menos atractivo posible para observar su deseo y repulsión simultáneos. Caminó con cuidado por el corto pasillo entre las tiendas hasta el cobertizo de almacenamiento de láminas de metal.

El indígena se aseguró una vez más de que no hubiera observadores antes de tomar el candado e introducir su ganzúa en el ojo de la cerradura. Entrecerrando los ojos contra la parpadeante luz del fuego, abrió la cerradura luego de varios intentos. Por un instante sus dientes relucieron desdeñosamente en dirección a la tienda de los profesores. Deslizó el candado en uno de sus bolsillos, abrió la puerta y se metió de costado en el cobertizo. A diferencia de los arqueólogos, él no necesitaba agacharse.

Esperó un momento para que sus ojos se acostumbraran antes de sacar una linterna de su bolsillo trasero. El extremo por donde salía la luz estaba cubierto por un trozo de tela sujeta por una liga elástica. El tenue círculo de luz recorrió el cuarto casi al azar hasta que se detuvo sobre un estante repleto de objetos tomados de las tumbas y fosos excavados alrededor de la ciudad. El ladrón se movió de costado a lo largo del estrecho pasillo central, con cuidado de no tocar las vasijas, estatuas y otros objetos parcialmente limpios en los estantes a cada lado. El hombre menudo extrajo una media docena de pequeñas vasijas y estatuas en miniatura de los estantes. Ninguna se localizaba al frente de una repisa o era de los mejores ejemplares, pero todas estaban intactas, si bien algo deterioradas por el largo tiempo enterradas. Las puso en un saco de algodón que se cerraba con una jareta.

Mirando con desdén las filas de cerámica y jade tallados, se preguntó por qué los norteamericanos se permitían maldecir a los ladrones de tumbas del pasado, cuando ellos eran tan eficientes en eso mismo. Caminó de lado de regreso por el pasillo y atrapó una vasija pintada en rojo y negro cuando su movimiento hizo que se balanceara peligrosamente cerca del borde. Sus rápidas manos recogieron una maltratada orejera de jade e hizo una pausa, pasando el haz de luz de la linterna alrededor del estrecho cuarto una vez más. Dos cosas captaron su atención, una espina de mantarraya y una botella de ginebra Tanqueray que se guardaba bajo llave, lejos del alcance de los trabajadores.

Apretando la botella y la espina contra su pecho, escuchó, con la cabeza recargada contra la puerta, atento a cualquier ruido aislado. Todo lo que oyó fue el sonido apagado de alguien haciendo el amor en una tienda de campaña cercana. Pensó que sería la pelirroja alta. Satisfecho de que nadie lo vería, se deslizó hacia fuera y reemplazó el candado.

Esperó para abrir la ginebra hasta que hubo escalado una de las colinas más altas. Los profesores decían que todas las colinas eran templos. Él había visto sus dibujos de lo que había sido este lugar alguna vez, pero no creía lo que le habían mostrado: plazas y altos templos con techos acolmenados, todos pintados de amarillo y rojo. En especial no creía en los hombres altos y delgados que presidían los templos. No lucían como él, como nadie que conociera, y ni siquiera como los murales pintados en algunas de las paredes de los templos, pero los profesores dijeron que así eran sus ancestros. Era típico de los norteamericanos. Pero eso significaba que tan sólo estaba robando su herencia.

Algo se le clavó en el costado cuando se agachó a abrir la botella. Sacó la espina de mantarraya de su bolsillo. Una de las rubias, no, la pelirroja, le había dicho lo que los antiguos reyes habían hecho. As-que-ro-so, le había dicho. Él había estado de acuerdo en su interior. Las mujeres norteamericanas con quienes dormía siempre le hacían muchas preguntas sobre las costumbres de sus ancestros. Como si tuviera el conocimiento de un brujo sólo por ser indígena.

Gringas. Aprendió más de ellas que de nadie en su familia. Le enseñaron qué objetos eran valiosos, y lo que era más importante, lo que se notaría de inmediato si faltara. Tenía una pequeña y bonita colección a estas alturas. Sería rico después de venderlas en Guatemala.

La ginebra era buena. Se recostó contra un tronco de árbol bien ubicado y observó la luna. Ix Chel, la Anciana, era la diosa de la luna. Los dioses de los antiguos eran feos, no como la Virgen María o Jesús, o ni siquiera como las imágenes de Dios que había en la iglesia donde lo habían criado. Levantó la espina de mantarraya. Alguien la había traído hacía mucho tiempo a esta ciudad en las Tierras Altas. Estaba tallada con diseños intrincados a todo lo largo. La sujetó junto a su pierna y la midió contra su muslo. Tenía el mismo largo. Había historias sobre eso. Estiró la mano para tomar la botella de ginebra, pero falló y cayó de bruces hacia delante, apenas pudo detenerse con la mano libre. Estaba ebrio.

La luz de la luna se reflejó en su torso sudoroso cuando se quitó la camiseta y la dobló no muy cuidadosamente hasta hacer una almohadilla. Se puso la camiseta sobre el hombro derecho. Cerró los ojos, caminó haciendo eses hacia su izquierda y los abrió de nuevo, parpadeando rápidamente. Intentó acomodar sus piernas en la posición que había visto en tantas pinturas. Requería ciertas maniobras. Tuvo que apoyarse contra una roca y sujetar sus piernas en su lugar con la mano derecha. Detuvo la camiseta con su mandíbula y su hombro levantado.

Con una seguridad que contradecía su embriaguez, levantó la púa y perforó su oreja derecha.

Se quedó sin aliento y maldijo el dolor. Éste atravesó todo su cuerpo, casi cortó el efecto del alcohol y le provocó una sensación de euforia a medida que la sangre fluía desde su lóbulo destrozado y era absorbida por la camiseta. La euforia lo hizo temblar. Era mejor que la ginebra, mejor que la marihuana de los estudiantes de grado, mejor que la cocaína que una vez le robó a un profesor.

Penetrando su mente ensombrecida estaba la impresión de que ya no se encontraba a solas en el templo. Abrió los ojos, pues hasta entonces advirtió que los había cerrado. Por tan sólo un instante, el templo, como lo había hecho antes, brilló a la luz de la luna. Los rojos brillantes se debilitaban por la luz tenue. Su esposa se acuclilló frente a él con una cuerda de espinas que atravesaban su lengua. Todos los presentes los rodeaban. El pesado tocado ornamental cubría sus ojos. Parpadeó.

El templo era un montón de piedras cubiertas por la jungla. No había una esposa usando joyas de jade, ni un grupo de personas. De nuevo vestía los sucios pantalones de mezclilla. Sacudió la cabeza con fuerza para eliminar lo que quedaba de la visión. Eso dolió, *ayyy*, de verdad dolió. Debe haber sido la ginebra y el haber escuchado a esas mujeres. Según lo que le contaron, no había observado los antiguos ritos de cualquier manera. El poder estaba en la sangre *al quemarse*.

La camisa se había deslizado de su hombro, estaba empapada de su sangre. Lo pensó por un momento, y entonces sacó el encendedor que le robó a uno de los profesores e intentó quemarla. Pero aún estaba demasiado húmeda y las flamas se apagaban. Así que hizo una fogata con los palos que pudo recoger del suelo. Cuando finalmente logró encender un pequeño fuego, arrojó su camiseta sobre él. La sangre al quemarse despedía humo y una peste que por poco lo hizo vomitar. Medio en broma, se sentó enfrente de las llamas e imitó la posición de piernas cruzadas que había visto en tantas vasijas, con una mano extendida hacia ellas. Volvió a sentirse muy cansado, y notó que mirar fijamente al fuego lo estaba hipnotizando.

Lo poco que sabía de Xibalbá lo llevó a creer que éste era un lugar de oscuridad y llamas, como el infierno del que le habían advertido los sacerdotes cuando era niño. Mas no era así. Parecía más bien un pueblo lejano donde aún se vivía según las antiguas costumbres. No había antenas de televisión, ni radios estruendosos con lo último de la música roquera de Guatemala. Todo estaba en silencio. No vio a nadie mientras caminaba por el pequeño grupo de chozas. El único movimiento que vio era el de un murciélago que salió volando de la entrada de una de las casas con techo de paja. Los techos eran de dos aguas, como los de las habitaciones del templo: se elevaban altos y delgados, casi acababan en punta. Sintió como si caminara a través de un mural en la pared de un templo. Todo le era muy familiar. Y cayó en cuenta de que ninguno de sus habituales sueños ebrios tenía esta claridad.

Un *ga-pow, ga-pow* rítmico lo guio hasta una cancha de juego de pelota. Tres figuras humanas estaban sentadas en la plataforma que se hallaba en la parte superior de las paredes. Los reconoció como Ah Puch, Itzamná e Ix Chel –el Dios de la Muerte, el Anciano y la Anciana, las potestades supremas del panteón maya, o tan poderosas como cualquiera de las deidades. Los tres estaban rodeados por animales que los asistían como escribas y sirvientes. Arrastrando su mirada de regreso hacia la parte baja de los muros de piedra, en dirección a la cancha del juego de pelota, descubrió la fuente del ruido sobre la tierra apisonada. Sin dignarse reparar en él, una criatura mitad humano, mitad jaguar, intentaba en repetidas ocasiones golpear una pelota para hacerla pasar por uno de los aros de piedra labrados con todo detalle en la parte superior de los muros de la cancha. La criatura nunca utilizó sus garras. En su lugar, usó su cabeza, caderas, codos y rodillas para enviar la pelota hacia arriba del muro y en dirección al aro. El hombre-jaguar y sus colmillos lo asustaron. Desde el inicio del sueño, fue lo primero que sintió, además de la curiosidad y de preguntarse cómo podría robar esos aros de piedra. Observó cómo los músculos bajo las manchas negras se tensaban y distendían mientras analizaba por qué nada de esto le parecía extraño en lo más mínimo. Levantó la cabeza y miró fijamente a los espectadores.

Por el rabillo del ojo vio que la pelota venía hacia él. Moviéndose en patrones que parecían tan familiares como el poblado, se apartó antes de elevar el codo por debajo de la pelota y enviarla hacia el anillo más cercano. Se arqueó a través de la meta sin tocar la piedra. Los espectadores soltaron un grito ahogado y murmuraron entre ellos. Él estaba igualmente sorprendido, pero decidió que la discreción era la mejor opción aquí.

—¡Ay! ¡Nada mal! –les gritó en español. El Señor Muerte meneó la cabeza y miró con enojo a la pareja de ancianos. Itzamná le habló en maya puro. Aunque nunca había hablado el idioma en toda su vida, lo reconoció y lo entendió.

—Bienvenido, Ixbalanqué, a Xibalbá. Eres tan buen jugador como el jugador del mismo nombre.

—Mi nombre no es Ixbalanqué.

—Lo es a partir de ahora –la máscara negra de la muerte de Ah Puch lo miró hacia abajo, llena de furia, y él se tragó su siguiente comentario.

—*Sí*, éste es un sueño y yo soy Ixbalanqué –separó sus manos y asintió–. Lo que ustedes digan.

Ah Puch desvió la mirada.

—Tú eres diferente, siempre lo has sabido –Ix Chel le sonrió desde arriba. Era la sonrisa de un cocodrilo, no de una abuela. Le devolvió la sonrisa y deseó despertar de inmediato.

»Eres un ladrón.

Se preguntó cómo podría escapar de este sueño. Tenía en mente las partes más espantosas de los antiguos mitos –las decapitaciones, la casa de los múltiples horrores.

—Deberías usar tus habilidades para obtener poder.

—Voy a hacerlo. Tienen razón. Tan pronto regrese.

Uno de los conejos que asistía a los tres dioses lo miró atentamente con la cabeza inclinada hacia un lado y la nariz temblorosa. De vez en cuando escribía frenéticamente en un extraño pedazo de papel doblado con lo que parecía un pincel. Le recordó a uno de los personajes de una historieta que leyó en alguna ocasión, *Alicia en el País de las Maravillas*. También había habido conejos en este sueño. Y le estaba dando hambre.

—Ve a la ciudad, Ixbalanqué –la voz de Itzamná era chillona, con un tono aún más alto que el de su esposa.

—Oigan, ¿no hay un hermano en algún lugar de esto? –había recordado más detalles de ese mito.

—Tú lo encontrarás. Vete –la cancha del juego de pelota se estremeció frente a sus ojos, y la garra del jaguar lo golpeó en la parte posterior de la cabeza.

Ixbalanqué gruñó de dolor cuando su cabeza se deslizó de la roca que aparentemente había estado usando como almohada. Se enderezó empujando su espalda desnuda contra la áspera piedra caliza. El sueño todavía lo inundaba, y no parecía capaz de enfocar nada. La luna se había ocultado mientras estaba inconsciente. Las piedras descubiertas de las ruinas brillaban con luz propia, como los huesos perturbados en una tumba. Los huesos de la gloria pasada de su pueblo.

Se agachó para recoger los tesoros robados y cayó sobre una rodilla. Incapaz de controlarse, vomitó la ginebra y las tortillas que había comido. Madre de Dios, ¡vaya que se sentía mal! Con el cuerpo vacío y tembloroso, se levantó tambaleante una vez más para iniciar el descenso desde la pirámide. Tal vez su sueño estaba en lo correcto. Debería irse, irse a la ciudad de Guatemala en este mismo momento. Llevarse lo que tenía. Sería suficiente para permitirle vivir con comodidad por algún tiempo.

Cristo, de verdad le dolía la cabeza. Con resaca y todavía borracho. No era justo. Lo último que había recogido era la púa de la mantarraya, los picos aún cubiertos con su sangre. Ixbalanqué estiró la mano y tocó su oreja con cautela. Examinó el agujero en su lóbulo con dolor y repulsión. Su mano estaba ensangrentada. Eso definitivamente no era parte del sueño. Tambaleándose, buscó en sus bolsillos hasta que encontró la orejera. Intentó insertarla en su lóbulo, pero le dolió demasiado y la carne desgarrada no la sostenía. Estuvo a punto de vomitar de nuevo.

Intentó evocar el sueño, que ya se estaba desvaneciendo. Por un momento todo lo que pudo recordar fue que el sueño recomendaba una retirada hacia la ciudad. Parecía buena idea. A medida que resbalaba y se deslizaba alternativamente por un lado de la colina, decidió robarse un jeep y marcharse con estilo. Tal vez nadie se daría cuenta. No podía caminar todo el tiempo con este dolor de cabeza.

En el interior de la casa oscura y llena de humo, con techo de paja, José escuchó gravemente la historia de la visión de Hunahpú. El chamán asintió cuando Hunahpú le contó su audiencia con los dioses. Cuando terminó, miró al viejo en espera de su interpretación y guía.

—Tu visión es verdadera, Hunahpú —se enderezó y se deslizó de la hamaca hasta el piso de tierra. Parado ante un Hunahpú agazapado, arrojó incienso de copal en el fuego—. Debes hacer lo que los dioses te indican o nos traerás desgracias a todos.

—¿Pero adónde debo ir? ¿Qué es Kaminaljuyú? —Hunahpú se encogió de hombros ante su confusión—. No entiendo. No tengo un hermano, tan sólo hermanas. Yo no juego este juego de pelota. ¿Por qué yo?

—Tú has sido elegido y tocado por los dioses. Ellos ven lo que nosotros no —José puso su mano en el hombro del joven—. Es muy peligroso cuestionarlos. Se enojan fácilmente.

»Kaminaljuyú es la ciudad de Guatemala. Ahí es adonde debes ir. Pero primero debemos prepararte –el chamán miró más allá de él–. Duerme esta noche. Mañana te marcharás.

Cuando regresó a la casa del chamán por la mañana, la mayor parte del pueblo estaba ahí para participar en el mágico evento que había sucedido. Cuando los dejó, José caminó con él hasta adentrarse en la selva, llevando un paquete. Lejos de la vista del pueblo, el chamán envolvió los codos y rodillas de Hunahpú con la tela acojinada de algodón que había traído con él. El viejo le dijo que así era como había estado vestido en el sueño de José la noche antes. También era una señal de que la visión de Hunahpú era verdadera. José le ordenó que le contara el motivo de su búsqueda a aquéllos con quienes se encontrara, pero sólo si eran de confianza y lacandones como él. Los ladinos tratarían de detenerlo si supieran al respecto.

Xepón era un lugar pequeño. A lo mucho treinta casas de todos los colores, agrupadas alrededor de la iglesia y la plaza. Las fachadas rosas, azules y amarillas lucían deslavadas y se veían como si estuvieran agachadas, con las espaldas vueltas hacia la lluvia, que empezó más temprano. Mientras Ixbalanqué bajaba rebotando por el camino de la montaña hacia el poblado, se sintió feliz de ver la cantina. Había decidido tomar los caminos más solitarios que pudiera encontrar en el desgastado mapa de caminos bajo el asiento del conductor hasta llegar a la ciudad.

Ya se estacionaba frente a la cantina, pero decidió estacionarse a la vuelta, lejos de las miradas curiosas. Pensó que era extraño que no hubiera visto a nadie desde que entró al pueblo, pero el clima no era apto para salir a pasear, mucho menos para él y su resaca. Sus zapatillas de correr Reebok, otro obsequio de los norteamericanos, chancletearon contra la entrada de madera húmeda que corría frente a la cantina antes de atravesar la puerta abierta. Un sonido desconcertante que sobresalía de entre el silencio, roto tan sólo por el goteo del agua y la lluvia sobre los techos de hojalata. La penumbra exterior no lo había preparado para la oscuridad interior, o los años de humo de tabaco aún permanecían atrapados entre las estrechas paredes. Algunos letreros maltratados y descoloridos de *Feliz Navidad* colgaban del techo gris.

—¿Qué quiere? —le gritaron en español desde detrás de la larga barra que cubría la pared a su izquierda. La fuerza y hostilidad detrás de la pregunta le provocaron dolor de cabeza. Una vieja indígena encorvada lo fulminaba con la mirada.

—Una cerveza.

Sin preocuparse por sus preferencias, ella sacó una botella del refrigerador detrás de la barra y la destapó mientras él se aproximaba; entonces la puso sobre la madera manchada y llena de hoyos de la barra. Cuando Ixbalanqué estiró la mano para tomarla, ella puso una pequeña mano nudosa en torno a la botella y levantó su barbilla hacia él. Él sacó algunos quetzales arrugados de su bolsillo y los colocó sobre la barra. Se oyó el estrépito de un trueno cercano y ambos se pusieron en tensión. Él se dio cuenta por primera vez de que la razón de que ella fuera tan hostil podría no tener nada que ver con un cliente tempranero. Ella arrebató el dinero de la barra como si quisiera negar su miedo y lo metió en la faja que rodeaba su manchado huipil.

—¿Qué tiene de comer? —lo que estaba sucediendo ciertamente no tenía nada que ver con él. La cerveza sabía bien, pero no era lo que realmente necesitaba.

—Sopa de frijol negro —la respuesta de la mujer no era una invitación, sino una afirmación, acompañada por un nuevo retumbar de truenos en la parte superior del valle.

—¿Qué más? —al mirar alrededor, Ixbalanqué se dio cuenta poco a poco de que algo estaba extremadamente mal. En cada cantina en que había estado en toda su vida, sin importar dónde o de qué tamaño fuera, siempre había algunos viejos borrachos sentados por ahí, esperando obtener una bebida gratis. Y las mujeres, incluso tan viejas como ésta, rara vez estaban a cargo de los bares.

—Nada —su rostro permaneció inmutable ante él mientras Ixbalanqué trataba de entender qué sucedía.

Un nuevo retumbar de los truenos se convirtió en el gruñido sordo e inconfundible que despedían los motores de los camiones. Ambas cabezas giraron hacia la puerta. Ixbalanqué retrocedió lejos de la barra y buscó otra salida. No la había. Cuando se volvió de nuevo hacia la vieja, ella le daba la espalda. Entonces corrió hacia la puerta.

Soldados vestidos de verde llenaban la parte trasera de los dos transportes del ejército, estacionados en el centro de la plaza. Para apreciar las rutas que habían seguido los camiones bastaba con seguir la hilera de bancas rotas y de arbustos atropellados a lo largo del minúsculo parque. A medida que los soldados saltaban al suelo, ponían sus metralletas en posición de tiro. Varios equipos de dos hombres dejaron el área central de inmediato y fueron a registrar las casas que rodeaban la plaza. Luego otros soldados salieron de la plaza y se esparcieron por el resto del poblado.

Con las palmas extendidas contra el muro, Ixbalanqué se deslizó por la pared exterior de la cantina hacia la seguridad de la calle lateral. Si pudiera llegar al jeep tendría una oportunidad de escapar. Había llegado a la esquina del edificio cuando uno de los soldados lo descubrió. Al escuchar la orden de detenerse saltó hacia la calle, se deslizó por el lodo y echó a correr hacia el jeep.

Los disparos en el suelo frente a él lo salpicaron de lodo. Ixbalanqué levantó la mano para proteger sus ojos y cayó de rodillas. Antes de que pudiera levantarse, un soldado de rostro hosco sujetó su brazo y lo arrastró de regreso a la plaza, con los pies resbalando en el espeso lodo cada vez que se esforzaba por pararse y caminar.

Uno de los jóvenes soldados ladinos apuntó con su Uzi a la cabeza de Ixbalanqué mientras lo arrojaban con la cara hacia el lodo y lo registraban. Ixbalanqué había ocultado sus pertenencias en el jeep, pero los soldados encontraron la reserva de quetzales que guardaba en sus Reebok. Uno de ellos levantó el fajo de billetes hacia el teniente a cargo. El teniente miró con asco el estado de los billetes, pero los puso en su propio bolsillo. Ixbalanqué no protestó. A pesar del dolor insoportable de cabeza, trató de resolver qué debía decirles para salir del problema. Si supieran que el jeep era robado, podía darse por muerto.

El sonido de más disparos lo hizo sobresaltarse y caer de nuevo en el lodo. Levantó ligeramente la cabeza y se golpeó contra el cañón de la pistola que se hallaba sobre él. El soldado que la sujetaba la hizo hacia atrás apenas lo suficiente para permitirle ver a otro hombre que era arrastrado desde el interior de la escuela amarilla en ruinas en el lado oeste de la plaza. Escuchó a niños llorando dentro del pequeño edificio. El segundo prisionero también era un indio alto, con los lentes torcidos por los golpes recibidos en el rostro. Los dos soldados que lo escoltaban le permitieron recuperar el equilibrio antes de llevarlo ante su superior.

El maestro enderezó sus lentes antes de mirar directamente a los anteojos de sol con acabado de espejo del teniente. Ixbalanqué supo que estaba en problemas; el maestro estaba haciendo enojar al oficial deliberadamente. Sólo podía empeorar la situación que enfrentaban.

El teniente alzó su macana y lanzó al suelo los lentes del maestro. Cuando el maestro se agachó para recogerlos, el oficial lo golpeó en un lado de la cabeza. Con la sangre goteando por su cara hasta su camisa blanca, el maestro volvió a ponerse los anteojos. El cristal derecho estaba hecho añicos. Ixbalanqué buscó una ruta de escape. Esperaría a que el guardia estuviera lo suficientemente distraído. Pero al mirar de reojo al joven con la Uzi, vio que el chico no le quitaba los ojos de encima.

—Eres un comunista –el teniente hizo una afirmación, no una pregunta, dirigida hacia el maestro. Antes de que el maestro pudiera responder, el oficial miró en dirección a la escuela con desagrado. Los niños adentro todavía lloraban. Dirigió su macana hacia la escuela e hizo una señal afirmativa con la cabeza a uno de los soldados. Sin tomarse el trabajo de apuntar, el soldado disparó de un lado al otro su metralleta, a todo lo ancho del edificio, rompiendo ventanas y haciendo orificios en el yeso. Algunos gritos estallaron adentro, seguidos por el silencio.

—Eres un traidor y un enemigo de Guatemala –dejó caer la macana sobre el otro lado de la cabeza del profesor. Hubo más sangre, e Ixbalanqué empezó a sentirse enfermo y, de alguna manera, *mal*.

—¿Dónde están los otros traidores?

—No hay otros traidores –el maestro se encogió de hombros y sonrió.

—Fernández, la iglesia –el teniente se dirigió a un soldado que fumaba un cigarrillo, recargado contra uno de los camiones. Fernández arrojó su cigarrillo y levantó el ancho tubo recargado contra el camión. Mientras apuntaba, otro de los hombres cerca de los camiones metió un cohete en la bazuka.

Girando hacia la vieja iglesia colonial, Ixbalanqué vio, por primera vez, al sacerdote del pueblo de pie, fuera del edificio, discutiendo con uno de los equipos de registro, mientras los soldados al lado de él se llevaban sus candelabros de plata. Hubo una explosión de la bazuka, seguida una fracción de segundo después por el estallido de la iglesia, cuando cayó sobre sí misma. Los soldados de los candelabros habían visto lo que iba a ocurrir y se dejaron caer al suelo. El sacerdote se desplomó, aunque Ixbalanqué no podía decir si fue por la impresión o por las lesiones recibidas. A estas alturas, sentía el dolor en cada articulación y músculo.

La lluvia se mezclaba con la sangre en el rostro del maestro y, a medida que escurría, manchaba su camisa de color rosa. Ixbalanqué no vio más. El dolor había crecido tanto que se vio obligado a acurrucarse en el lodo, apretando las rodillas contra su pecho. Algo iba a suceder. Nunca había sentido tanto miedo antes. Supo que iba a morir. Los malditos dioses antiguos lo habían empujado a esto.

Apenas escuchó cuando ordenaron apoyarlo contra la pared de la escuela, junto al maestro. Al teniente ni siquiera le importó quién era. Por alguna razón, el hecho de que el oficial ni siquiera se hubiera molestado en interrogarlo le pareció la peor humillación de todas.

Ixbalanqué tembló mientras se ponía de pie frente la pared marcada por las balas. Los soldados los dejaron ahí solos y retrocedieron, lejos de la línea de fuego. El dolor volvió a manifestarse en oleadas que expulsaron su miedo, expulsando todo excepto el enorme peso de la agonía en su cuerpo. Miró a través de los soldados que se reunían para formar el pelotón de fusilamiento, y vio el arcoíris que se formaba entre las brillantes montañas verde jade a medida que salía el sol. El maestro le dio una palmada en el hombro.

—¿Estás bien? –su compañero se veía preocupado. Ixbalanqué permaneció en silencio mientras reunía suficiente energía para evitar derrumbarse en el suelo.

—Mira, Dios tiene sentido del humor –el hombre loco le sonrió como si fuera un niño a punto de llorar. Ixbalanqué lo maldijo en el idioma de su abuela quiché, una lengua que no había hablado antes de su sueño de Xibalbá.

—Morimos por las vidas de nuestra gente –el maestro levantó la cabeza con orgullo y enfrentó las pistolas de los soldados cuando las levantaron para apuntarles.

—No. ¡No de nuevo! –Ixbalanqué cargó contra las armas en el

momento en que dispararon. Su fuerza tiró al otro hombre de rodillas. Al moverse, Ixbalanqué se dio cuenta en una pequeña parte de su cerebro de que la exquisita agonía había desaparecido. Mientras las balas aceleraban para encontrar su blanco, se sintió más fuerte, más poderoso de lo que había sido nunca antes. Las balas lo alcanzaron.

Ixbalanqué vaciló cuando los proyectiles lo golpearon. Esperó un instante la llegada del inevitable dolor y la oscuridad final, pero éstos no llegaron. Miró a los soldados; ellos lo examinaron a su vez: estaban perplejos. Alguno corrió hacia los camiones. Otros bajaron sus armas. Unos cuantos se mantuvieron firmes y siguieron disparando, mirando de vez en cuando al teniente, el cual retrocedía hacia los camiones mientras llamaba a un tal Fernández.

El indio levantó un ladrillo de la calle y, gritando su nombre con una mezcla de miedo y euforia, lo arrojó con toda su fuerza hacia uno de los camiones. En su vuelo, el ladrillo golpeó a un soldado, aplastó su cabeza y salpicó de sangre y sesos a sus compañeros antes de pasar como un rayo en dirección del camión. Entonces golpeó el tanque de gas, y el transporte explotó.

Ixbalanqué detuvo su carga contra los soldados y miró el espectáculo ardiente. Algunos hombres en llamas −soldados que habían usado como refugio el transporte de las tropas− estaban gritando. La escena parecía salida de una de las películas americanas que había visto en la ciudad. Pero las películas no tenían el olor de la gasolina, la lona y el caucho quemados y debajo de todo ello el hedor de la carne quemada. Retrocedió.

Remotamente, como si lo percibiera a través de un grueso colchón, sintió que alguien sujetaba su brazo. Ixbalanqué se volvió para golpear al enemigo, pero era el maestro, que lo miraba a través de sus lentes destrozados.

—¿Habla español? −el hombre lo guio lejos de la plaza, hacia una calle lateral.

—Sí, sí −Ixbalanqué se preguntaba qué sucedía. Nunca antes había hecho algo como esto. Algo no estaba bien. ¿Qué le había hecho esa visión? Se estaba relajando involuntariamente y sintió cómo la fuerza se le escapaba. Se apoyó en la pared de una casa pintada de un rojo pálido y descascarado.

—Madre de Dios, no podemos detenernos −el maestro lo arrastró hacia el final de la calle–. Pronto traerán la artillería. Eres bueno con las balas, pero ¿puedes esquivar cohetes?

—No lo sé... –Ixbalanqué se detuvo a pensar en eso por un momento.

—Lo averiguaremos más tarde. Vamos.

Ixbalanqué se dio cuenta de que el hombre tenía razón, ¡pero moverse era tan difícil! Sin el miedo a morir, sintió como si hubiera perdido no sólo el nuevo poder, sino también toda su fuerza habitual. Miró por la calle hacia la ladera boscosa por encima de las casas. Los árboles significaban seguridad. Los soldados nunca los seguirían al bosque donde las guerrillas podrían estar esperando para emboscarlos. El zumbido de un disparo lo trajo de vuelta.

El maestro lo jaló para alejarlo de la casa y, poniendo su brazo bajo el de Ixbalanqué, lo guio hacia el refugio verde que se hallaba más adelante. Cortaron entre dos pequeñas casas y se desplazaron a lo largo de un callejón estrecho y lodoso que dividía los edificios de tablillas y yeso. Ixbalanqué se deslizaba y patinaba sobre el resbaladizo lodo café. Más allá de los jardines traseros, el callejón se convertía en un sendero que llevaba hacia la empinada colina hasta los árboles. Sin embargo, atravesar el campo abierto significaba sufrir por lo menos quince metros de exposición total a las balas.

Chocó con el maestro cuando éste se detuvo para asomarse por la esquina de la última casa.

—Libre –el maestro no había soltado el brazo de Ixbalanqué–. ¿Puedes correr?

—Sí.

Tras una carrera impulsada por el temor, Ixbalanqué logró desplomarse algunas yardas adentro del bosque. La selva era lo suficientemente espesa para impedir que los soldados los vieran, siempre y cuando permaneciesen inmóviles y en silencio. Escucharon a los militares discutir allá abajo hasta que un sargento les ordenó que regresaran a la plaza. Alguien en el pueblo moriría en su lugar. El maestro lucía sudoroso y nervioso. Ixbalanqué se preguntó si era por su víctima involuntaria o por su propia supervivencia inesperada. Una bala en la espalda no era tan romántica como un pelotón de fusilamiento.

A medida que se adentraban en las húmedas montañas en un intento por evitar a los soldados, el compañero de Ixbalanqué se presentó. El maestro dijo llamarse Esteban Akabal, ser un devoto comunista y luchador por la libertad. Ixbalanqué escuchó sin hacer comentarios un largo sermón sobre los males del gobierno actual y la inminente revolución. Sólo se preguntó de dónde sacaría Akabal la energía para caminar y hablar tanto. Cuando Akabal comenzó a jadear, a medida que se abrían paso por un sendero difícil, Ixbalanqué le preguntó por qué trabajaba con los ladinos.

—Es necesario trabajar juntos para el bien común. Las divisiones entre quiché y ladinos fueron creadas y promovidas por el régimen represivo bajo el cual trabajamos. Son falsas, y una vez que se eliminen no obstaculizarán el deseo natural del trabajador de unirse a su compañero trabajador.

Se detuvieron a descansar en una sección nivelada del sendero.

—Los ladinos serán como dices, pero nada cambiará sus sentimientos o los míos –Ixbalanqué meneó la cabeza–. No deseo unirme a tu ejército de trabajadores. ¿Qué debo hacer para llegar a la ciudad?

—No puedes tomar el camino principal. Los soldados dispararían al verte –Akabal miró los cortes y magulladuras que Ixbalanqué se había hecho durante su ascenso–. Tu talento parece ser muy selectivo.

—No creo que sea un talento –Ixbalanqué se limpió un poco de la sangre seca en sus pantalones de mezclilla–. Tuve un sueño con los dioses. Me dieron un nuevo nombre y mis poderes. Antes del sueño jamás había hecho… lo que hice en Xepón.

—Fueron los norteamericanos quienes te dieron tus poderes. Eres lo que llaman un as –Akabal lo examinó de cerca–. Sé de pocos casos tan lejos de Estados Unidos. En realidad es una enfermedad. Un extraterrestre pelirrojo la trajo del espacio exterior a la tierra. O al menos eso dicen, ya que la guerra biológica ha sido declarada ilegal. La mayoría de los que enfermaron murieron. Algunos cambiaron.

—Los he visto mendigando por la ciudad. Quedaron muy mal –Ixbalanqué se encogió de hombros–. Pero yo no soy así.

—Muy pocos se convierten en algo mejor de lo que eran antes. Los norteamericanos adoran a estos ases –Akabal meneó la cabeza–. La típica explotación de las masas por agentes fascistas. Tú podrías ser muy importante para nuestra lucha –el maestro de escuela se inclinó hacia delante–. El elemento mítico, un lazo con el pasado de nuestro pueblo. Sería bueno, muy bueno para nosotros.

—No lo creo. Me voy a la ciudad –disgustado, Ixbalanqué recordó el tesoro que había dejado en el jeep–. Después de regresar a Xepón.

—Tu gente te necesita. Podrías ser un gran líder.

—He oído eso antes –Ixbalanqué se sentía inseguro. La oferta sonaba seductora, pero quería ser algo más que un miembro del ejército popular. Con su poder él querría hacer algo, algo que involucrara dinero. Pero primero tenía que llegar a la ciudad de Guatemala.

—Déjame ayudarte –Akabal tenía esa intensa mirada de deseo que las estudiantes de grado exhibían cuando querían dormir con el sacerdote-rey maya o, como una de ellas lo dijo, con una copia aceptable. Esa mirada, combinada con la sangre endurecida sobre su rostro, hacía que Akabal pareciera el mismo demonio. Ixbalanqué retrocedió un par de pasos.

—No, gracias. Sólo voy a regresar a Xepón por la mañana, a recuperar mi jeep y marcharme –retrocedió por el sendero. Por encima de su hombro se dirigió a Akabal–. Gracias por tu ayuda.

—Espera. Está oscureciendo. Nunca lograrás regresar de noche –el maestro se sentó de nuevo en una roca junto al sendero–. Estamos lo suficientemente adentro de la selva para que, aun si llegan más soldados, no se atrevan a seguirnos. Nos quedaremos aquí esta noche, y mañana en la mañana iniciaremos el camino de regreso al pueblo. Será seguro. Le va a llevar al menos un día al teniente explicar la pérdida de su camión y conseguir refuerzos.

Ixbalanqué se detuvo y regresó.

—¿No más pláticas sobre tu ejército?

—No, te lo prometo –Akabal sonrió y le indicó con un gesto a Ixbalanqué que se sentara en otra roca.

—¿Tienes algo de comer? Tengo mucha hambre –Ixbalanqué jamás se había sentido tan hambriento, ni siquiera en los peores episodios de su infancia.

—No. Pero si estuviéramos en Nueva York tú podrías ir a un restaurante llamado Aces High. Es exclusivo para personas como tú...

Mientras Akabal le hablaba sobre las condiciones de vida de los ases en Estados Unidos, Ixbalanqué reunió algunas ramas para protegerse del suelo húmedo y se recostó sobre ellas. Se durmió mucho antes de que Akabal terminara su discurso.

En la mañana, antes del amanecer, ya bajaban de regreso por el sendero. Akabal había comido algunas nueces y plantas comestibles que encontró en el camino, pero Ixbalanqué seguía hambriento y adolorido. Aun así, les tomó mucho menos tiempo regresar al pueblo de lo que les había llevado hacer el laborioso viaje de subida por el sendero el día anterior.

♠

Hunahpú descubrió que usar la pesada tela acojinada de algodón al caminar lo hacía sentirse torpe y caliente, así que la enrolló y la sujetó a su espalda. Había caminado un día y una noche sin dormir cuando llegó a un pequeño poblado indio apenas más grande que el suyo. Hunahpú se detuvo y se envolvió en la tela acojinada tal y como José lo había hecho. La vestimenta de un guerrero y un jugador de pelota, pensó con orgullo, y mantuvo la cabeza en alto. La gente aquí no era lacandona, y lo miraron con desconfianza por llegar con el amanecer.

Un viejo salió al camino principal que conducía entre las casas de techo de paja. Saludó a Hunahpú en una lengua que era similar a la de su gente, pero no exactamente la misma. Hunahpú se presentó al *t'o'ohil* mientras caminaba hacia él. El guardián del pueblo dedicó al joven un minuto entero de contemplación antes de invitarlo a su casa, la casa más grande a la que Hunahpú había entrado nunca.

Mientras la mayor parte del pueblo esperaba afuera para que el guardián les dijera quién era la aparición de la mañana, los dos hombres hablaron y tomaron café. Fue una conversación difícil al principio, pero Hunahpú comprendió pronto las pronunciaciones del anciano, y fue capaz de darse a conocer a sí mismo e indicar cuál era su misión. Cuando Hunahpú terminó, el *t'o'ohil* se recargó en su asiento y llamó a sus tres hijos. Ellos permanecieron de pie detrás de él y esperaron mientras hablaba con Hunahpú.

—Creo que eres Hunahpú, que nos ha sido devuelto. El final del mundo se acerca y los dioses nos han enviado mensajeros –el *t'o'ohil* le hizo una señal a uno de sus hijos, un enano, para que se adelantara–. Chan K'in irá contigo. Como ves, los dioses lo tocaron y él habla con ellos directamente por nosotros. Si tú eres *hach*, verdadero, él lo sabrá. Si no lo eres, también lo sabrá.

El enano fue a pararse junto a Hunahpú y miró a su padre y asintió.

—Bol también irá contigo –ante esto, el hijo más joven se sobresaltó y fulminó con la mirada a su padre–. Le desagradan las viejas costumbres y no te creerá. Pero me honra y protegerá a su hermano en el viaje. Bol, ve por tu pistola y empaca lo que necesites. Chan K'in, hablaré contigo. Quédate –el viejo dejó su café y se levantó–. Le diré al pueblo de tu visión y tu viaje. Puede haber quienes deseen acompañarte.

Hunahpú se reunió con él afuera y permaneció en silencio mientras el *t'o'ohil* le decía a su gente que el joven seguía una visión y debía ser respetado. La mayoría de la gente se marchó después de eso, pero algunos se quedaron y Hunahpú les habló de su misión. Aunque eran indígenas, se sintió incómodo al hablarles porque usaban pantalones y camisas como los ladinos, en lugar de las túnicas largas de los lacandones.

Cuando Chan K'in y Bol vinieron por él, vestidos para viajar con la ropa tradicional de la aldea, cargando provisiones, sólo tres hombres lo escuchaban. Hunahpú se levantó y los otros hombres se marcharon, sin dejar de hablar entre ellos. Chan K'in estaba tranquilo. Su rostro sereno no revelaba sus sentimientos o si estaba reacio a embarcarse en un viaje que sin duda traería dolor a su cuerpo torcido. Bol, sin embargo, no ocultaba su enojo por la orden de su padre. Hunahpú se preguntó si el alto hermano simplemente le dispararía en la parte posterior de la cabeza en la primera oportunidad para regresar a su pueblo. No importaba. No tenía opción, tenía que continuar en el camino que los dioses le habían indicado. Sentía cierto recelo de que los dioses hubieran elegido para acompañarlo a hombres vestidos de manera tan llamativa. Acostumbrado a los atuendos sencillos de su gente, consideraba los bordados en brillantes rojos y morados y las fajas de estos hombres más como la ropa de los ladinos que un atuendo apropiado para hombres de verdad. Sin duda vería muchas cosas que no había visto nunca, antes de conocer a su hermano. Esperó que su hermano supiera vestirse adecuadamente.

Tomó mucho menos tiempo salir de la montaña que lo que tardaron en subir y adentrarse en ella. Algunas horas de caminata, que empezaron al amanecer, trajeron a Ixbalanqué y a Akabal de regreso a Xepón. Esta vez el pueblo estaba a reventar de gente. Mirar los restos del camión en la plaza donde se centraba la mayoría de la actividad hizo que Ixbalanqué se sintiera orgulloso. Demasiado tarde empezó a pensar en el precio que el pueblo había pagado por su escape. Quizás estas personas no estarían tan impresionadas con él como Akabal. Akabal lo guio más allá de las miradas airadas de algunos de los hombres del pueblo, y el odio manchado de lágrimas de muchas de las mujeres. Con tantas personas y con el firme agarre de Akabal en su brazo, no tenía oportunidad de correr hacia el jeep y escapar. Y regresaron a la cantina, donde tenía lugar una reunión del pueblo.

Su entrada provocó un alboroto, ya que algunos de los hombres pedían su muerte y otros lo proclamaban un héroe. Ixbalanqué no dijo una sola palabra. Tenía miedo de abrir la boca. Permaneció de pie con la espalda recargada contra el borde duro de madera de la barra, mientras Akabal subía y empezaba a hablar a los grupos de hombres que circulaban debajo de él. Tardó varios minutos repletos de gritos e insultos mutuos en quiché y español antes de atraer la atención de todos los presentes.

Estaba tan ocupado mirando a los hombres que lo observaban buscando señales de violencia que le tomó algo de tiempo para comprender lo que decía Akabal. Éste de nuevo mezclaba maya y español en un discurso centrado en Ixbalanqué y su «misión». Akabal había tomado lo que Ixbalanqué le había dicho y lo relacionó con una segunda venida cristiana y el fin del mundo como había sido profetizado por los antiguos sacerdotes.

Ixbalanqué, la estrella de la mañana, era el heraldo de una nueva era en que los indígenas recuperarían sus tierras y gobernarían su territorio como lo habían hecho siglos antes. Sería la ruina inminente de los ladinos y los norteamericanos, pero no de los mayas, quienes heredarían la tierra. Los quichés no debían seguir más el liderazgo de los extraños, fueran socialistas, comunistas o demócratas. Tenían que seguir a su propia gente o perderse a sí mismos para siempre. E Ixbalanqué era la señal. Le habían sido dados sus poderes por los dioses. Confundido, Ixbalanqué recordó la explicación de

Akabal acerca de que sus poderes eran resultado de una enfermedad. Pero aun este hijo de un dios no podía ganar solo contra los invasores fascistas. Fue enviado aquí para conseguir seguidores, guerreros que lucharían a su lado hasta recuperar todo lo que los ladinos y los siglos les habían robado.

Cuando terminó, Akabal subió a Ixbalanqué a la barra y bajó de un salto, dejando al hombre fornido con la camiseta sucia y los pantalones de mezclilla a solas en la parte superior de la sala abarrotada. Volviéndose a mirar a Ixbalanqué, Akabal levantó el puño en el aire y empezó a cantar el nombre de Ixbalanqué una y otra vez. Lentamente, y luego con creciente fervor, cada hombre en la sala siguió el ejemplo del maestro, muchos de ellos levantaron sus rifles o los puños.

Enfrentado con su nombre en un coro que sacudía la sala, Ixbalanqué tragó saliva nerviosamente, su hambre era cosa olvidada. Casi deseó que el ejército fuera su única preocupación. No estaba listo para convertirse en el líder del que le hablaron los dioses. Esto no era en absoluto como lo había imaginado. No usaba el espléndido uniforme que había diseñado en su mente, y éste no era el ejército bien entrenado y dirigido que lo llevaría al poder y al palacio presidencial. Todos lo miraban con una expresión que nunca había visto antes, de adoración y confianza. Lentamente, temblando, levantó su propio puño y los saludó. En silencio rogó a los dioses que no le permitieran echar a perder todo esto.

Ese hombrecillo sucio, la pesadilla de los ladinos hecha realidad, sabía que él no era lo que estas personas habían visto en sus sueños. Pero también sabía que era su única esperanza ahora. Y ya fuera que él fuese una creación accidental de los norteamericanos, o el hijo de los dioses, les juró a las deidades que reconocía, mayas y europeas, Jesús, María e Itzamná, que haría todo lo que pudiera por su gente.

Entretanto, su hermano Hunahpú también vivía momentos difíciles.

◆

En las afueras del pueblo, mientras Hunahpú se quitaba su armadura de algodón, uno de los hombres con los que había hablado se les unió. Caminaron en silencio por los bosques de Petén, sumidos en sus respectivos pensamientos. Se movían con lentitud por Chan K'in, pero no tan lentamente como Hunahpú había esperado. El enano estaba acostumbrado a salir adelante con poca ayuda de los demás. No había enanos en el poblado de Hunahpú, pero se sabía que traían buena suerte y eran la voz de los dioses, por eso los hombres pequeños eran venerados. José había dicho a menudo que Hunahpú estaba destinado a ser un enano ya que había sido tocado por los dioses. Hunahpú estaba ansioso por aprender de Chan K'in.

Cuando el sol estaba en lo alto se tomaron un descanso. Hunahpú estaba mirando el sol, con quien compartía el nombre, en el centro del cielo cuando Chan K'in se acercó cojeando hacia él. El rostro del enano no mostraba sus intenciones. Se sentaron en silencio por algunos minutos antes de que Chan K'in se animara a hablar:

—Mañana, al amanecer, un sacrificio. Los dioses desean asegurarse de que eres digno —los enormes ojos negros de Chan K'in estaban fijos en Hunahpú, quien asintió con la cabeza en señal de que aceptaba. Chan K'in se puso de pie y caminó de regreso para sentarse junto a su hermano. Bol todavía se veía como si quisiera la muerte de Hunahpú.

Era una tarde larga y caliente para caminar. Los insectos los atacaban sin piedad y nada funcionaba para alejarlos. Era casi de noche cuando llegaron a Yalpina. Chan K'in entró primero y habló con los ancianos de la aldea. Cuando obtuvo permiso para que entraran, envió a un niño por el grupo que esperaba en el bosque. Usando su armadura, Hunahpú entró a zancadas a la diminuta plaza del pueblo. Todos se habían reunido para escuchar hablar a Chan K'in y a Hunahpú. Era obvio que conocían a Chan K'in, y su reputación reforzaba las afirmaciones de Hunahpú. Hasta que sus madres los callaron, los niños se rieron y se burlaron de la armadura de algodón de Hunahpú y de sus piernas desnudas. Pero cuando Hunahpú empezó a hablar de la misión que consistía en encontrar a su hermano y unirse a él en una nueva versión de su propia cultura indígena, la gente cayó bajo el hechizo de semejante sueño. Por fin verían grandes portentos.

Quince años antes una niña había nacido con las plumas brillantes de un pájaro selvático. La jovencita fue empujada hacia delante en medio de la multitud. Era hermosa, y las plumas que reemplazaban su cabello la hacían aún más bella. Dijo que había estado esperando que alguien llegara, y que seguramente Hunahpú era el elegido. Hunahpú tomó su mano y ella permaneció a su lado.

Esa noche muchas de las personas del pueblo vinieron a la casa de los padres de la joven, donde Hunahpú y Chan K'in se refugiaron, y hablaron con ellos del futuro. La joven, María, nunca dejó un minuto a Hunahpú. Cuando el último aldeano se marchó y se acurrucaron junto al fuego, María veló su sueño.

Antes del amanecer Chan K'in despertó a Hunahpú y caminaron hacia el bosque, dejando a María detrás, de manera que se preparara para marcharse. Hunahpú sólo tenía un machete, pero Chan K'in portaba un delgado cuchillo europeo. Tomando el cuchillo del enano, Hunahpú se arrodilló, levantó sus manos frente a él, con las palmas hacia arriba. En la izquierda estaba el cuchillo. La derecha, ya recuperada del corte de machete que se hiciera tres días antes, temblaba por lo que iba a ocurrir. Sin vacilar o dudar, Hunahpú clavó el cuchillo en la palma de su mano derecha, sujetándolo ahí mientras su cabeza caía hacia atrás y su cuerpo se estremecía en éxtasis.

Sin moverse, con excepción del ensanchamiento momentáneo de su enormes ojos, Chan K'in observó jadear al otro hombre, la sangre goteando de su mano. Se despertó de su ensueño y colocó un retazo de tela de algodón hecha a mano en el suelo, justo debajo de las manos de Hunahpú. Se movió hasta estar a un lado de Hunahpú y acercó su cabeza hacia él, mirando dentro de sus ojos abiertos y ciegos, como si intentara mirar dentro de su mente.

Tras varios minutos Hunahpú se desplomó en el suelo y Chan K'in tomó la tela empapada de sangre. Usando pedernal y acero, encendió un pequeño fuego. Mientras Hunahpú volvía en sí, arrojó la ofrenda al fuego. Hunahpú se arrastró hasta ahí y ambos hombres observaron cómo el humo se elevaba hacia el cielo hasta encontrarse con el sol naciente.

—¿Qué viste? –Chan K'in habló primero, su rostro inmutable no revelaba ninguna pista sobre sus pensamientos.

—Los dioses están satisfechos conmigo, pero tenemos que avanzar más rápido y reunir más gente. Creo… que vi a Ixbalanqué guiando un ejército popular –Hunahpú asintió para sí mismo y sujetó sus manos–. Eso es lo que ellos desean.

—Ya empezó. Pero todavía falta mucho por recorrer y mucho que hacer antes de tener éxito –Hunahpú miró en dirección a Chan K'in.

El enano se sentó y extendió sus piernas atrofiadas frente a él, la barbilla apoyada en la mano.

—Por ahora, regresaremos a Yalpina a comer –se levantó con esfuerzo–. Vi algunos camiones. Tomaremos uno y viajaremos por los caminos de ahora en adelante.

Su discusión fue interrumpida por María, quien corrió hacia el claro, jadeando.

—El cacique quiere hablar contigo. Un corredor ha llegado desde otra aldea. El ejército está barriendo la zona en busca de rebeldes. Debes marcharte inmediatamente –sus plumas relucían a la luz de la mañana mientras ella le dirigía una mirada de súplica. Hunahpú la miró y asintió.

—Te alcanzaré en la aldea. Prepárate para ir con nosotros. Serás una señal para los demás –Hunahpú se volvió hacia Chan K'in y cerró los ojos, concentrado. Los árboles en el fondo del claro empezaron a transformarse en las casas de Yalpina. La aldea parecía correr hacia él. Lo último que vio fue la sorpresa de Chan K'in y a María cayendo de rodillas.

Para cuando Chan K'in y María regresaron a Yalpina, se habían hecho arreglos para su transporte. Tuvieron tiempo de comer un desayuno rápido, y entonces Hunahpú y sus compañeros se marcharon en una vieja camioneta Ford que los llevó hacia el sur, por el camino que conectaba con la capital. María se unió a ellos al igual que media docena de hombres de Yalpina. Otros que se habían unido a su causa iban en camino hacia otras aldeas indígenas en el Petén, y hacia el norte, a México, al estado de Chiapas, donde decenas de miles de indígenas expulsados de sus hogares por los ladinos esperaban una señal.

El ejército de Ixbalanqué creció a medida que viajaba hacia la ciudad de Guatemala. Igualmente crecieron las historias de sus hazañas en Xepón. Cuando quiso que las historias cesaran, Akabal le explicó cuán importante era que su gente creyera los fantásticos rumores. A regañadientes, Ixbalanqué aceptó el consejo de Akabal. Le parecía que constantemente estaba aceptando sus decisiones. No era el líder que había imaginado.

Su jeep y su escondrijo se hallaban intactos. Él y Akabal iban al frente de la columna de vehículos viejos y chirriantes. A estas alturas habían reunido varios cientos de seguidores, los cuales estaban armados y listos para pelear. En Xepón le habían dado los pantalones y camisa de la aldea, pero cada pueblo en que entraban tenía un estilo y diseño diferentes. Cuando le daban sus propias ropas y además permitían que los acompañaran sus esposos e hijos, se sentía obligado a usarlas.

Ahora había mujeres también. La mayoría había venido a seguir a sus hombres y a cuidarlos, pero muchas habían venido a pelear. Ixbalanqué no se sentía cómodo con esto, pero Akabal las recibía de buen talante.

La mayoría del tiempo de Ixbalanqué se iba en tratar de alimentar a su ejército o en preguntarse cuándo los atacaría el gobierno. Tanto Ixbalanqué como Akabal estaban de acuerdo en que habían llegado demasiado lejos con demasiada facilidad.

Akabal se había obsesionado con intentar conseguir que reporteros de televisión, radio y periódico se unieran a la marcha. Cada vez que entraban a un pueblo que contaba con teléfono, Akabal se dedicaba a hacer llamadas. Como resultado, la prensa de oposición estaba enviando tanta gente como podía sin despertar sospechas inapropiadas por parte de la policía secreta. Akabal contaba con que algunos lograrían llegar a Ixbalanqué sin ser arrestados.

Recibieron la noticia afuera de Zacualpa. Un niñito les dijo que el ejército había colocado un retén con dos tanques y cinco transportes de tropas blindados. Doscientos soldados fuertemente armados estaban preparados para detener su avance con artillería ligera y cohetes.

Ixbalanqué y Akabal convocaron a una reunión con los líderes de la guerrilla, que tenían experiencia de combate. Sus armas, viejos rifles y escopetas no podían competir con los M-16 y cohetes del ejército. Su única posibilidad era usar las enseñanzas de la guerrilla a su favor. Las tropas se dividieron en grupos y se ocultaron en las colinas alrededor de Zacualpa. Se enviaron mensajeros al pueblo que seguía de Zacualpa en un esfuerzo por traer combatientes por detrás del ejército del gobierno, pero llevaría tiempo para que los corredores llegaran a senderos remotos y volvieran haciendo un círculo. Ixbalanqué sería su principal defensa y su inspiración. Ésta sería su verdadera prueba. Si el indio ganaba, era digno de ser el líder. Si perdía, los habría guiado a la muerte.

Ixbalanqué regresó a su jeep y sacó la púa de la mantarraya del compartimento bajo el asiento del conductor. Akabal trató de adentrarse con él en la jungla, pero Ixbalanqué le dijo que se quedara. Los soldados podrían tener francotiradores y no debían ponerse al mismo tiempo en peligro.

Lo cual era una excusa. A Ixbalanqué le aterrorizaba que su poder no regresara. Necesitaba tiempo para hacer un sacrificio de nuevo, cualquier cosa que lo ayudara a enfocarse en la fuerza que había tenido antes y que no había sentido desde entonces. Sabía casi con certeza que Akabal lo haría continuar, pero tenía que estar solo.

Ixbalanqué encontró un diminuto claro formado por un círculo de árboles y se sentó en el suelo. Trató de recuperar la sensación que había tenido justo antes del segundo sueño. No encontró la manera de sacar ni siquiera una botella de cerveza del campamento. ¿Qué tal si estar borracho era la clave? Tenía que serlo, era lo que los estudiantes le habían explicado, era eso o todos los que lo acompañaban estaban muertos. Había traído con él una de las camisas blancas de algodón que le habían dado en el camino. Los intrincados diseños en la camisa estaban hechos únicamente con hilo rojo brillante. Parecía apropiada. La colocó en la tierra entre sus piernas.

Su oreja había sanado muy rápidamente y había usado la orejera durante los últimos dos días. ¿De dónde sacaría sangre esta vez? Mentalmente repasó una lista de los sitios sagrados en su cuerpo que eran usados tradicionalmente. Sí, eso serviría. Limpió la púa tallada con la camisa y entonces jaló su labio inferior. Orando a cada nombre sagrado que pudo recordar, empujó la espina dorsal de la mantarraya hacia abajo a través de su labio, la levantó un poco, con los pinchos rasgando su carne, y la clavó de nuevo. Entonces se inclinó sobre la camisa y dejó que la sangre escurriera por la negra espina hasta la camisa blanca, haciendo nuevos diseños a medida que fluía.

Cuando las gotas de sangre caían en su camisa, empujó la espina por completo, de manera que atravesara y saliera de su cuerpo. El nauseabundo sabor a cobre de la sangre inundó su boca y sintió necesidad de vomitar. Cerrando los ojos y apretando los puños, se controló e intentó cerrar su garganta para que no entrara la sangre que fluía por su boca. Usando el mismo encendedor, le prendió fuego a la camisa, iniciando llamas en los cuatro lados del envoltorio de tela manchado.

No hubo sueños de Xibalbá esta vez. O sueños en absoluto que pudiera recordar. Pero el humo y la pérdida de sangre lo hicieron desmayarse de nuevo. Cuando despertó, la luna estaba arriba en lo alto y más de la mitad de la noche había transcurrido. Esta vez no tenía resaca, ni dolor alguno, a medida que sus músculos se ajustaban a fuerzas a las que no estaba acostumbrado. Se sentía bien, de hecho se sentía maravilloso.

Se levantó, cruzó el claro hasta el árbol más grande y golpeó el tronco con su puño desnudo. Éste explotó, regando el suelo con astillas y ramas al caer. Levantó el rostro hacia las estrellas y agradeció a los dioses.

Ixbalanqué se detuvo en el sendero de vuelta al campamento cuando un hombre salió desde detrás de un árbol hasta la tierra desnuda. Por un momento temió que el ejército lo hubiera encontrado, pero el hombre se inclinó ante él. Con la pistola en alto, el guardia guio a Ixbalanqué de regreso con los demás.

Durante el resto de la noche los sonidos de los preparativos de los soldados mantuvieron despiertos a todos, menos a su gente más experimentada. Akabal caminaba junto al jeep, escuchando los rugidos de los motores de los tanques cuando cambiaban de posición o movían sus armas en dirección de otro blanco fantasma. Los sonidos hacían eco en las montañas. Ixbalanqué lo miró en silencio por un momento.

—Puedo con ellos. Puedo sentirlo –Ixbalanqué intentó animar a Akabal–. Todo lo que tengo que hacer es golpearlos con piedras.

—No puedes proteger a todos. Probablemente no puedas ni protegerte a ti mismo. Tienen cohetes, montones de ellos. Tienen tanques. ¿Qué vas a hacer contra un tanque?

—Me han dicho que las orugas de los tanques son su punto débil. Así que primero destruiré las orugas –Ixbalanqué asintió con la cabeza hacia el maestro–. Akabal, los dioses están con nosotros. Estoy contigo.

—¿Desde cuándo eres un dios? El único que está aquí con nosotros eres tú –Akabal fulminó con la mirada al hombre recargado en
el volante del jeep.

—Creo que siempre lo he sabido. Simplemente le ha llevado más
tiempo a los demás reconocer mi poder –Ixbalanqué miró soñadora-
mente hacia el cielo–. La estrella de la mañana. Ésa soy yo, ya sabes.

—¡María, Madre de Dios! ¡Te has vuelto loco! –Akabal sacudió la
cabeza en dirección de Ixbalanqué.

—No creo que ninguno de nosotros debería decir eso. No es… correcto. Considerándolo todo.

—¿Considerándolo todo? Tú –pero fueron interrumpidos por un
corredor que venía del pueblo, precedido por el ruido de una inmensa actividad allá abajo.

Hubo otra rápida consulta con los líderes de la guerrilla. Akabal
repasó el plan de Ixbalanqué.

—Te seguirán los camiones vacíos hasta el puente. Atraerán los
disparos del ejército –el antiguo maestro de escuela miró el rostro
impasible y calmado ante él. Ixbalanqué no tenía miedo. Sólo había
una euforia que enmascaraba cualquier otra emoción–. Pero tras los
primeros momentos necesitarán una oposición más activa. Tú. Tus
lanzamientos protegerán a nuestros francotiradores en las colinas.

Montones de piedras habían sido depositadas en burdos trineos
atados a la parte trasera del jeep y al siguiente camión en la fila.
A medida que el campamento guerrillero se fue aligerando, todos
se colocaron en posición. Los conductores arrancaron sus motores.
Akabal caminó hacia el jeep.

—Trata de que no te maten. Te necesitamos –extendió la mano a
modo de despedida.

—Deja de preocuparte. Estaré bien –Ixbalanqué tocó el hombro
de Akabal–. Tú intérnate en las colinas.

Ixbalanqué avanzó, lo cual constituía la señal para que la columna empezara su breve viaje, uno por uno en el estrecho camino. Al
dar la vuelta a la esquina, Ixbalanqué pudo ver el puente más adelante y los tanques a ambos lados con sus armas apuntando hacia
él. Cuando dispararon saltó del jeep; el peso incrementado de su
cuerpo hizo abolladuras en el pavimento cuando rodó para alejarse. El jeep explotó a sus espaldas. Sintió el poder en cada parte de su

cuerpo mientras los fragmentos del jeep y la metralla metálica rebotaron contra él. A pesar de ello mantuvo la cabeza baja mientras se arrastraba hacia el trineo en que guardaba sus municiones. Sujetó la primera piedra, la arrojó al aire y la golpeó con la mano abierta, de manera que salió aullando por el aire hasta la colina en que los acechaba el ejército. Arrojó una nube de tierra sobre los soldados, pero eso fue todo. Debía mejorar su puntería. La siguiente roca la dirigió con mucho cuidado, y rompió la oruga del tanque de la izquierda. Con la siguiente atascó la torreta de manera que no podía girar. Los guerreros indígenas habían empezando a disparar a estas alturas, y los soldados caían fulminados. Arrojó más piedras hacia las líneas del ejército, y vio caer a más hombres. Había sangre, más sangre de la que esperaba. Los soldados prepararon un cohete y vio cómo el encargado recibía el disparo de un francotirador indígena antes de que pudiera hacer fuego. Entretanto, él arrojaba rocas tan rápido y tan fuerte como podía.

Las balas lo alcanzaban de vez en cuando, pero su piel las detenía. Ixbalanqué se volvió más temerario y se ponía de pie para enfrentar a su enemigo sin ponerse a cubierto. Sus misiles causaban algo de daño, pero la mayoría de las muertes se debían a los indígenas que atacaban a los soldados desde las cuestas superiores. Los hombres a cargo habían comprendido esto y ahora dirigían la mayoría de los disparos hacia la parte más elevada de las laderas. Grandes huecos empezaban a aparecer en el bosque, donde los tanques y cohetes habían disparado. A pesar de su fuerza, Ixbalanqué no lograba detener el segundo tanque. El ángulo estaba mal. Ninguno de sus lanzamientos lo alcanzaba.

Un nuevo sonido anunció que algo grande iba a sumarse a la batalla: un helicóptero venía en camino. Ixbalanqué se dio cuenta de que le daría al ejército la ventaja de la observación aérea y eso podría hacer que su gente muriera. Llegó volando bajo y rápido por encima del campo de batalla. Ixbalanqué buscó una piedra y descubrió que sólo le quedaban pequeños pedazos de rocas. Buscó en el suelo frenéticamente, tratando de encontrar algo que arrojar. Rindiéndose, jaló un pedazo de metal retorcido de los restos del jeep y lo envió volando hacia el helicóptero. El helicóptero se encontró con el trozo de metal en el aire y explotó. Ambos lados fueron alcanzados por los escombros. La bola de fuego que había sido una máquina cayó al barranco y las llamas se elevaron más arriba que el puente.

El tanque restante aceleró y retrocedió. Los soldados se quitaron de su camino y empezaron a retirarse también. Ixbalanqué ahora podía tener un ángulo despejado de tiro hacia los vehículos que transportaban a las tropas, y destruyó dos de ellos usando más pedazos de metal que arrancó del jeep. Entonces vio algo que detuvo todas sus fantasías de gran guerrero. Un niño saltó desde la montaña al tanque que huía en retirada. Abrió la escotilla desde afuera, y antes de que le dispararan, dejó caer adentro una granada. Hubo un instante antes de que el tanque estallara en que el cuerpo del niño cubrió la apertura de la escotilla como una bandera sobre un ataúd. Entonces las llamas los envolvieron a ambos.

A medida que la pelea en el puente se iba apagando con la retirada de los soldados, los indígenas bajaron del bosque y se dirigieron hacia el puente. Los gemidos de los heridos rompían el silencio y eran acompañados por los sonidos de las aves que regresaban a sus nidos.

Akabal saltó por el corte del camino para reunirse con Ixbalanqué. Se reía.

—¡Ganamos! ¡Funcionó! ¡Estuviste magnífico! —Akabal sujetó a Ixbalanqué y trató de sacudirlo, sólo para descubrir que el hombre más pequeño era inamovible.

—Demasiada sangre —con la muerte del niño Ixbalanqué había perdido todo deseo de celebrar su victoria.

—Pero era sangre de ladino. Eso es lo que importa —uno de sus tenientes se había acercado para reunirse con ellos.

—No toda.

—Pero suficiente —el teniente miró más de cerca a Ixbalanqué—. ¿Nunca habías visto algo así antes? No debes dejar que tu gente te vea así. Eres un héroe. Ése es tu deber.

—Los viejos dioses se alimentarán bien hoy —Ixbalanqué miró a través de la extensión del puente hasta los cuerpos del otro lado—. Tal vez eso era todo lo que buscaban.

Ixbalanqué se vio envuelto en el ajetreo al otro lado del puente. No tuvo tiempo de detenerse a buscar el cuerpo del niño que en realidad había destruido un tanque. Esta vez su gente lo llevaba a él.

La prensa los encontró antes que el ejército. Hunahpú, Chan K'in y Bol permanecieron afuera de su tienda en el frío de la mañana y miraron a los dos helicópteros que venían hacia el sur, sobre las colinas. Uno aterrizó en el espacio abierto donde, la noche anterior, se habían llevado a cabo las danzas y los discursos. El otro se posó cerca de los caballos. Hunahpú había visto algún avión ladino de manera ocasional, pero nunca estas extrañas máquinas. Otra perversión ladina de la naturaleza en un intento por alcanzar el nivel de los dioses.

Una multitud se reunió en torno a los dos helicópteros. El campamento consistía en algunas tiendas y camiones viejos y decrépitos, pero ahora había cientos de personas viviendo ahí. La mayoría dormía en el suelo. Mucha de su gente era tocada por los dioses y tenía que ser invitada a los grupos por los demás. Era triste ver tanto dolor, pero quedaba claro que los dioses habían empezado a tener un papel más grande en las vidas de las personas aun antes de haber sido elegidas. Con tantas personas cercanas a los dioses acompañándolo, se sintió fuerte y resuelto. Tenía que seguir el camino que le marcaron los dioses.

María se acercó a él y posó una mano en su brazo, las pequeñas plumas que la cubrían rozaron levemente su piel.

—¿Qué quieren de nosotros? –María estaba inquieta. Ya conocía la reacción de los ladinos ante los tocados por los dioses.

—Quieren convertirnos en uno de sus circos, en un espectáculo para su diversión –replicó Chan K'in airadamente. Esta intrusión en su marcha hacia Kaminaljuyú no era bienvenida.

—Descubriremos qué desean, María. No les tengas miedo. Son débiles marionetas de madera, sin un alma verdadera –Hunahpú acarició el hombro de la mujer–. Quédate aquí y ayuda a mantener tranquila a la gente.

Hunahpú y Chan K'in caminaron hacia el helicóptero en el centro del campamento. Bol los siguió, tan callado como siempre, cargando su rifle y examinando a los hombres con cámaras a medida que salían en tropel del helicóptero y miraban a la silenciosa masa de gente que los rodeaba. Cuando las aspas del helicóptero giraron hasta detenerse, todo estaba en silencio.

Los tres hombres se abrieron paso lentamente entre la multitud. Tenían cuidado de no avanzar con demasiada rapidez, a fin de que los indios pudieran quitarse de su camino. Manos, garras, alas, extremidades torcidas se estiraban hacia Hunahpú a medida que pasaba. Trató de tocarlas todas, pero no podía detenerse a hablar o sabía que nunca llegaría hasta el helicóptero.

Cuando llegaron hasta la máquina, que tenía un enorme letrero pintado a mano que decía PRENSA a cada lado y otro en la parte inferior, los reporteros estaban apiñados contra el helicóptero. Había miedo y repulsión en sus ojos. Cada vez que uno de los tocados por los dioses se adelantaba, ellos retrocedían. No entendían que los elegidos por los dioses eran hombres más verdaderos que ellos mismos. Era típico de los ladinos permanecer ciegos ante la verdad.

—Soy Hunahpú. ¿Quiénes son y por qué han venido aquí? –Hunahpú habló primero en maya, y después repitió la pregunta en español. Llevaba la armadura de algodón al pararse ante los reporteros y camarógrafos. Las cámaras habían empezado a filmar desde que pudieron distinguirlo entre la multitud.

—Cristo, realmente piensa que es uno de esos Héroes Gemelos –el comentario en mal español vino de uno de los hombres frente a él. Miró hacia el grupo apiñado. Ni siquiera tener al hombre que querían frente a ellos disminuyó su malestar.

—Soy Hunahpú –repitió.

—Soy Tom Peterson de la NBC, el reportero asignado a Centroamérica. Hemos oído que tienen una cruzada de jokers aquí. Bueno, de jokers e indios. Eso es evidentemente cierto –el hombre alto y rubio miró por arriba del hombro de Hunahpú en dirección de la muchedumbre. Su español tenía un acento extraño. Hablaba lentamente y arrastraba las palabras de una manera que Hunahpú nunca había escuchado antes–. Supongo que usted está a cargo. Nos gustaría hablar con usted acerca de sus planes. ¿Quizás haya un lugar donde podamos estar más tranquilos?

—Hablaremos con ustedes aquí –Chan K'in miró al hombre vestido con un traje europeo de algodón blanco. Peterson había ignorado al enano que se encontraba a un costado de Hunahpú. Sus ojos se encontraron y el hombre rubio fue el que se echó para atrás.

—Correcto. Aquí está bien. Joe, asegúrate de obtener un buen sonido –otro hombre se movió entre Peterson y Hunahpú y sujetó un micrófono en dirección de Peterson, en espera de sus siguientes palabras. Pero la atención de Hunahpú se había desviado.

Los reporteros del segundo helicóptero se habían percatado de lo que estaba sucediendo en el centro y se abrían paso a empujones a través de la gente para acercarse a Hunahpú. Se volvió hacia los hombres y mujeres que alzaban su equipo, a fin de ponerlo fuera del alcance de la gente, como si cruzaran un río.

—Alto –habló en maya, pero su voz captó la atención de los reporteros así como de su propia gente. Todo se detuvo y todos los ojos se volvieron hacia él–. Bol, tráelos aquí.

Bol dirigió una mirada hacia abajo a su hermano antes de ir por los reporteros. La multitud se separó para dejarlo pasar a medida que avanzaba y una vez más, cuando trajo a los periodistas a reunirse con sus compañeros. Les indicó por medio de señas con su rifle que debían quedarse quietos antes de regresar junto a Hunahpú y Chan K'in.

Peterson comenzó sus preguntas de nuevo.

—¿Adónde se dirigen?

—Vamos a Kaminaljuyú.

—Eso es justo en las afueras de la ciudad de Guatemala, ¿verdad? ¿Por qué van ahí?

—Voy a encontrarme con mi hermano.

—¿Y qué va a hacer cuando se encuentre con su hermano?

Antes de que Hunahpú pudiera contestar la pregunta, una de las mujeres del segundo helicóptero interrumpió.

—Maxine Chen, de la CBS. ¿Cuáles son sus sentimientos con respecto a la victoria de su hermano Ixbalanqué sobre los soldados enviados a detenerlo?

—¿Ixbalanqué está luchando contra el ejército?

—¿No lo sabía? Ahora mismo cruza las Tierras Altas y arrastra con él a cada uno de los grupos revolucionarios indígenas existentes. Su ejército ha derrotado al gobierno cada vez que se han enfrentado. Las Tierras Altas se encuentran en estado de emergencia y eso ni siquiera ha hecho perder velocidad a Ixbalanqué –la mujer oriental no era más alta que Hunahpú. Miró a sus seguidores.

—Hay un rebelde tras cada árbol en las Tierras Altas, han existido durante años. Aquí abajo, en el Petén, siempre ha estado tranquilo. Hasta ahora. ¿Cuál es su meta? –su atención se disparó de nuevo hacia él.

—Cuando vea a mi hermano Ixbalanqué, decidiremos qué queremos.

—Mientras tanto, ¿qué planea hacer acerca de la unidad del ejército enviada para detenerlo a usted?

Hunahpú intercambió una mirada con Chan K'in.

—¿No sabía acerca de eso tampoco? Jesús, están tan sólo a unas horas de distancia. ¿Por qué creen que todos nosotros estábamos tan apurados en alcanzarlos? Puede que no estén aquí para la puesta del sol.

El enano empezó a interrogar a Maxine Chen.

—¿Cuántos y qué tan lejos? –Chan K'in fijó sus impasibles ojos negros en los de ella.

—Tal vez unos sesenta hombres, unos cuantos más, no tienen fuerzas reales aquí abajo.

—¡Maxine! –Peterson había perdido su objetividad periodística–. No te metas en esto, por amor de Dios. Vas a hacer que nos arresten a todos.

—Vete al diablo, Peterson. Sabes tan bien como yo que han estado cometiendo genocidio aquí durante años. Estas personas por fin contraatacan. Bien por ellos –se arrodilló en la tierra y empezó a dibujar un mapa en el suelo para Hunahpú y Chan K'in.

—Me voy de aquí –Peterson hizo un gesto con la mano en el aire y los rotores de su helicóptero empezaron a girar. Los reporteros y camarógrafos se metieron de nuevo al aparato o corrieron hacia el segundo vehículo, que aguardaba en el potrero.

Maxine levantó la mirada del mapa en dirección de su camarógrafo.

—Robert, quédate conmigo y tendremos una exclusiva.

El camarógrafo le quitó el equipo de sonido a un técnico listo para salir corriendo y se lo ató con correas.

—Maxine, vas a hacer que me maten un día, y voy a regresar para asustarte.

Maxine ya estaba de regreso en el mapa.

—Pero todavía no, Robert. ¿Viste algo de artillería pesada con las tropas del gobierno?

Les había llevado sólo un poco de tiempo organizar a su gente e investigar qué armas tenían. Había algunos rifles y escopetas, nada más. La mayoría de la gente sólo contaba con machetes. Hunahpú llamó a Chan K'in y Bol. Juntos determinaron el mejor curso de acción. Bol guio la discusión, y Hunahpú se sorprendió de su pericia. Aunque estaban enfrentado sólo a unos cuantos soldados, estaban en desventaja en armas y experiencia. Bol recomendó atacar las tropas del ejército cuando bajaran de los cañones hacia la selva. Al separar a su gente en dos grupos, podían hacer mejor uso del terreno. Hunahpú empezó a preguntarse dónde había adquirido Bol su conocimiento. Sospechó que el hombre alto y callado había sido un rebelde.

Tras instruir a su gente en el plan de defensa, Hunahpú dejó que Bol se encargara de los ejercicios de entrenamiento e hizo otro sacrificio de sangre. Esperaba que la sinceridad de sus oraciones le diera la fortaleza que necesitaba para usar el poder otorgado por los dioses y salvar a su gente. Los dioses tendrían que estar de su lado o todos serían destruidos.

Cuando regresó, Hunahpú vio que el campamento había sido desmontado y que la mitad de los guerreros que enfrentarían al ejército ya estaban sobre sus caballos. Tras subir a su propio animal, echó a Chan K'in detrás de él. Se dirigió brevemente a los guerreros indígenas que lo esperaban, animándolos y ordenándoles que lucharan en nombre de los dioses.

Al ver a los hombres a caballo que cabalgaban hacia ellos, los soldados habían detenido sus camiones justo afuera de la boca del cañón y habían descargado. Mientras los soldados salían en tropel del transporte de tropas y de los jeeps que los precedían y lo seguían, fueron derribados por los francotiradores que Bol había enviado al monte. Sólo una fila irregular de hombres enfrentó la carga de Hunahpú. Estaban distraídos por los compañeros que caían a diestra y siniestra, a causa de los francotiradores. Algunos de los hombres de mayor edad ignoraron las muertes y se mantuvieron firmes contra los guerrilleros que se lanzaron sobre ellos sin dejar de gritar. El sargento los insultó instándolos a no romper filas y a disparar contra los sucios indígenas.

Los jinetes de Hunahpú no estaban acostumbrados a disparar desde animales en movimiento y apenas eran capaces de mantenerse sobre las riendas. No podían apuntar al mismo tiempo. Cuando los hombres del ejército se dieron cuenta de esto, empezaron a abatir a los jinetes, uno por uno. A estas alturas Hunahpú estaba lo suficientemente cerca de los soldados para ver que el miedo y la confusión empezaban a evaporarse al tiempo que la disciplina tomaba su lugar. Un hombre se levantó y siguió a Hunahpú con su Uzi mientras apuntaba directamente a la cabeza del lacandón. Chan K'in soltó un grito de advertencia y Hunahpú desapareció. Chan K'in estaba solo sobre el caballo, ahora sin control, y debía enfrentar las balas del soldado. En el momento en que el tiro abrió el cráneo de Chan K'in, Hunahpú reapareció detrás del soldado y le cortó la garganta con el cuchillo de obsidiana, salpicando sangre sobre los compañeros del soldado antes de desaparecer de nuevo.

Hunahpú golpeó con la culata de su rifle el casco de un hombre con una bazuka antes de que éste pudiera disparar hacia el monte donde se escondían los francotiradores. Antes de que ninguno de los otros soldados reaccionara, le dio vuelta al rifle y disparó. Sujetó la bazuka y desapareció y reapareció casi de inmediato, sin ella. Pero esta segunda vez mató al sargento.

Cubierto de sangre y desapareciendo casi tan rápidamente como aparecía, Hunahpú fue el demonio para los soldados. No podían luchar contra esta aparición. No importaba a dónde apuntaran, él ya estaba en otro lado. Se vieron obligados a darle la espalda a los guerreros de Hunahpú para intentar matarlo. Fue inútil. Pidiéndole a la Virgen María y a los santos no ser el siguiente en morir, los hombres arrojaron las armas y se arrodillaron en el suelo. Ni todas las patadas y amenazas del teniente lograron que siguieran peleando.

Hunahpú tomó treinta y seis prisioneros, incluyendo al teniente. Veinte soldados habían muerto. Él perdió a diecisiete hombres y a Chan K'in. Los ladinos habían sido vencidos. No eran invencibles.

Esa noche, mientras su gente celebraba su victoria, Hunahpú lloró la muerte de Chan K'in. Estaba vestido de nuevo en la larga túnica blanca del pueblo lacandón. Bol fue a reclamar el cuerpo de su hermano. El alto indígena le dijo que Chan K'in había visto su muerte en una visión y conocía su destino. El cuerpo de Chan K'in estaba envuelto en una tela blanca que ahora estaba manchada por la sangre del enano. Bol permaneció de pie sujetando el pequeño paquete y miró el rostro cansado y entristecido de Hunahpú al otro lado del fuego.

—Te veré en Kaminaljuyú –Hunahpú levantó la mirada, sorprendido–. Mi hermano me vio ahí, pero aun si no lo hubiera hecho, yo iría. Que los viajes de ambos transcurran en paz, o lleven a la muerte de nuestros enemigos.

A pesar de las primeras victorias, ambos hermanos sufrieron muchas pérdidas durante el resto de la marcha a la ciudad de Guatemala. Ixbalanqué fue herido en un intento de asesinato, pero se recuperó a una velocidad sobrenatural. El atentado mató a dos de los líderes de la guerrilla que lo habían seguido y enseñado. Había llegado noticia del norte de que aviones de la fuerza aérea guatemalteca estaban ametrallando y bombardeando las filas de indígenas que salían de los campamentos de refugiados de Chiapas en México, para unirse con sus compañeros en la ciudad de Guatemala. Cientos se reportaron muertos, pero miles siguieron llegando.

Los escuadrones de policías y militares de elite, altamente capacitados, causaron estragos de manera constante. Ixbalanqué redujo su velocidad, pero la masa de gente que lo seguía no podía ser detenida. En cada combate recogían armas de los soldados muertos y las tomaban para sí mismos. Ahora tenían cohetes, incluso tenían un tanque que había sido abandonado por su aterrorizada tripulación.

A Hunahpú no le fue tan bien. Su gente del Petén tenía menos experiencia. Muchos murieron en cada enfrentamiento con el ejército. Tras una batalla en la cual ningún lado pudo con certeza reclamar la victoria, y que sólo terminó cuando finalmente localizó al comandante y pudo teletransportarse para matarlo, Hunahpú decidió que ya era insensato oponerse al ejército y a la policía de manera directa. Dispersó a sus seguidores. Debían seguir su camino a Kaminaljuyú por separado o en grupos pequeños. De otra manera, parecía inevitable que el gobierno fuera capaz de reunir fuerzas suficientes para detenerlos.

Ixbalanqué fue el primero en llegar. Se había declarado una tregua a medida que su ejército se aproximaba a la ciudad de Guatemala. Akabal había dado entrevistas una y otra vez declarando que su propósito no era derrocar el gobierno guatemalteco. Ante las preguntas de la prensa y la inminente visita de la gira Wild Card de las Naciones Unidas, el general a cargo ordenó al ejército que escoltara a Ixbalanqué y sus seguidores, pero que no disparara contra ellos a menos que éstos los atacaran. El líder del país le concedió a Ixbalanqué el acceso a Kaminaljuyú.

Las ruinas de Kaminaljuyú se llenaron con los seguidores de los hermanos. Habían levantado tiendas y refugios toscos en los montículos. Al mirar por encima de los soldados, camiones y tanques que custodiaban el perímetro de Kaminaljuyú, podían ver más abajo los suburbios de la ciudad de Guatemala. El campamento ya ascendía a cinco mil personas, y más seguían llegando sin cesar. Además de los mayas guatemaltecos y los refugiados de México, otros venían desde Honduras y El Salvador.

El mundo estaba pendiente de lo que sucedería en la ciudad de Guatemala esa Navidad. La cobertura de Maxine Chen de la batalla entre los seguidores indígenas y jokers de Hunahpú y el ejército guatemalteco había sido un reporte especial de una hora de duración en *60 minutos*. La reunión entre los Héroes Gemelos iba a ser cubierta por todas las grandes cadenas televisivas estadunidenses, cable y canales europeos.

Hunahpú nunca antes había visto a tantas personas reunidas en un solo lugar. Mientras caminaba por el campamento y rebasaba a los soldados que custodiaban el perímetro y después a los centinelas mayas, se sorprendió del tamaño de la reunión. Él y Bol habían tomado una ruta tortuosa para evitar problemas, y había sido una larga caminata. A diferencia de la gente del Petén, estos seguidores de Ixbalanqué vestían de cien maneras distintas, todas brillantes y festivas. El ambiente festivo no le pareció apropiado a Hunahpú. Estas personas no parecían adorar a los dioses que habían preparado su camino y los habían guiado hasta ahí. Parecía como si estuvieran en un carnaval –algunos de ellos se veían como si ellos mismos fueran el carnaval.

Hunahpú caminó por un tercio del atiborrado campamento sin ser reconocido. La luz del sol que se reflejaba en cierto plumaje opalescente llamó su atención en el momento justo en que María giró y lo vio. Al instante gritó su nombre y corrió a encontrarlo. Al escuchar el nombre del otro Héroe Gemelo, la gente empezó a congregarse en torno suyo.

María tomó su mano y la sostuvo por un momento, mientras le dedicaba una sonrisa llena de felicidad.

—Estaba tan preocupada. Tenía miedo… –María miró hacia abajo, lejos de Hunahpú.

—Los dioses no han terminado con nosotros todavía –Hunahpú extendió la mano para acariciar el suave plumaje de un lado de su cara–. Y Bol vino conmigo casi todo el camino después de volver de su pueblo.

María bajó la mirada hasta la mano que sujetaba y la soltó llena de vergüenza.

—Seguramente deseas ver a tu hermano. Tiene una casa en el centro de Kaminaljuyú. Será para mí un honor guiarte hasta ahí –retrocedió un paso y señaló a través de la multitud hacia las hileras que formaban las tiendas de campaña. Hunahpú la siguió mientras ella apartaba a las personas reunidas ante él. A medida que iba pasando, los indígenas murmuraban su nombre y cerraban filas a sus espaldas.

A pocos pasos fueron acosados por los reporteros. Luces de cámaras de televisión brillaban sobre ellos y les lanzaban preguntas en inglés y español. Hunahpú dirigió una mirada a Bol, quien ahuyentó a los que se les acercaban demasiado. Ignoraron las preguntas, y los equipos de camarógrafos se retiraron tras unos minutos de lo que Maxine llamaba fotos de archivo de Hunahpú mientras éste caminaba y de vez en cuando saludaba a alguien que reconocía.

Mientras la mayoría de las estructuras en Kaminaljuyú eran tiendas de campaña o casas hechas con cualquier material de desecho que la gente podía encontrar, las enormes chozas gemelas de madera construidas en una plaza al centro de las ruinas eran impresionantes edificios permanentes. Sus techos habían sido adornados con acolmenados verticales, como los de los templos en ruinas, y de ahí colgaban estandartes y amuletos.

Tras llegar al área abierta de la plaza, la multitud dejó de seguirlo. Hunahpú podía escuchar las cámaras y sentir cómo se acomodaban a empujones mientras él, Bol y María caminaban solos hacia la casa de la izquierda. Antes de que llegaran, un hombre ataviado con una mezcla de ropa de las Tierras Altas en rojo y púrpura salió de ella. Iba seguido por un maya alto y delgado de las Tierras Altas que usaba lentes y vestía ropas europeas, con excepción de la faja en su cintura.

Hunahpú reconoció a Ixbalanqué por sus sueños de Xibalbá, pero se veía más joven en ellos. Este hombre parecía más serio, pero notó el caro reloj europeo en su muñeca y las «zapatillas de correr» ladinas, de piel, en sus pies. Mostraba un agudo contraste con la orejera de jade que portaba. A Hunahpú le llamó la atención la orejera. ¿Se la habían dado los dioses? El acompañante de Ixbalanqué sorprendió a Hunahpú examinando a su hermano. El otro hombre tomó a Hunahpú por los hombros y lo hizo girar hacia las cámaras. Ixbalanqué posó su mano en el hombro izquierdo de Hunahpú. En el maya de las Tierras Altas que Hunahpú comprendía vagamente, Ixbalanqué le habló en voz baja.

—Lo primero que vamos a hacer es conseguirte ropa de verdad. Saluda a las cámaras –Ixbalanqué siguió su propia sugerencia–. Entonces tenemos que resolver cómo hacer llegar más comida a este campamento.

Ixbalanqué lo hizo girar de manera que quedaron frente a frente y entonces estrechó su mano.

—Quédate quieto para que puedan tener nuestros perfiles. Sabes, sol, estaba empezando a preocuparme por ti.

Hunahpú miró a los ojos del hombre que se hallaba frente a él. Por primera vez desde que conoció a este sujeto que era su hermano, vio en los ojos de Ixbalanqué las mismas sombras de Xibalbá que sabía que existían en los suyos. Era obvio que Ixbalanqué tenía mucho que aprender acerca de la adoración apropiada de los dioses, pero también estaba claro que había sido elegido, como Hunahpú, para hablar por ellos.

—Entra. Akabal se asegurará que *nuestra* declaración será publicada más tarde. *Ko'ox* –las últimas palabras que dijo Ixbalanqué estaban en maya lacandón. Hunahpú pensó que este quetzal de las Tierras Altas podría ser un compañero digno. Al recordar a María y a Bol, alcanzó a ver cómo se fundían con la multitud mientras él entraba a la casa de Ixbalanqué. Su hermano pareció captar su pensamiento.

—Ella es hermosa y está totalmente dedicada a ti, ¿verdad? Ella será tu guardaespaldas y mantendrá alejada a la prensa para que puedas descansar. Nosotros tenemos planes que discutir. Akabal tiene algunas ideas maravillosas para ayudar a nuestra gente.

Durante los próximos días los hermanos sostuvieron conferencias privadas, que duraban hasta bien entrada la noche. Pero en la mañana del tercer día, Esteban Akabal salió para anunciar que una declaración se leería al mediodía afuera del recinto donde se retenía a los prisioneros.

Con el sol cayendo directamente sobre ellos, Ixbalanqué, Hunahpú y Akabal salieron de la cabaña de Ixbalanqué hacia el recinto de los prisioneros. Mientras se movían, rodeados por sus seguidores y por los reporteros, los hombros de Hunahpú se tensaron cuando escuchó el sobrevuelo del mediodía del ejército. El ruido de los helicópteros siempre lo ponía nervioso. Una vez allí, esperaron hasta que el equipo de sonido fue probado. Varios de los técnicos usaban playeras con la imagen de los Héroes Gemelos. Akabal explicó que la declaración se leería en dos partes, la primera por Hunahpú y la segunda por Ixbalanqué. Hablarían en maya, y él, Akabal, traduciría en español e inglés. Hunahpú sujetó su pedazo de papel con nerviosismo. Akabal se había sentido horrorizado al descubrir que no podía leer, así que había tenido que memorizar el discurso que el maestro había escrito. Agradeció a los dioses por el entrenamiento que le había dado José en memorizar rituales y hechizos.

Hunahpú dio un paso más hacia su micrófono y vio que Maxine le hacía una señal de aliento. Mentalmente pidió a los dioses que no lo dejaran parecer un tonto. Cuando habló se desvaneció su nerviosismo, ahogado por la ira.

—Desde la primera vez que vinieron a nuestras tierras han asesinado a nuestros niños. Han buscado destruir nuestras creencias. Robaron nuestras tierras y nuestros objetos sagrados. Nos esclavizaron. No nos han permitido opinar y destruyen nuestros hogares. Si decíamos lo que pensábamos, nos secuestraban, torturaban y mataban por ser hombres y no los niños maleables que esperaban.

»Ahora termina ese ciclo. Nosotros, los *hach winik*, hombres verdaderos, seremos libres de nuevo para vivir como deseamos vivir. Desde el hielo del extremo norte hasta las tierras de fuego del sur, veremos la llegada de un mundo nuevo en el cual toda nuestra gente pueda ser libre.

»Los dioses nos miran en este momento y desean ser adorados según la costumbre antigua y apropiada. A cambio nos darán la fuerza que necesitamos para vencer a aquellos que intenten vencernos de nuevo. Mi hermano y yo somos los signos de este mundo nuevo por venir.»

Cuando retrocedió, Hunahpú escuchó su nombre gritado por los miles de mayas en Kaminaljuyú. Miró a la ciudad en ruinas lleno de orgullo, absorbiendo la fuerza que la veneración de su gente le daba. María había llegado hasta el frente de los seguidores congregados. Levantó los brazos hacia él en alabanza y cientos de personas a su alrededor hicieron lo mismo. El gesto se extendió entre la multitud. Cuando parecía que todos habían levantado las manos para implorar su ayuda, Hunahpú levantó su rostro y brazos hacia el cielo. El ruido creció hasta que bajó las manos y miró a su gente. Se hizo el silencio.

—No somos ladinos. No queremos una guerra o más muertes. Buscamos sólo lo que es nuestro por derecho: una tierra, un país que es nuestro. Esta tierra será la patria de cualquier indígena americano, sin importar en qué parte de las Américas haya nacido. Es nuestra intención encontrarnos con la delegación Wild Card de la OMS mientras se encuentre en la ciudad de Guatemala. Les pediremos su ayuda y apoyo para fundar una patria *hach winik*. Los tocados por los dioses entre los nuestros necesitan ayuda inmediata.

»No les estamos pidiendo. Les estamos diciendo. ¡*Ko'ox*! ¡Déjennos ir!»

Ixbalanqué levantó el puño en el aire y cantó la frase lacandona una y otra vez hasta que cada indígena en el campamento se le unió. Hunahpú se unió al canto y sintió la corriente de poder una vez más. Al ver a Ixbalanqué, supo que su hermano la sentía también. Se sentía bien. Estaba claro que los dioses estaban con ellos.

Hunahpú e Ixbalanqué permanecieron a los lados de Akabal mientras éste traducía lo que aquéllos habían dicho. Los Héroes Gemelos permanecieron inmóviles y silenciosos cuando el maestro rehusó contestar cualquier pregunta. Su gente estaba frente a ellos, tan silenciosa y estoica como ellos mismos. Cuando Akabal guio el regreso a sus casas, donde esperarían noticias de la delegación de la OMS, sus seguidores se separaron sin hacer ruido para permitirles el paso, pero cerraron filas antes de que la prensa pudiera pasar.

—Bueno, no se les puede acusar de falta de habilidad política –el senador Gregg Hartmann descruzó las piernas y se paró de la silla estilo colonial para apagar el televisor de la habitación de hotel.

—Un poco de descaro nunca hace daño, Gregg –Hiram Worchester recargó la cabeza en su mano y dirigió una mirada a Hartmann–. ¿Cuál crees que debería ser nuestra respuesta?

—¡Nuestra respuesta! ¿Qué respuesta podríamos dar? –el senador Lyons interrumpió la respuesta de Hartmann–. Estamos aquí para ayudar a las víctimas del virus wild card. No veo dónde está la conexión. Estos… revolucionarios o lo que sean simplemente intentan utilizarnos. Tenemos la obligación de ignorarlos. ¡No podemos darnos el lujo de involucrarnos en una insignificante disputa nacionalista!

Lyons se cruzó de brazos y se dirigió a la ventana. Discretamente una joven mucama india entró a la habitación para recoger los restos de su almuerzo. Con la cabeza inclinada, miró a cada uno de los presentes antes de cargar su pesada bandeja en silencio y salir por la puerta. Hartmann meneó la cabeza en dirección al senador Lyons.

—Entiendo su punto, pero ¿vio a la gente allá afuera? Muchos de los que siguen a estos «Héroes Gemelos» son jokers. ¿No tenemos una responsabilidad hacia ellos? –Hartmann se relajó de nuevo en su silla y buscó ponerse cómodo–. No podemos ignorarlos. Comprometería nuestra propia misión si pretendiéramos que ellos y sus problemas no existen. El mundo aquí es muy diferente de lo que ustedes están acostumbrados a ver, incluso en las reservaciones. Hay distintas actitudes. Los indígenas han sufrido desde la Conquista. Tienen visión de largo plazo. Para ellos el virus wild card es sólo otra cruz que cargar.

—Además, senador, usted piensa que esos chicos son ases, como dicen los reporteros, ¿verdad? –Mordecai Jones miró desde el otro lado de la habitación de hotel al senador de Wyoming–. No puedo negarlo, siento cierta simpatía por lo que intentan hacer. La esclavitud, o como le llamen a eso aquí, no está bien.

—Es obvio que estamos involucrados con las víctimas del wild card, por lo menos. Si reunirnos con ellos les ayudará a obtener ayuda, tenemos la responsabilidad de hacer lo que podamos –Tachyon habló desde su silla–. Por otro lado, oigo mucha plática sobre las patrias y veo muy poco compromiso para trabajar en los problemas prácticos. Problemas como el nivel de subsistencia de las víctimas aquí. Es evidente que necesitan auxilio médico. ¿Qué piensas, Hiram?

—Gregg tiene razón. No podemos evitar una reunión con ellos. Ha habido demasiada publicidad. Más allá de eso, estamos aquí para ver cómo son tratados los jokers en otros países. Juzgando por lo que hemos visto, podríamos ayudarlos al presionar un poco al gobierno local. La reunión sería una buena manera de hacerlo. No necesitamos apoyar sus acciones, tan sólo necesitamos expresar nuestra preocupación.

—Eso suena razonable. Dejaré que te encargues de la política. Necesito ir al recorrido del hospital –Tachyon se masajeó la sien–. Estoy cansado de hablar con el gobierno. Quiero ver lo que está sucediendo.

La puerta se abrió y Billy Ray se asomó.

—Los teléfonos no dejan de sonar, y tenemos reporteros subiendo por las escaleras de incendios. ¿Qué se supone que vamos a decirles?

Hartmann asintió en dirección a Tachyon antes de responder.

—Aquéllos de entre nosotros que podamos encontrar un momento libre dentro de nuestros horarios cuidadosamente planeados, vamos a ver a estos «Héroes Gemelos». Pero aclaremos que lo hacemos en beneficio de las víctimas wild card, no por motivos políticos.

—Grandioso. El padre, Chrysalis y Xavier regresarán pronto. Fueron a ver el campamento y a hablar con los jokers que se encuentran ahí –anticipando la siguiente pregunta de Tachyon, le sonrió al doctor–. Su auto lo espera abajo. Pero mientras más pronto me entreguen una declaración oficial para la prensa, mejor.

—Haré que mi gente redacte una de inmediato, Billy –obviamente Hartmann se encontraba en territorio conocido–. La tendrás en la próxima hora.

♠

Por la mañana todos se reunieron, con resaca y amodorrados por las celebraciones de la noche anterior, pero listos para marchar resueltamente a fin de ver a la comitiva de las Naciones Unidas. Cuando Hunahpú e Ixbalanqué salieron de sus casas, la multitud guardó silencio. Ixbalanqué dirigió una mirada sobre la gente y deseó que fuera posible que lo siguieran a la ciudad. Se veía grandioso en las grabaciones, pero Akabal estaba convencido de que podría ser la excusa exacta que el gobierno estaba esperando para abrir fuego. Saltó sobre el capó del autobús elegido para llevarlos a la ciudad. Habló por casi media hora antes de que la gente pareciera estar de acuerdo en que debía permanecer en Kaminaljuyú.

Llegaron al Hotel Camino Real sin incidentes. La única sorpresa provino de la multitud de indígenas que bordeaba las calles mientras pasaban. Los espectadores permanecían silenciosos e impasibles, pero tanto Hunahpú como Ixbalanqué se sentían fortalecidos por su presencia. En el Camino Real bajaron del camión y fueron escoltados al interior del edificio por dos de sus propios guardias y casi una veintena de agentes de seguridad de la ONU.

Ixbalanqué y Hunahpú vestían tan fielmente como pudieron la ropa de los reyes antiguos. Iban enfundados en túnicas y faldas de algodón teñido, el cabello atado en nudos dispuestos en lo alto de sus cabezas. Hunahpú estaba acostumbrado a usar tan sólo su *xikul*, una túnica que le llegaba a la altura de las rodillas. Se sintió cómodo con el estilo antiguo. Ixbalanqué había pasado las primeras horas de la mañana dando tirones a su falda y sintiéndose cohibido por sus piernas desnudas. Mientras miraba con curiosidad alrededor del hotel, se vio a sí mismo en un espejo de pared. Casi se detuvo maravillado ante la visión de un guerrero maya que lo miraba a su vez. Ixbalanqué enderezó y levantó la cabeza, mostrando su orejera de jade.

Los ojos de Hunahpú se movieron rápidamente de un lado a otro del vestíbulo del hotel. Nunca había visto un edificio tan grande, con tantas decoraciones extrañas y personas vestidas de manera rara. Un hombre gordo en una camisa blanca y pantalones cortos con flores de colores brillantes se les quedó viendo. El turista tomó a su esposa del brazo, la cual usaba un vestido hecho en el mismo telar que los pantalones del hombre, y los señaló. Una rápida ojeada a Ixbalanqué, que caminaba orgullosamente a su lado, estabilizó a Hunahpú.

Pero tuvo que reprimir el impulso de gritar sus oraciones a los dioses cuando entraron a una habitación ligeramente más pequeña que su casa familiar y las puertas se cerraron sin toque humano alguno. La habitación se movió debajo de él, y sólo el rostro calmado de

Ixbalanqué evitó que creyera que estaba a punto de morir. Deslizó su mirada hacia Akabal. El maya en ropa occidental estaba cerrando y abriendo los puños rítmicamente. Hunahpú se preguntó si también estaba orando.

A pesar de su impasibilidad exterior, Ixbalanqué fue el primero en salir cuando las puertas se abrieron al llegar el elevador a su destino. El grupo entero caminó por el pasillo alfombrado hasta una puerta vigilada por dos soldados más de la ONU. Hubo algunos momentos de discusión antes de acordar que, una vez que los guardias indígenas hubieran inspeccionado la sala de reuniones, se retirarían hasta el final de la reunión. Sin embargo, los Héroes Gemelos tendrían permitido conservar sus cuchillos ceremoniales de piedra. Durante este tiempo, Ixbalanqué y Hunahpú permanecieron en silencio, permitiendo que Akabal hiciera los arreglos. Hunahpú examinó todo mientras intentaba verse como un rey guerrero. Estar en estos espacios cerrados lo ponía nervioso. En repetidas ocasiones él también miró a su hermano en busca de guía.

Dentro de la habitación del hotel, los delegados de la OMS los esperaban. Akabal inmediatamente notó al camarógrafo de Peregrine.

—Fuera. No cámaras, no grabaciones –el alto indígena se volvió hacia Hartmann–. Fue acordado. Ustedes insistieron.

—Peregrine, la dama alada, es una de nosotros. Sólo está interesada en realizar un registro histórico…

—El cual ustedes pueden editar para sus propios propósitos. No.

Hartmann sonrió y se encogió de hombros hacia Peregrine.

—Quizá sería mejor si…

—Seguro, no hay problema –ella batió las alas perezosamente e indicó a su camarógrafo que se marchara.

Ixbalanqué notó que Akabal parecía alterado por la facilidad con la que había conseguido su deseo. Se volvió a mirar a su hermano. Hunahpú parecía estar en comunión directa con los dioses. Quedaba claro al mirarlo que nada aquí le interesaba. Ixbalanqué intentó capturar la misma seguridad.

—Bueno. Ahora, estamos aquí para discutir—Akabal empezó la introducción que traía preparada, pero fue interrumpido por Hartmann.

—Vamos a ser informales aquí. Todos tomen asiento, por favor. Señor Akabal, ¿por qué no se sienta junto a mí, ya que creo que usted hará la traducción? –Hartmann se sentó a la cabecera de una mesa que aparentemente había sido llevada a la habitación exclusivamente para la reunión, ya que el mobiliario a su alrededor había sido desplazado hacia las paredes. ¿Los otros caballeros hablan inglés?

Ixbalanqué estaba a punto de responder cuando advirtió la mirada de advertencia de Akabal. En lugar de eso guio a Hunahpú a una silla.

—No, voy a traducir para ellos también.

Hunahpú miró fijamente al sacerdote con tentáculos y al hombre con la nariz como Chac, el dios de la lluvia de la nariz larga. Estaba complacido de que los tocados por los dioses viajaran con este grupo. Era un signo auspicioso. Pero también estaba sorprendido de ver a un padre que había sido tan bendecido por los dioses. Quizás había más verdad en lo que los sacerdotes habían tratado de enseñarle de lo que había creído anteriormente. Le mencionó estos pensamientos a Akabal, quien se dirigió en inglés a Hartmann.

—Entre nuestra gente, las víctimas del virus wild card son vistos como favorecidos por los dioses. Son venerados, no perseguidos.

—Y estamos aquí para hablar de eso, ¿no es así? De su gente –Hartmann no había dejado de sonreír desde que entraron a la habitación. Ixbalanqué no confiaba en un hombre que mostrara tanto sus dientes.

El hombre con la trompa de elefante habló después.

—Este nuevo país de ustedes, ¿estaría abierto a todos los jokers?

Ixbalanqué fingió escuchar la traducción de Akabal. Contestó en maya, sabiendo que Akabal cambiaría sus palabras de todas maneras.

—Esta patria recupera tan sólo una diminuta parte de lo que nos ha sido robado. Es para nuestra gente, ya sea que haya sido tocada por los dioses o no. Los tocados por los dioses de los ladinos tienen otros lugares adonde recurrir por ayuda.

—Pero ¿por qué sienten que una nación independiente es necesaria? Me parece que su demostración de poder político impresionaría al gobierno guatemalteco con su fuerza. Se verían obligados a introducir las reformas que ustedes exijan –Hartmann llevó la conversación de regreso a Akabal, lo cual no molestó a Hunahpú. Podía sentir hostilidad y falta de comprensión en esta habitación. Sin importar que fueran elegidos, eran también ladinos. Miró a Akabal mientras el hombre contestaba a una de las preguntas de los norteamericanos.

—No están escuchando. No queremos reformas. Queremos que nos devuelvan nuestra tierra. Pero tan sólo una pequeña parte de ella, por cierto. Las reformas han ido y venido por cuatrocientos años. Estamos cansados de esperar –Akabal fue vehemente–. ¿Sabían que para la mayoría de los indígenas este virus wild card no es otra cosa que una viruela más? ¿Otra enfermedad blanca traída para matar a tantos de nosotros como sea posible?

—¡Eso es ridículo! –el senador Lyons se enfureció ante la acusación–. Los humanos no tuvieron nada que ver con el virus wild card. Venimos aquí a ayudarlos. Ése es nuestro único propósito. Para ayudar creemos que es necesario contar con la cooperación del gobierno –el senador Lyons parecía estar a la defensiva–. Hablamos con el general. Está planeando poner clínicas en las provincias de la periferia y traer los casos serios del brote de wild card aquí a la ciudad para su tratamiento.

Los hermanos intercambiaron miradas. Estaba claro para cada hombre que estos desconocidos del norte no planeaban hacer nada por ellos. Hunahpú se estaba impacientando. Había demasiadas cosas que podría estar haciendo en Kaminaljuyú. Quería enseñar a los ignorantes todo sobre los antiguos dioses y los medios para adorarlos.

—No podemos cambiar el pasado. Ambos sabemos eso. ¿Así que cuál es el punto? ¿Por qué están aquí? –Hartmann había dejado de sonreír.

—Vamos a formar una nación indígena. Pero necesitaremos ayuda –Akabal habló con firmeza. Ixbalanqué aprobó su falta de tolerancia a la distracción, aunque no estaba completamente seguro de apoyar los planes de Akabal de crear un gobierno socialista.

—¿No tienes idea de qué son las Naciones Unidas? Seguramente no esperan que los proveamos de armas para su guerra –la boca del senador Lyons estaba enmarcada de blanco por la rabia.

—No, armas no. Pero si ustedes hubieran venido a ver a nuestros seguidores, habrían visto cuántos no han sido atendidos por los doctores ladinos con la esperanza de que no sobrevivieran. Y sí, sé lo que el general les dijo. Necesitaremos mucha ayuda médica, de manera inicial, para cuidar a estas personas. Después necesitaremos apoyo para escuelas, caminos, transporte, agricultura. Todas las cosas que un país real debe proveer.

—¿Comprenden que solamente estamos en un viaje para investigar hechos? No tenemos ninguna autoridad real con la ONU o ni siquiera con el gobierno de Estados Unidos –Hartmann se recargó en su asiento y abrió las manos–. Todo lo que podemos ofrecer en este momento es compasión.

—¡No vamos a poner en peligro nuestra posición en la comunidad internacional por sus aventuras militares! –los ojos del senador Lyons recorrieron a los tres indígenas. Hunahpú no se dejó impresionar. Quienes actuaban como mujeres deberían permanecer al margen de las decisiones importantes–. Ésta es una misión de paz. No hay nada político en el sufrimiento, y no es mi intención ver cómo intentan convertir el virus wild card en un peón en su lucha por obtener atención –agregó Lyons.

—Dudo que los judíos europeos del Holocausto estén de acuerdo en que el sufrimiento es apolítico, senador –Akabal observó cómo la expresión de Lyons cambiaba a una de disgusto–. El virus wild card ha afectado a mi gente. Ésa es una verdad. Mi gente enfrenta el genocidio activo. Eso también es verdad. Si ustedes no quieren que el virus wild card se involucre, está bien, pero no es realmente posible, ¿o sí? ¿Qué queremos de ustedes? Sólo dos cosas. Ayuda humanitaria y reconocimiento –por primera vez Akabal se veía un poco inseguro de sí mismo–. Pronto el gobierno guatemalteco va a intentar destruirnos. Esperarán a que ustedes y los reporteros que los siguen se marchen. No tenemos la intención de permitirles tener éxito. Tenemos ciertas… ventajas.

—Entonces, ¿son ases? –de repente Hartmann se volvió callado e introspectivo.

Algunos de los reporteros habían usado ese término y Akabal lo había mencionado, pero ésta era la primera vez en que Ixbalanqué sintió que tenía sentido. Se sentía como un as. Él y su hermano, el pequeño lacandón, podían contra cualquiera. Eran las encarnaciones de los reyes-sacerdotes de sus padres, favorecidos por los dioses o por una enfermedad extraterrestre. No importaba. Guiarían a su gente a la victoria. Se volvió a Hunahpú y vio que era como si su hermano compartiera sus pensamientos.

—Para ellos, ellos han sido llamados a servir a los antiguos dioses y a ser heraldos de la nueva era, el inicio del siguiente ciclo. Basándonos en nuestro calendario, eso será en el 2008 de ustedes. Ellos están aquí para preparar el camino para el siguiente *katún* –Akabal miró de nuevo a los norteamericanos–. Pero sí, creo que son ases. La evidencia encaja. No es en absoluto inusual que un as exhiba poderes que parezcan haber sido sacados de su patrimonio cultural, ¿o sí?

Hubo tres cortos golpes en la puerta. Ixbalanqué vio que el jefe de seguridad, el que llamaban Carnifex, se asomaba. Se preguntó por un momento si ésta era una elaborada trampa.

—El avión está listo y necesitamos partir dentro de una hora.

—Gracias –Hartmann se colocó una mano bajo la barbilla mientras pensaba–. Hablando simplemente como un senador de Estados Unidos aquí, me gustaría ver lo que podríamos hacer, señor Akabal. ¿Por qué no hablamos en privado por un momento?

Akabal asintió.

—¿Quizás al padre le gustaría platicar con Ixbalanqué y Hunahpú? Los hermanos hablan español, si hay un traductor disponible.

Cuando Hartmann y Akabal terminaron su charla privada y se les unieron de nuevo, Ixbalanqué estaba listo para marcharse. Al escuchar a Hunahpú, temió que su hermano les demostrara cómo visitaba a los dioses ahí y ahora. Supo que no era una buena idea.

Ixbalanqué estaba intentando explicar esto cuando Hartmann estrechó la mano de Akabal a modo de despedida. A Ixbalanqué le pareció como si sujetara la mano del maestro por demasiado tiempo. Costumbres norteamericanas. Regresó a disuadir a Hunahpú de sacar su cuchillo de obsidiana y guio a su hermano a la salida.

Cuando estuvieron de regreso en el elevador, escoltados de nuevo por los agentes de seguridad de la onu, Ixbalanqué le preguntó a Akabal en maya lo que Hartmann había dicho.

—Nada. Que «intentará» crear un «comité» para «estudiar el asunto». Habla como todos los yanquis. Al menos nos vieron. Nos da legitimidad a los ojos del mundo. Eso por sí solo fue de provecho.

—No creen que obedecemos la voluntad de los dioses, ¿o sí? –Hunahpú estaba mucho más enojado de lo que se había permitido mostrar. Ixbalanqué lo miró con recelo. Miró a su hermano a los ojos–. Les mostraremos el poder de los dioses. Aprenderán.

Durante las siguientes veinticuatro horas perdieron a la mitad de los periodistas que los cubrían, ya que los reporteros siguieron su viaje con la gira de la ONU. Y el ejército movilizó a más unidades y, lo que era más inquietante, evacuó los suburbios circundantes. Finalmente todo desplazamiento hacia el campo fue prohibido. La paz de los antropólogos era bienvenida, pero la intención resultaba clara para todos en Kaminaljuyú. No querían civiles en el campamento.

Al amanecer y al mediodía de cada uno de los tres días desde la visita a Hartmann y a los miembros de la gira, Hunahpú había ofrecido su propia sangre en sacrificio en el más alto de los montículos que hacían las veces de templos en la ciudad. Ixbalanqué lo había acompañado en los últimos dos amaneceres. Las súplicas de Akabal de que mostrara sentido común fueron ignoradas. A medida que la tensión dentro de Kaminaljuyú se incrementaba, los hermanos se aislaban más. Discutiendo sus planes sólo el uno con el otro, ignoraban la mayoría de las sesiones de planeación llevadas a cabo por Akabal y los líderes rebeldes. María pasaba todo su tiempo al lado de Hunahpú cuando no estaba preparando un altar para un sacrificio. Bol entrenaba sin cesar a los guerreros.

Ixbalanqué y Hunahpú se pararon en la parte superior del templo en ruinas, rodeados por sus seguidores. Era casi el amanecer del cuarto día. María sujetaba un tazón saturado de ornamentos entre ellos. Cada hombre sujetó su cuchillo de obsidiana contra la palma de su mano. Al salir el sol cortarían su carne y dejarían que la sangre escurriera y se mezclara en el cuenco antes de quemarla en el altar que María había dispuesto con efigies y flores. El sol estaba todavía detrás del volcán del este que se cernía sobre la ciudad de Guatemala y despedía humo en el aire como si ofreciera tabaco sagrado a los dioses.

Con la primera luz, los cuchillos fueron un destello negro, brillante. La sangre fluyó, se mezcló y llenó el cuenco. Sus manos, cubiertas de rojo, se elevaron hacia el sol. Miles de voces entonaron un canto que daba la bienvenida al día y pedía la misericordia de los dioses. Dos cabañas con techo de paja explotaron cuando los rayos del sol las tocaron.

Tierra y escombros cayeron sobre la gente. Aquellos más cercanos a las cabañas fueron los primeros en ver que un cohete del gobierno había hecho estallar ambos refugios. Los combatientes corrieron hacia el perímetro para intentar detener la invasión, mientras que quienes eran incapaces de defender el campamento se reunieron y formaron una gran masa en el centro. Los cohetes del gobierno se dirigían a la plaza central donde miles de personas se arrodillaban y rezaban o gritaban mientras los cohetes formaban arcos sobre sus cabezas y caían en las cercanías.

Maxine Chen era una de las pocas periodistas de alto nivel que estaba encargada de cubrir la cruzada de los Héroes Gemelos. Ella y su equipo se habían refugiado detrás de uno de los montículos-templos donde Maxine grabó una introducción del ataque. Una niña indígena, de siete u ocho años de edad, corrió por un lado del montículo frente a la cámara de Maxine. Su rostro y su huipil blanco bordado estaban cubiertos de sangre, y lloraba de miedo al correr. Maxine trató de sujetarla y no lo logró, y la niña desapareció.

—Robert... –Maxine miró a su camarógrafo. Él se agachó por debajo de su cámara y se la pasó de un empujón al encargado del sonido, quien a duras penas la atrapó. Entonces ambos corrieron hasta la multitud, parándolos y moviéndolos hacia la escasa protección de los montículos.

En el borde de las ruinas la gente de los Héroes Gemelos disparaba en contra de los soldados, causando algo de confusión pero no suficiente daño. Los cohetes venían de mucho más atrás, más allá de las filas del ejército que se acercaba. Los motores de los tanques retumbaban, pero mantuvieron su posición e hicieron fuego contra los defensores, matando a algunos y destruyendo las ruinas que los protegían.

Luchando contra el flujo de gente que se aglutinaba en el centro de Kaminaljuyú, Ixbalanqué y Hunahpú se las arreglaron para llegar hasta las líneas del frente. En cuanto la gente los vio fueron vitoreados. De pie a campo abierto, Ixbalanqué arrojó todo lo que tuvo a mano contra el ejército. Hizo efecto. Las tropas que iban al frente del ataque intentaron retroceder, pero recibieron la orden de seguir avanzando. Las balas rebotaban en la piel de Ixbalanqué. Los indígenas vieron esto y obtuvieron fuerza de ello. Apuntando con más cuidado, lograron hacer mella en sus atacantes. Pero los cohetes seguían cayendo sobre ellos, y los gritos de la gente atrapada en el centro del campo no cesaban.

Hunahpú corría de un lado a otro y usaba su cuchillo para degollar a los soldados más cercanos antes de regresar a su lugar. Se enfocaba en los oficiales, como Akabal le había indicado. Pero con la presión de los soldados que venían tras ellos, las tropas que se hallaban al frente de la batalla no podían huir aun cuando las estuviese amenazando el mismo demonio.

A Ixbalanqué se le acabaron los proyectiles y se retiró tras uno de los montículos. Se le unieron dos de los líderes más experimentados de la guerrilla, asustados por la matanza colectiva: no era como pelear en la jungla. Cuando vieron que Hunahpú llegaba de nuevo, Ixbalanqué lo atrapó antes de que pudiera regresar. La armadura de algodón de Hunahpú estaba empapada por la sangre de los soldados, y el olor les provocó nauseas. La sangre y el humo de las armas hicieron que Ixbalanqué recordara la primera vez que la quemó ritualmente.

—Xibalbá —se dirigió solamente a su hermano.

—Sí —Hunahpú asintió—. Los dioses están hambrientos. Nuestra sangre no fue suficiente. Quieren más sangre, sangre con poder. Sangre de un rey.

—¿Crees que acepten la sangre de un general? ¿Del capitán de esta guerra? —Ixbalanqué miró sobre su hombro al ejército que se hallaba al otro lado del montículo.

Los guerrilleros seguían el intercambio muy de cerca, buscando una razón para esperar una victoria. Ambos asintieron ante este pensamiento.

—Si tú puedes atacar al general, las cosas se vendrán abajo en la línea de mando. Éstos de ahí son reclutas, no voluntarios —el hombre retiró de sus ojos el cabello negro lleno de polvo y se encogió de hombros—. Es la mejor idea que he escuchado.

—¿Dónde está el capitán de la guerra? —los ojos de Hunahpú se fijaron en un objetivo distante—. Lo traeré. Debe hacerse correctamente o los dioses no estarán satisfechos.

—Debe estar en la retaguardia. Vi un camión allá atrás con montones de antenas, un centro de comunicaciones. Hacia el este —Ixbalanqué miró a su hermano con inquietud. Algo en él se sentía mal—. ¿Estás bien?

—Sirvo a mi gente y a mis dioses —Hunahpú dio unos cuantos pasos y se desvaneció.

—No estoy seguro de que sea una buena idea —Ixbalanqué se preguntó lo que Hunahpú tenía en mente.

—¿Tienes una idea mejor? Va a estar bien —el rebelde se encogió de hombros pero se petrificó a medio movimiento cuando escuchó el sonido de los helicópteros.

—Ixbalanqué, tienes que acabar con ellos. Si pueden atacar desde el aire, estamos muertos —antes de que el otro hombre terminara, Ixbalanqué ya corría hacia el centro de Kaminaljuyú, en dirección de los helicópteros. Cuando el par de Hueys aparecieron a la vista, recogió una roca del tamaño de su cabeza y la arrojó. El helicóptero a la izquierda explotó en llamas. El otro se alejó del campamento. Pero Ixbalanqué no tomó en cuenta la posición del helicóptero que destruyó. Los restos en llamas cayeron sobre sus seguidores apiñados, causando tanta muerte y dolor como un cohete del gobierno.

Ixbalanqué se dio la vuelta, maldiciéndose por no haber protegido mejor a su gente, y vio a Hunahpú sobre el montículo más elevado. Su hermano sujetaba una figura desmadejada, medio desparramada en el suelo, junto al altar de María. Ixbalanqué corrió hacia el templo.

Desde el otro lado del montículo Akabal había visto a Hunahpú aparecer con su cautivo. Akabal se había separado de los Gemelos en la trifulca tras el primer ataque de mortero. Ahora le dio la espalda a la masa de seguidores apretujada alrededor de los montículos de tierra del centro. Maxine Chen lo detuvo de un tirón en el brazo. Entonces lo alcanzó: tenía la cara sucia y sudorosa, y sus dos escoltas se veían demacrados. Robert había reclamado su cámara y filmaba todo lo que podía mientras se movía alrededor de Kaminaljuyú.

—¿Qué sucede? —Maxine Chen gritó para hacerse oír sobre el ruido de la multitud y las pistolas—. ¿Quién es ese que está con Hunahpú? ¿Es Ixbalanqué?

Akabal meneó la cabeza y siguió moviéndose, seguido por Chen. Cuando ella vio que Akabal tenía la intención de trepar al montículo sin ponerse a cubierto, ella y Robert titubearon un poco pero lo siguieron. El hombre del sonido meneó la cabeza y se agachó en la base del templo. Ixbalanqué se había reunido con María, y ambos treparon por el otro lado. El camarógrafo retrocedió y filmó tan pronto como los seis llegaron a la cima.

Al ver a Ixbalanqué, Hunahpú elevó su rostro y cantó en dirección del cielo. Ya no tenía su cuchillo, y la sangre seca que cubría la mayor parte de su cara parecía pintura ceremonial. Ixbalanqué escuchó por un momento y negó con la cabeza. En un maya arcaico discutió con Hunahpú, quien continuó su canto, ajeno a la interrupción de Ixbalanqué. Maxine le preguntó a Akabal qué estaba sucediendo, pero él meneó la cabeza, confundido. María había cargado al general guatemalteco hasta el altar de tierra y comenzó a quitarle el uniforme.

Las pistolas dejaron de disparar en el preciso momento en que Hunahpú terminó su canto y extendió su mano hacia Ixbalanqué. En el silencio Maxine puso sus manos sobre sus orejas. María se arrodilló junto al general, sujetando el cuenco de las ofrendas frente a ella. Ixbalanqué retrocedió, meneando la cabeza. Hunahpú extendió su brazo bruscamente hacia Ixbalanqué. Al mirar sobre el hombro de Hunahpú, Ixbalanqué vio que los tanques del gobierno rodaban hacia el frente, destruyendo parte de la cerca y aplastando a los indígenas bajo sus orugas.

Mientras Ixbalanqué titubeaba, el general se despertó. Al encontrarse tendido sobre un altar, maldijo e intentó rodar para bajarse. María lo empujó de regreso sobre el altar. Al reparar en las plumas de la mujer se apartó de ella, como si pudiera contaminarse. Entonces arengó a Hunahpú e Ixbalanqué en español.

—¿Qué demonios creen que hacen? La convención de Ginebra establece claramente que los oficiales prisioneros de guerra deben ser tratados con dignidad y respeto. ¡Regrésenme mis ropas!

Ixbalanqué escuchó los tanques y gritos tras él mientras el oficial del ejército guatemalteco lo maldecía. Arrojó su cuchillo de obsidiana a Hunahpú y sujetó los brazos del general, que no dejaba de agitarse.

—Déjenme ir. Salvajes, ¿qué creen que están haciendo? –cuando Hunahpú levantó el cuchillo, los ojos del hombre se abrieron como platos–. ¡No pueden hacer esto! Por favor, estamos en 1986. Están locos… Oigan, los detendré, les diré que se retiren. Déjenme. Por favor, Jesús, ¡déjenme!

Ixbalanqué sujetó al general contra el altar y miró hacia arriba cuando Hunahpú bajó el cuchillo.

—Dios te salve, María, llena eres de g…

La hoja de obsidiana cortó a través de la carne y el cartílago, rociando a los hermanos y a María con sangre. Ixbalanqué miró, fascinado y horrorizado al mismo tiempo, mientras Hunahpú decapitaba al general, presionando con fuerza el cuchillo contra la columna y separando las conexiones finales antes de levantar la cabeza del ladino hacia el cielo.

Ixbalanqué soltó los brazos del muerto y, temblando, tomó el cuenco lleno de sangre que sostenía María. Luego empujó el cuerpo para quitarlo del altar y le prendió fuego a la sangre mientras María encendía incienso de copal. Echó para atrás su cabeza e invocó los nombres de sus dioses en dirección del cielo. Su voz encontró eco en su gente, reunida abajo con los brazos extendidos en dirección del templo. Hunahpú colocó sobre el altar la cabeza, con los ojos abiertos y la mirada fija en Xibalbá.

Entonces los tanques se detuvieron, pesadamente. Un instante después dieron media vuelta y se retiraron. Al ver esto, los soldados de infantería soltaron sus pistolas y se dieron a la fuga. Algunos incluso dispararon contra los oficiales que intentaron detenerlos, de manera que los oficiales terminaron por huir también. Las fuerzas del gobierno se desbandaron en medio del caos, se dispersaron por la ciudad, abandonando equipo y armamento.

Maxine vomitó en cuanto hubo terminado el sacrificio, pero su camarógrafo lo tenía todo grabado. Temblorosa y pálida, le preguntó a Akabal qué estaba sucediendo. Él la miró con los ojos muy abiertos.

—Éste *es* el momento de la Cuarta Creación. El nacimiento de Huracán, el corazón del cielo, nuestro hogar. ¡Los dioses han vuelto a nosotros! ¡Muerte a los enemigos de nuestro pueblo! —Akabal se arrodilló y estiró sus manos hacia los Héroes Gemelos—. ¡Guíennos a la gloria, favorecidos de los dioses!

◆

En la habitación 502 del Camino Real, un turista en pantalones cortos floreados y una camisa de poliéster azul claro metió su último souvenir en su maleta. Miró alrededor de la habitación en busca de su mujer y la halló junto a la ventana.

—La próxima vez, Martha, no compres nada que no quepa en tu maleta —recargó su considerable peso sobre la maleta y jaló la cremallera—. ¿Dónde está el botones? Hace media hora que lo llamamos. ¿Qué hay de interesante allá afuera?

—La gente, Simón. Es una especie de procesión. Me pregunto si es una ceremonia religiosa.

—¿Es una revuelta? Con toda esta agitación de la que hemos oído, mientras más pronto nos larguemos de aquí mejor me voy a sentir.

—No, parece que sólo van a algún lado —su esposa no dejaba de mirar las calles llenas de hombres, mujeres y niños—. Todos son indígenas. Mira sus ropas.

—Dios mío, vamos a perder nuestro vuelo si no se apuran —miró con enojo su reloj como si éste fuera el responsable—. Llámalo de nuevo, ¿sí? ¿Dónde demonios puede estar ese botones?

Del *Diario de Xavier Desmond*

♣ ♦ ♠ ♥

15 de diciembre de 1986; en camino a Lima, Perú

ME HE RETRASADO EN PONER MI DIARIO AL DÍA —NO HICE ninguna entrada ayer o el día anterior. Sólo puedo alegar agotamiento y cierto desaliento.

Me temo que Guatemala hizo mella en mi espíritu. Somos, por supuesto, estrictamente neutrales, pero cuando vi las imágenes de la insurrección que transmitieron los noticieros y a medida que conocía mejor la retórica atribuida a los revolucionarios mayas, me atreví a tener esperanza. Cuando nos reunimos de verdad con los líderes indígenas, incluso me sentí eufórico, aunque por breve tiempo. Ellos consideraron mi presencia en la sala como un honor, un augurio auspicioso; parecían tratarme con el mismo tipo de respeto (o falta de respeto) que le dieron a Hartmann y a Tachyon, y la manera como trataban a sus propios jokers me animó.

Bueno, soy un viejo —un viejo joker, de hecho— y tiendo a aferrarme a un clavo ardiendo. Ahora los revolucionarios mayas han proclamado una nueva nación, una patria amerindia, donde *sus* jokers serán bien recibidos y respetados. Nosotros no somos requeridos. No es que se me antoje mucho vivir en las junglas de Guatemala —una patria joker autónoma en estas latitudes apenas causaría una ligera reacción en Jokertown, sería impensable un éxodo de grandes dimensiones. Aun así, hay tan pocos sitios en el mundo en que los jokers son bienvenidos, donde podemos asentar nuestros hogares en paz… mientras más viajamos, mientras más vemos, más me siento forzado a concluir que Jokertown es el mejor lugar para nosotros, nuestro único hogar verdadero. No puedo expresar cuánto me entristece y me aterra esta conclusión.

¿Por qué debemos trazar estas líneas, estas finas distinciones, las etiquetas y barreras que nos separan? As y nat y joker, capitalista y comunista, católico y protestante, árabe y judío, indígena y ladino, y así sucesivamente en todos lados, y por supuesto la humanidad verdadera se encuentra sólo en *nuestro* lado de la línea y nos sentimos libres para oprimir, violar y matar *al otro*, quienquiera que sea.

Algunos a bordo del *Carta Marcada* acusan a los guatemaltecos de involucrarse conscientemente en un genocidio contra su propia población indígena, y ven esta nueva nación como algo muy bueno. No estoy tan seguro.

Los mayas piensan que los jokers han sido tocados por los dioses, que fueron especialmente bendecidos. No cabe duda de que es mejor ser respetados que vituperados por nuestras discapacidades y deformidades. No cabe duda.

Pero...

Está el caso de las naciones islámicas... un tercio del mundo, según me dijeron. Algunos musulmanes son más tolerantes que otros, pero virtualmente todos ellos consideran la deformidad una señal del desagrado de Alá. Las actitudes de los verdaderos fanáticos, como los chiíes en Irán y la secta nur en Siria, son aterradoras, hitlerianas. ¿Cuántos jokers fueron asesinados cuando el ayatolá desplazó al sha? Para algunos iraníes la tolerancia del sha frente a los jokers y las mujeres fue su mayor pecado.

¿Y nosotros estamos mucho mejor en la iluminada América, donde fundamentalistas como Leo Barnett predican que los jokers están siendo castigados por sus pecados? Ah, claro, hay una distinción: Barnett dice que odia los pecados pero ama a los pecadores, y si sólo nos arrepintiéramos y tuviéramos fe y amáramos a Jesús, seguramente sanaríamos.

No, me temo que básicamente Barnett, el ayatolá y los sacerdotes mayas están predicando el mismo credo –que nuestros cuerpos reflejan nuestras almas, que algún ser divino ha intervenido directamente y ha retorcido nuestra apariencia de esta manera para mostrar su agrado (según los mayas) o su desagrado (según Nur al-Allah, el ayatolá, el Que Respira Fuego). Por encima de sus diferencias, cada uno de ellos insiste en que los jokers son *diferentes*.

Mi propio credo es demasiado simple –creo que los jokers y ases y nats son tan sólo hombres y mujeres y deberían ser tratados como tales. Durante mis noches oscuras del alma me pregunto si soy el único que todavía cree esto.

◆

Sigo cavilando sobre Guatemala y los mayas. Un punto que no aclaré antes –no pude pasar por alto que su gloriosa revolución idealista fue dirigida por dos ases y un nat. Ni siquiera aquí, donde se cree que los jokers fueron besados por los dioses, la situación cambia: los ases guían y los jokers los siguen.

Hace unos cuantos días –durante nuestra visita al Canal de Panamá, creo–, Digger Downs me preguntó si yo pensaba que Estados Unidos alguna vez tendría un presidente joker. Le dije que me conformaría con un congresista joker (me temo que Nathan Rabinowitz, cuyo distrito incluye Jokertown, escuchó el comentario y lo tomó como algún tipo de crítica sobre su labor). Entonces Digger quiso saber si yo pensaba que un as podría ser elegido presidente. Una pregunta más interesante, debo admitirlo. Downs siempre parece medio dormido, pero es más agudo de lo que uno cree, aunque no pertenece a la misma categoría que otros reporteros a bordo del *Carta Marcada*, como Herrmann, de Associated Press, o Morgenstern, del *Washington Post*.

Le respondí a Downs que la elección de un as como presidente pudo ser posible antes de este último Día Wild Card... pero a duras penas. Ciertos ases, como la Tortuga (el cual continúa desaparecido, según confirman los últimos periódicos de Nueva York), Peregrine, Ciclón y un puñado de ellos son celebridades de primer nivel, que continuamente merecen un nivel considerable del cariño del público. Cuánto de eso podría trasladarse a la arena pública, y qué tan bien sobreviviría el rudo toma y daca de una campaña presidencial, ésa es una pregunta más difícil. El heroísmo es un bien perecedero.

Jack Braun estaba lo suficientemente cerca para escuchar la pregunta de Digger y mi respuesta. Antes de que yo pudiera terminar –quise decir que la situación había cambiado el pasado mes de septiembre, que entre las bajas del Día Wild Card estaba cualquier ligera oportunidad de que un as fuera un candidato presidencial viable– Braun nos interrumpió.

—Lo destrozarían –aseguró.

—¿Y si fuera alguien a quien amaran? –quiso saber Digger.

—Amaban a los Cuatro Ases –respondió Braun.

Braun ya no es exactamente el mismo exiliado que era al principio de la gira. Tachyon todavía se niega a reconocer su existencia e Hiram es apenas cortés, pero no parece que los otros ases sepan o les importe quién es. En Panamá a menudo lo veía en compañía de Fantasy, escoltándola a un lado y a otro, y he escuchado rumores de una aventura entre Golden Boy y la secretaria de prensa del senador Lyons, una joven rubia y atractiva. Sin lugar a dudas, de todos los ases masculinos, Braun es por mucho el más atractivo en el sentido convencional, aunque Mordecai Jones tiene cierta presencia taciturna. Downs también ha sido impactado por esos dos. El próximo ejemplar de *¡Ases!* incluirá un artículo en que se compara a Golden Boy y a Harlem Hammer, según me informa.

Con todo y verrugas

♣ ♦ ♠ ♥

por Kevin Andrew Murphy

Lima, 18 de diciembre de 1986

UNA HILERA DE MACETAS SE ALINEABA A LO LARGO DE LOS muros encalados del Museo Larco. Algunas plantas suculentas colgaban entre los arbustos estacionales y las enredaderas subían como hélices hacia el cielo, aferradas a las guías de alambre, junto a flores de cada uno de los colores que podían apreciarse en los viejos ejemplares de los *Cuentos de hadas a color*, de Andrew Lang, que Howard Mueller atesoró durante su infancia: rojo, azul, amarillo, rosa, naranja, carmesí, lila y violeta. Las plantas verdes eran los cactos, la mayoría de los cuales tenían arrugas y verrugas.

Igual que Howard, a quien casi todos en Jokertown llamaban Troll.

Los turistas adoraban fotografiarlas, y algunos componían sus encuadres para incluirlo también a él.

Howard estaba acostumbrado. Cuando uno crecía como un joker aprendía que era difícil evitar las miradas; cuando se tenía una altura de casi tres metros resultaba imposible. Por fortuna a Howard se le había hecho muy gruesa la piel –al menos en lo físico.

Oyó el chasquido de la cerradura a sus espaldas y las exclamaciones en español:

—¡Carajo! ¡Mira a ese puto!

El acento peruano era diferente del puertorriqueño, al que estaba más acostumbrado, pero las palabras obscenas comprenden un vocabulario limitado, y trabajando como elemento de seguridad en hospitales, uno terminaba por oírlas todas. Sobre todo en Jokertown.

«Puto» significaba literalmente «prostituto», pero los diversos idiomas latinoamericanos lo usaban como un insulto cambiante al que se le podía dar el significado que se quisiera. A Howard le hubiese gustado que sus conocimientos del español fuesen un poco más allá de esas palabras.

Desde que llegó a medir tres metros de alto debió aprender a planear sus actividades cotidianas. En su ciudad, el lugar favorito para pasar sus días libres era la sala de lectura de la Biblioteca Pública de Nueva York, pues los bibliófilos preferían poner atención en sus libros. Además, Howard apreciaba los lugares de techos muy altos, o sin techo alguno.

Se inclinó para tomar un folleto del exhibidor de madera, eligió uno en inglés y se dedicó a mirar las ilustraciones fotográficas de las diversas polillas y mariposas que podían encontrarse en esos jardines. El texto daba descripciones de *Caligo idomeneus*, la mariposa búho, nombrada así por las manchas amarillas de las alas que sugerían los ojos de un búho; *Copaxa sapatoza*, una hermosa polilla saturnina color dorado, con antenas emplumadas y marcas en las alas como lunares; *Ascalapha odorata* y *Thysania agrippina*, las polillas de las brujas, respectivamente blanca y negra, dos de las polillas de mayores dimensiones, conocidas con nombres pintorescos por toda América Latina. La *tara bruja*, que significa *polilla de las brujas* en algunos lugares de habla española. También se llamaba *sorcière noire* a la negra, si uno hablaba francés. La superstición era que si volaban sobre tu cabeza, te quedabas calvo, pero si se posaban en tu mano, te sacabas la lotería. Desde que lo había afectado el virus wild card, Howard se había quedado calvo. Sacarse la lotería, en cambio, ¡qué agradable sería!

En el jardín del museo revoloteaban algunos especímenes de *Lepidoptera* que se ilustraban en el folleto. Eran impresionantes, sobre todo las polillas de las brujas blancas, tan anchas como la mano de un nat.

Las manos de Howard eran mucho más grandes, y de color verde, pero gracias a eso parecían sendos remos hechos de algún tipo de cactos. Quizá por eso una polilla se posó en una de ellas. Howard la acercó a su rostro.

—¿Qué? —musitó Howard con suavidad—. ¿Me sacaré la lotería?

La bruja blanca abanicó sus alas con la misma elegancia de la Reina de la Nieve de Andersen, cuando jugaba con su abanico. Parecía ponderar la pregunta, hasta que se alzó y voló al otro lado del jardín.

Howard la miró alejarse con una sonrisa y se tomó un instante para ajustarse las gafas de sol gigantescas que había comprado en una tienda de novedades y juguetes de Nueva York. Lo de «gigantescas» era algo relativo, pues –al igual que a muchos otros jokers– le quedaban como si fueran unas gafas normales. La única novedad consistía en que por una vez había logrado encontrar gafas de su talla: casi todos sus accesorios eran hechos a la medida.

Howard volvió a mirar el folleto de las mariposas. Otro de los nombres en español para la polilla de las brujas era *mariposa de la muerte*, aunque el texto indicaba que ese nombre era más apropiado para *Lonomia obliqua*, la polilla gigante de la seda. En su forma larval era conocida como *oruga asesina*, pues inyectaba un veneno anticoagulante mediante unas púas dotadas de lengüetas malvadas, que causaba algunas muertes cada año. *Megalopyge opercularis*, la polilla de la franela, era aún más peligrosa. La apodaban áspid, y aunque sus orugas no eran tan ponzoñosas como las asesinas, su aspecto de juguete bonito resultaba seductor. En la fotografía se veían como pelucas rizadas abandonadas a su suerte, pero bajo esos sedosos pelos de color amarillo ocultaban sus espinas venenosas.

A Howard los venenos no le preocupaban mucho. Tenía la piel dura como la de un elefante. Sin embargo, comprendía que las orugas de la polilla de la franela representaban un riesgo para los niños, que sentirían el impulso de agarrarlas y jugar con ellas.

En cambio, las polillas de las brujas eran inocuas; al menos desde el punto de vista científico. En Perú usaban una palabra quechua para designarlas: *taparaco*, y eran personajes importantes en el cuento folklórico *El emisario negro*, sobre un extranjero de color oscuro que entregó al inca Huayna Capac una caja misteriosa. Cuando éste la abrió, salieron volando de ella mariposas y polillas, como los veinticuatro pájaros negros de otro cuento, pero lejos de cantarle al rey o de arrancarle las narices a las doncellas, estos seres esparcieron diversas plagas. En los cuentos de hadas la gente siempre hacía estupideces. Si algo le habían enseñado los *Cuentos de hadas a colores* de Lang era a *no abrir nunca* una caja misteriosa si era un extraño quien te la obsequiaba. Nunca había nada bueno dentro. Pregúntenle a Pandora.

Howard se guardó el folleto en el bolsillo posterior de sus pantalones y se agachó para entrar por las puertas del museo. Había oído decir a Fantasy que el Museo Larco tenía una colección de alfarería erótica precolombina de fama mundial. ¡Hacía tanto tiempo que no se acostaba con nadie!

La colección no lo decepcionó. Howard tuvo que hincar una rodilla en el suelo para poder mirar cada una de las piezas de cerámica expuestas en las vitrinas, pero fue recompensado por la visión de figuras precolombinas que, para ser personas normales, hacían cosas dignas de un *freak*. En algunos casos parecían representar a los jokers, como cierta mujer pájaro con tetas alzadas; o bien una pareja de alpacas jokers, o quizá sólo eran alpacas de cerámica haciendo barbaridades; y estaba también un joker con cara de calavera y un pito gigantesco, que parecía tener la cabeza de Charles Dutton sobre un cuerpo normal, pero su pene era, vaya, igual al de Howard, aunque con menos verrugas y no era de color verde, sino café.

Howard se compró el elegante libro de las colecciones del Museo Larco y salió al jardín, a fin de aguardar a la limusina que lo llevaría de vuelta a su hotel. En uno de los rincones una buganvilia formaba un toldo natural muy agradable, y había una enorme urna de terracota, derribada, que le sirvió de asiento. Cerca de él las mariposas volaban, como si quisieran mirarlo con sus ojos de búho y el resto de las manchas en sus alas. Del bolsillo de la camisa sacó un puro, un regalo muy fino que Fulgencio Batista, el anciano presidente de Cuba, le había entregado durante su breve escala en La Habana. Lo olió para apreciar su sabor una vez más, y cortó la punta con sus curvados dientes amarillos, que funcionaban mejor que cualquier cortapuros convencional. Escupió el trocito arrancado sobre la buganvilia y encendió una cerilla luego de frotarla contra su piel.

No bien había aspirado la primera bocanada del humo dulzón cuando apareció la limosina con las banderas de la ONU, exhibidas de manera ostentosa. Howard suspiró y exhaló una nube de humo que hizo dispersarse a las mariposas —lo habían confundido con un cactus, por lo visto. Se levantó y aplastó el puro en la urna para apagarlo.

El chofer no hizo caso de Howard, sino que abrió la portezuela para que salieran un hombre alto —relativamente alto— vestido con un traje de lino, que a su vez ofreció con galanura la mano a una mujer pequeña pero bellísima. El hombre era Jack Braun, el infame

Golden Boy; la mujer, Asta Lenser, era la primera bailarina del American Ballet Theater, mejor conocida como Fantasy, la as cuya danza era capaz de producir deseo a todos los hombres (e incluso a algunas mujeres) que la observaban.

Howard tenía un póster de ella en la pared de su cuarto: Asta en el papel de Coppelia, la muñeca mecánica del ballet del mismo nombre, un recuerdo de la noche en que el doctor Tachyon le regaló una entrada al Met. En esa función su peinado consistía en una serie de arillos de bronce que oscilaban como resortes. Ahora estaba ataviada con un chaleco color platino terminado en puntas, similar al usado por David Bowie para el personaje del Rey de los Duendes. Iba vestida como la Reina de los Duendes y lucía muy atractiva.

—¡Oh! –exclamó, moviendo la mano con un ademán que era a la vez elegante y teatral para aludir al aire del museo–. ¡Oh, mira, Jack! ¡Qué belleza!

Howard miró también la migración de polillas y mariposas que se posaba en los techos de la antigua mansión colonial, con sus colores carmesí y verde *chartreuse*, melocotón y cerúleo, azufre y fucsia, y otras más bien translúcidas, que en conjunto formaban una cascada de confeti, digna de un escaparate de Tiffany, sólo que aquí se trataba de una cascada viviente con todos los colores del arcoíris, hecha como por arte de magia.

Los visitantes se quedaron quietos, mirando. Los niños reían y señalaban con la mano. Howard también contemplaba maravillado, sin saber de dónde habían llegado tantas mariposas. El caleidoscopio de lepidópteros giraba y se arremolinaba, haciendo dibujos que se desvanecían para de pronto adoptar nuevas figuras que hacían pensar en fragmentos de joyas.

Por un instante un aquelarre de brujas negras se reunió en el vuelo, creando una figura encapuchada que recordaba a las fantasías de los espectros siniestros de la saga de Tolkien, pero enseguida se desbarató y las polillas volvieron a ser trazos oscuros entre los colores de sus compañeras. Antes de que Howard pudiese seguir sus movimientos ulteriores, Fantasy empezó a danzar.

Describirla a ella como hermosa era decir muy poco. La verdad es que producía un efecto del todo fascinante, hipnotizador. Asta era una bailarina ligera pero musculosa, dotada de una agilidad suprema, capaz de abandonarse a raptos de alegría terpsicórea sin perder el control sobre su cuerpo.

Howard ignoraba los nombres de los pasos que daba –*entrechat*, pirueta, cabriola *fouette*, arabesco gracioso y *grand-jeté*–; sólo sabía que la deseaba. Se movía como una mariposa, ayudada por el vestido de seda que la envolvía, la larga falda abierta para mostrar sus piernas espectaculares. Sobre los hombros llevaba un colorido chal tejido en los telares locales, cuyas puntas sostenía en cada mano; sin duda el regalo de un admirador, urdido con hebras color de rosa, como la fruta del cactus, y azules como las flores del maíz.

Asta alzó el chal sobre su cabeza como si fuera las alas de una mariposa, y lo hizo revolotear mientras las mariposas la rodeaban, atraídas tanto por los colores como por el poderoso magnetismo de sus movimientos.

Todos los hombres que la observaban, incluido Howard, estaban transfigurados por su belleza, como si alguien los hubiese clavado con alfileres, especímenes de un coleccionista de mariposas. Entre el público debía de haber alguna mujer, pues Howard alcanzó a oír el obturador de una cámara en acción. Sumido en el trance, él no podía hacer nada a excepción de contemplarla, inmóvil, siguiendo cada uno de sus movimientos.

Por fin Asta concluyó su danza espontánea: se hundió en el centro del prado, aleteando con su chal como hacen las mariposas cuando entran en reposo. Tocó su rodilla con la cabeza, los brazos hacia delante para tocar sus pantorrillas, de modo que los colores del chal se desplegaron por completo a fin de poner el punto final a la danza.

Los aplausos brotaron a su alrededor, y el ruido y los movimientos hicieron que se dispersaran las mariposas. Howard despertó del trance, y se dio cuenta de que la parte delantera de sus pantalones de mezclilla parecía una tienda de campaña, sostenida por una erección extraordinaria. El hecho era más vergonzoso porque quedaba al nivel de los ojos de cualquier persona normal.

Fantasy se levantó, hizo caravanas para agradecer los aplausos para su danza improvisada. Hizo una pausa y miró de reojo la entrepierna de Howard.

—Y pensar que ni siquiera hemos visto la colección de cerámica erótica –dijo, traviesa–. ¿Jack?

—Claro, Asta.

Asta se rio sencillamente. Aunque Jack Braun estuviera feliz, pensando que la mujer sería suya esa noche, Asta Lenser nunca podría pertenecer a ningún hombre.

19 de diciembre de 1986, camino a Cuzco

A bordo del *Carta Marcada*, los pasajeros cambiaban de asientos como Fantasy cambiaba de compañeros de cama. Todos menos Howard y Mordecai Jones. Harlem Hammer requería una silla con refuerzos especiales capaces de soportar su peso inmenso. Howard también, pero además requería espacio para la cabeza, las piernas y el ancho de su cuerpo. No podía ponerse de pie dentro del avión, así que pasaba la mayor parte del tiempo echado, mirando el techo o charlando con cualquiera que se hubiera sentado cerca de él en esa parte del viaje.

Esa mañana fueron el padre Calamar y el arzobispo Fitzmorris, representantes de Caridad Católica en la gira. El arzobispo era un nat de unos sesenta y pico de años, que conservaba restos de su cabellera pelirroja entre su pelo canoso y tenía una expresión afable en su cara redonda, amortiguada por las gafas bifocales de aros plateados. También era alguien que no se dejaba impresionar por cualquier cosa, como lo demostró al hojear con interés el libro de Howard sobre las piezas de arte erótico precolombino.

—¡Qué curioso! –exclamó–. Algunas me recuerdan a los santos oscuros. Este señor se parece a san Foutin.

El arzobispo señalaba con el dedo una página, entre risas. Howard se incorporó para mirar la foto. Era otro joker con un falo gigante.

—Allá en la clínica hay alguien con algo parecido.

—¿Ah, sí? –preguntó el padre Calamar, enrollando con interés sus tentáculos–. ¿Es Philip, el conserje nuevo? Ya le he dicho que no hay nada de qué avergonzarse en un cuerpo de joker, pero insiste en no revelar lo que oculta bajo su gabardina. Me temo que las señoras de la iglesia especulan.

—Uh, no –desmintió Howard–. No es Phil. Es otro.

El arzobispo seguía maravillado con la fotografía del libro.

—Espero que el joker de ese pobre hombre no sea igual que el de san Foutin.

—Bueno, está mejor proporcionado –admitió Howard, sintiendo algo de incomodidad.

—Me alegra oírlo, pero no me refería a eso –aclaró el arzobispo Fitzmorris–. Hay un icono del santo en una pequeña parroquia de Francia. Cuando creen que el cura no las mira, las mujeres meten furtivamente la mano bajo la túnica de san Foutin, pues creen que tocarlo asegura la fertilidad. A veces llegan a arrancarle astillas.

Con gesto de complicidad, y en voz muy baja, contó lo que era obviamente una de sus anécdotas subidas de color favoritas.

—Uno supondría que el miembro del santo se habría desgastado hasta desaparecer, ¡y sin embargo, se restaura milagrosamente! O tal vez no tan milagrosamente. En la Edad Media alguien tuvo la idea de hacer un agujero a través de la estatua e insertarle una barra. Periódicamente, según se precise, un cura usa un mazo para que vuelva a crecer.

Howard pensaba al tiempo que oía. Como casi todos los jokers, no le agradaba lo que le había hecho el virus wild card. ¡Pero al menos no le había metido un palo de escoba por el culo!

—¿Se trata de un santo oficial de la iglesia? –preguntó el padre Calamar.

—Tan oficial como san Cristóbal, aunque no tan popular.

El arzobispo metió los dedos bajo el collar de su camisa y extrajo una medalla de plata, la cual mostraba la imagen de un hombre de barbas que llevaba en hombros a un niño con un halo sobre su cabeza.

—Su Santidad ha eliminado ambas fiestas del calendario litúrgico universal, al igual que hizo con el resto de los santos oscuros, pero las parroquias consagradas a ellos tienen licencia para celebrar sus días de fiesta particulares, y lo mismo vale para cualquier fiel que sienta especial veneración por ellos. Yo fui bautizado con el nombre de Cristóbal y no me subo a ningún avión sin la protección de mi santo patrono.

El arzobispo besó la medalla y la guardó bajo su camisa, mirando a Howard con afecto.

—¿Sabe, señor Mueller, que usted me recuerda mucho a san Cristóbal? –le dijo–. También él era un gigante entre los hombres, de cinco codos de alto. Eso, creo, equivale a unos dos metros y medio.

—Yo soy más alto.

—Puedo verlo –accedió el arzobispo–, y si estoy bien informado, es usted muy fuerte también. Pero san Cristóbal era aún más fuerte, pues cruzó el río con el Niño Jesús en sus espaldas, y con él cargaba todos los pecados del mundo. Dudo que ni siquiera el señor Braun pueda cargar con eso.

—Golden Boy tiene bastante con la carga de sus propios pecados –opinó el padre Calamar.

—Es verdad –afirmó el arzobispo–, el pecado de Judas es el más difícil de llevar.

La conversación había entrado a territorios riesgosos, sobre todo si se consideraba que Golden Boy estaba a sólo unas filas de distancia, todavía empeñado en flirtear con Fantasy, así que Howard quiso cambiar de tema:

—¿San Cristóbal tenía verrugas también?

—No que yo sepa –confesó el arzobispo Fitzmorris, que se divertía, al parecer–. Los iconos más antiguos del santo le ponen cabeza de perro.

—En el Palacio de Cristal hay alguien así –dijo Howard–: Lupo. Sabe preparar buenos martinis.

—Tendré que hacerle una visita –dijo el arzobispo–. Sé apreciar los buenos martinis.

—¿Qué pasó con el santo con cabeza de perro? –preguntó Howard.

—Después de llevar a Nuestro Señor al otro lado del río, se le concedió como premio obtener un aspecto humano normal –dijo el arzobispo, e intentó explicarse mejor–. Tenga en cuenta que no hago sino recitar una biografía que aprendí de niño, mucho antes de que llegara el virus wild card.

—Jesús era un joker –aseveró piadosamente el padre Calamar; sus tentáculos se movían espasmódicamente–, además de un hermafrodita. No veo por qué motivo Él o Ella pensaría que convertir a alguien en un nat es un premio.

—¿Quiénes somos para juzgar la infinita sabiduría de lo divino?

—Eso es cierto –aceptó el padre Calamar–. Sin embargo, yo cuestiono que la Santa Madre Iglesia aún no haya aceptado a la Iglesia de Jesucristo Joker como una de Sus parroquias. Ni siquiera ha asignado un santo patrono para los wild cards.

—Padre Calamar –suspiró el arzobispo–, usted es un cura joven.

Estos asuntos toman tiempo. Hay varios santos que se han aplicado contra las epidemias: Roque, Sebastián, Godeberta, Camilo de Lillus. En este caso, la verdad es que sólo han pasado cuarenta años desde entonces. Da tristeza reconocerlo, pero hay todavía cuestiones relacionadas con el orgullo y la política que deben tomarse en cuenta: hay sociedades que desean que sea su santo patrono el que se nombre para tener dominio sobre algo tan importante como el virus wild card.

—El wild card es más que una epidemia –declaró tajante el padre Calamar.

—De acuerdo –admitió el arzobispo Fitzmorris–. Pero la cuestión entonces es ¿a qué otro santo se le otorgará el dominio? ¿A san Judas, el abogado de las causas imposibles? ¿A san Eustaquio y sus compañeros, los patronos de las situaciones difíciles? ¿A san Espiridión, el hacedor de maravillas? En lo personal, yo aconsejo a todos los que tienen wild card que se encomienden a santa Rita de Casia, pues la santa de los imposibles me parece la más apropiada. Habiendo dicho esto, hay que conceder que la sociedad de Rita no es grande, además de que se limita a las monjas agustinas, y dado que Espiridión no sólo hacía milagros, sino que era capaz de detener las plagas, creo que tiene mayores posibilidades hasta ahora. Pero yo no descontaría a la santa de los imposibles.

Howard quiso recordar algo que le habían dicho sobre la santa, la Rita de los imposibles.

—¿No dijo Fidel Castro que fue gracias a santa Rita que los Dodgers ganaron el campeonato hace unos años?

—¡Herejía! –exclamó el arzobispo Fitzmorris–. ¡Eso fue obra del diablo!

Destapó una botellita de ginebra de las que proporcionaba la aerolínea, buscó con qué mezclarla y, al no encontrar nada, se la bebió directamente.

—¡Debieron ser los Medias Rojas! –declaró.

—Sabía que tu equipo eran los Medias Rojas, Cristóbal –comentó el padre Calamar, moviendo sus ojos de cefalópodo para mirar de soslayo al arzobispo–. Pero ¿dominico?

—¿De qué hablas? –dijo el arzobispo, e hizo una pausa antes de continuar–. Tienes razón, sin embargo. Soy franciscano. Mi ocupación principal es dar caridad a los pobres y curar a los enfermos. Y molestar a los jesuitas. Dejo a los dominicos la persecución de los herejes.

Le dio unas palmaditas al padre Calamar.

—Como tú, mi amigo hereje.

—No soy un hereje –bufó el padre Calamar.

—Eso es lo que ella decía –se rio el arzobispo Fitzmorris.

—¿Quién?

—Juana de Arco –declaró el arzobispo, con un destello en los ojos azules, alzando su botellita de ginebra en un brindis–. Estás en buena compañía.

19 de diciembre de 1986, Cuzco

—¡Aquí fue donde el inca Manco Capac hundió su báculo de oro! –declaró la conejilla de indias gigante, de color blanco, ataviada con un poncho a franjas pintado con los colores del arcoíris, con aspecto de ser una prima peruana del señor Rata o el señor Topo de alguna ilustración inédita de Rackham.

La guía señalaba el empedrado en torno a una vieja fuente colonial.

Se oyeron risitas, y la frase «báculo de oro» fue repetida varias veces a lo largo de la Plaza de Armas, corazón del antiguo imperio inca y del turismo moderno en Cuzco. Howard se preguntó si los peruanos tendrían una obsesión colectiva por los chistes de temas fálicos. O quizá fueran menos inhibidos que la gente de Nueva York. O, más probablemente, ambas cosas.

La plaza estaba ocupada por dos iglesias y una catedral mayor: la pequeña Iglesia del Triunfo, la mediana Iglesia de la Compañía de Jesús y la gran Catedral de Santo Domingo, construida con piedra arenisca. Howard vio al padre Calamar y al arzobispo Fitzmorris entrar al último edificio, conversando con jovialidad.

A Howard no le agradaba mucho estar en las iglesias, aparte de la ventaja que representaba la altura de los techos de las catedrales. El paseo matutino por la plaza le pareció bien para estirar las piernas después del vuelo y de pasar otra noche sobre un mal arreglo de camas juntadas en el último hotel.

Echaba de menos su propia cama. Cuando era adolescente, todavía en crecimiento, ignorando qué tamaño iba a alcanzar, su viejo amigo Cheetah le había ayudado a construirla, a partir de los armazones de dos camas de bronce.

Cheetah también le había enseñado a forzar cerrojos para robar. Pero Howard había pagado esos armazones de cama con su primer trabajo honrado como agente de seguridad del señor Musso.

La tienda de Muebles Musso había cerrado hace tiempo, junto con el señor Musso. Howard ignoraba el paradero de Cheetah. Se habían apartado uno de otro en más de un sentido.

Cuando uno sobrepasaba el metro noventa de altura, empezaba a adueñarse del espacio que veía en torno a la propia cabeza, aun en Jokertown. Con sus tres metros, las únicas personas que Howard tenía costumbre de mirar a los ojos eran Árbol, Gargantúa y en ocasiones el Flotante, si subía a la altitud adecuada. En la Plaza de Armas, lo que flotaba en torno a la cabeza de Howard era una multitud de mariposas, que seguían las mismas migraciones estacionales que las mariposas de Lima. Los turistas corrían para tomarles fotos, y también a él, ya que estaba allí. Howard trataba de tomarse estas cosas con buen humor.

Andar por la plaza, sin embargo, era una buena manera de ver a los otros jokers. Howard tenía buen ojo para la seguridad, y conocimientos firmes sobre los jokers que a la gente le tocaban cuando sacaban una wild card. Si bien había un elevado número de jokers en esta plaza, le recordaban a personajes de la Casa de los Horrores. La guía con aspecto de conejilla de indias iba muy arreglada: se había dado un shampoo en el pelo blanco, que llevaba bien peinado, y recientemente se había recortado los dientes. A la sombra de un árbol un hombre con rasgos de jaguar –piel, manchas, colmillos, garras y una pequeña cola– daba una exhibición magistral sobre el manejo de palitos con mariposas. Una llama de dos cabezas se dedicaba a vender vasos de frutas desde un puesto: una de sus cabezas gritaba con voz de mujer, la otra con voz de hombre, pero ambas llevaban gorros con astas de reno, porque era la semana antes de Navidad. Cerca de la fuente, un grupo de jokers músicos con gorros de Santaclós alternaban las canciones navideñas con melodías de flautas andinas. En lugar del sátiro con la flauta de Pan, una ninfa de bosque de piel dorada usaba sus propios dedos como flautas, y una mujer serpiente danzaba a su lado, haciendo sonar sus escamas de bronce como campanitas. Los jokers que no resultaban presentables habían sido removidos por la policía, o los comerciantes les habían pagado para que se fueran a otro sitio. Howard no sabía cómo se las habían arreglado.

—¡Señores y señoritas! –gritó la conejilla de indias gigante–. ¡Por favor, observen la plaza! ¡El primer baile folklórico que presentaremos es *La Llamarada*! ¡El baile de los pastores de llamas!

Con la salvedad de la llama de dos cabezas, que tenía cada una de ellas en un extremo del cuerpo, como la Pushmi-Pullyu del doctor Doolittle, los demás danzantes eran personas normales, vestidas con trajes tradicionales. Pantalones y faldas de paño burdo color bermejo, camisas y blusas doradas, y esas fajas de colores chillantes que parecían ser favorecidos por la mayoría de los tejedores peruanos. Los tocados triangulares que llevaban en la cabeza se veían como una combinación de gorro de ritual masónico, cubreteteras y la pantalla de lámpara de flecos preferida de la abuela Mueller de Howard, una persona normal. La punta estaba decorada por un par de borlas, y por delante los danzantes llevaban la silueta de una llama recortada en fieltro. Howard no sabía qué representaba la letra «U» de color rojo que todos ostentaban.

La música se animaba, y en el baile había palmas, zapateados y revuelos de faldas al perseguir a las llamas por toda la plaza, o bien al joker que era la llama de dos cabezas. Él, o ella –o ellos–, ofrecían el aspecto de una pareja de llamas, cuando el resto de su cuerpo quedaba oculto por los bailarines que la rodeaban. Howard se preguntó qué haría ese joker para ir al baño, y esperó que no se viera obligado a usar un catéter. Howard se compró un vasito de frutas y comió trozos de piña, melón y una fruta exótica, color rosa, llamada mamey, nueva para él. El sabor hacía pensar en una mezcla de calabaza, cereza y durazno, sin ser ninguna de ellas en realidad. Como toda buena fruta, tenía su propio sabor peculiar. Howard acabó por comprar una de esas frutas, que parecía un balón de futbol americano, y la peló con sus afiladas uñas, de color negro, más rectas que sus dientes. El mamey tenía un hueso grande, parecido al del aguacate, que Howard echó al bote de basura junto con el vasito de plástico lleno de cáscaras, en torno al que se agruparon más mariposas, chupando con sus largas lenguas los néctares allí derramados. Como antes, parecían mirarlo con los ojos dibujados en las alas.

El número siguiente pertenecía más a las tradiciones incaicas: la Danza del Camile, el baile de los brujos curanderos. La ninfa con dedos de flauta tocó una melodía plañidera, y los curanderos comenzaron a girar con sus ponchos de vicuña y sus sombreros decorados con cintas, dejando que los morrales se mecieran de forma precaria. Se los quitaron del hombro y desataron los nudos para ofrecer sus mercancías, mediante ceremoniosos movimientos. A continuación se echaron a correr por la plaza, haciendo ruido con sus sonajas de bule, y ofrecieron a la venta manojos de hierbas, amuletos folklóricos de aspecto dudoso y bebidas servidas en bules, sobre todo a los jokers que estaban presentes.

Howard no sabía qué contenían los bules, pero olían a regaliz, y no del rosa que prefería. Vio que el jaguar que hacía malabarismos con los palitos de mariposa compraba uno de ellos, luego de regatear con mucho alboroto, lo cual hacía sospechar, pues no era la conducta típica de la localidad. Por fin le dio todo el dinero de las propinas que había juntado en su sombrero, y se bebió el contenido. Una a una desaparecieron sus manchas, se retrajeron las garras, se hundieron los colmillos y hasta la cola trunca se retiró al interior de su cuerpo, que se había convertido en el de un mestizo joven y guapo, del todo normal.

—¡Estoy curado! ¡*Estoy curado*! –gritó el que hasta hacía poco era un joker.

A pesar del fuerte acento peruano, Howard entendió lo que decía el joven en español y en lo que le pareció que sería el portugués de Brasil. Era fácil adivinar los significados por el contexto.

Sacudió la cabeza y suspiró. Howard había visto a otros jokers curarse del wild card en ocasiones anteriores. Los jokers curados reaccionaban de las maneras más dispares. El llanto era bastante común, eran frecuentes también los desmayos. A menudo había descontrol en partes del cuerpo que o bien faltaban o bien nunca se habían tenido. Pero un as cambiaformas resultaba un señuelo eficaz para convencer de las curas milagrosas de wild card, y provocar que muchos jokers turistas las compraran. No pasó nada, aunque una mujer que tenía llagas supurantes y cabellos que se movían como gusanos de alambre logró que sus rizos se calmaran un poco. Le dio por llorar, habló en portugués con sus amigos y se tocó los pechos con una mano costrosa.

Howard consideró que el efecto del placebo servía de algo. No hizo caso de las ofertas de los curanderos para que les comprara aceite de víbora o cualquier otro producto de los bules, todos olorosos a regaliz. En cambio, se compró otro vasito de frutas y se puso a oír la pieza que la banda estaba iniciando.

—Eres Howard, ¿verdad? –le preguntó una voz.

—¿Qué? –exclamó Howard, y miró hacia abajo.

A la altura de su ombligo había una mujer de pelo lustroso, color ala de cuervo, con grandes y elegantes gafas oscuras y una capa de alpaca color carbón, que colgaba como alas de polilla sobre un vestido de muaré de verano. Por debajo se veía una pierna blanca, de forma seductora pero musculosa, colocada en actitud de danza mientras su rostro se alzaba hacia él, exponiendo una garganta pálida y un atisbo seductor de sus dos pechos pequeños y erguidos.

Aunque la peluca era de buena calidad, Howard la detectó gracias a su experiencia en Jokertown y a su perspectiva visual.

—¡Fantasy! –concluyó.

—¡*Shhh*! –lo silenció ella, con un dedo sobre los labios y una mirada de coquetería–. Estoy de incógnito.

Se bajó las gafas, para mirarlo por encima. Sus ojos expuestos brillaban como heliotropos. Le dijo en tono cómplice:

—Dime sólo «Asta», ¿sí?

—Tus ojos ¿no eran a…?

—Lila taquisiano –replicó ella, y volvió a subirse las gafas–. Es el grito de la moda. Adoro los lentes de contacto. ¿No viste a esa mujer haitiana? Tengo que conseguir unos color rojo tentación, aunque me parece que los de ella son naturales.

Howard se bajó sus propias gafas.

—Lo mismo que éstos.

Los labios escarlata de Asta hicieron un mohín.

—No sé por qué te los cubres. Son tu rasgo más llamativo –elogió, pero enseguida echó una mirada a la entrepierna de Howard–. Bueno, uno de tus rasgos más llamativos.

—Tengo demasiada sensibilidad a la luz –explicó Howard, volviendo las gafas a su sitio–. ¿Te puedo servir en algo, Asta?

—No dudo que me puedas servir para varias cosas —repuso ella, flirteando—, pero por ahora, ¿te molestaría si te pidiera que me subas a tus hombros? Tu altura es bastante considerable, y quiero estudiar la *Sijilla*.

—¿La *Sijilla*? —repitió Howard.

—Es la danza de los doctores y los abogados. Uno de los bailes españoles.

Señaló la plaza, en donde un nuevo grupo de baile tomaba su puesto. Las espaldas de los espectadores formaban un muro que bloqueaba a personas de la estatura de Asta.

En algunos conciertos Howard había llevado chicas en los hombros, pero hacía bastante tiempo de eso.

—¿Golden Boy no está disponible?

—Jack es una mariposa social, igual que yo —dijo Asta, haciendo un ademán con la mano para espantar una nube de mariposas de verdad—. Él prefirió ir a otro sitio. Además, tú eres más alto.

Le sonreía, y aparecieron hoyuelos en sus mejillas. Howard se echó a reír.

—Eso es cierto.

Se inclinó y, viendo que Asta no se resistía, la tomó por la cintura y la alzó hasta el hombro derecho.

—He sido alzada con mayor elegancia, pero nunca a estas alturas —observó ella, de buen talante—. Ya haré todo un *danseur* de ti.

—Me gustaría verlo —replicó Howard.

Fantasy, curvando las piernas como experta para apretar el hombro de Howard, miró a los danzantes tomar sus puestos.

—Tengo el capricho de llamar la atención del mundo sobre esta danza de la *Sijilla*. Es lo que hizo la gran Pávlova con el *Jarabe tapatío*.

—No creo conocer esa danza.

—¿De veras? ¿No has visto el baile típico que llaman baile del sombrero mexicano?

—Bueno, sí —admitió Howard, sonrojándose, lo cual le era incómodo pues su piel adoptaba un tono verde oscuro—. Acabamos de pasar por México.

—El Ballet Folklórico estuvo muy bien, pero ya no es lo que fue bajo la dirección de la maestra Hernández; oh, bueno, aquí voy de nuevo con mis críticas. Debo decir que fue una maravilla —afirmó,

apretándole el hombro–. Tú estabas ahí. ¿No te pareció una maravilla?

—Eh, sí.

—Bueno. Te he confiado mi secreto –las piernas de Fantasy lo ce-
ñían como el cuerpo serpentino de Slither, cuando la llevó a ver al
Rey Lagarto y a Destiny–. Me horroriza pensar lo que pasaría si fuese igual de sincera con Jack…

Howard volvió a reír. La *Sijilla* se parecía mucho al *Jarabe tapatío*,
uno de esos bailes mexicanos con gran revuelo de faldas y flirteos,
pero en lugar de charros y chinas poblanas las mujeres se habían
cambiado de género con máscaras y ponchos, parodiando a viejos
doctores y abogados españoles. Los hombres iban disfrazados de diablos en la tradición hispánica, con polainas que simulaban pezuñas
en el pie derecho, y en el izquierdo garras de pájaro. Se cubrían los
rostros con máscaras amarillas que adoptaban expresiones lúbricas.
Parecían los hijos del Diablo Juan Pezuñas y de la Dama Patas de Gallina, afectados por la ictericia.

La música plañía y vibraba y los diablos brincaban al compás, moviendo sus máscaras como si amenazaran, zapateando con sus pezuñas de cabra y patas de gallo, dando pasos de acometida. Los doctores
les enseñaban botellas con remedios de botica, o tal vez muestras de
orina. Los abogados mostraban papeles de juzgados. Después de varias vueltas y flirteos, las mujeres dieron persecución a los hombres
por toda la plaza. Howard, ignorando lo que pensaba Asta, le encontraba parecido al Día de Sadie Hawkins en la secundaria de Jokertown, donde las chicas perseguían a los chicos.

La conejilla de indias gritó unas frases en español. Asta se puso a
aplaudir con entusiasmo. Le explicó a Howard:

—La danza conmemora el trabajo de los doctores contra la epidemia de malaria en los ranchos de Qosñipata.

Cuando los doctores y los abogados habían acabado de espantar a
los espíritus de la malaria, Howard comentó:

—A Tachy esto le gustaría. Convendría que…

Las palabras murieron en sus labios al ver que los hombres cambiaban de máscaras y volvían con caras angelicales, rizos brillantes
como cobre pulido y sombreros de Tres Mosqueteros, con todo y
plumas de avestruz.

—Tal vez no sea tan buena idea…

Los doctores y abogados con sus expedientes y medicinas tenían menos éxito al atender el virus wild card, o al menos Howard interpretó de esa manera el final de la danza folklórica. Los diablos taquisianos persiguieron a todos los que estaban en la plaza, menos al joker que oficiaba como maestro de ceremonias. La *Sijilla* concluyó, y los músicos se tomaron un descanso.

Asta le dio unas palmaditas en el hombro a Howard.

—Hay que guardar nuestro secreto.

—No será difícil.

Asta rompió a reír, un sonido que era a la vez inocente y ensayado, y se deslizó por su brazo como si éste fuera un poste de bombero, hasta que se bajó del hombro. Al poner los pies en el suelo, buscó agarrarse de algo para no perder el equilibrio. Pero enseguida retiró la mano.

—¡Cielos! —exclamó, al darse cuenta de lo que había agarrado—. Pensarás que soy una descarada.

Howard se encogió de hombros, mirándola.

—Son cosas que pasan.

—Permite que te desagravie: te invito a comer. ¿Te gusta comer en la calle?

—Estoy dispuesto a probar de todo, al menos una vez —aceptó Howard, sonriendo.

—Ése es mi credo, también —concurrió ella, mirando la entrepierna de Howard, luego su cara, y luego otra vez ahí abajo—. ¡Espérame aquí! ¡Volveré en menos de lo que un cordero mueve dos veces la cola!

Se alejó, perseguida por una nube de mariposas, que por lo visto se sentían tan seducidas por ella como lo estaba Howard. Cuando Asta volvió con la comida, Howard tenía ya una erección incontrolable, pero esta vez no provocada por sus bailes. La había esperado sentado en la orilla de la fuente, que después de varios siglos de existencia bien podía soportar el peso de unos centenares de kilos de joker.

—Tienen cosas exquisitas —dijo Asta, que llevaba en equilibrio, como mesera experta, varias bolsas de papel y dos vasos—. Esto es casi todo para ti, pero supongo que no te importa si te robo unos bocados.

Se sentó a su lado, delicada como un hada, y dobló las bolsas para formar con ellas mantelitos que colocó sobre el borde de la fuente.

—Cuyo en pipián de cacahuate –anunció, abriendo el primer contenedor, y enseguida abrió otro, en donde estaban alambres de carne sobre una cama de cereales–. Filetes de llama a las brasas con pilaf de quínoa. Nunca los he probado.

—Yo he probado la quínoa –admitió Howard–. La venden en la Calabaza Cósmica, en la sección de alimentos naturistas.

—Eres un aventurero. Eso me agrada –comentó Asta, con admiración, y enseguida sonrió–. Aquí hay algo que no creo que tengan en la Calabaza Cósmica. Te prometo que es del todo herbal y orgánico.

Como casi todos los vasos, éste resultaba demasiado pequeño para la mano de Howard, y tuvo que tomarlo con la punta de los dedos. Era un té de color agradable, entre amarillo y verde, y flotaban en la superficie un par de grandes hojas verdes, de color similar al de su piel. Tomó un sorbo. Era ligeramente amargo, agradable al paladar y más dulce que el té verde, un té de hierbas, lo que la abuela Mueller llamaba tisanas.

—Es hoja de coca –le informó Asta, con una sonrisa traviesa, sorbiendo de su propio vaso–. Es lo que beben aquí en los Andes.

—¿Hoja de coca? –preguntó Howard, bajando el vaso para mirar las hojas–. ¿No fabrican con ella la cocaína?

—No es lo único, pero sí lo más común –repuso Asta, riendo–. El té se prepara con las hojas dulces. Las amargas tienen más cocaína, pero los andinos prefieren las dulces, para mascar y para hacer té.

Alzó las manos en un gesto amistoso dirigido al puesto de té, donde Howard vio a dos chicas nativas con vestidos blancos de bailaoras de flamenco, que lucían las mismas hojas bordadas en la bastilla y el escote. En el mostrador varias cestas contenían montones de las mismas hojas, tanto frescas como secas. Los bastones de caramelo, hechos de plástico y latón, se veían casi incongruentes.

—Dicen que el primer árbol de coca brotó en el lugar en que una mujer de la vida airada fue partida en dos por sus amantes celosos –le contó Asta, sonriendo–. Se convirtió en Cocamama, el espíritu de la salud y la felicidad entre los incas, la diosa de la planta de coca.

Tomó unos sorbitos y siguió con el relato:

—También dicen que el hombre no debe tomar de sus hojas antes de que haya satisfecho a una mujer en la cama –le advirtió, guiñando un ojo–. Pero creo que nosotros podemos ignorar esa regla.

Howard se movió, tratando de aliviar su incomodidad.

—¿Te gusta el folklore? –le preguntó.

—Es una debilidad profesional –confesó ella–. Amo la danza, y los mejores ballets se basan en los cuentos folklóricos.

Miró los alambres de llama asada, y seleccionó uno sin dejar de hablar:

—Cuando se destapó mi carta, cursaba el segundo año en Julliard. Estábamos ensayando *Giselle* –continuó mientras mordisqueaba la carne con modales delicados y sugestivos–. Yo interpretaba el papel de una de las willis.

—¿Una de las *willies*?*

—No esa clase de «*willies*», no pienses mal –corrigió Asta, mientras volvía a probar bocaditos de la carne en el alambre–. O tal vez sí. ¿Te gustan los «*willies*»? ¡Si quieres!

Se volvió a reír, y varias mariposas reaccionaron.

—Las willis son espíritus de doncellas despechadas, que murieron antes de sus bodas. Rondan los bosques, donde esperan encontrar a algún hombre para hacerlo bailar hasta la muerte. Yo estaba de verdad metida en el papel, pues mi novio había cortado conmigo, debido a que yo era parte del cuerpo del ballet, y él, en cambio, hacía el papel de Albrecht como solista.

Con ferocidad, Asta arrancó un trozo de llama con sus pequeños dientes blancos.

—Quería que él me quisiera, quería que sufriese, pero más que nada deseé que él parara de bailar. Y se me concedió ese deseo.

Hizo ademanes con su alambre a medio comer.

—Desde entonces, las cosas han ido bien casi siempre –continuó, haciendo un gesto de ironía, mientras reflexionaba–. Aunque si he de bailar con un compañero, él tiene que estar en el grado seis de homosexualidad de la escala de Kinsey, o sea, ser absolutamente gay; de lo contrario, no podría dar un solo paso de baile.

Hizo una pausa, y se volvió a mirar a Howard.

---

* *Willies* significa "escalofríos", pero también "pene" y a la vez es el nombre que reciben unos seres legendarios. *N. del E.*

—¿Cómo es tu historia? ¿Te gustaban demasiado los cuentos de ogros?

—Sí, pero no tuvieron que ver en el destape de mi carta –dijo Howard, riéndose–. Desde pequeño tenía verrugas. Me hicieron pasar muchas vergüenzas. Los otros niños me molestaban, y me apodaron el Señor Sapo. El virus llegó después. Entonces me salieron verrugas por todas partes, y además me volví verde, pero dejaron de molestarme. A pesar de eso, se me quedó el apodo de Señor Sapo.

Se encogió de hombros y tomó varios alambres de carne de llama. Retomó la narración:

—Siempre me gustó *El viento en los sauces*, y tenía una edición bonita, fue un regalo de cumpleaños de mi abuela. También me gustaban los automóviles, así que decidí que sería el primer corredor joker en los eventos NASCAR. Pensé que me ayudaría ser así de duro para salir mejor librado de cualquier choque.

Howard probó el alambre. Le pareció que el sabor de la carne de llama estaba a medio camino entre la res y el cordero. Una suerte de shawarma peruana.

—Pero el virus wild card tenía planes distintos para mí. Acababa de sacar mi licencia de conducir cuando entré en mi fase de crecimiento –dijo Howard, dando dos grandes bocados a sus alambres–. Pero cuando crecí, lo hice en serio, y a partir de entonces, adiós, Señor Sapo, hola, señor Troll.

—Hola, Troll –le dijo Asta con coquetería. Eligió un trocito apetitoso de pipián de cuyo y lo probó, mientras la banda afinaba sus instrumentos.

Howard se comió todo lo demás. Le pareció que el cuyo –o conejillo de indias– sabía a pollo, al igual que el sabor del conejo le había recordado al del pollo. En conclusión, el cuyo sabía a conejo.

Enseguida sintió vergüenza, pues estaba mirando a la conejilla de indias gigantesca anunciar el número siguiente, los Chunchos, una danza de los pueblos de la selva.

Asta se levantó y se apoyó en el hombro de Howard, que permaneció sentado.

Las mujeres bailaban por toda la plaza, ataviadas con guirnaldas de flores al estilo de las fiestas del Renacimiento, y llevaban báculos con cintas de colores, coronados por flores de seda. Los hombres ostentaban tocados de pluma en la cabeza y se habían puesto máscaras de nats con bigotes cómicos. Portaban bastones que usaban para gesticular, como si ejecutaran una versión peruana de los bailes de Bojangles.

Entonces aparecieron las bestias de la jungla: las mujeres con máscaras y tocados de loros adornados con plumas de muchos colores que combinaban con sus vestidos; los hombres normales vestían disfraces de osos y monos, y los jokers con características de animales se comportaban como tales. El hombre jaguar persiguió a la conejilla de indias hasta el centro de la plaza, y en el proceso se fue convirtiendo de hombre a jaguar, aunque sin dejar de llevar el poncho y los pantalones. Parecía una versión sudamericana de uno de los tigres vanidosos del cuento del Pequeño Sambo, tropezando con sus pantalones de mezclilla en lugar de convertirse en mantequilla de jaguar.

La campana de la catedral repicó atronadoramente en ese momento, señalando la hora: las nueve de la mañana.

Fantasy se inclinó hacia Howard.

—¿Podemos ir a algún sitio más privado? —le susurró al oído, mientras la campana seguía tocando—. Es que me están observando.

Sonó la última campanada, y Howard miró alrededor. Varias personas los observaban, sobre todo nats, pero también algunos jokers con cámaras, sacando fotos del joker gigante, como era frecuente, torciendo el cuerpo para simular que fotografiaban la catedral, o mirándolo con expresión avergonzada cuando los sorprendía en el acto. Eso era común y corriente, y para Howard era como cualquier fin de semana en el zoológico de Central Park.

La diferencia consistía en las mariposas. Algunas seguían sobre los botes de basura o el carrito del vendedor de frutas, o al borde de la fuente, bebiendo un trago de agua. Pero también había una cantidad sorprendente de mariposas búho y de otras especies de lepidópteros con dibujos que parecían ojos, y se enfocaban hacia ellos como los objetivos de las cámaras.

Howard fijó la vista en una de ellas. Un momento después, la mariposa se alejó volando, como si no fuese más que una coincidencia, un truco de su propia mente. Pero al mirar de reojo tras sus gafas oscuras, Howard se dio cuenta de que muchas otras enfocaban sus falsos ojos sobre Asta.

Howard conocía demasiado bien los poderes de los ases como para calificar de simple un suceso raro, y no relacionarlo con algo más siniestro, sobre todo cuando recordaba la figura del encapuchado que había visto en el caleidoscopio de mariposas que volaban sobre el Museo Larco. Era la sombra que había aparecido al entrar Fantasy en el lugar.

Howard recordó también la reacción de las mariposas a su puro. Pensando que no podría echar suficiente humo para cubrir toda la Plaza de Armas, recordó que había tres iglesias cerca de ahí, y que a los católicos les gustan los inciensos y las velas.

—¿No quieres hacer tus oraciones matutinas? –preguntó Howard–. El arzobispo Fitzmorris dijo que haría una invocación especial para las fiestas, y estará también el padre Calamar.

Asta tenía el aspecto de alguien que no solía ir a la iglesia, pero consiguió responder con su mejor sonrisa.

—Eso suena divino…

La Catedral de Santo Domingo tenía puertas grandiosas, como conviene a una catedral; la previsible pila bautismal, filas y más filas de monjas idénticas rezando con los rosarios en sus manos, y cantidades de incienso en el aire, emitidas por una colección de curas y monaguillos con botafumeiros. En el púlpito un obispo que no era el arzobispo Fitzmorris hablaba con más latines de los que Howard podía comprender, pero eso no importaba. Lo importante era que el incienso había tenido el efecto deseado: logró ahuyentar al enjambre de polillas y mariposas que seguía a Asta.

La catedral estaba comunicada con la pequeña Iglesia del Triunfo, más pequeña y peor ventilada. Por alguna razón, quizá relacionada con la historia políticamente incorrecta, ostentaba una imagen de un santo matando a un inca. Una cantidad considerable de velas ardía frente a un icono de la Virgen María.

La atmósfera del templo pequeño resultaba bochornosa. Howard se arrodilló, para que su cabeza quedara un poco más cerca de Asta. Ella se levantó de puntillas para abrazarlo y le habló al oído.

—Ve a la estación del tren. Compra pasajes para Aguas Calientes. No se lo digas a nadie. Por favor, ¡hazlo! Te lo explicaré luego –prometió, al tiempo que le daba un beso en la mejilla–. ¡La vida de una niña depende de esto!

A continuación, Asta se levantó, se santiguó, puso algo de dinero en la alcancía para los pobres y tomó una cerilla con la que prendió una veladora.

Howard no disfrutaba estar en las iglesias, pero ésa le agradó mucho menos, tan pronto como distinguió a unas polillas oscuras que revoloteaban fuera de la luz arrojada por las velas.

Se levantó y se dirigió de vuelta por el pasaje que comunicaba con la nave principal de la catedral, y se quedó ahí un momento para no dar qué pensar, como si hubiese ido a oír los sermones de los huéspedes ilustres, el arzobispo Fitzmorris y el padre Calamar, y a continuación salió por la puerta de adelante, tratando de adoptar el rol de un turista que no está muy seguro de a dónde dirigirse.

Unas cuantas mariposas y polillas revolotearon tras él, pero con mucho menos interés que cuando llevaba en hombros a Asta. Acabaron por perder ese poco interés cuando Howard encendió un puro y le dio varias chupadas despaciosas, saboreándolo.

El gusto de Fulgencio Batista en lo que se refería a los puros era excelente. El habano le duró todo el camino a la estación. Howard compró los dos pasajes y luego fue a sentarse en una banca, mirando el folleto para turistas sobre Aguas Calientes al tiempo que se preguntaba en qué se había metido. Como medía tres metros y era tan duro como un rinoceronte no se preocupaba mucho por sí mismo; por su parte, Asta tenía el aire de ser una mujer que no necesitaba que nadie la cuidara, pero ¿lo de la niña en peligro? Eso no anunciaba nada bueno.

El viejo reloj de bronce de la estación marcaba las 10:25; faltaban cinco minutos para el tren de las 10:30 a Aguas Calientes. Howard agarró varias polillas manchadas como líquenes, que se habían mimetizado con la pátina verdosa que se hallaba sobre la cara del reloj. Una figura oscura, con hábito, se movió en silencio a su lado. Howard se sobresaltó, recordó la imagen encapuchada que había percibido entre las mariposas de las brujas, pero comprendió que sólo era una monja.

La santa mujer se sentó al lado de Howard, le echó una mirada, sonrió con amabilidad, y entonces volvió a mirar hacia la plataforma, pasando en actitud humilde las cuentas de su rosario, con los ojos mirando hacia abajo. Tenía la cara recién lavada, limpia y resplandecía sin huella alguna de maquillaje. Sus grandes ojos eran de color café, y sobre el iris se distinguían los diminutos pixeles de las lentes de contacto de alta tecnología teatral.

Howard le pasó a Fantasy su boleto dentro del folleto de turismo. Cuando llegó el tren, cada quien subió por su lado.

El ferrocarril era un viejo Pullman, con compartimentos de madera pulida, bronce y elegancia de otro tiempo. Howard encontró uno vacío y se puso a esperar. El silbato por fin sonó, el tren se sacudió y enseguida se puso a mecerse, con las ruedas marcando un ritmo arrullador que no tardó en fundirse en el ambiente. Los paisajes se deslizaban a través de la ventana –colinas rocosas con suelos oxidados; árboles y arbustos de diversos matices de verde– mientras el tren ascendía por los Andes.

Poco tiempo después se le unió la monja, sonriendo, y corrió las cortinas.

Después de que el inspector tomó sus boletos, Asta cerró la puerta y buscó a ver si había bichos en el compartimento. Bichos de verdad. Después se sentó.

—¿Qué es eso de las mariposas? –inquirió Howard.

—Es un as –explicó Asta.

—Eso supuse. ¿Quién?

Exasperada, alzó los brazos.

—¡El diablo ha de saber! ¡El Polillo! ¡El Colección de Mariposas! ¡El Lepidopterista! Escoge el nombre que te guste.

—¿El Emisario Negro?

—Hortencio dijo eso, pero no le encontré mucho sentido –comentó ella, desconcertada–. ¿En dónde lo oíste?

Howard sacó del bolsillo del pantalón el folleto del Museo Larco.

—El jodido folklore –declaró Asta, leyendo–. ¿A nadie se le ha destapado su carta mientras tenía las narices metidas en un libro de cuentos de hadas?

—No es mi caso.

—Ya, ya, Troll –dijo Asta, haciendo rodar sus ojos y devolviéndole el folleto.

—¿Quién es Hortencio?

—¿Te acuerdas de los hijos de Batista allá en Cuba?

—Sí. No pasé mucho tiempo con ellos.

—Pues yo sí –reviró ella–. Al menos con uno.

Miró a Howard a los ojos.

—No me mires así –prosiguió–. No me digas que no te intereso.
Quién sabe, a lo mejor tú me interesas. Necesito desfogarme cuando me da curiosidad, o estoy aburrida, o si estoy asustada. En estos
momentos tengo un miedo del carajo.

El tren seguía avanzando, las ruedas sonando al compás de las vías.

—¿Qué pasó con Hortencio Batista?

—Sexo –replicó ella, con sencillez–. Nada de que ufanarme, desde mi perspectiva. Él debe haberlo presumido mucho, en cambio.
Presume mucho: de los contactos de su familia con la mafia, que es
algo bien sabido. De que si los Gambione tienen comercio de cocaína con otros cárteles de las drogas, incluyendo los de aquí, en Perú.
También presumía de que un jefe del narcotráfico tenía secuestrada
a la hija de otro jefe y pedía rescate, y ¡ay! los Gambione van a matar
a la chica o la secuestrarán ellos mismos, para tener poder sobre el
primero de los jefes, no saben aún cuál, pero lo que sí saben es en
dónde está la niña y actuarán el día de mañana.

—¿Él te dijo todo esto?

—No –se detuvo como si buscara las palabras exactas para la respuesta–. Soltó muchas indirectas, pero cuando perdió el conocimiento después de un poco de sexo y mucha cocaína, fui y leí sus archivos.

Se encogió de hombros.

—No podía acudir a la policía. Son corruptos todos ahí, y los pocos que no lo son tienden a ser el tipo de gente de «amplio criterio»
y no les importa un pepino lastimar a una niña si también logran
lastimar a los traficantes de drogas. Por lo tanto, tomé mi decisión:
¡al carajo! ¡Soy una as! ¡Yo puedo resolver esto!, y concebí mi plan
disparatado. No me juzgues; pero mi orgullo no me impide confesar
que tomé una página del libro de Alma Spreckels: prefiero ser juguete de un viejo que esclava de un joven. Así que llamé a este viejo rico
que conozco, y le dije que cuando vuelva a Nueva York el domingo le
voy a hacer de todo doce veces si pone a un helicóptero privado a mi
disposición, con algunos guardias, para que me saque de Perú con la
niña antes de que los Gambione la despachen.

Asta rebuscó bajo sus hábitos, queriendo encontrar algo en un
bolsillo de su vestido.

—Mírala nada más –dijo, y le dio una foto a Howard. Entonces se
mordió el labio y contuvo las lágrimas–. No tiene más de siete, ocho
años, si acaso. Alguna vez fui una niñita como ella. Tuve zapatitos
como los suyos, y hubiera matado con tal de tener un vestido así de
bonito, pero es sólo una niña. No merece morir.

Howard miró la foto. Asta tenía razón. No podía tener más de seis
o siete años, quizá ocho, con mejillas regordetas, ojos oscuros y rasgos nativos. Llevaba un vestido blanco lleno de cristalitos brillantes
y demasiados encajes, y su sonrisa se veía más forzada que auténtica,
pero no era más que una niña. El fotógrafo había usado un efecto
vulgar y cursi alrededor de su figura, dándole un aspecto oscuro de
foto galante.

Howard le dio la vuelta a la foto. Había una palabra escrita, *Lorra*,
y bajo ella, otra más: *Cocamama*.

—¿La diosa del arbusto de coca?

—Era el código de la operación –dijo Asta, y recuperó la foto–. A
menos que sea una alusión enferma sobre partir en dos a la niña.

Howard sacudió la cabeza con incredulidad.

—¿Ibas a hacer esto tú sola?

—¡Desde luego que no, caramba! –juró Asta–. Pensé en hacer que
Jack me ayudara. Siempre está hablando de aquella vez en que le
dio una patada en el culo a Juan Domingo Perón. El problema es
que, aunque le fuese la vida en ello, ese hombre no es capaz de guardar un secreto. El capo que secuestró a Lorra debe ser un as, o bien
tiene algunos ases a su servicio, y uno de ellos es el Emisario Negro,
alguien capaz de espiar usando mariposas y polillas. Lo peor de todo
es ese espantoso joker as, la rana que lanza dardos envenenados, un
asesino al que llaman Curare. Eso es más de lo que me atrevo a enfrentar yo sola, así que ahí me tienes, bailando apresuradamente a
ver si encuentro alguien en quien confiar.

—Me has elegido a mí.

—La cosa estaba entre tú y Harlem Hammer –explicó Asta, encogiéndose de hombros–. No tengo nada en contra de los negros
calvos, pero hasta donde sé Mordecai tiene un matrimonio feliz. No
destruyo familias. Y aunque lo hiciese, nunca me pondría en la mira
de una señora de Harlem.

—¿Y respecto a los calvos de color verde?

—Howard –confesó Asta–, desde que te vi entre el público cuando bailaba Coppelia te registré en mi radar. Estoy aterrorizada, y el viaje a Aguas Calientes es largo.

—¿Eres consciente de que llevas hábito de monja?

—¿Por qué, eres católico?

—No.

—¡Qué bueno! –exclamó ella, sonriendo–. Tampoco yo.

Y comenzó a desabotonarle la bragueta.

—¡Santo cielo! –exclamó–. ¡Veo que tampoco eres judío!

Hizo una pausa y lo tocó con su pequeña mano.

Howard sufría. Había llegado el momento terrible. Su pene, aunque verde, estaba en proporción a su cuerpo. Eso significaba que tenía más de treinta centímetros de largo, con todo y verrugas. Guardaba mayor parecido con un pepino inglés que con el miembro de un ser humano. Las raras noches que llegaba a compartir con las mujeres que le agradaban se convertían en noches de soledad, tan pronto descubrían su miembro, después de decir la misma frase cortés: «No eres tú, soy yo».

—¿Sabes? Dudo que pueda con todo esto –dijo ella, pronunciando las palabras tan temidas, pero entonces se puso a acariciarle el falo–. Pero es mi voluntad intentarlo. ¿Viste alguna vez la danza de las willis?

—No.

—¡Filisteo! Eso hay que corregirlo.

Asta se alzó de puntas. Howard no tuvo que alzarse.

19 de diciembre de 1986, Aguas Calientes

Asta se había quitado el hábito de monja y el manto de alpaca. El vestido que llevaba debajo era azul claro, igual que su pelo, muy cortito, como el de Annie Lennox. Los ojos ahora tenían un color azul ultramarino y brillaban como iconos bizantinos. Howard no se había fijado en que tuviera puestos o no los lentes de contacto; iban con todo lo demás, reforzando el aspecto de ninfa acuática, ya que iba a hacer, según decía, el personaje de Ondina en el ballet del mismo nombre.

El sistema de sonido del jeep resonó de pronto con música clásica, la señal convenida para que Howard no mirara hacia atrás. En cambio, se puso a hacer más ruido. Golden Boy era famoso por ser capaz de alzar en vilo un tanque de guerra, pero Troll no era tan fuerte. Sin embargo, podía poner de cabeza un Chevy, lo cual ya era bastante aparatoso.

Varios hombres con armas salieron de la casa. Entonces se pararon en seco, mirando con expresión de deleite y respeto, como si contemplasen una visión de hermosura trascendental, con la cual, por añadidura, deseaban fornicar.

Howard conocía bien ese sentimiento.

Como estos hombres obstruían las entradas y ventanas principales, rodeó la casa y abrió de una patada una de las puertas laterales, que se desprendió de los goznes con un chirrido que le resultó satisfactorio.

El edificio tenía dos pisos, y la única percepción general que tuvo Howard fue de una abundancia exagerada de colecciones de mariposas en las paredes. Mordió la colilla de su puro, reteniendo el aliento por si algunos insectos volvían a la vida espontáneamente, pero no fue así: seguían siendo sólo trofeos, mascotas momificadas, exsocios, o lo que el Emisario Negro quisiera que fuesen sus sirvientes.

Subió las escaleras, agachándose para no pegar contra el techo, y abrió a base de golpes cada puerta que encontraba, hasta que fue recompensado al ver en una de las habitaciones, repleta de muñecas y otros juguetes, una camita, y en ella una niña pequeña sentada detrás de una mujer. Esta última apuntaba a Howard con una pistola y jaló del gatillo, pero Howard acababa de arrojarle la puerta que había roto, estrellando contra la pared a la mujer y a su pistola.

La cabeza de una de las muñecas explotó y una bala se clavó en el techo, provocando una lluvia de polvo de yeso. La mujer quedó tendida en el suelo.

La niña gritaba sin parar, en un idioma que Howard no entendía, aunque se daba cuenta de que no era español.

—Está bien –le prometió él–. Va a salir todo bien, Lorra. Vamos a sacarte de aquí.

Como no se callaba, la envolvió en la colcha de la cama con todo y almohadas y muñecas. Corrió escaleras abajo mientras sostenía el atadillo con la niña dentro, la cual trataba de resistirse, y salió por la misma puerta lateral que había roto. En ese instante cerró con fuerza los ojos y avanzó tropezando hacia el sitio de donde emanaba la música para orquesta de Hans Werner Henze, lo cual no resultaba fácil considerando los gritos estridentes que reverberaban en sus costillas.

De pronto dio con la cabeza con el techo de una terraza cubierta. Se había acostumbrado a experimentar ese tipo de colisiones, en que solía llevar ventaja. Una vez superada la obstrucción, gritó:

—¡Asta! ¿Dónde estás?

—¡Por aquí! –respondió ella, y soltó una exclamación–. ¡Carajo, es la rana!

—¡Lorra! –se oyó una voz que croaba–. ¡Lorra!

Howard se sentía como si participara en una versión perversa del juego de Marco Polo. Sintió una mano sobre la pierna, que lo guiaba sin dejar de bailar.

—¡Bájala aquí!

Howard oyó que se cerraba la portezuela del jeep. Ella volvió a ordenarle:

—¡Conduce tú! ¡Tengo que seguir bailando!

—¿Cómo podré conducir si no puedo ver?

—¡Verás sin problemas! ¡Sólo cárgame y no mires por el espejo retrovisor!

Howard hizo lo que le ordenaban. Se puso a Asta en los hombros. Ella le enganchó una de sus piernas alrededor del cuello, como el Viejo del Mar en los cuentos de Simbad. Pero esta Vieja resultaba mucho más caliente y perversa que el Viejo de Simbad, pues lo hizo al revés, con los tobillos trenzados bajo la mandíbula de Howard, los muslos apretados sobre sus sienes y el culo sobre su cabeza. La parte de atrás de su vestido caía como un velo ante los ojos de Troll.

Posiblemente no era ésta la coreografía usual de *Ondina*, pero Asta tenía suficiente talento dancístico para las improvisaciones. Howard abrió los ojos. No se quedó arrobado por el as de Fantasy, aunque sentía cómo se desplazaba sobre su cabeza mientras ejecutaba movimientos para simular un salto de agua, igual que la ninfa que aparece en los anuncios de la Cerveza Olympia.

Howard arrancó el asiento de su base y se sentó sobre su parte posterior, que le resultaba más cómoda, pues de esta manera sus pies alcanzaban con facilidad los pedales. Por primera vez desde la secundaria, el Señor Sapo iba a correr en coche. Se lanzó por el camino, atravesando la jungla andina, con la música del ballet a todo volumen y Asta sentada en su cabeza.

—Ya no nos pueden ver –dijo la bailarina, desmontando agarrada de la barra transversal y sentándose a su lado–. ¡Corre lo más que puedas!

En ese momento algo aterrizó sobre el cofre del jeep.

—¡Puta fea! –croó la rana gigante–. ¡Monstruo verde! ¡Deja a Lorra!

Los ojos de la rana eran grandes y dorados, y destacaban sobre una piel negra con marcas azul eléctrico. Tenía la estatura de un niño de nueve años; había tantos jokers pequeños como los de tallas grandes. Llevaba también pantaloncitos Speedo color azul eléctrico. Se arrastró sobre el parabrisas utilizando como ventosas los dedos alargados y rezumando algo viscoso y blancuzco por la espalda.

¡Era Curare, la venenosa rana asesina!

El chico joker remojó los dedos en sus babas de rana y agarró el rostro de Howard con una mano mientras se sujetaba del parabrisas con los pies. El veneno tuvo tan sólo un ligero efecto adormecedor gracias a que Howard tenía la piel gruesa y dura. Sólo tenía un punto débil, los ojos, como el talón de Aquiles o el hombro de Sigfrido.

La rana debía sospecharlo, pues lanzó su lengua pegajosa contra la lente derecha de las grandes gafas de sol de Howard y la retrajo enseguida. Las gafas de Howard resistían gracias a la cinta de neopreno que les había ajustado, para evitar que los pacientes de enfermedades mentales intentasen lo mismo. Howard consideró que su inversión había valido la pena.

Sin embargo, la lente se desprendió. Curare tendió los dedos llenos de veneno hacia los ojos de Howard.

Sosteniendo el volante con las rodillas, Howard arrancó el parabrisas y sin disminuir la velocidad lo arrojó al camino, con la rana aún adherida a él.

—¡Juan! –gritó una voz de niña detrás de Howard, sollozando.

—¡Cállate, pinche putita tonta! –rugió Asta, en español–. Tu amigo, la rana, se fue. Te estamos llevando a Norteamérica, y tendrás todas las muñecas y cosas que quieras, y todo lo que tienes que hacer es fabricar cocaína para el señor Phuc, ¿de acuerdo?

—¡No entiendo! –gimió la niña–. ¡No entiendo!

Enseguida habló en un idioma que no era español.

—¡Joder! –exclamó Asta–. ¡Ni siquiera sabe hablar español!

—¿Qué dice ella? –preguntó Howard, sin soltar el volante–. ¿Qué le dijiste tú?

—¡Dice que no habla español! –explicó Asta, al tiempo que con un golpe malhumorado clausuraba el concierto de *Ondina*–. Le dije que la llevaríamos a Estados Unidos, que no tendría que preocuparse de que la secuestraran, y que un bondadoso viejito le tenía una casa preparada para vivir ahí.

—¿Eso fue todo? –insistió Howard, pues le había parecido entender que había llamado «putita» a la niña.

—¡Así es! –ladró Asta–. Me salté la promesa de chuparle la verga a Kien si pagaba sus colegiaturas, pero… ¡Oh, no! ¡Ni lo pienses!

La interrupción fue seguida del sonido de una bofetada y más llantos. Enseguida Asta sacó unas esposas y sujetó a la niña a la barra transversal.

A Howard no le sorprendió que Asta tuviera esposas entre sus instrumentos. Pero lo demás…

—¿Te parece necesario hacer eso? ¡Sólo es una niña!

—¿Prefieres que se arroje de un auto en movimiento?

A Howard no le parecía claro determinar qué era lo que preferiría. Aceleró el motor y condujo a través de la jungla. Y le preguntó:

—¿A qué se debe que tu baile no afectara a la rana?

—No tiene efecto sobre los niños –replicó Asta, automáticamente–. Sólo en los hombres. Es probable que aún no haya alcanzado la pubertad.

A Howard se le ahogaban las palabras en la garganta.

—¿También él es un niño?

—O quizá sea gay. O una mujer rana. Sabes, Curare puede ser un nombre de mujer.

—Sí, pero ella lo llamó «Juan».

—Es como en la canción «Una chica llamada Johnny» –especuló Asta, quejumbrosa–. ¿De los Waterboys? ¿La conoces?

La canción era buena. Pero la mentira era torpe.

—Entonces ¿arrojé a un niño del coche?

—¡Oh, qué importa eso! –vociferó Asta, exasperada–. ¡Es igual de venenoso! ¡Estos hijos de puta venden drogas! ¿Crees que sienten escrúpulos por emplear a un niño como asesino?

Su argumentación tenía lógica, pero no era un punto en que Howard estuviese de acuerdo. No quería herir a ningún niño, y rezó por que no lo hubiera dañado.

En ese momento, la niña volvió a gritar:

—¡Juan! ¡Juan!

Debieron escucharla santa Rita de los Imposibles u otro de los santos patronos de wild cards sugeridos por el arzobispo Fitzmorris: Howard vio una figura relampagueante que saltaba de árbol en árbol, en mimesis perfecta con las copas de los árboles, con los que se disimulaba cuando permanecía quieto. Sólo se volvía visible al cruzar la carretera. Era el niño rana, que avanzaba con la velocidad increíble de los saltos de un batracio, pero a escala humana. Sus movimientos eran imposibles desde el punto de vista de la física y la ley del cuadrado y el cubo de la distancia, por supuesto, pero las leyes de la física quedaban descartadas tan pronto el virus wild card entraba en acción, como ocurría con la capacidad de volar de Peregrine.

También había mariposas revoloteando por las ramas, polillas que se alzaban de los troncos cada vez que aquel ser humano con forma de rana saltaba de un árbol a otro. Los lepidópteros habían asumido el aspecto de un ejército, y entre sus filas aparecía por instantes su general, con forma de sombra, un fantasma que se manifestaba cada que se juntaban las polillas negras.

El jeep salió de la jungla e ingresó a un territorio deslumbrante, por encima del bosque, desde el cual podía apreciarse una panorámica del valle, y un camino ascendente por la montaña hacia la antigua ciudad de los incas, Machu Picchu. Howard entrecerró los ojos, para soportar el resplandor, porque le faltaba la mitad de las gafas oscuras.

En otra ocasión, Howard se habría detenido para tomar fotos y admirar la grandiosidad de las ruinas de la vieja fortaleza, las piedras grises de sus muros y almenas y la hierba verde de sus plazas y avenidas. Pero en esa situación sólo algo importaba: el helicóptero que esperaba en la plaza central, con tres figuras junto a él.

—¡Ahí están! –señaló Asta–. ¡Phuc los mandó!

Howard se preguntó quién sería el tal Phuc, pues no le había preguntado nada a Asta sobre su patrón; prefería asumir que sería algún ángel del ballet que ella se habría encontrado entre el elenco y lo había llevado al sofá del camerino. En ese terreno no podía opinar. Pero el llanto de la niña era un tema aparte.

—¡Por favor, déjenme ir! –suplicó en español cuando Howard detuvo el jeep–. ¡Por favor!

Asta entornó los ojos.

—¡Resulta que ahora habla español! –exclamó.

—¡No entiendo!

—Déjala en paz. Le han pasado muchas cosas –aconsejó Howard, y enseguida se volvió a la niña–. Todo está bien, guapa. Todo bien.

Le enjugó las lágrimas con la mayor ternura que podía transmitir con sus rudos dedos.

Las lágrimas de la niña formaron charquitos en sus dedos, pero no se desprendían, sino que se cristalizaban al instante. En las grietas de su piel pudo sentir que se le adormecía la carne. Howard miró a la niña de arriba a abajo. No eran lentejuelas lo que brillaba en su vestido, sino lágrimas secas. La parte de atrás del jeep estaba inundada de la misma sustancia, como las que lloraba la hermana buena en el cuento de *Sapos y diamantes*.

Howard se llevó el dedo a la lengua. Tenía un sabor amargoso y un poco etéreo, pero enseguida se le durmió la lengua en el lugar en que la había tocado.

No eran diamantes, sino cristales de cocaína pura.

—¡Ella es Cocamama! –dijo Howard, deslumbrado–. ¡No es un código, ése es su don!

—¡Te mentí! –confesó Asta, encogiéndose de hombros–. ¡Qué importa! Casi en todo lo demás he dicho la verdad. No es hija de un capo de la droga, pero se la robaron a los socios de los Gambione y si éstos no pueden recuperarla prefieren matar a la gallinita de los huevos de oro. Quieren apoderarse de ella para encerrarla en un calabozo donde pueda convertir la paja en oro, o el azúcar en cocaína o cualquier otra mierda de los cuentos de hadas. De cualquier modo logramos rescatarla.

—Puede ser –concedió Howard–. Pero ¿quién es ese señor Phuc? ¿Otro jefe de los traficantes?

—Es un inversionista inteligente que diversifica su portafolios –explicó Asta con discreción de diplomático– y sabe cuidar de su gente.

A Lorra nada le faltará, ni tampoco a ti. Kien sabe agradecer los favores, sobre todo si uno tiene talentos especiales.

Sonrió seductoramente. Howard seguía sin sentirse convencido, y Asta volvió a la carga.

—Mira, cuando llamé a Kien desde Cuba se quedó horrorizado al saber que los Gambione pensaban en matar una niñita con semejante talento, sólo para vengarse de que algún as liquidó a sus muchachos para secuestrarla –relató Asta mientras abría las esposas que sujetaban a la niña a la barra transversal–. Tampoco te mentí cuando te hablé del Emisario Negro o de la rana asesina. Un montón de mafiosos se quedaron sangrando por los ojos después de que el Emisario hizo que les picaran unas orugas. Hortencio se cagaba de miedo sólo de pensar en eso.

Cerró el aro de la esposa sobre su propia muñeca. En ese instante el aire que rodeaba a la niña se llenó de pequeños resplandores, y le puso la mano encima a Asta.

—¡Nada de eso! –dijo la bailarina y le soltó otra bofetada–. ¡Me he metido más coca al cuerpo de la que tú puedes repartir, tonta!

Lorra se echó a llorar, regando la hierba de diamantes de cocaína.

—Suéltala –gruñó Howard.

—¿Qué? ¿Quieres que la abandone a manos de esos matones y asesinos? No lo haré –contraatacó Asta, con una sonrisa irónica–. Por lo que veo, no te interesa unirte a la organización de Kien.

—Eso es lo que parece.

—¿Ni siquiera si de cuando en cuando permito que me cojas?

Howard sintió la tentación por unos momentos, pero se sintió arrepentido enseguida.

—No.

—Tú te lo pierdes –suspiró Asta–, pero me temía que dirías algo así. Jack es un deslenguado, además de que tiene espíritu de boy scout, pero el problema con él es su invulnerabilidad –sonrió de nuevo, como si se estuviera divirtiendo–. En cambio tú no eres invulnerable –advirtió, alzando la mano con un gesto teatral–. ¿Señoras?

Se oyó el ruido de armas cortando cartuchos. Atrás de Asta Howard vio a un trío de mujeres asiáticas que portaban rifles de alto calibre, armas para la cacería de elefantes, con sobrada capacidad para abatir un paquidermo, incluso un rinoceronte. O un troll.

Del helicóptero surgieron sonidos del «Baile del Hada del Azúcar» de Tchaikovski, de la *suite* de *El Cascanueces*. Asta se alzó sobre las puntas de los pies.

—¡Qué cosas! –comentó, mientras Howard entraba en trance–. Me hacía ilusión llevarle a Kien su mascota troll de regalo de Navidad, como sorpresa. Tendrá que conformarse con su puta mágica del crack.

Se puso a danzar en torno a la niña, jalando a Lorra con las esposas y forzándola a que se pusiera de puntas.

—¡Hay que practicar, querida, practicar! ¡No serás bailarina nunca si no haces estiramientos!

Lorra lloraba mientras Asta la arrastraba hacia el helicóptero, dejando un rastro de diamantes de cocaína como si fuesen migas de pan. Asta hizo una pausa, mientras le enseñaba a la niña cómo lanzar una patada dramática.

Eso fue un error. Lorra le dio una patada en la espinilla, con mucha fuerza. Asta se tambaleó.

Howard logró arrancar la mirada del cuerpo de la bailarina, apenas a tiempo para arrojarse al suelo junto al jeep, pues el trío asiático estaba disparando sus armas para matar elefantes.

Las balas desgarraron el costado del jeep.

—¡*Du ma*! ¡*Du ma*! –gritó Asta en lo que le pareció el idioma vietnamita, al tiempo que aumentaba al triple el volumen de las campanitas de la celesta de Tchaikovski. Por debajo del auto pudo ver cinco pares de pies de mujeres que se metían al helicóptero.

Pudo reconocer los pies de Asta de inmediato, y no eran bellos en absoluto. Se veían torcidos, dañados y feos como su alma.

Se oyó el ruido de las hélices del helicóptero, y el polvo mezclado con cristales de cocaína se alzó del suelo volando en todas direcciones. Junto con mariposas y polillas, muchas otras especies se sacrificaban en vano tratando de detener la hélice para impedir el ascenso del helicóptero. Lograba alzarse, sin embargo, al tiempo que Howard se levantaba, tras esquivar otro disparo de una de las tiradoras.

La hierba explotó a unos centímetros de su pie, y al mismo tiempo un relámpago de lapislázuli cruzó el aire. Curare había logrado aterrizar a un lado del helicóptero. El niño rana pasó los largos dedos de su mano por la cara de la tiradora que se asomaba por la puerta.

Se quedó helada, tan paralizada como Howard cuando veía bailar a Asta.

Howard percibió su oportunidad. Agachándose para evitar los rotores del helicóptero que despegaba, corrió y luego saltó, asiéndose del patín izquierdo. Se incorporó, agarró a la mujer paralizada y la hizo a un lado, pero ella acabó chocando con las hojas de las hélices del helicóptero, que se había inclinado por el peso de varios centenares de kilos del joker. Una carnicería explosiva manchó el suelo.

Arrancó la portezuela y metió el puño a la cabina, empujando a otra tiradora contra las paredes. Asta y la niña lanzaron un grito cuando Howard agarró la banca en que iban sentadas, hizo saltar los remaches y finalmente cayó hacia atrás, en dirección de la plaza, llevándose consigo la banca y a sus dos ocupantes, que alzaba para proteger por lo menos a la niña.

El troll aterrizó de espaldas, y la fuerza del impacto le sacó el aire de los pulmones, mientras la banca rebotaba en su pecho, entre los gritos de Asta y de Lorra. No supo de qué altura había caído, pero era superior a la de ninguna otra de sus caídas.

En lo alto, contra el cielo azul, vio el helicóptero que ascendía rodeado por miles y miles de mariposas y polillas, y vio a la rana saltar. Enseguida el aparato se perdió de vista en medio de la masa de lepidópteros migrantes. Poco después se oyó una explosión, y se levantó un tufo a gasolina quemada y a insectos carbonizados.

Asta se soltó de la banca y liberó a Lorra también. Logró alejarse con ella de la mano unos cuantos pasos, y la banca vacía cayó del pecho de Howard, que se dio cuenta de que la seguía sosteniendo con un brazo.

La hizo a un lado y se incorporó. Curare se había agazapado sobre un montón de escombros antiguos, aferrado a las piedras grises con sus dedos negros y azul eléctrico de las manos y las patas, parpadeando con las membranas que le cubrían los ojos dorados, observando el caleidoscopio de mariposas agruparse en un embudo y tomar la forma de una figura encapuchada. Adentro se arremolinaban miles de alas de colores, tejiendo un forro con todos los colores del arcoíris, el brocado más hermoso del mundo. Al mismo tiempo, mil polillas brujas negras formaron un mosaico para crear la tela exterior, mientras una mariposa búho se situaba como el rostro de la figura, y dos polillas brujas de color blanco se colocaban en el lugar de las manos.

—¡Hasta nunca, Howard! –gritó Asta, que se tambaleaba por el dolor–. ¡Hasta nunca, maldita rana! ¡Y hasta nunca, lo que seas!

Gritaba apuntando al Emisario Negro.

—¡Y tú también, hasta nunca, niña del crack! ¡Soy una diva, jodidos! ¡Soy una estrella!

Trató de ponerse en puntas, pero tropezó. Le sangraban las espinillas por las patadas de Lorra.

—¡Hasta nunca, todos ustedes!

—*Sí* –susurró el Emisario Negro–. *Olvidar.*

La voz que salía de su figura estaba compuesta por el roce de miles de alas de polillas.

—*Sí* –repitió–. *Es una idea excelente…*

Flotó hacia ella y abrió la capa, o la ilusión de la capa. Las polillas negras que formaban las mangas y otras partes exteriores se hicieron a un lado, como el Fantasma de la Navidad Presente cuando muestra la Ignorancia y la Necesidad. Desde donde estaba, Howard no alcanzaba a ver lo que revelaba el Emisario Negro, pero debía haber sido algo terrible, pues Asta se quedó inmóvil al verlo, boquiabierta. El espectro le acercó la mariposa blanca que hacía de mano a la cara, y el lepidóptero se le metió volando por la boca.

La bailarina se atragantó con ella. No tardó en caer al suelo, donde se quedó inmóvil.

El Emisario Negro se cerró la capa, giró un poco y a continuación formó más palabras con el roce de alas de las polillas, pero en un idioma que Howard no comprendía. Sin embargo, no iban destinadas a él. Lorra asintió, y buscó en los bolsillos de Asta hasta sacar la llave de las esposas, que usó para soltarse la mano.

Le dio una patada más a Fantasy, por si las dudas, y corrió a abrazar a Curare. Su aura resplandecía por la luz blanca, y las gotas de veneno lechoso se transmutaban en cristales resplandecientes.

El Emisario Negro se volvió a Howard, y sus manos de mariposas blancas se multiplicaron como las cartas de un mago, pues seguía teniendo dos.

El Emisario Negro se cerró la capa

—*Señor Mueller* –dijo la figura, abriendo las manos con un gesto lleno de gracia–. *Le agradezco su ayuda para recuperar a las dos criaturas que están bajo mi cuidado. Aunque no olvido sus transgresiones, lo perdono, pues fue engañado. Sus actos fueron guiados por las mejores intenciones...*

Hizo una pausa, enfocando los ojos sobre el troll.

—*...casi todo el tiempo.*

—Bueno, gracias.

—*Los he estado observando, a usted y a sus compañeros mientras han residido en mis dominios. Debo advertirle que Fantasy no es la menos falsa de sus compañeros. Ella tenía motivaciones bajas, pero al menos eran humanas. Existe otro que no presenta al mundo el mismo rostro que mis queridos han visto, y el otro rostro que esconde esa cara falsa no lo puedo describir sin sentir escalofríos.*

—¿Quién es? –preguntó Howard–. ¿Por qué?

—*No me atrevo a decírselo, porque temo que los ojos de esa cara monstruosa se vuelvan en contra de mí y de los míos. Tan sólo he querido advertirle, y le pido a cambio que se lleve a Fantasy con usted. Ella no recordará nada de lo que ha pasado este día. Podrá contarle alguna historia que le parezca plausible para explicarle sus desventuras. Nadie ha de saber lo ocurrido aquí, aunque sea sólo para proteger a los niños.*

Howard les echó un vistazo. Se estrechaban, abrazaditos.

—Dígales que me perdonen.

El Emisario se volvió hacia ellos y zumbó en el mismo idioma en que hablaba la niña. Ella, con la mayor solemnidad, asintió con la cabeza y se le acercó andando. Echó los brazos alrededor del cuello de Howard y le plantó un beso en la mejilla. Se le adormeció el cuello en donde ella lo abrazaba, y sintió cosquillas en la mejilla, al frotarse el beso como para metérselo en la piel.

—*Cuando volvamos a reunirnos, espero que sea bajo circunstancias más felices.*

Con eso, el Emisario Negro alzó los brazos y se alzó volando como el caleidoscopio de mariposas y polillas que llenaban en todas direcciones de colores el cielo, todos los colores del libro de Lang: rojo, azul, amarillo, rosa, naranja, carmesí, lila y violeta. Incluso verde.

Cocamama, es decir, Lorra, volvió a abrazar a Curare, o sea a Juan, y el niño rana saltó con su amiga a cuestas, como si pertenecieran a una ilustración de un libro de cuentos del folklore andino.

Howard contempló el cuerpo aún inconsciente de Asta, que seguía vestida con las ropas de Ondina, pero con magulladuras en las espinillas y los pies. Lucía como la Sirenita después de sufrir la maldición de la vieja bruja, cuando cada paso dado sobre la tierra le transmitía la sensación de andar sobre filos de navajas.

Nunca había considerado que la Sirenita se lo tenía bien merecido.

20 de diciembre de 1986, en ruta a La Paz

Billy Ray había localizado una llave para abrir las esposas con las que Asta se encontró cuando recuperó el sentido. La versión oficial fue que había sido víctima del mal de altura.

—¿Qué pasó en realidad? –inquirió Digger Downs.

El reportero se las había ingeniado para sentarse a la altura de Fantasy, que viajaba a su vez junto a Howard en este periodo de vuelo.

—¿No se iba a sentar Billy allí? –preguntó Asta, en tono de quejumbre–. Fue tan tierno conmigo...

—Sí, pero alguien le echó encima un Bloody Mary –le dijo Downs–. Puedes creerme, lleva rato en el baño.

Howard sonrió y dijo:

—Pasó lo que ya te conté. Me salí del tour para ir a probar los baños de Aguas Calientes. Tenía las espaldas desechas por las camas del hotel. Cuando regresé, me encontré a Asta, que andaba por ahí perdida, con un ataque del mal de altura.

—Con las manos esposadas.

Fantasy lo miró con rencor.

—Si se publica algo de esto en la prensa, te demando legalmente.

—Es la libertad de prensa –replicó Downs–. Lo que quiero saber es si las esposas eran tuyas.

Ella le dio un bofetón.

—¿Debo interpretar esto como una admisión?

Asta se ponía trémula de rabia.

—¡Soy la *prima ballerina* de la American Ballet Company! ¡En Nueva York conozco a gente muy poderosa! ¡Haré que te aplasten como a un insecto!

Al decir las últimas palabras, asumió una expresión preocupada.

—¿Cómo a un insecto? –inquirió el periodista.

Asta expresó confusión, y estornudó. De su nariz salió una nube de polvo blanco iridiscente, que brillaba como las escamas que caen de las alas de las polillas.

Tomó un pañuelo desechable y se lo pasó por la cara, mortificada.

—No te atrevas –amenazó–. Ni una sola palabra…

—Una palabra y me quedo sin trabajo, porque los periódicos de ayer se usan para que los cachorritos aprendan a hacer sus necesidades en ellos. ¿Tú y tu hábito del Studio 54? Es chisme viejo, Petronila. Chisme viejo –repitió Downs, y se echó a reír–. Las únicas noticias que se venden son las rarezas interesantes. Por ejemplo, ¿ustedes dos no…?

Hizo oscilar un dedo entre ella y Howard.

En el rostro de Asta el gesto cambió de la mortificación a la repugnancia.

—¡Cielos! ¿Yo, y ése…? Has pasado de lo vil a lo ridículo.

Volviéndose a Howard, agregó:

—No te ofendas. Fuiste muy bueno conmigo, y no dudo que tengas cualidades de estrella, pero si consideras la logística…

Se levantó, después de desabrocharse el cinturón de seguridad, y meneando la cabeza se fue hacia la parte delantera de la cabina.

—Voy a encontrar a Billy.

Downs le lanzó una mirada a medida que se alejaba.

—Olfateo que hay aquí alguna historia, porque le creo a ella, pero no a ti, amigo.

Desde el otro lado del pasillo fijó los ojos en Howard.

—Eso no tiene sentido –añadió mientras se daba unos golpecitos con el dedo en un lado de la nariz–. Pero supongo que imagino demasiado. Me imagino que Fantasy no pudo resistir el bufet de «toda la coca que te puedas meter» que es Perú, y se fue a Aguas Calientes. Mientras estaban allí, se te cumplió la fantasía de todos los hombres, y cuando digo eso, me refiero a la Fantasy de todos los hombres. ¿Tengo razón o no, amigo?

—Quizá –replicó Howard, riendo–. Pero un caballero no habla de esas cosas.

Los matices del odio

Tercera parte

Martes 23 de diciembre de 1986, Río

S ARA DETESTÓ RÍO.

Desde su habitación en el Luxor Hotel sobre la avenida Atlántica, la ciudad se veía como una sinuosa Miami Beach: brillantes hoteles de gran altura acomodados frente a una playa amplia y un suave oleaje color verde azul, todo desvaneciéndose entre la bruma.

La mayoría de los miembros del viaje oficial habían cumplido con sus obligaciones rápidamente y estaban usando la parada en Río para descansar y relajarse. Después de todo, ya casi eran las vacaciones; un mes de gira había desgastado el idealismo de la mayoría. Hiram Worchester se daba un gran atracón, comiendo y bebiendo en los innumerables restaurantes de la ciudad. Los periodistas optaron por la *cervejaria* y las cervezas locales. Los dólares americanos se cambiaban por puños de cruzados y los precios eran bajos. Los más acomodados del contingente habían invertido en el mercado de gemas brasileñas –parecía haber una joyería en cada hotel.

Y a pesar de todo Sara estaba consciente de la realidad. Las advertencias comunes para turistas eran indicio suficiente: no use joyería en las calles, no confíe en los taxistas, tenga cuidado si se le acercan niños o jokers; no salga a solas, especialmente si es mujer; si quiere conservar sus pertenencias más valiosas, guárdelas bajo llave o consérvelas con usted. Tenga cuidado. En Río, para las multitudes pobres cualquier turista era rico y todo rico era un blanco legítimo.

La realidad se entrometió en su vida cuando, aburrida e inquieta, dejó el hotel esa tarde, luego de prometer que se encontraría con Tachyon en una clínica local. Llamó a uno de los omnipresentes escarabajos VW amarillos y negros que usaban los taxistas, y vio cómo, a dos cuadras del océano, el reluciente Río se volvió oscuro, montañoso, abarrotado y miserable. Por los estrechos callejones entre los edificios pudo vislumbrar su punto de referencia en la ciudad: el Corcovado y la estatua gigantesca de Cristo Redentor en la cima de dicho pico central. El Corcovado era un recordatorio de cómo el wild card había devastado a este país. Río había sufrido un brote importante en 1948. La ciudad siempre había sido salvaje y pobre, habitada por una población oprimida que cocinaba sus ánimos a fuego lento. El virus había provocado meses de pánico y violencia. Nadie supo cuál as descontento fue el responsable del Corcovado. Una mañana la figura de Cristo simplemente «cambió», como si el sol naciente hubiese derretido una figura de cera. Cristo Redentor se convirtió en un joker: una *cosa* deforme, jorobada. Uno de sus brazos había desaparecido por completo, el otro estaba torcido para dar apoyo al cuerpo distorsionado. El padre Calamar había celebrado una misa ahí ayer: doscientas mil personas oraron juntas bajo la estatua deforme.

Le pidió al taxista que la llevara a Santa Theresa, la parte más antigua de Río. Ahí los jokers se habían reunido como lo hicieron en el barrio neoyorquino de Jokertown, como si encontraran consuelo de sus tribulaciones a la sombra del Corcovado. Pero también le habían advertido que Santa Theresa era peligrosa.

Cerca de Estrada do Redentor le dio unos golpecitos al conductor en el hombro:

—Deténgase aquí.

El conductor dijo algo en rápido portugués, meneó la cabeza y se orilló para detenerse.

Sara descubrió que su taxista no era diferente del resto. Olvidó ordenarle que encendiera el taxímetro en cuanto salieron del hotel.

—*Quanto custa?* —era una de las pocas frases que sabía.

Él insistió que la tarifa era de mil cruzados, cuarenta dólares. Sara, exasperada y cansada de las pequeñas y constantes estafas menores, discutió en inglés. Finalmente le arrojó un billete de cien cruzados, más de lo que debía haber recibido. Él lo tomó y se alejó con un rechinido de llantas.

—*Feliz Natal!* –gritó con sarcasmo: ¡Feliz Navidad!

Sara le hizo una seña obscena con el dedo, lo cual le proporcionó poca satisfacción. Entonces se concentró en hallar la clínica.

Había llovido por la tarde, la habitual tormenta que inundaba la ciudad durante varias horas antes de dar paso a la luz del sol. Pero ni siquiera eso logró sofocar el hedor del anticuado sistema de alcantarillado de Río. Al caminar por una calle muy empinada, la persiguieron los olores fétidos. Como los otros, caminaba por el centro de la estrecha calle, haciéndose a un lado sólo si oía venir un auto. Sintió que llamaba la atención cada vez más, a medida que el sol se ponía tras las colinas. La mayoría de los que la rodeaban eran jokers o personas demasiado pobres para vivir en otro lugar. No vio aquí a ninguna de las patrullas de la policía que pasaban por las calles turísticas de manera obsesiva: un hombre con el hocico cubierto de pelaje de zorro la miró lascivamente cuando pasó a empujones junto a ella, lo que parecía un caracol gigante del tamaño de un hombre se deslizaba por la banqueta a su derecha, una prostituta de doble cabeza holgazaneaba en la entrada de una casa. Algunas veces se había sentido paranoica en Jokertown, pero la intensidad no se comparaba a lo que sentía aquí. En Jokertown al menos habría entendido lo que decían las voces a su alrededor, habría sabido que a dos o tres cuadras de distancia estaba la seguridad relativa de Manhattan, habría sido capaz de llamar a alguien desde una cabina telefónica. Pero aquí no había nada. Sólo tenía una idea vaga de dónde se encontraba. Si desapareciese, pasarían horas antes de que alguien supiera que estaba perdida.

Vio la clínica más adelante, con marcado alivio, y casi corrió hasta la puerta abierta.

El lugar no había cambiado desde ayer, luego de que los corresponsales de prensa la hubiesen visitado. La misma locura caótica, atiborrada de gente. En la clínica prevalecía un olor nauseabundo, combinación de antisépticos, enfermedad y desechos humanos. Los pisos se hallaban sucios, el equipo era anticuado, las camas eran en realidad catres acomodados tan juntos como era posible. Tachyon prácticamente había aullado ante el aspecto que daba el conjunto, y puso manos a la obra de inmediato.

Todavía estaba ahí, se veía como si no se hubiera marchado desde entonces.

—*Boa tarde*, señorita Morgenstern –dijo. Sin su chaqueta de satín, con las mangas de la camisa enrolladas hasta la mitad de sus brazos larguiruchos, extraía una muestra de sangre del brazo de una niña comatosa, cuya piel tenía escamas de lagarto–. ¿Vino a trabajar o a mirar?

—Creí que era un club de samba.

Eso le provocó una pequeña sonrisa cansada.

—Necesitan ayuda allá atrás –dijo–. *Felicidades* –Sara agitó la mano en dirección a Tachyon y se deslizó por uno de los pasillos que formaban las interminables hileras de los catres. Al llegar a la parte trasera de la clínica se detuvo sorprendida, frunciendo el ceño. Se quedó sin aliento.

Gregg Hartmann estaba agachado junto a uno de los catres, donde un joker se hallaba sentado, erizado de púas rígidas y punzantes como las de un puercoespín. Un olor a almizcle distintivo provenía del pobre hombre. El senador, en una de las batas azules del hospital, le limpiaba cuidadosamente una herida en la parte superior del brazo. A pesar del olor, sin importar la apariencia del paciente, Sara podía ver tan sólo una auténtica preocupación en el rostro del senador mientras trabajaba. Su mirada fue tan insistente que Hartmann descubrió a Sara y sonrió.

—Señorita Morgenstern. Hola.

—Senador.

Él negó con la cabeza.

—No necesita ser tan formal. Llámeme Gregg, por favor –ella pudo ver el cansancio en las líneas alrededor de sus ojos, en la ronquera de su voz. Era evidente que había estado allí por mucho tiempo. Desde lo ocurrido en México, Sara había evitado todo tipo de situaciones en que pudieran encontrarse a solas. Pero ella lo había observado, deseando ordenar sus sentimientos, deseando no sentir un confuso agrado hacia el hombre. Ella había observado cómo interactuaba con otros, cómo actuaba ante ellos, y se cuestionó a sí misma. Su mente le dijo que pudo haberlo juzgado mal, sus emociones la arrastraban en dos direcciones opuestas.

Él no dejó de mirarla, con gran paciencia. Ella pasó la mano por su cabello corto y asintió.

—Gregg, entonces. Y yo soy Sara. Tachyon me envió acá.

—Estupendo. Éste es Mariu, quien estaba en el extremo equivocado del cuchillo de alguien –Gregg señaló al joker, el cual miró fijamente a Sara con intensidad salvaje, sin parpadear. Sus pupilas estaban enrojecidas, y sus labios se movieron hacia atrás al gruñir. El joker no dijo nada, ya fuera porque no lo deseaba o porque era incapaz de hablar.

—Creo que debería encontrar algo que hacer –Sara miró a su alrededor, deseando marcharse.

—Me vendría bien un par de manos extra aquí con Mariu.

No, tuvo la intención de decirle. *No quiero conocerte. No quiero reconocer que estaba equivocada.* Con cierto retraso, Sara meneó la cabeza.

—Mmh, de acuerdo. ¿Qué quiere que haga?

Trabajaron juntos en silencio. La herida ya había sido suturada, pero Gregg la limpió con cuidado mientras Sara sostenía las erizadas púas del joker hacia un lado. El senador untó un antibiótico a lo largo de la herida y la presionó con una gasa. Sara notó que su trato era suave, un poco torpe. Ató el vendaje y retrocedió.

—Bien, terminamos, Mariu –con cuidado, Gregg le dio unas palmadas al joker en el hombro. El rostro espinoso asintió levemente, y Mariu se alejó sin decir palabra. Sara descubrió que Gregg la miraba, sin dejar de sudar por el calor de la clínica.

—Gracias.

—De nada –dio un paso atrás para alejarse de él, incómoda–. Hizo un buen trabajo con Mariu.

Gregg rio. Extendió sus manos, y Sara vio encendidos rasguños rojos esparcidos sobre ellas.

—Mariu me dio bastante trabajo antes de que usted llegara. Soy un ayudante estrictamente aficionado aquí. Formamos un buen equipo, a pesar de todo. Tachyon quería que descargara los suministros, ¿quiere ayudarme con eso?

No había una forma elegante de rehusarse. Trabajaron en silencio por un rato, rellenando los estantes.

—No esperaba encontrarlo aquí –comentó Sara mientras luchaban por meter una caja de embalaje en una bodega.

Sara vio que él tomaba nota de sus palabras no dichas y no se dio por ofendido.

—¿Sin asegurarme de que una videocámara grabara mis buenas obras, quiere decir? –dijo él, sonriendo–. Ellen salió de compras con Peregrine. John y Amy tenían un montón de papeleo así de grande para mí –Gregg separó sus manos unos sesenta centímetros–. Pero estar aquí parecía mucho más útil. Además, la dedicación de Tachyon puede causarte un complejo de culpa. Dejé una nota para los de Seguridad diciéndoles que «iba a salir». Me imagino que a Billy Ray tal vez le está dando un ataque a estas alturas. ¿Promete no delatarme?

Su rostro era tan inocentemente malicioso que tuvo que reírse con él. Con la risa se desprendió un poco más del frágil odio que sentía hacia él.

—Usted es una sorpresa constante, senador.

—Gregg, ¿recuerda? –suavemente.

—Lo siento –su sonrisa se desvaneció. Por un momento sintió una fuerte atracción hacia él. Hizo bajar la sensación, la negó. *No es lo que tú quieres sentir. No es real. En todo caso, es una reacción violenta por haberlo odiado por tanto tiempo.* Miró alrededor, a los estantes vacíos y polvorientos de la bodega, y abrió la caja con saña.

Ella pudo sentir que sus ojos la miraban.

—Todavía no cree lo que dije sobre Andrea –su voz vaciló entre una afirmación y una pregunta. Sus palabras, tan cercanas a lo que ella había estado pensando, trajeron calor repentino a su rostro.

—No estoy segura de nada.

—Y todavía me odia.

—No –dijo. Sacó espuma de poliestireno para empacar de la caja. Y entonces agregó, con súbita e impulsiva honestidad–: Para mí eso es probablemente aún más temible.

La admisión la dejó sintiéndose vulnerable y abierta. Sara se alegró de que no pudiera ver su cara. Se maldijo a sí misma por la confesión. Implicaba atracción hacia Gregg; sugería que, en lugar de odiarlo, ella había dado una vuelta casi completa a sus sentimientos, y eso era simplemente algo que no quería que él supiera. Todavía no. No hasta estar segura.

El ambiente entre ellos estaba cargado de tensión, así que buscó alguna manera de atenuar el efecto. Gregg podría herirla con una palabra, podría hacerla sangrar con una mirada.

La reacción de Gregg hizo que Sara deseara nunca haber visto el rostro de Andrea en Succubus, no haber pasado años odiando a ese hombre.

No hizo nada.

Se estiró sobre el hombro de ella y le entregó una caja de vendas estériles.

—Creo que van en el estante de arriba –dijo.

—Creo que van en el estante de arriba.

El Titiritero estaba gritando dentro de él, golpeando los barrotes que lo contenían. El poder moría por estar suelto, por atacar salvajemente la mente abierta de Sara y alimentarse de ella. El odio que lo había rechazado en Nueva York se había ido y él podía *ver* el afecto de Sara por Gregg; lo saboreaba, como sangre salada. Radiante, cálido bermellón.

Sería tan fácil, gimió el Titiritero, *sería tan fácil. Es apetitoso, pleno. Podríamos convertirlo en una marea abrumadora. Podrías traerla aquí. Ella te suplicaría que la liberaras, te daría cualquier cosa que le pidieras –dolor, sumisión, cualquier cosa. Por favor…*

Gregg apenas podía detener al poder. Nunca lo había sentido tan necesitado, tan frenético. Había sabido que éste sería el peligro del viaje. El Titiritero, ese poder en su interior, tendría que alimentarse, y el Titiritero sólo se alimentaba de tormento y sufrimiento, de las emociones rojinegras y encendidas. En Nueva York y Washington era fácil. Siempre había marionetas ahí, mentes que había encontrado y abierto para poder usarlas después. Mentes ganadas, carne de cañón para el poder. Ahí era fácil escabullirse sin ser visto, acechar cuidadosamente y abalanzarse sobre la presa.

No aquí. No en este viaje. Las ausencias eran evidentes y requerían explicaciones. Tenía que ser cauteloso, tenía que dejar que el poder pasara hambre. Estaba acostumbrado a alimentarse cada semana; desde que el avión había salido de Nueva York, se las había arreglado para alimentarse tan sólo una vez en Guatemala. Y ya había pasado demasiado tiempo.

El Titiritero estaba famélico. No podría contener su necesidad mucho tiempo más.

Más tarde, suplicó Gregg. *¿Recuerdas a Mariu? Recuerda la potencia apetitosa que vimos en él. Lo tocamos, nos abrimos a él. Alcánzalo ahora –mira, todavía puedes sentirlo, tan sólo a una cuadra de distancia. Unas pocas horas y nos alimentaremos. Pero no con Sara. No te dejé tener a Andrea o a Succubus; no dejaré que tengas a Sara.*

¿Crees que te amaría si supiera?, se burló el Titiritero. *¿Crees que todavía sentiría afecto si le dijeras? ¿Crees que te abrazaría, te besaría, te dejaría entrar en su calor? Si realmente quieres que te ame por ti mismo, entonces dile todo.*

¡Cállate!, gritó Gregg a su vez. *¡Cállate! Puedes tener a Mariu. Sara es mía.*

Hizo bajar al poder a la fuerza. Se obligó a sonreír. Pasaron tres horas antes de que encontrara una excusa para marcharse, y se sintió complacido cuando Sara decidió quedarse en la clínica. Temblando de agotamiento por mantener al Titiritero en su interior, salió a las calles nocturnas.

Al igual que Jokertown, el barrio de Santa Theresa estaba vivo de noche, su vida oscura aún vibraba. El mismo Río de Janeiro nunca parecía dormir. Podía mirar hacia abajo, en dirección de la ciudad y ver un diluvio de luces fluyendo por los valles entre las afiladas montañas y regándose hasta medio camino en la subida de las laderas. Esa vista hacía que uno se detuviera por un momento y reflexionara sobre las pequeñas bellezas que, sin saberlo, había construido la humanidad en expansión.

Pero Gregg apenas advirtió todo esto. El poder que se rebelaba en su interior lo manejaba. *Mariu. Siéntelo. Encuéntralo.*

El joker que había traído a un Mariu sangrante hablaba un poco de inglés. Gregg escuchó por casualidad la historia que le había contado a Tachyon. Mariu estaba loco, le dijo. Desde que Cara había sido amable con él, la había estado molestando. El esposo de Cara, João, le había dicho a Mariu que se alejara, le dijo que no era más que un maldito joker. Dijo que mataría a Mariu si Mariu no dejaba en paz a Cara. Mariu no escuchó. No dejó de seguir a Cara, y la asustó. Así que João lo atacó con una navaja.

Gregg se ofreció a vender la herida de Mariu después de que Tachyon la cosió, sintiendo cómo gritaba el Titiritero dentro de él. Había tocado al repugnante Mariu, dejó que el poder abriera su mente para sentir el embravecido hervidero de emociones. Lo supo inmediatamente: éste sería el elegido.

Podía sentir las emanaciones de la mente abierta de Mariu en el límite de su rango de alcance, tal vez a unos ochocientos metros. Se movió por calles estrechas y tortuosas, aún vestido con la bata quirúrgica. Su necesidad debe de haber sido transparente ya que nadie lo molestó. Una vez un grupo de niños lo rodeó, tirando de sus bolsillos, pero les dirigió una mirada y se quedaron callados, para de inmediato dispersarse en la oscuridad. Y siguió avanzando, cada vez más cerca de Mariu, hasta que logró ver al joker.

Mariu estaba de pie afuera de un destartalado edificio de departamentos de tres pisos, mirando hacia una ventana del segundo piso. Gregg sintió su odio negro, palpitante, y supo que João estaba ahí. Los sentimientos de Mariu hacia João eran simples, irracionales; sus sentimientos por Cara eran más complejos –un respeto cambiante, metálico, un afecto de azur entrelazado con venas de una lujuria reprimida. Con su piel erizada de púas, probablemente Mariu nunca había tenido una amante dispuesta, Gregg lo sabía, pero podía sentir las fantasías en su mente. *Ahora, por favor…* Gregg tomó aire, temblando. Bajó las barreras de Mariu y escuchó la risa del Titiritero.

Acarició la superficie de la mente de Mariu posesivamente, haciendo suaves sonidos de arrullo para sí mismo. Retiró las pocas restricciones que una sociedad indiferente y la Iglesia habían puesto en Mariu. *Llénate de furia devota. Él te mantiene alejado de ella. Él te insultó. Él te lastimó. Deja que te inunde la furia, déjala cegarte hasta que no veas nada más que su color ardiente.* Mariu se movía inquieto en la calle, moviendo los brazos como si mantuviera un debate interno. Gregg miró mientras el Titiritero aumentaba la frustración, el dolor y el enojo del joker, hasta que Mariu gritó roncamente y corrió dentro del edificio. Gregg cerró los ojos, se recargó contra una pared en la sombra. El Titiritero montó en Mariu, no viendo con sus ojos sino *sintiendo* con él. Escuchó gritos en un portugués airado, el astillar de la madera, y súbitamente la ira se encendió aún más que antes.

El Titiritero por fin se estaba alimentando, nutriéndose de las emociones desenfrenadas. Mariu y João debían luchar, porque podía sentir, muy en el fondo, una sensación de dolor. Amortiguó el dolor para que Mariu no lo notara. Los gritos de una mujer acompañaban ahora a los gritos, y por las contorsiones de la mente de Mariu, Gregg supo que Cara estaba ahí también. El Titiritero incrementó la ira de Mariu hasta que la furia casi lo cegó con ello. Supo que Mariu no podría sentir nada más por ahora. La mujer gritó con más fuerza; había un perceptible golpeteo sordo audible aun desde la calle, abajo. Gregg escuchó el sonido del vidrio al romperse y un gemido: abrió los ojos para ver cómo un cuerpo golpeaba el capó de un auto y caía hasta la calle. El cuerpo estaba doblado en un ángulo obsceno, con la columna rota. Mariu miraba hacia abajo desde la ventana allá arriba.

Sí, eso estuvo bien. Fue delicioso. Esto también sabrá bien.

El Titiritero permitió que la ira se desvaneciera lentamente mientras Mariu se agachaba para entrar de nuevo. Ahora jugó con sus sentimientos hacia Cara. Diluyó el respeto que lo sujetaba, dejó que el afecto se atenuara. *La necesitas. Siempre la has querido. Miraste esos pechos ocultos mientras pasaba cerca de ti y te preguntaste cómo se sentirían, sedosos y cálidos. Te preguntaste por el lugar oculto entre sus piernas, cómo sabría, qué sensaciones lograría provocarte. Sabías que estaría caliente, húmedo de deseo. Te acariciabas de noche pensando en ella y la imaginabas retorciéndose debajo de ti, gimiendo cuando la penetrabas.*

Ahora el Titiritero se volvió burlón, sarcástico, modificando la pasión con el residuo de ira de Mariu. *Y tú sabías que nunca te querría, no con esta apariencia, no mientras fueses el joker con las púas afiladas. No. Su cuerpo jamás sería para ti. Se reiría de ti, haría bromas vulgares en tu contra. Cada vez que João la poseía, diría entre risas: «Esto nunca podrá hacerlo Mariu, Mariu nunca me quitará este placer».*

Cara gritó. Gregg escuchó el rasgar de la ropa y sintió la lujuria descontrolada de Mariu. Podía imaginarlo. Podía imaginarlo cerniéndose sobre ella con rudeza, sin importarle que sus púas se clavaran en su piel desprotegida, buscando solamente un desfogue y una venganza imaginaria en la violenta y atroz violación.

Suficiente, pensó con calma. *Que eso sea suficiente.* Pero el Titiritero sólo respondió con una carcajada y se quedó con Mariu hasta que el orgasmo arrojó su mente en el caos más completo. Entonces el Titiritero, por fin saciado, se retiró. Se rio de manera hilarante y dejó que las emociones de Mariu volvieran a la normalidad, de manera que el joker mirara con horror lo que había hecho.

Ya había más gritos en el edificio, y Gregg escuchó las sirenas a la distancia. Abrió sus ojos –jadeando, parpadeando– y corrió.

Adentro del senador, el Titiritero entró en silencio y por sí mismo a su sitio acostumbrado y dejó que Gregg colocara los barrotes en torno suyo. Y se durmió, satisfecho.

Viernes 26 de diciembre de 1986, Siria

Misha se sentó de golpe, empapada en sudor por su sueño. Evidentemente había gritado de miedo, porque Sayyid estaba luchando por sentarse en su propia cama.

—¡*Wallah*, mujer! ¿Qué pasa? –Sayyid parecía tallado con un molde digno de un héroe, medía en total tres metros de estatura y tenía los músculos de un dios. En reposo era inspirador: un oscuro gigante egipcio, un mito que había cobrado vida. Sayyid era el arma en las manos de Nur al-Allah; terroristas como al-Muezzin eran las cuchillas ocultas. Cuando Sayyid se ponía de pie frente a los fieles, sobrepasándolos a todos, podían ver en el general de Nur al-Allah el símbolo visible de la protección de Alá.

En la mente aguda de Sayyid estaban las estrategias que habían vencido a las tropas israelitas, mejor armadas y abastecidas, en los Altos del Golán, cuando el mundo había creído que Nur al-Allah y sus seguidores habían sido irremediablemente superados en número. Había organizado la revuelta en Damasco cuando el partido en el poder, el partido Ba'th de al-Assad, había intentado alejarse de la ley del Corán, permitiendo que la secta nur forjara una alianza con las sectas suní y alauita. Astutamente aconsejó a Nur al-Allah que enviara a los fieles a Beirut cuando los líderes cristianos drusos amenazaron con derrocar al partido islámico en el poder. Cuando la Madre del Enjambre envió su descendencia mortal a la tierra el año anterior, fue Sayyid quien protegió a Nur al-Allah y a los fieles. En su mente reinaba la victoria. Para la yihad Alá le había dado a Sayyid el *hikma*, la sabiduría divina.

Era un secreto bien guardado que la apariencia heroica de Sayyid era también una maldición. Nur al-Allah había decretado que los jokers fuesen pecadores, marcados por Dios. Habían caído del *sha-ri'a*, el camino verdadero. En el mejor de los casos, estaban destinados a ser esclavos de los verdaderos fieles; en el peor de los casos, serían exterminados. No hubiese sido sensato difundir que el brillante estratega de Nur al-Allah era prácticamente un inválido, que los poderosos músculos ondulantes de Sayyid apenas podían soportar el peso aplastante de su cuerpo. Mientras que su estatura se había duplicado, su masa casi se había cuadruplicado.

Sayyid siempre adoptaba una pose cuidadosamente elegida. Cuando se movía lo hacía lentamente. Si debía trasladarse a cualquier distancia, cabalgaba.

Los hombres que habían visto a Sayyid en los baños susurraban que estaba heroicamente proporcionado por todos lados. Sólo Misha sabía que su virilidad estaba tan paralizada como el resto de su cuerpo. Por el fracaso de su apariencia Sayyid sólo podía culpar a Alá, y no se atrevía a hacerlo. Por su incapacidad de mantenerse excitado por más de unos instantes, en cambio, culpaba a Misha. Hoy, como ocurría con frecuencia, el cuerpo de la mujer presentaba moretones producidos por sus pesados puños. Al menos las golpizas eran rápidas. Había ocasiones en que ella pensaba que nunca se quitaría de encima su peso sofocante y terrible.

—No es nada –susurró–. Un sueño. No quise despertarte.

Sayyid se frotó los ojos y la miró atontado. Se había sentado y jadeaba por el esfuerzo.

—Una visión. Nur al-Allah ha dicho…

—Mi *hermano* necesita su sueño, al igual que su general. Por favor.

—¿Por qué siempre me llevas la contraria, mujer? –Sayyid frunció el ceño, y Misha supo que él recordaba su vergüenza anterior, cuando la había golpeado en su frustración, como si pudiera encontrar un desfogue en su dolor–. Dime –insistió–. Debo saber si es algo que debo decirle al profeta.

Yo soy Kahina, quería decir. *Yo soy la que ha recibido el don de Alá. ¿Por qué debes ser tú el que decida si es necesario despertar a Najib? No fue tu visión.* Pero contuvo sus palabras, sabiendo que la llevarían a más dolor.

—Era confuso –le dijo–. Vi a un hombre, un ruso, según su ropa, que le entregó a Nur al-Allah muchos obsequios. Entonces el ruso se marchó, y otro hombre, un americano, vino con más obsequios y los puso a los pies del profeta —Misha se humedeció los labios resecos, mientras recordaba el pánico del sueño—. Y entonces no hubo nada más que la sensación de un terrible peligro. Tenía hilos de telaraña atados a sus largos dedos y de cada hilo colgaba una persona. Una de sus criaturas se adelantó con un obsequio. El obsequio era para mí, y a pesar de eso yo le temía, tenía pavor de abrir el paquete. Lo abrí, rasgando el papel, y dentro… —se estremeció—. Yo… yo sólo me vi a mí misma. Sé que hay más en el sueño, pero desperté. Sin embargo, yo sé, yo *sé* que el portador del obsequio se acerca. Estará aquí pronto.

—¿Un americano? —preguntó Sayyid.

—Sí.

—Entonces yo ya lo sé. Sueñas con el avión que trae a los infieles occidentales. El profeta estará listo para ellos: un mes, quizá más.

Misha asintió, fingiendo estar más tranquila, aunque el terror del sueño aún la tenía atrapada. Él vendría y sostendría su obsequio para ella, sonriendo.

—Yo le diré a Nur al-Allah por la mañana —dijo—. Siento haber perturbado tu descanso.

—Hay más de lo que quisiera hablar —contestó Sayyid.

Ella lo sabía.

—Por favor. Ambos estamos cansados.

—Estoy completamente despierto.

—Sayyid, no quisiera fallarte de nuevo…

Ella había esperado que eso diera por terminado el asunto, sin embargo, sabía que no sería así. Sayyid gimió al levantarse. No dijo nada; nunca lo hacía. Avanzó pesadamente por la habitación, respirando con fuerza por el esfuerzo. Ella pudo ver su enorme masa a un lado de la cama, una sombra más oscura contra la noche. Cayó más que descender sobre ella.

—Esta vez —susurró—. Esta vez.

No fue esa vez. Misha no necesitaba ser Kahina para saber que nunca lo sería.

Del *Diario de Xavier Desmond*

♣ ♦ ♠ ♥

29 de diciembre de 1986, Buenos Aires

N O LLORES POR JACK, ARGENTINA...

La perdición de Evita ha regresado a Buenos Aires. Cuando el musical se presentó por primera vez en Broadway, me pregunté lo que debió haber pensado Jack Braun al escuchar a Lupone cantar temas que hablaban de los Cuatro Ases. Ahora esa pregunta resulta aún más conmovedora. Braun ha estado muy tranquilo, casi estoico, a pesar de la recepción que ha tenido aquí, pero ¿cómo se sentirá por dentro?

Perón está muerto, Evita aún más muerta, incluso Isabel es tan sólo un recuerdo, pero los peronistas son todavía una parte muy importante de la escena política argentina. Ellos no han olvidado. En todos lados los letreros se burlan de Braun y lo invitan a irse a casa. Él es el gringo definitivo (me pregunto si usan esa palabra en Argentina), el feo, pero impresionantemente poderoso americano que vino a la Argentina sin ser invitado y derrocó un gobierno soberano porque no aprobaba su política. Estados Unidos ha estado haciendo estas cosas desde que ha existido una América Latina, y no dudo que estos mismos resentimientos se intensifiquen en muchos otros lugares. Estados Unidos e incluso los temidos «ases secretos» de la CIA son conceptos abstractos, sin embargo, no tienen rostro y son difíciles de localizar –mientras que Golden Boy es de carne y hueso, muy real y muy visible, y está *aquí*.

Alguien de dentro del hotel filtró información sobre las habitaciones que nos asignaron, y cuando Jack salió a su balcón el primer

día, recibió una lluvia de excrementos y fruta podrida. Se ha quedado dentro desde entonces, con excepción de las funciones oficiales,
pero aun ahí no se halla seguro. Anoche, mientras estábamos en una
línea de recepción en la Casa Rosada, la esposa de un dirigente sin-
dical –una hermosa joven, su pequeño rostro moreno enmarcado
por grandes cantidades de lustroso cabello negro– se acercó a él con
una dulce sonrisa, lo miró directo a los ojos y le escupió en el rostro.

Esto causó un gran revuelo, y los senadores Hartmann y Lyons han
presentado algún tipo de protesta, según creo. Braun mismo se contuvo de manera notable, casi galante. Digger lo estuvo acosando sin
piedad tras la recepción; va a enviar un cable con un reportaje sobre
el incidente a ¡Ases! y quería una cita. Finalmente Braun le dio algo.

—He hecho cosas de las cuales no me siento orgulloso –dijo–,
pero deshacerme de Juan Perón no es una de ellas.

—Sí, sí –escuché que Digger le decía–, pero ¿cómo se sintió cuando ella le escupió?

Jack sólo parecía fastidiado.

—Yo no golpeo mujeres –dijo. Entonces se alejó caminando y se
sentó solo.

Downs se volvió hacia mí cuando Braun se marchó.

—Yo no golpeo mujeres –repitió en una imitación cantarina de la
voz de Golden Boy, y añadió–: ¡Qué inútil…!

El mundo está demasiado dispuesto a encontrar cobardía y traición en cualquier cosa que Jack Braun haga o diga, pero la verdad,
sospecho, es aún más compleja. Dada su apariencia juvenil, es difícil recordar a veces la verdadera edad de Golden Boy –sus años
formativos fueron durante la Depresión y la Segunda Guerra Mundial, y creció escuchando al Blue Network de la NBC, no a MTV. No
es de sorprender que algunos de sus valores parezcan curiosamente
anticuados.

En muchas maneras el As Traidor parece casi un inocente, un
poco perdido en un mundo que se ha vuelto demasiado complicado para él. Creo que está más preocupado de lo que está dispuesto a admitir acerca de su recibimiento aquí en Argentina. Braun es
el último representante de un sueño perdido que floreció brevemente en las postrimerías de la Segunda Guerra Mundial y murió
en Corea y en las audiencias del HUAC –el Comité de Actividades

Antiamericanas– y durante la Guerra Fría. Archibald Holmes y sus Cuatro Ases pensaron que podían dar una nueva forma al mundo. No tenían dudas, no más que las que tenía su propio país. El poder existía para ser usado, y ellos tenían confianza suprema en su habilidad para distinguir a los buenos de los malos. Sus propios ideales democráticos y la pureza reluciente de sus intenciones eran toda la justificación que necesitaban. Para aquellos pocos ases del principio debe haber sido una época dorada, y cuán apropiado era que un chico dorado estuviera en el centro de todo.

Las épocas doradas abren paso a las edades oscuras, como cualquier estudiante de historia sabe, y como todos nosotros estamos descubriendo en este momento.

Braun y sus colegas podían hacer cosas que nadie más había hecho: podían volar y levantar tanques y absorber la mente de un hombre y sus memorias, así que creyeron que podían cambiar la realidad a una escala global, y cuando esa ilusión se disolvió debajo de ellos, cayeron desde muy arriba. Desde entonces ningún otro as se ha atrevido a soñar tan en grande.

Aun enfrentando la cárcel, la desesperación, la locura, la desgracia y la muerte, los Cuatro Ases tenían triunfos a los cuales aferrarse, y Argentina fue quizás el más brillante de esos triunfos. Qué amargo debe ser este regreso para Jack Braun.

Como si esto no fuera suficiente, nuestro correo nos alcanzó justo antes de marcharnos de Brasil, y la bolsa incluía una docena de copias del nuevo ejemplar de ¡*Ases!* con el reporte especial prometido de Digger. La cubierta muestra el perfil de Jack Braun y Mordecai Jones, frunciendo el ceño el uno al otro (todo hábilmente manipulado, por supuesto; no creo que ellos dos se hayan conocido antes de que nos reuniéramos todos en Tomlin) sobre un letrero que dice: «El hombre más fuerte del mundo».

El artículo mismo es una larga discusión sobre los dos hombres y sus carreras públicas, animada por numerosas anécdotas de sus proezas de fuerza y mucha especulación acerca de cuál de los dos es, de hecho, el hombre más fuerte del mundo.

Ambos personajes principales parecen avergonzados por el artículo, Braun quizá de manera más intensa. Ninguno tiene muchas ganas de hablar de eso, y ciertamente no parece probable que se llegue a una conclusión al respecto en algún momento próximo. Entiendo que ha habido considerable discusión e incluso apuestas en la parte trasera de esta nave, en la sección de los reporteros, desde que el artículo de Digger salió (por esta vez, Downs parece haber causado un impacto en sus colegas periodistas), pero es probable que las apuestas permanezcan sin resolución por un largo tiempo.

Le dije a Downs que la nota era falsa y ofensiva tan pronto como la leí. Parecía azorado.

—No lo entiendo –me dijo–. ¿Cuál es su problema?

Mi problema, como le expliqué, era sencillo. Braun y Jones son difícilmente las únicas personas que muestran poder sobrehumano desde la llegada del wild card; de hecho, ese poder es bastante común, clasificado muy cerca después de la telequinesis y la telepatía en las gráficas de incidencia de ocurrencia de Tachyon. Tiene que ver con maximizar la fuerza contráctil de los músculos, creo. Mi punto es: una gran cantidad de jokers importantes muestran un aumento de fuerza también—menciono los que se me vienen a la cabeza rápidamente, como Elmo (el guardia enano de la entrada del Palacio de Cristal), Ernie de Ernie's Bar & Grill, Oddity, Quasiman… y de manera más notable, Howard Mueller. La fuerza de Troll tal vez no sea igual que la de Golden Boy y la de Harlem Hammer, pero ciertamente se acerca. Ninguno de estos jokers fue ni siquiera mencionado de pasada en la historia de Digger, aunque los nombres de una docena de otros ases superfuertes se mencionaron por todos lados. ¿A qué se debió eso? Quise saber.

No puedo afirmar que causé una gran impresión en él, desafortunadamente. Cuando terminé, Downs simplemente puso los ojos en blanco y dijo:

—Ustedes son tan condenadamente *susceptibles* –trató de ser cortés al decirme que si este artículo se hacía más famoso, quizás escribiría una secuela sobre el *joker* más fuerte del mundo, y no pudo entender por qué esa «concesión» me molestó aún más. Y se preguntan por qué la gente es susceptible…

Howard pensó que la discusión fue bastante divertida. Algunas veces me cuestiono acerca de él.

En realidad mi ataque de resentimiento no fue nada comparado con la reacción que la revista causó en Billy Ray, nuestro jefe de seguridad. Ray era uno de los otros ases mencionados de pasada, su fuerza descartada por no ser en realidad de las «ligas mayores». Más tarde se le podía oír a todo lo largo del avión, sugiriendo que quizá a Downs le gustaría pelear con él, en vista de que tan sólo pertenecía a las ligas menores. Digger declinó la oferta, por supuesto. Por la sonrisa en su rostro dudo que Carnifex vaya a tener algo de buena prensa en ¡Ases! en un futuro cercano.

Desde entonces, Ray se ha quejado de la nota con cualquiera que lo escuche. El centro de su argumento es que la fuerza no lo es todo; puede no ser tan fuerte como Braun o Jones, pero es lo suficientemente fuerte para enfrentarse a cualquiera de ellos en una pelea, y está dispuesto a demostrarlo.

Personalmente he obtenido una satisfacción perversa de esta tormenta en un vaso de agua. La ironía es que ellos discuten quién tiene más de lo que es en esencia un poder menor. Me parece recordar que hubo una especie de demostración al inicio de los setenta, cuando el acorazado *New Jersey* estaba siendo reparado en el Centro de Suministros Navales Bayonne en Nueva Jersey. La Tortuga levantó el acorazado telequinéticamente, lo sacó del agua a una altura de varios metros y lo sostuvo ahí por casi medio minuto. Braun y Jones levantan tanques y arrojan automóviles, pero ninguno se acerca ni remotamente a lo que hizo la Tortuga ese día.

La verdad es que la fuerza contráctil de la musculatura humana sólo se puede incrementar hasta cierto punto. Los límites físicos aplican. El doctor Tachyon dice que también puede haber límites a lo que la mente humana puede lograr, pero hasta el momento no se han alcanzado.

Si la Tortuga es de hecho un joker, como muchos creen, yo encontraría esta ironía especialmente satisfactoria.

Supongo que soy, en el fondo, un hombre tan pequeño como cualquier otro.

Los matices del odio

Cuarta parte

Martes 1 de enero de 1987, Sudáfrica

La noche era fría. Más allá de la amplia veranda del hotel, el paisaje arrugado de la Cuenca de la Sabana Arbolada del África Austral era casi pastoral. La última luz del día delineaba colinas cubiertas de hierba con violeta y naranja quemado; en el valle las aguas perezosas y oscuras del río Olifantes tenían un toque dorado. Entre la arboleda de acacias que delimitaban el río, los monos se acomodaban para dormir con ocasionales llamadas ululantes.

Sara miró esto y sintió náuseas. Era tan condenadamente bello, y escondía tanta enfermedad.

Tuvieron demasiadas dificultades para mantener reunida a la delegación en el campo. La celebración de Año Nuevo que habían planeado fue aniquilada por el *jet lag* y las molestias de entrar a Sudáfrica. Cuando el padre Calamar, Xavier Desmond y Troll intentaron comer con los otros en Pretoria, el capitán de meseros se negó a sentarlos, y señaló un letrero escrito en inglés y en afrikaans: SÓLO BLANCOS.

—No servimos a negros, gente de color o jokers –insistió.

Hartmann, Tachyon y varios de los miembros de alto rango de la delegación protestaron de inmediato ante el gobierno Botha; se alcanzó un compromiso. Se le otorgó a la delegación la operación de un pequeño hotel en la aislada Reserva Animal Loskop; allí podrían entremezclarse si querían. El gobierno les hizo saber que la idea le parecía de mal gusto.

Cuando finalmente abrieron las botellas de champaña, el vino les dejó un sabor amargo a todos.

La comitiva oficial había pasado la tarde en un corral destartalado,

en realidad poco más que un barrio marginal. Ahí vieron de primera
mano la espada de doble filo del prejuicio: el nuevo *apartheid*. Alguna vez había sido una lucha de dos bandos, los afrikáners y los ingleses contra los negros, los de color y los asiáticos. Ahora los jokers
eran los nuevos *uitlanders*,[*] y tanto blancos como negros los despre-
ciaban. Tachyon había mirado la suciedad y la miseria de este Jokertown, y Sara vio cómo su rostro noble y esculpido se ponía blanco
de ira; Gregg también parecía enfermo. La delegación completa se
volvió contra los oficiales del Partido Nacional que los habían acompañado desde Pretoria, y despotricó contra las condiciones de vida.

Los oficiales recitaron lo que les habían ordenado: por eso tenemos el Acta de Prohibición de Matrimonios Mixtos, dijeron, ignorando deliberadamente a los jokers que había en el grupo. Sin una
separación estricta de razas, produciremos *más* jokers, *más* gente de
color, y estamos seguros de que ninguno de ustedes quiere eso. Por
eso existe un Acta de Inmoralidad y un Acta de Prohibición de Inter-
ferencia Política. Permítannos hacer las cosas a nuestra manera, y
nos encargaremos de nuestros propios problemas. Las condiciones
son malas, sí, pero han mejorado. Ustedes han sido influidos por el
Congreso Nacional Africano de Jokers (ajnc, por sus siglas en inglés).
El ajnc está prohibido, su líder Mandela no es más que un fanático,
un alborotador. El ajnc los ha guiado al peor campamento que pudo
encontrar –si el doctor, los senadores y sus colegas se hubieran ape-
gado a *nuestro* itinerario, habrían visto la otra cara de la moneda.

Considerando todo, el año había empezado de manera terrible.

Sara subió un pie en el barandal, bajó la cabeza hasta que la apoyó en sus manos y fijó la mirada en la puesta de sol. *En todos lados
es igual. Aquí se pueden ver los problemas con mayor facilidad, pero no es
diferente en realidad. Ha sido horrible en todos lados, siempre que miras
más allá de la superficie.*

Escuchó pisadas, pero no se volvió. El barandal se estremeció
cuando alguien se paró junto a ella.

—Es irónico, ¿no es así? ¡Qué bonita puede ser esta tierra! –era la
voz de Gregg.

---

[*] Extranjeros. *N. de la T.*

—Justo lo que estaba pensando –dijo Sara. Ella le dirigió una rápida mirada; él observaba las colinas. La única otra persona en la veranda era Billy Ray, recargado contra la barandilla a una discreta distancia.

—Hay ocasiones en que desearía que el virus fuera más mortal, que hubiera limpiado el planeta para empezar de nuevo –dijo Gregg–. Ese pueblo de hoy… –sacudió la cabeza–. Leí la transcripción que enviaste. Me hizo revivir todo de nuevo. Me puse furioso una vez más. Tienes un don para hacer que la gente responda a lo que tú sientes, Sara. Vas a hacer más a la larga que yo. Quizá tu puedas hacer algo para acabar con los prejuicios, aquí, y con gente como Leo Barnett allá en casa.

—Gracias –su mano estaba muy cerca de las suyas. La tocó suavemente con su mano; los dedos de él atraparon los de ella y no la soltaron. Las emociones del día, del viaje entero, amenazaban con apoderarse de Sara, sus ojos ardían por las lágrimas.

—Gregg –dijo ella suavemente–. No estoy segura de que me guste cómo me siento.

—¿Acerca de hoy? ¿Por los jokers?

Ella tomó aliento. El sol cansado se sentía caliente en su rostro.

—Por eso, sí –ella hizo una pausa, preguntándose si debería decir más–. Y en relación a ti también –agregó al final.

Él no dijo nada. Esperó, sujetando su mano y mirando la caída de la noche.

—Ha cambiado tan rápido la manera en que te veía –Sara continuó tras un momento–. Cuando pensé que tú y Andrea… –hizo una pausa, su respiración estremecida–. A ti te importa, te duele cuando ves la manera en que la gente es tratada. Dios, yo te odiaba. Juzgaba bajo ese punto de vista todo lo que hacía el senador Hartmann. Te percibía como falso y sin compasión. Ahora eso se ha ido, y miro tu cara cuando hablas sobre los jokers y lo que tenemos que hacer para cambiar las cosas y…

Ella lo hizo girar para estar cara a cara. Lo miró, sin importarle que viera que había estado llorando.

—No estoy acostumbrada a guardarme las cosas. Me gusta cuando todo está a la vista, así que perdóname si eso no es algo que debería decir. En cuanto a ti, creo que soy muy vulnerable, Gregg, y eso me da miedo.

—No es mi intención lastimarte, Sara –su mano se elevó hasta su cara. Suavemente retiró la humedad del rabillo de sus ojos:

—Entonces dime hacia dónde vamos, tú y yo. Necesito saber cuáles son las reglas.

—Yo... –él se detuvo. Sara, al observar su cara, vio un conflicto interno. Su cabeza se inclinó; ella sintió su aliento cálido y dulce sobre su mejilla. La mano de él sostuvo su barbilla. Ella dejó que él levantara su cara, mientras cerraba los ojos.

El beso fue suave y muy dulce. Frágil. Sara volvió el rostro, alejándose, y él la atrajo hacia sí, apretando su cuerpo contra el suyo.

—Ellen... –dijo Sara.

—Ella sabe –susurró Gregg. Sus dedos rozaron su cabello–. Se lo dije. No le molesta.

—No quise que esto sucediera.

—Sucedió. Está bien –dijo él.

Ella se alejó de él y se alegró de que simplemente la dejara hacerlo.

—Así que, ¿qué hacemos al respecto?

El sol se había escondido tras las colinas, Gregg era tan sólo una sombra, sus rasgos apenas eran visibles para ella.

—Es tu decisión, Sara. Ellen y yo siempre tomamos una suite doble; yo uso la segunda habitación como oficina. Voy para allá ahora. Si lo deseas, Billy te acompañará hasta allá. Puedes confiar en él, sin importar lo que nadie te diga sobre él. Sabe ser discreto.

Por un momento, la mano de Gregg acarició su mejilla. Entonces él dio media vuelta y se alejó rápidamente. Sara lo miró hablar brevemente con Ray, y entonces cruzó las puertas hacia el vestíbulo del hotel. Ray permaneció afuera.

Sara esperó hasta que la oscuridad se hubiese instalado sobre el valle por completo y el aire se hubiese refrescado del calor diurno, sabiendo que ya había tomado una decisión pero insegura de si quería llevarla a cabo. Esperó, buscando en parte una señal en la noche africana. Entonces se acercó a Ray. Sus ojos verdes, ubicados de manera inquietantemente dispareja en un rostro extrañamente desigual, parecían mirarla apreciativamente.

—Me gustaría subir –dijo ella.

Del *Diario de Xavier Desmond*

♣ ♦ ♠ ♥

16 de enero, Addis Abeba, Etiopía

UN DÍA DIFÍCIL EN UNA TIERRA ASOLADA. LOS REPRESENTANTES de la Cruz Roja local invitaron a algunos de nosotros a ver parte de los esfuerzos que hacen para aliviar la hambruna. Por supuesto que todos habíamos estado conscientes de la sequía y el hambre antes de venir aquí, pero verlo en televisión es una cosa, y estar aquí en medio de todo es otra muy distinta.

Un día como éste me hace intensamente consciente de mis propios errores y defectos. Desde que el cáncer se apoderó de mí, he perdido una buena cantidad de peso (algunos amigos que ignoran la situación incluso me han dicho lo bien que me veo), pero al moverme entre esta gente me sentí muy consciente de la pequeña panza que me queda. Se estaban *muriendo de hambre* ante mis ojos, mientras nuestro avión esperaba para llevarnos de regreso a Addis Abeba… a nuestro hotel, a otra recepción, y sin duda a una comida gourmet etíope. La culpa fue abrumadora, al igual que la sensación de impotencia.

Creo que todos sentimos eso. No puedo imaginarme cómo debió sentirse Hiram Worchester. Hay que reconocer que se veía enfermo mientras se movía entre las víctimas, y en cierto momento temblaba tanto que tuvo que sentarse en la sombra por un rato, solo. El sudor le escurría a chorros. Pero se levantó de nuevo más tarde, con el rostro blanco y sombrío, y usó su poder de gravedad para ayudarlos a descargar las provisiones de socorro que habíamos traído con nosotros.

Tantas personas han contribuido tanto y han trabajado tan duro en la ayuda humanitaria, pero aquí parece que no hubiesen hecho nada. Las únicas realidades en los campos de refugiados son los cuerpos esqueléticos con sus vientres enormemente hinchados, los ojos muertos de los niños y el calor sin fin derramándose desde arriba sobre este paisaje reseco como un horno.

Varios momentos de este día permanecerán en mi memoria para siempre –o al menos durante el tiempo que me queda. El padre Calamar le dio la extremaunción a una mujer agonizante que tenía una cruz copta alrededor del cuello. Peregrine y su camarógrafo grabaron gran parte de la escena en película para su documental, pero tras un corto periodo ella ya había tenido suficiente y regresó al avión a esperarnos. He oído decir que se sintió tan mal que devolvió su desayuno.

Y había una joven madre, seguramente no mayor de unos diecisiete o dieciocho años, tan delgada que podías contarle cada costilla, con ojos increíblemente antiguos. Sujetaba a su bebé junto a un pecho marchito, vacío. El bebé había estado muerto el tiempo suficiente para que el olor se esparciera, pero ella no dejaba que se lo quitaran. El doctor Tachyon tomó el control de su mente y la mantuvo inmóvil mientras la liberaba con suavidad del cuerpo del bebé y se lo llevaba. Se lo entregó a uno de los trabajadores de ayuda humanitaria. Entonces se sentó en el suelo y empezó a llorar; su cuerpo se estremecía con cada sollozo.

Mistral terminó el día en lágrimas también. De camino al campo de refugiados se había puesto su traje de vuelo azul y blanco. La chica es joven, un as, uno poderoso, sin duda pensó que podía ayudar. Cuando llamó los vientos hacia ella, la enorme capa que usa sujeta a sus muñecas y tobillos se infló como un paracaídas y la jaló hacia arriba en el cielo. El hecho inusitado de que los jokers caminaran entre ellos no despertó gran interés en los ojos introspectivos de los refugiados, pero cuando Mistral emprendió el vuelo, la mayoría de ellos –no todos, pero la mayoría– se volvieron a observarla, y sus miradas la siguieron hacia arriba en el alto y caliente cielo azul hasta que finalmente se desplomaron de nuevo en el letargo de la desesperanza. Creo que Mistral había soñado que de alguna manera sus poderes sobre el viento podrían hacer a un lado a las nubes y harían que las lluvias vinieran a sanar esta tierra. Y qué hermoso, vanaglorioso sueño era…

Voló por casi dos horas, algunas veces tan alto y tan lejos que desaparecía de nuestra vista, pero a pesar de sus inmensos poderes de as, lo único que pudo levantar fue un demonial de polvo. Cuando se rindió al final, se hallaba exhausta, su rostro joven y dulce estaba cubierto de polvo y arena; sus ojos, rojos e hinchados.

Justo antes de que nos marcháramos, una cosa atroz enfatizó cuán profunda es la desesperación aquí. Un joven alto con marcas de acné en sus mejillas atacó a otra refugiada –se volvió loco, le sacó un ojo a la mujer, y de hecho *se lo comió* mientras la gente miraba sin comprender. Irónicamente habíamos conocido al joven brevemente cuando llegamos –había pasado un año en una escuela cristiana y sabía algunas palabras en inglés. Parecía más fuerte y más sano que la mayor parte de las otras personas que vimos. Cuando Mistral voló, se puso de pie de un salto y le gritó:

—¡Jetboy! –dijo en una voz clara y fuerte. El padre Calamar y el senador Hartmann intentaron platicar con él, pero sus habilidades en el idioma inglés se limitaban a algunos sustantivos, incluyendo «chocolate», «televisión» y «Jesucristo». Aun así, el chico estaba más vivo que la mayoría –sus ojos se abrieron al ver al padre Calamar, extendió una mano y tocó sus tirabuzones faciales con curiosidad, y de hecho sonrió cuando el senador le dio unas palmaditas en el hombro y le dijo que estaban aquí para ayudar, aunque no creo que haya entendido una sola palabra. Todo estábamos sorprendidos cuando los vimos llevárselo, todavía gritando, con esas mejillas oscuras y demacradas manchadas de sangre.

Un día terrible por donde lo vean. Esta tarde, de regreso en Addis Abeba, nuestro conductor nos llevó cerca de los muelles, donde los cargamentos de ayuda alcanzan dos pisos de altura en algunas partes. Hartmann estaba lívido de furia contenida. Si alguien puede hacer que este gobierno criminal actúe y alimente a su población hambrienta, es él. Oro por él, o lo haría, si creyera en un dios… pero ¿qué tipo de dios permitiría las obscenidades que hemos visto en este viaje…?

África es una tierra tan hermosa como cualquiera sobre la faz de la tierra. Debería escribir acerca de la belleza que hemos visto este último mes. Las Cataratas Victoria, las nieves del Kilimanjaro, mil cebras moviéndose a través de la alta hierba como si el viento tuviera rayas. He caminado entre las ruinas de reinos orgullosos y antiguos cuyos nombres eran desconocidos para mí, sujeté objetos pigmeos en mi mano, vi el rostro de un bosquimano iluminarse con curiosidad en lugar de horror cuando me miró por primera vez. Una vez durante una visita a una reserva animal me desperté temprano y cuando me asomé por mi ventana al amanecer, vi que dos enormes elefantes africanos habían venido al edificio mismo, y Radha estaba de pie entre ellos, desnuda a la primera luz de la mañana, mientras ellos la tocaban con sus trompas. Me volteé para otro lado entonces; era un momento privado.

La belleza, sí: en la tierra y en tanta gente, cuyos rostros están llenos de calidez y compasión.

Sin embargo, a pesar de toda esa belleza, África me ha deprimido y entristecido de manera considerable, y estaré feliz de marcharme. El campamento fue sólo parte de esto. Antes de Etiopía estuvieron Kenia y Sudáfrica. Es el momento incorrecto del año para celebrar Acción de Gracias, pero las escenas que hemos visto estas últimas semanas me han puesto más en el estado de ánimo para dar gracias de lo que he sentido en toda mi vida durante la autocomplaciente celebración americana de futbol y gula en noviembre. Aun los jokers tienen cosas que agradecer. Yo ya sabía eso, pero África hizo que lo aceptara enfáticamente.

Sudáfrica fue una manera sombría de empezar esta etapa del viaje. Los mismos odios y prejuicios existen en casa, por supuesto, pero sean las que sean nuestras faltas somos al menos lo suficientemente civilizados para mantener una fachada de tolerancia, hermandad e igualdad bajo la ley. En algún momento puede que yo haya llamado a eso un mero sofisma, pero eso fue antes de que probara la realidad de Ciudad del Cabo y Pretoria, donde toda la fealdad está visible a los ojos de todos, es consagrada por la ley, aplicada por un puño de hierro cuyo guante de terciopelo se ha ido desgastando y adelgazando, de hecho. Se discute que al menos Sudáfrica odia abiertamente, mientras América se esconde tras una fachada hipócrita. Tal vez, tal vez... pero si así es, prefiero la hipocresía y agradeceré su existencia.

Supongo que ésa fue la primera lección de África: que en el mundo hay lugares peores que Jokertown. La segunda fue que hay cosas peores que la represión, y Kenia nos enseñó eso.

Como la mayoría de las otras naciones de África Central y del Este, Kenia se libró de lo peor del wild card. Algunas esporas pueden haber alcanzado estas tierras por difusión aérea, además de los puertos marítimos, a donde llegaron por medio de carga contaminada en bodegas que no se habían esterilizado correctamente, o que nunca se habían esterilizado en absoluto. Los paquetes de ayuda humanitaria son vistos con profunda suspicacia en gran parte del mundo, y con sobrada razón, y muchos capitanes se han vuelto bastante hábiles al ocultar el hecho de que su última escala fue la ciudad de Nueva York.

Cuando uno se traslada tierra adentro, los casos del wild card se vuelven casi inexistentes.

Hay quien dice que el finado Idi Amin fue una especie de joker-as demente, con una fuerza tan grandiosa como la de Troll o Harlem Hammer y la habilidad de transformarse en algún tipo de criatura mitad humana, un leopardo, un león o un halcón. El mismo Amin afirmó ser capaz de descubrir a sus enemigos con telepatía, y los pocos enemigos que sobrevivieron dicen que era un caníbal que sentía que la carne humana era necesaria para mantener sus poderes. Todo esto es materia de rumores y propaganda, sin embargo, y ya sea que Amin haya sido un joker, un as o un patéticamente confundido nat demente, está muerto, y en este rincón del mundo los casos documentados del virus wild card son cada vez más difíciles de localizar.

Pero Kenia y las naciones vecinas tienen su propia pesadilla viral. Si el wild card es una quimera aquí, el sida es una epidemia. Mientras el presidente recibía al senador Hartmann y a la mayoría de la comitiva, algunos de nosotros fuimos a una agotadora visita a media docena de clínicas en la zona rural de Kenia, saltando de un pueblo a otro en helicóptero. Nos asignaron tan sólo un helicóptero maltratado, y eso gracias a la insistencia de Tachyon. El gobierno hubiera preferido por mucho que pasáramos nuestro tiempo dando conferencias en la universidad, reuniéndonos con educadores y líderes políticos, visitando reservas de animales y museos.

La mayoría de mis compañeros delegados estaban más que contentos de hacer esto. El wild card tiene cuarenta años en circulación, y nos hemos ido acostumbrando a él —pero el sida, ése es un nuevo terror en el mundo, y uno que apenas hemos empezado a entender. En casa se le considera una enfermedad exclusiva de los homosexuales, y confieso que yo mismo soy culpable de pensar de esa manera, pero aquí en África tal creencia se ha desmentido. Ya hay más víctimas de sida tan sólo en este continente que las que se han infectado por el xenovirus taquisiano desde que lo liberaron sobre Manhattan hace cuarenta años.

Y el sida parece un demonio aún más cruel de cierta manera. El wild card mata a noventa por ciento de aquéllos a quienes les toca en suerte, a menudo de manera terrible y dolorosa, pero la distancia entre noventa y cien por ciento no es insignificante si estás entre los diez que viven. Es la distancia entre la vida y la muerte, entre la esperanza y la desesperanza. Algunos afirman que es mejor morir que vivir como un joker, pero no me encontrarán entre ellos. Si bien mi propia vida no siempre ha sido feliz, a pesar de todo tengo recuerdos que atesoro y logros de los que me enorgullezco. Me alegro de haber vivido, y no quiero morir. He aceptado mi muerte, pero eso no significa que la reciba con los brazos abiertos. Tengo demasiados asuntos por terminar. Como Robert Tomlin, todavía no he visto *The Jolson Story*. Ninguno de nosotros lo ha hecho.

En Kenia vimos poblados completos que están muriendo. Están vivos, sonríen, platican, son capaces de comer y defecar y hacer el amor e incluso bebés, se encuentran vivos para todos los propósitos prácticos –y aun así están muertos. A quienes les toca la mala suerte de recibir la reina negra pueden sufrir una agonía indescriptible, pero hay drogas para el dolor, y al menos mueren rápidamente. El sida es menos misericordioso.

Tenemos mucho en común, los jokers y las víctimas del sida. Antes de que me marchara de Jokertown, habíamos planeado una función de beneficencia para recaudar fondos para la LADJ, la Liga Anti-Difamación Joker a fines de mayo en la Casa de los Horrores –un evento importante con tanto invitado de renombre como pudiéramos incluir. Tras el viaje a Kenia envié un cable a Nueva York dando instrucciones de que las ganancias de la función de beneficencia se dividieran con un grupo apropiado de víctimas del sida. Los parias tenemos que permanecer unidos. Tal vez todavía pueda levantar algunos puentes necesarios antes de que mi propia reina negra caiga sobre la mesa.

Abajo junto al Nilo

♣ ◆ ♠ ♥

por Gail Gerstner-Miller

L AS ANTORCHAS EN EL TEMPLO ARDÍAN LENTA Y CONSTANTEMENTE y parpadeaban cuando alguien pasaba. Su luz iluminaba los rostros de la gente reunida en una pequeña antecámara cerca de la sala principal. Todos estaban presentes, aquellos que se veían como personas normales, y aquellos que eran extraordinarios: la mujer gato, el hombre con cabeza de chacal, los que tenían alas, piel de cocodrilo y cabezas de aves.

Osiris, el vidente, habló.

—La alada viene.

—¿Es una de nosotros?

—No directamente –contestó Osiris–, pero en su interior está aquel que tendrá el poder de hacer grandes cosas. Por ahora debemos esperar.

—Hemos esperado mucho tiempo –dijo Anubis el chacal–. Sólo será un poco más.

Los otros murmuraron su aprobación. Los dioses vivientes se acomodaron a esperar con paciencia.

En la habitación en el Luxor's Winter Palace Hotel hacía un calor sofocante, y apenas era temprano por la mañana. El ventilador de techo agitaba el aire indolente con cansancio y el sudor corría en riachuelos cosquilleantes sobre las costillas y senos de Peregrine mientras ésta reposaba en la cama sobre algunas almohadas, mirando cómo Josh McCoy deslizaba un casete nuevo de película en su cámara. Él la miró y sonrió.

—Será mejor que nos marchemos –dijo él.

Ella le devolvió la sonrisa perezosamente desde la cama; sus alas se movían suavemente, trayendo más frescura a la habitación que el ventilador de movimientos lentos.

—Si tú lo dices –se levantó, se estiró ágilmente y vio cómo McCoy la miraba. Caminó junto a él, pero se ponía fuera de su alcance cuando do él trataba de alcanzarla.

—¿No has tenido suficiente? –le preguntó en broma mientras tomaba un par de pantalones de mezclilla limpios de su maleta. Se contoneó para entrar en ellos, batiendo sus alas para mantener el equilibrio–. La lavandería del hotel los debe haber lavado en agua hirviendo –respiró profundamente y cerró la terca cremallera–. Ya está.

—Se ven geniales, sin embargo –dijo McCoy. Puso sus brazos alrededor de ella desde atrás, y Peregrine tembló cuando él besó su nuca y acarició sus senos, tan sensibles por haber hecho el amor esa mañana.

—Creí que debíamos irnos –se recargó contra él.

McCoy suspiró y se apartó de mala gana.

—Tenemos que. Tenemos que encontrarnos con los otros en –consultó su reloj de pulsera– tres minutos.

—Es una lástima –dijo Peregrine y sonrió con malicia–. Conozco a alguien que podría convencerme de pasar el día en la cama.

—El trabajo nos espera –dijo McCoy, hurgando en busca de su ropa mientras Peregrine se ponía una camiseta de tirantes–. Y estoy ansioso por ver si estos autoproclamados dioses vivientes pueden hacer todo lo que afirman.

Ella lo observó mientras se vestía, admirando su cuerpo delgado y musculoso. Era rubio y estaba en forma, era director de cine y camarógrafo y un maravilloso amante.

—¿Tienes todo? No olvides tu sombrero. El sol es feroz, aunque sea invierno.

—Tengo todo lo que necesito –dijo Peregrine con una mirada de soslayo–. Vámonos.

McCoy volteó el letrero de NO MOLESTAR que colgaba de la perilla de la puerta, puso el seguro y cerró. El corredor del hotel estaba callado y desierto. Tachyon debe haber oído las pisadas amortiguadas, porque sacó la cabeza cuando pasaron frente a su habitación.

—Buenos días, Tachy —dijo Peregrine—. Josh, el padre Calamar, Hiram y yo vamos a asistir a la ceremonia de la tarde en el Templo de los Dioses Vivientes. ¿Quieres venir con nosotros?

—Buenos días, querida —Tachyon se veía resplandeciente en su bata de brocado blanco, y asintió fríamente en dirección de McCoy—. No, gracias. Veré todo lo que necesito ver en la reunión de esta noche. En este momento hace demasiado calor para aventurarme a salir —Tachyon la miró de cerca—. ¿Te sientes bien? Te ves pálida.

—Creo que el calor me está afectando también —replicó Peregrine—. Eso y el agua y la comida. O más bien los microbios.

—No te enfermes —dijo Tachyon con seriedad—. Pasa y déjame hacerte un rápido examen —abanicó su cara—. Vamos a descubrir qué es lo que te está molestando, y me dará algo útil que hacer en el día.

—No tenemos tiempo en este momento. Los otros nos están esperando…

—Peri —interrumpió McCoy, con una mirada preocupada en su rostro—, sólo tomará algunos minutos. Voy a bajar a decirle a Hiram y al padre Calamar que vas a llegar un poco tarde —ella titubeó—. Por favor —agregó él.

—Está bien —le sonrió—. Te veré abajo.

McCoy asintió y avanzó por el corredor mientras Peregrine seguía a Tachyon a su suite amueblada en un estilo demasiado adornado. La sala era amplia y mucho más fresca que la habitación que ella compartía con McCoy. Por supuesto, reflexionó, ellos mismos habían generado una gran cantidad de calor esa mañana.

—Wow —comentó ella, examinando la habitación lujosamente decorada—. Me deben haber dado el cuarto de servicio.

—Es realmente especial, ¿o no? Sobre todo me gusta la cama —Tachyon señaló una gran cama con dosel cubierta con tul blanco que era visible a través de la puerta abierta de la habitación—. Tienes que subir unos escalones para llegar a ella.

—¡Qué divertido!

Él la miró con malicia.

—¿Quieres probarla?

—No, gracias. Ya tuve mi sexo matutino.

—Peri —se quejó Tachyon en un tono de broma—, no comprendo por qué te atrae ese hombre —sacó su maletín médico de cuero rojo del armario–. Siéntate aquí –le dijo, señalando un afelpado sillón de orejas forrado de terciopelo–, y abre la boca. Di *ahh*.

—*Ahh* –repitió Peregrine obedientemente luego de sentarse.

Tachyon le examinó la garganta.

—Bueno, eso se ve bien y saludable –rápidamente examinó sus oídos y revisó sus ojos–. Se ven bien. Platícame de tus síntomas –sacó el estetoscopio de su maletín–. ¿Náusea, vómito, mareos?

—Algo de náusea y vómito.

—¿Cuándo? ¿Después de comer?

—No, de hecho no. A cualquier hora.

—¿Te sientes mal todos los días?

—No. Tal vez un par de veces por semana.

—*Hmm* –le levantó la blusa y sujetó su estetoscopio contra su pecho izquierdo. Ella saltó al contacto del acero frío contra su piel caliente.

—Perdón… el latido del corazón es fuerte y regular. ¿Cuánto tiempo has estado teniendo vómito?

—Un par de meses, creo. Desde antes de que empezara la gira. Creí que se debía al estrés.

Él frunció el ceño.

—¿Has estado vomitando por un par de meses y no consideras conveniente consultarme? Soy tu doctor.

Ella se retorció, incómoda.

—Tachy, has estado tan ocupado. No quería molestarte. Creo que es el viajar tanto, la comida, el agua distinta, distintos estándares de higiene…

—Permíteme a *mí* hacer el diagnóstico, si te parece, jovencita. ¿Estás durmiendo lo suficiente, o tu nuevo novio te mantiene despierta a toda hora?

—Me voy a la cama temprano cada noche –le aseguró.

—Estoy seguro de que así es –le dijo secamente–. Pero eso no es lo que pregunté. ¿Estás durmiendo lo suficiente?

Peregrine se sonrojó.

—Por supuesto que sí.

Tachyon guardó el equipo en su maleta.

—¿Cómo está tu ciclo menstrual? ¿Algún problema?

—Bueno, no he tenido mi periodo por un tiempo, pero eso no es inusual, aunque no estoy tomando la píldora.

—Peri, por favor, intenta ser un poco más precisa. ¿Cuánto tiempo es «por un tiempo»?

Ella se mordió el labio y agitó las alas suavemente.

—No lo sé, un par de meses, creo.

—*Hmmmmm*. Ven aquí —la guio hacia su habitación, y sus alas instintivamente se curvaron sobre su cuerpo. El aire acondicionado estaba funcionando a la máxima potencia y se sentía unos veinte grados más frío. Tachyon señaló la cama—. Quítate los pantalones y recuéstate.

—¿Estás seguro de que éste es un examen médico? —le preguntó bromeando.

—¿Quieres que llame a un chaperón?

—No seas ridículo. ¡Confío en ti!

—No deberías —Tachyon le dirigió una mirada lasciva. Enarcó una ceja mientras Peregrine se quitaba los Nikes a puntapiés y se arrancaba los pantalones—. ¿Qué no usas ropa interior?

—Nunca. Me estorba. ¿Quieres que me quite la camisa también?

—Si lo haces, ¡puede que no te marches nunca de esta habitación! —la amenazó Tachyon.

Ella rio y besó su mejilla.

—¿Cuál es el problema? Me has examinado un millón de veces.

—En el entorno adecuado, contigo en una bata de hospital y una enfermera en la habitación —contestó él—. Nunca contigo desnuda, casi desnuda —corrigió—, en mi habitación —le arrojó una toalla—. Ten, cúbrete.

Tachyon admiró sus piernas largas y bronceadas y sus nalgas bien definidas mientras ella se acomodaba en la cama y envolvía la toalla discretamente sobre sus caderas. La ráfaga de aire refrigerado que salía del aire acondicionado le provocó piel de gallina en todo el cuerpo, pero Tachyon ignoró eso.

—Más vale que tus manos estén calientes —le advirtió Peregrine cuando se arrodilló junto a ella.

—Exactamente igual que mi corazón —dijo Tachyon, mientras palpaba su estómago—. ¿Te duele esto?

—No.

—¿Aquí? ¿Aquí?

Ella negó con la cabeza.

—No te muevas –ordenó él–. Necesito mi estetoscopio –esta vez calentó la cabeza de metal antes de ponerla sobre su estómago–. ¿Has tenido mucha indigestión?

—Algo.

Una extraña expresión cruzó el rostro astuto de Tachyon mientras la ayudaba a bajar de la cama.

—Ponte los pantalones. Voy a tomar una muestra de sangre, y entonces puedes ir a jugar al turista con los demás.

Preparó la jeringuilla mientras ella terminaba de atarse las zapatillas de correr.

Peregrine extendió su brazo, hizo una mueca cuando él dilató con eficacia una vena, limpió la piel sobre ella, insertó la jeringa y sacó la muestra. Ella lo miró con interés y de repente se dio cuenta de que la vista de la sangre la estaba enfermando.

—Mierda –corrió al baño, dejando tras de sí una ráfaga de plumas, y se recargó sobre el inodoro mientras vomitaba el desayuno que le habían llevado a la habitación, más lo que guardaba de la cena y de la champaña de la noche anterior.

Tachyon sostuvo sus hombros mientras ella vomitaba, y cuando se dejó caer contra la tina, exhausta, le limpió la cara con una toallita húmeda y tibia.

—¿Estás bien?

—Eso creo –la ayudó a levantarse–. Fue la sangre. Aunque ver sangre nunca me había molestado antes.

—Peregrine, no creo que debas hacer turismo esta mañana. El lugar adecuado para ti es tu cama, sola, con una taza de té caliente.

—No –protestó ella–. Estoy bien. La culpa es del viaje. Si me siento mal, Josh me traerá de regreso.

—Nunca comprenderé a las mujeres –él sacudió su cabeza con tristeza–. Preferir a un simple humano cuando podrías estar conmigo. Ven aquí y déjame vendar ese agujero que hice en tu brazo –se puso a trabajar con gasa estéril y cinta adhesiva.

Peregrine sonrió suavemente.

—Eres dulce, doctor, pero tu corazón está enterrado en el pasado. Estoy en un punto ahora en que estoy lista para una relación permanente y no creo que tú me darías eso.

—¿Y él puede?

Ella se encogió de hombros y sus alas siguieron el movimiento de su cuerpo.

—Eso espero. Ya veremos, ¿no es así?

Tomó su bolsa y su sombrero de la silla y caminó hacia la puerta.

—Peri, me gustaría que lo reconsideraras.

—¿Qué? ¿Dormir contigo o ir de turista?

—Ir de turista, malvada.

—Ya estoy bien. Por favor, deja de preocuparte. De verdad, nunca he tenido tanta gente preocupándose por mí como en este viaje.

—Eso es porque, querida, bajo tu *glamour* neoyorquino, eres increíblemente vulnerable. Haces que la gente quiera protegerte –le abrió la puerta–. Ten cuidado con McCoy, Peri. No quiero que salgas lastimada.

Ella lo besó al salir de la habitación. Sus alas rozaron la puerta y una ráfaga de finas plumas cayó al suelo.

—Maldición –dijo, agachándose y recogiendo una–. Parece que se me están cayendo muchas de éstas últimamente.

—¿Es así? –Tachyon la miró con curiosidad–. No, no te molestes. La mucama las limpiará.

—Está bien. Adiós. Diviértete con tus pruebas.

Los ojos de Tachyon reflejaban su preocupación mientras seguía el cuerpo grácil de Peregrine por el pasillo. Cuando cerró la puerta, tenía una de sus plumas en la mano.

—Esto no se ve bien –dijo en voz alta mientras acariciaba su barbilla con la pluma–. No se ve bien en absoluto.

◆

Peregrine localizó a McCoy en el vestíbulo del hotel, platicando con un hombre robusto y oscuro que portaba un uniforme blanco. Sus otros dos acompañantes descansaban cerca. Hiram Worchester, reflexionó ella, se veía demacrado. Hiram, uno de los amigos más antiguos y queridos de Peregrine, iba vestido en uno de sus trajes de tela ligera hechos a la medida, pero éste le quedaba suelto, casi como si hubiera perdido algunas de sus más de trescientas libras de peso. Quizás estaba resintiendo la presión de viajar constantemente al igual que ella. El padre Calamar, el bondadoso pastor de la Iglesia de Jesucristo, un joker, hacía que Hiram se viera casi esbelto. Era tan alto como un nombre normal, y dos veces más ancho. Su rostro era redondo y gris, los ojos cubiertos por membranas nictitantes, y un racimo de tentáculos colgaba sobre su boca como un bigote que se retorcía constantemente. Siempre le recordaba a uno de los Profundos que aparecían en la narrativa de Lovecraft, pero él era mucho más agradable.

—Peri —dijo McCoy—. Te presento al señor Ahmed. Trabaja en la Policía de Turismo. Señor Ahmed, ella es Peregrine.

—Es un placer —dijo el guía, inclinándose para besar su mano.

Peregrine respondió con una sonrisa y entonces saludó a Hiram y al sacerdote. Se volvió hacia Josh, que la miraba con atención.

—¿Estás bien? —le preguntó Josh—. Te ves muy mal. ¿Qué hizo Tachyon, sacarte un litro de sangre?

—Por supuesto que no. Estoy bien —dijo, siguiendo a Ahmed y a los demás hasta la limusina que los esperaba. *Y si sigo repitiendo eso,* se dijo a sí misma, *tal vez hasta yo misma lo crea.*

♥

—¿Qué diablos? —exclamó Peregrine cuando se detuvieron frente a una estación de vigilancia de metal y vidrio. Había dos hombres fuertemente armados en el interior de la caja, la cual estaba situada junto a un alto muro que rodeaba varios acres del desierto que era el Templo de los Dioses Vivientes. La pared encalada remataba con hileras de alambre de púas y era patrullada por hombres vestidos de azul y armados con metralletas. Las cámaras de video incansablemente inspeccionaban el perímetro. El efecto de la pared de color blanco impoluto contra la arena brillante y el reluciente cielo azul egipcio era deslumbrante.

—Gracias a los nur —explicó Ahmed, señalando a la fila de turistas que esperaban ser admitidos a los terrenos del templo—, todos tienen que pasar por dos detectores, uno de metales y otro de nitratos. Estos fanáticos están decididos a destruir el templo y a los dioses. Ya han realizado varios ataques contra el templo, pero hasta ahora se les ha detenido antes de que hicieran mucho daño.

—¿Quiénes son los nur? —preguntó el padre Calamar.

—Son los seguidores de Nur al-Allah, un falso profeta decidido a unir todas las sectas islámicas debajo de él –dijo Ahmed–. Asegura que Alá desea la destrucción de todos aquellos deformados por el virus wild card, y por consiguiente el Templo de los Dioses Vivientes se ha convertido en uno de los blancos de su secta.

—¿Tenemos que esperar en línea con los turistas? –Hiram interrumpió de mal humor–. Después de todo, estamos aquí por invitación especial.

—Oh, no, señor Worchester –contestó Ahmed rápidamente–. La entrada VIP está por aquí. Pasaremos directamente. Si me permiten…

Mientras se formaban detrás de Ahmed, McCoy le susurró a Peregrine:

—Nunca he pasado por una entrada VIP, sólo por las puertas para la prensa.

—Quédate conmigo –prometió ella–. Te llevaré a muchos lugares donde nunca has estado.

—Ya lo has hecho.

La puerta VIP tenía sus propios detectores de metales y nitratos. Pasaron por ellos, observados cuidadosamente por guardias de seguridad vestidos con las túnicas azules que usaban los seguidores de los dioses vivientes. Éstos examinaron a fondo la bolsa de Peregrine y la cámara de McCoy. Un anciano se acercó mientras le regresaban su equipo a McCoy. Era bajo, profundamente bronceado y de apariencia saludable, con ojos grises, cabello blanco y una magnífica barba blanca que contrastaba agradablemente con su fluida túnica azul.

—Soy Opet Kemel –anunció. Su voz era profunda y meliflua y sabía cómo usarla para exigir atención y respeto–. Soy el sacerdote principal del Templo de los Dioses Vivientes. Nos complace que nos honren con su presencia –miró al padre Calamar, luego a Peregrine, a Hiram, a McCoy y de nuevo a Peregrine–. Sí, mis hijos estarán contentos de que hayan venido.

—¿Les molesta si filmamos la ceremonia? –preguntó Peregrine.

—No, en absoluto –él hizo un gesto expansivo–. Vengan por aquí y les mostraré los sitios más interesantes.

—¿Puede darnos algunos antecedentes acerca del templo? –preguntó Peregrine.

—Por supuesto –replicó Kemel mientras lo seguían–. La epidemia de wild card que atacó Puerto Said en 1948 causó muchas «mutaciones», como creo que las llaman, entre ellas, por supuesto, el famoso Nasr al-Haziz, Khôf y otros grandes héroes de los últimos años. Muchos hombres de Luxor estaban trabajando en los muelles de Puerto Said en esa época y también fueron afectados por el virus. Algunos lo pasaron a sus hijos y nietos.

»El significado real de estas mutaciones me golpeó hace más de una década, cuando vi que un niño pequeño hacía que las nubes dejaran caer una muy necesaria lluvia sobre los campos de su padre. Me di cuenta de que era una encarnación de Min, el antiguo dios de las cosechas, y que su presencia era un presagio de la vieja religión.

»Yo era un arqueólogo entonces y acababa de descubrir un complejo de templos intacto —señaló sus pies— justo debajo de la tierra donde estamos parados. Convencí a Min y a otros de que se nos unieran: Osiris, un hombre declarado muerto, que regresó a la vida con visiones del futuro; Anubis, Taurt, Toth... A través de los años ellos han venido con frecuencia al Templo de los Dioses Vivientes para escuchar las oraciones de los creyentes y realizar algunos milagros.

—¿Exactamente qué tipo de milagros? —preguntó Peregrine.

—De muchos tipos. Por ejemplo, si una mujer embarazada la está pasando mal, ella le rezará a Taurt, la diosa del embarazo y el parto. Taurt se va a asegurar de que todo esté bien. Y así será. Toth resuelve disputas, ya que sabe quién dice la verdad y quién miente. Min, como ya he dicho, puede hacer que llueva. Osiris ve pequeñas partes del futuro. Todo es bastante sencillo.

—Ya veo —dijo Peregrine. Las afirmaciones de Kemel le parecían razonables, dadas las habilidades que el virus podía despertar en la gente—. ¿Cuántos dioses hay aquí?

—Tal vez veinticinco. Algunos no pueden hacer nada en realidad —dijo Kemel en tono confidencial—. Ellos son lo que ustedes llaman jokers. Sin embargo, se ven como los antiguos dioses. Bast, por ejemplo, está cubierto con piel peluda y tiene garras, y ellos reconfortan grandemente a quienes vienen a rezarles. Pero véanlo por ustedes mismos. La ceremonia casi está a punto de iniciarse.

Los guio más allá de los grupos de turistas que posaban junto a las estatuas de los dioses, de los puestos que vendían desde un rollo Kodak, llaveros y Coca-Colas hasta réplicas de joyería antigua y pequeñas estatuillas de los dioses mismos. Fueron más allá de esta sección a través de una estrecha puerta, y llegaron hasta una pared de bloques de arenisca situada contra una pared del acantilado, y allí bajaron por unos desgastados escalones de piedra. A Peregrine se le puso la piel de gallina. Hacía frío dentro de la construcción, iluminada por luces eléctricas que parecían antorchas. El hueco de la escalera estaba decorado con bellos bajorrelieves que mostraban la vida diaria en el antiguo Egipto, inscripciones jeroglíficas detalladas de manera intrincada y representaciones de animales, aves y dioses de todo tipo.

—¡Qué maravilloso trabajo de restauración! –exclamó Peregrine, encantada con la hermosa frescura de los bajorrelieves.

—En realidad –explicó Kemel–, todo aquí está exactamente como se hallaba cuando lo descubrí hace veinte años. Agregamos algunas comodidades modernas, como la electricidad, por supuesto –sonrió.

Entraron a una gran cámara: un anfiteatro con un escenario, y frente a éste, bancas de piedra ubicadas en declive. Las paredes de la cámara estaban recubiertas con vitrinas en las que se exhibían los objetos descubiertos en el templo.

McCoy los grabó meticulosamente. Se tomó varios minutos para filmar un grupo de estatuas de madera pintadas que lucían tan frescas como si hubieran sido pintadas ayer, sus collares, gargantillas y pectorales incrustados de lapislázuli, esmeraldas y piezas de oro, los cálices tallados en alabastro traslúcido, sus tarros de ungüento hechos de jade, intrincadamente labrados en formas de animales; cofres diminutos con incrustaciones muy elaboradas, tableros de juego y sillas... Los tesoros exquisitos de una civilización muerta se exhibían ante ellos, una civilización que, reflexionó Peregrine, Opet Kemel parecía, con su Templo de los Dioses Vivientes, restaurar.

—Aquí estamos –Kemel señaló un grupo de bancas al frente del anfiteatro, cerca del escenario, hizo una breve reverencia y se marchó.

No tardó mucho tiempo en llenarse el anfiteatro. Las luces se atenuaron y guardaron silencio. Una luz brilló en el escenario y escucharon música extraña, tan antigua y misteriosa como el templo mismo, y comenzó la procesión de los dioses. Estaba Osiris, el dios de la muerte y la resurrección, y su consorte Isis. Detrás de él venía Hapi, cargando un estandarte dorado. Toth, el juez con cabeza de ibis, era el siguiente, con su babuino domesticado. Shu y Tefnut, hermano y hermana, dios y diosa del aire, flotaban sobre el suelo. Sobek los seguía con su oscura y agrietada piel de cocodrilo y su boca protuberante, en realidad un hocico. Hathor, la gran madre, tenía los cuernos de una vaca. Bast, la diosa gata, se movía delicadamente, su cara y cuerpo cubiertos con rojizo pelaje, las garras sobresaliendo de sus dedos. Min se veía como un hombre ordinario, pero una pequeña nube se cernía sobre él, siguiéndolo como un perrito obediente dondequiera que iba. Bes, el enano guapo, hacía volteretas y caminaba sobre sus manos. Anubis, el dios del inframundo, tenía la cabeza de un chacal. Horus tenía alas que recordaban las de un halcón.

Y así siguieron llegando, cruzando el escenario lentamente y después sentándose en tronos dorados mientras eran presentados a la audiencia en inglés, francés y árabe.

Tras las presentaciones los dioses demostraron sus habilidades. Shu y Tefnut se deslizaban por el aire, jugando a tocar la nube de Min, cuando el inesperado y ensordecedor sonido de unos disparos acabó con la pacífica escena, provocando gritos de terror de los espectadores. Cientos de turistas se levantaron y se arremolinaron en todas direcciones del anfiteatro, como ganado aterrorizado. Algunos corrieron hacia las puertas en la parte trasera, y las escaleras pronto estuvieron obstruidas por personas que gritaban presas del pánico. McCoy, quien había empujado a Peregrine al suelo y la había cubierto con su cuerpo al primer sonido de los disparos, la arrastró tras uno de los enormes pilares de piedra labrados que flanqueaban el escenario.

—¿Estás bien? –jadeó, antes de asomarse al otro lado de la columna, hacia los sonidos de locura y destrucción, mientras su cámara zumbaba.

—Ajá. ¿Qué pasa?

—Tres tipos con metralletas –sus manos estaban firmes y había gran emoción en su voz–. No parecen dispararle a la gente, sólo a las paredes.

Una bala pasó silbando junto a la columna. El sonido de cristales al hacerse añicos llenó el aire mientras los terroristas destruían las cajas llenas de objetos invaluables y barrían las paredes bellamente labradas con ráfagas de metralleta.

Los dioses vivientes habían huido al sonido del primer disparo. Sólo uno se quedó atrás, el hombre que había sido presentado como Min. Mientras Peregrine se asomaba por detrás de la columna, una nube apareció de la nada para detenerse sobre las cabezas de los terroristas. De golpe llovió a cántaros sobre ellos, y éstos no tardaron en resbalarse y caer sobre el piso de piedra húmedo. De inmediato se dispersaron e intentaron ponerse a cubierto del cegador chaparrón. Peregrine, escarbando en su bolsa en busca de sus garras metálicas, notó que Hiram Worchester estaba parado solo, con una mirada de intensa concentración en el rostro. Uno de los atacantes soltó un grito angustiado cuando la pistola se escapó de sus manos y aterrizó en su pie. Se desplomó, gritando, salpicando sangre de su extremidad destrozada. Hiram dirigió su mirada hacia el segundo terrorista mientras Peregrine se ponía sus manoplas.

—Voy a tratar de llegar por arriba de ellos —le dijo a McCoy.

—Ten cuidado —le dijo, decidido a filmar la acción.

Ella flexionó sus dedos, ahora enfundados en manoplas de piel que terminaban en garras de titanio con bordes afilados. Sus alas temblaron por anticipado mientras daba media docena de pasos rápidos, y batieron estruendosamente cuando ella se impulsó hacia delante, se lanzó hacia el aire...

...y cayó de golpe en el suelo.

Aterrizó sobre sus manos y rodillas, de manera que se despellejó las manos al rozarlas contra las piedras ásperas. También se golpeó la rodilla izquierda con tanta fuerza que la sintió entumecerse después de una punzada inicial de dolor insoportablemente intenso.

Por un largo segundo Peregrine rehusó creer en lo que había sucedido. Se agazapó en el piso, con las balas silbando en torno a ella, después se levantó y batió sus alas de nuevo, con fuerza. Pero nada sucedió. No podía volar. Se paró en medio de la pista, ignorando los disparos a su alrededor, intentando descubrir lo que sucedía, lo que estaba haciendo mal.

—¡Peregrine! —le gritó McCoy—. ¡Tírate al suelo! —el tercer terrorista le apuntó, gritando incoherencias. Una expresión de horror súbitamente le desfiguró el rostro y se lanzó hacia el techo. Su arma se le escapó de la mano y se estrelló en el piso. Con indiferencia, Hiram dejó que el hombre cayera de nueve metros de altura mientras los otros terroristas eran aporreados por los guardias de seguridad del templo hasta quedar tirados en el piso. Kemel se movió rápidamente, con una expresión de horror e incredulidad en el rostro.

—¡Demos gracias a los Misericordiosos porque no resultaste herida! –exclamó, mientras corría hacia Peregrine, quien todavía estaba aturdida y confundida por lo que le había ocurrido.

—Sí –dijo ella vagamente, y en ese momento sus ojos enfocaron las paredes de la cámara–. ¡Pero mire estos destrozos!

Una pequeña estatua de madera, bañada en oro y con incrustaciones de loza y piedras preciosas, yacía en fragmentos a los pies de Peregrine. Se detuvo y la levantó con cuidado, pero la frágil madera se convirtió en polvo al tocarla, dejando detrás una concha retorcida de oro y joyas.

—Sobrevivió por tanto tiempo, sólo para ser destruida por esta locura... –murmuró suavemente.

—Ah, sí –Kemel se encogió de hombros–. Bueno, las paredes pueden ser restauradas, y tenemos más objetos para poner en las vitrinas.

—¿Quiénes eran esas personas? –preguntó el padre Calamar, sacudiendo de manera imperturbable el polvo de su sotana.

—Los nur –dijo Kemel. Escupió en el suelo–. ¡Fanáticos!

McCoy se apresuró hacia ellos, con la cámara colgada del hombro.

—Creo haberte dicho que tuvieras cuidado –reprendió a Peregrine–. ¡Estar parada en medio de la habitación con idiotas disparando sus metralletas a diestra y siniestra no es mi idea de prudencia! ¡Gracias a Dios que Hiram estaba vigilando a ese tipo!

—Lo sé –dijo Peregrine–, pero no debería haber sucedido de esa manera. Intenté volar, pero no pude. Nada parecido a esto me había sucedido antes. Es muy extraño –retiró el largo mechón de cabello que caía frente a sus ojos, con un gesto preocupado–. No sé qué es.

El camarógrafo aún estaba conmocionado. Los terroristas podrían haber asesinado a cientos si hubieran elegido dispararle a la gente en lugar de a los símbolos de la antigua religión, pero así como estaban las cosas, varias decenas de turistas habían sido alcanzadas por balas perdidas o se habían lastimado al intentar escapar. Los guardias de seguridad del templo intentaban ayudar a los heridos, pero eran demasiados, y la mayoría yacía desplomada sobre las bancas de piedra, gimiendo, llorando, gritando, sangrando...

Sintiendo que el mareo regresaba, Peregrine se alejó de McCoy y de los otros y se inclinó para vomitar, pero no había nada en su estómago que devolver. McCoy la sujetó mientras la sacudían las arcadas. Cuando dejó de temblar, se recargó contra él, agradecida.

Él la tomó de la mano con suavidad.

—Será mejor llevarte con el doctor Tachyon.

En el camino de regreso al Winter Palace Hotel, McCoy la rodeó con un brazo y la acercó a él.

—Todo va a estar bien –la tranquilizó–. Probablemente sólo estés cansada.

—¿Y qué si no es eso? ¿Y si algo está mal de verdad en mí? ¿Y –preguntó en un susurro horrorizado– si nunca vuelo de nuevo? –escondió su cara en el hombro de McCoy mientras los demás los miraban en muda compasión. Sus lágrimas empaparon su camisa mientras él acariciaba su largo cabello castaño.

—Todo va a estar bien, Peri. Lo prometo.

—Mmm, debí haber esperado eso –dijo Tachyon cuando Peregrine le contó su historia entre lágrimas.

—¿Qué quiere decir? –preguntó McCoy–. ¿Qué le pasa?

Tachyon miró fríamente a Josh McCoy.

—Es una cuestión privada. Entre una mujer y su médico. Así que...

—Todo lo que se refiere a Peri es de mi incumbencia.

—Así están las cosas, ¿verdad? –Tachyon miró a McCoy con hostilidad.

—Está bien, Josh –dijo Peregrine. Lo abrazó.

—Si así lo quieres –McCoy se volvió para marcharse–. Te espero en el bar.

Tachyon cerró la puerta tras él.

—Ahora, siéntate y sécate los ojos. No es nada serio, en realidad. Estás perdiendo tus plumas debido a cambios hormonales. Tu mente ha reconocido tu condición y ha bloqueado tu poder como medio de protección.

—¿Condición? ¿Protección? ¿Qué tengo?

Peregrine se sentó en el borde del sofá. Tachyon se sentó junto a ella y tomó sus manos frías entre las suyas.

—No es nada que no se arregle en unos cuantos meses –sus ojos violeta miraron directamente a sus ojos azules–. Estás embarazada.

—¿Qué? –Peregrine se dejó caer contra los cojines del sofá–. ¡Eso es imposible! ¿Cómo puedo estar embarazada? ¡Siempre he tomado la píldora! –se enderezó de nuevo–. ¿Qué va a decir la NBC? Me pregunto si esto está cubierto en mi contrato.

—Sugiero que dejes de tomar la píldora y todas las otras drogas, incluyendo el alcohol. Después de todo, quieres un bebé feliz y saludable.

—Tachy, ¡esto es ridículo! ¡No puedo estar embarazada! ¿Estás seguro?

—Bastante. Y juzgando por tus síntomas, diría que tienes unos cuatro meses de embarazo –señaló con la cabeza hacia la puerta–. ¿Qué opinará tu amante acerca de convertirse en padre?

—Josh no es el padre. Sólo hemos estado juntos un par de semanas –se quedó boquiabierta–. ¡Ay, Dios!

—¿Qué pasa? –preguntó Tachyon, con la preocupación reflejada en su voz y en su cara.

Ella se levantó del sofá y se dedicó a caminar alrededor de la habitación, agitando sus alas con aire distraído.

—Doctor, ¿qué le pasaría al bebé si ambos padres fueran portadores del wild card? ¿Madre joker, padre as, ese tipo de cosas? –se detuvo junto a la repisa de mármol de la chimenea y jugueteó con los adornos polvorientos sobre ella.

—¿Por qué? –preguntó Tachyon con recelo–. Si McCoy no es el padre, ¿quién es? ¿Un as?

—Sí.

—¿Quién?

Ella suspiró y dejó a un lado la figurilla con la que estaba jugando.

—No creo que importe en realidad. Nunca lo veré de nuevo. Fue sólo una noche –ella sonrió al recordar–. ¡Vaya noche!

Tachyon súbitamente recordó la cena en Aces High en el Día Wild Card. Peregrine se marchó del restaurante con...

—¿Fortunato? –gritó–. ¿Fortunato es el padre? ¿Te acostaste con ése, con ese proxeneta? ¿Dónde está tu buen gusto? ¡No te acuestas conmigo, pero sí con él! –dejó de gritar y respiró hondo varias veces.

Caminó hasta el bar de la habitación y se sirvió un brandy. Peregrine lo miró, asombrada.

—No lo puedo creer –repitió Tachyon, tomándose casi todo el vaso de un trago–. Tengo mucho más que ofrecer.

Perfecto, pensó ella. *Otra marca en el poste de mi cama. Pero tal vez yo fui lo mismo para Fortunato.*

—Seamos realistas, doctor –dijo Peregrine con ligereza, molesta por su egocentrismo–. Él es el único hombre con el que me he acostado que me hizo brillar. Fue absolutamente increíble –sonrió por dentro ante la expresión de furia en el rostro de Tachyon–. Pero eso no importa ahora. ¿Y el bebé?

Una multitud de pensamientos pasaron corriendo por su mente: *Tendré que renovar mi apartamento*, pensó. *Espero que hayan reparado el techo. Un bebé no puede vivir en una casa sin techo. Quizá debería mudarme al norte del estado. Eso tal vez sería mejor para un niño.* Sonrió para sí misma. *Una casa grande con una amplia zona de césped, árboles y un jardín. Y perros. Nunca pensé en tener un bebé. ¿Seré una buena madre? Éste es un buen momento para descubrirlo. Tengo treinta y dos años y el reloj biológico sigue corriendo. Pero ¿cómo sucedió? La píldora siempre había funcionado. Los poderes de Fortunato, se dio cuenta, se basan en su potente sexualidad. Tal vez de alguna manera eludieron los anticonceptivos. Fortunato... ¡y Josh! ¿Cómo reaccionaría ante esta noticia? ¿Qué pensaría?*

La voz de Tachyon interrumpió su ensimismamiento.

—¿Has escuchado lo que dije? –tronó.

Peregrine se sonrojó.

—Lo siento. Estaba pensando cómo será convertirme en mamá.

El doctor gruñó.

—Peri, no es tan simple –dijo suavemente.

—¿Por qué no?

—Tanto tú como ese hombre tienen el wild card. Por lo tanto el bebé tendrá noventa por ciento de probabilidades de morir antes del parto o durante el mismo. Nueve por ciento de probabilidades de ser un joker y uno por ciento, *uno por ciento* –enfatizó–, de ser un as –bebió más brandy–. Las probabilidades son terribles, terribles. El bebé no tiene oportunidad. Ninguna en absoluto.

Peregrine volvió a caminar de un lado a otro de la habitación.

—¿Hay algo que puedas hacer, algún tipo de prueba, que pueda decirnos si el bebé está bien ahora?

—Bueno, sí, puedo hacer un ultrasonido. Es terriblemente primitivo, pero nos dirá si se está desarrollando normalmente o no. Si no es así, sugiero… no, te ruego, muy encarecidamente, que abortes. Ya hay suficientes jokers en este mundo –dijo con amargura.

—¿Y si el bebé es normal?

Tachyon suspiró.

—El virus por lo regular no se manifiesta hasta el nacimiento. Si el bebé sobrevive el trauma del nacimiento sin que el virus se manifieste, entonces hay que esperar. Esperar y preguntarse qué pasará, y cuándo. Peregrine, si permites que este niño nazca, pasarás tu vida completa en agonía, preocupándote y tratando de protegerlo de todo. Considera las tensiones de la infancia y de la adolescencia, cualquiera de ellas puede detonar el virus. ¿Es eso justo para ti? ¿Para tu hijo? ¿Para el hombre que te espera allá abajo? Considerando –agregó Tachyon con frialdad– que todavía quiera ser parte de tu vida cuando sepa esto.

—Tendré que arriesgarme con Josh –dijo rápidamente, mientras llegaba una vez más al pensamiento que dominaba su mente–. ¿Cuándo puedes hacerme el ultrasonido?

—Veré si puedo hacer los arreglos en el hospital. Si no podemos hacerlo en Lúxor, entonces tendrás que esperar hasta que regresemos a El Cairo. Si el niño es anormal, debes considerar el aborto. De hecho deberías hacerte un aborto, independientemente de todo.

Ella lo miró fijamente.

—¿Destruir al que puede ser un humano saludable? Podría ser como yo –argumentó–. O como Fortunato.

—Peri, no tienes idea de lo benigno que fue el virus en tu caso. Has aprovechado tus alas para alcanzar fama y éxito económico. Fuiste una de las pocas afortunadas.

—Por supuesto que lo soy. Quiero decir, soy bonita, pero nada fuera de lo común. Chicas bonitas hay muchas. De hecho tengo que agradecerte por mi éxito.

—Ésta es la primera vez que alguien me ha agradecido por ayudar a destruir las vidas de millones de personas –dijo Tachyon gravemente.

—Intentaste detenerlo –dijo ella intentando reconfortarlo–. No es tu culpa que Jetboy haya echado todo a perder.

—Peri –dijo Tachyon con seriedad, cambiando el tema como si los errores del pasado fueran demasiado dolorosos para obsesionarse con ellos–, si no interrumpes el embarazo, se te notará dentro de muy poco tiempo. Será mejor que empieces a pensar qué le vas a decir a la gente.

—Bueno, la verdad, por supuesto: que voy a tener un bebé.

—¿Y si preguntan por el padre?

—¡Eso no le incumbe a nadie más que a mí!

—Y, yo diría –dijo Tachyon–, a McCoy.

—Supongo que tienes razón. Pero el mundo no tiene que enterarse de lo de Fortunato. Por favor no le digas a nadie. Odiaría que lo leyera en los periódicos. Preferiría decírselo yo misma –si lo vuelvo a ver alguna vez, agregó silenciosamente–. ¿Me haces ese favor?

—No me corresponde informarle –dijo Tachyon fríamente–. Pero tienes que decirle. Es su derecho –frunció el entrecejo–. No sé lo que viste en ese hombre. Si hubiera sido yo, esto nunca habría pasado.

—Ya dijiste eso antes –dijo Peregrine, con el fastidio reflejado en el rostro–. Pero es demasiado tarde para hablar de lo que pudo haber sido. Eventualmente todo estará bien.

—*No* todo va a estar bien –dijo Tachyon con firmeza–. Lo más probable es que el bebé morirá o será un joker, y no creo que seas lo suficientemente fuerte para manejar cualquiera de estas posibilidades.

—Tendré que esperar y ver –dijo Peregrine, pragmática. Se volvió para marcharse–. Creo que será mejor que le dé la noticia a Josh. Se alegrará de que no sea nada serio.

—¿Y que estás embarazada de otro hombre? –preguntó Tachyon–. Si puedes mantener tu relación durante esta situación, entonces McCoy es un hombre inusual.

—Lo es, doctor –aseguró, para él y para ella misma–. Lo es.

Peregrine caminó lentamente hacia el bar, recordando el día en que ella y McCoy se conocieron. Él había hecho evidente su interés hacia ella desde la primera vez que los presentaron en las oficinas de la NBC en noviembre. Como el talentoso camarógrafo y productor de documentales independientes que era, tomó al vuelo la oportunidad de filmar la gira y, como confesaría más tarde a Peregrine, la oportunidad de tener un trato más cercano y personal con ella. Peregrine casi se había sobrepuesto de su obsesión con Fortunato y las atenciones de McCoy fueron de gran ayuda. Coquetearon y se hicieron sufrir uno al otro hasta que finalmente terminaron acostándose en Argentina. Habían compartido una habitación desde entonces.

Pero McCoy no podía despertar en ella la misma pasión sexual que logró Fortunato. Ella dudaba que algún hombre pudiera hacerlo. Peregrine lo había deseado de nuevo tras la noche loca que tuvieron juntos. Él era la droga que ella anhelaba. Cada vez que el teléfono sonaba o alguien tocaba a la puerta, esperaba que fuera él, pero Fortunato nunca regresó. Con la ayuda de Chrysalis encontró a su madre y se enteró de que el as se había marchado de Nueva York y estaba en algún lugar en el Oriente, probablemente en Japón.

La comprensión de que él la había abandonado de manera tan casual la ayudó a sobreponerse, pero ahora él irrumpió de nuevo en su mente. Se preguntó cómo reaccionaría al conocer su embarazo, al saber que sería padre. ¿Alguna vez lo sabría? Ella suspiró.

Josh McCoy, se dijo a sí misma severamente, es un hombre maravilloso, y lo amas. No eches a perder esto por un hombre al que probablemente nunca veas de nuevo. Pero si lo viera de nuevo, ¿cómo sería? Por la millonésima ocasión ella revivió sus horas con Fortunato. El simple hecho de pensar en él hizo que lo deseara de nuevo. O a McCoy.

Josh estaba tomando una cerveza Stella. Cuando la vio, le hizo una seña al mesero y ambos llegaron a su mesa al mismo tiempo.

—Sírvame otra –le dijo al mesero–. ¿Quieres algo de vino, Peri?

—Mmm, no gracias. ¿Tiene agua embotellada? –le preguntó al mesero.

—Seguro, *madame*. Tenemos Perrier.

—Ésa estará bien.

—¿Bien? –preguntó McCoy–. ¿Qué tenía que decirte Tachyon? ¿Estás bien?

No soy tan valiente para decirle esto, Peregrine se dijo a sí misma. ¿Y qué pasará si él no puede manejarlo? Lo mejor, decidió, sería simplemente decirle la verdad.

—No hay ningún problema conmigo. Nada que el tiempo no cure –tomó un trago de la bebida que el mesero colocó frente a ella y murmuró–. Voy a tener un bebé.

—¿Qué? –McCoy casi dejó caer su cerveza–. ¿Un bebé?

Ella asintió, mirándolo directamente por primera vez desde que se sentó. *De verdad te amo,* dijo en silencio. *Por favor, no hagas esto más difícil para mí de lo que ya es.*

—¿Mío? –preguntó con calma.

Ésta iba a ser la parte difícil.

—No –admitió.

Josh tomó el resto de su botella y recogió la segunda.

—Si no soy el padre, ¿quién es? ¿Bruce Willis? –Peregrine hizo una cara–. ¿Keith Hernandez? ¿Bob Weir? ¿El senador Hartmann? ¿Quién?

Ella arqueó una ceja en dirección de él.

—Sin importar lo que piensen las revistas que venden en el supermercado, y tú también, aparentemente, no me acuesto con cada hombre que relacionan con mi nombre –bebió un poco de Perrier–. De hecho, sucede que soy bastante particular al elegir a mis compañeros de cama –sonrió maliciosamente–. Te escogí a ti, después de todo.

—No intentes cambiar de tema –advirtió él–. ¿Quién es el padre?

—¿De verdad quieres saber?

Josh asintió secamente.

—¿Por qué?

—Porque –suspiró– sucede que te amo y pienso que es importante que yo sepa quién es el padre de tu hijo. ¿Él ya lo sabe?

—¿Cómo podría? Acabo de enterarme.

—¿Lo amas? –preguntó McCoy, frunciendo el ceño–. ¿Por qué rompieron? ¿Fue él?

—Josh –explicó Peregrine pacientemente–. No había una relación. Fue una sola noche. Conocí a este hombre, nos acostamos. Nunca lo vi de nuevo. *Aunque no,* agregó para sus adentros, *por falta de ganas.*

El ceño de McCoy se frunció aún más.

—¿Tienes la costumbre de acostarte con cualquiera que se te antoje?

Peregrine se sonrojó.

—No. Te acabo de decir que no –colocó su mano sobre la suya–. Por favor comprende. No tenía idea de que estarías en mi futuro cuando lo conocí. Sabías que no eras el primero cuando hicimos el amor la primera vez y, después de todo –lo desafió–, seguramente no soy la primera mujer con la que te acuestas, ¿o sí?

—No, pero esperaba que fueras la última –McCoy se pasó la mano por el cabello–. Esta situación realmente entorpece mis planes.

—¿Qué quieres decir?

—Bueno, ¿qué hará el padre? ¿Va a quedarse ahí parado mientras me caso con la madre de su hijo?

—¿Quieres casarte conmigo? –por primera vez Peregrine sintió que todo saldría bien.

—¡Sí, sí quiero! ¿Qué tiene de extraño? ¿Este tipo se va a convertir en un problema? ¿Quién es, a todo esto?

—Es un as –dijo ella lentamente.

—¿Quién? –insistió McCoy.

Demonios, pensó. *Josh conoce bien el ambiente de Nueva York. Seguramente ha oído hablar de Fortunato. ¿Y si tiene la misma actitud que tuvo Tachyon? Tal vez no debería decirle, pero tiene derecho a saberlo.*

—Su nombre es Fortunato…

—¡Fortunato! –McCoy explotó–. ¿El tipo que maneja a todas las putas? ¡Geishas, así las llama! ¡Dormiste con *él*! –tomó más cerveza.

—Realmente no creo que eso importe ahora. Sucedió. Y si te interesa saberlo, es encantador.

—Está bien, está bien –McCoy echaba chispas por los ojos.

—Si vas a estar celoso de todos los hombres con los que he dormido, entonces no vamos a lograrlo. Y el matrimonio no es una opción.

—Vamos, Peri, dame un respiro. Eso fue muy inesperado.

—Bueno, también es un shock para mí. Por la mañana pensé que era cansancio. Esta tarde me enteré de que estoy embarazada.

Una sombra cayó sobre la mesa. Era Tachyon, en un traje de seda color lila del mismo tono que sus ojos.

—¿Les molesta si los acompaño? –jaló una silla sin esperar respuesta–. ¡Brandy! –se dirigió bruscamente al mesero. Los tres se examinaron mutuamente hasta que el mesero hizo una pequeña y precisa reverencia y se marchó–. Hablé al hospital local –dijo finalmente Tachyon–. Podemos hacer la prueba mañana temprano.

—¿Qué prueba? –preguntó McCoy, mirando primero a Peregrine y después a Tachyon.

—¿Le dijiste? –preguntó Tachyon.

—No tuve oportunidad de contarle sobre el virus –dijo Peregrine en un susurro apenas audible.

—¿Virus?

—Debido a que tanto Peregrine como For... el padre, es decir... son portadores del wild card, el bebé lo contraerá –dijo Tachyon secamente–. Se debe realizar un ultrasonido tan pronto como sea posible para determinar el estado del feto. Si el bebé se está desarrollando de manera anormal, Peregrine debe abortar. Si el bebé está creciendo normalmente, de todas maneras recomiendo el aborto, pero ésa, por supuesto, será decisión suya.

McCoy miró fijamente a Peregrine.

—¡No me dijiste eso!

—No tuve oportunidad –le dijo a la defensiva.

—Hay una oportunidad entre cien de que el bebé sea un as, pero hay nueve entre cien de que sea un joker –agregó Tachyon de manera implacable.

—¡Un joker! ¿Te refieres a una de esas cosas horribles que viven en Jokertown, esos seres horrendos, esas atrocidades?

—Mi buen y joven amigo –comenzó Tachyon enojado–, no todos los jokers...

—Josh –lo interrumpió Peregrine con suavidad–, yo soy un joker.

Ambos hombres se volvieron hacia ella.

—Lo soy –insistió–. Los jokers tienen deformidades físicas –sus alas se agitaron–. Como éstas. Yo soy un *joker*.

—Esta discusión no nos lleva a ningún lado –dijo Tachyon tras un largo silencio–. Peri, te veré esta noche– se alejó sin tocar su brandy.

—Bien –dijo McCoy–. La pequeña noticia de Tachyon ciertamente arroja una luz diferente sobre el tema.

—¿Qué quieres decir? –preguntó Peregrine, mientras un escalofrío se apoderaba de ella.

—Odio a los jokers –explotó McCoy–. ¡Me ponen los pelos de punta! –sus nudillos se veían blancos sobre la botella de cerveza–. Mira, no puedo continuar con esto. Voy a llamar a Nueva York para decirles que te envíen otro camarógrafo. Voy a sacar mi equipo de tu habitación.

—¿Te vas? –preguntó Peregrine, atónita.

—Sí. Mira, ha sido muy divertido –dijo él con toda intención–, y realmente he disfrutado estar contigo. ¡Pero ni en sueños voy a pasar mi vida criando al bastardo de un chulo! ¡En especial –agregó esto como una ocurrencia de último minuto– uno que se va a convertir en una especie de monstruo!

Peregrine hizo una mueca de dolor. Como si la hubiera abofeteado.

—Creí que me amabas –dijo, con voz y alas temblorosas–. ¡Acabas de pedirme que me case contigo!

—Me equivoqué –terminó su cerveza y se levantó–. Adiós, Peri.

Peregrine no pudo mirarlo a la cara mientras se marchaba. Bajó la mirada hacia la mesa, sintiéndose helada y alterada; no percibió la mirada intensa y prolongada que le dirigió McCoy mientras salía del bar.

—Ejem.

Hiram Worchester se sentó frente a ella en la silla que había desocupado McCoy un instante antes. Peregrine se estremeció. *Es verdad, se ha ido*, pensó. *Nunca, nunca*, se dijo a sí misma apasionadamente, *me involucraré con otro hombre. ¡Nunca!*

—¿Dónde está McCoy? El padre Calamar y yo queremos saber si ustedes dos nos van a acompañar a cenar. Por supuesto –agregó, cuando ella no respondió–, si tienen otros planes…

—No –dijo ella débilmente–, no hay otros planes. Me temo que sólo seré yo. Josh está ehh… fuera, filmando algo del color local –se preguntó por qué le mentía a uno de sus más viejos amigos.

—Por supuesto –Hiram estaba radiante–. Vamos por el padre Calamar para ir al comedor. Usar mi poder siempre me da hambre –se levantó y retiró la silla de ella.

La cena fue excelente, pero ella apenas la probó. Hiram devoró enormes porciones y se expresó poéticamente acerca del *batarikh* –caviar egipcio– y el *shish kebab* de cordero servido con un vino llamado *Rubis d'Egypte*. Instó fuertemente a Tachyon a probar un poco cuando se les unió, pero éste declinó la invitación con un movimiento de cabeza.

—¿Estás lista para la reunión? –le preguntó a Peregrine–. ¿Dónde está McCoy?

—Fuera, filmando –respondió Hiram–. Sugiero que vayamos sin él.

Peregrine murmuró su aprobación.

—No estaba invitado, de todas maneras –comentó Tachyon con malicia.

◆

El doctor Tachyon, Hiram Worchester, el padre Calamar y Peregrine se encontraron con Opet Kemel en una pequeña antecámara cerca del anfiteatro que había sido tan severamente dañado durante el ataque terrorista.

—Debe haber espías nur entre nosotros –exclamó Kemel, mirando alrededor de la habitación–. Es la única manera de que esos perros hubieran podido pasar el cerco de seguridad. Eso, o sobornaron a uno de los míos. Estamos tratando de descubrir al traidor. Los tres asesinos se suicidaron después de ser capturados –dijo Kemel; el odio en su voz hizo que Peregrine dudara de la estricta verdad de sus palabras–. Ahora son *shahid*, mártires de Alá, instigados por ese loco, Nur al-Allah, que ojalá tenga una muerte en extremo lenta y dolorosa –Kemel se volvió hacia Tachyon–. Ya ve, doctor, por eso necesitamos de su ayuda para protegernos…

Su relato continuó y no parecía tener fin. De vez en cuando Peregrine escuchaba a Hiram, el padre Calamar o Tachyon participar en la conversación, pero en realidad no estaba escuchando. Sabía que la expresión de su rostro era educada e inquisitiva. Era la expresión que usaba cuando tenía invitados aburridos en su espectáculo y no dejaban de decir tonterías. Se preguntó cómo le estaría yendo a Letterman en *El mirador de Peregrine*. Probablemente bien. Su mente se negaba a entretenerse en temas sin importancia y vagó de regreso hasta Josh McCoy. ¿Qué pudo haber hecho ella para convencerlo de quedarse? Nada. Quizá fue mejor que se marchara si ésa era su actitud real hacia los aquejados por el wild card. Sus pensamientos se remontaron hasta Argentina, a su primera noche juntos. Ella había reunido todo su valor, se había puesto su vestido más sexy y había ido a su habitación con una botella de champaña. Resultó que McCoy estaba ocupado con una mujer que se había ligado en el bar del hotel. Peregrine, sumamente avergonzada, se escabulló a su habitación y abrió la champaña. Quince minutos más tarde McCoy apareció. Se había tardado tanto, explicó, porque debió deshacerse de la mujer.

Peregrine estaba impresionada por su suprema confianza. Era el primer hombre con el que había estado desde que desapareció Fortunato, y su contacto era maravilloso. Habían pasado juntos cada noche desde entonces, haciendo el amor al menos una vez al día. Hoy estaría sola. Te odia, se dijo a sí misma, porque eres un joker. Ella posó la mano izquierda sobre su abdomen. *No lo necesitamos*, le dijo Peregrine al bebé. *No necesitamos a nadie.*

La voz de Tachyon interrumpió su ensueño.

—Reportaré esto al senador Hartmann, la Cruz Roja y la onu. Estoy seguro de que podemos ayudarlos de alguna manera.

—¡Gracias, gracias! –Kemel se estiró sobre la mesa para tomar las manos de Tachyon en señal de gratitud–. Ahora –dijo, sonriéndole a los demás–, ¿tal vez les gustaría conocer a mis hijos? Han expresado su deseo de platicar con todos ustedes, en especial con usted –dirigió su penetrante mirada hacia Peregrine.

—¿Conmigo?

Kemel asintió y se puso de pie.

—Pasen por aquí.

Pasaron entre las largas cortinas doradas que separaban la antecámara del auditorio, y Kemel los guio a otra habitación, donde los dioses vivientes los esperaban.

Min estaba ahí, y el barbado Osiris, Toth el de la cabeza de ave, el hermano y la hermana flotantes, al igual que Anubis, Isis y una docena más cuyos nombres Peregrine no podía recordar. Inmediatamente rodearon a los americanos y al doctor Tachyon, hablando todos al mismo tiempo. Peregrine se encontró cara a cara con una mujer de gran complexión que le sonrió y le habló en árabe.

—Lo siento –dijo Peregrine, sonriéndole a su vez–. No entiendo.

La mujer hizo un gesto hacia el hombre con la cabeza de ave que estaba de pie cerca de ellas, e inmediatamente se les unió.

—Soy Toth –dijo en inglés; su pico le daba un extraño acento con un chasquido–. Taurt me ha pedido que le diga que el hijo que tendrá nacerá fuerte y saludable.

La mirada de Peregrine fue de uno a la otra, con la incredulidad reflejada en su rostro.

—¿Cómo supieron que estoy embarazada? –inquirió.

—Ah, lo hemos sabido desde que escuchamos que vendría al templo.

—¡Pero este viaje se decidió hace meses!

—Sí. Osiris sufre la maldición de tener visiones del futuro. Su futuro, su hijo, estaba en una de esas visiones.

Taurt dijo algo y Toth sonrió.

—Ella dice que no se preocupe. Usted será una madre muy buena.

—¿De verdad?

Taurt le entregó una pequeña bolsa de lino con jeroglíficos bordados. Peregrine la abrió y encontró un pequeño amuleto hecho de piedra roja. Lo examinó con curiosidad.

—Es un *achet* –chasqueó Toth–. Representa el sol elevándose al este. Le dará la fuerza y el poder de Ra el Grande. Es para el niño. Cuídelo hasta que el niño tenga edad suficiente para usarlo.

—Gracias. Lo haré –impulsivamente abrazó a Taurt, quien correspondió al gesto y desapareció en la habitación llena de gente.

—Venga ahora –dijo Toth–, los otros desean conocerla.

Mientras Peregrine y Toth circulaban entre los dioses, ella era recibida con gran afecto por cada uno.

—¿Por qué actúan así? –preguntó tras un abrazo especialmente aplastante de Hapi, el toro.

—Están felices por usted –le dijo Toth–. El nacimiento de un niño es algo maravilloso, especialmente el de un niño con alas.

—Ya entiendo –dijo, aunque no era así. Tenía la sensación de que Toth estaba ocultando algo, pero el hombre con la cabeza de ave se deslizó entre la multitud antes de que ella pudiera hacerle más preguntas.

Entre los saludos y discursos extemporáneos súbitamente se dio cuenta de que estaba exhausta. Peregrine llamó la atención de Tachyon desde donde se encontraba conversando con Anubis. Ella señaló su reloj y Tachyon le hizo señas indicándole que se acercara. Al reunirse con ellos, escuchó que él le preguntaba a Anubis acerca de la amenaza de los nur. El padre Calamar estaba cerca, discutiendo teología con Osiris.

—Los dioses nos protegerán –respondió Anubis, dirigiendo sus ojos al cielo–. Y entiendo que la seguridad alrededor del templo se ha reforzado.

—Discúlpenme por interrumpir –se disculpó Peregrine, dirigiéndose a Tachyon–, pero ¿no tenemos una cita mañana temprano?

—Por todos los cielos, casi se me olvidaba. ¿Qué hora es? –levantó las cejas cuando vio que era más de la una–. Será mejor que nos marchemos. Nos llevará una hora regresar a Lúxor, y usted, señorita, necesita dormir.

Peregrine entró con aprehensión a su habitación en el Winter Palace Hotel. Las cosas de McCoy ya no estaban. Se dejó caer en un sillón, y llegaron las lágrimas que la habían amenazado toda la noche. Lloró hasta que no le quedaron más lágrimas y la cabeza le dolía por el esfuerzo. *Ve a la cama, se dijo a sí misma. Ha sido un largo día. Alguien intenta dispararte, descubres que estás embarazada y el hombre que amas te abandona. Sólo te falta enterarte de que* NBC *cancelará* El mirador de Peregrine. *Al menos sabes que tu bebé va a estar bien*, pensó mientras se desvestía. Apagó la luz y se metió en la solitaria cama matrimonial.

Pero su cerebro no dejaba de funcionar. *¿Y si Taurt se equivocara? ¿Y si el ultrasonido revela una deformidad? Tendré que hacerme un aborto. No quiero hacerlo, pero no puedo traer a otro joker a este mundo. El aborto va en contra de todo lo que me enseñaron a creer mientras crecía.*

Pero *¿deseas pasar el resto de tu vida cuidando a un monstruo? ¿Puedes acabar con la vida de un bebé, aun si es un joker?*

Fue para un lado y para otro, hasta que finalmente se quedó dormida. Su último pensamiento coherente fue acerca de Fortunato. *¿Qué querría él?*, se preguntó.

La despertaron los golpes de Tachyon en su puerta.

—Peregrine –vagamente escuchó que la llamaba–. ¿Estás ahí? Son las siete y media.

Se levantó de la cama, se envolvió en la sábana y abrió la puerta que estaba cerrada con llave. Tachyon estaba ahí parado, con la molestia evidente en el rostro.

La fulminó con la mirada.

—¿Sabes qué hora es? Se suponía que nos veríamos abajo hace media hora.

—Lo sé, lo sé. Grítame mientras me visto.

Recogió su ropa y se encaminó hacia el baño. Tachyon cerró la puerta tras él y dirigió una mirada de apreciación a su cuerpo envuelto en las sábanas.

—¿Qué sucedió aquí? –preguntó–. ¿Dónde está tu amante?

Peregrine asomó la cabeza desde detrás de la puerta del baño y le contestó con el cepillo de dientes en la boca.

—Se fue.

—¿Quieres hablarme de eso?

—¡No!

Echó un vistazo al espejo mientras se cepillaba el cabello rápidamente y frunció el ceño ante su rostro exhausto e hinchado, sus ojos rojos. *Te ves fatal*, se dijo a sí misma. Se puso la ropa, metió sus pies en un par de sandalias, tomó su bolsa y alcanzó a Tachyon, que la esperaba junto a la puerta.

—Siento mucho haberme quedado dormida –se disculpó mientras se apresuraban a cruzar el vestíbulo en dirección al taxi que los esperaba–. Me llevó una eternidad conciliar el sueño.

Tachyon la observó con atención mientras la ayudaba a subir al taxi. Viajaron en silencio, su mente ocupada con el bebé, McCoy, Fortunato, la maternidad, su carrera. De repente preguntó:

—Si el bebé... si la prueba... –respiró profundamente y empezó de nuevo–. Si la prueba muestra que existe alguna anormalidad, ¿podrán hacer el aborto hoy?

Tachyon tomó sus manos frías entre las suyas.

—Sí.

Por favor, rezó, *por favor, que mi bebé no tenga nada malo*. La voz de Tachyon interrumpió sus pensamientos.

—¿Qué?

—Peri, ¿qué sucedió con McCoy?

Ella miró por la ventana y retiró sus manos de las de Tachyon.

—Se ha ido –dijo débilmente, retorciéndose los dedos–. Creo que regresó a Nueva York –parpadeó para alejar las lágrimas–. Todo parecía estar bien, me refiero a mi embarazo y Fortunato y lo demás. Pero tras oír que si el bebé vivía probablemente sería un joker, bueno... –sus lágrimas empezaron a brotar de nuevo. Tachyon le entregó su pañuelo de seda con bordes de encaje. Peregrine lo tomó y se secó los ojos–. Bueno –prosiguió–, cuando Josh escuchó eso, decidió que no quería tener nada que ver conmigo o con el bebé. Y se marchó –enrolló el pañuelo de Tachyon hasta convertirlo en una pelota pequeña y húmeda.

—Realmente lo amas, ¿no es así? –le preguntó Tachyon amablemente.

Peregrine asintió y se enjugó más lágrimas.

—Si te haces un aborto, ¿regresará?

—No lo sé y no me importa –estalló–. Si no puede aceptarme como soy, entonces no lo quiero.

Tachyon negó con la cabeza.

—Pobre Peri –le dijo suavemente–. McCoy es un idiota.

Pareció una eternidad antes de que el taxi se detuviera frente al hospital. Cuando Tachyon fue a consultar a la recepcionista, Peregrine se recargó contra la pared fría y blanca de la sala de espera y cerró los ojos. Intentó poner la mente en blanco, pero no podía dejar de pensar en McCoy. *Si él viniera a ti, lo aceptarías de nuevo*, se acusó a sí misma. *Sabes que lo harías. No va a hacerlo, sin embargo, no mientras lleve en mi vientre al bebé de Fortunato.* Abrió los ojos cuando alguien le tocó el brazo.

—¿Estás segura de que estás bien? –preguntó Tachyon.

—Sólo cansada –intentó sonreír.

—¿Estás asustada? –preguntó él.

—Sí –admitió–. Nunca había pensado en realidad en tener hijos, pero ahora que estoy embarazada, deseo un bebé más que nada en el mundo –Peregrine suspiró y cruzó los brazos protectoramente sobre su abdomen–. Pero espero que el bebé esté bien.

—Están llamando al doctor que realizará el procedimiento –dijo Tachyon–. Espero que tengas sed. Tienes que tomar varios litros de agua –tomó una jarra y un vaso de una bandeja que sostenía la enfermera parada junto a él–. Puedes empezar ahora mismo.

Peregrine bebió. Ya llevaba seis vasos cuando un hombre bajito en una bata blanca se acercó a ellos a toda prisa.

—¿Doctor Tachyon? –preguntó, tomando la mano de Tachyon–. Soy el doctor Ali. Es un gran placer conocerlo y darle la bienvenida a mi hospital –se volvió hacia Peregrine–. ¿Ella es la paciente?

Tachyon realizó las presentaciones.

El doctor Ali se frotó las manos.

—Empecemos –dijo, y lo siguieron a la sección de obstetricia y ginecología del hospital–. Usted, jovencita, en esa habitación –señaló–. Quítese toda la ropa y póngase la bata que encontrará ahí. Siga tomando agua. Cuando se haya cambiado, regrese aquí y realizaremos la ecografía.

Cuando Peregrine regresó junto a Tachyon, que ahora llevaba una bata blanca sobre sus galas de seda, y al doctor Ali, le dijeron que se recostara sobre una mesa de exploraciones. Ella obedeció y apretó el amuleto de Taurt en su mano. Una enfermera levantó la bata y frotó un gel transparente sobre el estómago de Peregrine.

—Jalea conductora –explicó Tachyon–. Ayuda a conducir las ondas sonoras.

La enfermera empezó a mover un pequeño instrumento que parecía un micrófono sobre el vientre de Peregrine.

—El transductor –dijo Tachyon mientras él y Ali estudiaban la imagen en la pantalla de video frente a ellos.

—Bien, ¿qué ven? –exigió saber Peregrine.

—Un momento, Peri.

Tachyon y Ali deliberaron en voz baja.

—¿Puede imprimir eso? –Peregrine escuchó que Tachyon preguntaba. El doctor Ali le dio a la enfermera instrucciones en árabe, y muy pronto ésta regresó con una impresión de la imagen hecha en computadora.

—Puedes bajar ahora –dijo Tachyon–. Hemos visto todo lo que hay que ver.

—¿Y bien? –Peregrine preguntó con ansiedad.

—Todo se ve bien... hasta ahora –dijo Tachyon lentamente–. El bebé parece desarrollarse con normalidad.

—¡Eso es maravilloso! –ella lo abrazó mientras la ayudaba a bajar de la mesa.

—Si insistes en seguir adelante con este embarazo, insisto en realizar un ultrasonido cada cuatro o cinco semanas para monitorear el crecimiento del bebé.

Peregrine asintió.

—Estas ondas sonoras no dañan al bebé, ¿verdad?

—No –dijo Tachyon–. Lo único que puede dañar a este bebé ya se encuentra en su interior.

Peregrine miró a Tachyon.

—Sé que sientes que tienes que repetir eso, pero el bebé va a estar bien, lo sé.

—Peregrine, ¡éste no es un cuento de hadas! ¡No vas a vivir felizmente para siempre! ¡Esto podría arruinar tu vida!

—Que me crecieran alas a los trece años podría haber arruinado mi vida, pero no lo hizo. Esto tampoco lo hará.

Tachyon suspiró.

—No se puede razonar contigo. Ve a ponerte tu ropa. Es hora de regresar a El Cairo.

Tachyon la esperaba afuera del vestidor.

—¿Dónde está el doctor Ali? –preguntó, mirando a su alrededor–. Quiero agradecerle.

—Tenía otros pacientes que atender –Tachyon la guio por el corredor, rodeando sus hombros con el brazo–. Volvamos... –su voz se detuvo. Caminando por el pasillo en dirección a ellos estaba Josh McCoy. Peregrine se alegró de ver que lucía tan mal como ella se sentía. Tampoco debía de haber dormido mucho. Se detuvo frente a ellos.

—Peri –empezó–, he estado pensando...

—Bien hecho –dijo Peregrine secamente–. Ahora, si nos disculpas...

McCoy estiró la mano y sujetó su brazo.

—No. Quiero hablar contigo y quiero hacerlo ahora –la apartó de Tachyon.

Ella tenía que hablar con él, se dijo a sí misma. Tal vez todo se arreglaría. Albergaba esperanzas.

—Está bien –le dijo con voz temblorosa a Tachyon–. Acabemos con esto.

La voz de Tachyon los siguió.

—McCoy. No cabe duda de que eres un tonto. Y te lo advierto, si la lastimas de cualquier manera, lo lamentarás por un largo, largo tiempo.

McCoy lo ignoró y siguió jalando a Peregrine por el pasillo, abriendo puertas hasta que encontró una habitación vacía. La arrastró adentro y cerró la puerta detrás de ellos. La soltó y caminó de un lado al otro.

Peregrine permaneció de pie junto a la pared, frotando su brazo donde las marcas de sus dedos se habían hecho visibles.

McCoy dejó de caminar y la miró fijamente.

—Perdón si te lastimé.

—Creo que me hiciste un moretón –dijo ella, revisando su brazo.

—No podemos permitir que eso pase –dijo McCoy burlonamente–. ¡Moretones en el símbolo sexual americano!

—Eso es bastante bajo –dijo ella, adoptando un tono seco de voz.

—Sin embargo, es cierto –replicó–. Eres un símbolo sexual. Está tu página central en *Playboy*, esa escultura de ti desnuda realizada en hielo en Aces High. ¿Y qué me dices de ese retrato tuyo donde apareces desnuda, *El ángel caído*, que te hizo Warhol?

—¡No hay nada malo en posar desnuda! No me avergüenza mostrar mi cuerpo o que otras personas lo vean.

—¡Qué sorpresa! ¡Te desnudas para cualquiera que te lo pida!

Palideció de furia.

—¡Sí, lo hago! ¡Incluyéndote a ti! –abofeteó el rostro de McCoy y se dirigió hacia la puerta, sus alas temblaban–. No tengo por qué quedarme aquí y soportar más tu maltrato.

Ella estiró la mano para tomar la perilla de la puerta, pero McCoy se metió frente a ella y la mantuvo cerrada.

—No. Necesito hablar contigo.

—No estás hablando, me estás maltratando –replicó Peregrine–, y no me gusta nada.

—No sabes lo que es el maltrato –le dijo, sus ojos brillaban del enojo–. ¿Por qué no gritas? Probablemente Tachyon está justo afuera. Le encantaría entrar y rescatarte. Podrías coger con él en señal de agradecimiento.

—¿Cómo te atreves? –gritó Peregrine–. ¡No lo necesito para que me proteja! ¡Ni a él, ni a ti, ni a nadie! ¡Déjame ir! –exigió airadamente.

—No –apretó su cuerpo contra la pared. Ella se sintió como una mariposa clavada sobre terciopelo. Podía sentir su pesada calidez contra ella–. ¿Así es como va a ser –dijo con furia–, una multitud de hombres que siempre desearán protegerte? ¿Una multitud de hombres deseando coger contigo sólo porque eres Peregrine? No quiero que nadie más te toque. Nadie más que yo.

»Peri –dijo él, con más suavidad–, mírame –cuando ella se rehusó, él forzó su barbilla hacia arriba hasta que ella lo miró a los ojos, las lágrimas rodando por sus mejillas–. Peri, siento mucho todo lo que dije ayer. Y todo lo que acabo de decir. No es mi intención perder el control, pero cuando vi a ese emperifollado comedor de quiches con sus manos encima de ti, no pude contenerme. La idea de que alguien que no sea yo te toque me pone furioso −los dedos en su barbilla se apretaron−. Cuando me dijiste ayer que Fortunato era el padre del bebé, todo lo que podía hacer era verlo a él en la cama contigo, abrazándote, amándote −la dejó ir y caminó hacia la ventana de la pequeña habitación, con la mirada perdida, sus manos abriéndose y cerrándose−. Fue entonces −continuó−, que me di cuenta exactamente contra qué me enfrentaba. Eres famosa, bella y sexy y todos te desean. No quiero ser el esposo de la señorita Peregrine. No quiero competir con tu pasado. Quiero tu futuro.

»Lo que dije ayer acerca de los jokers no era verdad. Fue la primera excusa que se me ocurrió. Quería lastimarte tanto como yo estaba sufriendo −pasó una mano por su cabello rubio−. Realmente me dolió cuando me dijiste lo del bebé, porque no es mío. No odio a los jokers. Me gustan los niños y amaré al tuyo e intentaré ser un buen padre. Si Fortunato aparece, bueno, lo manejaré de la mejor manera posible. Demonios, Peri, te amo. Anoche sin ti la pasé terrible. Me mostró cómo sería el futuro si te dejo ir. Te amo −repitió− y quiero que seas mi esposa.

Peregrine lo rodeó con sus brazos y se recargó contra su espalda.

—Yo también te amo. Anoche fue probablemente la peor noche de mi vida. Me di cuenta de lo que significas para mí, y también de lo que significa este bebé. Si sólo puedo tener a uno de ustedes, elijo a mi bebé. Siento decirte eso, pero tenía que hacerlo. Pero también te quiero a ti.

McCoy se volvió y tomó sus manos. Las besó.

—Suenas terriblemente decidida.

—Lo estoy.

McCoy rio.

—No importa lo que suceda cuando nazca el bebé, haremos lo mejor que podamos −le sonrió−. Tengo un montón de sobrinas y sobrinas, así que sé cambiar pañales.

—Bien. Puedes enseñarme.

—Lo haré −prometió, sus labios tocaron los suyos cuando la aproximó hacia él.

La puerta se abrió. Una figura vestida de blanco los miró con desaprobación. Tras un momento el doctor Tachyon se asomó.

—¿Ya terminaron? –preguntó fríamente–. Necesitan la habitación.

—Ya terminamos con la habitación, pero no hemos terminado. Apenas estamos empezando –dijo Peregrine, sonriendo, radiante.

—Bien, mientras estés feliz –dijo Tachyon lentamente.

—Lo estoy –le aseguró.

Se marcharon del hospital con Tachyon. Él se metió solo a un taxi, mientras que McCoy y Peregrine se acomodaron en el coche de caballos que esperaba en la acera detrás del taxi.

—Regresemos al hotel –dijo Peregrine.

—¿Me estás haciendo una proposición?

—Por supuesto que no. Tengo que empacar para poder reunirnos con el grupo en El Cairo.

—¿Hoy?

—Sí.

—Entonces será mejor que nos demos prisa.

—¿Por qué?

—¿Por qué? –McCoy dibujó un camino de besos sobre su rostro y cuello–. Tenemos que recuperar el tiempo perdido anoche, por supuesto.

—Oh –Peregrine le dijo algo al conductor y el coche aumentó la velocidad–. No queremos desperdiciar más tiempo.

—Ya hemos desperdiciado bastante –coincidió McCoy–. ¿Estás feliz? –le preguntó suavemente mientras ella se acomodaba en sus brazos, con la cabeza descansando sobre el pecho de él.

—¡Más feliz que nunca! –pero una vocecita en el fondo de su mente siguió recordándole la existencia de Fortunato.

Sus brazos se apretaron en torno a ella.

—Te amo.

Del *Diario de Xavier Desmond*

♣ ♦ ♠ ♥

30 de enero, Jerusalén

LA CIUDAD ABIERTA DE JERUSALÉN, ASÍ LA LLAMAN. UNA METRÓPOLI internacional, gobernada de manera conjunta por comisionados de Israel, Jordania, Palestina y Gran Bretaña en virtud de un mandato de las Naciones Unidas, sagrada para tres de las grandes religiones del mundo.

Por desgracia, la frase apropiada no es «ciudad abierta», sino «herida abierta». Jerusalén sangra como lo ha hecho por casi cuatro décadas. Si esta ciudad es sagrada, odiaría visitar una que fuera profana.

Los senadores Hartmann y Lyons y los otros delegados políticos comieron con los comisionados de la ciudad hoy, pero el resto de nosotros pasamos la tarde recorriendo esta ciudad internacional libre, en limusinas cerradas con parabrisas antibalas y un blindaje especial bajo la carrocería para soportar explosiones de bombas. Jerusalén, según parece, gusta de dar la bienvenida a sus visitantes internacionales haciéndolos explotar. No parece importarles quiénes sean los visitantes, de dónde vengan, qué religión practiquen, hacia dónde inclinen sus políticas... hay suficientes facciones en esta ciudad para que todos puedan contar con que alguien los odie.

Hace dos días estuvimos en Beirut. Viajar de Beirut a Jerusalén es como viajar del día a la noche. El Líbano es un país hermoso y Beirut es tan encantador y tranquilo que parece casi sereno. Sus diversas religiones parecen haber resuelto el problema de vivir en comparativa armonía, aunque por supuesto hay incidentes: ningún lugar en el Medio Oriente (o en el mundo, si vamos al caso) es completamente seguro.

Pero Jerusalén –los brotes de violencia han sido endémicos durante los últimos treinta años, cada uno peor que el anterior. Manzanas enteras no se parecen a nada más que a Londres durante los ataques aéreos, y la población que permanece se ha acostumbrado tanto al sonido distante de las ametralladoras que apenas parecen notarlo.

Nos detuvimos brevemente en lo que queda del Muro de las Lamentaciones (en gran parte destruido en 1967 por terroristas palestinos en represalia por el asesinato de al-Hazis a manos de terroristas israelíes el año anterior) y de hecho nos atrevimos a salir de nuestros vehículos. Hiram miró alrededor con ferocidad y cerró el puño, como si retara a cualquiera a causar problemas. Se ha comportado de un modo extraño últimamente; se ha vuelto irritable, se enoja fácilmente, se encuentra malhumorado. Sin embargo, las cosas que presenciamos en África nos han afectado a todos. Un fragmento del muro es todavía bastante imponente. Lo toqué e intenté sentir la historia. En lugar de eso sentí las marcas dejadas en la piedra por las balas.

La mayoría de nuestro grupo regresó al hotel más tarde, pero el padre Calamar y yo tomamos un desvío para visitar el Distrito Joker. Me han dicho que es la segunda comunidad más grande de jokers en el mundo, después de Jokertown... una distante segunda posición, pero la segunda a pesar de todo. No me sorprende. El Islam no ve a mi gente con amabilidad, por lo tanto los jokers vienen aquí desde todo el Medio Oriente en busca de cualquier exigua protección ofrecida por la soberanía de la ONU y una pequeña y desmoralizada fuerza internacional de paz en desventaja tanto en número como en armamento.

El Distrito Joker es indescriptiblemente sórdido, y el peso de la miseria humana dentro de sus muros es casi palpable. Sin embargo, irónicamente, las calles del Distrito se consideran más seguras que cualquier otro lugar en Jerusalén. El Distrito tiene sus propios muros, construidos desde que se tiene memoria, originalmente para proteger los sentimientos de la gente decente al escondernos a nosotros, las obscenidades vivientes, de su vista, pero esos mismos muros han dado una medida de seguridad a aquellos que habitan en su interior. Una vez dentro no vi nats en absoluto, sólo jokers, jokers de todas las razas y religiones, todos viviendo en paz relativa. En algún momento pueden haber sido musulmanes, judíos o cristianos, fanáticos, sionistas o seguidores de los nur, pero una vez que se repartieron las cartas, fueron tan sólo jokers. El joker es capaz de igualarlo todo, atraviesa todo tipo de odios y prejuicios, une a toda la humanidad en una nueva hermandad de dolor. *Un joker es un joker es un joker*, y todo lo demás que pueda ser, a nadie le importa.

Ojalá funcionara de la misma manera con los ases.

La secta Joker de Jesucristo tiene una iglesia en Jerusalén, y el padre Calamar me llevó ahí. El edificio parecía más una mezquita que una iglesia cristiana, al menos vista desde el exterior, pero por dentro no era tan distinta de la iglesia que yo había visitado en Jokertown, aunque era mucho más antigua y más deteriorada. El padre Calamar encendió una vela y dijo una oración, y visitamos la estrecha rectoría destartalada donde el padre Calamar conversó con el pastor en un latín vacilante mientras compartíamos una botella de vino tinto agrio. Mientras hablaban, escuché el sonido de las armas automáticas golpeteando en la noche, a pocas cuadras de distancia. Una típica noche en Jerusalén, supongo.

Nadie leerá este diario hasta después de mi muerte, y para entonces con seguridad seré inmune a cualquier acusación. He pensado mucho y a profundidad sobre si debería o no registrar lo que sucedió esta noche, y finalmente decidí que iba a hacerlo. El mundo necesita recordar las lecciones de 1976 y que se le recuerde de vez en cuando que la LADJ no habla por todos los jokers.

Una anciana joker apretó una nota contra mi mano mientras el padre Calamar y yo salíamos de la iglesia. Supongo que alguien me reconoció.

Cuando leí la nota, me excusé de la recepción oficial, alegando cansancio una vez más, pero esta vez era un ardid. Cené en mi habitación con un criminal buscado, un hombre a quien sólo puedo describir como un famoso terrorista joker internacional, aunque es un héroe dentro del Distrito Joker. No daré su nombre real, aun en estas páginas, ya que entiendo que todavía visita a su familia en Tel Aviv de vez en cuando. Usa una máscara canina negra en sus «misiones» y ante la prensa, la Interpol y las diversas facciones que patrullan Jerusalén, recibe distintos apelativos, entre ellos «el Perro Negro» y «el Sabueso Infernal». Ese día usaba una máscara completamente distinta, una capucha con forma de mariposa, cubierta con brillantina plateada, y no tuvo problema alguno al cruzar la ciudad.

—Lo que debes recordar –me dijo– es que los nats son básicamente estúpidos. Usas la misma máscara dos veces y dejas que te fotografíen con ella, y de inmediato piensan que es tu cara.

El Sabueso, como lo llamaré, nació en Brooklyn pero emigró a Israel con su familia a los nueve años y se hizo ciudadano israelí. Tenía veinte años cuando se convirtió en joker.

—Viajé medio mundo para contraer el wild card –me dijo–, debí quedarme en Brooklyn.

Pasamos varias horas discutiendo sobre Jerusalén, el Medio Oriente y las intrigas del wild card. El Sabueso encabeza lo que la honestidad me obliga a llamar una organización terrorista joker, los Puños Retorcidos. Son ilegales tanto en Israel como en Palestina, lo cual no es cosa fácil. Fue evasivo en cuanto al número de miembros que tenían, pero nada tímido al confesar que virtualmente todo su apoyo financiero provenía de Jokertown en Nueva York.

—Puede que no le agrademos, señor alcalde –me dijo el Sabueso–, pero le agradamos a su gente –incluso dio a entender astutamente que uno de los delegados joker en nuestro tour se encontraba entre sus simpatizantes, aunque por supuesto se negó a suministrar su nombre.

El Sabueso está convencido de que la guerra está por llegar al Medio Oriente, y pronto.

—Ya era hora –dijo–. Ni Israel ni Palestina han tenido nunca fronteras defendibles, y ninguna es una nación económicamente viable. Cada una está convencida de que la otra es culpable de todo tipo de atrocidades terroristas, y ambas tienen razón. Israel quiere el Néguev y la Ribera Occidental, Palestina quiere un puerto en el Mediterráneo, y ambos países están llenos de refugiados de 1948 que quieren recuperar sus hogares. Todos quieren Jerusalén con excepción de la ONU, que ya la tiene. Mierda, *necesitan* una buena guerra. Parecía que los israelíes iban ganando en el 48 hasta que el *Nasr* les pateó el trasero. Sé que Bernadotte ganó el Premio Nobel de la Paz por el Tratado de Jerusalén, pero aquí entre nosotros, habría sido mejor si hubieran peleado hasta el amargo final... cualquiera que hubiese sido.

Le pregunté cuánta gente habría muerto, pero sólo se encogió de hombros.

—Estarían muertos. Pero tal vez si esto se acabara, de verdad *se acabara*, algunas de las heridas empezarían a sanar. En lugar de eso tenemos dos medios países muy enojados, que comparten el mismo pequeño desierto y ni siquiera se reconocen entre sí. Hemos tenido cuatro décadas de odio, terrorismo y miedo, y aun vamos a llegar a la guerra, y pronto. No tengo idea de cómo Bernadotte logró la Paz de Jerusalén a pesar de todo, aunque no me sorprende que lo hayan asesinado a pesar de sus esfuerzos. Los únicos que odian los plazos más que los israelíes son los palestinos.

Señalé que, por impopular que pudiera ser, la Paz de Jerusalén había durado casi cuarenta años. Rechazó esto y señaló que lo que se vivía era un punto muerto que duraba ya cuarenta años, no una paz real. El miedo mutuo era lo que la había hecho funcionar. Los israelíes siempre habían tenido superioridad militar. Pero los árabes tenían a los ases de Puerto Said, «¿y creen que los israelíes no recuerdan? Cada vez que los árabes erigen un monumento a la memoria del *Nasr*, en cualquier lugar entre Bagdad y Marrakech, los israelíes lo hacen explotar. Créanme, recuerdan. La diferencia es que ahora todo el asunto está fuera de balance. Tengo fuentes que dicen que Israel ha estado haciendo sus propios experimentos con el wild card en voluntarios de sus fuerzas armadas, y se han hecho de algunos ases propios. Supongo que ustedes verían eso como fanatismo, *ofrecerse como voluntarios* para el wild card. Y del lado árabe, tienen a Nur al-Allah, quien se refiere a Israel como una "nación joker bastarda" y ha prometido destruirla completamente. Los ases de Puerto Said eran gatitos en comparación con este grupo, incluyendo al viejo Khôf. No, va a llegar, y pronto».

—¿Y cuando llegue? –le pregunté.

Llevaba un arma, algún tipo de pequeña ametralladora semiautomática con un largo nombre ruso. La sacó y la puso sobre la mesa, entre nosotros.

—Cuando llegue –dijo–, se pueden matar mutuamente todo lo que quieran, pero más les vale que dejen el Distrito en paz, o tendrán que vérselas con nosotros. Ya le hemos dado a los nur algunas lecciones. Cada vez que matan a un joker, nosotros matamos a cinco de los suyos. Comprenderás que captan la idea, pero los nur aprenden lentamente.

Le dije que el senador Hartmann tenía la esperanza de organizar una reunión con Nur al-Allah a fin de iniciar discusiones que contribuyeran a encontrar una solución pacífica para los problemas de la región. Se rio. Platicamos por largo tiempo, sobre los jokers, ases y nats; la violencia y la no violencia; la guerra y la paz; la hermandad y la venganza; sobre poner la otra mejilla y proteger a los tuyos, y al final no llegamos a nada.

—¿Por qué vino? –le pregunté al final de la charla.

—Pensé que deberíamos conocernos. Podríamos usar su ayuda. Su conocimiento de Jokertown, sus contactos con la sociedad nat, el dinero que podría recaudar.

—No van a tener mi ayuda –le dije–. He visto a dónde lleva su camino. Tom Miller caminó por ese camino hace diez años.

—¿Gimli? –Se encogió de hombros–. Para empezar, Gimli estaba tan loco como una cabra. Yo no. Gimli quiere que el mundo se dé un besito en la herida y todo esté bien. Yo sólo lucho para proteger a los míos. Para protegerlo, Desmond. Rece por que su Jokertown nunca necesite a los Puños Retorcidos, pero si es así, ahí estaremos. Leí el artículo de portada del *Time* sobre Leo Barnett. Podría ser que los nur no sean los únicos lentos en aprender. Si así son las cosas, tal vez el Perro Negro vaya a casa y encuentre ese árbol que crece en Brooklyn, ¿cierto? No he ido a un juego de los Dodgers desde que tenía ocho años.

Mi corazón se detuvo en mi garganta mientras miraba la pistola sobre la mesa, pero estiré la mano y la puse sobre el teléfono.

—Podría llamar a nuestro equipo de seguridad en este momento y asegurarme de que eso no suceda, que usted no matará a más gente inocente.

—Pero no lo hará –dijo el Sabueso–. Porque tenemos demasiado en común.

Le dije que no teníamos nada en común.

—Ambos somos jokers –dijo–. ¿Qué más importa? –entonces se enfundó la pistola, ajustó su máscara y salió de mi habitación caminando tranquilamente.

Y que Dios me ayude, me quedé ahí sentado solo por varios minutos interminables, hasta que escuché que las puertas del elevador se abrían al final del pasillo, y retiré mi mano del teléfono.

Los matices del odio

Quinta parte

Domingo 1 de febrero de 1987, en el desierto sirio

Najib le asestó un veloz puñetazo, pero Misha insistió.

—Ya viene –dijo Misha–, en mis sueños Alá me dice que debo reunirme con él en Damasco.

En la oscuridad de la mezquita Najib brillaba como uno de los faroles de cristal verde que iluminaban los alrededores del *mihrab*, el nicho adornado con joyas consagrado a la oración. Por la noche Nur al-Allah lucía más imponente, se diría que era la auténtica imagen de un profeta en llamas, brillando con la furia del mismo Alá. No replicó al comentario de Misha: primero miró al corpulento Sayyid, quien descansaba su enorme volumen contra uno de los pilares recubiertos de baldosas.

—No –se quejó Sayyid–. No, Nur al-Allah –miró a Misha, que suplicaba de rodillas frente a su hermano, y sus ojos se llenaron de furia ardiente, porque ella no se sometía ni a la voluntad de su hermano ni a las sugerencias de Sayyid–. Tú has dicho a menudo que las abominaciones deben ser aniquiladas. Has dicho que la única manera de negociar con el no creyente es con el filo de una espada. Permíteme vigilar que se cumplan esas palabras en tu nombre. El gobierno Ba'th es incapaz de detenernos: al-Assad tiembla cuando habla Nur al-Allah. Llevaré a algunos de los fieles a Damasco. Limpiaremos al mundo con el fuego purificador. Acabaremos con las abominaciones y con aquellos que las portan.

La piel de Najib resplandeció por un momento, como si el consejo de Sayyid lo excitara. Sus labios formaron una mueca feroz. Pero Misha sacudió la cabeza.

—Hermano –imploró–. También escucha a Kahina. He tenido el mismo sueño durante tres noches. Nos veo a nosotros dos con los norteamericanos. Veo los obsequios. Veo un camino nuevo, inexplorado.

—También dile a Nur al-Allah que despertaste del sueño gritando, convencida de que los obsequios eran peligrosos, que el tal Hartmann tenía más de un rostro en tus sueños.

Misha volvió la vista a su esposo.

—Un camino nuevo es siempre peligroso; los obsequios siempre comprometen a quien los recibe. ¿Le dirás a Nur al-Allah que no existe peligro en *tu camino,* el camino de la violencia? ¿Es Nur al-Allah tan fuerte ya que puede vencer a todo el Occidente? Los soviéticos no nos ayudarían en este problema, querrán que sus manos se conserven limpias.

—El camino de la yihad es el camino de la lucha –dijo Sayyid, inconforme.

Najib asintió. Levantó una mano brillante ante su rostro, girándola como si se maravillara ante la suave luz que irradiaba.

—Alá aniquiló a los infieles con Su mano –concordó–. ¿Por qué no debería yo hacer lo mismo?

—Por el sueño de Alá –insistió Misha.

—¿El sueño de Alá o el *tuyo,* mujer? –preguntó Sayyid–. ¿Cómo reaccionarían los infieles si Nur al-Allah hace lo que le pedí? Occidente no ha hecho nada por los rehenes que están en manos de los creyentes del Islam, tampoco han intervenido en otras matanzas. ¿Se quejarán ante el gobierno de Damasco, con al-Assad? Nur al-Allah es el verdadero gobernante de Siria, aunque no sea reconocido en público como tal; Nur al-Allah cuenta con el apoyo de la mitad de los creyentes del Islam, es él quien logró unirlos. Se quejarán, harán bravatas. Llorarán y se lamentarán, pero no intentarán detenernos. ¿Qué podrían hacer? ¿Rehusarse a negociar con nosotros? ¡Puaj! –Sayyid escupió sobre las intrincadas baldosas del suelo–. Si se atrevieran, escucharían la carcajada de Alá en el viento.

—Estos norteamericanos viajan en compañía de sus guardias –replicó Misha–. Los llamados *ases.*

—Nosotros tenemos a Alá. Su fuerza es todo lo que necesitamos. Cualquiera de los míos se sentiría honrado de convertirse en un *shahid,* un mártir de Alá.

Misha se volvió hacia Najib, quien seguía examinando su propia mano mientras Sayyid y Misha discutían.

—Hermano, lo que Sayyid solicita ignora los dones que Alá nos ha otorgado. Su camino ignora el don de los sueños e ignora el *kuwwa nuriyah*, el poder de la luz.

—¿Qué quieres decir? –Najib bajó por fin su mano.

—El poder de Alá está en tu voz, en tu presencia. Si te reúnes con estas personas, ellos serían persuadidos de la misma manera en que los fieles son persuadidos cuando hablas. *Cualquiera* de los creyentes de Alá podría matarlos, pero sólo Nur al-Allah puede en realidad convertir a los infieles a la fe de Alá. ¿Cuál de los dos sería el mayor homenaje a Alá?

Najib no contestó. Su rostro luminiscente adoptó una mueca aún más profunda, se dio media vuelta y se alejó unos pasos. Ella supo que lo había convencido: *¡Alabado sea Alá! Sayyid me golpeará de nuevo por esto, pero vale la pena.* Su mejilla palpitaba en el punto en que recibió el golpe de Najib, pero ella ignoraba el dolor.

—¿Sayyid? –preguntó Najib. Miró por una ventana ranurada hacia el pueblo. Un coro de voces débiles saludó al rostro resplandeciente.

—Que Nur al-Allah sea quien decida. Ya conoce mi opinión –dijo Sayyid–. No soy un *kahin*. Sólo conozco la guerra. Pero Nur al-Allah es fuerte y creo que deberíamos mostrar esa fuerza.

Najib regresó al *mihrab*.

—Sayyid, ¿permitirás que Kahina vaya a Damasco y se encuentre con los norteamericanos?

—Si eso es lo Nur al-Allah desea –respondió Sayyid fríamente.

—Lo es –dijo Najib–. Misha, regresa a casa de tu esposo y prepárate para viajar. Te encontrarás con esta delegación y me contarás todo lo que aprendas sobre ellos. Entonces Nur al-Allah decidirá cómo actuar.

Misha se inclinó con respeto reverencial en dirección de las frías baldosas y se retiró. Mantuvo los ojos bajos y sintió la mirada rencorosa de Sayyid cuando pasó frente a él.

Cuando se fue, Najib meneó la cabeza en dirección de Sayyid, que había adoptado una postura hosca.

—¿Crees que te ignoro al acatar la solicitud de tu esposa, amigo mío? ¿Te sientes insultado?

—Ella es tu hermana y es *Kahina* —replicó Sayyid, en un tono neutral.

Najib sonrió y la oscuridad de su boca era como un agujero en su rostro brillante.

—Permíteme preguntarte, Sayyid, ¿somos en realidad lo suficientemente fuertes para hacer lo que sugieres?

—*In sha'Allah:* por supuesto, no lo hubiera dicho si no creyera que es verdad.

—¿Y tu plan sería más fácil de llevar a cabo en Damasco o aquí… en nuestro propio territorio, en nuestro propio tiempo?

La sugerencia hizo sonreír a Sayyid.

—Pues *aquí*, por supuesto, Nur al-Allah. *Aquí*.

Martes 3 de febrero de 1987, Damasco

El hotel estaba cerca del zoco al-Hamidiyah. Gregg podía escuchar la bulliciosa energía del mercado aun por encima del traqueteo del antiquísimo aparato de aire acondicionado. Mil *chilabas* de colores brillantes se arremolinaban en el zoco, intercaladas con el negro sin lustre del *chador*. La multitud llenaba las estrechas callejuelas, visitaba los coloridos toldos de los puestos y se derramaba por las calles adyacentes. En la esquina más próxima un vendedor de agua anunciaba su mercancía:

—¡*Atchen, taa saubi!* Si tienes sed, ven a mí.

Había multitudes por todos lados, desde el zoco hasta los blancos minaretes de la mezquita Umayyad, con sus mil doscientos años de antigüedad.

—Podrías pensar que el wild card nunca existió. O el siglo veinte, si a ésas vamos —comentó Gregg.

—Eso es porque Nur al-Allah se ha asegurado de que ningún joker se atreva a caminar por las calles. Aquí matan a los jokers —Sara, sobre la cama, colocó su naranja sobre las cáscaras que cubrían la copia de *al Ba'th*, el periódico sirio oficial—. Recuerdo una historia que nos envió el corresponsal del *Post* en este país. Un joker tuvo la mala suerte de ser capturado mientras robaba comida en el zoco. Lo enterraron en la arena de manera que sólo su cabeza sobresalía y lo apedrearon hasta morir. El juez, que pertenecía a la secta nur, por cierto, insistió en que sólo le lanzaran rocas pequeñas, para que el joker tuviera suficiente tiempo de reflexionar en sus múltiples pecados antes de morir.

Gregg entrelazó sus dedos en el cabello revuelto de Sara, tiró suavemente de su cabeza hacia atrás y la besó con intensidad.

—Por eso estamos aquí –dijo–. Por eso espero conocer a esta Luz de Alá.

—Has estado inquieto desde Egipto.

—Creo que ésta es una parada importante.

—¿El Oriente Medio es una de las principales preocupaciones del próximo presidente?

—Eres una pequeña perra impertinente.

—Tomaré el «pequeña» como un cumplido. Una «perra», sin embargo, es un can hembra, puerco sexista. Y *puedo* oler una historia –arrugó la nariz en dirección a él.

—¿Eso quiere decir que tengo tu voto?

—Depende –Sara sacudió la sábana, arrojando el diario *al-Ba'th*, la naranja y las cáscaras al suelo, y tomó la mano de Gregg. Besó sus dedos ligeramente y entonces movió la mano de él en dirección de la parte inferior de su cuerpo–. ¿Qué tipo de incentivos piensas ofrecer? –preguntó.

—Haré lo que tenga que hacer –*Y hablo en serio*. El Titiritero se removió un poco, con impaciencia. *Si convierto a Nur al-Allah en una marioneta, influiré en sus acciones. Puedo sentarme a la mesa con él y hacer que firme lo que yo quiera: me verán como Hartmann, el Gran Negociador, el líder humanitario mundial. Nur al-Allah es la clave para controlar esta región. Con él y otros líderes más...* El pensamiento lo hizo sonreír y Sara soltó una risa gutural.

—Ningún sacrificio es demasiado grande, ¿eh? –ella rio de nuevo y lo jaló sobre ella–. Me gusta un hombre con sentido del deber. Bien, empiece a ganarse su voto, senador. Y esta vez, *a usted* le toca el lado húmedo de la cama.

Algunas horas más tarde se escuchó un discreto golpe en la puerta exterior. Gregg estaba de pie junto a la ventana, anudándose la corbata mientras miraba en dirección de la ciudad.

—¿Sí?

—Soy Billy, senador. Kahina y su grupo están aquí. Ya les avisé a los demás. ¿La envío a la sala de conferencias?

—Un segundo.

Sara llamó en voz baja desde la puerta abierta del baño.

—Bajaré a mi habitación.

—Puedes quedarte aquí un poco más. Billy se asegurará de que nadie te vea al irte. Habrá una conferencia de prensa después, así que quizá quieras bajar en media hora –Gregg se dirigió a la puerta, la abrió un poco y habló con Billy. Entonces caminó rápidamente a la puerta que conectaba con la suite contigua y tocó–. ¿Ellen? Kahina viene en camino.

Ellen entró mientras Gregg se ponía el saco; Sara estaba cepillando su cabello. Ellen sonrió de manera automática a Sara y saludó con un movimiento de cabeza. Gregg pudo sentir una leve molestia en su esposa, un atisbo de celos; dejó que el Titiritero limara esas asperezas, recubriéndolas de un azul frío. Necesitaba esforzarse muy poco; ella nunca se había engañado con respecto a su matrimonio desde el principio: se habían casado porque ella era una Bonestell, y los Bonestell de Nueva Inglaterra siempre han estado involucrados en la política de una manera u otra. Ella entendía cómo interpretar el rol de la esposa comprensiva; cuándo pararse junto a él; qué decir y cómo decirlo. Ella aceptaba que «los hombres tienen necesidades» y no le importaba que las satisficiera mientras Gregg no lo ostentara en público o impidiera que ella tuviera sus propias aventuras. Ellen era una de sus marionetas más maleables.

Deliberadamente, sólo por el pequeño placer que le produciría el desagrado oculto de Ellen, abrazó a Sara. Podía sentir cómo Sara luchaba por contenerse en presencia de Ellen. *Puedo cambiar eso*, murmuró el Titiritero dentro de su cabeza. *Mira, hay tanto afecto en ella. Con sólo un toque podría…*

¡No! La intensidad de su respuesta sorprendió a Gregg. *No la forzamos. Nunca tocamos a Succubus, no tocaremos a Sara.*

Ellen observó el abrazo con una expresión sosa, y la sonrisa nunca desapareció de sus labios.

—Espero que hayan dormido bien –ni sus palabras ni el tono de su voz tenían el más leve asomo de sarcasmo. Su mirada se alejó de Sara, glacial, distante, y le sonrió a Gregg–. Querido, debemos irnos. Y

quiero hablar contigo de ese reportero Downs… me ha hecho todo
tipo de preguntas extrañas y está hablando con Chrysalis también…

La reunión no fue lo que esperaba, aunque John Werthen le había informado sobre el protocolo que debía observar. Los guardias árabes
alineados contra la pared, armados con una mezcla de Uzis y armas
automáticas de origen soviético, resultaban perturbadores. Por su
parte, Billy Ray había reforzado su propia seguridad cuidadosamente. Gregg, Tachyon y el resto de los políticos que participaban en
el viaje oficial se encontraban presentes. Los ases y sobre todo los
jokers se hallaban en otro punto de Damasco, recorriendo la ciudad
en compañía del presidente al-Assad.

Kahina lo sorprendió ampliamente. Era una mujer pequeña, de
complexión menuda. Los ojos de ébano más arriba de los velos eran
brillantes, inquisitivos y escrutadores; su vestido era sencillo, con
excepción del adorno con turquesas sobre su frente. La acompañaban los traductores y tres hombres fornidos vestidos como beduinos
la observaban a unos pasos, sentados.

—Kahina es una mujer en una sociedad islámica muy conservadora, senador –había dicho John–. No puedo enfatizar esto lo suficiente. El hecho de que ella esté aquí rompe con la tradición, y esto fue
permitido únicamente porque es la gemela-profeta de su hermano
y porque piensan que tiene magia, *sihr*. Está casada con Sayyid, el general que planeó de manera magistral las estrategias que consiguieron las victorias militares de Nur al-Allah. Puede que sea Kahina, y
que haya tenido una educación liberal, pero *no es* una occidental.
Tenga cuidado. Estas personas se dan por insultadas con rapidez, y
guardan rencor por largo tiempo. Y, por Dios, senador, dígale a Tachyon que se modere un poco con ella.

Gregg saludó con la mano a Tachyon, el cual iba vestido de manera escandalosa, como siempre, pero con un nuevo giro. Tachyon
había abandonado el satín, demasiado caliente para él en este clima. En lugar de eso parecía como si hubiera asaltado un bazar en el
zoco, emergiendo como la visión de un jeque según los clichés ci-
nematográficos: pantalones de seda rojos y holgados, una camisa de

lino suelta y una chaqueta con un complejo brocado, con cuentas y pulseras tintineando por todos lados. Su cabello permanecía oculto bajo un elaborado tocado; las largas puntas de sus zapatillas se elevaban y se curvaban hacia atrás. Gregg decidió no hacer comentarios. Intercambió apretones de manos con los demás y acomodó a Ellen mientras todos buscaban sus asientos. Asintió en dirección a Kahina y a sus acompañantes, quienes arrancaron sus miradas de Tachyon.

—*Marhala* –dijo Gregg: saludos.

Sus ojos refulgieron. Inclinó la cabeza.

—Sólo hablo un poco de inglés –dijo lentamente en voz baja, con un fuerte acento–. Será más sencillo si mi traductor, Rashid, habla por mí.

Se habían proporcionado auriculares; Gregg se colocó los suyos.

—Estamos encantados de que Kahina haya hecho los arreglos para que conozcamos a Nur al-Allah. Éste es un honor mayor del que merecemos.

Su traductor habló en voz baja en dirección de los auriculares. Kahina asintió. Luego respondió en árabe, con una velocidad torrencial.

—El honor es que ustedes hayan llegado a conocerlo, senador –tradujo la voz ronca de Rashid–. El Corán dice: «Para aquellos que no crean en Alá y en Su apóstol / tenemos preparado el fuego flameante».

Gregg dirigió una rápida mirada hacia Tachyon, quien levantó las cejas ligeramente bajo su tocado y se encogió de hombros.

—Nos gustaría creer que compartimos una visión de paz con Nur al-Allah –contestó Gregg lentamente.

Al parecer, Kahina encontró divertido su comentario.

—Nur al-Allah, por esta única vez, ha elegido *mi* visión. Si por él fuera, habría permanecido en el desierto hasta que ustedes se hubiesen marchado... –Kahina siguió hablando, pero la voz de Rashid se fue apagando. Entonces Kahina dirigió una mirada airada al traductor y le dijo algo que lo hizo hacer una mueca. Uno de los hombres que acompañaba a Kahina hizo un gesto severo; Rashid se aclaró la garganta y continuó.

—O... tal vez Nur al-Allah podría haber seguido el consejo de Sayyid y los hubiera asesinado a ustedes y a las abominaciones que traen consigo.

Tachyon retrocedió en su silla, en estado de choque; Lyons, el senador republicano, fanfarroneó, inclinándose hacia Gregg para susurrar:

—Y yo que pensé que *Barnett* era un enfermo mental.

Dentro de Gregg, el Titiritero se agitó, hambriento. Aunque no las explorara en profundidad, podía sentir cómo las emociones se intensificaban por momentos y se desbordaban. Los acompañantes de Kahina fruncían el ceño, obviamente molestos por su candor pero temerosos de interferir con alguien que era, después de todo, parte del profeta, su gemelo. Los guardias de la comitiva a lo largo de la pared dejaron entrever signos de tensión. Preocupados, los representantes de la ONU y la Cruz Roja no dejaban de cuchichear.

Kahina permaneció sentada con calma en medio de la confusión, sus manos cruzadas sobre la mesa, su mirada dirigida hacia Gregg. La intensidad de su mirada era inquietante; él se vio obligado a luchar para no desviar la vista.

Tachyon se inclinó hacia el frente, sus largos dedos entrelazados.

—Las «abominaciones» están exentas de culpa –dijo sin rodeos–. En tal caso, la responsabilidad recae sobre *mis* pies. Su gente debería tratar a los jokers con amabilidad, no con desprecio y brutalidad. Fueron infectados por una enfermedad ciega, horrible, que no discriminó a nadie. Lo mismo le sucedió a usted; pero usted tuvo mayor suerte.

Sus asistentes murmuraron y lanzaron miradas airadas hacia el extraterrestre, pero Kahina respondió con tranquilidad:

—Alá es supremo. El virus puede ser ciego, pero Alá no lo es. A aquellos que son dignos, Él los recompensa. A aquellos que no lo son, Él los aniquila.

—¿Y qué con respecto a los ases que trajimos con nosotros, quienes adoran a otra versión de Dios, o quizás a ningún Dios? –insistió Tachyon–. ¿Y a los ases en otros países que veneran a Buda, a Amaterasu, a la Serpiente Emplumada o a ningún dios en absoluto?

—Los caminos de Alá son sutiles. Sé que lo que Él ha dicho en el Corán es verdad. Sé que las visiones que Él me envía son verdad. Sé que cuando Nur al-Allah habla con *Su* voz, es la verdad. Más allá de eso, es una locura afirmar que se comprende a Alá –su voz ahora contenía un tono de irritación, y Gregg supo que Tachyon había tocado una fibra sensible.

Tachyon meneó la cabeza.

—Y yo afirmaría que la mayor locura es intentar comprender a los humanos, quienes han inventado a estos dioses –contestó.

Gregg había escuchado el intercambio con creciente excitación. Si lograse que Kahina fuera su marioneta ella podría serle casi tan útil como Nur al-Allah mismo. Hasta ahora había desestimado la influencia de Kahina. Había pensado que una mujer dentro de este movimiento fundamentalista islámico no podría ejercer un poder real. Ahora veía que su evaluación había sido equivocada.

Kahina y Tachyon se habían enzarzado en un duelo de miradas. Gregg levantó su mano, haciendo que su voz sonara razonable, tranquilizadora.

—Por favor, doctor, permítame responder. Kahina: ninguno de nosotros tiene intención alguna de insultar sus creencias. Estamos aquí solamente para ayudar a su gobierno a manejar los problemas del virus wild card. Mi país ha tenido que lidiar con el virus por un tiempo más prolongado; hemos tenido la mayor cantidad de gente afectada. También estamos aquí para aprender, para ver otras técnicas y soluciones. Podemos hacer eso mejor si nos reunimos con aquellos líderes que tienen más influencia. A lo largo de este viaje por Oriente Medio hemos oído que la persona más influyente es Nur al-Allah. Nadie tiene más poder que él.

La mirada de Kahina ahora se dirigió de nuevo a Gregg. El resentimiento no había desaparecido aún de sus pupilas de caoba.

—Usted estaba en los sueños de Alá –dijo–. Yo lo vi. Salían hilos de las puntas de sus dedos. Cuando usted jalaba, la gente sujeta al otro extremo se movía.

¡Dios mío! La conmoción y el pánico casi hicieron que Gregg se cayera de su asiento. El Titiritero gruñó como un perro acorralado en su cabeza. Su pulso golpeaba contra sus sienes y podía sentir el calor en sus mejillas. ¿Cómo podría saber ella…?

Gregg se obligó a reír, forzó sus labios a esbozar una sonrisa.

—Ése es un sueño común entre nosotros, los políticos –dijo, como si bromeara–. Probablemente intentaba que los votantes marcaran el cuadro correcto en la papeleta de votación –hubo risitas en su lado de la mesa al escucharse esto, y Gregg adoptó de inmediato un tono más serio–. Si yo *pudiera* controlar a la gente, además de ser presidente, estaría jalando esos hilos que harían que su hermano se encontrara con nosotros. ¿Podría ése ser el significado de su sueño?

Sin pestañear, ella lo miró.

—Alá es sutil.

Debes tomarla. No importa que Tachyon esté aquí o que sea peligroso porque ella sea un as. Debes tomarla. Debes tomarla porque es probable que nunca te reúnas con Nur al-Allah. Aprovecha que ella está aquí, ahora.

El Titiritero estaba impaciente y ansioso dentro de Gregg; tuvo que hacerlo retroceder.

—¿Cómo convenceremos a Nur al-Allah de reunirse con nosotros, Kahina?

Hubo una explosión en lengua árabe; la voz de Rashid respondió:

—Alá lo convencerá.

—Y usted también, usted es su consejera. ¿Qué piensa decirle?

—Tuvimos una gran discusión cuando le expliqué que los sueños de Alá me ordenaban venir a Damasco —sus escoltas murmuraban de nuevo. Uno de ellos tocó su hombro y susurró en su oído con fuerza, pero Kahina sacudió su cabeza—. Le diré a mi hermano lo que los sueños de Alá me indiquen. Nada más. Mis propias palabras no tienen ningún peso.

Tachyon empujó su silla hacia atrás.

—Senador, sugiero que no perdamos nuestro tiempo. Quiero ver las pocas clínicas que el gobierno sirio se ha molestado en instalar. Quizá *ahí* pueda lograr algo.

Gregg miró al resto de los ocupantes de la mesa: todos asintieron. La gente de Kahina también se veía impaciente. Gregg se levantó.

—Entonces esperaremos un mensaje suyo, Kahina. Por favor, se lo suplico, dígale a su hermano que a veces, al encontrarte con un enemigo descubres que en realidad es un amigo. Estamos aquí para ayudar. Eso es todo.

Al levantarse Kahina, mientras retiraba sus auriculares, Gregg extendió su mano casualmente hacia ella, ignorando el desprecio que el gesto generó entre sus escoltas. Al ver que Kahina se negaba a tomar su mano, él mantuvo su palma extendida.

—Tenemos un dicho: cuando uno está en Roma, debe actuar como romano —comentó, esperando que ella comprendiera las palabras, o que Rashid tradujera–. Aun así, el primer paso para comprender a alguien es conocer sus costumbres. Una de las nuestras es que los amigos se dan un apretón de manos para demostrar que han llegado a un acuerdo.

Pensó por un momento que su estratagema había fallado, que la oportunidad se le escaparía. Casi se alegró. No sería sencillo abrir la mente y la voluntad de un as que consiguió aterrorizarlo minutos antes, con su acertada percepción inconsciente, y mucho menos lograr eso con Tachyon parado junto a él, observándolo...

Entonces una mano sorprendentemente blanca surgió de entre la oscuridad de medianoche de la túnica, y rozó sus dedos.

Tú debes...

Gregg se deslizó por los tentáculos del sistema nervioso, que se curvaban y ramificaban, buscó bloqueos y trampas, buscó la menor señal de conciencia de su presencia en el interior de Kahina. Si la hubiera sentido, habría huido tan rápidamente como entró. Siempre había sido extremadamente cauteloso con los ases, aun con aquellos que, estaba seguro, no tenían poderes mentales. Pero Kahina no parecía ser consciente de que Gregg la examinaba.

Él la abrió por completo, preparando las entradas que usaría más tarde. El Titiritero suspiró ante el torbellino de emociones que encontró ahí. Kahina tenía una personalidad rica y complicada. Los vericuetos de su mente estaban saturados y eran muy fuertes. Podía sentir su actitud hacia él: una brillante esperanza dorada y verde, y junto a ella el ocre de la sospecha, más una veta marmoleada de piedad y desagrado por su mundo. Y sin embargo, había también una envidia resplandeciente debajo, así como un anhelo que parecía ligado a los sentimientos que tenía hacia su hermano.

Siguió ese camino por segunda vez y se sorprendió ante la hiel pura y amarga que encontró. La había ocultado con grandes cuidados, bajo capas de emociones más seguras y benignas, y la había sellado con el respeto que sentía por el hecho de que Alá prefiriera a Nur al-Allah, pero la emoción estaba ahí de manera incontestable. Incluso palpitó bajo su contacto, como un ser vivo.

Esto sólo le llevó un instante. Su mano ya se había retirado, pero el contacto estaba hecho. Se quedó con ella durante algunos segundos más para asegurarse de ello, y entonces regresó a sí mismo.

Gregg sonrió. Lo había logrado, y estaba a salvo. Kahina no lo descubrió; Tachyon ni siquiera sospechó.

—Todos estamos agradecidos por su presencia –dijo Gregg–. Dígale a Nur al-Allah que todo lo que deseamos es entendimiento. ¿El Corán no comienza con el exordio: «En el nombre de Alá, el Compasivo, el Misericordioso»? Nacimos de esa esencia, de esa misma compasión.

—¿Es ése el obsequio que ofrece, senador? –preguntó en inglés; Gregg pudo sentir el anhelo creciente de su mente abierta.

—Creo –le dijo–, que es el mismo obsequio que usted se daría a sí misma.

Miércoles 4 de febrero de 1987, Damasco

Un golpe en la puerta de su habitación despertó a Sara. Adormilada, miró su despertador de viaje: era la 1:35 de la madrugada, hora local, pero tenía la impresión de que era mucho más tarde. *Todavía sufro el jet lag. Es demasiado temprano para que sea Gregg.*

Se puso una bata y se frotó los ojos mientras se dirigía a la puerta. El personal de seguridad había sido muy claro acerca de los riesgos que corrían mientras se hallaran en Damasco. No se paró directamente frente a la puerta, sino que se inclinó hacia la mirilla central. Mirando a través, vio el rostro distorsionado de una mujer árabe, envuelta en el *chador*. Los ojos y la fina estructura de su rostro le eran familiares, así como las cuentas del color azul del mar en el tocado del *chador*.

—¿Kahina? –preguntó.

—Sí –respondió una voz apagada desde el pasillo–. Ábrame por favor. Quisiera hablar con usted.

—Deme un minuto –Sara pasó una mano por su cabello. Se cambió la bata delgada de encaje que se había puesto antes por otra más gruesa y recatada. Retiró la cadena de la puerta y la abrió tan sólo un poco.

Una mano pesada abrió la puerta por completo, y Sara ahogó un grito. Un hombre corpulento la miró con el ceño fruncido, tenía una pistola en su enorme mano, pero tras una rápida mirada inicial ignoró a Sara y se dedicó a husmear por su habitación: abrió la puerta del clóset, se asomó en el baño, gruñó y regresó a la puerta. Dijo algo en árabe y entonces entró Kahina. Su guardaespaldas cerró la puerta detrás de ella y se ubicó cerca de ella.

—Lo siento –dijo Kahina–. Su voz luchaba por expresarse en inglés, pero sus ojos parecían bondadosos. Hizo un gesto en dirección al guardia–. En nuestra sociedad, una mujer...

—Creo entender –dijo Sara. El hombre la miraba con descaro; Sara apretó el cinto de la bata y la cerró a la altura del cuello; luego bostezó de manera involuntaria. Kahina pareció sonreír bajo el velo.

—De nuevo me disculpo por despertarla, pero el sueño... –se encogió de hombros–. ¿Puedo sentarme?

—Por favor –Sara hizo un gesto con la mano hacia las dos sillas que se hallaban junto a la ventana.

El guardia gruñó y soltó una ráfaga de palabras en árabe.

—Dice que no nos sentemos junto a la ventana –tradujo Kahina–, es demasiado inseguro.

Sara arrastró las sillas hacia el centro de la habitación; eso pareció satisfacer al guardia, que se recargó contra la pared. Kahina tomó una de las sillas, la tela oscura de sus ropas crujió levemente. Sara se sentó con cuidado frente a ella.

—¿Usted estuvo en la reunión? –preguntó Kahina cuando estuvieron instaladas.

—¿En la conferencia de prensa posterior, quiere decir? Sí.

Kahina asintió. Sara descubrió que el *chador* hacía casi imposible leer el rostro oculto. Sólo podía advertir los ojos penetrantes de Kahina por encima de los velos. Parecía haber una profunda bondad en ellos, una gran empatía. Sara sintió cómo empezaba a agradarle esa mujer.

—En la... *conferencia* –Kahina tropezó con la palabra– dije que Nur al-Allah esperaba a escuchar mis sueños antes de decidir si se reuniría con su gente. Acabo de tener un sueño.

—¿Entonces por qué vino a mí en lugar de ir con su hermano?

—Porque en el sueño se me indicó que viniera con usted.

Sara sacudió la cabeza.

—No comprendo. No nos conocemos; yo fui sólo una entre la docena o más de reporteros que estaban ahí.

—Usted está enamorada de él.

Ella supo a quién se refería Kahina. Lo supo, pero la protesta fue automática.

—¿Él?

—El que tiene la doble cara. El de los hilos. Hartmann —cuando Sara no contestó, Kahina estiró la mano y tocó la suya con suavidad. El gesto era fraternal y extrañamente comprensivo—. Amas al que en algún momento odiaste —dijo Kahina. Su mano no se había retirado de la de Sara.

Sara descubrió que no podía mentir, no ante los ojos abiertos y vulnerables de Kahina.

—Creo que así es. Usted es la Vidente, ¿puede decirme qué pasará con nosotros? —Sara lo dijo en son de broma, pero Kahina o no detectó la inflexión o eligió ignorarla.

—Usted está feliz por el momento, aunque no sea su esposa, aunque se encuentre en pecado. Entiendo eso —los dedos de Kahina apretaron los de Sara—. Entiendo cómo el odio puede transformarse en una espada sin filo, cómo es posible vencerlo hasta que empiezas a pensar que hay algo más.

—Me está confundiendo, Kahina —Sara se arrellanó en su asiento, deseaba estar completamente despierta, deseaba que Gregg estuviera ahí con ella. Kahina retiró su mano.

—Permítame contarle mi sueño —Kahina cerró los ojos y cruzó las manos sobre su regazo—. Yo... yo vi a Hartmann con dos caras, una agradable a la vista, la otra deforme como una abominación de Alá. *Usted* estaba junto a él, no su esposa, y el rostro que era agradable sonreía. Yo pude ver sus sentimientos hacia él, cómo su odio había cambiado. Mi hermano y yo estábamos ahí también, y mi hermano señalaba hacia la abominación dentro de Hartmann. La abominación escupió, y la saliva me cayó a mí. Me vi a mí misma, y *mi* rostro era el suyo. Y vi que yo también tenía otro rostro dentro de mis velos, el rostro de una abominación afeada por el rencor. Hartmann se estiró y retorció mi cabeza hasta que sólo se podía ver la abominación.

»Por algún tiempo las imágenes del sueño fueron confusas. Creí ver un cuchillo y vi que Sayyid, mi esposo, luchaba conmigo. Entonces las imágenes se aclararon y vi a un enano que habló. Dijo: «Dile a ella que bajo la superficie el odio aún está vivo. Dile que recuerde eso. El odio te protegerá». El enano rio, y su risa era maligna. No me agradó.

Abrió desmesuradamente los ojos: había terror en ellos.

Sara trató de hablar, se detuvo, volvió a intentarlo.

—Yo... Kahina, no sé lo que todo eso significa. Son tan sólo imágenes al azar, no mejores que los sueños que yo misma tengo. ¿Esto significa algo para usted?

—Es el sueño de Alá –insistió Kahina, su voz se volvió áspera e intensa–. Yo podía sentir Su poder en él. Lo que entiendo es esto: mi hermano se reunirá con su gente.

—Gregg... el senador Hartmann y los otros estarán encantados de saber eso. Créame, nuestra única intención es ayudar a su gente.

—¿Entonces por qué el sueño está lleno de miedo?

—Quizá porque siempre hay miedo al cambio.

Kahina parpadeó. Súbitamente la apertura se desvaneció. Ella estaba aislada, tan escondida como su rostro detrás de los *velos*.

—Le dije algo muy parecido a eso a Nur al-Allah una vez. No le gustó la idea más de lo que me gusta a mí ahora –se puso de pie con agilidad. El guardia se puso en posición de atención junto a la puerta–. Me alegra que nos hayamos reunido –dijo–. La veré de nuevo en el desierto –se dirigió a la puerta.

—Kahina...

La mujer se volvió hacia ella.

—¿Eso era todo lo que deseaba decirme?

La sombra de sus velos escondió sus ojos.

—Quería decirle tan sólo una cosa –dijo–. Yo llevaba su rostro en el sueño. Creo que somos muy parecidas; siento que somos... como hermanas. Lo que este hombre que ama sería capaz de hacerme también podría hacérselo a usted.

Asintió en dirección del guardia. Entonces salieron de prisa al pasillo y desaparecieron.

Miércoles, 4 de febrero de 1987, desierto sirio

Era el paisaje más árido que Gregg había visto en su vida.

Las ventanas se habían recubierto de una gruesa capa de suciedad, a causa de las aspas del helicóptero. Bajo ellos la tierra se veía desolada: la vegetación era seca y escasa, apenas conseguía aferrarse a la vida sobre la roca volcánica en la meseta del desierto. La tierra alrededor de la costa había sido relativamente exuberante en otra época, pero las palmas datileras y la tierra cultivable de uso agrícola fueron sustituidas por pinos a medida que los tres helicópteros abandonaban las montañas de Jabal Duriz. Entonces sólo vieron espinos y matorrales. La única vida que pudieron detectar se concentraba en un asentamiento ocasional, donde hombres con túnicas y turbantes los miraron junto a sus rebaños de cabras, con ojos suspicaces.

Fue un viaje largo, ruidoso y muy incómodo. El aire estuvo cargado de turbulencias, y los rostros alrededor de Gregg reflejaban gran amargura. Miró a Sara; ella le dirigió una sonrisa a medias y se encogió de hombros. Los helicópteros descendieron junto a un pequeño pueblo que parecía estar sitiado por tiendas de colores brillantes, instaladas en los pliegues de un valle pluvial prehistórico. El sol se ponía detrás de las colinas áridas y purpúreas; las luces de las fogatas salpicaban la zona.

Billy Ray regresó mientras el helicóptero lanzaba arremolinadas tormentas de polvo a través de la lona.

—Joanne dijo que podemos aterrizar, senador –gritó Billy a través del clamor de los motores, ahuecando sus manos frente a su boca–. Quiero que sepa que aun así no me parece correcto.

—Estamos lo suficientemente seguros, Billy –gritó Gregg en respuesta–. El hombre tendría que estar loco para hacernos algo.

Billy le dirigió una mirada de soslayo.

—Pero es un fanático. La secta nur ha estado relacionada con el terrorismo por todo Oriente Medio. Ir a su cuartel general, quedar a su entera disposición, tomando en cuenta los recursos limitados de que dispongo, equivale a cortar la garganta del Departamento de Seguridad.

Sonaba más excitado que preocupado –Carnifex disfrutaba pelear–, pero Gregg podía sentir una leve y fría corriente subterránea de temor bajo la enorme preocupación de Ray. Se metió a la mente de

Billy y aumentó ese temor, disfrutando la sensación a medida que el sentimiento se incrementaba. Gregg se dijo a sí mismo que no lo hacía solamente por divertirse, sino porque la paranoia contribuiría a que Ray fuera aún más eficaz en caso de que hubiese problemas.

—Aprecio tu preocupación, Billy —dijo—. Pero estamos aquí. Veamos lo que podemos hacer.

Los helicópteros aterrizaron en una plaza central cerca de la mezquita. Todos salieron en fila, temblando bajo el frío nocturno; todos menos Tachyon. Tan sólo una porción de la delegación había tomado el vuelo desde Damasco. Nur al-Allah había prohibido que cualquiera de las «detestables abominaciones» viniera a este lugar; la lista había excluido a todos los jokers obvios, como el padre Calamar o Chrysalis; Radha y Fantasy habían decidido por cuenta propia permanecer en Damasco. La mayoría de las esposas y gran parte del equipo científico se quedó atrás también. La soberbia de la invitación de Nur al-Allah había enfurecido a gran parte del contingente; había habido un amargo debate sobre si deberían asistir. La insistencia de Gregg terminó por triunfar.

—Miren, encuentro sus demandas tan desagradables como cualquiera de ustedes. Pero ese hombre es una fuerza legítima aquí. Gobierna Siria y una buena porción de Jordania y Arabia Saudita también. No importa quiénes sean los líderes aquí, Nur al-Allah logró unir a las sectas. No me gustan sus enseñanzas o sus métodos, pero no puedo negar su poder. Si le damos la espalda, no cambiaremos *nada*. Sus prejuicios, su violencia, su odio continuarán extendiéndose. Si nos *reunimos* con él, bueno, al menos existe una posibilidad de que podamos moderar su dureza.

Él había reído para restarse importancia, negando con la cabeza ante su propio argumento.

—No creo que tengamos razón, en realidad. Aun así… es algo que vamos a enfrentar algún día, si no es con Nur al-Allah, será en nuestra propia casa, con fundamentalistas como Leo Barnett. Los prejuicios no desaparecerán porque los ignoremos.

El Titiritero, estirándose hacia ellos, se había asegurado de que Hiram, Peregrine y los otros que ya se hallaban abiertos a él murmuraran su aprobación. El resto había retirado sus objeciones a regañadientes, aun cuando la mayoría decidió quedarse atrás como protesta.

Al final los ases dispuestos a encontrarse con Nur al-Allah habían sido Hiram, Peregrine, Braun y Jones. El senador Lyons decidió acompañarlos en el último minuto. Tachyon, para consternación de Gregg, insistió en ser incluido. Reporteros y agentes de seguridad engrosaron las filas.

Kahina salió de la mezquita mientras el sonido de las aspas disminuía y los visitantes bajaban las escalerillas de los helicópteros. Ella se inclinó en señal de saludo mientras desembarcaban.

—Nur al-Allah les da la bienvenida –dijo–. Por favor, síganme.

Gregg escuchó cómo Peregrine tomaba aliento repentinamente, cuando Kahina les hizo señas. En el mismo momento sintió una oleada de indignación y pánico. Miró sobre su hombro para ver cómo las alas de Peregrine la envolvían protectoramente, su mirada fija en el suelo cerca de la mezquita. Siguió su mirada.

Una especie de hoguera se había encendido entre los edificios. Bajo su luz rutilante pudieron ver tres cuerpos agusanados, hechos un ovillo contra la pared, y rocas dispersas en torno a ellos. El cuerpo más cercano era sin duda de un joker, la cara alargada hasta formar un hocico peludo y garras en lugar de manos. El olor los golpeó de inmediato, fétido y nauseabundo; Gregg pudo sentir cómo aumentaban la conmoción y el disgusto de sus acompañantes. Lyons vomitó de manera desesperada y audible; Jack Braun musitó una maldición. Dentro, el Titiritero sonrió lleno de júbilo mientras Gregg fruncía el ceño.

—¿Qué es este ultraje? –Tachyon demandó una respuesta de Kahina.

Gregg se dejó llevar dentro de su mente y encontró cambiantes tonalidades de confusión dentro de la mujer. Ella volteó a mirar los cadáveres, y Gregg sintió la rápida punzada de la traición dentro de ella. Sin embargo, cuando Kahina los miró de nuevo, la había cubierto con el plácido color esmeralda de la fe, y su voz siguió un cuidadoso ritmo monótono, al tiempo que su mirada se volvió inexpresiva.

—Ellos eran… abominaciones. Alá puso en ellos la marca de su indignidad y sus muertes no significan nada. Eso es lo que Nur al-Allah ha decretado.

—Senador, nos *vamos* –declaró Tachyon–. Éste es un insulto intolerable. Kahina, dígale a Nur al-Allah que protestaremos enérgicamente ante su gobierno –su rostro aristocrático se hallaba tenso y apenas lograba controlar su furia, había apretado los puños. Pero antes de que cualquiera de ellos pudiera moverse, Nur al-Allah salió del arco de la entrada de la mezquita.

Gregg no dudó que Nur al-Allah había elegido el momento más propicio para aparecer, a fin de causar el mayor efecto posible. En la noche cada vez más oscura surgió como una pintura medieval de Cristo: un resplandor sagrado irradiaba de él. Usaba una delgada *chilaba* a través de la cual su piel refulgía, incluso su barba y cabello se veían oscuros contra el resplandor.

—Nur al Allah es el profeta de Alá –dijo en inglés con un fuerte acento–. Si Alá los deja ir, podrán hacerlo. Si Él ordena que se queden, se quedarán.

La voz de Nur al-Allah era un violonchelo –un instrumento rico, glorioso. Gregg sabía que debía contestar, pero no podía. Todas las personas en el grupo estaban en silencio; el mismo Tachyon se congeló a medio camino mientras se volteaba para volver a los helicópteros. Gregg tuvo que luchar para hacer que su boca funcionara. Su mente estaba cubierta con telarañas, y fue sólo la fuerza del Titiritero lo que le permitió romper esas ataduras. Cuando respondió, su propia voz sonó débil y áspera.

—Nur al-Allah permite el asesinato de inocentes...

◆

—Nur al-Allah permite el asesinato de inocentes. Ése no es el poder de Alá. Eso es sólo el fracaso de un hombre –jadeó Gregg.

Sara quería gritar su acuerdo, pero su voz no la obedecía. Todos permanecían de pie, aturdidos. Junto a Sara, Digger Downs, que había estado garabateando frenéticamente en su libreta, también se había detenido, el lápiz cayó de su mano.

Sara sintió un rápido temor –por ella misma, por Gregg, por todos. *No debimos venir. Esa voz...* Ellos ya sabían que Nur al-Allah era un orador consumado; incluso sospechaban que debía tener el poder de un as, pero ningún reporte había indicado que fuera tan poderoso.

—El hombre fracasa cuando le falla a Alá –contestó Nur al-Allah plácidamente. Su voz tejió un suave encantamiento, una especie de manto de insensibilidad que lo cubría todo. Cuando hablaba, sus palabras parecían estar cargadas de verdad–. Ustedes creen que estoy loco; no lo estoy. Piensan que soy una amenaza; yo sólo amenazo a los enemigos de Alá. Creen que soy duro y cruel; si es así, es sólo porque Alá es duro con los pecadores. Síganme.

Se volvió y se dirigió rápidamente hacia el interior de la mezquita. Peregrine e Hiram ya se estaban moviendo para seguirlo; Jack Braun parecía aturdido mientras caminaba tras el profeta; Downs rozó a Sara al pasar. Sara luchó contra el impulso de obedecer, pero sus piernas ignoraron su voluntad, así que avanzó arrastrando los pies con el resto del grupo; sólo Tachyon parecía inmune al poder de Nur al-Allah. Permaneció inmóvil y rígido en medio del campo, con las facciones tensas. Cuando Sara pasó junto a él, miró en dirección de los helicópteros y se dejó llevar junto al interior de la mezquita sin abandonar su mirada iracunda.

Lámparas de aceite iluminaban los recovecos sombríos entre los pilares. Al frente, Nur al-Allah permaneció de pie en el estrado del *minbar*, el púlpito. Kahina estaba de pie a su mano derecha y Sara reconoció la figura gigantesca de Sayyid a su izquierda. Guardias con armas automáticas se trasladaron a las estaciones alrededor de la habitación mientras Sara y los demás deambulaban alrededor del *minbar*, confundidos.

—Escuchen las palabras de Alá –entonó Nur al-Allah. Parecía que fuese una deidad quien hablaba, a ese grado su voz retumbaba y rugía. Su furia y desprecio los hizo temblar, y se maravillaron de que las piedras mismas de la mezquita no cayeran ante su poder–: «En cuanto a los no creyentes, debido a sus malas acciones, la mala fortuna no dejará de afligirlos o de agazaparse en la misma entrada de sus hogares». Y Él también dice: «¡Ay del pecador mentiroso! Él escuchó las revelaciones de Alá recitadas a Él y, como si nunca las hubiera escuchado, persiste en su desprecio. Aquellos que niegan Nuestras revelaciones cuando las han escuchado serán condenados a un castigo vergonzoso. Aquellos que niegan las revelaciones de su Señor sufrirán el tormento de un azote terrible».

Sara descubrió que lágrimas espontáneas se derramaban por sus mejillas. Las citas parecían quemar, marcando su alma como el ácido. Aunque una parte de ella luchaba, quería gritarle a Nur al-Allah y suplicar su perdón. Buscó a Gregg con la mirada y lo vio cerca del *minbar.* Los tendones se marcaban en su cuello; parecía que intentara alcanzar a Nur al-Allah, y no había señales de arrepentimiento en su rostro. ¿No puedes verlo? Quería decirle. ¿No puedes ver lo equivocados que hemos estado?

Y entonces, aunque la voz de Nur al-Allah todavía era profunda y resonante, la energía que llegó al interior de ella desapareció. Irritada, Sara secó sus lágrimas mientras su rostro brillante y sardónico sonreía.

—¿Ven? Sienten el poder de Alá. Ya que vinieron aquí a conocer a su enemigo sepan que es fuerte. Su fuerza es la de Dios, y ustedes no podrían vencerla más de lo que podrían romper la columna del mundo mismo —levantó su mano, formó un puño frente a ellos—. El poder de Alá está aquí. Con él yo barreré a todos los no creyentes de esta tierra. ¿Ustedes creen que necesito guardias para retenerlos? —Nur al-Allah escupió—. ¡Puaj! Mi sola voz es su prisión; si yo quisiera que murieran, simplemente les daría la orden y ustedes colocarían el cañón de una pistola en su propia boca. Voy a arrasar Israel hasta el suelo; tomaré a los marcados por Alá y los convertiré en esclavos; a aquéllos con poder que se rehúsen a entregarse ellos mismos en honor de Alá los mataré. Eso es lo que les ofrezco. Sin discusiones, sin compromisos, sólo el puño de Alá.

—Y eso no lo podemos permitir —la voz era la de Tachyon, desde la parte trasera de la mezquita. Sara sintió una esperanza desesperada.

—Y eso no lo podemos permitir —Gregg escuchó las palabras de Tachyon mientras sus dedos se estiraban hacia las sandalias de Nur al-Allah. El Titiritero agregó su fuerza, pero era como si Nur al-Allah estuviera en la cima de una montaña y Gregg se estirara en vano desde el pie de la misma. Perlas de sudor surgieron en su frente. Sayyid miró hacia abajo con desprecio, sin dignarse a patear la mano de Gregg lejos de su amo.

Nur al-Allah rio ante las palabras de Tachyon.

—¿Usted me desafía, usted que no cree en Alá? Puedo sentirlo, doctor Tachyon. Puedo sentir cómo su poder trata de asomarse en mi mente. Usted cree que mi mente puede quebrarse, tal como usted puede quebrar la mente de sus compañeros. No es así. Alá me protege, Alá castigará a aquellos que lo atacan.

Y sin embargo, mientras hablaba, Gregg vio el esfuerzo en el rostro de Nur al-Allah. Su brillo pareció disminuir, y las barreras que sujetaban a Gregg se aflojaron. Sin importar de lo que se jactaba el profeta, el ataque mental de Tachyon estaba logrando avanzar. Gregg sintió una rápida esperanza.

En ese momento, con la atención de Nur al-Allah puesta en Tachyon, Gregg se las arregló para tocar la carne brillante del pie del profeta. El resplandor esmeralda quemaba, pero ignoró el dolor. El Titiritero gritó, triunfante.

Y entonces retrocedió muy deprisa. Nur al-Allah estaba *ahí*. Estaba consciente y Gregg podía sentir la presencia de Tachyon también. *Esto es demasiado peligroso*, gritó el Titiritero. Él sabe, él sabe. Desde atrás, hubo un golpe seco y un grito estrangulado, y Gregg miró hacia atrás sobre su hombro en dirección del doctor.

Uno de los guardias se había acercado a Tachyon por detrás, y golpeó al extraterrestre en la cabeza con la culata de su Uzi. Tachyon cayó de rodillas y se cubrió la cabeza con las manos, gimiendo. Luchó por levantarse, pero el guardia lo golpeó brutalmente. Tachyon permaneció inconsciente sobre el mosaico de azulejos del piso, su respiración era trabajosa. Nur al-Allah rio. Miró hacia abajo a Gregg, cuya mano aún se estiraba inútilmente hacia el pie del profeta.

—Ahí tiene, ¿lo ve? Estoy protegido: por Alá, por mi gente. ¿Y *usted*, senador Hartmann, usted, con los hilos de Kahina? ¿Todavía me quiere controlar? Quizá yo debería mostrarle los hilos de Alá y hacerlo bailar para Su diversión. Kahina dijo que usted era un peligro y Sayyid quiere que lo maten. Así que quizás usted debería ser el primer sacrificio. ¿Cómo reaccionaría su gente si lo vieran confesar sus crímenes y entonces, suplicando el perdón de Alá, se suicidara? Eso sería efectivo, ¿no lo cree?

Nur al-Allah señaló a Gregg con un dedo.

—Sí –dijo–, creo que así será.

El Titiritero chilló de terror.

♠

—Sí, creo que así será.

Misha escuchó las palabras de su hermano con inquietud. Todo lo que él había hecho era abofetearla: la ostentación de los jokers apedreados, el ataque a Tachyon, sus soberbias amenazas. Najib la traicionaba con cada palabra.

Najib la había usado y le había mentido, él y Sayyid la habían engañado. Él la había dejado ir a Damasco pensando que los representaba, que si traía a los norteamericanos podría existir la posibilidad de llegar a algún acuerdo. Pero a Najib no le había importado. No había escuchado sus advertencias de que se había extralimitado. Un lento encono se levantó dentro de ella, secando su fe. *Alá. Creo en Tu voz dentro de Najib. Pero ahora él muestra su segunda cara. ¿Es la Tuya, también?*

La duda diluyó la magia en la voz de Najib, y ella se atrevió a hablar y a interrumpirlo.

—Te mueves demasiado rápido, Najib –dijo entre dientes–. No nos destruyas con tu orgullo.

Su rostro resplandeciente se contorsionó, su discurso se detuvo a media oración.

—*Yo soy el profeta* –espetó–. No tú.

—Entonces al menos escúchame a mí, la que ve nuestro futuro. Éste es un error, Najib. Este camino te lleva lejos de Alá.

—¡Guarda *silencio*! –rugió, y su puño arremetió contra ella. Un mareo de tonalidades rojas la cegó. En ese momento, con la voz de Najib apagada por el dolor, algo en su mente cedió, la barrera que había contenido todo el veneno. Esta furia era fría y mortal, venenosa en los insultos y el maltrato al que Najib la había sometido a través de los años, entremezclada con la frustración, la negación y la subyugación. Najib se había alejado de ella, había exigido su obediencia. Entonces el profeta reanudó su diatriba, el poder de su voz enroscándose sobre la multitud una vez más.

Pero su voz no podía tocarla, no a través de lo que se derramaba del amargo estanque.

Ella vio el cuchillo en su cinturón y supo lo que tenía que hacer. La compulsión era demasiado grande para resistirla.

Ella saltó hacia Najib, gritando sin palabras.

Sara vio que Nur al-Allah señalaba con su dedo brillante hacia Gregg. Sin embargo, tras seguir ese gesto, Kahina captó su atención. Sara frunció el ceño aún bajo el encanto de las palabras de Nur al-Allah, porque Kahina estaba temblando —ella miraba a su hermano con una expresión corrosiva. Ella le gritó algo en árabe, y él giró hacia ella, todavía palpitando de poder abrasador. Intercambiaron palabras; él la golpeó.

Fue como si ese golpe le hubiera provocado una locura divina. Kahina saltó sobre Nur al-Allah como un felino depredador, gritando mientras lo arañaba con sus manos desnudas. Oscuros ríos de sangre opacaron la luna de su rostro. Entonces tomó el largo cuchillo curvo de su cinto y lo sacó de su vaina enjoyada. De un solo movimiento ella cortó su garganta con el borde afilado. Nur al-Allah sujetó su cuello; la sangre fluía entre sus dedos mientras un jadeo estrangulado y húmedo brotaba de él. Y cayó de espaldas.

Por un momento, el horror mantuvo a todos en suspenso, hasta que la sala estalló en gritos. Kahina estaba parada en estado de shock sobre Nur al-Allah, el cuchillo colgando de sus blancos dedos. Sayyid gritó con incredulidad, blandiendo un enorme brazo que envió a Kahina rodando hasta el piso. Sayyid dio un torpe paso hacia el frente —Sara se dio cuenta, asombrada, de que el gigante era un tullido. Dos de los guardias sujetaron a Kahina, arrastrándola mientras luchaba. Otros hombres se acuclillaron junto al herido Nur al-Allah, para tratar de detener el flujo de sangre.

Para entonces Sayyid había llegado hasta Kahina. Recogió la daga que ella había dejado caer, miró sus oscuras manchas. Gritó un largo lamento, elevó los ojos al cielo y alzó la hoja para apuñalarla.

Pero entonces gimió, con la hoja aún levantada, y cayó. Sus rodillas cedieron como si un enorme peso lo presionara desde arriba y lo aplastara sin dificultad. Sayyid gritó de dolor y soltó el arma. Su inmenso cuerpo se derrumbó sobre sí mismo, el esqueleto se volvió incapaz de sostener a la carne. Todos escucharon el seco y repugnante crujido de huesos al romperse. Sara miró alrededor y vio a Hiram sudando, su puño derecho apretado al grado de que sus nudillos se habían puesto blancos por el esfuerzo.

Sayyid gimió, ya era una masa informe sobre las baldosas. Los guardias soltaron a Kahina en la confusión.

Kahina aprovechó eso para correr. Uno de los guardias levantó su Uzi para apuntarle, pero fue arrojado contra la pared por Mordecai Jones. Jack Braun, en medio de un resplandor dorado, levantó a otro de los guardias de Nur al-Allah y lo arrojó al otro lado de la sala. Peregrine, que estaba mudando de plumas, fue incapaz de despegar, pero aun así se enfundó los guantes con garras e hirió a un guardia, mientras que Billy Ray, con un grito exultante, giró y pateó las rodillas del pistolero más próximo.

Kahina se agachó para pasar bajo un arco y desapareció.

Sara encontró a Gregg en la confusión. Al confirmar que él se hallaba·bien, una ola de alivio la embargó. Pero cuando empezaba a correr hacia él, su alivio se congeló.

No había más temor en *su rostro*, no más preocupaciones.

Parecía calmado. Casi parecía sonreír.

Sara jadeó. No sintió nada más que un vacío profundo.

—No —susurró para sí.

Lo que él me haría, también se lo haría a usted.

—No —insistió—. No puede ser.

Cuando Nur al-Allah dirigió su dedo acusador hacia Gregg, éste supo que su única esperanza descansaba en la amargura que yacía en el interior de Kahina. Era imposible controlar a Nur al-Allah, pero Kahina era suya. La violación a la que Gregg sometió su mente fue brutal e inmisericorde. La despojó de todo menos del odio que latía agazapado, le ordenó desbordarse y crecer. Y eso había funcionado más allá de sus expectativas.

Pero él había deseado que Kahina muriera. Había deseado acallarla. Debió haber sido Hiram quien detuvo a Sayyid –demasiado caballeroso para entregar a Kahina a la justicia islámica, que solía ser brutal. Gregg se reprendió a sí mismo por no haber previsto eso; pudo haber controlado a Hiram, su marioneta de mucho tiempo atrás, aun con los extraños matices que había visto en el hombre últimamente. Ahora el momento había pasado, el encantamiento se había roto en cuanto calló la voz de Nur al-Allah. Gregg se permitió tocar la mente de Hiram y vio ese ligero y extraño colorido de nuevo ahí. Pero no tenía tiempo para meditar sobre eso.

La gente gritaba. Una Uzi retumbó, ensordecedora.

En medio del caos Gregg sintió la cercanía de Sara. Se volvió y la encontró mirándolo. Las emociones se removían salvajemente en su interior. Su amor estaba hecho jirones, era cada vez más frágil bajo la creciente sospecha color ocre.

—Sara –la llamó, y su mirada se alejó deprisa, a fin de observar a la multitud de personas que se hallaban en torno a Nur al-Allah.

La pelea era generalizada. Le pareció ver a Billy, con júbilo en el rostro, arrojándose con todo su peso sobre un guardia.

Déjame apoderarme de Sara o la perderás. El Titiritero sonaba extrañamente triste. *No hay nada que puedas decir para deshacer el daño. Ella es lo único que puedes salvar de todo este caos. Dámela, o también la perderás.*

No, no puede saberlo. No es posible que lo sepa. Gregg protestó, pero supo que estaba equivocado. Podía ver el daño en su mente. Ninguna mentira podría reparar eso.

Afligido, penetró en su mente y acarició el desgarrado tejido azur de su afecto. Gregg miró cómo de manera lenta y cuidadosa el Titiritero enterraba la desconfianza de Sara bajo cintas brillantes y suaves de falso amor.

Él la abrazó rápidamente.

—Vámonos –le dijo bruscamente–. Vámonos de inmediato.

Afuera, Billy Ray se paraba sobre un guardia inconsciente y ordenaba con voz estridente a su gente tomar posiciones.

—¡Muévanse! Tú, encárgate del doctor. Senador Hartmann, ¡salgamos de aquí, ahora!

La gente de Nur al-Allah aún presentaba algo de resistencia, pero estaba conmocionada. La mayoría estaban arrodillados alrededor del cuerpo tendido de Nur al-Allah. El profeta aún vivía: Gregg pudo sentir su terror, su dolor. Gregg quería a Nur al-Allah muerto, también, pero no tenían la menor oportunidad.

Un tiroteo se desató cerca de donde se hallaba Gregg. Braun, que brillaba intensamente ahora, se paró frente al pistolero oculto; se podía escuchar el silbido de las balas que rebotaban contra su cuerpo.

Gregg gruñó conmocionado cuando Braun arrancó el arma de manos del hombre. Un fuego penetrante se impactó contra su hombro y lo hizo tambalear.

—¡Gregg! –escuchó gritar a Sara.

Gimió de rodillas. Apartó la mano de su hombro y vio sus dedos brillando por la sangre. La habitación giró a su alrededor; el Titiritero se encogió dentro de él.

—Joanne, ¡sácalos! ¡El senador fue alcanzado! –Billy Ray hizo a Sara a un lado y se acuclilló junto a Gregg. Le quitó el saco manchado de sangre con cuidado para examinar la herida. Gregg pudo sentir que el alivio fluía a través del hombre–. Estará bien… es sólo un buen y largo rozón, eso es todo. Déjeme ayudarlo…

—Puedo hacerlo solo –su voz chirrió a través de sus dientes apretados, y se esforzó en levantarse. Sara tomó su brazo sano y lo ayudó a ponerse de pie. Tragó aire; había violencia por todas partes a su alrededor, y el Titiritero estaba demasiado aturdido para ser capaz siquiera de alimentarse. Se obligó a pensar, a ignorar el dolor palpitante y dijo–: Billy, no te distraigas conmigo. Ve por los demás.

Pero ya había poco que hacer. El resto de la gente de Nur al-Allah estaba atendiendo al profeta; Peregrine se había deslizado al exterior; Jones y Braun estaban guiando a Lyons y a los otros dignatarios. Hiram le había quitado a Tachyon casi todo el peso y lo ayudaba a salir mientras el doctor sacudía la cabeza, aturdido. Nadie impidió su retirada.

Sara dejó que Gregg se recargara en ella mientras huían. Mientras ellos se dejaban caer en los asientos del helicóptero, ella lo abrazó con suavidad.

—Me alegra que estés bien –susurró. Y tomó su mano mientras las aspas de los helicópteros rasgaban el viento nocturno.

Era como si Gregg sujetara la mano de madera de una muñeca. Su gesto ya no significaba nada.

Nada en absoluto.

Del *Diario de Xavier Desmond*

♣ ♦ ♠ ♥

7 de febrero, Kabul, Afganistán

SIENTO BASTANTE DOLOR HOY. LA MAYORÍA DE LOS DELEGADOS han hecho un viaje de un día a diversos sitios históricos, pero elegí permanecer en el hotel una vez más.

Nuestro tour... ¿qué puedo decir? Siria ha aparecido en los titulares alrededor del mundo. Nuestro contingente de prensa ha duplicado su tamaño, todos ellos ansiosos por conseguir la verdadera historia de lo que sucedió en el desierto. Por una vez, no me entristece haber sido excluido. Peregrine me contó qué ocurrió...

Siria nos ha afectado a todos, incluyéndome a mí. No todo mi dolor es causado por el cáncer. Hay ocasiones en que me siento profundamente agotado, cuando miro mi vida en retrospectiva y me pregunto si he hecho algún bien en absoluto, o si el trabajo de toda mi vida ha sido en vano. He intentado hablar por mi gente, apelar a la razón, a la decencia y a la humanidad común que nos une a todos, y siempre he estado convencido de que la fuerza discreta, la perseverancia y la no violencia nos llevarían más lejos a la larga. Siria me hace preguntarme... ¿cómo razonas con un hombre como Nur al-Allah, cómo haces un compromiso con él, cómo hablas con él? ¿Cómo apelas a su humanidad cuando no se considera un ser humano en absoluto? Si hay un Dios, oro por que me perdone, pero me descubro a mí mismo deseando que hubieran matando a Nur.

Hiram ha dejado el tour, si bien de manera temporal. Promete reunirse con nosotros en la India, pero por el momento está de regreso en la ciudad de Nueva York, tras volar en jet de Damasco a Roma y tomar un Concorde de regreso a América. Nos dijo que había surgido una emergencia en Aces High que demandaba su atención personal, pero sospecho que la verdad es que Siria lo sacudió más de lo que está dispuesto a admitir. Se ha extendido el rumor por todo el avión de que Hiram perdió el control en el desierto, que golpeó al general Sayyid con mucho más peso del que era necesario para detenerlo. Billy Ray, por supuesto, no cree que Hiram haya ido lo suficientemente lejos.

—Si hubiera sido yo, hubiera continuado apilando más peso sobre ese sujeto hasta que hubiera sólo una mancha café y roja sobre el piso —me dijo.

El mismo Worchester rehusó hablar al respecto e insistió que estaba tomando esta corta separación de nosotros simplemente porque estaba «harto hasta la muerte de hojas de parra rellenas», pero aun cuando bromeaba, noté perlas de sudor en su amplia frente calva y un ligero temblor en su mano. Espero que un corto descanso le ayude a restablecerse; mientras más viajamos juntos, más he llegado a respetar a Hiram Worchester.

Si las nubes tienen en realidad un lado positivo, entonces quizás algo bueno salió del monstruoso incidente en Siria. La estatura de Gregg Hartmann parece haber aumentado ampliamente gracias a su encuentro cercano con la muerte. Durante una década su suerte política ha sido perseguida por el espectro de la Gran Revuelta de Jokertown en 1977, cuando «perdió la cabeza» en público. Para mí su reacción fue simplemente humana: acababa de ser testigo de cómo una turba despedazaba a una mujer, después de todo. Pero los candidatos presidenciales no tienen permitido llorar, afligirse o enfurecerse como el resto de nosotros, tal como Muskie lo probó en el 72 y Hartmann lo confirmó en el 77.

Los hechos ocurridos en Siria pueden haberle ayudado a cerrar ese trágico periodo. Todos los que estaban ahí concuerdan en que el comportamiento de Hartmann fue ejemplar: se mantuvo firme, con la cabeza fría, se mostró valiente, fue un pilar de fortaleza ante las amenazas bárbaras de Nur. Cada periódico en América ha impreso la foto de la AP que fue tomada mientras salían: Hiram ayudando a Tachyon a entrar al helicóptero en la parte de atrás, mientras al frente el senador Hartmann esperaba, con el rostro sucio de polvo, y aun así adusto y fuerte, su sangre empapando la manga de su camisa blanca.

Gregg todavía afirma que no va a ser candidato presidencial en

1988, y de hecho todas las encuestas muestran que Gary Hart tiene una posibilidad abrumadora de obtener la nominación demócrata, pero Siria y la fotografía seguramente harán maravillas en lo que respecta al reconocimiento de su nombre y su prestigio. Me encuentro a mí mismo esperando desesperadamente que reconsidere su candidatura. No tengo nada contra Gary Hart, pero Gregg Hartmann es especial, y quizá para aquellos de nosotros tocados por el wild card, él sea nuestra última y mejor esperanza.

Si Hartmann falla, todas mis esperanzas fallan con él, y entonces ¿qué opción tendremos más que recurrir al Perro Negro?

Supongo que debería escribir algo sobre lo que pasó en Afganistán, pero hay poco que registrar. No tengo la fuerza necesaria para ver los paisajes que nos ofrece Kabul. Los soviéticos tienen mucha presencia aquí, pero son muy correctos y corteses. La guerra se suspende hasta cierto punto durante nuestra corta estancia. Dos jokers afganos han aparecido para obtener nuestra aprobación, ambos juran (a través de intérpretes soviéticos) que la vida de un joker es idílica aquí. De alguna manera no me han convencido. Si entiendo correctamente, sólo hay dos jokers en todo Afganistán.

El *Carta Marcada* voló directamente de Bagdad a Kabul. Irán estaba fuera de toda discusión. El ayatolá comparte muchos de los puntos de vista de Nur acerca del wild card, y gobierna su nación por completo, así que ni aun la ONU pudo conseguirnos permiso para aterrizar. Al menos el ayatolá no hace distinciones entre ases y jokers: todos somos los hijos demoniacos del Gran Satán, según él. Obviamente no ha olvidado el intento malogrado de Jimmy Carter de liberar a los rehenes, cuando media docena de ases del gobierno fueron enviados en una misión secreta que se convirtió en una horrenda metida de pata. El rumor es que Carnifex fue uno de los ases involucrados en ello, pero Billy Ray lo niega enfáticamente.

—Si yo hubiera estado con ellos, habríamos sacado a nuestra gente y le hubiéramos pateado el trasero al viejo nada más por si acaso –dice. Su colega del Departamento de Justicia, Lady Black, sólo jala su capa negra envolviéndose más apretadamente en ella y sonríe de manera enigmática. El padre de Mistral, Ciclón, a menudo ha sido relacionado con esa misión desafortunada, pero no es algo de lo que ella acepte hablar.

Mañana temprano volaremos sobre el Paso Jáiber y nos dirigiremos a la India, hacia un mundo diferente por completo, un subcontinente entero en crecimiento constante, con la mayor población joker registrada en cualquier ciudad fuera de Estados Unidos.

12 de febrero, Calcuta

India es una tierra tan extraña y fabulosa como cualquiera de las que hemos visto en este viaje… si de hecho es correcto llamarla una tierra. Parece más bien como cien tierras en una. Encuentro difícil conectar los Himalayas y los palacios de los mogoles con los barrios bajos de Calcuta y las selvas de Bengala. Los indios mismos viven en una docena de mundos diferentes, desde los ancianos británicos, según los cuales el virrey aún gobierna en sus pequeños enclaves del Raj, hasta los marajás y nawabs que son reyes en todos los aspectos menos en el nombre, y de ahí a los mendigos que recorren las calles de esta sucia y cada vez más grande ciudad.

Hay *tanto* en la India.

En Calcuta ves jokers por las calles dondequiera que vas. Son tan comunes como los mendigos, los niños desnudos, los cadáveres, y con demasiada frecuencia son la misma cosa. En esta nación de hindús, musulmanes y sijs, la vasta mayoría de los jokers parecen ser hindús, pero dadas las actitudes islámicas, eso difícilmente sería una sorpresa. El hindú ortodoxo ha inventado una nueva casta para los jokers, mucho más por debajo aún que los intocables, pero al menos se les permite vivir.

Es interesante notar que no hemos encontrado poblaciones joker en la India. Esta cultura está marcadamente dividida en terrenos raciales y étnicos, y los antagonismos son muy pronunciados, como se demostró claramente durante las revueltas del wild card en Calcuta en 1947, y la matanza indiscriminada a escala nacional que acompañó a la división del subcontinente ese mismo año. A pesar de eso, hoy se pueden encontrar hindús, musulmanes y sijs viviendo lado a lado en la misma calle, y jokers, nats e incluso algunos patéticos doses compartiendo los mismos horrorosos barrios bajos. Lo cual no parece haber hecho que se amen más los unos a los otros, por desgracia.

India también se jacta de un número de ases nativos, incluyendo algunos de considerable poder. Digger está pasándosela en grande corriendo por el país entrevistándolos a todos, o a tantos como consientan encontrarse con él.

Radha O'Reilly, por el contrario, es muy infeliz aquí. Radha pertenece a la realeza india, según parece, al menos por el lado materno... su padre era algún tipo de aventurero irlandés. Su familia practica una variedad de hinduismo construido en torno a Ganesh, el dios elefante, y a Kali, la madre negra, y para ellos su habilidad de wild card la convierte en la novia destinada a Ganesh, o algo por el estilo. De cualquier manera ella parece firmemente convencida de que está en peligro inminente de ser secuestrada y regresada a la fuerza a su tierra de origen, así que con excepción de las recepciones oficiales en Nueva Delhi y Bombay, ha permanecido estrechamente encerrada en varios hoteles, con Carnifex, Lady Black y el resto de nuestro equipo de seguridad a corta distancia. Creo que estará feliz de marcharse de la India por segunda vez.

El doctor Tachyon, Peregrine, Mistral, Fantasy, Troll y Harlem Hammer acaban de regresar de una cacería de tigres en Bengala. Su anfitrión fue uno de los ases indios, un marajá bendecido con una especie de toque de Midas. Entiendo que el oro que crea es inherentemente inestable y vuelve a su estado original veinticuatro horas después, aunque el proceso de transmutación es aun suficiente para matar a cualquier ser vivo que toque. Sin embargo, su palacio es reconocido por ser un lugar bastante espectacular. Ha resuelto el tradicional dilema mítico al hacer que sus sirvientes lo alimenten.

Tachyon volvió de la expedición con el mejor humor con que lo he visto desde Siria, usando una chaqueta Nehru dorada y un turbante a juego, sujeto con un rubí del tamaño de mi pulgar. El marajá fue espléndido con sus obsequios, según parece. Aun la visión de la chaqueta y el turbante convirtiéndose en tela común horas después no parece haber mermado el entusiasmo de nuestro extraterrestre por las actividades del día. El brillante desfile de la cacería, los esplendores del palacio y el harén del marajá parecen haberle recordado a Tach los placeres y prerrogativas de los cuales disfrutó alguna vez como príncipe del Ilkazan en su mundo de origen. Admitió que ni siquiera en Takis había un espectáculo comparable al final de una cacería india, cuando el comehombres fue acorralado y el marajá se le acercó con toda calma, se quitó un guante dorado y transmutó a la enorme bestia en oro sólido de un solo toque.

Mientras nuestros ases aceptaban que los agasajaran con oro de hadas y cacerías de tigres, pasé el día en búsquedas más humildes, en la inesperada compañía de Jack Braun, quien fue invitado a la cacería con los otros pero declinó. En su lugar, Braun y yo recorrimos Calcuta para visitar el monumento que los indios erigieron en honor a Earl Sanderson, en el sitio donde salvó a Mahatma Gandhi de un intento de asesinato.

El monumento se parece a un templo hindú y la estatua en el interior recuerda más bien a alguna deidad menor india que a un norteamericano negro que jugó futbol para los Rutgers, pero aun así... Sanders se ha convertido de hecho en una especie de dios para esta gente, como atestiguan diversas ofrendas esparcidas por los fieles a los pies de su estatua. El sitio estaba muy lleno y tuvimos que esperar largo tiempo antes de ser admitidos. El Mahatma todavía es reverenciado universalmente en la India, y algo de su popularidad parece habérsele contagiado al recuerdo del as norteamericano que se interpuso entre él y la bala de un asesino.

Braun habló muy poco cuando estuvimos dentro, sólo miró la estatua como si de alguna manera pudiera convencerla de cobrar vida. Fue una visita conmovedora, pero en su totalidad no me sentí cómodo. Mi obvia deformidad atrajo miradas severas de algunos de los hindús de castas más altas entre la multitud. Y cada vez que alguien rozaba a Braun, estrujándolo –como sucede con frecuencia en un grupo de gente tan numeroso–, su escudo de fuerza biológica empezaba a brillar y lo rodeaba de un fantasmal resplandor dorado. Me temo que mi nerviosismo pudo más que yo, pues interrumpí el ensimismamiento de Braun e hice que saliéramos de ahí rápidamente. Quizá reaccioné exageradamente, pero si tan sólo una persona en esa multitud se hubiera dado cuenta de quién era Jack Braun, eso podría haber desencadenado una escena bastante desagradable. Braun estuvo malhumorado y callado en el camino de regreso al hotel.

Gandhi es un héroe personal mío, y a pesar de todos mis sentimientos encontrados sobre los ases debo admitir que le estoy agradecido a Earl Sanderson por la intervención que salvó la vida del

prócer. Que el gran profeta de la no violencia muriera por la bala
de un asesino hubiera sido demasiado grotesco, y creo que la India se
hubiera hecho añicos tras una muerte así, provocando un baño de
sangre entre hermanos como el mundo nunca ha visto.

Si Gandhi no hubiera vivido para guiar la reunificación del subcontinente tras la muerte de Jinnah en 1948, ¿habría en realidad
perdurado esa extraña nación de dos cabezas llamada Pakistán? ¿El
Congreso de Toda-la-India habría desplazado a todos los gobernan-
tes insignificantes y absorbido sus dominios, tal como amenazó? La
forma de este país, hecha de retazos, infinitamente diversa y des-
centralizada, es una expresión de los sueños de Mahatma. Encuentro inconcebible imaginar el curso que la historia de la India podría
haber tomado sin él. Así que por lo menos en ese aspecto, los Cuatro Ases dejaron una marca real en el mundo y demostraron que un
hombre decidido puede cambiar el curso de la historia para bien.

Le señalé todo esto a Jack Braun en nuestro viaje de regreso, pues
se veía muy retraído. Me temo que no ayudó mucho. Él me escuchó
pacientemente y dijo cuando terminé:

—Fue Earl quien lo salvó, no yo —y se sumió de nuevo en el silencio.

Fiel a su palabra, Hiram Worchester se reintegró al tour el día de hoy,
para lo cual viajó en Concorde desde Londres. Su breve estancia en
Nueva York le hizo mucho bien. Su antiguo entusiasmo regresó, y
rápidamente convenció a Tachyon, a Mordecai Jones y a Fantasy de
acompañarlo en una expedición para encontrar el vindaloo más picante de la India. Presionó a Peregrine para que se uniera al equipo
de búsqueda de comida, pero la simple idea logró que adoptara un
color verde.

Mañana por la mañana el padre Calamar, Troll y yo visitaremos
el Ganges, donde cuenta la leyenda que un joker puede bañarse en
las aguas sagradas y sanar de sus dolencias. Nuestros guías nos informan que hay cientos de casos documentados, pero yo soy francamente escéptico, aunque el padre Calamar insiste en que también
han existido sanaciones milagrosas de jokers en Lourdes. Tal vez ceda
a la tentación y salte a las aguas sagradas después de todo. Supongo

que un hombre que está muriendo de cáncer no puede darse el lujo del escepticismo.

Chrysalis fue invitada a acompañarnos, pero declinó la invitación. Últimamente parece más cómoda en los bares de hotel, tomando amaretto y jugando interminables partidas de solitario. Se ha vuelto muy amiga de dos de nuestros reporteros, Sara Morgenstern y el ubicuo Digger Downs, e incluso he oído decir que ella y Digger están durmiendo juntos.

De regreso del Ganges: debo hacer una confesión. Me quité el zapato y el calcetín, enrollé las perneras de mis pantalones y metí mi pie en las aguas sagradas. Tras hacer eso, seguí siendo un joker, por desgracia… un joker con un pie mojado.

Las aguas sagradas están sucias, por cierto, y mientras buscaba un milagro, alguien robó mi zapato.

♣ ♦ ♥ ♠

La lágrima de la India

♣ ♦ ♠ ♥

por Walton Simons

L OS HABITANTES DE COLOMBO HABÍAN ESPERADO AL SIMIO
desde la madrugada, y a esas horas la policía tenía problemas
para mantenerlos alejados de los muelles. Algunos lograban
pasar las barricadas de madera, sólo para ser atrapados rápidamente y metidos a empujones en las camionetas color amarillo brillante
de la policía. Algunos estaban sentados en autos estacionados; otros
tenían niños encaramados sobre sus hombros. La mayoría se con-
formaba con permanecer detrás de los cordones, estirando el cuello
para echar un vistazo a lo que la prensa local llamó «el gran monstruo norteamericano».

Dos grúas enormes levantaron lentamente al simio gigante para
bajarlo de la barcaza. Colgaba atado y flácido; su pelambre oscuro
asomaba desde el interior de la malla de acero. El único indicio de
vida era el lento ascenso y descenso de su pecho de cinco metros
de ancho. Hubo un rechinido cuando las grúas giraron al mismo
tiempo, balanceando al simio de lado hasta que estuvo sobre el vagón verde, pintado recientemente. El vagón gimió cuando el simio
se acomodó en su amplia cama de acero. Hubo vítores y aplausos
dispersos de la multitud.

Era igual que la visión que había tenido tan sólo unos meses antes
–la multitud, el mar en calma, el cielo limpio, el sudor en la nuca–:
todo era igual. Las visiones nunca mentían. Sabía con exactitud lo
que sucedería en los siguientes quince minutos aproximadamente;
después de eso podría retomar su vida otra vez.

Ajustó el cuello de su camisa Nehru y mostró su tarjeta de identificación gubernamental al policía más próximo. El oficial asintió y le
permitió el paso. Era un asistente especial del secretario del Interior,

lo cual le daba un rango particularmente amplio de responsabilidades. Algunas veces lo que hacía era poco más que servir de niñera de los extranjeros ricos que estaban de visita. Pero eso era preferible que los veinte años o más que había pasado trabajando en diversas embajadas en el extranjero.

Había un grupo de veinte o treinta norteamericanos alrededor del tren. La mayoría llevaban uniformes de seguridad color gris claro y se concentraban en encadenar la bestia al vagón. Mantenían un ojo en el simio mientras hacían lo que tenían que hacer, pero no parecían asustados. Un hombre alto, que vestía una camisa de diseño hawaiano y unas bermudas a cuadros, estaba parado a cierta distancia, platicando con una chica enfundada en un ligero vestido de algodón azul claro. Ambos usaban viseras rojinegras que rezaban la leyenda *King Pongo*.

Él caminó hacia el hombre de la camisa hawaiana y le dio un golpecito en el hombro.

—Ahora no –el hombre ni siquiera se molestó en volverse a mirarlo.

—¿Señor Danforth? –le dio un golpecito en el hombro de nuevo, esta vez más fuerte–. Bienvenido a Sri Lanka. Soy G. C. Jayewardene. Usted me llamó el mes pasado a propósito de su película –Jayewardene hablaba inglés, cingalés, tamil y holandés. Su posición en el gobierno así lo requería.

El productor cinematográfico se volvió, con el rostro inexpresivo.

—¿Jayewardene? Ah, es verdad. El tipo del gobierno. Gusto en conocerlo –Danforth tomó su mano y la estrechó–. Estamos realmente ocupados en este momento. Creo que puede notarlo.

—Por supuesto. Si no es demasiada molestia, me gustaría viajar con ustedes mientras transportan al simio –Jayewardene no pudo evitar sentirse impresionado por su tamaño. El monstruo era aún más alto que el Buda de Aukana de doce metros–. Parece mucho más grande cuando lo ves de cerca.

—Vaya que lo es. Pero toda la sangre, el sudor y las lágrimas que se vertieron para traerlo aquí valdrán la pena cuando salga la película –señaló con su pulgar en dirección al monstruo–. Ese bebé es una gran pub.

Jayewardene cubrió su boca con la mano, intentando esconder su expresión de desconcierto.

—Publicidad –sonrió Danforth–. Tengo que tener cuidado al usar el argot de la industria, supongo. Seguro –y agregó–: G. C.: usted puede ir en el vagón VIP con nosotros. Es el que está frente a nuestro peludo amigo.

—Gracias.

El gigantesco simio exhaló, y el polvo y la tierra cercanos a su boca abierta se removieron y formaron una pequeña nube.

—Gran pub –dijo Jayewardene.

El traqueteo rítmico de las ruedas del tren sobre las antiguas vías del ferrocarril consiguieron relajarlo. Jayewardene había viajado en los trenes de la isla en incontables ocasiones durante los más de cuarenta años desde que abordó el primero siendo un niño. La chica del vestido azul, quien finalmente se había presentado a sí misma como Paula Curtis, miraba por la ventana hacia los campos de té distribuidos en diversas terrazas. Danforth estaba marcando un mapa con un rotulador rojo.

—Está bien –colocó el extremo del mango del rotulador en sus labios–. Tomamos el tren hasta el final de la vía, lo cual es cerca de la cabecera del Kalu Ganga –aplanó el mapa sobre sus rodillas y señaló el sitio con su rotulador–. Eso nos pone en el borde del Parque Nacional Udu Walawe y Roger supuestamente ha ubicado algunas locaciones fantásticas para nosotros ahí. ¿Cierto?

—Cierto –contestó Paula–. Si confía en Roger.

—Es el director, querida. Tenemos que confiar en él. Lástima que no pudimos costear a alguien decente, pero los efectos especiales van a absorber la mayoría del presupuesto.

Un camarero se dirigió hacia ellos, cargando una bandeja con platos de arroz al curry y *appam*, pequeños fideos de harina de arroz al vapor. Jayewardene tomó un plato y sonrió.

—*Es-thu-ti* –dijo, agradeciendo al joven camarero. El chico tenía cara redonda y nariz ancha, obviamente era tan cingalés como él.

Paula se apartó de la ventana el tiempo suficiente para tomar un plato. Danforth le indicó con gestos al chico que se retirara.

—No estoy seguro de entender —Jayewardene tomó un bocado de arroz, masticó brevemente y tragó. Había muy poca canela en el curry para su gusto—. ¿Por qué gastar dinero en efectos especiales cuando tienen un simio de quince metros de alto?

—Como dije antes, el monstruo es una gran pub. Pero sería un infierno intentar que actúe y siga nuestras indicaciones. Y esto sin siquiera mencionar que sería prohibitivamente peligroso para todos a su alrededor. Bien, podemos usarlo en un par de tomas y definitivamente para los efectos de sonido, pero la mayoría del trabajo se hará con miniaturas —Danforth tomó un poco de arroz con los dedos del plato de Paula, lo metió en su boca y se encogió de hombros—. Cuando se estrene la película, los críticos dirán que no pueden distinguir el simio real del modelo, y la gente toma eso como un reto, ¿entienden? Compiten por ser los primeros que logren distinguirlo. Eso vende entradas.

—Seguramente el valor de la publicidad es menor que el dinero que costó trasladar a la bestia desde la ciudad de Nueva York y traerla al otro lado del mundo —Jayewardene tocó ligeramente la comisura de su boca con una servilleta de tela.

Danforth levantó la mirada, sonriente.

—De hecho conseguimos al simio a cambio de nada. Mire, se escapa de vez en cuando y suele destrozar cosas. La ciudad se llena hasta el culo de demandas cada vez que eso ocurre. Mientras no esté en Nueva York, no puede hacer ningún daño. Casi nos pagaron por quitarles esta cosa de encima. Por supuesto, tenemos que asegurarnos de que nada le pase, o el zoológico perdería una de sus principales atracciones. Para eso están aquí los chicos de gris.

—Y si el simio escapa aquí, su compañía cinematográfica será responsable legalmente —Jayewardene tomó otro bocado.

—Lo tenemos sedado todo el tiempo. Y francamente no parece estar muy interesado en lo que ocurre a su alrededor.

—Con excepción de las mujeres rubias —Paula señaló su cabello corto y castaño—. Por suerte para mí —miró de nuevo por la ventana—. ¿Qué es esa montaña?

—Sri Pada. El Pico de Adán. Hay una huella en la cima que se dice fue dejada por el mismísimo Buda. Es un lugar sagrado —Jayewardene hacía la peregrinación hasta la cima cada año. Planeaba hacerlo próximamente, tan pronto como su horario lo permitiera. Esta vez albergaba la esperanza de purificarse espiritualmente para que dejaran de acosarlo las visiones.

—¿En serio? —Paula le dio un codazo a Danforth—. ¿Tendremos tiempo de ir a ver los paisajes?

—Veremos —dijo Danforth, estirando la mano para tomar más arroz.

Jayewardene puso su plato en la mesa.

—Discúlpenme —se levantó y caminó hacia la parte trasera del vagón, abrió la puerta y salió a la plataforma.

La cabeza gigante del simio estaba sólo a cuatro metros de donde se encontraba. Sus ojos parpadearon y miraron la cima redondeada del Pico de Adán. El simio abrió la boca; contrajo sus labios para hacer una mueca y mostró los enormes dientes blanco-amarillentos. Hubo un estruendo, más alto que el motor del tren, que emergía de la parte trasera de la garganta del monstruo.

—Está despertando —les gritó a los agentes de seguridad que viajaban en la parte trasera del vagón.

Éstos caminaron hacia delante con cautela, sujetándose del barandal que corría por un lado del vagón y evitando entrar en contacto con las manos esposadas del simio. Uno vigilaba al monstruo, el rifle apuntándole directamente a la cabeza. El otro cambió la botella de plástico conectada a la intravenosa en el brazo del simio.

—Gracias —uno de los guardias agitó la mano en dirección a Jayewardene—. Va a estar bien. Esta cosa lo dormirá unas cuantas horas más.

El simio giró su cabeza y lo miró directamente; después volteó hacia el Pico de Adán, suspiró y cerró los ojos.

Había una expresión en los ojos marrones del monstruo que no pudo interpretar. Luego de pensar en ello volvió al interior del vagón. El curry le había dejado un resabio amargo en la parte posterior de la garganta.

◆

Llegaron al campamento al anochecer. En realidad era más una ciudad rápidamente improvisada de tiendas de campaña y edificios portátiles. Había menos actividad de la que Jayewardene había esperado. La mayor parte del equipo estaba sentado por ahí, platicando o jugando a las cartas. Sólo el personal de seguridad del zoológico estaba ocupado, colocando cuidadosamente al simio en un camión con plataforma de carga ancha. Todavía estaba inconsciente por el medicamento.

Danforth le dijo a Paula que presentara a Jayewardene con los demás. El director, Roger Winters, estaba ocupado haciendo cambios en el guion de rodaje. Llevaba un traje digno de Frank S. Buck, con todo y casco de explorador para ocultar su cabello cada vez más ralo. Paula guio a Jayewardene lejos del director.

—No le agradará –dijo ella–. A nadie le agrada. Al menos a nadie que yo conozca. Pero es capaz de hacerlos cumplir con el plan de rodaje. Aquí está alguien que le va a interesar más. No está casado, ¿verdad?

—Soy viudo.

—Oh, lo siento –saludó con la mano a una rubia que estaba sentada en los escalones de madera desnuda del edificio principal del campamento. La mujer llevaba una playera rojinegra que decía *King Pongo*, pantalones de mezclilla ajustados y botas de montaña de piel.

—Hola, Paula –dijo la rubia, sacudiendo su cabello–. ¿Quién es tu amigo?

—Robyn Symmes, te presento a G. C. Jayewardene –dijo Paula. Robyn le tendió la mano y Jayewardene la estrechó ligeramente.

—Gusto en conocerla, señorita Symmes –Jayewardene hizo una reverencia, embarazosamente consciente de cuán apretada se veía su camisa sobre su voluminoso estómago. Se sintió halagado de estar en compañía de las únicas dos mujeres que había visto en el campamento. Ambas eran muy atractivas. Se secó el sudor de la frente y se preguntó cómo se verían en saris.

—Miren, tengo que ir a supervisar cosas con Danforth. ¿Por qué no se entretienen mutuamente por un rato? –Paula ya estaba alejándose antes de que cualquiera de ellos tuviera tiempo de responder.

—¿Su nombre es Jayewardene? ¿Está relacionado de alguna manera con el presidente Junius Jayewardene?

—No. Es sólo un nombre común. ¿Qué le parece este lugar? –se sentó junto a ella. Los escalones estaban desagradablemente calientes.

—Bueno, sólo he estado aquí por unos días, pero es un sitio hermoso. Quizá demasiado caluroso para mi gusto, pero yo soy de Dakota del Norte.

Él asintió.

—Tenemos todo tipo de belleza imaginable aquí. Playas, montañas, selva, ciudades. Hay algo para cada quien. Con excepción de un clima frío, por supuesto.

Hubo una pausa.

—Cuénteme –Robyn se dio una palmada en los muslos–, ¿a qué se dedica para que su gobierno haya decidido enviarlo aquí con nosotros?

—Digamos que soy una especie de diplomático. Mi trabajo consiste en hacer que los visitantes extranjeros se encuentren felices aquí. Por lo menos debo intentarlo. Nos gusta mantener la reputación de que el nuestro es un país amigable.

—Bueno, es un hecho que no he visto nada que contradiga eso. La gente que he tratado prácticamente te mata con su amabilidad –señaló a la línea de árboles en el extremo del campamento–. Los animales son otra cosa, sin embargo. ¿Sabe lo que encontraron esta mañana?

Él se encogió de hombros.

—Una cobra. Justo ahí. Ŭffdä. Eso es algo que definitivamente no encuentras en Dakota del Norte –se estremeció–. Puedo lidiar con la mayoría de los animales, pero con las serpientes… –hizo una mueca.

—La naturaleza es completa y armoniosa aquí –sonrió–. Pero la estoy aburriendo.

—No. En realidad no. Ciertamente es más interesante que Roger, los técnicos de iluminación o los camarógrafos. ¿Cuánto tiempo se quedará con nosotros?

—De manera intermitente durante toda la estancia de la compañía, aunque regresaré mañana a Colombo por algunos días. El doctor Tachyon, el extraterrestre, y un grupo numeroso de su país están por llegar. Vienen a estudiar el efecto del virus en mi país –un escalofrío recorrió su espalda.

—Usted es una hormiguita muy trabajadora, ¿verdad? –levantó la mirada. La luz estaba empezando a bajar alrededor de las copas de los árboles, que no dejaban de mecerse de un lado a otro–. Voy a dormir un poco. Usted quizá querrá hacer lo mismo. Paula le mostrará dónde está su habitación; ella lo sabe todo. Danforth nunca lograría terminar esta película sin ella.

Jayewardene la miró alejarse y suspiró al recordar el placer que él consideraba era mejor olvidar. Finalmente se levantó y se encaminó en la misma dirección. Necesitaba descansar antes de emprender el viaje de regreso, justo al día siguiente, pero el sueño nunca le llegaba con facilidad. Y tenía miedo de soñar. Había aprendido a tener miedo.

Se despertó al morder su mano derecha con suficiente fuerza como para hacerla sangrar. Su respiración era entrecortada y su camisa de dormir estaba empapada en sudor. El mundo a su alrededor brilló y por fin se hizo más nítido. Había tenido otra visión, arrancada del futuro. Le habían llegado cada vez con mayor frecuencia a pesar de sus oraciones y su continua meditación. Que ésta en particular no fuera sobre él sólo era un pequeño consuelo. O no lo involucraba de manera directa, por lo menos.

Se puso los pantalones y los zapatos, abrió la cremallera de su tienda y salió. Jayewardene caminó en silencio hacia el camión donde el simio estaba encadenado. Dos hombres estaban de guardia. Uno recargado en la cabina, el otro sentado con la espalda en una de los enormes neumáticos cubiertos de lodo. Ambos portaban sus rifles y fumaban. Estaban hablando en voz baja.

—¿Qué sucede? —preguntó el hombre cercano a la cabina a medida que Jayewardene se aproximaba. No se molestó en levantar su rifle.

—Quería ver al simio una vez más.

—¿A medianoche? Véalo mañana por la mañana, cuando haya luz.

—No podía dormir. Y regresaré a Colombo mañana —caminó hasta estar cerca del monstruo—. ¿Cuándo apareció el simio por primera vez?

—Durante el apagón del 65 en Nueva York —dijo el hombre que estaba sentado—. Se apareció en medio de Manhattan. Nadie sabe de dónde vino. Probablemente tuvo algo que ver con el wild card. Al menos eso es lo que dice la gente.

Jayewardene asintió.

—Voy a caminar alrededor de él, hasta darle la vuelta. Quiero mirar su cara.

—No vaya a meter la cabeza dentro de su boca —el guardia arrojó la colilla de su cigarro al suelo y Jayewardene la aplastó con su zapato al pasar.

El aliento del simio era caliente, orgánico, pero no fétido. Jayewardene esperó a que la bestia abriera sus ojos de nuevo. La visión le había informado de lo que estaba detrás de ellos, pero quería echarles otra mirada. Los sueños nunca se habían equivocado antes, pero su reputación sería destruida si fuera a las autoridades con la historia y se comprobara que estaba equivocado. Y le lloverían preguntas acerca de cómo pudo enterarse, preguntas que le sería difícil responder sin revelar que poseía habilidades inusuales. No sería fácil resolver ese problema en un tiempo tan corto.

Los ojos del simio seguían cerrados.

Los sonidos nocturnos de la selva parecían más distantes de lo normal. Jayewardene esperaba que esto se debiera a que percibían al simio, su tamaño inusual. Echó un vistazo a su reloj. El amanecer llegaría en un par de horas. Hablaría con Danforth a primera hora de la mañana y entonces regresaría a Colombo: el doctor Tachyon tenía la reputación de ser capaz de hacer maravillas. Su tarea consistiría en transformar al simio. La visión dejó eso en claro. Quizás el extraterrestre incluso pudiera ayudarlo. Si él fallaba.

Caminó de regreso a su tienda y pasó las siguientes horas orando al Buda por que este tipo de revelaciones no fueran tan frecuentes.

Eran más de las nueve cuando Danforth emergió semidormido del portátil edificio principal. Jayewardene iba en su segunda taza de té pero todavía se movía con lentitud, como si su cuerpo estuviera envuelto en barro.

—Señor Danforth. Debo hablarle antes de irme.

Danforth bostezó y asintió.

—Bien. Mire, antes de que se vaya, quiero tomar algunas fotos. Usted sabe, con el equipo completo y el simio. Algo para entregarle a las agencias de noticias. Apreciaría mucho si usted apareciera en la foto también.

Danforth bostezó de nuevo, abrió la boca aún más.

—Dios, necesito tomar un café. Los muchachos deben de tener todo preparado. Estaré libre unos minutos después de eso y entonces podremos platicar al respecto.

—Creo que sería mejor que lo discutiéramos ahora, en privado —miró en dirección a la selva—. Tal vez deberíamos dar un paseo lejos del campamento.

—¿En la selva? De ninguna manera. Oí que mataron una cobra ayer —Danforth retrocedió—. Hablaré con usted después de que hagamos las tomas publicitarias, no antes.

Jayewardene tomó otro sorbo de té y caminó hacia el camión. No se sorprendió o molestó ante la actitud de Danforth. El hombre tenía el peso de un proyecto de varios millones de dólares sobre sus hombros. Ese tipo de presión podría distorsionar los valores de cualquiera, hacerlo temer las cosas equivocadas.

La mayor parte del equipo ya estaba reunido frente al gigantesco simio. Paula estaba sentada al frente, mordiéndose las uñas mientras miraba el programa de producción. Se arrodilló junto a ella.

—Veo que su majestad se convenció de venir a trabajar igual que todos nosotros —dijo Paula sin levantar la mirada.

—Eso me temo. No parece que hayas dormido bien.

—No es que no haya dormido bien. No dormí, punto. Estuve con Roger y el señor D. toda la noche. Pero eso viene con el territorio —echó la cabeza hacia atrás y la giró para hacer un movimiento lento y circular—. Bueno, tan pronto como Roger, Robyn y el jefe lleguen, podremos terminar con esto.

Jayewardene apuró el resto de su té. Más tarde durante el día estaba programada la llegada de un camión lleno de extras, la mayoría cingaleses, con algunos tamiles y musulmanes. Todos hablaban inglés, lo que no era raro, dada la presencia británica en la historia de la isla.

Danforth se apareció arrastrando a Roger. El productor miró al grupo y entrecerró los ojos.

—El simio está mirando hacia el lado equivocado. Alguien dele la vuelta a ese camión.

Un guardia vestido de gris hizo una señal con la mano, saltó al interior de la cabina y encendió la marcha del camión.

—Bien. Atención, todos, quítense del camino para que podamos hacer esto —Danforth les indicó por medio de señas que se acercaran a él.

Alguien silbó y llamó la atención de Jayewardene: Robyn caminaba hacia el grupo. Usaba un vestido largo, plateado, muy ceñido. No sonreía.

—¿Por qué tengo que usar esto ahora? Va a ser bastante malo tener que usarlo durante el rodaje. Probablemente me dé una insolación –Robyn se puso las manos en las caderas y frunció el ceño.

Danforth se encogió de hombros.

—Hacer tomas en la selva es una lata. Ya lo sabías cuando aceptaste el papel.

Robyn apretó los labios con fuerza y se quedó callada.

El camión retrocedió hasta quedar en posición y Danforth le dio unas palmadas.

—Muy bien. Todos de regreso a donde estaban antes. Terminemos con esto tan rápido como sea posible.

Uno de los guardias caminó hacia Danforth y Jayewardene se aproximó lo suficiente para escuchar.

—Creo que lo despertamos cuando movimos el camión, señor. ¿Quiere que lo drogue de nuevo antes de hacer las tomas?

—No. Se verá mejor si hay algo de vida en esa maldita cosa –Danforth acarició su barbilla–. Y aliméntenlo cuando terminemos. Entonces lo pueden dormir de nuevo.

—Está bien, señor.

Jayewardene tomó su lugar frente al camión. La respiración del simio era irregular. Se volvió. Los ojos del simio parpadearon y se abrieron. Sus pupilas estaban dilatadas. Los ojos se movieron lentamente, miraron a las cámaras y se detuvieron al ver a Robyn. Se volvieron brillantes y decididos. Jayewardene sintió que la piel se le helaba.

El simio respiró profundamente y rugió: el estruendo fue como el de cien leones. Jayewardene intentó salir corriendo, pero se tropezó con alguien que había tenido la misma idea y chocó contra él. El simio se balanceaba hacia atrás y hacia delante en el camión. Una de las llantas se reventó. El monstruo continuó rugiendo y jalando de las cadenas. Se escuchó el rechinido agudo del metal contra el metal, luego un fuerte ruido metálico cuando las cadenas se rompieron. La metralla de acero de los eslabones rotos voló en todas direcciones. Una pieza alcanzó a un guardia y el hombre cayó, dando de gritos. Jayewardene corrió hacia él y lo ayudó a levantarse. El piso temblaba justo detrás de ellos. Se volvió para mirar atrás, pero el simio ya los había rebasado. Jayewardene se volteó hacia el hombre herido.

—Una costilla rota, creo. Tal vez dos –dijo el guardia entre dientes–. Estaré bien.

Una mujer gritó. Jayewardene dejó al hombre y trató de seguir al simio. Podía ver la mayor parte del mono sobre los techos de lámina de los edificios portátiles; vio cómo se agachaba y recogía algo con su mano derecha: era Robyn. Escuchó un disparo e intentó moverse más deprisa. Ya le dolían los costados.

El simio cogió una tienda de campaña y la arrojó hacia uno de los guardias, cuyo rifle estaba levantado para volver a dispararle. La lona descendió sobre el hombre, arruinando su puntería.

—No. ¡No! –gritó Jayewardene–. Pueden herir a la mujer.

El simio echó una mirada rápida sobre el campamento, entonces agitó desdeñosamente su brazo libre en dirección de los humanos y se abrió paso hacia la selva. Robyn Symmes lucía flácida y pálida contra la enorme oscuridad de su pecho.

Danforth se sentó en el suelo, con la cabeza entre las manos.

—Oh, mierda. ¿Qué demonios haremos ahora? Esto no debía haber sucedido. Esas cadenas estaban hechas de titanio. No puede estar pasando.

Jayewardene puso su mano sobre el hombro del productor.

—Señor Danforth, voy a necesitar su auto más rápido y su mejor conductor. Y tal vez sería mejor si usted viniera con nosotros.

Danforth levantó la mirada.

—¿A dónde vamos?

—De regreso a Colombo. Un grupo de ases va a llegar ahí en unas pocas horas –sonrió levemente–. Hace mucho tiempo nuestra isla llevaba el nombre de Serendib. La tierra de la afortunada coincidencia.

—Gracias a Dios. Entonces existe una posibilidad –se levantó y el color regresó a su rostro–. Voy a organizar las cosas.

—¿Necesita ayuda? –Paula limpió un corte sobre su ojo dándose ligeros golpecitos con una de sus mangas.

—Solamente toda la que pueda obtener –dijo Danforth.

El simio rugió de nuevo. Ya parecía estar a una distancia imposiblemente lejana.

♠

El auto aceleró por el camino, sacudiéndolos a cada tope y en cada bache. Todavía estaban a varios kilómetros de distancia de Ratnapura. Jayewardene iba en el asiento delantero, dándole indicaciones al conductor; Paula y Danforth iban en silencio en la parte trasera. Mientras daban vuelta en una esquina, Jayewardene vio a varios sacerdotes budistas vestidos con túnicas color azafrán.

—Deténgase —gritó mientras el conductor frenaba el auto. Derraparon al salirse del camino y se deslizaron hasta detenerse. Los sacerdotes, que habían estado trabajando en el camino de tierra con sus respectivas palas, se hicieron a un lado y les hicieron señas de que pasaran.

—¿Quiénes son? —preguntó Paula.

—Sacerdotes. Miembros de un grupo tecnólogo apropiado —dijo Jayewardene mientras el conductor regresaba al camino. Hizo una reverencia a los sacerdotes al pasar frente a ellos—. Mucho de su tiempo se va en realizar este tipo de trabajo.

Planeaba llamarles desde Ratnapura; informar al gobierno de la situación y disuadir al ejército de atacar a la criatura. Iba a ser difícil, dada la cantidad de daño que la bestia podría causar, pero Tachyon y los ases eran la única solución. Tenían que serlo. El estómago le ardía. Era peligroso hacer que sus planes dependieran de gente a la que nunca había visto, pero no tenía otra opción.

—Me pregunto qué provocó su escape —preguntó Danforth, con una voz casi inaudible.

—Bueno —Jayewardene se volvió para hablar con ellos, miró las cámaras, luego a la señorita Symmes. Fue como si algo encajara en su cerebro, sacándolo completamente de su estupor.

—Si algo le sucede a ella, será mi culpa —Danforth miró al piso enlodado—. Mi culpa.

—Entonces tendremos que asegurarnos de que nada malo le pase —dijo Paula—. ¿De acuerdo?

—Está bien —dijo Danforth débilmente.

—Recuerde —dijo ella, dándole palmaditas en el hombro—, es la bella quien mata a la bestia. No al revés.

—Espero que podamos resolver la situación y mantener vivos tanto a la bella como a la bestia —Jayewardene se volvió para mirar de nuevo el camino, hasta que distinguió los edificios de Ratnapura más adelante–. Disminuya la velocidad cuando llegue al pueblo. Le indicaré a dónde debemos ir.

Tenía la intención de informar al ejército de la situación y regresar a Colombo. Se arrellanó en el asiento. Deseaba haber dormido mejor la noche anterior. El trabajo de hoy iba a extenderse hasta el día de mañana y quizás hasta pasado mañana.

Llegaron de regreso a Colombo un poco después del mediodía y fueron directamente a casa de Jayewardene. Era una residencia amplia, de estuco blanco con un techo de tejas rojas. Aun cuando su esposa vivía, había más espacio del que era necesario. Ahora él rodaba de un lado para otro como un coco en un vagón vacío. Llamó a su oficina y se enteró de que la delegación norteamericana de ases había llegado y se hospedaba en el Galadari Meridien Hotel. Después de instalar a Danforth y a Paula, fue a su santuario en el jardín y reafirmó el juramento de los Cinco Preceptos.

A continuación se puso rápidamente una camisa blanca y un par de pantalones y comió unos bocados de arroz frío.

—¿A dónde va ahora? –preguntó Paula cuando él abrió la puerta para marcharse.

—A hablar con el doctor Tachyon y los norteamericanos sobre el simio –negó con la cabeza cuando ella se levantó del sofá–. Sería mejor que ustedes descansen ahora. Yo los llamaré.

—Está bien.

—¿Nos permite buscar algo de comer? –Danforth ya había abierto la puerta del refrigerador.

—Por supuesto. Sírvanse.

El tráfico era pesado, aun en el Sea Beach Road, y Jayewardene lamentaba haberle indicado al conductor que tomara esa vía. El aire acondicionado del auto estaba descompuesto y sus ropas limpias estaban empapadas de sudor mucho antes de estar siquiera a medio camino del hotel.

El conductor de la compañía cinematográfica, de nombre Saul, estaba bajando la velocidad para detenerse frente al Galadari Meridien cuando el motor se apagó. Giró la llave varias veces, pero fue inútil.

—Mire –Jayewardene señaló la entrada del hotel. La gente estaba dispersándose alrededor de la entrada principal cuando algo se elevó en el aire. Jayewardene protegió sus ojos con las manos cuando algo voló por arriba de ellos. Uno era un elefante indio en plena madurez. Ver a un elefante en la India era bastante común, excepto que éste estaba volando. Sentado sobre su espalda iba un hombre musculoso. Las orejas del elefante estaban extendidas y parecían ayudar a la criatura a controlar la dirección al volar.

—Elephant Girl –dijo Saul. Las multitudes se detuvieron en ambos sentidos de la calle, y señalaban en silencio a la figura mientras los ases sobrevolaban el terreno.

—Trate de componer el auto –le indicó a Saul, quien ya había levantado el cofre.

Jayewardene caminó rápidamente a la entrada principal. Pasó junto al portero del hotel, el cual estaba sentado en la banqueta meneando la cabeza, hasta la oscuridad del interior. Los empleados estaban ocupados encendiendo velas y tranquilizando a los huéspedes que se hallaban en el bar y en el restaurante.

—Mesero, traiga esas bebidas aquí –la voz masculina salía del bar. Hablaba inglés con un acento norteamericano.

Jayewardene permitió que sus ojos se ajustaran a la tenue iluminación y se dirigió al bar. El cantinero estaba acomodando lámparas junto al espejo detrás de la barra. Jayewardene sacó su pañuelo y se secó la frente sudorosa.

Estaban sentados juntos en un reservado con bancas largas a ambos lados de la mesa. Había un hombre grande con una barba oscura con forma de espada, vestido con un traje azul de tres piezas. Frente a él estaba otro hombre de mediana edad, pero éste era delgado, y se sentaba en la banca como si fuera un trono. Aunque creyó reconocerlos, sólo la mujer sentada entre ellos era inconfundible. Usaba un vestido negro, escotado y sin hombros, decorado con algunas lentejuelas; su piel era transparente. Rápidamente apartó la mirada de ella. Sus huesos y músculos reflejaban la luz de manera perturbadora.

—Discúlpenme –dijo, caminando hacia ellos–. Mi nombre es Jayewardene. Pertenezco al Departamento del Interior.

—¿Y qué desea? –el hombre grande tomó una cereza ensartada de su bebida y la rodó entre sus muy cuidados pulgar e índice.

El otro hombre se puso de pie, sonrió y estrechó la mano de Jayewardene. El gesto era estudiado, un saludo político refinado tras años de práctica.

—Soy el senador Gregg Hartmann. Es un placer conocerlo.

—Gracias, senador. Espero que su hombro se encuentre mejor –Jayewardene había leído acerca del incidente en los periódicos.

—No fue tan malo como la prensa lo hizo aparecer –Hartmann miró hacia el otro extremo de la banca–. El hombre torturando esa cereza es Hiram Worchester. Y la dama es…

—Chrysalis, me parece –Jayewardene hizo una reverencia–. ¿Me permite?

—Por supuesto –dijo Hartmann–. ¿Hay algo que podamos hacer por usted?

Jayewardene se sentó junto a Hiram, cuya masa oscurecía parcialmente a Chrysalis. La encontraba profundamente perturbadora a la vista–. Varias cosas, tal vez. ¿A dónde iban Elephant Girl y su acompañante?

—A atrapar al simio, por supuesto –Hiram lo miró como uno haría con un pariente embarazoso–. Y a rescatar a la chica. Acabamos de enterarnos. Atrapar a la bestia es una especie de tradición para los ases.

—¿Es posible? No creo que Elephant Girl y un hombre solo puedan con esa bestia –Jayewardene se volvió hacia Hartmann.

—El hombre que la acompaña es Jack Braun –dijo Chrysalis. Su acento era más británico que norteamericano–. Golden Boy. Puede dominar casi a cualquiera, y quizás incluso al simio gigante. Aunque no ha descansado mucho últimamente. Su brillo ha estado un poco débil –le dio un codazo a Hiram–. ¿No crees?

—En lo personal no me importa lo que le suceda al señor Braun –Hiram hizo girar la pequeña espada de plástico rojo de su bebida–. Y creo que el sentimiento es mutuo.

Hartmann tosió.

—Por lo menos deberían ser capaces de rescatar a la actriz. Eso simplificaría las cosas para su gobierno.

—Sí. Uno esperaría eso –Jayewardene dobló y desdobló una servilleta de tela–. Pero un rescate así debería ser cuidadosamente planeado.

—Sí, puede decirse que se fueron volando a lo loco –dijo Chrysalis, tomando un sorbo de brandy.

Jayewardene creyó haber visto un destello de picardía en los ojos de Hartmann, pero lo descartó pensando que se debía a la iluminación.

—¿Podría decirme dónde puedo encontrar al doctor Tachyon?

Hiram y Chrysalis rieron. Hartmann mantuvo la compostura y les dirigió una mirada de desaprobación.

—No está disponible en este momento.

Chrysalis le hizo señas al mesero y señaló su vaso.

—Se encuentra arriba, con alguna de las azafatas.

—Están arriba. Si algo va a ayudar a Tachy a superar su problema, es esto. El doctor no puede ser molestado en este momento –Hiram mantuvo la espada de plástico sobre la mesa e hizo un puño con su otra mano. La espada cayó y se clavó en la mesa–. ¿Captan la idea?

—¿Podríamos darle un mensaje de su parte? –preguntó Hartmann, haciendo caso omiso de las bromas de Hiram.

Jayewardene sacó su cartera de piel de víbora y le entregó a Hartmann una de sus tarjetas de presentación.

—Por favor, haga que me contacte tan pronto como sea posible. Tal vez esté ocupado el resto de la tarde, pero puede encontrarme en mi casa. Es el número de abajo.

—Haré lo que pueda –dijo Hartmann, parándose para estrechar su mano de nuevo–. Espero verlo de nuevo antes de que nos vayamos.

—Gusto en conocerlo, señor Jayewardene –dijo Chrysalis. Tuvo la impresión de que ella le sonreía, pero no podría jurarlo.

Jayewardene se volvió para irse, pero se detuvo en seco cuando dos personas entraron al bar. Una de ellas era un hombre a quien Jayewardene le calculó treinta y tantos años. Era alto y musculoso, con cabello rubio y una cámara colgada del hombro. La mujer que lo acompañaba era tan impresionantemente hermosa como cualquiera de las fotografías que Jayewardene había visto de ella. Aun sin las alas habría llamado la atención.

Peregrine era una visión con la que él se hubiera entretenido voluntariamente. Jayewardene les cedió el paso para que se unieran a los demás en el reservado.

Todavía estaban encendiendo velas y lámparas en el vestíbulo cuando se marchó.

◆

Fue difícil conseguir un helicóptero que aceptara perseguir al simio suelto, pero el comandante de la base le debía más de un favor. El piloto, con su casco bajo el brazo, ya esperaba a Jayewardene junto al aparato. Era de piel oscura, un tamil, parte del nuevo plan del ejército para integrarlos a las fuerzas armadas. La aeronave en sí era un modelo grande y anticuado, que carecía de la elegante aerodinámica de las naves de asalto más modernas. La pintura color aceituna se estaba despegando de la piel de metal del helicóptero y los neumáticos se veían lisos.

Jayewardene asintió en dirección del piloto y le habló en tamil.

—Solicité que pusieran un megáfono a bordo.

—Ya se hizo, señor –el piloto abrió la puerta y se metió a la cabina. Jayewardene lo siguió.

El joven tamil siguió la rutina de control: movió interruptores, examinó los indicadores.

—Nunca he estado en un helicóptero antes –dijo Jayewardene, abrochando su cinturón de seguridad. Le dio un tirón al cinturón para probarlo; no lo hizo muy feliz comprobar que se estaba deshilachando en los bordes.

El piloto se encogió de hombros, se puso el casco y encendió el rotor. Las aspas se movieron ruidosamente y el helicóptero se levantó hacia el cielo.

—¿A dónde nos dirigimos, señor?

—Vamos a Ratnapura y en dirección del Pico de Adán –tosió–. Buscaremos a un hombre sobre un elefante volador. Son los ases norteamericanos.

—¿Desea entablar combate con ellos, señor? –el tono del piloto era tranquilo y profesional.

—No. No, nada de eso. Sólo obsérvelos. Están buscando al simio que se escapó.

El piloto respiró profundamente y asintió, luego encendió el radio y levantó el micrófono.

—Base león, éste es Sombra Uno. ¿Puede darnos alguna información sobre un elefante volador? Cambio.

Hubo una pausa y sonó el crepitar de la estática antes de que la base les respondiera.

—Su objetivo se dirige al este de Colombo. La velocidad aproximada es uno-cinco-cero kilómetros por hora. Cambio.

—Recibido. Cambio y fuera –el piloto revisó su brújula y ajustó el curso.

—Espero que podamos encontrarlos antes de que localicen al simio. No creo que tengan una idea real de dónde buscar, pero el país no es tan grande –Jayewardene señaló las nubes oscuras más adelante. Mientras lo hacía se produjo un relámpago–. ¿Estamos a salvo del mal tiempo?

—Bastante a salvo. ¿Usted cree que estos norteamericanos serían lo suficientemente estúpidos para volar en una tormenta? –dirigió el helicóptero hacia un punto delgado en la pared que formaban las nubes.

—Es difícil decirlo. No conozco a estas personas. Ellos han lidiado con la criatura antes, sin embargo –Jayewardene miró hacia abajo. La tierra debajo de ellos se elevaba constantemente. La selva se interrumpía aquí y allá con campos de té y arroz o con reservas de agua. Desde el aire los campos de arroz inundados se veían como los fragmentos de un espejo roto, las piezas vueltas a pegar de manera que casi se tocaban entre sí.

—Hay algo más adelante, señor –el piloto metió la mano bajo su asiento y le entregó un par de binoculares. Jayewardene los tomó, limpió los lentes con el faldón de su camisa y miró en la dirección que le señalaba el piloto. Había algo, en efecto. Giró la perilla de ajuste y enfocó. El hombre sobre el elefante miraba hacia el suelo.

—Son ellos –dijo Jayewardene y colocó los binoculares sobre su regazo–. Acérquese lo suficiente para que oigan esto –levantó el megáfono.

—Sí, señor.

Jayewardene advirtió que su boca y garganta estaban resecas. Abrió la ventana a medida que se aproximaban –los ases no parecían haberlos notado todavía. Encendió el megáfono y ajustó el control del volumen al máximo. Vio los hombros y la cabeza del simio por encima de las copas de los árboles y supo por qué los norteamericanos no le estaban prestando atención al helicóptero.

Sacó el megáfono por la ventana.

—Elephant Girl. Señor Braun –Jayewardene pensó que Golden Boy era un nombre inapropiado para un hombre adulto–. Mi nombre es Jayewardene. Soy un oficial del gobierno de Sri Lanka. ¿Entienden lo que digo? –articuló cada palabra lenta y cuidadosamente. El megáfono vibró en su mano sudorosa.

Jack Braun saludó con la mano y asintió. El monstruo se había vuelto a mirar hacia arriba y mostraba los dientes. Arrancó el follaje de la copa de un árbol y acomodó a Robyn en un espacio entre dos ramas.

—Rescaten a la mujer si pueden, pero no lastimen al simio –la voz de Jayewardene sonaba casi ininteligible desde el interior del helicóptero, pero Braun hizo una señal con el pulgar hacia arriba para mostrar que entendía–. Estaremos cerca –dijo Jayewardene.

El simio se agachó, recogió un puñado de tierra y aplastó su contenido con ambas palmas. Entonces rugió y arrojó la bola de tierra en dirección de los ases. El elefante volador descendió a fin de quitarse de su camino, de manera que el misil continuó su viaje hacia arriba. Jayewardene vio que iba a golpear el helicóptero y se aferró al asiento tan firmemente como le fue posible. La tierra asestó un golpe seco contra la aeronave. El helicóptero dio algunas vueltas sobre sí mismo, pero el piloto logró retomar el control y se elevó bruscamente.

—Es mejor mantenernos a una distancia segura –dijo el piloto, asegurándose de no perder al simio de vista–. Si el impulso del proyectil no se hubiera perdido al recorrer la distancia, no estaríamos aún en el aire.

—Cierto –Jayewardene volvió a respirar y se secó la frente. Algunas gotas de lluvia dispersas salpicaron el parabrisas.

Elephant Girl se había alejado unos cuarenta metros del simio y descendió hasta el nivel de las copas de los árboles. Braun saltó desde arriba de ella y desapareció entre la maleza. El elefante ganó altura otra vez, barritó y se movió de nuevo hacia el monstruo. El simio gruñó y golpeó su pecho; el sonido era el de una explosión subterránea.

El enfrentamiento duró un minuto o dos, hasta que el simio se balanceó hacia atrás y recuperó el equilibrio justo cuando se hallaba a punto de caerse. Entonces Elephant Girl se lanzó en picada hacia la mujer en el árbol. El simio movió sus brazos en dirección de ellas. El elefante volador retrocedió, tambaleándose un poco.

—¿La golpeó? –Jayewardene se volvió hacia el piloto–. ¿Deberíamos acercarnos e intentar ayudarla?

—No hay mucho que podamos hacer. Tal vez distraerlo. Pero podría derribarnos –el piloto puso la palanca entre sus rodillas y se secó el sudor de la palma de las manos.

El simio rugió y se agachó a recoger algo. Jack Braun forcejeaba en la mano de la criatura, intentaba separar los dedos gigantes y abrirlos. El simio lo levantó hasta su boca abierta.

—¡No! –dijo Jayewardene, y volvió la cabeza a otro lado.

La bestia rugió de nuevo y Jayewardene miró una vez más. El monstruo se frotaba la boca con su mano libre. Braun, aparentemente ileso, estaba haciendo palanca con su espalda contra los dedos del simio y lo había obligado a abrir el pulgar. El monstruo alzó su brazo como un lanzador de beisbol y envió a Braun a dar volteretas en el aire. Aterrizó en lo espeso de la selva unos segundos después, a varios cientos de metros de distancia.

El tamil, boquiabierto, hizo que el helicóptero girara hacia el punto en el que Braun había desaparecido entre los árboles.

—Intentó comérselo, pero no se dejó. Creo que rompió uno de los dientes del demonio.

Elephant Girl los siguió. El simio recogió a Robyn del árbol y, luego de dar un rugido triunfal, se internó en la selva de nuevo. Jayewardene se mordió el labio y examinó las copas de los árboles en busca de ramas rotas que mostraran por dónde había caído Braun.

La lluvia se hizo más intensa y el piloto encendió los limpiaparabrisas.

—Ahí está –dijo el tamil, disminuyendo la velocidad hasta quedar suspendido en el aire. Braun escalaba una enorme palmera. Su ropa estaba hecha jirones, pero no parecía estar lastimado.

Elephant Girl se aproximó, enroscó su trompa alrededor de su cintura y lo levantó hasta su espalda. Braun se inclinó y se sujetó de sus orejas.

—Síganos –dijo Jayewardene, usando el megáfono otra vez–. Los guiaremos de regreso a la base aérea. ¿Está usted bien, señor Braun?

El as dorado hizo el gesto con el pulgar levantado de nuevo, esta vez sin mirarlos.

Jayewardene no dijo nada durante varios minutos. Quizá su visión se había equivocado. La bestia parecía mucho más cruel. Una persona normal habría sido aplastada hasta quedar hecha una pasta entre los dientes del monstruo. Pero no era posible, el sueño debía ser verdad. Él no tenía derecho a dudar, o el simio no tendría oportunidad alguna.

Le ganaron la carrera a la tormenta de camino a Colombo.

♥

Jayewardene se detuvo ante la puerta de Tachyon. De vuelta en su casa, se encontraba durmiendo cuando el extraterrestre llamó. Tachyon se disculpó por tardarse tanto en regresarle la llamada, Jayewardene lo interrumpió y el doctor le preguntó si podía ir a verlo de inmediato. Dijo que sí con poco entusiasmo.

Llamó a la puerta y esperó un tiempo prudente, entonces levantó su mano de nuevo pero en eso escuchó pisadas del otro lado. Tachyon en persona le abrió la puerta, usaba una camisa blanca de mangas abombadas y pantalones de terciopelo azul atados con un gran pañuelo rojo.

—¿Señor Jayewardene? Pase, por favor –Jayewardene hizo una reverencia y entró.

Tachyon se sentó en la cama, bajo una pintura al óleo de las cataratas Dunhinda. Un sombrero escarlata con plumas y un plato de arroz a medio comer estaban sobre la mesita de noche.

—¿Usted es el mismo señor Jayewardene del helicóptero? ¿Del que me platicó Radha?

—Sí –Jayewardene se sentó en la tumbona junto a la cama–. Espero que el señor Braun no haya resultado herido.

—Sólo en su orgullo –Tachyon cerró los ojos por un momento, como si intentara reunir fuerzas, y los abrió de nuevo–. Por favor, dígame cómo puedo ayudarlo, señor Jayewardene.

—El ejército planea atacar al simio mañana. Debemos detenerlos y someter a la criatura nosotros mismos –Jayewardene se frotó los ojos–. Pero no estoy comenzando por el principio. El ejército se encarga de la dura realidad. Pero usted, doctor, trabaja en el contexto de lo extraordinario diariamente. No lo conozco, pero debo confiar en usted.

Tachyon colocó sus pies colgantes firmemente sobre el piso y enderezó sus hombros.

—He pasado la mayor parte de mi vida en este planeta intentando ganarme la confianza de los otros. Sólo deseo poder creer que esta confianza es justificada. Pero usted dice que debemos detener al ejército y someter al simio nosotros mismos. ¿Por qué? Seguramente están mejor equipados...

Jayewardene interrumpió.

—El virus no afecta a los animales, si he entendido bien.

—Yo sé que el virus no afecta a los animales –respondió Tachyon al tiempo que sacudía su cabello rojo y rizado–. Yo ayudé a desarrollar el virus. Hasta los niños lo saben... –cubrió su boca–. Que me perdonen mis antepasados.

Se deslizó para bajarse de la cama y caminó hacia la ventana.

—Durante veinte años ha estado frente a mi cara, y *no lo noté*. Por mi propia y ciega estupidez he sentenciado a algún individuo a un infierno viviente. De nuevo le he fallado a uno de los míos. La confianza no es justificada –Tachyon presionó sus puños contra sus sienes y siguió reprochándose a sí mismo.

—Con su perdón, doctor –dijo Jayewardene–. Creo que sus energías serían de más ayuda si las aplicáramos al problema en cuestión –Tachyon se volvió, con una expresión dolorida en el rostro–. No fue mi intención ofenderlo, doctor –agregó, percibiendo la profundidad del sentimiento de culpa del extraterrestre.

—No. No, por supuesto que no. Señor Jayewardene, ¿cómo lo supo?

—Muy pocos de los nuestros fueron tocados por el virus. Yo soy uno de los pocos. Supongo que debería estar agradecido de estar vivo y entero, pero está en nuestra naturaleza el quejarnos. Mi habilidad me permite tener visiones del futuro. Siempre son acerca de alguien o de algún sitio que conozco, normalmente, yo mismo. Pero son tan detalladas y vívidas... –sacudió la cabeza–. La más reciente me mostró la verdadera naturaleza del simio.

Tachyon se sentó de nuevo sobre la cama y tamborileó con las puntas de sus dedos.

—Lo que no entiendo es la conducta primitiva exhibida por la criatura.

—Estoy seguro de que la mayoría de nuestras preguntas tendrán respuesta una vez que sea un hombre de nuevo.

—Por supuesto. Por supuesto –Tachyon saltó de la cama de nuevo–.

Y su habilidad. Desplazamiento temporal del yo cognitivo durante el estado de sueño. Esto es lo que mi familia tenía en mente cuando crearon el virus. Algo que trascendiera los valores físicos conocidos. Increíble.

Jayewardene se encogió de hombros.

—Sí, es increíble. Pero es una carga a la cual renunciaría gustosamente. Quiero ver el futuro desde mi propia perspectiva, el aquí y el ahora. Este... poder... destruye el flujo natural de la vida. Después de que el simio se restablezca, planeo hacer mi peregrinación a Sri Pada. Quizás a través de la pureza espiritual consiga librarme de esto.

—He tenido cierto éxito revirtiendo los efectos del virus en mi clínica –Tachyon retorció su fajín–. Por supuesto que la tasa de éxito no es lo que esperaba. Y usted correría ciertos riesgos.

—Debemos resolver lo del simio primero. Después de eso mi camino puede volverse más claro.

—Si tan sólo tuviéramos más tiempo para estar aquí –se quejó Tachyon–. Se supone que el grupo debe dirigirse a Tailandia pasado mañana. Eso nos deja poco margen de error. Y no podemos ir todos a perseguir a la criatura.

—No creo que el gobierno lo permita, de todas maneras. No luego de lo de hoy. Mientras menos de su gente involucremos, mejor.

—De acuerdo. No puedo creer que los demás se hayan marchado así como así. A veces pienso que todos sufrimos de algún tipo de demencia progresiva. Hiram en especial –Tachyon caminó hacia la ventana y abrió las minipersianas. Los relámpagos iluminaban el horizonte, revelando brevemente la elevada pared formada con las nubes de tormenta–. Obviamente debo participar en esta pequeña aventura. Radha me puede aportar maniobrabilidad. Ella es mitad india. Han existido problemas entre su país y la India últimamente, según creo.

—Tristemente, así es. Los indios apoyan a los tamiles, dado que tienen la misma herencia cultural. La mayoría cingalesa ve esto como un apoyo para los Tigres del Tamil, un grupo terrorista –Jayewardene miró hacia el piso–. Es un conflicto sin ganadores y con demasiadas víctimas.

—Debemos tener una historia para proteger nuestra actividad. Podemos decir que Rhada estaba escondida y temía por su vida. Eso podría solucionar otros problemas –Tachyon cerró las persianas–. ¿Qué armamento usarán contra el simio?

—Dos oleadas de helicópteros. La primera se aproximará con redes de acero. La segunda, si es necesario, serán naves de asalto armadas hasta los dientes.

—¿Podría meternos a su base antes de que la segunda oleada despegue? –Tachyon se frotó las manos.

—Es posible. Sí, creo que podría hacerlo.

—Bien –el extraterrestre sonrió–. Y, señor Jayewardene, en mi propia defensa, ha habido tanto en mi vida, la fundación de la clínica, los disturbios en Jokertown, la invasión del Enjambre...

Jayewardene lo interrumpió.

—Doctor, usted no me debe ninguna explicación.

—Pero le voy a deber una a él.

Habían detenido el auto a un par de kilómetros de la puerta a fin de meter a Radha en la cajuela. Jayewardene tomó un sorbo de té de su vaso de poliestireno. Era espeso, de color cobrizo y lo suficientemente caliente para ayudarlo a mantener a raya el frío de la madrugada. Como el camino a la base aérea estaba lleno de baches, sólo había llenado su vaso hasta la mitad. Había un dolor frío en su interior que ni el té podía alcanzar. Aun en el mejor de los casos se vería obligado a renunciar a su cargo. Estaba excediendo su autoridad de una manera imperdonable. Pero no podía preocuparse acerca de lo que pudiera sucederle a él; el simio era su principal preocupación. Él y Tachyon se habían quedado despiertos casi toda la noche, examinando todo detalle que pudiera salir mal y preguntándose qué iban a hacer si lo peor sucedía.

Jayewardene estaba en el asiento delantero con Saul. Tachyon iba detrás, entre Danforth y Paula. Nadie hablaba. Jayewardene tomó su identificación gubernamental cuando se aproximaron a la bien iluminada puerta principal.

El guardia de la puerta era un joven cingalés. Sus hombros estaban tan rectos como los pliegues en su uniforme caqui. Sus ojos eran brillantes y se movió con pasos mesurados hacia el lado de Jayewardene.

Jayewardene bajó la ventana y le entregó su identificación al guardia.

—Deseamos hablar con el general Dissanayake. El doctor Tachyon y dos representantes de la compañía cinematográfica norteamericana están en nuestro grupo, al igual que yo.

El guardia miró la identificación, después a la gente en el auto.

—Un momento —dijo, entonces se encaminó hacia la pequeña cabina junto a la puerta y levantó el teléfono. Tras hablar por algunos momentos caminó de regreso y le devolvió la identificación junto con cinco pases laminados para los visitantes—. El general los verá en su oficina. ¿Conoce el camino, señor?

—Sí, gracias —dijo Jayewardene, al tiempo que subía su ventana y colgaba uno de los pases del bolsillo de su camisa.

El guardia abrió la puerta y les indicó con su linterna que pasaran. Jayewardene suspiró mientras cruzaban y la puerta se cerró tras ellos. Dirigió a Saul hacia el complejo de los oficiales y le dio una palmada en el hombro al conductor.

—¿Sabe lo que tiene que hacer?

Saul hizo parar el auto entre dos líneas amarillas desteñidas y retiró las llaves, sujetándolas entre su pulgar e índice.

—Mientras la cajuela abra, no tienen que preocuparse porque yo arruine las cosas.

Salieron del auto y caminaron por la banqueta hacia el edificio. Jayewardene escuchó cómo los rotores de un helicóptero cortaban el aire por encima de sus cabezas. Una vez dentro, Tachyon permaneció junto a Jayewardene mientras éste los guiaba por los pasillos de linóleo. El extraterrestre se entretenía tratando de arreglar los puños de su camisa rosa coral. Paula y Danforth los seguían de cerca, susurrando entre sí.

El cabo en la oficina exterior del general levantó su mirada de su taza de té y les hizo señas de que entraran. El general estaba sentado detrás de su escritorio en una gran silla giratoria. Era un hombre de altura promedio y constitución compacta, con ojos oscuros y hundidos y una expresión que rara vez se modificaba. Algunos en la comunidad militar sentían que, a sus cincuenta y cuatro años, Dissanayake era demasiado joven para ser un general. Pero había sido a la vez firme y mesurado en su trato con los Tigres del Tamil, el grupo separatista. Se las había arreglado para evitar un baño de sangre sin parecer débil. Jayewardene lo respetaba. El general asintió cuando entraron y señaló el grupo de sillas frente a su atiborrado escritorio.

—Por favor, tomen asiento –dijo Dissanayake, apretando los labios hasta formar una media sonrisa. Su inglés no era tan bueno como el de Jayewardene, pero era comprensible–. Siempre es un placer verlo, señor Jayewardene. Y por supuesto dar la bienvenida a nuestros visitantes distinguidos.

—Gracias, general –Jayewardene esperó a que los demás se sentaran antes de continuar–. Sabemos que está bastante ocupado en este momento y le agradecemos su tiempo.

Dissanayake miró su reloj de oro y asintió.

—Sí, se supone que debo estar arriba dirigiendo las operaciones justo ahora. La primera oleada está programada para despegar mientras hablamos. Así que –dijo, juntando las manos–, si pudieran ser tan breves como sea posible.

—No creemos que deba atacar al simio –dijo Tachyon–. Hasta donde yo sé nunca ha lastimado a nadie. ¿Hay reportes de víctimas hasta el momento?

—No se ha reportado ninguna, doctor –Dissanayake se recargó hacia atrás en su silla–. Pero el monstruo se dirige al Pico de Adán. Si no lo controlamos, es casi seguro que habrá víctimas mortales.

—¿Y qué hay acerca de Robyn? –dijo Paula–. Ustedes van tras el simio con helicópteros de asalto y es muy probable que muera.

—Pero si no hacemos nada, cientos podrían morir. Posiblemente miles si el mono llega a una ciudad –Dissanayake se mordió el labio–. Es mi deber evitar que eso suceda. Entiendo lo que significa tener a un amigo en peligro. Y tengan la seguridad de que haremos todo lo posible para rescatar a la señorita Symmes. Mis hombres sacrificarán sus propias vidas para salvar la suya, si es necesario. Pero para mí su seguridad no es más importante que la de los muchos otros que están en peligro. Por favor, intenten comprender mi posición.

—¿Y nada de lo que podamos decir lo persuadirá de posponer el ataque por lo menos? –Tachyon retiró el cabello de sus ojos con la mano.

—El simio está muy cerca del Pico de Adán. Hay muchos peregrinos en esta época del año, y no hay tiempo para una evacuación exitosa. Es casi seguro que una demora cobre vidas –Dissanayake se puso de pie y tomó su gorra de arriba del escritorio–. Y ahora debo encargarme de mis deberes. Son bienvenidos a monitorear la operación desde aquí si gustan.

Jayewardene sacudió la cabeza.

—No, gracias. Agradecemos que se tomara el tiempo para vernos.

El general extendió las palmas de las manos.

—Desearía haberles sido más útil. Buena suerte para todos nosotros, incluyendo al simio.

El cielo empezaba a iluminarse cuando regresaron al auto. Saul estaba recargado contra la puerta, con un cigarrillo apagado en la boca. Tachyon y Jayewardene caminaron hacia él mientras Danforth y Paula se metían en el coche.

—¿Todo va de acuerdo al plan? –preguntó Jayewardene.

—Está afuera y escondida. Nadie parece haber notado nada –Saul sacó un encendedor de plástico–. ¿Ahora?

—Ahora o nunca –dijo Tachyon, deslizándose en el asiento trasero.

Saul accionó el encendedor y miró fijamente la flama antes de encender su cigarrillo.

—Vámonos de aquí y rápido.

—Cinco minutos –dijo Jayewardene, caminando rápidamente hacia el otro lado del auto.

Se detuvieron junto a la puerta principal. El guardia caminó lentamente hacia ellos y extendió sus manos.

—Sus pases, por favor.

Jayewardene desprendió el suyo y lo entregó mientras el guardia los recogía.

—Mierda –dijo Danforth–. Se me cayó esta maldita cosa –Saul encendió las luces del interior del auto. Jayewardene echó un vistazo a su reloj. No tenían tiempo para esto. Danforth metió la mano en la grieta entre el borde del asiento y la puerta, hizo una mueca y sacó el pase. Lo entregó en seguida al guardia, quien llevó los pases de regreso a su puesto antes de abrir la puerta.

La puerta rechinó al cerrarse tras ellos con menos de dos minutos de sobra. Saul presionó el acelerador rápidamente hasta alcanzar ochenta kilómetros, mientras hacía su mejor esfuerzo por evitar los baches más grandes.

—Espero que Radha pueda manejar esto. Nunca antes ha extendido sus poderes sobre un área tan grande –Tachyon tamborileó con sus dedos sobre el asiento de vinil del auto. Se volvió para mirar hacia atrás–. Estamos lo suficientemente lejos, creo. Deténgase aquí.

Saul se orilló y todos salieron a mirar hacia atrás en dirección a la base.

—No entiendo –Danforth se agachó junto a la parte trasera del auto–. Quiero decir, todo lo que puede hacer es convertirse en elefante. No veo a dónde nos lleva eso.

—Sí, pero la masa debe provenir de algún lado, señor Danforth. Y la energía eléctrica es la fuente más fácilmente convertible –Tachyon miró su reloj–. Veinte segundos.

—Saben, si pudiera hacer sus películas así de emocionantes, señor D... –Paula sacudió la cabeza–. Vamos, Radha.

La base completa se oscureció en silencio.

—Maldición –Danforth se levantó y saltó sobre los dedos de sus pies–. Lo hizo.

Jayewardene miró el cielo oscuro sobre el horizonte. Una forma oscura se levantó saliendo de la oscuridad más grande y se movió hacia ellos, arrojando chispas azules de vez en cuando.

—Creo que puede estar un poco sobrecargada –dijo Tachyon–. Pero no hay disparos. Estoy seguro de que no saben qué los golpeó.

—Está bien –dijo Danforth–. Porque yo tampoco estoy muy seguro de qué pasó.

—Lo que entiendo –dijo Saul, inclinándose hacia el interior del asiento delantero y arrancando el auto–, es que no habrá más helicópteros despegando desde aquí por un largo rato. Y la señorita Elephant Girl me debe una batería nueva desde ayer.

Radha se acercó volando y aterrizó junto al auto, con chispas encendiéndose en cada pata a medida que tocaba el suelo. Jayewardene pensó que se veía un poco más grande que el día anterior. Tachyon caminó hacia ella y se paró sobre su pata delantera, con su cabello erizado como una peluca de payaso mientras la tocaba. Radha lo levantó hasta su espalda.

—Los veremos pronto, si tenemos suerte –dijo el extraterrestre, saludando con la mano.

Jayewardene asintió.

—El viaje al Pico de Adán debería tomarnos alrededor de una hora desde aquí. Vuelen en dirección noroeste tan rápido como puedan.

El elefante se elevó en el aire sin hacer ruido y desaparecieron antes de que pudieran decir nada más.

El camino era estrecho. Árboles densos crecían en las orillas y se extendían hacia el frente sin cesar. La carretera había estado vacía con excepción de un autobús y algunas carretas tiradas por caballos. Jayewardene les explicó lo que el simio era en realidad y cómo había llegado a ese esclarecimiento. La discusión de su habilidad de as ayudó a que el tiempo volara durante el viaje. Saul aceleraba tanto como podía en los caminos resbaladizos por el lodo, haciendo mejor tiempo del que Jayewardene había creído posible.

—No entiendo algo, sin embargo –dijo Paula, inclinándose hacia el frente desde el asiento trasero para poner la cabeza junto a la suya–. Si estas visiones son siempre verdaderas, ¿por qué trabaja tan duro para asegurarse de que todo salga bien?

—No tengo otra opción en lo que a mí respecta –dijo Jayewardene–. No puedo dejar que las visiones dicten cómo vivo mi vida, así que trato de actuar como lo hubiera hecho sin ese conocimiento. Y un poco de conocimiento del futuro es muy peligroso. El resultado final no es mi única preocupación. Lo que sucede en el ínterin es igualmente importante. Si alguien muriera a manos del simio porque yo sabía que finalmente se restauraría su humanidad, yo sería culpable de haber causado esa muerte.

—Creo que está siendo un poco duro consigo mismo –Paula le dio un leve apretón en el hombro–. Hay un límite a lo que cualquiera puede hacer.

—Ésas son mis creencias –Jayewardene se volvió y la miró a los ojos. Ella regresó la mirada por un instante, y entonces se arrellanó de nuevo en el asiento junto a Danforth.

—Algo sucede más adelante –dijo Saul en un tono ecuánime, casi desinteresado.

Estaban en la cima de una colina. Los árboles habían sido talados a ambos lados del camino por cien metros más o menos, dándoles una vista libre de obstáculos.

El pico Sri Pada todavía estaba envuelto por la niebla del amanecer. Los helicópteros volaban alrededor de algo que no era visible, cerca de la base de la montaña.

—¿Creen que estén tras nuestro chico? –preguntó Danforth.

—Es casi seguro –Jayewardene deseó haber traído unos binoculares. Una de las formas que volaban en círculos podría ser Radha con Tachyon, pero desde esta distancia no había manera de decirlo. El claro terminó, y se encontraron rodeados por la selva una vez más.

—¿Quiere que acelere un poco? –Saul aplastó el cigarrillo en el cenicero.

—Mientras salgamos de aquí vivos –dijo Paula, abrochándose el cinturón de seguridad.

Saul presionó el acelerador un poco más y dejó una lluvia de lodo tras de ellos.

◆

Se estacionaron tras unos autobuses abandonados que bloqueaban el camino. Nadie era visible además de la bestia y sus atacantes. Los peregrinos habían huido hacia arriba de la montaña o habían bajado por el camino hasta el valle. Jayewardene subió tan rápido como pudo por los escalones de piedra, los demás lo seguían unos pasos atrás. Los helicópteros habían evitado que el simio llegara más arriba de la montaña.

—¿Alguna señal de nuestro elefante? –preguntó Danforth.

—No puedo verlos desde aquí –Jayewardene casi perdía el aliento por el esfuerzo. Hizo una pausa para descansar un momento y miró hacia arriba justo cuando uno de los helicópteros dejó caer una red de acero a lo lejos. Hubo un rugido en respuesta, pero no podían decir si la red había dado en el blanco.

Se abrieron camino hacia arriba de los escalones durante varios cientos de metros, pasaron junto a una estación de descanso vacía pero en buen estado. Los helicópteros seguían atacando, aunque ya no parecían ser tan numerosos. Jayewardene se resbaló en una de las losas húmedas y se golpeó una rodilla contra el borde de un escalón. Saul lo sujetó por las axilas y lo levantó.

—Estoy bien –dijo, mientras enderezaba dolorosamente la pierna–. Continuemos.

Un elefante barritó en la distancia.

—Dense prisa –dijo Paula, y subió los escalones de dos en dos.

Jayewardene y los demás trotaron tras ella. Tras otra escalada de cien metros los detuvo.

—Tenemos que cortar por la cara de la montaña en este punto. El suelo es muy peligroso. Sujétense a los árboles cuando puedan –dio unos pasos hacia la tierra húmeda y se apoyó contra una palmera, después se abrió paso lentamente en dirección de la batalla.

Ellos estaban ligeramente más arriba que el simio cuando se acercaron lo suficiente para ver qué sucedía. El monstruo tenía una red de acero en una mano y un árbol arrancado de cuajo en la otra. Estaba manteniendo a raya a Radha y a los dos helicópteros que quedaban, como un gladiador con una red y un tridente. Jayewardene no podía ver a Robyn pero asumió que la bestia la había puesto en la copa de un árbol de nuevo.

—Bueno, ahora que estamos aquí, ¿qué demonios hacemos? –Danforth se recargó contra un árbol de yaca, respirando con dificultad.

—Vamos por Robyn –Paula se limpió las manos enlodadas en sus pantalones cortos y dio un paso hacia el simio.

—Espera –Danforth sujetó su mano–. No puedo perderte a ti también. Veamos si Tachyon puede hacer algo.

—No –dijo Paula, zafándose–. Tenemos que sacarla mientras el simio está distraído.

La pareja se miró fijamente el uno al otro por un momento, entonces Jayewardene se interpuso entre ellos.

—Acerquémonos un poco más para examinar la situación.

Llegaron a una cornisa de lodo profundo, resbalando y caminando por la ladera. Jayewardene sintió cómo se metía de manera desagradable dentro de sus zapatos. Robyn todavía no estaba a la vista, pero el simio no los había notado.

El último helicóptero tomó posición sobre el simio y dejó caer su red. El simio la atrapó con el extremo del árbol y la desvió hacia un lado, entonces arrojó el árbol contra el helicóptero que se retiraba, y que tuvo que acelerar bruscamente para evitar ser golpeado. El simio golpeó su pecho y rugió.

Radha y Tachyon se acercaron por detrás del mono, a la altura de las copas de los árboles. El simio se agachó, recogió una de las redes de acero y la arrojó contra algo que se veía borroso por la velocidad a la que se desplazaba. Se escuchó un fuerte golpe metálico cuando el borde de la red alcanzó a Radha en la pata delantera. Tachyon se resbaló de su espalda y quedó colgando de su oreja. Radha ganó altura y levantó a Tachyon de nuevo sobre sus hombros.

El simio golpeó la tierra y mostró los dientes, después se quedó quieto un instante, apretando y abriendo sus enormes garras negras.

—No pudieron hacer nada –dijo Danforth–. Ese mono es demasiado fuerte.

—Miren –dijo Jayewardene.

Tachyon se inclinó cerca de una de las inmensas orejas de Radha. El elefante bajó en picada como una piedra y de inmediato se dedicó a volar en círculos muy veloces alrededor de la cabeza del simio. El simio levantó los brazos y se dio media vuelta, tratando de no perder de vista a su enemigo. Un instante después Radha se lanzó a la espalda del simio. Tachyon saltó al cuello del mono y el elefante volador se alejó a toda velocidad a una distancia prudente. El simio se agachó y estiró la mano hacia Tachyon, quien se aferraba al espeso pelambre sobre su hombro. La bestia arrancó al extraterrestre con facilidad y lo sujetó para inspeccionarlo, rugió y se llevó a Tachyon a la boca.

—Mierda –dijo Danforth y se vio obligado a sujetar a Paula.

El monstruo casi tenía a Tachyon dentro de su boca cuando se congeló, se sacudió convulsivamente por un momento y cayó de espaldas. El impacto sacudió el agua que descansaba sobre los árboles, y saltó hasta salpicar los rostros cubiertos de lodo de Jayewardene y sus acompañantes. De inmediato Jayewardene bajó por la colina en dirección del simio, intentando ignorar el dolor de su rodilla.

Tachyon se retorcía a fin de liberarse de los dedos rígidos del simio cuando llegaron a un lado de la criatura. El doctor se deslizó con rapidez para bajar del gigantesco cuerpo y se apoyó contra Jayewardene.

—¡Por todos los cielos! Tenía razón, señor Jayewardene –respiró profundamente varias veces–. Hay un hombre en el interior de la bestia.

—¿Cómo lo detuvo? –preguntó Danforth, mientras permanecía algunos pasos más atrás que los demás–. ¿Y dónde está Robyn?

—De regreso a North Dakota —llegó una voz débil desde la copa de un árbol cercano. Robyn saludó con la mano y comenzó a bajar.

—Veré si está bien —dijo Paula, corriendo hacia ella.

—Para contestar a su primera pregunta, señor Danforth —dijo Tachyon, mientras examinaba los botones faltantes en su camisa—, la mayor parte de su cerebro es de simio y consiste principalmente en una antigua película en blanco y negro. Pero también hay una personalidad humana, completamente subordinada a la mentalidad del mono. Temporalmente les di igual control, provocando por lo tanto una inmovilidad que logró paralizarlo.

Danforth asintió sin comprender.

—Entonces, ¿qué hacemos con él?

—El doctor Tachyon restaurará al simio a su forma humana —Jayewardene frotó su pierna—. No es probable que el ejército se mantenga alejado por mucho tiempo. No hay mucho tiempo para hacer lo que debe hacer —como para acentuar esta afirmación uno de los helicópteros apareció y los sobrevoló por un momento antes de alejarse.

Tachyon asintió y miró a Jayewardene.

—Supongo que usted vio la transformación del mono en su visión. ¿Salí herido? Es simple curiosidad...

Jayewardene se encogió de hombros.

—¿Importaría?

—No, creo que no —Tachyon se mordió una uña—. La materia. Ése es el problema. Cuando restauremos la mente humana en el monstruo, se deshará de todo el exceso de materia en forma de energía. Cualquiera que esté cerca, incluyéndome a mí, tiene altas probabilidades de morir.

Jayewardene señaló a Radha, quien estaba ayudando a Robyn a bajar del árbol.

—Quizá si usted estuviera suspendido en el aire, sin tocar el suelo, por así decirlo, el peligro se reduciría al mínimo. Y si la energía se canalizara en algo similar a un rayo... —Jayewardene miró hacia arriba, al cielo nublado.

—Sí. Esa idea es factible —Tachyon asintió y gritó en dirección a Radha—. No regreses todavía a tu forma original.

Pocos minutos más tarde todos estaban en posición. Jayewardene se sentó junto a Paula, quien sostenía la cabeza de Robyn en su regazo. Saul y Danforth permanecían de pie unos metros más allá, mientras que Radha, a unos tres metros del suelo, sujetaba a Tachyon con su trompa a varios metros de distancia de la cabeza del simio. Entretanto, Saul había desgarrado su camisa para vendar los ojos de Elephant Girl y Tachyon. Podían oír la respiración laboriosa de la bestia desde donde se hallaban sentados.

—Será mejor que cierren los ojos o se volteen a otro lado –dijo Jayewardene.

Y todos hicieron lo que les sugirió.

La visión tomó el control y Jayewardene sintió cómo se le escapaba el aire. Olió la selva húmeda. Escuchó a las aves cantar y el golpeteo lejano de los rotores de nuevos helicópteros. El sol se escondió tras una nube. Una hormiga subió por su pierna. Cerró los ojos. Aun a través de sus párpados cerrados el destello fue tan brillante como el magnesio. Hubo un estruendo ensordecedor causado por el trueno. Jayewardene saltó por los aires, esperó un momento y abrió los ojos.

A través de la raya blanca que veía a causa del destello, vio a Tachyon arrodillado junto a un hombre delgado, desnudo y caucásico. Radha estaba apagando a pisotones los pequeños brotes de fuego que habían estallado en un círculo a su alrededor.

—¿Cómo voy a explicarle esto al zoológico de Central Park? –preguntó Danforth, con expresión aturdida.

—Oh, no lo sé –dijo Jayewardene, moviéndose lentamente hacia abajo de la montaña en dirección de Tachyon. A mí me suena como una gran pub.

Tachyon ayudó al hombre desnudo a levantarse. Era de estatura promedio, con rasgos poco atractivos. Movió su boca pero no logró emitir ningún sonido.

—Creo que ha salido ileso –dijo Tachyon y metió su hombro bajo la axila del hombre–. Gracias a usted.

Jayewardene sacudió la cabeza y sacó tres sobres idénticos del bolsillo de su pantalón.

—Sucedió lo que tenía que suceder. Cuando el ejército se aparezca, y lo harán, quiero que usted les entregue esto. Díganles que son de mi parte. Una es para el presidente, otra para el ministro de Estado, la última para el ministro del Interior. Es mi carta de renuncia.

Tachyon tomó los sobres y los guardó.

—Ya veo.

—En cuanto a mí, tengo la intención de hacer la peregrinación hasta la cima de Sri Pada. Quizás eso me ayude a alcanzar mi meta: librarme de estas visiones –Jayewardene se encaminó hacia los escalones de piedra.

—Señor Jayewardene –dijo Tachyon–: si su peregrinación no es exitosa, yo estaría dispuesto a hacer todo lo que sea posible por ayudarlo. Quizá podríamos colocar algún amortiguador mental que le permita permanecer fuera de contacto con su habilidad. Nos marchamos mañana. Sospecho que su gobierno estará contento de vernos partir. Pero usted sería más que bienvenido a venir con nosotros.

Jayewardene hizo una reverencia y se acercó a Paula y Robyn.

—Señor Jayewardene –dijo Robyn con voz ronca. Su cabello rubio estaba enredado y apelmazado con lodo; su ropa estaba hecha jirones. Jayewardene trató de no mirar su cuerpo–. Gracias por salvarme.

—De nada. Pero vaya a un hospital tan pronto como sea posible. Sólo para observación –se volvió hacia Paula–. Planeo hacer la peregrinación hasta arriba de la montaña ahora, si gusta acompañarme.

—No lo sé –dijo Paula, bajando la mirada hacia Robyn.

—Ve –dijo Robyn–. Estaré bien.

Paula sonrió y miró de nuevo a Jayewardene.

—Me encantaría.

Las luces de neón de muchos colores se reflejan de manera intermitente en el pavimento húmedo. Los japoneses nos rodean, en su mayoría son hombres. Miran fijamente a Peregrine, quien tiene sus hermosas alas plegadas apretadamente alrededor de su cuerpo. Mira hacia delante, ignorándolos.

Hemos caminado un largo trecho. Mis costados queman y los pies me duelen. Ella se detiene en un callejón y se voltea hacia mí. Yo asiento. Ella camina lentamente hacia la oscuridad. Yo la sigo, con temor de hacer un ruido que llame la atención. Me siento inútil, como una sombra. Peregrine extiende sus alas. Casi tocan la piedra fría a cada lado del callejón. Las pliega de nuevo.

Una puerta se abre y el callejón se ilumina. Un hombre sale. Es del-
gado, alto, con piel oscura, ojos almendrados y una frente alta. Estira la
cabeza hacia delante para mirarnos.

—*¿Fortunato?* –pregunta ella.

Jayewardene se agachó junto a los rescoldos de la fogata. Unos pocos
peregrinos más se sentaron en silencio junto a él. La visión lo había
despertado. Aquí no había manera de escapar. Aunque la peregrinación no estaba oficialmente completa hasta que regresara a casa,
sabía que las visiones continuarían. Se había contagiado del virus
wild card, quizá durante los años que vivió en países extranjeros. La
pureza espiritual y la integridad eran imposibles de alcanzar. Al menos por el momento.

Paula se acercó por detrás de él y colocó sus manos suavemente
sobre sus hombros.

—Este lugar es realmente hermoso.

Los demás en torno a la fogata la miraron con recelo y Jayewardene la llevó lejos de allí. Permanecieron al borde de la cumbre, mirando la niebla oscura más abajo de la montaña.

—Cada religión tiene sus propias creencias acerca de la huella –dijo
él–. Nosotros creemos que fue hecha por Buda. Los hindúes dicen
que fue hecha por Shiva. Los musulmanes argumentan que aquí es
donde Adán estuvo de pie durante mil años, expiando la pérdida del
paraíso.

—Quien haya sido, tenía un pie enorme –dijo Paula–. Esa huella
tenía un metro de largo.

El sol salió sobre el horizonte, iluminando lentamente la neblina
que formaba espirales bajo ellos. Sus sombras se hicieron enormes y
Jayewardene recuperó poco a poco el aliento.

—El espectro de Brocken –dijo, mientras cerraba sus ojos para
orar.

—Wow –dijo Paula–. Creo que es mi semana de las cosas gigantes.

Jayewardene abrió los ojos y suspiró. Sus fantasías acerca de Paula
habían sido tan poco realistas como aquéllas sobre su esperanza de
destruir su poder por medio de la peregrinación. Ellos eran como

dos ruedas de un reloj cuyos dientes engranaban pero cuyos centros permanecían distanciados para siempre.

—Lo que viste es la más rara de las maravillas existentes por aquí. Uno puede venir aquí a diario durante un año y nunca llegar a ver lo que viste.

Paula bostezó y sonrió débilmente.

—Es hora de bajar.

—Sí. Es hora.

Danforth y Paula se encontraron con él en el aeropuerto. Danforth se había afeitado y se había puesto ropa limpia, era casi el mismo productor seguro de sí mismo que había conocido tan sólo unos días antes. Paula llevaba pantalones cortos y una camiseta blanca. Parecía lista para continuar con su vida. Jayewardene la envidió.

—¿Cómo está la señorita Symmes?

Danforth puso los ojos en blanco.

—Lo suficientemente bien para llamar a su abogado tres veces en las últimas doce horas. Estoy realmente en una posición preocupante. Tendré suerte si puedo permanecer en el negocio.

—Ofrézcale un trato por cinco películas y bastantes puntos –dijo Jayewardene, compactando todo su conocimiento de jerga cinematográfica en una sola oración.

—Contrate a este tipo, señor D –Paula sonrió y tomó a Jayewardene del brazo–. Puede sacarlo de algunos aprietos de los cuales yo sería incapaz.

Danforth pasó sus pulgares por las presillas de su pantalón y se balanceó hacia delante y atrás.

—De hecho no es una mala idea. No es mala en absoluto –tomó la mano de Jayewardene y la estrechó–. No sé lo que habríamos hecho sin usted.

—Todo se hubiera ido al demonio –Paula le dio a Jayewardene un abrazo un poco distante–. Creo que aquí es donde debemos decir adiós.

—Señor Jayewardene –un joven mensajero del gobierno se abrió camino entre la multitud para llegar a su lado. Respiraba con dificultad, pero se tomó el tiempo de poner en orden su uniforme antes de entregarle un sobre. Llevaba el sello presidencial.

—Gracias –dijo. Lo abrió con el pulgar y lo leyó en silencio.

Paula se acercó para mirar, pero la escritura estaba en cingalés.

—¿Qué dice?

—Que mi renuncia no ha sido aceptada y que se considera este periodo como una licencia extendida. No es exactamente la cosa más segura que podría haber hecho, pero se aprecia –hizo una reverencia ante Danforth y Paula–. Buscaré la película cuando salga.

—*King Pongo* –dijo Danforth–. Será un éxito monstruoso, se lo aseguro.

El avión estaba más lleno de lo que había esperado. La gente había vagado de un lado al otro desde el despegue, platicando, quejándose, embriagándose. Peregrine se hallaba de pie en el pasillo, hablando en voz baja con el hombre alto y rubio que estuvo con ella en el bar. A pesar de su discreción, Jayewardene podía jurar por la expresión de sus rostros que no se trataba de una conversación placentera. Peregrine se alejó del hombre, respiró profundamente y caminó hacia Jayewardene.

—¿Me puedo sentar junto a usted? –preguntó–. Conozco a todos los demás en este avión. A algunos mucho más de lo que quisiera.

—Me siento halagado y encantado –dijo. Y era verdad. Sus rasgos y fragancia eran hermosos pero intimidantes. Aun para él.

Ella sonrió y sus labios se curvaron de un modo casi inhumanamente atractivo.

—Ese hombre que usted y Tach salvaron está sentado por allá –ella lo señaló con el arco de una ceja–. Su nombre es Jeremiah Strauss. Antes era un as de las ligas menores al que llamaban el Proyeccionista. Me parece que todos somos idiotas en este autobús. Ah, aquí viene.

Strauss se acercó, sujetándose de los respaldos de los asientos. Estaba pálido y asustado.

—¿Señor Jayewardene? –lo dijo como si hubiera estado practicando la pronunciación por los últimos diez minutos–. Mi nombre es Strauss. Me han contado lo que hizo por mí. Y quiero que sepa que yo nunca olvido un favor. Si necesita un empleo cuando lleguemos a Nueva York, U Thant es amigo de mi familia. Pensaremos en algo.

—Es muy amable de su parte, señor Strauss, pero yo lo habría hecho de cualquier manera—. Jayewardene extendió la mano y estrechó la suya.

Strauss sonrió, enderezó sus hombros y se aferró de los respaldos de regreso a su asiento.

—Yo diría que va a necesitar un buen tiempo para readaptarse a este tamaño –dijo Peregrine en un susurro–. Veinte años es mucho tiempo.

—Sólo puedo desearle una recuperación rápida. Es difícil sentir lástima por mí mismo considerando las circunstancias.

—Sentir lástima por uno mismo es un derecho inalienable –bostezó–. No puedo creer cuánto estoy durmiendo. Debemos tener tiempo para tomar una agradable y larga siesta antes de llegar a Tailandia. ¿Le molesta si uso su hombro?

—No. Por favor considérelo suyo –miró por la ventana–. Australia. ¿Y a dónde después?

Ella recargó su cabeza contra él y cerró los ojos.

—Malasia, Vietnam, Indonesia, Nueva Zelanda, Hong Kong, China, Japón, Fortunato –ella dijo esta última palabra en voz casi demasiado baja para que él la escuchara–. Dudo que nos topemos con él.

—Pero lo hará –él lo dijo con esperanzas de complacerla, pero ella lo miró como si lo hubiera atrapado revisando su ropa interior.

—¿Usted sabe esto? ¿Ha tenido una visión sobre mí? –alguien obviamente le había platicado de su poder.

—Sí. Lo siento. En realidad no tengo control sobre ellas –miró por la ventana, avergonzado.

Ella descansó la cabeza de nuevo sobre su hombro.

—No es su culpa. No se preocupe, estoy segura de que Tach será capaz de hacer algo por usted.

—Eso espero.

♥

Ella durmió por más de una hora. Él comió con una sola mano para evitar despertarla. El asado de carne que había comido era como una bola de plomo en su estómago. Pero sabía que sobreviviría a la comida occidental al menos hasta llegar a Japón. El aire provocaba un rumor sordo al deslizarse sobre la piel de metal del avión. Peregrine respiró suavemente junto a su oído. Jayewardene cerró los ojos y oró por un sueño sin sueños.

El Tiempo de los Sueños

por Edward Bryant

URANTE EL ÚLTIMO MES CORDELIA CHAISSON HABÍA SOÑADO con el asesinato con menor frecuencia. Le sorprendió que todavía pensara en ello, pues a fin de cuentas había visto cosas peores. El trabajo la consumía; el empleo en Global Fun & Games la dejaba agotada; trabajar en el evento de beneficencia a favor del sida y del virus wild card, a punto de celebrarse en la Casa de los Horrores de Xavier Desmond en Jokertown, también ocupaba buena parte de sus noches. Casi siempre se iba a dormir mucho después del noticiero de las once y las cinco de la mañana llegaban demasiado pronto. Había poco tiempo para la diversión.

Pero de vez en cuando volvía a soñar que salía de la estación en la Calle Catorce, sus tacones resonando elegantemente sobre el sucio concreto, el murmullo del tráfico que llegaba desde arriba. Y escuchaba la voz unos pasos más adelante, al nivel de la calle:

—¡Danos tu bolsa, maldita!

Entonces titubeó, pero siguió avanzando a pesar de todo. Tenía miedo, pero…

Escuchó la segunda voz, su acento australiano:

—Buenos días, amigos. ¿Hay algún problema?

Cordelia emergió de la escalera hacia la noche sofocante. Vio a los dos vándalos blancos sin afeitar que tenían acorralada a una mujer de mediana edad en el espacio entre la corta fila de los cubículos telefónicos y la parte trasera de madera contrachapada de un puesto de revistas que tenía las persianas cerradas. La mujer se aferraba a un perro faldero que no dejaba de ladrar y a su bolso de mano.

Esbelto y quemado por el sol, el hombre que parecía australiano enfrentaba a los dos jóvenes. Llevaba un atuendo color arena que

parecía una versión más burda y auténtica de un conjunto de Banana Republic. Había una navaja brillante y bien cuidada en una de
sus manos.

—¿Cuál es el problema, hijo? –repitió.

—No hay ningún problema, estúpido –dijo uno de los vándalos.
Sacó una pistola de su chaqueta y le disparó al australiano en el rostro.

Sucedió demasiado rápido para que Cordelia pudiera reaccionar.
Cuando el hombre cayó sobre la acera los asaltantes huyeron. La
mujer del perro faldero gritó por unos instantes al mismo ritmo que
los chillidos del perro.

Cordelia corrió hacia el hombre y se arrodilló junto a él. Buscó el
pulso en su cuello. Era casi imperceptible. Probablemente era demasiado tarde para la RCP. Desvió su mirada de la sangre que se acumulaba bajo la cabeza del hombre. El olor a sangre, metálico y caliente,
le provocó náuseas. Una sirena recorrió, ululando, la escala, a menos
de una cuadra de distancia.

—¡Todavía tengo mi bolsa! –gritó la mujer.

El rostro del hombre se agitó con un espasmo involuntario. Y
murió.

—Mierda –dijo Cordelia en voz baja, sin poder hacer nada. No había una maldita cosa que pudiera hacer.

Hay algún tipo de problema, pensó Cordelia, cuando un hombre de
traje oscuro, a quien no reconoció, le indicó a señas que pasara a una
de las oficinas ejecutivas de GF & G. Un problema serio, tal vez. Las
dos mujeres de pie junto al escritorio examinaban un montón de im-
presiones. Pelirroja y dura, Polly Rettig era la jefa de mercadotecnia
del servicio satelital de GF & G. La jefa inmediata de Cordelia. La otra
mujer era Luz Alcalá, vicepresidente de programación y jefa de Rettig.
Ni Rettig ni Alcalá sonrieron como lo hacían normalmente. El hombre de negro retrocedió hasta la puerta y se plantó ahí con los brazos
cruzados. ¿Pertenece al personal de seguridad?, especuló Cordelia.

—Buenos días, Cordelia –dijo Rettig–. Por favor, toma asiento. Estaremos contigo en un momento –dirigió de nuevo su atención a
Alcalá y señaló algo en la hoja que tenía en la mano.

Luz Alcalá asintió lentamente.

—O nosotros lo compramos primero, o estamos perdidos. Tal vez si contratamos a alguien bueno…

—Ni lo pienses –dijo Rettig, frunciendo ligeramente el ceño.

—Puede llegar a ser necesario –dijo Alcalá–. Él es peligroso.

Cordelia intentó quitar la expresión desconcertada de su cara.

—También es demasiado poderoso –cruzando las manos, Rettig se volvió hacia Cordelia–. Dime lo que sepas sobre Australia.

—He visto todo lo que Peter Weir ha dirigido –dijo Cordelia, titubeando momentáneamente–. ¿Qué sucede?

—¿Nunca has estado ahí?

—Nueva York es lo más lejos que he estado de casa –se refería a Atelier Parish, Louisiana. Su casa era un sitio en el que prefería no pensar. En la mayoría de los aspectos ni siquiera existía.

Rettig miraba a Alcalá.

—¿Qué piensas?

—Creo que sí –la mujer mayor tomó un grueso sobre y se lo extendió a Cordelia por encima del escritorio.

—Ábrelo, por favor –ella encontró un pasaporte, un fajo de boletos de avión, una tarjeta American Express y una voluminosa carpeta de cheques de viajero.

—Tendrás que firmar ésos –Alcalá señaló los cheques y las tarjetas de crédito.

Cordelia levantó silenciosamente la vista de la imagen sonriente pegada en la primera página del pasaporte.

—Qué buena foto –dijo–. No recuerdo haberlo solicitado.

—Había poco tiempo –dijo Polly Rettig a modo de disculpa–. Nos tomamos algunas libertades.

—El punto es –dijo Alcalá– que debes irte esta misma tarde al otro lado del mundo.

Cordelia se sintió aturdida y sintió una creciente excitación.

—¿Hasta Australia?

—Es un vuelo comercial –dijo Alcalá–. Breves paradas para recargar combustible en Los Ángeles, Honolulú y Auckland. En Sídney tomarás un vuelo de la línea Ansett a Melbourne y otro avión a Alice Springs. Entonces rentarás un Land-Rover y conducirás a Madhi Gap. Vas a tener un día ocupado –agregó secamente.

Mil cosas se apiñaron en la mente de Cordelia.

—¿Y qué pasará con mi trabajo aquí? No puedo simplemente abandonar el evento de beneficencia... quiero ir a Nueva Jersey este fin de semana para ver a Buddy Holly.

—Él puede esperar hasta que regreses. El evento de beneficencia puede esperar –dijo Rettig con firmeza–. Las relaciones públicas son buenas, pero la LADJ y el Proyecto de Manhattan para el sida no pagan tu salario. Quien lo paga es Global Fun & Games.

—Pero...

—Es importante –al modular la voz diplomáticamente, Alcalá hizo que esto sonara como una orden.

—¿Pero qué *es* todo esto? –se sintió como si estuviera escuchando a Auntie Alice en Radio Wonderland–. ¿De qué se trata?

Alcalá eligió sus palabras con cuidado.

—Has visto al departamento de relaciones públicas actuando como voceros del plan de GF & G para inaugurar un servicio mundial de entretenimiento vía satélite.

Cordelia asintió.

—Creí que faltaban años para eso.

—Así era. Lo único que frenaba ese plan era la falta del capital de inversión.

—Conseguimos el dinero –dijo Rettig–. Tenemos el apoyo de inversionistas aliados. Ahora necesitamos el tiempo satelital y las estaciones terrestres para canalizar nuestra programación a la Tierra.

—Desafortunadamente –dijo Alcalá–, tenemos una repentina competencia para obtener los servicios de las instalaciones comerciales en el complejo de telecomunicaciones en Madhi Gap. Un hombre llamado Leo Barnett.

—¿El evangelista de la televisión?

Alcalá asintió.

—El hijo de puta que difama a los ases, el intolerante, psicótico y chauvinista comentarista de las especies –dijo Rettig con repentina pasión–. *Ese* evangelista de la televisión. Aliento de Fuego, como lo llaman algunos.

—¿Y ustedes me están enviando a Madhi Gap? –Cordelia estaba emocionada. Increíble, pensó. Era demasiado bueno para ser verdad–. ¡Gracias! Muchísimas gracias. Haré un gran trabajo.

Rettig y Alcalá se miraron la una a la otra.

—Espera –dijo Alcalá–. Tú vas a ir para ayudar, pero no vas a hacer las negociaciones.

Era demasiado bueno para ser verdad. Mierda, pensó.

—Te presento al señor Carlucci –dijo Alcalá.

—Marty –dijo una voz nasal detrás de Cordelia.

—*El señor* Carlucci –repitió Alcalá.

Cordelia se volvió y dio otro vistazo más de cerca al hombre que había ignorado creyendo que era otro empleado. Era de estatura mediana, estructura compacta, cabello negro y arreglado. Carlucci sonrió. Parecía un matón. Uno amable, pero un matón a fin de cuentas. Su traje no se veía como si hubiera sido fabricado en serie. Ahora que lo miraba con más atención, el abrigo era caro y parecía hecho perfectamente a la medida.

Carlucci le tendió la mano.

—Llámame Marty –dijo–. Vamos a pasar un día y una noche en un avión, nos convendría llevarnos bien, ¿no crees?

Cordelia percibió la desaprobación de las dos mujeres mayores. Tomó la mano de Carlucci. Ella no era una atleta, pero sabía que tenía un apretón firme. Cordelia sintió que el hombre podría haber apretado sus dedos con mucha más fuerza si hubiera querido hacerlo. Detrás de su sonrisa, detectó un destello salvaje. No era un hombre que quisieras hacer enojar.

—El señor Carlucci –dijo Alcalá– representa a un gran grupo de inversionistas que ha hecho sociedad con nosotros a fin de adquirir una participación mayor en el entretenimiento global vía satélite. Ellos están aportando una porción del capital con el cual esperamos establecer la red satelital inicial.

—Una gran cantidad de dinero –dijo Carlucci–. Pero recuperaremos eso y probablemente diez veces más en unos cinco años. Con nuestros recursos y su habilidad para –sonrió– adquirir talento, me imagino que no hay manera de perder. Todos ganamos.

—Pero nosotros queremos saturar el mercado australiano –dijo Alcalá–, y la estación terrestre ya está hecha. Todo lo que necesitamos es una carta de intención de venta firmada.

—Yo puedo ser muy persuasivo –Carlucci sonrió de nuevo. A Cordelia la expresión le recordó la de una barracuda mostrando los dientes. O quizás un lobo, en todo caso un depredador. Definitiva-mente persuasivo.

—Es mejor que empaques, querida –dijo Alcalá–. Ropa suficien-te para una semana en un bolso de mano. Un atuendo sofisticado y uno más cómodo para el viaje. Cualquier otra cosa que necesites la podrás comprar allá. Alice Springs está aislado, pero no es un lugar apartado de la civilización.

—Tampoco es Brooklyn –dijo Carlucci.

—No –dijo Alcalá–, no lo es.

—Tienes que estar en Tomlin –dijo Rettig– a las cuatro.

Cordelia miró a Carlucci, luego a Rettig y después a Alcalá.

—Lo dije en serio hace un momento. Gracias. Haré un buen trabajo.

—Sé que lo harás, querida –dijo Alcalá, y sus ojos oscuros de re-pente tomaron un aspecto cansado.

—Eso espero –dijo Rettig.

Cordelia supo que podía retirarse. Se volvió y se encaminó hacia la puerta.

—Te veo en el avión –dijo Carlucci–. Primera clase en todo el via-je. Espero que no te moleste que fume.

Ella vaciló por tan sólo un momento, y dijo con firmeza:

—Sí, me molesta.

Por primera vez Carlucci frunció el ceño. Polly Rettig sonrió. In-cluso Luz Alcalá sonrió.

◆

Cordelia compartía un departamento con una compañera en un ras-cacielos de Maiden Lane, cerca del edificio de Woolworth y la tum-ba de Jetboy. Veronica no estaba en casa, así que Cordelia garabateó una breve nota. Le tomó cerca de diez minutos empacar lo que nece-sitaría para el viaje. Entonces llamó al tío Jack y le preguntó si podía reunirse con ella antes de que abordara el Tomlin Express. Sí podía. Era uno de sus días libres.

Jack Robicheaux la estaba esperando en el merendero cuando ella entró por el lado de la avenida. No fue ninguna sorpresa. Él conocía el sistema de transporte subterráneo de Manhattan mejor que nadie.

Cada vez que Cordelia veía a su tío tenía la impresión de mirar un espejo. Es cierto que él era hombre, veinticinco años mayor y veinticinco kilos más pesado. Pero el cabello y los ojos oscuros eran los mismos. Al igual que los pómulos: el parecido familiar era innegable. Y además estaba otra similitud menos visible. Ambos habían perdido la esperanza de cualquier tipo de crianza normal en Louisiana; cada uno, como joven adulto, había dejado Cajun Country y huido a la ciudad de Nueva York.

—Ey, Cordie –Jack se levantó cuando la vio, le dio un firme abrazo y la besó en la mejilla.

—Me voy a Australia, tío Jack –la sorpresa se le salió antes de lo previsto.

—No juegues –sonrió tío Jack–. ¿Cuándo?

—Hoy.

—¿En serio? –Jack se sentó y se arrellanó en el asiento verde de imitación de piel–. ¿Por qué?

Le contó la reunión.

Jack frunció el ceño ante la mención de Carlucci.

—¿Sabes qué pienso? Suzanne, es decir, Bagabond, ha estado rondando la oficina de Rosemary y del Fiscal de Distrito, de manera que me ha pasado algo de trabajo para mi tiempo libre. No me entero de todo, pero capto lo suficiente. Creo que tal vez estemos hablando de dinero de Gambione aquí.

—GF & G no caería en eso –dijo Cordelia–. Son legítimos, aun si obtienen dinero de publicar revistas de desnudos.

—La desesperación engendra una ceguera especial. En particular si el dinero ha sido lavado a través de La Habana. Sé que Rosemary ha intentado dirigir a los Gambione hacia empresas legítimas. Supongo que la televisión vía satélite califica como tal.

—Estás hablando de mi trabajo –dijo Cordelia.

—Es mejor que putear para el gran F.

Cordelia sabía que sus mejillas se estaban sonrojando. Jack se arrepintió de sus palabras.

—Lo siento… No lo dije con mala intención.

—Escucha, éste fue realmente un día importante para mí. Sólo quería compartirlo.

—Te lo agradezco –Jack se inclinó sobre la mesa de plástico–. Sé que te va a ir bien allá. Pero si necesitas ayuda, si necesitas lo que sea, sólo llámame.

—¿Irías al otro lado del mundo?

Él asintió.

—No importa qué tan lejos. Si no puedo estar ahí en persona, quizá pueda sugerir algo. Y si necesitas un caimán de cuatro metros de largo de carne y hueso —sonrió— dame unas dieciocho horas. Sé que puedes mantener una fortaleza durante ese tiempo.

Ella sabía que hablaba en serio. Por eso Jack era la única persona en el clan Robicheaux que significaba algo para ella.

—Estaré bien. Va a ser genial —se levantó de la banca.

—¿No tomas nada?

—No tengo tiempo —levantó su equipaje de mano hecho de piel suave—. Necesito tomar el próximo tren a Tomlin. Por favor dile adiós a C. C. de mi parte, a Bagabond y a los gatos.

Jack asintió.

—¿Todavía quieres el gatito?

—Por supuesto.

—Te encamino a la estación —Jack se levantó y tomó su equipaje, ella se resistió por un momento antes de sonreír y permitirle que lo cargara.

—Hay algo que quiero que recuerdes —dijo Jack.

—¿Que no hable con extraños? ¿Que tome mi píldora? ¿Que coma vegetales verdes?

—Cállate —le dijo con cariño—. Tu poder y el mío pueden estar relacionados, pero son diferentes.

—No es probable que a mí me conviertan en maleta —dijo Cordelia.

Él la ignoró.

—Has usado el nivel de reptil de tu cerebro para controlar algunas situaciones bastante violentas. Mataste a gente en defensa propia. No olvides que puedes usar el poder para dar vida también.

Cordelia se sintió apabullada.

—No sé cómo. Me asusta. Preferiría ignorarlo.

—Pero no puedes. Recuerda lo que te estoy diciendo.

Cruzaron la avenida hacia la entrada del subterráneo, desafiando a los taxis.

—¿Has visto mucho cine de Nicolas Roeg? —dijo Cordelia.

—Todo –dijo Jack.

—Quizás ésta sea mi «vuelta temporal al estilo de vida aborigen».

—Sólo regresa completa.

Ella sonrió.

—Si puedo hacer frente a un cocodrilo macho aquí, me imagino que puedo manejar a un montón de cocodrilos en Australia bastante bien.

Jack le dedicó una sonrisa cálida y amigable, pero mostraba todos sus dientes. Jack era un *cambiaformas* y Cordelia no, pero el parecido familiar era inconfundible.

Cuando encontró a Marty Carlucci en la terminal de United en Tomlin, Cordelia descubrió que el hombre llevaba un caro maletín de piel de cocodrilo y una maleta del mismo estilo. Eso le desagradó, pero no había mucho que hacer.

La mujer a cargo de la computadora en el mostrador les asignó asientos a una fila de distancia en primera clase –fumadores y no fumadores. Cordelia sospechó que no haría una gran diferencia para sus pulmones, pero sintió que había ganado una decisión moral. También sospechó que se sentiría más cómoda al no tener que rozar su hombro con el de él.

Una buena parte de la emoción del viaje se había desgastado para cuando el 747 aterrizó en el aeropuerto de Los Ángeles. Cordelia pasó buena parte de las dos horas siguientes admirando la oscuridad de la noche naciente y preguntándose si alguna vez lograría ver el Rancho La Brea, las torres Watts, Disneylandia, el Monumento Nacional de los Insectos Gigantes o tomar el tour en Universal Studios. Compró algunos libros de bolsillo en la tienda de regalos y finalmente Carlucci y ella fueron llamados al vuelo de Air New Zealand. Al igual que en el primer tramo, solicitaron asientos de primera clase a cada lado de la división entre fumadores activos y pasivos.

Carlucci roncó gran parte del camino hasta Honolulú, mientras que Cordelia no pudo dormir en absoluto. Dividió su tiempo entre leer la nueva novela de misterio de Jim Thompson y mirar el Pacífico iluminado por la luna, treinta y seis mil pies más abajo.

Tanto Carlucci como ella cambiaron algunos de sus cheques por dólares australianos en la terminal del aeropuerto en Honolulú.

—Los números son buenos –Carlucci señaló la tabla de conversión pegada a la ventana de la cabina de cambio–. Revisé el periódico antes de salir de Estados Unidos.

—Todavía estamos en Estados Unidos.

Él la ignoró.

Sólo por hacer conversación, le dijo:

—¿Sabe mucho de finanzas?

El orgullo llenó su voz.

—Wharton School of Finance and Commerce. El tour completo. Mi familia cubrió los gastos.

—¿Sus padres son ricos?

Él no respondió.

El jumbo de Air New Zealand despegó y los sobrecargos los alimentaron una vez más antes de acomodarlos para la larga noche en dirección de Auckland. Cordelia encendió su luz de lectura cuando la iluminación de la cabina se atenuó. Finalmente escuchó a Carlucci refunfuñar desde la fila de adelante:

—Duerme algo, niña. El *jet lag* va a ser muy malo. Todavía te queda mucho del Pacífico por cruzar.

Cordelia se dio cuenta de que el hombre tenía razón. Esperó unos minutos más y apagó la luz. Se envolvió en la manta y se apretujó en el asiento para poder mirar por la ventana. La emoción del viaje casi había desaparecido para entonces. Cayó en la cuenta de que estaba realmente agotada.

No vio nubes. Sólo el océano resplandeciente. Le pareció asombroso que algo pudiera parecer tan inmenso y enigmático. Se le ocurrió que el Pacífico podría tragarse un 747 sin hacer más que una ola diminuta.

♠

¡*Eer-moonans!*

Las palabras no significaban nada para ella.

Eer-moonans.

La frase era tan suave que podría haber sido un susurro en su mente.

Los ojos de Cordelia se abrieron. Algo estaba muy mal. La vibración tranquilizadora de los motores del jumbo llegaba distorsionada, mezclada con el suspiro del viento creciente. Ella intentó arrojar lejos la cobija que de repente la estrangulaba y se sujetó con fuerza al respaldo del siento de adelante, las uñas clavándose en la piel fría.

Cuando miró al otro lado, Cordelia contuvo el aliento bruscamente. Estaba mirando directamente a los ojos abiertos, sorprendidos y muertos de Marty Carlucci. Su cuerpo todavía colgaba hacia el frente. Pero su cabeza había girado ciento ochenta grados. Un hilo de sangre viscosa, que goteaba lentamente de sus orejas y boca, se había acumulado debajo de sus ojos y escurría sobre sus pómulos.

El sonido de su grito se detuvo alrededor de la cabeza de Cordelia: fue como gritar en un barril. Finalmente se liberó de la manta y examinó con incredulidad el pasillo.

Todavía estaba en el Air New Zealand 747. Y al mismo tiempo estaba en el desierto. Un paisaje se sobreponía al otro. Movió sus pies y sintió la textura granulada de la arena, incluso escuchó su roce; el pasillo estaba salpicado de arbustos que se movían a medida que el viento seguía aumentando.

La cabina del jumbo se extendía hasta una distancia que su ojo no podía seguir, disminuyendo sin cesar a lo lejos a medida que se aproximaba a la sección trasera. Cordelia no vio que nadie se moviera.

—Tío Jack –gritó. Por supuesto, no hubo respuesta.

Entonces escuchó los aullidos. Un aullido hueco que subía y bajaba, e iba en aumento. Al fondo de la cabina, en el túnel que era al mismo tiempo el desierto, vio las formas que saltaban hacia ella. Criaturas que saltaban como lobos, primero por el pasillo, luego por encima de la parte superior de los asientos.

Cordelia percibió un olor nauseabundo a putrefacción. Se lanzó al pasillo, y retrocedió hasta que su espalda se apoyó contra la mampara del frente.

No podía distinguir a las criaturas en la penumbra. Ni siquiera podía estar segura de cuántas había. *Eran* como lobos, sus garras sonaban sobre los asientos y los desgarraban, pero sus cabezas eran muy diferentes: los hocicos achatados, truncados; collares de púas brillantes rodeaban sus cuellos, sus ojos eran agujeros negros y planos, más profundos que la luz que los rodeaba. Sus colmillos eran tan largos que salían de esas bocas, de manera que continuamente mordían y chocaban, al tiempo que rociaban todo con su oscura saliva.

Y esos dientes la buscaban.

—¡Muévete, demonios! –la voz resonó en su cabeza: era su propia voz–. ¡Muévete!

Los dientes y las garras buscaban su garganta.

Cordelia se arrojó a un lado. El líder de las criaturas chocó contra la mampara de acero, aulló del dolor y se tambaleó al enderezarse mientras el segundo monstruo que saltó se estrellaba contra sus costillas. Cordelia huyó a gatas de la confusión y el horror hasta la estrecha cocineta.

¡Enfócate! Cordelia supo lo que debía hacer. No era Chuck Norris ni tenía una Uzi a la mano. En un momento de respiro, mientras las criaturas-lobo gruñían y se escupían unas a otras, deseó una vez más que Jack estuviera allí. Pero no estaba. Concéntrate, se dijo.

Uno de los hocicos achatados se asomó por la esquina de la cocineta. Cordelia miró directamente a esos ojos mortíferos, color negro mate.

—Muere, hijo de perra –gritó. Sintió cómo el poder surgía del nivel reptiliano de su cerebro, sintió fluir la fuerza hasta la mente del monstruo, atacando directamente el tallo cerebral, hasta que logró detener su corazón y su respiración. La criatura aún luchó por llegar a ella y se derrumbó de frente sobre sus propias garras.

El siguiente monstruo apareció al dar la vuelta a la esquina. ¿Cuántos había? Intentó pensar. Seis, ocho, no estaba segura. Otro hocico achatado se asomó. Otro juego de garras, más dientes brillantes. ¡Muere! Y entonces sintió que su poder se escapaba. Jamás había sentido eso antes. Era como tratar de correr sobre la arena movediza.

Los cuerpos de las criaturas-lobo comenzaron a amontonarse. Las sobrevivientes se abalanzaban sobre sus congéneres para arremeter contra ella. El último logró cruzar todo el camino hasta la cocineta.

Cordelia intentó acabar con el cerebro de esta criatura pero sintió cómo su poder se debilitaba a medida que el monstruo se lanzaba hacia abajo desde arriba del montón de cadáveres. Cuando las mandíbulas repletas de dientes se estiraron hacia su garganta, ella le dio un puñetazo con ambas manos e intentó desviarlas hacia un lado. Una de las púas del collar de la criatura se clavó en el dorso de su mano izquierda, y la saliva caliente salpicó su cara.

Sintió a la criatura-lobo vacilar y el *staccato* de su respiración se detuvo al tiempo que su cuerpo se desplomó a sus pies. Pero ahora sintió un escalofrío extendiéndose por su mano hacia arriba de su brazo. Cordelia sujetó la púa con su mano derecha y la arrancó. Entonces la arrojó lejos de sí, pero el frío no disminuyó.

Alcanzará mi corazón, pensó, y eso fue lo último que cruzó su mente. Cordelia sintió cómo se derrumbaba, cómo caía sobre la demencial manta de parches formada por los cadáveres de los monstruos. El viento llenó sus oídos; la oscuridad se apoderó de sus ojos.

—¡Ey! ¿Estás bien, niña? ¿Qué te pasa? —reconoció el acento neoyorquino en la voz de Marty Carlucci y tuvo dificultades para abrir los ojos. El hombre se inclinó sobre ella, con su aliento mentolado de pasta de dientes. Sujetó sus hombros y la sacudió ligeramente.

—*Eer-moonans* —dijo Cordelia débilmente.

—¿Eh? —Carlucci parecía desconcertado.

—Estás... muerto.

—Por supuesto que sí —dijo—. No sé cuántas horas dormí, pero me siento fatal. ¿Y tú?

Los recuerdos de la noche la golpearon una vez más.

—¿Qué sucede? —dijo Cordelia.

—Estamos aterrizando. El avión está a media hora de Auckland. Si quieres usar el baño, asearte y todo, más vale que lo hagas rápido —retiró los dedos de sus hombros—. ¿De acuerdo?

—De acuerdo —Cordelia se sentó, temblorosa. Tenía la impresión de que su cabeza se hallaba rellena de algodón empapado—. ¿Todo está bien? ¿Y los monstruos?

Carlucci la miró fijamente.

—Son sólo turistas. Ey, ¿tuviste pesadillas? ¿Quieres un café?

—Sí. Gracias —tomó su bolsa y se movió con dificultad a un lado suyo hacia el pasillo—. Tiene razón. Fue una pesadilla. De las malas.

En el baño salpicó su cara primero con agua fría, luego con agua caliente. Cepillarse los dientes ayudó en algo. Tragó tres tabletas de Midol y se desenredó el cabello. Hizo lo mejor que pudo con el maquillaje. Finalmente se miró a sí misma en el espejo y sacudió la cabeza.

—Mierda –se dijo–. Pareces de treinta.

Sintió comezón en su mano izquierda. La levantó frente a su cara y miró el pinchazo inflamado. Tal vez su mano se había atorado en algo al moverse dormida, y eso se había transferido a su sueño. O quizás era un estigma. Cualquiera de las dos historias sonaba igualmente inverosímil. Quizás éste era algún extraño efecto secundario de su periodo menstrual. Cordelia sacudió la cabeza. Nada tenía sentido. La debilidad la inundó y tuvo que sentarse sobre la tapa del inodoro. El interior de su cráneo se sentía desgastado. Quizás *había* pasado gran parte de la noche luchando contra los monstruos.

Cordelia se dio cuenta de que alguien estaba golpeando la puerta del baño. Otros querían pasar antes de llegar a Nueva Zelanda. Mientras no fueran criaturas-lobo…

◆

La mañana era soleada. La Isla Norte de Nueva Zelanda era intensamente verde. El 747 aterrizó con apenas un golpecillo y se detuvo al final de la pista durante veinte minutos hasta que la gente del Departamento de Agricultura subió a bordo. Cordelia no esperaba eso. Miró perpleja cómo los sonrientes jóvenes en sus frescos uniformes caminaban por los pasillos, mientras presionaban latas de aerosol con cada mano a fin de expedir chorros de pesticida. Esto le recordó lo que había leído sobre los últimos momentos de Jetboy.

Carlucci debe haber pensado en algo parecido. Luego de prometer que no fumaría, se cambió al asiento junto al de ella.

—Realmente espero que sea pesticida –dijo–. Sería una broma de muy mal gusto si fuera el wild card virus.

Después de que los pasajeros murmuraron, se quejaron, jadearon y tosieron, el jumbo rodó hasta la terminal y les permitieron desembarcar. El piloto les dijo que tenían dos horas antes de que el avión iniciara el tramo de 1,500 kilómetros hasta Sídney.

—Podemos estirar las piernas, comprar recuerdos, hacer unas cuantas llamadas –dijo Carlucci. Cordelia acogió con gusto la idea de hacer algo de ejercicio.

En la terminal principal Carlucci se marchó a hacer sus llamadas al otro lado del Pacífico. La terminal se veía extraordinariamente concurrida. Cordelia vio equipos de cámaras a lo lejos. Se dirigió hacia las puertas que llevaban al exterior.

Escuchó que la llamaban:

—¡Cordelia! ¡Señorita Chaisson! –no era la voz de Carlucci. ¿Quién demonios podía ser? Se volvió y se topó con una larga cabellera roja enmarcando un rostro que se parecía ligeramente al de Errol Flynn en *Capitán Blood*. Pero Flynn nunca había usado ropa tan brillante, ni siquiera en la colorida *Adventures of Captain Fabian*.

Cordelia se detuvo y sonrió.

—¿Qué es esto? –dijo–, ¿tiene un grupo de música *new wave*?

—No –dijo el doctor Tachyon–. No, me temo que no.

—Me temo –dijo la alta mujer alada parada junto a Tachyon– que nuestro buen Tacky nunca irá mucho más allá de Tony Bennett –un voluminoso vestido de seda azul, de corte simple, susurró suavemente en torno suyo, y Cordelia parpadeó. Peregrine era difícil de confundir.

—Eso es injusto, querida –Tachyon le sonrió a su acompañante–. Tengo mis favoritos entre los artistas contemporáneos. Me gusta mucho Plácido Domingo –se volvió de nuevo hacia Cordelia–. Pero estoy olvidando mis modales. Cordelia, ¿te han presentado formalmente a Peregrine?

Cordelia tomó la mano extendida.

—Llamé a su agente hace varias semanas. Gusto en conocerla –cállate, se dijo a sí misma. No seas grosera.

Los deslumbrantes ojos azules de Peregrine la miraron.

—Lo siento –dijo–. ¿Es sobre la función de beneficencia en el club de Dez? Me temo que he estado increíblemente ocupada ordenando otros proyectos en medio de los preparativos para este viaje.

—Peregrine –dicho Tachyon–, esta jovencita es Cordelia Chaisson. Nos conocemos por la clínica. Ella ha ido con frecuencia a visitar a C. C. Ryder.

—C. C. estará en la Casa de los Horrores –dijo Cordelia.

—Eso sería fabuloso –dijo Peregrine–. He admirado su trabajo por mucho tiempo.

—Quizá podríamos ir a tomar algo –Tachyon le sonrió a Cordelia–. Ha habido un retraso en la organización del transporte por tierra del senador hacia Auckland. Me temo que estaremos varados en el aeropuerto por tiempo indefinido. Además, me temo que sería estupendo evitar al resto del grupo. Hemos estado mucho tiempo encerrados en el avión.

Cordelia sintió que la tentadora proximidad del aire fresco empezaba a alejarse.

—Sólo tengo dos horas –dijo, titubeante–. Está bien, tomemos un trago.

Mientras caminaba hacia el restaurante, Cordelia no logró distinguir a Carlucci: que se las arregle solo. Lo que notó fueron las numerosas miradas que los seguían. Sin duda, buena parte de la atención era para Tachyon –su cabello y guardarropa siempre lo garantizaban–, pero la mayoría miraba a Peregrine. Probablemente los neozelandeses no estaban acostumbrados en absoluto a ver una mujer alta y hermosa con alas dobladas sobre su espalda. Ella era espectacular, Cordelia admitió para sí misma. Sería grandioso tener esa apariencia, esa estatura, esa presencia. Inmediatamente Cordelia se sintió demasiado joven. Casi como una niña. Inadecuada. Demonios.

Cordelia normalmente tomaba café con leche. Pero si el café negro la ayudaba a despejar su mente, lo intentaría. Insistió en que esperaran a que se desocupara una mesa junto a la ventana. Si no iba a respirar el aire exterior, al menos se podría sentar a algunas pulgadas de él. Los colores de los árboles desconocidos le hicieron recordar las fotos que había visto de la península de Monterey.

—Vaya –dijo tan pronto como ordenaron algo–, éste es un mundo muy pequeño. ¿Cómo les va en su viaje oficial? Vi algunas fotos del Gran Simio en el noticiero de las once antes de tomar este avión.

Tachyon divagó sobre la gira mundial del senador Hartmann. Cordelia recordó haber leído algo al respecto en el *Post*, pero había estado tan ocupada con el evento de la Casa de los Horrores, que no le había prestado mucha atención.

—Suena como un trabajo muy pesado –dijo cuando Tachyon terminó de contarle.

Peregrine sonrió débilmente.

—No han sido exactamente unas vacaciones. Creo que Guatemala fue mi país favorito. ¿Tu gente ha pensado en culminar la función con un sacrificio humano?

Cordelia sacudió la cabeza.

—Creo que estamos buscando darle un tono más festivo, incluso teniendo en cuenta las circunstancias.

—Escucha –dijo Peregrine–, trataré de convencer a mi agente. Pero entretanto te puedo presentar a algunos amigos que podrían ayudarte. ¿Conoces a Radha O'Reilly? ¿Elephant Girl? –ante la negación de cabeza de Cordelia, le explicó–. Cuando se convierte en un elefante volador, es más delicada que cualquiera cosa que Doug Henning haya soñado. Tienes que hablar con Fantasy también, podrías necesitar a una bailarina como ella.

—Eso sería grandioso. Gracias –Cordelia quería hacer todo ella misma, demostrarles a todos de qué era capaz, pero al mismo tiempo sabía que debía aceptar la ayuda que se le extendía de manera tan amable.

—Cuéntame –dijo Tachyon, interrumpiendo sus pensamientos–, ¿qué estás haciendo aquí, tan lejos de casa? –su expresión era expectante; sus ojos brillaban con honesta curiosidad.

Cordelia sabía que no podía salirse con la suya diciendo que había ganado el viaje por vender galletitas de niña exploradora, así que optó por la honestidad.

—Voy a Australia con un tipo de GF & G para intentar comprar una estación terrestre de satélite antes de que la engulla un predicador de la televisión.

—Ah –dijo Tachyon–. ¿Ese evangelista sería Leo Barnett, por casualidad?

Cordelia asintió.

—Espero que tengas éxito –Tachyon frunció el ceño–. El poder de nuestro amigo Aliento de Fuego está creciendo a un ritmo peligrosamente exponencial. Yo, por mi parte, preferiría ver retrasado el crecimiento de su emporio mediático.

—Justo ayer –interrumpió Peregrine–, Chrysalis contaba que algunos de los matones del grupo juvenil de Barnett estaban vagando en el Village y machacando a golpes a cualquiera que creyeran a la vez joker y vulnerable.

—*Die Juden* –murmuró Tachyon. Las dos mujeres lo miraron inquisitivamente–. Historia –suspiró, y entonces le dijo a Cordelia–: cualquier ayuda que necesites al competir con Barnett, avísanos. Creo que encontrarás gran cantidad de apoyo tanto de ases como de jokers.

—Ey –dijo una voz familiar a espaldas de Cordelia–. ¿Qué sucede?

Sin voltearse, Cordelia dijo:

—Marty Carlucci, le presento al doctor Tachyon y a Peregrine –a esta última le dijo–: Marty es mi chaperón.

—¿Qué tal? –Carlucci tomó la cuarta silla–. Sí, lo conozco –le dijo a Tachyon. Luego miró fijamente a Peregrine, inspeccionándola sin tapujos, de manera desagradable–. Yo te conozco. Tengo grabaciones de cada show que has hecho en los últimos años –sus ojos se entrecerraron–. Oye, ¿estás embarazada?

—Gracias –dijo Peregrine–. Así es –le mantuvo la mirada.

—Ah, bueno –dijo Carlucci. Se volvió hacia Cordelia–. Niña, vámonos. Tenemos que regresar al avión –con más firmeza, dijo–: ¡Ahora!

Se despidieron. Tachyon se ofreció a pagar el café.

—Buena suerte –dijo Peregrine, dirigiéndose específicamente a Cordelia. Carlucci se veía preocupado.

Mientras los dos caminaban hacia la puerta de embarque, él dijo:

—Estúpida perra.

Cordelia se detuvo en seco.

—¿Qué?

—No tú –Carlucci la tomó bruscamente por el codo y la empujó hacia el puesto de control de seguridad–. Esa joker que vende información… Chrysalis. Me la topé junto a los teléfonos. Me imaginé que me ahorraría el precio de una llamada.

—¿Y? –dijo Cordelia.

—Uno de estos días se le van a atorar esas tetas invisibles en el escurridor y va a haber sangre muy brillante en todo el cuarto de lavado. También le dije eso a la gente de Nueva York.

Cordelia esperó, pero él no dio más detalles.

—¿Y? –preguntó de nuevo.

—¿Qué le dijiste a esos dos raros? –dijo Carlucci. Su voz le pareció peligrosa.

—Nada –dijo Cordelia, escuchando su alarma interna–. Nada en absoluto.

—Bien –Carlucci hizo una mueca. Murmuró–: Va a ser alimento para peces, lo juro.

Cordelia miró fijamente a Carlucci. La gran convicción en su voz evitó que pareciera un gángster de opereta: hablaba en serio. Le recordó a las criaturas-lobo en lo que tal vez fue un sueño de la noche anterior. Sólo le hacía falta la saliva oscura.

El humor de Carlucci no mejoró en el vuelo a Australia. En Sídney pasaron por la aduana y se cambiaron a un Airbus A-300. En Melbourne Cordelia finalmente logró sacar la cabeza y disfrutar del fresco aire exterior por algunos minutos, mientras admiraba el DC-3 suspendido de un cable frente a la terminal. Después, su acompañante hizo un drama hasta que llegaron a la puerta correcta de Ansett. Esta vez los sentaron en un 727. Cordelia se alegró de no haber documentado su bolsa con el equipaje registrado. Parte de la pesadumbre de Marty Carlucci tenía que ver con la especulación de que el equipaje que él documentó sería enviado por error a Fiji o a otro destino incorrecto.

—¿Por qué no subiste todo tu equipaje a bordo? –le preguntó Cordelia.

—Hay ciertas cosas que no puedes subir a bordo.

El 727 zumbaba con rumbo al norte, alejándose del verdor de la costa. Desde el asiento junto a la ventana, Cordelia observó el desierto que parecía interminable. Entrecerró los ojos, buscando caminos, vías de ferrocarril, cualquier otra señal de intervención humana, infructuosamente. En el páramo plano color café tostado apenas se veían de vez cuando las sombras de las nubes.

Cuando el piloto anunció por los altavoces que el avión se aproximaba a Alice Springs, Cordelia no fue consciente de ello hasta que hubo guardado la bandeja, se ciñó el cinturón de seguridad y metió su bolso de nuevo bajo el asiento delantero: todo se había vuelto totalmente automático.

El aeropuerto estaba más ocupado de lo que ella esperaba. De alguna manera había anticipado la única pista polvorienta con una

choza de lámina de hojalata galvanizada a un costado. Un vuelo de
TAA había aterrizado minutos antes y la terminal estaba repleta de obvios turistas.

—¿Rentamos el Land-Rover? –le preguntó a Carlucci. El hombre
estaba inclinado con impaciencia sobre la banda del equipaje.

—Ajá. Vamos al pueblo. Hice reservaciones para nosotros en el
Stuart Arms. Por fin vamos a dormir una noche como debe ser. No
quiero ser más desagradable de lo que debo ser durante la reunión
de mañana. Por cierto: tendrá lugar a las tres de la tarde –agregó–.
El desfase horario nos va a afectar en cualquier instante. Sugiero
que compartamos una buena cena al llegar a Alice. Entonces, hasta
la vista y a la cama hasta las diez u once de la mañana. Si rentamos
el auto y salimos de Alice al mediodía, deberíamos llegar al Gap con
tiempo de sobra. ¡Ahí estás, hijo de puta! –tomó su maletín de piel
de cocodrilo de la banda transportadora–. Vámonos.

Tomaron un autobús turístico de Ansett hacia Alice. Hicieron media hora hasta el pueblo; el aire acondicionado trabajaba arduamente
contra el calor abrasador del exterior. Cordelia miró por la ventana
mientras el autobús se aproximaba al centro de Alice Springs. A primera vista no parecía demasiado diferente de una pequeña ciudad
árida norteamericana: Baton Rouge es más extraña que esto, se dijo
a sí misma. No se veía en absoluto como ella había esperado al ver
ambas versiones de *A Town Like Alice*.

La terminal de transporte aéreo resultó estar frente a la arquitectura de principios de siglo del Stuart Arms, hecho que Cordelia
agradeció ampliamente. Oscurecía cuando los pasajeros bajaron a la
acera y reclamaron su equipaje. Cordelia le echó un vistazo a su reloj.
Los números no significaban absolutamente nada. Necesitaba repro-
gramarlo a la hora local. Y cambiar la fecha también, se recordó a sí
misma. Ni siquiera sabía en qué día de la semana se encontraba. Su
cabeza comenzó a palpitar cuando se hundió en el calor que duraba
aún en la oscuridad. Cuánto anheló acostarse con la espalda recta y
estirada sobre sábanas limpias, después de haber tomado un largo
baño. O no necesariamente: el baño podría esperar hasta que hubiera dormido veinte o treinta horas por lo menos.

—Está bien, niña –dijo Carlucci. Estaban parados frente a la vieja
mesa de registro–. Aquí está tu llave –hizo una pausa–. ¿Estás segura

de que no te gustaría ahorrarle gastos a GF & G y quedarte en mi habitación?

Cordelia no tenía la energía para sonreír débilmente.

—Nunca –arrebató la llave de su mano.

—¿Quieres saber algo? No estás en este día de campo sólo porque las chicas de Fortunato piensan que eres la gran cosa.

¿De qué estaba hablando? Ella usó suficiente energía para dirigirle una mirada.

—Te he visto en las oficinas de GF & G. Me gustó lo que vi. Hice la sugerencia.

Cordelia suspiró con fastidio, de manera que todos la oyeran.

—Está bien –dijo Carlucci–. Ey, sin ofender. Yo también estoy agotado –el hombre recogió la bolsa de piel de cocodrilo–. Vamos a guardar nuestras cosas y a cenar.

Había un letrero de FUERA DE SERVICIO en el elevador, y se volvió con cansancio a la escalera.

—Segundo piso –dijo Carlucci–. Al menos ésa es una maldita bendición –pasaron junto a un póster mimeografiado en el cubo de la escalera, que anunciaba a una banda llamada Gondwanaland–. ¿Tal vez después de cenar te gustaría ir a bailar?

Cordelia no se molestó en responder.

El cubo de la escalera desembocaba en un pasillo cubierto con detalles de madera oscura y algunas vitrinas discretas que exhibían artefactos aborígenes. Cordelia echó un vistazo a los bumeranes y a las otras artesanías. Sin duda las vería con mayor interés al día siguiente.

Carlucci miró su llave.

—Las habitaciones están una junto a la otra. Dios, mi cama por favor. Estoy muerto.

Una puerta se abrió de golpe a sus espaldas. Cordelia apenas alcanzó a vislumbrar dos oscuras figuras que saltaban hacia ellos: monstruos. O gente que usaba máscaras. Máscaras realmente *horribles*.

A pesar de encontrarse tan cansada sus reflejos funcionaron. Comenzaba a agacharse hacia un lado cuando un brazo rígido la golpeó en el pecho y la empujó hasta una de las vitrinas. El vidrio se hizo añicos, los fragmentos volaron en todas direcciones. Cordelia agitó los brazos, intentó mantener el equilibrio, mientras alguien o algo intentaba someterla. Le pareció escuchar los gritos de Carlucci.

Sus dedos se cerraron en torno a algo duro –un búmeran– al tiempo que percibió a su atacante girar y lanzarse contra ella de nuevo. Lanzó el búmeran hacia él, por puro instinto. Mierda, pensó, voy a morir.

El extremo afilado del búmeran cortó el rostro de su atacante como lo haría un cuchillo de trinchar al rebanar una sandía. Sus dedos extendidos dieron unos cuantos manotazos en su cuello y terminaron por desplomarse. Un cuerpo cayó al piso.

¡Carlucci! Cordelia giró y vio a una figura acuclillada sobre su colega. Se incorporó, se dirigió hacia ella y cayó en cuenta de que era un hombre. Tenía poco tiempo. ¡Piensa!, se dijo a sí misma. Piensa-piensa-piensa: concéntrate. Era como si el poder se encontrara envuelto por sofocantes capas de fatiga. Pero todavía estaba ahí, así que se concentró, sintió cómo el nivel más bajo de su cerebro se involucraba y atacaba a la figura.

¡Detente, maldito!

La figura se detuvo, trastabilló, pero siguió avanzando. Y cayó. Cordelia sabía que había apagado todo en su sistema automático. El olor que llegó cuando sus intestinos cedieron no hizo más que empeorar las cosas.

Lo rodeó y se arrodilló junto a Marty Calucci. Éste yacía sobre su estómago, con la vista hacia arriba. Su cabeza había dado una vuelta sobre sí misma por completo, como ocurrió en lo que tal vez fue un sueño. Un poco entrecerrados, sus ojos muertos miraban más allá de ella.

Cordelia se balanceó hasta estar de nuevo sobre sus talones contra la pared, presionó los puños contra su boca, sintió que sus incisivos mordían sus nudillos. Sintió la epinefrina todavía hormigueando en sus brazos y piernas. Cada nervio se sentía en carne viva.

¡Dios!, pensó. ¿Qué voy a hacer? Miró en ambas direcciones del pasillo. No había más atacantes, no había testigos. Podía llamar al tío Jack en Nueva York, o a Alcalá o a Rettig. Incluso podría tratar de localizar a Fortunato en Japón. Si el número que tenía aún servía. Podía tratar de localizar a Tachyon en Auckland. Entonces comprendió: estaba a muchos miles de kilómetros de cualquier persona confiable, de cualquier conocido.

—¿Qué voy a hacer? –murmuró en voz alta.

Se abalanzó sobre el maletín de cocodrilo de Carlucci y abrió los cerrojos. El hombre había fingido de manera demasiado evidente una falsa calma gélida al pasar por la aduana, no dudó que hubiera una razón para ello. Cordelia revisó rápidamente la ropa, buscando el arma que debería estar ahí. Abrió el estuche marcado como «Equipo de rasuradora y convertidor eléctrico»: la pistola era fea y de acero pavonado, se trataba de algún tipo de arma automática reducida a escala, cuyo peso le pareció tranquilizador una vez que la tuvo en la mano.

Escuchó ruidos provenientes del cubo de la escalera: desde algún nivel a Cordelia le llegaron las palabras aisladas:

—…ahora él y la perra deben estar muertos…

Se obligó a levantarse y a pasar sobre el cuerpo de Marty Carlucci. Y corrió.

Al final del pasillo, lejos de la escalera principal, una ventana daba a la escalera de incendios. Cordelia la abrió con suavidad, persuadiéndola de deslizarse lo suficiente a pesar de que el panel se atoró por un momento en el marco. Salió por la ventana y justo cuando se volvió para cerrarla vio sombras retorcidas en el otro extremo del pasillo. Entonces se agachó y retrocedió como un cangrejo por los escalones inferiores.

Por un momento lamentó no haber tomado su bolsa de viaje. Por lo menos conservaba el estuche del pasaporte con la tarjeta y los cheques de viajero American Express en su pequeña bolsa de mano. Entonces cayó en cuenta de que aún apretaba entre sus dedos la llave de la habitación, así que la reacomodó en su puño de manera que la llave sobresaliese entre los dedos índice y medio.

Los escalones eran de metal, pero eran viejos y rechinaban. Rapidez y sigilo, como descubrió Cordelia, eran mutuamente contradictorios en este caso.

Descendió hacia el callejón. El ruido de la calle, a unos veinte metros de distancia, era alto y bullicioso. Al principio pensó que tenía lugar una fiesta. Entonces detectó un trasfondo de ira y dolor. El ruido de la multitud se intensificó. Cordelia escuchó el sonido monótono de unos puños al chocar contra la carne.

—Fantástico –murmuró. Entonces comprendió que un motín le ayudaría a cubrir su huida. Repasó su plan de emergencia: primero, seguir con vida y escapar de aquí; después llamar a Rettig o a Alcalá y contarles qué pasó. Enviarían a alguien que reemplazaría a Carlucci mientras ella se ocultaba y se ponía a salvo. ¿No sería estupendo? Que manden a otro tipo trajeado, listo para firmar a nombre de la compañía ese contrato. No era nada difícil, incluso ella misma podría hacerlo. Si no la mataban.

Con la llave y la pistola preparadas, Cordelia descendió el último escalón de las escaleras de incendio y avanzó hacia la salida del callejón. Entonces se congeló de golpe: *supo* que alguien estaba parado atrás de ella.

Giró súbitamente y lanzó su mano izquierda hacia delante, la llave apuntando hacia donde ella esperaba que se encontrara la barbilla del intruso. Alguien estaba realmente ahí: unos dedos muy fuertes se cerraron alrededor de su muñeca, absorbiendo con gran facilidad todo el impulso de su estocada.

La figura la jaló hacia la poca luz que provenía del interior del Stuart Arms, por entre las rejas de la escalera. Cordelia levantó la pistola, clavó el cañón en el vientre de su agresor y jaló del gatillo.

No llegó muy lejos: nada sucedió.

Alcanzó a vislumbrar unos ojos oscuros que miraban los suyos. La figura extendió su mano libre hacia delante y activó algo en un costado del arma. Una voz masculina le dijo:

—Ya está, pequeñita, si pretendes disparar hay que quitar el seguro. Ya está.

Cordelia estaba demasiado asustada para jalar del gatillo.

—Está bien, está bien: ¿quién eres tú...? ¿Podemos salir de aquí?

—Puedes llamarme Warreen –una luz repentina explotó en algún lugar allá arriba y cayó sobre ellos luego de pasar a través de las rejillas, de manera que pintó sus rostros con numerosas franjas de iluminación cada vez más estrechas.

Cordelia miró fijamente las franjas de luz que caían sobre el rostro del hombre. Tomó nota del cabello alborotado, negro y rizado, los ojos entornados, tan oscuros como los suyos, la nariz chata y ancha, los pómulos marcados y afilados, los labios fuertes. Era, como su madre lo hubiera descrito, un hombre de color. Era, como también pudo darse cuenta, el hombre más atractivo que había visto. Su padre la hubiera azotado sólo por tener ese pensamiento.

Entonces oyeron las pisadas en la escalera de incendios.

—Salgamos de aquí –dijo Warreen, guiándola hacia la boca del callejón.

Naturalmente, era más fácil decirlo que hacerlo.

—Hay hombres ahí –dijo Cordelia. Vio que un número indeterminado de hombres, perfilados contra la luz que venía de la calle, aguardaban al final del callejón, sujetando lo que parecían ser garrotes.

—Conque hombres –Warreen sonrió y Cordelia captó el destello de sus dientes blancos–. Dispárales, pequeña.

No tengo nada en contra, pensó Cordelia. Levantó el arma con su mano derecha. Cuando jaló del gatillo, hubo un sonido como de lona al desgarrarse y las balas aullaron al rebotar en los ladrillos. El fogonazo desigual le mostró que los hombres en el callejón ahora estaban tirados en la tierra. No creyó que le hubiera atinado a ninguno.

—Más tarde nos preocuparemos por tu puntería –dijo Warreen–. Ahora vámonos –tomó la mano izquierda de ella en su mano derecha, al parecer sin darse cuenta de que todavía apretaba la llave.

Ella se preguntó si tendrían que saltar sobre las espaldas de los hombres que habían caído al suelo, como Tarzán sobre los cocodrilos del río.

Pero no fueron a ningún lado.

Una especie de onda de calor cayó sobre ella. Le pareció que era una especie de energía que fluía por los dedos de Warreen hasta su cuerpo. El calor la quemaba de dentro hacia fuera, justo como lo haría un horno de microondas.

El mundo pareció moverse bruscamente un metro a la izquierda y luego descender otro metro. El aire giró en torno suyo. La noche fue absorbida por una especie de embudo y cayó en un pequeño punto ardiente ubicado en el centro de su pecho.

Entonces dejó de ser noche.

Warreen y ella estaban de pie sobre una llanura café rojiza que se unía al cielo distante en un horizonte lejano y plano. De vez en cuando había plantas de apariencia resistente y un poco de brisa, el aire estaba caliente y levantaba remolinos de polvo.

Comprendió que era la misma llanura que había presenciado desde la cabina del jumbo de Air New Zealand, durante la pesadilla que tuvo entre Honolulú y Auckland.

Trastabilló un poco y Warreen la sujetó del brazo.

—He visto este lugar antes –dijo–. ¿Vendrán las criaturas-lobo?

—¿Criaturas-lobo? –Warren se veía desconcertado–. Ah, pequeñita, quieres decir los eer-moonans, los seres de dientes largos que surgen de las sombras.

—Creo que sí… ¿Tienen muchos dientes? ¿Andan en jaurías? ¿Tienen filas de púas alrededor de sus cuellos? –sin soltar el arma, Cordelia masajeó el inflamado dorso de su mano izquierda.

Warreen frunció el ceño y examinó la herida.

—¿Te picaron con una púa? Eres muy afortunada. Su veneno suele ser fatal.

—Tal vez nosotros los cocodrilos tenemos una inmunidad natural –dijo Cordelia, mientras trataba de sonreír. Warren se veía cortésmente desconcertado–. No me hagas caso. Simplemente soy afortunada.

Él sonrió.

—Así es, pequeñita.

—¿Por qué me dices «pequeñita»? –se molestó Cordelia.

Warreen la miró sorprendido y sonrió ampliamente.

—Porque parece gustarle a las damas europeas. Alimenta sus deliciosos impulsos coloniales, ¿sabes? Aún hablo como si fuera un guía.

—No soy europea –dijo Cordelia–. Soy cajún, norteamericana.

—Para nosotros es lo mismo –Warren continuó sonriendo–. Yanqui es lo mismo que europeo. No vemos gran diferencia. Todos ustedes son turistas aquí. ¿Cómo prefieres que te llame?

—Cordelia.

Su expresión se volvió seria mientras se inclinaba hacia delante para tomar la pistola de su mano. La examinó lenta y cautelosamente; entonces puso el seguro de nuevo.

—Una H & K reducida, completamente automática. Es un equipo bastante caro, Cordelia. ¿Vienes a cazar dingos? –le regresó el arma.

Ella dejó que colgara de su mano.

—Le pertenecía al tipo con el que vine a Alice Springs. Está muerto.

—¿En el hotel? –dijo Warren–. ¿Los esbirros de Murga-muggai? Se corrió el rumor de que planeaban enfriar al agente del evangelista.

—¿Quién?

—La mujer-araña trampera. No es una buena persona. Ha tratado de matarme durante años. Desde que era niño –lo dijo de manera casual. Cordelia pensó que todavía parecía un niño.

—¿Por qué? –temblaba sin poder controlarse. Si tenía alguna fobia, era hacia las arañas. Y tosió, porque el viento arrojó polvo rojo hasta su rostro.

—Al principio era una venganza contra el clan. Ahora es algo peor –Warreen caviló y añadió–: ella y yo tenemos poderes. Debe creer que aquí sólo hay espacio para uno de nosotros. Es muy corta de miras.

—¿Qué clase de poderes? –preguntó Cordelia.

—Haces muchas preguntas… como yo. Quizá podamos platicar mientras caminamos.

—¿Caminata? –Cordelia tuvo la impresión de que su pregunta fue muy tonta. Una vez más los eventos amenazaban con superar su capacidad de comprensión–. ¿Hacia dónde?

—Uluru.

—¿Dónde es eso?

—Ahí –Warreen señaló el horizonte.

El sol estaba directamente encima de ellos. Cordelia no tenía idea de en qué dirección había señalado.

—Allí no hay nada. Sólo un gran desierto que me recuerda los escenarios de *Mad Max*.

—Ahí estará –Warreen ya se encontraba a una docena de pasos de distancia. Su voz flotó hacia ella en el viento–. A caminar, pequeñita.

Al decidir que no tenía muchas opciones, Cordelia lo siguió.

—¿El agente del evangelista? –musitó. Ése no era Marty. Alguien había cometido un grave error.

—¿Dónde estamos? –preguntó Cordelia. El cielo estaba salpicado de pequeños cúmulos, pero ninguna de las sombras con forma de nube conseguía cubrirlos. Deseó con toda su fuerza que lo hicieran.

—El mundo –dijo Warreen.

—No es mi mundo.

—El desierto, entonces.

—Yo sé que es el desierto –dijo Cordelia–. Puedo ver que es el desierto. Puedo sentirlo. El calor es un claro indicio. Pero ¿qué desierto es?

—Es la tierra de Baiame –dijo Warreen–. Éste es el gran desierto de Nullarbor.

—¿Estás seguro? –Cordelia se secó el sudor de la frente con la tira de tela que había arrancado del ruedo de su falda de Banana Republic–. Miré el mapa en el avión durante todo el camino desde Melbourne. Las distancias no tienen sentido. ¿No debería ser éste el desierto Simpson?

—Las distancias son diferentes en el Tiempo del Sueño –dijo Warreen con sencillez.

—¿El Tiempo del Sueño? –¿Estoy en una película de Peter Weir?, se preguntó–. ¿Como en el mito?

—No es un mito –dijo su compañero–. Ahora estamos donde la realidad estuvo, está y estará. Estamos en el origen de todas las cosas.

—De acuerdo –estoy soñando, pensó Cordelia. Estoy soñando… o estoy muerta y ésta es la última cosa que mis neuronas están creando antes de que todo estalle y oscurezca.

—Todas las cosas en el mundo de la sombra fueron creadas primero –dijo Warreen–. Aves, criaturas, pasto, la manera de hacer las cosas, los tabús que se deben respetar.

Cordelia miró a su alrededor. Había poco que ver.

—¿Éstos son los originales? –dijo ella–. ¿Sólo he visto las copias antes?

Él asintió vigorosamente.

—No veo sombrillas para la arena –dijo ella con un poco de petulancia, sintiendo el calor–. No veo aviones de pasajeros o máquinas expendedoras llenas de refrescos.

Él contestó con seriedad.

—Ésas son sólo variaciones. Aquí es donde todo empieza.

Estoy muerta, pensó con aire sombrío.

—Tengo calor –dijo–. Estoy cansada. ¿Cuánto tenemos que caminar?

—La distancia –Warreen parecía caminar sin esfuerzo.

Cordelia se detuvo y se llevó las manos a las caderas.

—¿Por qué debería ir contigo?

—Si no lo haces –dijo Warreen por encima del hombro–, morirás.

—Oh –Cordelia se puso en movimiento de nuevo, incluso corrió un poco para alcanzar al hombre. La imagen que no podía sacar de su cabeza era la de las latas frías de refresco, la humedad formando gotas en el exterior del aluminio. Ansiaba escuchar el chasquido y el silbido al arrancar las anillas de la tapa. Y las burbujas, el sabor…

—Sigue caminando –dijo Warreen.

—¿Cuánto tiempo hemos caminado? –Cordelia alzó la mirada y se protegió los ojos. El sol estaba mucho más cerca del horizonte. Las sombras se extendían detrás de Warren y ella.

—¿Estás cansada? –dijo su compañero.

—Estoy exhausta.

—¿Necesitas descansar?

Ella lo pensó. Su propia conclusión la sorprendió.

—No. No, no creo que necesite hacerlo. Todavía no, al menos –¿de dónde venía esa energía? *Estaba* exhausta, y sin embargo, la fuerza parecía elevarse en su interior, como si fuera una planta nutriéndose de la tierra–. Este lugar es mágico.

Warreen asintió casualmente.

—Sí, lo es.

—Sin embargo –dijo–, *tengo hambre*.

—No necesitas comida, pero me encargaré de ello.

Cordelia tuvo la impresión de que un sonido surgía además del viento y del suave caminar de sus propios pies sobre el suelo polvoriento. Se volvió y vio a un canguro gris parduzco que saltaba junto a ellos, ajustándose a su ritmo con facilidad.

—Estoy lo suficientemente hambrienta para comerme a uno de ésos –dijo.

El canguro la miró fijamente con sus enormes ojos color chocolate.

—Prefiero que no lo hagas –dijo.

Cordelia cerró la boca con un chasquido. Y lo observó, atónita.

Warreen sonrió al canguro y le dijo cortésmente:

—Buenas tardes, Mirram. ¿Encontraremos sombra y agua dentro de poco?

—Sí —dijo el canguro—. Tristemente, la hospitalidad está siendo acaparada por un primo del Gurangatch.

—Al menos —dijo Warreen— no es un bunyip.

—Eso es verdad —concordó el canguro.

—¿Encontraré armas?

—Debajo del árbol —dijo el canguro.

—Bien —dijo Warreen con alivio—. No me gustaría luchar con un monstruo tan sólo con manos y dientes.

—Te deseo lo mejor —dijo el canguro—. Y a ti —le dijo a Cordelia—, que tengas paz —la criatura giró en ángulo recto y saltó hacia el desierto, donde pronto se perdió de vista.

—¿Canguros que hablan? —dijo Cordelia—. ¿Bunyips? ¿Gurnagatches?

—Gurangatch —la corrigió Warreen—. Entre lagarto y pez. Es, por supuesto, un monstruo.

Ella no terminaba de hacerse una imagen.

—Y está acaparando el oasis.

—Exactamente.

—¿No podríamos evitarlo?

—No importa qué camino sigamos —dijo Warreen—, sin duda nos va a encontrar —se encogió de hombros—. Es sólo un monstruo.

—Cierto —Cordelia se alegró de tener todavía el control de la mini H & K. El acero se sentía caliente y resbaloso en su mano—. Sólo un monstruo —murmuró con los labios resecos.

Cordelia no tenía idea de cómo encontró Warreen el estanque y el árbol. Por lo que a ella concernía, habían seguido un camino perfectamente recto. Un punto apareció a la distancia hacia la puesta de sol y creció a medida que se aproximaban, de pronto surgió un roble del desierto de apariencia resistente, que presentaba rayas hechas con carbón sobre la corteza. Parecía haber sido golpeado por el rayo más de una vez y haber ocupado ese pedazo de tierra miserable durante siglos, rodeado por un cinturón de hierba. Una suave pendiente guiaba a los juncos y se dirigía al borde de un estanque de unos nueve metros de ancho.

—¿Dónde está el monstruo? –dijo Cordelia.

—Silencio –Warreen caminó hasta el árbol y se desnudó. Sus músculos eran delgados y bellamente definidos. Su piel, que relucía por el sudor, comenzó a resplandecer con un color azul oscuro, que destacaba en el anochecer. Cuando se quitó los pantalones, Cordelia desvió la mirada inicialmente, pero después decidió que no era una ocasión para andar con cortesías, genuinas o no.

Dios, pensó. Es guapísimo. Dependiendo de su género, sus parientes se habrían escandalizado o habrían sentido el impulso de lincharla. Aun cuando la habían criado de manera que aborreciera tal pensamiento, quería estirar la mano y tocarlo. Esto, cayó en la cuenta abruptamente, no era propio de ella en absoluto. Aunque estaba rodeada de gente de otros colores en Nueva York, aún la ponían nerviosa. Warreen también suscitaba esa reacción de su parte, aun si era ampliamente distinta en naturaleza e intensidad. De verdad quería tocarlo.

Una vez que estuvo desnudo, Warreen dobló pulcramente su ropa y la colocó en un montón bajo el árbol. A su vez, recogió una variedad de objetos de la hierba. Inspeccionó un mazo largo y luego lo volvió a dejar. Finalmente se enderezó con una lanza en una mano y un búmeran en la otra. Miró ferozmente a Cordelia.

—Estoy listo.

Ella sintió que la recorría un escalofrío como de agua helada. Era una sensación tanto de miedo como de emoción.

—¿Ahora qué? –trató de mantener la voz baja y firme, pero le salió muy chillona. Dios, qué vergüenza.

Warren no tuvo tiempo de contestar. Señaló hacia el oscuro estanque. Habían aparecido ondas en el extremo más lejano, y el centro de esas ondas parecía moverse hacia ellos. Algunas burbujas se reventaron en la superficie.

El agua se desplazó hacia los lados: lo que vigilaba a la pareja desde la orilla era un personaje salido de una pesadilla. Se ve más cruel que cualquier joker que haya visto, pensó Cordelia. A medida que sacaba su cuerpo del agua, advirtió que la criatura debía poseer por lo menos el mismo volumen que Bruce el Tiburón. Su boca, parecida a la de una rana, se abrió y mostró una infinidad de dientes color óxido. Entonces observó a los humanos con sus ojos saltones de lagarto.

—Fue engendrado por igual por pez y lagarto –dijo Warreen a modo de conversación, como si guiara a un turista europeo por un parque de animales salvajes. Avanzó y levantó su lanza–. ¡Primo Gurangatch! –gritó–. Nos gustaría beber del manantial y descansar bajo el árbol. Nos gustaría hacer esto en paz. Si no podemos hacerlo, entonces deberé tratarte como hizo Mirragen, el hombre gato, contra tu poderoso ancestro.

Gurangatch silbó como un tren de carga que frenara de golpe. Se abalanzó hacia delante sin dudarlo y cayó en la orilla húmeda como una anguila de diez toneladas. Warreen saltó hacia atrás, y los dientes manchados chocaron al cerrarse justo frente a su cara. Entonces picó el hocico de Gurangatch con la lanza. El pez-lagarto siseó con más fuerza.

—No eres tan ágil como Mirragen –su voz sonaba como una manguera de vapor. Gurangatch se apartó bruscamente cuando Warreen liberó la lanza y la clavó de nuevo. Esta vez el extremo puntiagudo se atoró bajo las brillantes escamas plateadas que rodeaban el ojo derecho del monstruo. La criatura se retorció, y al hacerlo arrebató la lanza de los dedos de Warreen.

El monstruo retrocedió y alzó la cabeza, entonces miró a Warreen desde una distancia de tres, cinco, seis metros. El hombre miró hacia arriba, expectante, con el búmeran preparado en su mano derecha.

—Es hora de morir de nuevo, pequeño primo –el cuello de toro de Gurangatch se dobló y se inclinó. Sus mandíbulas se abrieron.

Esta vez Cordelia recordó quitar el seguro. Sujetó la H & K con ambas manos y las balas fueron exactamente a donde ella deseaba.

Vio cómo las balas dibujaban una línea en la garganta de Gurangatch, y disparó una segunda ráfaga hacia el rostro del monstruo. Uno de los ojos de la criatura explotó como un globo lleno de pintura. La criatura gritó de dolor, un líquido con apariencia de jalea verde se derramaba desde su hocico y otro más, de color carmesí, surgía de las heridas en el cuello. Los colores navideños, pensó Cordelia; contrólate, niña, no te pongas histérica.

Mientras Gurangatch se retorcía en el agua, Warreen giró su brazo en un arco corto y apretado y clavó el extremo del búmeran en el ojo restante de la criatura. Ante esto, el monstruo rugió con tanta fuerza, que Cordelia se asustó y retrocedió un paso. Finalmente

Gurangatch se dobló en el agua y se sumergió. Cordelia tuvo una rápida imagen de una cola gruesa, como de monstruo de Gila, que desapareció de golpe. El estanque se calmó, y ondas de agua salpicaron las orillas, pero terminaron por aquietarse y desaparecer.

—Se ha sumergido en el vientre de la tierra –Warreen, acuclillado, miraba dentro del agua.

Cordelia puso de nuevo el seguro de la H & K.

Con las manos libres de armas, Warreen se apartó de la piscina y se puso de pie. Cordelia no pudo evitarlo. Miró la parte inferior del cuerpo de Warreen y se topó con sus ojos de nuevo. Con poca vergüenza aparente dijo:

—Es la emoción de la competencia… Esto no sucedería bajo circunstancias ordinarias si estuviera guiando a una dama europea por el *outback*.

Cordelia recogió sus ropas dobladas y se las extendió.

Warreen aceptó las prendas con dignidad. Antes de vestirse le dijo:

—Si estás lista, éste sería un buen momento para tomar una bebida refrescante y descansar. Siento mucho que se me haya acabado el té.

Cordelia dijo:

—Me las arreglaré.

El desierto se enfrió lentamente con la puesta de sol, pero Cordelia aún sentía que el calor surgía del suelo bajo sus pies. Warreen y ella se recostaron contra las nudosas raíces del árbol parcialmente expuestas. Tenía la sensación de que el aire era un edredón acolchado que la cubría hasta el rostro. Cada vez que se movía sentía que avanzaba en cámara lenta.

—El agua estuvo deliciosa –dijo–, pero todavía tengo hambre.

—Tu hambre aquí es una ilusión.

—Entonces fantasearé con una pizza.

—Mmh –dijo Warreen–, muy bien.

Se puso de rodillas y pasó sus dedos por la áspera corteza del árbol. Cuando encontró un trozo suelto, lo jaló hasta separarlo del tronco. Su mano derecha se lanzó hacia delante, y sus dedos luchaban para atrapar algo que Cordelia no podía ver.

—Aquí tienes —le mostró su hallazgo.

Su primera impresión fue que le entregaba algo que parecía una serpiente y se revolvía. Vio el color pálido, los segmentos y las múltiples patas.

—¿Qué es eso? –dijo.

—Larvas de la polilla de la madera –Warreen sonrió–. Es uno de nuestros platillos nacionales –extendió su mano hacia delante, como un niño travieso–. ¿Te revuelve el estómago, pequeñita?

—Demonios –dijo ella, indignada–. No me llames así –¿qué estoy haciendo?, se dijo a sí misma mientras tomaba la criatura que le ofrecían–. ¿Tengo que comérmela viva?

—No. No es necesario –se volvió y golpeó a la criatura contra el roble del desierto. La larva se convulsionó una vez y dejó de luchar.

Obligándose a sí misma tan sólo a hacerlo y a no pensar en su acción, tomó la larva, la metió en su boca y empezó a masticar. Dios, pensó, ¿por qué hago estas cosas?

—¿Qué te pareció? –preguntó Warren con rostro solemne.

—Bueno –dijo Cordelia, tragando–, no sabe a pollo.

Las estrellas con su aspecto de lentejuelas cubrieron todo lo ancho del cielo. Cordelia se acostó con los dedos entrelazados detrás de su cabeza. Se dio cuenta de que había vivido en Manhattan por cerca de un año y en todo ese tiempo no había visto las estrellas.

—Nurunderi está allá arriba –dijo Warren, señalando al cielo–, junto con sus dos jóvenes esposas, fueron enviados allí por Nepelle, el gobernante de los cielos, después de que las mujeres comieron el alimento prohibido.

—¿Manzanas? –dijo Cordelia.

—Pescado. Tukkeri… una exquisitez reservada a los hombres –volvió a señalar algo con los dedos–. Más allá puedes distinguir a las Siete Hermanas… Y ahí está Karambal, su perseguidor. Tú lo llamas Aldebarán.

Cordelia dijo:

—Tengo muchas preguntas.

Warreen hizo una pausa:

—Y no son sobre las estrellas.

—Y no son sobre las estrellas –confirmó ella.

—¿Qué quieres saber?

—¿Qué es todo esto? –abrió los brazos hacia la noche–. ¿Cómo es que estoy aquí?

—Yo te traje.

—Lo sé. Pero ¿cómo?

Warreen titubeó por un largo tiempo. Después dijo:

—Soy de sangre aranda, pero no fui criado dentro de la tribu. ¿Has oído hablar de los aborígenes urbanos?

—Como en *The Last Wave* –dijo Cordelia–. Vi *The Fringe Dwellers* también. Allí decían que no hay aborígenes tribales en las ciudades, ¿verdad? ¿Sólo individuos?

Warreen rio.

—Comparas casi todo con el cine, lo cual equivale a comparar todo con el mundo de las sombras. ¿Conoces algo que sea de verdad?

—Creo que sí –en ese lugar no se sentía tan segura, pero no iba a admitirlo.

—Mis padres buscaron trabajo en Melbourne –dijo Warreen–. Yo nací en el *outback*, pero no puedo recordar nada de eso. Fui un niño de ciudad –rio amargamente–. Mi regreso temporal al estilo de vida aborigen parecía destinado a guiarme sólo entre borrachos que acostumbran vomitar en las alcantarillas.

Cordelia no perdía una palabra.

—Cuando yo era un bebé, estuve a punto de morir de fiebre. El wirinun, el hechicero, no podía hacer nada para ayudarme. Mis padres, desesperados, estaban listos para llevarme con el médico blanco. Entonces cedió la fiebre. El wirinun sacudió su bastón medicinal sobre mí, me miró a los ojos y les dijo a mis padres que viviría para hacer grandes cosas –Warren hizo otra pausa–. Todos los otros niños del pueblo enfermaron con el mismo tipo de fiebre, y todos murieron. Mis padres me dijeron que sus cuerpos se marchitaron, se desfiguraron o se convirtieron en cosas innombrables. Pero todos murieron. Sólo yo sobreviví. Por eso los otros padres me odiaron y odiaron a mis padres por haberme tenido. Así que nos marchamos.

La verdad se hizo presente en la mente de Cordelia como una estrella, elevándose.

—El virus wild card.

—He oído hablar de eso –dijo Warreen–. Creo que tienes razón.

Mi niñez fue normal hasta que me hice adulto. Entonces… –su voz se apagó.

—¿Sí? –preguntó Cordelia con impaciencia.

—Cuando me hice hombre, descubrí que podía entrar al Tiempo de los Sueños a voluntad. Podía explorar la tierra de mis ancestros. Incluso podía llevar a otros conmigo.

—Entonces esto es en verdad el Tiempo de los Sueños. No es algún tipo de ilusión compartida.

Él se dio vuelta para quedar de lado y la miró. Los ojos de Warreen estaban a sólo centímetros de los suyos. Su mirada era algo que ella podía sentir en la boca del estómago.

—No hay nada más real.

—¿Qué fue lo que me sucedió en el avión? ¿Qué son los eer-moonans?

—Hay otros seres del mundo de las sombras que pueden entrar al Tiempo de los Sueños. Una es Murga-muggai, cuyo símbolo es la araña trampera. Pero hay algo… algo malo en ella. Podrías decir que es psicótica. Para mí ella es una Maligna, aun cuando afirma que está emparentada con la Gente.

—¿Por qué mató a Carlucci? ¿Por qué intentó matarme a mí?

—Murga-muggai odia a los hombres santos europeos, especialmente al norteamericano que viene del cielo. Su nombre es Leo Barnett.

—Aliento de Fuego –dijo Cordelia–. Él es un predicador de la televisión.

—Él pretende salvar nuestras almas. Pero al hacer eso nos destruiría a todos nosotros, dejaríamos de ser miembros de una familia e incluso individuos. No habría más tribus.

Cordelia tomó aliento:

—Marty no tenía nada que ver con Barnett.

—Los europeos se parecen mucho entre sí. No importa que no trabajara para el hombre del cielo –Warreen la miró bruscamente–. ¿No estás aquí por ese mismo propósito?

Cordelia ignoró su pregunta.

—¿Pero cómo sobreviví a los eer-moonans?

—Creo que Murga-muggai subestimó tu poder –titubeó–. ¿Y tal vez estabas en tu periodo de la luna? La mayoría de los monstruos no tocan a una mujer que sangra.

Cordelia asintió. Y lamentó que su periodo hubiera terminado en Auckland.

—Creo que tendré que depender de la H & K —tras un momento, dijo—: Warreen, ¿qué edad tienes?

—Diecinueve —dudó—. ¿Y tú?

—Casi dieciocho —ambos se quedaron callados. Diecinueve años muy maduros, pensó Cordelia. No se parecía a ninguno de los chicos de Louisiana, ni siquiera a los de Manhattan.

Cordelia sintió un frío que caía de golpe tanto en el aire del desierto como dentro de su mente. Ella sabía que el frío que crecía en su interior se debía a que por fin podía meditar sobre su situación. No sólo estaba a miles de kilómetros de casa, entre extraños, sino que ni siquiera se encontraba en su propio mundo.

—Warren, ¿tienes novia?

—Estoy solo aquí.

—No, no lo estás —su voz no sonó chillona esta vez. Gracias a Dios—. ¿Me abrazas?

El tiempo se alargó. Entonces Warren se le acercó y la rodeó torpemente con sus brazos. Ella accidentalmente le dio un codazo en el ojo antes de que ambos estuvieran cómodos. Cordelia absorbió el calor de su cuerpo con avidez, su cara pegada a la de él. Sus dedos se enredaron en la sorprendente suavidad de su cabello.

Se besaron. Cordelia sabía que sus padres la matarían si supieran lo que estaba haciendo con este hombre de color. Primero, por supuesto, lincharían a Warreen. Se sorprendió. No era diferente tocarlo a él de lo que había sido tocar a cualquier otra persona que le gustara. Y por cierto: no han sido muchos, pero Warreen se sentía mucho mejor que cualquiera de ellos.

Se besaron muchas veces. El frío de la noche se hizo más profundo y la respiración de ambos se aceleró.

—Warreen... —dijo ella finalmente, jadeando—, ¿quieres hacer el amor?

Él pareció alejarse de ella, a pesar de que no la había soltado.

—No debería...

Ella adivinó algo.

—Ah, ¿eres virgen?

—Sí. ¿Y tú?

—Soy de Louisiana –ella cubrió la boca de él con la suya.

—Warreen es sólo mi nombre de niño. Mi verdadero nombre es Wyungare.

—¿Qué significa?

—El que regresa a las estrellas.

Llegó el momento en que ella se preparó para recibirlo y sintió que Wyungare entraba profundamente dentro de ella. Mucho más tarde cayó en la cuenta de que no se había preocupado por lo que su madre y su familia pensarían. Ni una sola vez.

El gigante apareció como una bolita en el horizonte.

—¿Ahí es a donde vamos? –dijo Cordelia–. ¿Uluru?

—El lugar de la magia más grandiosa.

El sol de la mañana se elevó mientras caminaban. El calor no era menos acuciante que el día anterior y Cordelia intentó ignorar la sed. Las piernas le dolían, pero no era por la ardua caminata. Recibió de buena gana la sensación.

Varias criaturas del *outback* se asoleaban cerca del sendero e inspeccionaron a los humanos mientras pasaban.

Un emú.

Un lagarto con chorreras.

Una tortuga de tierra.

Una serpiente negra.

Un wombat.

Wyungare honró la presencia de cada uno con un cortés saludo. Le dijo «primo Dinewan» al emú; «Mungoongarlie» al lagarto; «buenos días, Wayambeh» a la tortuga, y así sucesivamente.

Un murciélago voló en círculos alrededor de ellos tres veces, chilló a modo de saludo y se fue volando. Wyungare lo saludó cortésmente.

—Vuela alto con seguridad, hermano Narahdarn.

Su saludo para el wombat fue particularmente efusivo.

—Era mi tótem cuando niño –le explicó a Cordelia–. Warreen.

Luego encontraron a un cocodrilo asoleándose junto al camino.

—Es tu primo también –dijo Wyungare. Le explicó qué debía decir.

—Buenos días, primo Kurria –dijo Cordelia. El reptil le devolvió la mirada, sin moverse ni una pulgada bajo el calor abrasador. Entonces abrió sus mandíbulas y siseó. Numerosas hileras de dientes blancos destellaron.

—Un signo afortunado –dijo Wyungare–. El Kurria es tu guardián.

A medida que Uluru crecía a la distancia, eran menos las criaturas que venían al sendero a mirar a los humanos.

Cordelia notó con un sobresalto que por una hora o más había estado viviendo dentro de sus propios pensamientos. Miró de reojo a Wyungare.

—¿Cómo fue que estabas en el callejón exactamente en el momento apropiado para ayudarme?

—Me guio Baiame, el Gran Espíritu.

—No me basta.

—Esa noche había una especie de *corroboree*, una reunión con un propósito.

—¿Un mitin?

Él asintió.

—Mi gente no se involucra normalmente en esas cosas. Pero de vez en cuando tenemos que usar las costumbres europeas.

—¿De qué se trataba? –Cordelia protegió sus ojos y los entrecerró para mirar a la distancia. Uluru se había hecho del tamaño de un puño.

Wyungare también entrecerró sus ojos para mirar a Uluru. De alguna manera parecía mirar mucho más lejos.

—Vamos a sacar a los europeos de nuestras tierras. Sobre todo no vamos a permitir que los hombres-que-predican se apoderen de más puntos clave.

—No creo que eso vaya a ser muy sencillo. ¿No están los australianos bastante bien atrincherados?

Wyungare se encogió de hombros.

—¿No tienes fe, pequeña? ¿Sólo porque nos sobrepasan en número cuarenta o cincuenta a uno, no poseemos tanques o aviones, y sabemos que a pocos les importa nuestra causa? ¿Sólo porque somos nuestros peores enemigos cuando se trata de organizarnos? –su voz sonaba enojada–. Nuestro modo de vida se ha extendido sin interrupción por sesenta mil años. ¿Cuánto tiempo ha existido tu cultura?

Cordelia buscó algo conciliador que decir.

El joven se adelantó.

—Nos resulta difícil organizarnos de manera efectiva, como los maoríes en Nueva Zelanda. Pero ellos forman clanes muy grandes; nosotros somos pequeñas tribus –sonrió sin humor–. Puedes decir que los maoríes se asemejan a tus ases. Nosotros seríamos los jokers.

—Los jokers pueden organizarse. Hay gente comprometida que puede ayudarlos.

—No necesitamos ayuda de los europeos. Los vientos se están elevando por todo el mundo, exactamente como sucede aquí en el *outback*. Mira la patria indígena que se labra con machetes y bayonetas en la selva americana, en África, en Asia, en cada continente donde surge la revolución. Ha llegado la hora, Cordelia. Incluso el Cristo blanco reconoce la vuelta de la gran rueda que gemirá y se moverá de nuevo en poco menos de una década. El fuego está encendido, aun si tu gente no siente el calor todavía.

¿Quién es este chico?, pensó Cordelia. Ignoraba todo esto, pero dentro de su corazón sabía que él le estaba diciendo la verdad. Y no tenía miedo.

—Murga-muggai y yo no somos los únicos hijos de la fiebre –dijo Wyungare–. Hay otros. Hay muchos más, me temo. Eso hará una diferencia aquí. Nosotros haremos la diferencia.

Cordelia asintió sin estar muy convencida.

—El mundo completo está en llamas. Todos estamos en llamas. ¿Crees que el doctor Tachyon y el senador Hartmann y su grupo de turistas europeos lo sepan? –sus ojos negros miraron directamente dentro de los suyos–. ¿Realmente saben lo que sucede fuera de su limitada visión, en Norteamérica?

Cordelia no respondió. No, pensó. Probablemente no.

—Cabría esperar que no.

—Entonces ése es el mensaje que debes llevarles –dijo Wyungare.

—He visto fotografías –dijo Cordelia–. Esto es Ayers Rock.

—Es Uluru –dijo Wyungare.

Dirigieron la mirada al gigantesco monolito de arenisca rojiza.

—Es la mayor roca del mundo –dijo Cordelia–. Cuatrocientos metros hasta la parte superior y muchos kilómetros de ancho.

—Es el lugar de la magia.

—Las marcas a un lado –dijo ella–, parecen la sección transversal de un cerebro.

—Sólo para ti. Para mí son las marcas en el pecho de un guerrero.

Cordelia miró a su alrededor.

—Debería haber cientos de turistas aquí.

—En el mundo de las sombras los hay. Aquí serían alimento para Murga-muggai.

Cordelia no podía creerlo.

—¿Ella come gente?

—Se come a cualquiera.

—Dios, odio las arañas –dejó de mirar hacia arriba del acantilado pues sintió un calambre en el cuello–. ¿Tenemos que escalar esto?

—Hay un sendero un poco más amable –y le indicó que debían caminar mucho más, a lo largo de la base de Uluru.

A Cordelia la escarpada masa de la roca le pareció más que asombrosa. Sintió un temor reverencial que las grandes rocas no le despertaban normalmente. Debe ser magia, pensó.

Tras una caminata de veinte minutos Wyungare le dijo:

—Aquí –se agachó. Había otra provisión de armas. Eligió una lanza, un mazo –nullanulla, lo llamó él–, un cuchillo de pedernal, un búmeran.

—Muy práctico –dijo Cordelia.

—Magia –con una tira de cuero Wyungare ató las armas para que formaran un racimo. Se echó al hombro el paquete y señaló la cima de Uluru–. La siguiente parada.

A Cordelia el siguiente tramo del camino no le pareció más fácil que el anterior.

—¿Estás seguro?

Él señaló su bolso de mano y la H & K.

—Deberías dejar eso.

Ella sacudió la cabeza.

—De ninguna manera.

♠

Cordelia se tumbó boca abajo y miró hacia arriba de la rocosa ladera, luego hacia abajo. No debí haber hecho eso, pensó. Puede que fueran tan sólo unos pocos cientos de metros, pero era como inclinarse sobre el hueco de un ascensor vacío. Buscó desesperadamente un asidero. La H & K que cargaba en su mano izquierda no facilitaba las cosas.

—Sólo suéltala –dijo Wyungare, y se estiró para ofrecerle su mano libre.

—Podríamos necesitarla.

—Su poder será leve contra Murga-muggai.

—Correré el riesgo. Cuando se trate de hacer magia, necesitaré toda la ayuda que pueda obtener –estaba sin aliento–. ¿Estás seguro de que éste es el ascenso más sencillo?

—Es el único. En el mundo de las sombras hay una cadena pesada fijada a la roca durante el primer tercio de este viaje, lo cual es una afrenta a Uluru. Los turistas la usan para subir.

—No me molestaría afrentarla un poco –dijo Cordelia–. ¿Cuánto falta?

—Tal vez una hora, tal vez menos. Depende de si Murga-muggai decide arrojar piedras sobre nosotros.

—Oh… ¿Qué tan probable es eso?

—Depende de su estado de ánimo. Ya sabe que venimos.

—Espero que no esté en sus días.

—Los monstruos no sangran –dijo Wyungare con solemnidad.

Alcanzaron la ancha e irregular parte superior de la roca y se sentaron sobre un sitio plano para descansar.

—¿Dónde está ella? –dijo Cordelia.

—Si no la encontramos, ella nos encontrará a nosotros. ¿Tienes prisa?

—No –Cordelia miró en derredor suyo, asustada–. ¿Y los eer-moo-nans?

—Supongo que los mataste a todos en el avión de las sombras. No hay un suministro inagotable de esas criaturas.

Oh, Dios, pensó Cordelia. Exterminé a una especie en extinción. Quería reír.

—¿Recuperaste el aliento?

Cordelia gimió y se puso de pie.

Wyungare ya estaba de pie, su rostro en ángulo hacia el cielo, midiendo la temperatura y el viento. Estaba mucho más frío arriba de la roca de lo que estaba en el suelo del desierto.

—Es un buen día para morir –dijo él.

—Tú también has visto demasiadas películas.

Wyungare sonrió.

Caminaron con cuidado por la totalidad del diámetro de la parte superior de Uluru antes de llegar a un área amplia y plana de cerca de cien metros de ancho. Un acantilado de arenisca caía hacia el desierto unos metros más allá.

—Se ve prometedor –dijo Wyungare. La superficie de arenisca tallada no estaba completamente desnuda. Pedazos de roca del tamaño de balones de futbol estaban desperdigados como granos de arena–. Estamos muy cerca.

—Éste es mi hogar.

La voz parecía venir de todos lados a su alrededor. Las palabras resultaban irritantes, como dos trozos de piedra arenisca frotándose entre sí.

—No es tu hogar –dijo Wyungare–. Uluru es el hogar de todos nosotros.

—Lo has invadido…

Cordelia miró en torno suyo con aprensión y no vio más que rocas y algunos arbustos dispersos.

—…y morirás.

Al otro lado del claro rocoso, una laja de piedra arenisca de unos diez metros de ancho se dio vuelta, chocó contra la superficie de Uluru y se rompió. Pedazos de piedra volaron por el área, y Cordelia retrocedió instintivamente. Wyungare no se movió.

Murga-muggai, la mujer-araña trampera, se impulsaba hacia arriba para salir de su agujero y escarbó hasta que logró emerger a cielo abierto.

Para Cordelia fue como entrar de un súbito salto en sus peores pesadillas. Había arañas grandes en su casa en los pantanos, pero nada de esta magnitud. El cuerpo de Murga-muggai era café oscuro y peludo, del tamaño de un Volkswagen. El cuerpo bulboso se balanceó meciéndose sobre sus ocho patas articuladas. Todos sus miembros estaban cubiertos de mechones de erizado pelo café.

Numerosos ojos rutilantes escrutaron a los intrusos. La boca se abrió por completo, las papilas se movían levemente, un líquido transparente y viscoso goteaba sobre la arenisca. Las mandíbulas se separaron, temblorosas.

—Oh, Dios mío –dijo Cordelia, deseando dar otro paso hacia atrás. Muchos pasos. Deseaba despertar de ese sueño.

Murga-muggai se les acercó, sus patas centelleaban por momentos, como si estuvieran desfasadas en relación a la realidad. Para Cordelia era como ver una animación cuadro por cuadro muy bien realizada.

—Sin importar qué más sea –dijo Wyungare–, Murga-muggai es una criatura de gracia y equilibrio. Es su vanidad –se quitó el paquete de armas que traía colgado y desenrolló la correa de cuero.

—Su carne será un buen almuerzo, primos –les dijo la voz desagradable.

—Usted no es mi prima –dijo Cordelia.

Wyungare levantó el búmeran como si realizara un experimento, entonces lo arrojó con fluidez hacia Murga-muggai. El borde de madera pulida acarició los pelos tiesos de la parte superior del abdomen de la criatura arácnida y suspiró al alejarse hacia el cielo. El arma se dio la vuelta e inició el retorno, pero no tenía suficiente altitud para librar la roca. Cordelia escuchó cómo el búmeran se hacía añicos en la piedra bajo el borde de Uluru.

—Mala suerte –dijo Murga-muggai. Su risa hacía pensar en un aceite pegajoso.

—¿Por qué, prima? –dijo Wyungare–. ¿Por qué haces todo esto?

—Chiquillo tonto –dijo Murga-muggai–, has perdido el contacto con la tradición. Será tu muerte, si no la de nuestra gente. Estás muy equivocado y debo remediar eso.

Al no tener prisa aparente para comer, cubrió lentamente la distancia entre ellos. Sus piernas seguían teniendo un efecto estroboscópico. El hecho de verlas mareaba.

—Mi apetito por los europeos es cada vez mayor –dijo–, disfrutaré el variado banquete del día de hoy.

—Sólo tendré una oportunidad –dijo Wyungare en voz baja–. Si no funciona…

—Sí funcionará –dijo Cordelia. Se paró a su lado y tocó su brazo–. *Laissez les bons temps rouler.*

Wyungare le dirigió una mirada.

—Deja que los buenos tiempos lleguen. Era la frase favorita de mi papá.

Pero entonces Murga-muggai dio un gran salto.

La criatura-araña descendió sobre ellos como una sombrilla destrozada por el viento, con algunas de las varillas sueltas y retorcidas.

Wyungare atoró el mango de la lanza en la arenisca inflexible y levantó la punta endurecida al fuego en dirección del vientre del monstruo. Murga-muggai gritó de rabia, anticipando su triunfo.

La punta de la lanza rebotó en una mandíbula y se rompió. El eje flexible de la lanza se dobló al principio pero después se hizo astillas como cuando se rompe una columna vertebral. La gran araña estaba tan cerca que Cordelia pudo ver cómo latía su abdomen. Y percibió un olor acre.

Ahora sí estamos en problemas, pensó.

Tanto ella como Wyungare se movieron rápidamente hacia atrás, en un intento por esquivar las patas y las mandíbulas que los buscaban. El *nullanulla* se deslizó por la arenisca.

Cordelia recogió el cuchillo de obsidiana. De repente fue como si observara todo en cámara lenta. Una de las peludas patas delanteras de Murga-muggai arremetió contra Wyungare. La punta cruzó de lado a lado el pecho del hombre, justo debajo de su corazón. La fuerza del golpe lo lanzó hacia atrás. El cuerpo de Wyungare cayó sobre el claro de piedra, como una de las flácidas muñecas de trapo con las que Cordelia había jugado cuando niña. Y tan desprovisto de vida como ellas.

—¡No! —Cordelia corrió hacia Wyungare, se arrodilló junto a él y buscó el pulso en su garganta. Nada. No respiraba. Sus ojos miraban ciegamente hacia el cielo vacío.

Ella acunó el cuerpo del hombre sólo por un momento, al darse cuenta de que la criatura arácnida los observa pacientemente a veinte metros de distancia.

—Sigues tú, prima imperfecta —las palabras rechinaron de entre sus dientes—. Eres valiente, pero no creo que puedas apoyar la causa de mi gente más que el Wombat —y tan pronto dijo esto, Murga-muggai avanzó.

Cordelia cayó en la cuenta de que todavía sujetaba la pistola. Apuntó la mini H & K hacia la criatura-araña y jaló del gatillo. Nada sucedió. Puso el seguro y luego lo quitó. Jaló del gatillo. Nada. Demonios. Estaba vacía.

Concéntrate, pensó. Miró a los ojos de Murga-muggai y deseó que la criatura muriera. Aún conservaba el poder dentro de ella. Podía sentirlo. Se esforzó. Pero nada sucedió. Estaba indefensa. Murga-muggai ni siquiera perdió velocidad.

Evidentemente, el nivel reptiliano no tenía nada que enseñarle a las arañas.

La monstruosa araña se apresuró hacia ella como un grácil tren expreso de ocho patas.

Cordelia supo que no quedaba nada por hacer. Excepto lo que más temía.

Se preguntó si la imagen que había llegado a su mente sería la última imagen de su vida, antes de perder el conocimiento: una antigua tira cómica que mostraba a Fay Wray en el puño de King Kong, a un costado del Empire State. Un hombre en un biplano le gritaba:

—¡Hazle una zancadilla, Fay! ¡Hazle una zancadilla!

Cordelia reunió toda la fuerza que le quedaba y arrojó la H & K vacía contra la cabeza de Murga-muggai. El arma golpeó uno de sus ojos y el monstruo se retiró un poco. Entonces Cordelia saltó hacia el frente, envolviendo sus brazos y piernas en una de las patas delanteras que se movían como pistones.

El monstruo trastabilló, trató de recuperarse, pero Cordelia clavó el cuchillo de pedernal en la articulación de la pierna. La extremidad se dobló y el impulso de la araña se hizo cargo del resto. La criatura arácnida era una bola de patas que se agitaban frenéticamente y rodó con Cordelia aferrada a una de sus peludas extremidades.

La mujer tuvo una visión caótica del suelo del desierto que se aproximaba cada vez más, justo debajo de ella. Esperó hasta el último instante; entonces se soltó y buscó sujetarse a una saliente.

Murga-muggai salió expulsada hacia el espacio abierto. Cordelia tuvo la impresión de que el monstruo se detenía en el aire por un instante, como el coyote en las caricaturas del Correcaminos, hasta que por fin cayó en picada.

Cordelia miró cómo se empequeñecía la cosa que luchaba y se agitaba. Se escuchó un chillido, similar al ruido que hacen las uñas contra un pizarrón.

Finalmente todo lo que pudo ver fue una mancha negra que yacía al pie de Uluru. Podía imaginar perfectamente los restos destrozados y las patas estiradas.

—¡Te lo merecías! –dijo en voz alta–. Perra.

¡Wyungare! Se volvió y cojeó de regreso hasta su cuerpo.

Todavía estaba muerto.

Por un momento Cordelia se permitió el lujo de derramar lágrimas de rabia. Entonces se dio cuenta de que tenía su propia magia. El pensamiento llegó como una revelación.

—Sólo ha pasado un minuto –dijo, como si rezara–. No más. No ha sido mucho. Sólo un minuto.

Se inclinó hacia Wyungare y se concentró. Sintió cómo el poder fluía de su mente y bajaba flotando hacia el hombre, cubriendo su piel cada vez más fría. En el pasado ella sólo había intentado apagar los sistemas nerviosos autónomos. Nunca había intentado poner en marcha uno.

Las palabras de Jack parecían hacer eco desde trece mil kilómetros de distancia:

—También puedes usar tu poder para dar vida.

La energía fluyó.

Hubo un latido muy leve.

Un aliento muy débil.

Otro más.

Wyungare empezó a respirar.

Gimió.

Gracias a Dios, pensó Cordelia. Miró a su alrededor tímidamente, examinó la parte superior de Uluru.

Wyungare abrió los ojos.

—Gracias –dijo con voz débil pero clara.

◆

El disturbio se alejó de ellos. Los mazos de la policía abanicaban el aire, en busca de un blanco. Y acertaron en la cabeza de más de un aborigen.

—Demonios –dijo Wyungare–. Pensarías que es la maldita Queens-
land –sólo la presencia de Cordelia evitaba que se uniera a la refriega.

Cordelia retrocedió contra la pared del callejón.

—¿Me trajiste de regreso a Alice?

Wyungare asintió.

—¿Es la misma noche?

—Todas las distancias *son* diferentes en el Tiempo de los Sueños
–dijo Wyungare–. Tanto en tiempo como en espacio.

—Estoy agradecida –el sonido de gritos airados, alaridos y sirenas
era ensordecedor.

—¿Ahora qué? –dijo el joven.

—Una noche de sueño. En la mañana rentaré un Land-Rover. Entonces conduciré hasta Madhi Gap –meditó una pregunta–. ¿Te
quedarás conmigo?

—¿Esta noche? –Wyungare titubeó también–. Sí, me quedaré contigo. No eres tan mala como el predicador del cielo, pero debo con-
vencerte de abandonar lo que quieres hacer con la estación satelital.

Cordelia por fin empezó a relajarse.

—Por supuesto –dijo Wyungare, mirando a su alrededor–, tendrás
que meterme a hurtadillas a tu habitación.

Cordelia sacudió la cabeza. Es como si hubiera vuelto a la prepa-
ratoria, pensó. Puso su brazo alrededor del hombre a su lado.

Había tantas cosas que necesitaba decirle a la gente. El camino
hacia el sur que llevaba a Madhi Gap se extendía frente a ellos. Todavía no había decidido si iba a llamar primero a Nueva York.

—Hay una cosa –dijo Wyungare.

Cordelia lo miró con un aire inquisitivo.

—Siempre ha sido la costumbre –dijo lentamente– que los hombres europeos usen a sus amantes aborígenes y luego las abandonen.

Cordelia lo miró a los ojos.

—Yo no soy un hombre europeo –dijo ella.

Wyungare sonrió.

Del *Diario de Xavier Desmond*

♣ ♦ ♠ ♥

14 de marzo, Hong Kong

M E HE SENTIDO MEJOR ÚLTIMAMENTE, ME ALEGRA decirlo. Quizá se deba a nuestra breve estancia en Australia y Nueva Zelanda. Acercándose a los talones de Singapur y Yakarta, Sídney fue casi como estar en casa, y me sentí extrañamente cautivado por Auckland y la relativa prosperidad y limpieza de su pequeño Jokertown de juguete. Si no tomamos en cuenta la molesta tendencia de referirse a sí mismos como «los feos», un término aún más ofensivo que «joker», mis hermanos kiwis parecen vivir tan decentemente como cualquier joker de otras naciones. Incluso pude comprar una copia de la semana pasada de *Jokertown Cry* en mi hotel. Me hizo bien leer las noticias de casa, aun cuando demasiados titulares parecen referirse a una guerra de bandas que se libra en nuestras calles.

Hong Kong también tiene su Jokertown, tan implacablemente mercantil como el resto de la ciudad. Entiendo que la China continental bota a la mayoría de sus jokers aquí, en la Colonia de la Corona. De hecho, una delegación de los principales comerciantes jokers nos invitó a Chrysalis y a mí a almorzar con ellos mañana para discutir «posibles lazos comerciales entre los jokers de Hong Kong y la ciudad de Nueva York». Tengo muchas ganas de ir.

Francamente será bueno alejarme de mis compañeros delegados por algunas horas. El ambiente a bordo del *Carta Marcada* es irritable en el mejor de los casos, sobre todo gracias a Thomas Downs y a sus instintos periodísticos superdesarrollados.

Nuestro correo nos alcanzó en Christchurch, justo cuando despegábamos hacia Hong Kong, y el paquete incluía copias adelantadas del último ejemplar de ¡Ases! Digger fue de un extremo a otro de los pasillos después de que despegamos, distribuyendo copias de cortesía como es su costumbre. Debió leerlas primero. Él y su execrable revista alcanzaron nuevas profundidades esta vez, me temo.

El ejemplar muestra el embarazo de Peregrine como noticia de primera plana. Me divirtió notar que la revista obviamente siente que el bebé de Peri es la gran noticia del viaje, ya que le dedicaron dos veces el espacio que le han dado a las historias anteriores de Digger, aun el horrendo incidente en Siria, aunque quizás eso era sólo para justificar la exhibición de fotografías en papel brillante de Peregrine en el pasado y presente, mostrando gran variedad de ropa y niveles de desnudez.

Los rumores sobre su embarazo empezaron en la India y fueron confirmados oficialmente mientras estábamos en Tailandia, por lo que Digger difícilmente podría ser culpado por revelar esa historia. Es exactamente el tipo de material del que se alimenta ¡Ases!... Por desgracia para su propia salud y nuestro sentido de camaradería a bordo del *Carta Marcada*, Digger no estuvo de acuerdo con Peri en que su «estado delicado» era un asunto privado. Digger, digámoslo así, cavó demasiado hondo.

La portada pregunta: «¿Quién es el padre del bebé?». En las páginas interiores la revista abre con una doble página adornada por una ilustración que muestra a Peregrine sosteniendo a un bebé en brazos, con el ligero detalle de que el niño es una silueta negra con un signo de interrogación en lugar del rostro. El subtítulo indica: «El papá es un as, afirma Tachyon», y a esto le sigue un encabezado aún más grande, en anaranjado, que afirma: «Sus amigos le ruegan que aborte a un monstruoso bebé joker». Los chismes reportan que Digger atiborró a Tachyon con brandy mientras los dos inspeccionaban el lado más obsceno de la vida nocturna de Singapur, y se las arregló para obtener algunas indiscreciones de primera. No consiguió el nombre del padre del bebé de Peregrine, pero una vez que estuvo lo suficientemente ebrio, Tachyon no mostró reticencia alguna en expresar todas las razones por las que cree que Peregrine debería abortar a este niño, la principal de las cuales es el nueve por ciento de probabilidades de que el niño sea un joker.

Confieso que leer la historia me llenó de ira y me alegré doblemente de que el doctor Tachyon no fuera mi médico personal. En momentos como éste me pregunto a mí mismo cómo es que Tachyon pretende ser mi amigo, o amigo de cualquier joker. *In vino veritas,* como reza el refrán. Los comentarios de Tachyon dejan bastante claro que para él el aborto es la única opción para cualquier mujer en la situación de Peregrine. Los taquisianos aborrecen la deformidad y habitualmente «sacrifican» (¡qué palabra tan refinada!) a sus propios hijos deformes (muy pocos en número, ya que no han sido aún bendecidos con el virus que tan generosamente decidieron compartir con la Tierra) poco después del nacimiento. Llámenme hipersensible si así lo desean, pero la clara implicación de las palabras de Tachyon es que es preferible la muerte a ser un joker, y que sería mejor que este niño nunca viva a que sufra la vida de un joker.

Cuando dejé a un lado la revista estaba tan furioso que hubiera sido incapaz de hablar con Tachyon en persona de manera racional, así que me levanté y me dirigí hacia atrás, al compartimento de prensa, para decirle a Downs lo que pensaba. Al menos quería señalar con bastante firmeza que era gramaticalmente aceptable omitir el adjetivo «monstruoso» antes de la frase «bebé joker», aunque claramente los editores en ¡*Ases!* sienten que es obligatorio.

Sin embargo, Digger me vio dirigirme hacia él y me alcanzó a medio camino. Me las arreglé para elevar su conciencia al menos lo suficiente para que comprendiera lo molesto que estaba, porque me ofreció excusas de inmediato.

—Ey, yo sólo escribí el artículo –empezó–. Ellos hacen los titulares en Nueva York, eso y el arte, yo no tengo ningún control sobre eso. Mire, Des, la próxima vez les diré…

No pudo terminar la frase, porque justo entonces Josh McCoy se paró detrás de él y le dio un golpecito en el hombro con una copia enrollada de ¡*Ases!* Cuando Downs se dio la vuelta, McCoy lo golpeó. El primer golpe rompió la nariz de Digger con un sonido escalofriante. McCoy procedió a reventarle los labios a Digger y a aflojarle algunos dientes. Sujeté a McCoy con mis brazos y enrollé mi trompa alrededor de su cuello para mantenerlo inmóvil, pero la rabia le confería una fuerza demencial y me hizo a un lado con facilidad. Nunca he sido muy fuerte y en mi estado actual me temo que soy lastimosamente débil. Afortunadamente Billy Ray llegó a tiempo para separarlos antes de que McCoy pudiera causar daños graves.

Digger pasó el resto del vuelo de nuevo en la parte trasera del avión, drogado con analgésicos. Se las arregló para ofender a Billy Ray también al gotear sangre en la parte delantera de su traje blanco de Carnifex. Billy no es otra cosa que obsesivo con respecto a su apariencia y se la pasó diciendo:

—Esas malditas manchas de sangre no salen.

McCoy fue hacia la parte delantera, donde ayudó a Hiram, Mistral y al señor Jayewardene a consolar a Peri, quien estaba considerablemente alterada por el reportaje. Mientras McCoy atacaba a Digger en la parte trasera del avión, ella atacaba verbalmente a Tachyon en la parte delantera. Su confrontación fue menos física pero igualmente dramática, según me cuenta Howard. Tachyon se disculpó una y otra vez, pero sus disculpas no lograron calmar la furia de Peregrine. Howard dice que por fortuna sus garras habían sido empacadas por seguridad con el resto de su equipaje.

Tachyon terminó el vuelo a solas, en la sala de primera clase, con una botella de Rémy Martin y la mirada triste de un cachorrito que acabara de orinar sobre una alfombra persa. Si yo hubiera sido un hombre más cruel, habría subido a presentarle mis propias quejas, pero descubrí que no tenía corazón para hacerlo. Eso me parece muy curioso, pero hay algo en el doctor Tachyon que dificulta el permanecer enojado con él por mucho tiempo, sin importar cuán insensible e indignante haya sido su comportamiento.

No importa. Espero con ansias esta parte del viaje. Desde Hong Kong viajaremos al continente, a Cantón, Shanghái, Pekín y otras paradas igualmente exóticas. Planeo caminar por la Gran Muralla y ver la Ciudad Prohibida. Durante la Segunda Guerra Mundial yo serví en la Marina con la esperanza de ver el mundo, y el Lejano Oriente siempre tuvo un especial encanto para mí, pero fui asignado a un escritorio en Bayonne, Nueva Jersey. Mary y yo íbamos a compensar eso después, cuando el bebé fuera un poco mayor y tuviéramos un poco más de seguridad financiera.

Bueno, hicimos nuestros planes, y mientras tanto los taquisianos hicieron los suyos.

Con el paso de los años, China pasó a representar todas las cosas que nunca hice, todos los sitios lejanos que deseaba visitar y nunca pude, mi propia y personal historia sobre Jolson. Y ahora se acerca a mi horizonte, por fin. Es suficiente para hacerle creer a uno que el final está verdaderamente cerca.

Hora cero

por Lewis Shiner

L A TIENDA TENÍA UNA PIRÁMIDE DE TELEVISORES EN EL APARADOR, todos sintonizados en el mismo canal. Primero mostraron el aterrizaje de un 747 en el Aeropuerto de Narita, para después alejar la imagen a fin de mostrar a un locutor en pantalla. Entonces la escena del aeropuerto fue sustituida por un gráfico que mostraba una caricatura de Tachyon, el dibujo de un avión y su nombre, en inglés: *Carta Marcada*.

Fortunato se detuvo frente a la tienda. Estaba oscureciendo, y a su alrededor los ideogramas de neón de Ginza brillaron al cobrar vida roja, azul y amarilla. No podía escuchar nada a través del cristal, así que miró con impotencia mientras la pantalla mostraba rápidamente fotografías de Hartmann, Chrysalis y Jack Braun.

Supo que iban a mostrar a Peregrine un segundo antes de que apareciera en la pantalla, los labios ligeramente entreabiertos, sus ojos mirando a lo lejos, el viento en su cabello. No necesitaba poderes del wild card para predecir eso. Aun si todavía los tuviera. Sabía que la mostrarían porque eso era lo que él temía. Fortunato miró el reflejo de su propia imagen, débil y fantasmal, sobrepuesta a la de ella.

Compró un *Japanese Times*, el periódico en inglés de mayor circulación en Tokio. «Los ases invaden Japón», decía el titular, y había un suplemento especial con fotografías a color. Las multitudes avanzaban en tropel a su alrededor, en su mayoría hombres, en su mayoría en traje de negocios, en su mayoría en piloto automático. Los que se fijaron en él le dirigieron una mirada sorprendida y desviaron la mirada de nuevo. Vieron su estatura, su delgadez y su aspecto extranjero. Si podían distinguir que era mitad japonés, no les importó; la otra mitad era negro norteamericano, *kokujin*. En Japón, como en tantas otras partes del mundo, mientras más blanca fuese la piel, mejor.

El periódico dijo que los integrantes del tour se hospedarían en el recientemente remodelado Hotel Imperial, a pocas cuadras de distancia de donde estaba Fortunato. Así que la montaña ha venido a Mahoma, se dijo, ya sea que Mahoma lo desee o no.

Era hora de un baño.

Fortunato se inclinó cerca del grifo y se enjabonó todo el cuerpo, luego se enjuagó cuidadosamente con la cubeta de plástico. Meter jabón en el *ofuro* era una de las dos faltas a la etiqueta que los japoneses no estarían dispuestos a tolerar; la otra era usar zapatos sobre las esteras de tatami. Cuando estuvo limpio, Fortunato caminó hacia el borde de la piscina, con la toalla colgando para cubrir sus genitales con la habilidad casual de un auténtico japonés.

Se metió en el agua a 46 grados y se entregó al insoportable placer. Una mezcla de sudor y condensación brotó de su frente de inmediato y corrió por su cara. Sus músculos se relajaron a pesar de sí mismo. A su alrededor los otros hombres en el *ofuro* estaban sentados con los ojos cerrados, ignorándolo.

Se bañaba más o menos a esta hora todos los días. En los seis meses que había pasado en Japón se había convertido en un animal de costumbres, exactamente igual que los millones de japoneses en torno suyo. Se levantaba antes de las nueve de la mañana, una hora que sólo había visto media docena de veces cuando estaba en la ciudad de Nueva York. Pasaba las mañanas meditando o estudiando e iba dos veces por semana a un *shukubo* zen al otro lado de la bahía en la ciudad de Chiba.

Por las tardes era un turista, veía todo, desde los impresionistas franceses en el Bridgestone hasta los grabados en madera del Riccar, caminaba por los jardines imperiales, iba de compras a Ginza, visitaba los santuarios.

Por la noche estaba el *mizu-shōbai*. El comercio del agua.

Así era como llamaban a la enorme economía clandestina del placer: desde la más conservadora de las casas de geishas al más flagrante de los prostíbulos, desde los clubes nocturnos con paredes de espejo a los diminutos bares iluminados por luces rojas, donde, a altas horas de la noche, después de suficiente sake, la anfitriona aceptaba bailar desnuda sobre el mostrador de formica. Era un mundo entero dedicado a la satisfacción del apetito carnal, como nada que Fortunato hubiera visto antes. Hacía que sus actividades en Nueva York, las prostitutas de clase alta que inocentemente había llamado geishas, parecieran insignificantes en comparación con todo esto. A pesar de lo que le había sucedido, a pesar de que aún intentaba abandonar el mundo por completo y encerrarse en un monasterio, no podía mantenerse alejado de esas mujeres: las *jo-san*, las anfitrionas que actuaban a cambio de dinero, al menos para mirarlas y platicar con ellas y después ir a casa a masturbarse en su pequeño cubículo, en caso de que su habilidad de wild card agotada hubiera empezado a regresar, en caso de que el poder tántrico se hubiese acumulado dentro de su chakra Muladhara.

Cuando el agua dejó de provocarle dolor se levantó, se enjabonó, se enjuagó de nuevo y entró por segunda vez al *ofuro*. Era hora, pensó, de tomar una decisión. Podía enfrentar a Peregrine y a los demás en el hotel, o marcharse de la ciudad por completo, quedándose tal vez una semana en el *shukubo* de la ciudad de Chiba para evitar toparse con ellos por accidente.

O, pensó, la tercera opción. Dejar que la suerte decida. Seguir con sus asuntos, y si estaban destinados a encontrarse, ocurriría.

Sucedió cinco días después, justo antes de la puesta de sol del martes por la tarde, y no fue ningún accidente. Estaba platicando con un mesero que conoció en la cocina del Chikuyotei, y había usado la puerta trasera para salir al callejón. Cuando levantó la vista, ella estaba ahí.

—Fortunato –dijo. Mantuvo sus alas rectas detrás de ella. Aun así, casi tocaban las paredes del callejón. Ella llevaba un vestido de un color azul intenso, tejido y ajustado al cuerpo, los hombros descubiertos. Parecía tener unos seis meses de embarazo. Nada de esto se había visto en las noticias.

Había un hombre con ella, de la India o de algún lugar cercano. Tendría unos cincuenta años, era de complexión gruesa y cabello que empezaba a escasear.

—Peregrine –dijo Fortunato. Se veía alterada, cansada, aliviada, todo a la vez. Levantó los brazos y Fortunato fue hacia ella y la abrazó con gran delicadeza. Ella descansó su frente en su hombro por un segundo y luego se apartó.

—Él... él es G. C. Jayewardene –dijo Peregrine. El hombre juntó las palmas de sus manos, con los codos hacia fuera, e inclinó la cabeza–. Me ayudó a encontrarte.

Fortunato se inclinó bruscamente. Cristo, pensó, me estoy volviendo japonés. Lo que sigue es que tartamudee sílabas sin sentido al inicio de cada oración, y que sea incapaz de hablar siquiera.

—¿Cómo supiste...? –dijo.

—Tengo el wild card –Jayewardene se encogió de hombros–, vi este momento hace un mes. Las visiones aparecen espontáneamente. No sé por qué o qué significan. Soy su prisionero.

—Conozco la sensación –dijo Fortunato. Miró a Peregrine de nuevo. Alargó el brazo y puso una mano sobre su estómago. Podía sentir al bebé moviéndose en su interior–. Es mío, ¿no es así?

Ella se mordió el labio y asintió.

—Pero ésa no es la razón por la que estoy aquí. Te habría dejado en paz. Sé que eso es lo que querías. Pero necesitamos tu ayuda.

—¿Qué tipo de ayuda?

—Es a propósito de Hiram –dijo ella–, ha desaparecido.

Peregrine necesitaba sentarse. En Nueva York, Londres o la ciudad de México habría encontrado un parque a una distancia razonable. En Tokio el espacio era demasiado valioso. El departamento de Fortunato estaba a media hora de distancia en tren: era una habitación de cuatro tatamis, de dos metros por cuatro, en un complejo de paredes grises con pasillos estrechos, baños comunales y nada de césped o árboles. Además, sólo un lunático intentaría abordar un tren en hora pico, cuando los empleados del ferrocarril que usan guantes blancos estaban ahí para empujar a la gente dentro de los vagones ya repletos.

Fortunato los llevó a la vuelta de la esquina a un restaurante de sushi tipo cafetería. La decoración consistía en vinil rojo, formica blanca y cromo. El sushi viajaba a lo largo de la sala sobre una banda transportadora que pasaba por todos los reservados.

—Podemos hablar aquí –dijo Fortunato–. Pero yo no probaría la comida. Si quieren comer, los llevaré a otro lugar… pero eso significaría hacer fila.

—No –dijo Peregrine–. Fortunato podía notar que los intensos aromas de vinagre y pescado no le estaban sentando bien a su estómago–. Está bien.

Ya se habían preguntado mutuamente cómo habían estado, mientras caminaban hacia este lugar, y ambos habían sido amables y vagos al responder. Peregrine le había platicado acerca del bebé. Era saludable y normal, hasta donde había podido averiguar.

Fortunato le dirigió a Jayewardene algunas preguntas corteses y se concentraron en hablar de la situación.

—Dejó esta carta –dijo Peregrine. Fortunato la miró. La escritura parecía irregular, diferente a la caligrafía habitualmente compulsiva de Hiram. Decía que dejaba el tour por «motivos personales». Les aseguraba a todos que gozaba de buena salud. Esperaba reunirse con ellos después. Si no era así, los vería en Nueva York.

—Sabemos dónde está –dijo Peregrine–. Tachyon lo encontró, telepáticamente, y se aseguró de que no estuviera herido. Pero se niega a entrar al cerebro de Hiram para descubrir lo que pasa. Dice que no tiene el derecho. No permite que ninguno de nosotros hable con Hiram, tampoco. Dice que si alguien desea abandonar el tour no es asunto de nuestra incumbencia. Tal vez tenga razón. Sé que si yo intentara hablarle, no funcionaría.

—¿Por qué no? Ustedes dos siempre se han llevado bien.

—Él es diferente ahora. No ha sido el mismo desde diciembre. Es como si un médico brujo le hubiera puesto una maldición mientras estábamos en el Caribe.

—¿Sucedió algo específico que lo alterara?

—Algo sucedió, pero no sabemos qué. Estábamos comiendo en el Palace el domingo con el primer ministro Nakasone y todos los demás oficiales. De repente entró un hombre con un traje barato. Entró caminando y le entregó a Hiram una hoja de papel. Hiram palideció y no nos dijo nada al respecto. Esa tarde regresó solo al hotel. Dijo que no se sentía bien. Debe haber sido cuando empacó y se marchó, porque el domingo por la noche ya no estaba ahí.

—¿Recuerdas algo más acerca del hombre del traje?

—Tenía un tatuaje. Salía por debajo de su camisa y bajaba por su muñeca. Sólo Dios sabe qué tanto subía por su brazo. Era de colores muy vivos, todos esos verdes, rojos y azules.

—Probablemente cubría todo su cuerpo –dijo Fortunato. Se frotó las sienes, donde se había instalado su dolor de cabeza habitual–. Era yakuza.

—Yakuza… –repitió Jayewardene.

Peregrine miró primero a Fortunato, luego a Jayewardene y de nuevo a Fortunato.

—¿Eso es malo?

—Muy malo –dijo Jayewardene–. Hasta yo lo reconozco. Son gángsters.

—Como la mafia –dijo Fortunato–. Sólo que no tan centralizados. Cada familia, o clan, trabaja por su cuenta. Hay algo así como dos mil quinientos clanes distintos en Japón, cada uno con su propio *oyabun*. El *oyabun* vendría a ser el Don, el Padrino, «el que hace el papel del padre». Si Hiram tiene problemas con los *yak*, es posible que ni siquiera podamos descubrir cuál de todos los clanes anda tras él.

Peregrine extrajo otra hoja de su bolsa.

—Ésta es la dirección del hotel de Hiram. Yo… le dije a Tachyon que no iría a verlo. Le dije que alguien debería tenerla en caso de emergencia. Entonces el señor Jayewardene me contó su visión.

Fortunato puso su mano sobre el papel pero no lo miró.

—Ya no tengo poderes –dijo–. Usé todo lo que tenía al pelear con el Astrónomo, y no me queda nada.

Había sido en septiembre, en el Día Wild Card en Nueva York. El cuadragésimo aniversario del gran error de Jetboy, cuando las esporas cayeron sobre la ciudad y miles de personas murieron, Jetboy entre ellos. Fue el día que el Astrónomo eligió para vengarse de los ases que habían acosado y destruido su sociedad secreta de masones egipcios. Él y Fortunato habían luchado con bolas de fuego ardiente sobre el East River. Fortunato ganó, pero le costó todo.

Ésa había sido la noche en que hizo el amor con Peregrine por primera y última vez. La noche en que su hijo fue concebido.

—No importa –dijo Peregrine–. Hiram te respeta. Te escuchará.

De hecho, pensó Fortunato, me teme y me culpa por la muerte de una mujer que amaba. Una mujer que Fortunato usó como peón contra el Astrónomo, y había perdido. Una mujer que Fortunato había amado también. Hacía años.

Pero si se alejaba ahora nunca vería a Peregrine de nuevo. Había sido bastante duro permanecer lejos de ella, sabiendo que estaba tan cerca. Tan difícil como levantarse y alejarse de ella cuando estaba justo allí, delante de él, tan alta y poderosa y rebosante de emociones. El hecho de que ella llevara a su hijo en su vientre lo hacía aún más difícil, era una cuestión que debía considerar.

—Lo intentaré –dijo Fortunato–. Haré lo que pueda.

La habitación de Hiram estaba en el Akasaka Shanpia, un hotel de negocios cerca de la estación del tren. Con excepción de los estrechos pasillos y los zapatos en el exterior de las puertas, podría ser cualquier hotel de precio regular en Estados Unidos. Fortunato llamó a la puerta de Hiram. Hubo un momento de silencio, como si todos los sonidos en el interior de la habitación se hubieran detenido repentinamente.

—Sé que estás ahí –dijo Fortunato, fanfarroneando–. Soy Fortunato, amigo. No te afectará en nada dejarme entrar –tras un par de segundos la puerta se abrió.

Hiram había convertido el sitio en un chiquero. Había ropa y toallas por todo el piso, platos de comida seca y vasos sucios, montones de periódicos y revistas. Olía ligeramente a acetona y a una mezcla de sudor con bebidas alcohólicas viejas.

Hiram había perdido peso. Su ropa colgaba a su alrededor como si todavía estuviera colgada en ganchos. Tras dejar entrar a Fortunato, caminó de regreso a la cama sin decir nada. Fortunato cerró la puerta, dejó caer una camisa sucia que estaba sobre una silla y se sentó.

—Así que –dijo Hiram– me descubrieron.

—Están preocupados. Creen que podrías estar en problemas.

—No es nada. No hay motivo alguno por el cual deban preocuparse. ¿No recibieron mi nota?

—No intentes engañarme, Hiram. Te metiste en problemas con la yakuza. Ésa no es el tipo de gente con quien te puedas arriesgar. Cuéntame lo que sucedió.

Hiram lo miró fijamente.

—Si no te lo digo me sacarás la verdad, ¿cierto? –Fortunato se encogió de hombros, fanfarroneando de nuevo.

— Sí. Así es. Sólo quiero ayudarte –dijo Fortunato.

—Bueno, tu ayuda no es requerida. Es sólo un pequeño asunto de dinero. Nada más.

—¿Cuánto dinero?

—Algunos miles.

—Dólares, por supuesto –mil yenes valían un poco más de cinco dólares norteamericanos–. ¿Cómo sucedió? ¿Apostando?

—Mira, todo esto es muy embarazoso. Preferiría no hablar de ello, ¿está bien?

—Le estás diciendo esto a un hombre que fue un proxeneta durante treinta años. ¿Crees que te voy a criticar? ¿Que puede sorprenderme lo que hayas hecho?

Hiram respiró profundamente.

—No, creo que no.

—Cuéntame.

—El sábado por la noche, ya muy tarde, daba un paseo por la calle Roppongi…

—¿Tú solo?

—Sí –se avergonzó de nuevo–. Había oído muchas historias sobre las mujeres japonesas. Sólo quería… sentir la tentación, ¿sabes? El misterioso Oriente. Ver a las mujeres que supuestamente pueden hacer realidad tus sueños más locos. Estoy muy lejos de casa. Yo sólo… quería ver.

No era muy distinto de lo que Fortunato había estado haciendo los últimos seis meses.

—Entiendo.

—Vi un letrero que decía: «Anfitrionas de habla inglesa». Entré y había un largo pasillo. Debo haberme pasado del lugar que anunciaba el letrero. Recorrí un largo tramo hacia el interior del edificio.

Había una especie de puerta acolchada al final, sin letreros ni nada. Cuando entré, tomaron mi abrigo y se lo llevaron. Nadie hablaba inglés. Entonces estas chicas más o menos me arrastraron hasta una mesa e hicieron que les comprara bebidas. Había tres de ellas. Yo me tomé una o dos bebidas. Más de una o dos. Era una especie de reto. Usaban lenguaje de señas, me enseñaron algo de japonés. Dios. Eran tan hermosas. Tan... delicadas, ¿sabes? Pero con enormes ojos oscuros que te miraban y después se escabullían. Un poco tímidas y un poco... no lo sé... desafiantes. Dijeron que nadie había tomado nunca diez jarras de sake ahí antes. Como si nadie hubiera sido lo suficientemente hombre. Así que lo hice. Para entonces me habían convencido de que las tendría a las tres como recompensa.

Hiram empezó a sudar. Las gotas corrían por su cara y él las secó con el puño de una camisa de seda manchada.

—Yo estaba... muy excitado, digamos. Y ebrio. Continuaron coqueteando y tocándome en el brazo, ligeras como mariposas que aterrizaban sobre mi piel. Sugerí que fuéramos a otro lado, pero siguieron dándome largas. Ordenaron más bebidas. Y entonces simplemente perdí el control.

Miró a Fortunato.

—No he sido... yo mismo últimamente. Algo simplemente se apoderó de mí en ese bar. Creo que sujeté a una de las chicas... E intenté quitarle el vestido. Ella gritó y las tres huyeron. Entonces el portero me llevó a empujones a la puerta, mientras agitaba la cuenta frente a mi cara: cincuenta mil yenes. Aun estando borracho supe que algo estaba mal. Señaló mi abrigo y luego un número. Entonces las jarras de sake y más números. Entonces a las chicas y más números. Creo que eso es realmente lo que me afectó. Pagar tanto dinero sólo para que te coqueteen.

—Eran las chicas equivocadas –dijo Fortunato–. Por Dios, hay un millón de mujeres a la venta en esta ciudad. Todo lo que tienes que hacer es preguntarle a un taxista.

—Está bien, está bien. Cometí un error. Pudo pasarle a cualquiera. Pero llegaron demasiado lejos.

—Así que te fuiste.

—Me fui. Trataron de perseguirme y los pegué al piso. De alguna manera regresé al hotel. Me llevó siglos encontrar un taxi.

—Está bien –dijo Fortunato–. ¿Exactamente dónde estaba este lugar? ¿Podrías encontrarlo de nuevo?

Hiram sacudió la cabeza.

—Lo intenté. Me he pasado dos días buscándolo.

—¿Y del letrero? ¿Recuerdas algo al respecto? ¿Podrías dibujar alguno de los caracteres?

—¿Quieres decir en japonés? Por supuesto que no.

—Debe haber algo que te ayude a localizar ese sitio.

Hiram cerró los ojos.

—De acuerdo. Tal vez vi el dibujo de un pato. De perfil. Parecía un señuelo, de los que usamos en casa. El perfil de un pato.

—Está bien. Y me dijiste todo lo que sucedió en el club.

—Todo.

—Y un día después el *kobun* te encontró en la comida.

—¿El *kobun*?

—El soldado de la yakuza.

Hiram se sonrojó de nuevo.

—Simplemente entró caminando. No sé cómo esquivó a los de seguridad. Se paró del otro lado de la mesa donde yo estaba sentado. Se inclinó desde la cintura con las piernas separadas; su mano derecha estaba extendida así, con la palma hacia arriba. Se presentó, pero yo estaba tan asustado que no pude recordar el nombre. Entonces me entregó una nota con la cuenta: doscientos cincuenta mil yenes. Había una nota en inglés en la parte inferior. Decía que la cantidad se duplicaría cada día a la medianoche hasta que la pagara.

Fortunato hizo cálculos mentales. En dinero norteamericano la deuda se acercaba ahora a los siete mil dólares.

Hiram dijo:

—Si no está liquidada para el jueves, dijeron…

—¿Qué?

—Dijeron que ni siquiera alcanzaría a ver al hombre que me mató.

Fortunato llamó a Peregrine desde un teléfono público, marcado en color rojo para llamadas locales únicamente. Introdujo un puñado de monedas de diez yenes para evitar que el sistema pitara cada tres minutos.

—Lo encontré –dijo Fortunato–. No me contó gran cosa.

—¿Está bien? –Peregrine sonaba somnolienta. Era bastante sencillo para Fortunato imaginarla echada sobre la cama, cubierta tan sólo por una delgada sábana blanca. No le quedaban poderes. No podía detener el tiempo, proyectar su cuerpo astral, arrojar rayos de *prana* o moverse dentro de los pensamientos de las personas. Pero sus sentidos todavía eran agudos, más agudos de como fueron antes del virus, y podía recordar el aroma de su perfume y su cabello y su deseo como si todo eso estuviera en torno suyo.

—Está nervioso y perdiendo peso. Pero no le ha pasado nada todavía.

—¿Todavía?

—La yakuza quiere su dinero. Algunos miles. Es básicamente un malentendido. Intenté convencerlo de dar marcha atrás, pero no está dispuesto. Es una cuestión de orgullo... pero escogió el país incorrecto para esto. Cada año miles de personas mueren aquí por cuestiones de orgullo.

—¿Crees que llegue a eso?

—Sí. Me ofrecí a pagar el dinero en su lugar, pero se negó. Lo haría a sus espaldas, pero no puedo descubrir qué clan está tras él. Lo que me preocupa es que parece que lo están amenazando con enviarle algún tipo de asesino invisible.

—¿Te refieres a algo así como un as?

—Tal vez. En todo el tiempo que he estado aquí sólo he oído sobre un as real confirmado, un *rōshi* zen en el norte, en la isla Hokkaido. Por un lado, creo que las esporas ya se habían asentado bastante antes de que pudieran llegar hasta aquí. Y aun si algunas lo hicieron, puede que nunca oigas nada al respecto. Estamos hablando de una cultura que convierte la modestia en una religión. Nadie quiere sobresalir. Así que si nos enfrentamos a algún tipo de as, es posible que nadie haya oído hablar de él.

—¿Hay algo que pueda hacer?

No estaba seguro de lo que ella le estaba ofreciendo y no quería pensar demasiado al respecto.

—No –dijo–, por ahora no.

—¿Dónde estás?

—En un teléfono público, en el distrito Roppongi. El club donde Hiram se metió en problemas debe estar cerca de aquí.

—Es sólo que… en realidad no tuvimos oportunidad de platicar. Con Jayewardene ahí y todo.

—Lo sé.

—Fui a buscarte después del Día Wild Card. Tu madre dijo que ibas a ir a un monasterio.

—Iba a hacerlo. Después, cuando llegué aquí, oí sobre ese monje, el de Hokkaido.

—¿El as?

—Sí. Su nombre es Dogen. Puede crear bloqueos mentales, un poco como lo que podía hacer el Astrónomo, pero no tan drástico. Puede hacer que la gente olvide cosas o quitarles habilidades mundanas que podrían interferir con su meditación o…

—O quitarle a alguien su poder de wild card. El tuyo, por ejemplo.

—Por ejemplo.

—¿Lo viste?

—Dijo que me aceptaría. Pero solamente si renunciaba a mi poder.

—Pero tú dijiste que tu poder había desaparecido…

—Hasta ahora. Pero no me ha dado la oportunidad de regresar. Y si entro en el monasterio, podría ser algo permanente. Algunas veces el bloqueo desparece y él tiene que renovarlo. Algunas veces no desaparece en absoluto.

—Y tú no sabes si quieres llegar tan lejos.

—Sí quiero. Pero todavía me siento… responsable. Como si el poder no fuera completamente *mío*, ¿comprendes?

—Más o menos. Yo nunca quise renunciar al mío. No como tú o Jayewardene.

—¿Él quiere hacerlo?

—Todo indica que sí.

—Quizá cuando todo esto haya terminado –dijo Fortunato–, él y yo podamos ir a ver a Dogen juntos –el tráfico se estaba intensificando a su alrededor, los autobuses diurnos y las camionetas de reparto habían dado paso a automóviles caros y taxis–. Tengo que irme –dijo.

—Prométeme –dijo Peregrine–, prométeme que serás cuidadoso.

—Sí –dijo él–, sí, lo prometo.

◆

El distrito Roppongi estaba alrededor de tres kilómetros al suroeste de Ginza. Era la única parte de Tokio donde los clubes permanecían abiertos después de la medianoche. Últimamente estaba infestado de negocios *gaijin;* discos, bares y cantinas con anfitrionas occidentales.

Le había llevado un largo tiempo a Fortunato acostumbrarse a que las cosas cerraran temprano. Los últimos trenes salían del centro de la ciudad a medianoche, y había caminado al Roppongi más de una vez durante sus primeras semanas en Tokio, buscando todavía alguna huidiza satisfacción, reacio a conformarse con sexo o alcohol, sin estar preparado para arriesgar el salvaje castigo japonés si era atrapado con drogas. Finalmente se había rendido. La visión de tantos turistas, el alto, incesante ruido de sus idiomas, el estruendo predecible de su música, no valían los pocos placeres que los clubes tenían para ofrecer.

Probó en tres sitios y en ninguno recordaron a Hiram o reconocieron el letrero del pato. Entonces fue al Berni Inn del norte, uno de los dos en el distrito. Era un bar inglés como debe ser, con cerveza Guinness, pastel de riñones y recubierto de terciopelo rojo. Aproximadamente la mitad de las mesas estaban llenas, ya fuera por grupos de dos o tres turistas extranjeros, o por grandes reuniones de empresarios japoneses.

Fortunato avanzó con calma, para observar la dinámica en una de las mesas japonesas. Los gastos de representación mantenían vivo el comercio del agua. Permanecer fuera toda la noche con los chicos de la oficina era tan sólo parte del trabajo. El más joven y menos seguro de sí mismo entre ellos platicaba en voz más alta y reía con más fuerza. Aquí, con la excusa del alcohol, era el único momento en que la presión desaparecía, había la oportunidad de cometer errores y salir bien librados. Los hombres mayores sonreían con indulgencia. Fortunato sabía que aun si él pudiera leer sus pensamientos no habría mucho que ver ahí. El perfecto hombre de negocios japonés podía esconder sus pensamientos aun de sí mismo, podía ocultarse de manera tan absoluta que nadie sabría siquiera que se encontraba ahí.

El barman era japonés y probablemente nuevo en el empleo. Miró a Fortunato con una mezcla de horror y asombro. Los japoneses se educaban con la idea de que los *gaijin* eran una raza de gigantes. Fortunato, de uno ochenta metros de alto, delgado, con los hombros encorvados hacia delante como los de un buitre, era una pesadilla infantil ambulante.

—¿Genki desu-ne? —preguntó Fortunato cortésmente, con una ligera inclinación de cabeza—. Estoy buscando un club nocturno —continuó en japonés—. Tiene un letrero como éste —dibujó un pato en una de las servilletas rojas del bar y se la mostró al barman. El barman asintió mientras retrocedía, con una sonrisa rígida de temor en el rostro.

Finalmente una de las meseras extranjeras se agachó detrás de la barra y le sonrió a Fortunato:

—Tengo la sensación de que a Tosun no le va a ir bien aquí —su acento procedía del norte de Inglaterra, tenía ojos verdes, su cabello era color café oscuro y lo había sujetado con palillos—. ¿Puedo ayudarle?

—Estoy buscando un club nocturno en algún lugar de por aquí. Tiene un pato en el letrero, como éste. Un lugar pequeño, que no tiene mucho comercio *gaijin*.

La mujer miró la servilleta. Por un segundo adoptó la misma expresión que el barman. Entonces modificó su rostro hasta formar una perfecta sonrisa japonesa, que se veía horrible en sus rasgos europeos. Fortunato supo que no le tenía miedo a él, sino al club.

—No —dijo ella—, lo siento.

—Mira. Sé que la yakuza está involucrada en esto. No soy policía y no estoy buscando problemas. Sólo estoy intentando pagar la deuda de alguien. De un amigo mío. Créeme, ellos quieren verme.

—Lo siento.

—¿Cómo te llamas?

—Megan —la manera en que lo pensó antes de decirlo le indicó a Fortunato que mentía.

—¿De qué parte de Inglaterra eres?

—No soy de ahí en realidad —arrugó la servilleta con indiferencia y la tiró bajo la barra—. Soy de Nepal —le dirigió la misma sonrisa forzada y se alejó.

Había revisado cada bar del distrito, dos veces en la mayoría de ellos. Al menos así le parecía. Hiram podría, por supuesto, haber estado media cuadra más lejos en la dirección equivocada, o Fortunato podría simplemente haber pasado por alto el sitio correcto. A las cuatro de la madrugada estaba demasiado cansado para seguir buscando e incluso para ir a su casa.

Vio un hotel del amor al otro lado de Roppongi Crossing. Las tarifas por hora se anunciaban en las altas paredes sin ventanas junto a la entrada. Después de la medianoche era en realidad una especie de ganga. Fortunato atravesó el oscuro jardín y deslizó su dinero por una ranura ciega en la pared. Entonces una mano deslizó una llave hacia él.

El pasillo estaba lleno de zapatos del diez, pertenecientes a hombres extranjeros, emparejados con diminutas *zōri* o zapatos de tacón alto de las dimensiones de una muñeca. Fortunato encontró su habitación y cerró la puerta tras él. La cama estaba recién hecha, con sábanas de satín rosa. Había espejos y una cámara de video en el techo; la cámara estaba conectada a un televisor de pantalla gigante en la esquina. Para los estándares de un hotel del amor, la habitación era bastante sosa. Algunas ofrecían selvas o islas desiertas, camas en forma de botes, autos o helicópteros, espectáculos de luces y efectos de sonido.

Apagó la luz y se desnudó. A su alrededor, su oído hipersensible detectó grititos y risas estridentes o ahogadas. Dobló la almohada sobre su cabeza y se quedó recostado con los ojos abiertos en la oscuridad.

Tenía cuarenta y siete años de edad. Durante veinte de esos años había vivido dentro de un capullo de poder y nunca notó que estaba envejeciendo. Los últimos seis meses le habían enseñado de lo que se había perdido. El terrible cansancio tras una noche larga como ésta, mañanas en que sus articulaciones dolían tanto que era difícil levantarse. Recuerdos importantes que se desvanecían, trivialidades que lo atormentaban de manera obsesiva. Últimamente sufría de dolores de cabeza, indigestión y calambres musculares. La conciencia de ser un humano, débil y mortal.

Nada era tan adictivo como el poder. La heroína era un vaso de cerveza sin gas en comparación con ello. Algunas noches, al mirar la profusión interminable de hermosas mujeres moviéndose por Ginza o Shinjuku, prácticamente todas ellas a la venta, había llegado a pensar que no podría continuar sin sentir ese poder una vez más. Había platicado consigo mismo como si fuera un alcohólico, se había prometido que esperaría tan sólo un día más. Y de alguna manera había resistido. En parte porque los recuerdos de su última noche en Nueva York, de su batalla final con el Astrónomo, estaban todavía muy frescos, recordándole el dolor que ese poder le había costado. Y además, ya no estaba seguro de que el poder siguiera allí: Kundalini, la gran serpiente, podía estar muerta o sólo dormida.

Esta noche había mirado con impotencia mientras un centenar o más de japoneses le mentían, o hasta se humillaban a sí mismos en lugar de decirle lo que obviamente sabían. Había empezado a verse a sí mismo a través de sus ojos: enorme, torpe, sudoroso, ruidoso e inculto; un patético y bárbaro gigante, una especie de simio de gran tamaño que ni siquiera podría hacerse cargo de las cortesías más elementales.

Un poco de magia tántrica cambiaría todo eso.

Si mañana todavía te sientes así, se dijo, deberías hacerlo, deberías tratar de recuperarlo.

Dicho esto, cerró los ojos y se quedó dormido.

Se despertó con una erección por primera vez en meses. Era el destino, se dijo a sí mismo. El destino el que llevó a Peregrine hacia él, el que lo obligaba a usar su poder de nuevo.

Pero ¿era ésa la verdad? ¿O sólo quería una excusa para hacerle el amor una vez más, escapar de seis meses de frustración sexual?

Se vistió y tomó un taxi al Hotel Imperial. Los integrantes del tour ocupaban un piso entero de la torre de treinta y un niveles, y todo en el interior había sido ampliado para los europeos. Los pasillos y los interiores de los ascensores le parecieron enormes. Para cuando se bajó en el décimo tercer piso sus manos temblaban. Se apoyó en la puerta de Peregrine y llamó suavemente. Unos segundos después llamó de nuevo, esta vez con más fuerza.

Ella abrió la puerta en un camisón suelto de noche que llegaba hasta el piso. Sus plumas estaban desordenadas y apenas podía abrir los ojos. Entonces lo vio.

Ella retiró la cadenilla de la puerta y se hizo a un lado. Él cerró la puerta tras él y la tomó en sus brazos. Podía sentir cómo se movía la diminuta criatura en el vientre de ella mientras la abrazaba. La besó. Parecía que las chispas estallaban a su alrededor, pero podría haber sido sólo la intensidad de su deseo, rompiendo las cadenas que lo habían contenido por tanto tiempo.

Jaló los tirantes de su camisón hacia abajo, en dirección de sus brazos. Su camisón cayó hasta su cintura y reveló sus pechos, los pezones oscuros e hinchados. Tocó uno con su lengua y saboreó su dulzura blanquecina. Ella rodeó la cabeza de él con sus brazos y gimió. Su piel era suave y fragante, como la seda de un kimono antiguo. Ella lo jaló hacia la cama deshecha y él se separó el tiempo suficiente para quitarse la ropa.

Ella se recostó sobre su espalda. El embarazo era la cúspide de su cuerpo, donde todas las curvas terminaban. Fortunato se arrodilló junto a ella y besó su cara, cuello, hombros y senos. Parecía que no podía recuperar el aliento. La volvió de lado, de espaldas a él, y besó la parte baja de su espalda. Luego metió su mano entre las piernas de ella y apretó ahí, sintiendo el calor y la humedad contra su palma, moviendo sus dedos lentamente entre la maraña del vello púbico. Ella se movió lentamente, mientras apretaba una almohada con ambas manos.

Él se acostó a espaldas de ella y la penetró por detrás. La suave carne de sus nalgas hizo presión sobre su estómago y sus ojos se desenfocaron.

—Oh, Dios —dijo él. Se movió con cuidado dentro de ella, su brazo izquierdo por debajo de su cuerpo sujetaba un seno, su mano derecha tocaba ligeramente la curva de su estómago. Ella se movió al mismo ritmo que él, ambos en cámara lenta; la respiración de ella se hizo más fuerte y rápida hasta que gritó y apretó repetidamente las caderas contra él.

En el último momento posible él estiró la mano y bloqueó su eyaculación en el perineo. El fluido caliente se movió de regreso hacia su ingle y las luces parecieron destellar a su alrededor. Se relajó, listo para sentir cómo su cuerpo astral se separaba de su carne.

Pero no sucedió.

Rodeó a Peregrine con sus brazos y se aferró a ella apasionadamente. Hundió la cara en su cuello y dejó que su largo cabello cubriera su cabeza.

Ahora lo sabía. El poder había desaparecido.

Tuvo un solo y brillante momento de pánico, entonces el agotamiento lo condujo al sueño.

Durmió una hora aproximadamente y se despertó con una gran sensación de cansancio. Peregrine estaba sobre su espalda, mirándolo.

—¿Estás bien? –le dijo.

—Sí. Estoy bien.

—No estás brillando.

—No –dijo. Miró sus manos–. No funcionó. Fue maravilloso. Pero el poder no regresó. No hay nada ahí.

Ella se volteó hasta quedar de lado, frente a él.

—Oh, no –ella le acarició la mejilla–. Lo siento.

—Está bien –dijo él–. En verdad. He pasado los últimos seis meses yendo de un lado a el otro, temeroso de que el poder regresara, y luego temeroso de que no lo hiciera. Al menos ahora lo sé –la besó en el cuello–. Escucha. Necesitamos hablar sobre el bebé.

—Podemos hablar. Pero no creas que yo espero algo de ti, ¿te importa? Quiero decir, hay cosas que debí haberte dicho. Hay un tipo en el tour, se llama McCoy. Es el camarógrafo del documental que estamos haciendo. Parece que las cosas podrían volverse más serias entre nosotros. Sabe del bebé y no le molesta.

—Oh –dijo Fortunato–, no lo sabía.

—Tuvimos una gran pelea hace un par de días. Y verte de nuevo… bueno, tú sabes que aquella noche en Nueva York fue muy especial. Eres un excelente tipo. Pero supongo que nunca podría haber algo permanente entre nosotros.

—No –dijo Fortunato–, creo que no.

Su mano se movió por reflejo para acariciar su vientre hinchado, las venas azules delineadas sobre la piel pálida.

—Es extraño. Nunca quise un hijo. Pero ahora que ha pasado, no es como pensé que sería. Es como si en realidad no importara lo que yo quiero: soy responsable. Aun si nunca veo al niño sigo siendo responsable, y siempre lo seré.

—No hagas esto más difícil de lo que debe ser. No me hagas que desee no haber acudido a ti para pedir ayuda.

—No. Sólo quiero saber que van a estar bien. Tanto tú como el bebé.

—El bebé está bien. Aparte del hecho de que ninguno de nosotros tiene un apellido que darle.

Alguien llamó a la puerta. Fortunato se tensó, sintiéndose repentinamente fuera de lugar.

—¿Peri? –dijo la voz de Tachyon–. Peri, ¿estás ahí?

—Un minuto –dijo. Se puso una bata y le pasó a Fortunato sus ropas. Él todavía estaba abotonando su camisa cuando ella abrió la puerta.

Tachyon miró a Peregrine, a la cama deshecha y a Fortunato.

—Tú –dijo. Asintió como si sus peores sospechas se confirmaran–. Peri me dijo que nos estabas… ayudando.

¿Celoso, hombrecito?, pensó Fortunato.

—Así es –dijo.

—Bueno, espero no haber interrumpido –miró a Peregrine–. El autobús para el Santuario Meiji debe partir en quince minutos. Si vas a ir.

Fortunato lo ignoró, se dirigió a Peregrine y la besó con suavidad.

—Te llamaré cuando sepa algo.

—Está bien –ella apretó su mano–. Ten cuidado.

Él pasó por delante de Tachyon y se adentró en el pasillo. Un hombre con trompa de elefante en lugar de nariz estaba esperándolo ahí.

—Des –dijo Fortunato–. Me da gusto verte –lo cual no era del todo cierto. Des se veía terriblemente viejo, las mejillas hundidas, la mayor parte de su volumen había desaparecido. Fortunato se preguntó si sus propios dolores resultaban tan evidentes.

—Fortunato –dijo Des. Se estrecharon las manos–. Ha pasado mucho tiempo.

—No creí que alguna vez dejarías Nueva York.

—Ya me tocaba ver un poco de mundo. La edad tiene su propia manera de alcanzarlo a uno.

—Sí –dijo Fortunato–, así es.

—Bueno –dijo Des–, tengo que tomar el autobús del grupo.

—Claro –dijo Fortunato–, te acompaño.

Hubo un tiempo en que Des había sido uno de sus mejores clientes. Parecía que esos tiempos se habían acabado.

Tachyon los alcanzó en el elevador.

—¿Qué quieres? –dijo Fortunato–. ¿No puedes dejarme en paz?

—Peri me contó lo que pasó con tus poderes. Vine a decirte que lo siento. Sé que me odias, aunque no sé por qué. Supongo que mi manera de vestir, la manera en que me comporto representan algún tipo de amenaza a tu masculinidad. O al menos has elegido verlo así. Pero eso está en tu mente, no en la mía.

Fortunato sacudió la cabeza airadamente.

—Necesito que me escuches un segundo –Tachyon cerró los ojos. El elevador hizo sonar su campanilla y las puertas se abrieron.

—Tu segundo se acabó –dijo Fortunato, pero a pesar de ello no se movió. Entonces Des entró, le dirigió a Fortunato una mirada afligida, y el elevador se cerró de nuevo. Fortunato escuchó cómo los cables crujían tras las puertas con diseños de bambú.

—Tu poder todavía está ahí.

—Mentira.

—Lo estás encerrando en tu interior. Tu mente está llena de conflictos y contradicciones y por eso lo reprime.

—Luchar con el Astrónomo me quitó todo lo que tenía. Quedé vacío. No tengo nada. Fue como usar una batería de auto hasta agotarla: sé que ni siquiera va a arrancar. Se acabó.

—Retomando tu metáfora, ni siquiera una batería cargada puede arrancar cuando la llave de contacto está apagada. Y la llave –Tachyon señaló su frente– está adentro.

Se alejó caminando y Fortunato golpeó el botón del elevador con la palma de su mano.

◆

Llamó a Hiram desde el vestíbulo.

—Ven acá –dijo Hiram–. Te veo afuera.

—¿Qué sucede?

—Tan sólo ven acá.

Fortunato tomó un taxi y encontró a Hiram caminando de un lado para el otro frente a la fachada simple y gris de la Akasaka Shanpia.

—¿Qué pasó?

—Entra y verás –dijo Hiram.

La habitación se había visto mal antes, pero ahora era un desastre. Las paredes estaban salpicadas de crema de afeitar, los cajones de la cómoda habían sido arrojados a la esquina, los espejos estaban destrozados y el colchón estaba hecho trizas.

—Ni siquiera vi cómo sucedió. Estuve ahí todo el tiempo y no lo vi.

—¿De qué estás hablando? ¿Cómo pudiste no verlo?

Los ojos de Hiram estaban frenéticos.

—Fui al baño a eso de las nueve esta mañana por un vaso de agua. Sé que todo estaba bien en ese momento. Regresé aquí, encendí el televisor y lo miré por una media hora. Entonces me pareció que daban un portazo. Levanté la mirada y la habitación estaba como la ves. Y esta nota estaba en mi regazo.

La nota estaba en inglés.

—La hora cero llegará mañana. Puedes morir así de fácil. Zero Man.

—Entonces es un as.

—No sucederá de nuevo –dijo Hiram. Obviamente ni él se lo creía–. Sabré en qué fijarme. No me engañará dos veces.

—No podemos arriesgarnos. Deja todo. Puedes comprar ropa nueva esta tarde. Quiero que estés en la calle y te mantengas en movimiento. Alrededor de las diez entra en el primer hotel que veas y consigue una habitación. Llama a Peregrine y dile dónde estás.

—¿Ella... sabe lo que sucedió?

—No. Sabe que es un problema de dinero. Eso es todo.

—Está bien. Fortunato, yo...

—Olvídalo –dijo Fortunato–. Sólo mantente en movimiento.

♥

La sombra de la higuera de Bengala había guardado un poco de la frescura de la mañana. Más arriba el cielo del color de la leche estaba cubierto de esmog. *Sumoggu*, lo llamaban. Era fácil ver lo que los japoneses pensaban del Occidente por las palabras que tomaban prestadas: *rashawa* era la *rush hour*, la hora pico; *sarariman*, un *salary man*, asalariado o ejecutivo; *toire*, el *toilet*.

Ayudaba estar ahí, en los Jardines Imperiales: un oasis de calma en el corazón de Tokio. El aire era más fresco, aunque las flores de los cerezos no se abrirían hasta dentro de un mes. Cuando lo hicieran, la ciudad entera se llenaría de cámaras. A diferencia de los neoyorquinos, los japoneses podían apreciar la belleza que estaba justo frente a ellos.

Fortunato terminó la última pieza de camarón hervido de su *bentō*, el almuerzo para llevar que había comprado justo afuera del parque, y tiró la caja. No podía tranquilizarse. Lo que quería era hablar con el *rōshi*, Dogen. Pero Dogen estaba a día y medio de distancia, y tendría que viajar por avión, tren, autobús y a pie para llegar ahí. Peregrine estaba confinada a tierra por su embarazo, y dudaba que Mistral fuera lo suficientemente fuerte para efectuar un viaje redondo de mil novecientos kilómetros. No había manera de que él llegara a Hokkaido y regresara a tiempo para ayudar a Hiram.

Algunos metros más allá un anciano rastrilló la grava en un jardín de rocas con un maltratado rastrillo de bambú. Fortunato pensó en la dura disciplina física de Dogen: la caminata de 38,000 kilómetros, equivalentes a un viaje completo alrededor de la tierra, que duraba mil días, una y otra vez en torno al Monte Tanaka; el estar constantemente sentado, perfectamente inmóvil, sobre los duros pisos de madera del templo; el interminable rastrillar del jardín de rocas del maestro.

Fortunato caminó hacia el anciano.

—*Sumi-masen* –dijo. Señaló el rastrillo–. ¿Puedo?

El anciano le entregó el rastrillo a Fortunato. Parecía que no podía decidir si estaba asustado o divertido. Había ventajas, pensó Fortunato, en ser un extraño entre la gente más educada del planeta. Rastrilló la grava, intentando levantar la menor cantidad de polvo posible, acomodando la grava en líneas armoniosas con tan sólo la fuerza de su voluntad, canalizada de manera incidental a través del rastrillo. El anciano fue a sentarse bajo la higuera.

Mientras trabajaba, Fortunato se imaginó a Dogen en su mente. Se veía joven, pero la mayoría de los japoneses le parecían jóvenes a Fortunato. Su cabeza estaba rapada hasta relucir, el cráneo se encontraba formado por planos y ángulos, las mejillas formaban hoyuelos al hablar. Sus manos formaban *mudras* por voluntad propia, los dedos índices se estiraban hasta tocar las puntas de los pulgares cuando no tenían otra cosa que hacer.

¿Por qué me has llamado?, dijo la voz de Dogen dentro de la cabeza de Fortunato.

¡Maestro!, pensó Fortunato.

No soy tu maestro aún, dijo la voz de Dogen. *Tú aún vives en el mundo.*

No sabía que tenías el poder de hacer esto, pensó Fortunato.

No es mi poder. Es el tuyo. Tu mente vino a mí.

Pero ya no tengo poderes, pensó Fortunato.

Estás lleno de poder. Lo siento como si fueran pimientos chinos dentro de mi cabeza.

¿Por qué yo no puedo sentirlo?

Tú te has escondido de él, de la misma manera en que un hombre obeso intenta esconderse del yakitori a su alrededor. Así es el mundo. El mundo exige que tengas poder, y sin embargo, su uso te avergüenza. Así es Japón ahora. Nos hemos vuelto muy poderosos, y para lograrlo renunciamos a nuestros sentimientos espirituales. Tienes que tomar una decisión. Si quieres vivir en el mundo debes admitir tu poder. Si quieres alimentar tu espíritu, debes dejar el mundo. Lo que te ocurre ahora mismo es que te estás haciendo pedazos tú solo.

Fortunato se arrodilló sobre la grava e hizo una profunda reverencia. *Domo arigatō, o sensei. Arigatō* significaba «gracias», pero literalmente significa «duele». Fortunato sintió la verdad en esas palabras. Si no le hubiera creído a Dogen, sus palabras no le habrían dolido tanto. Miró hacia arriba y vio al anciano jardinero que lo miraba fijamente en medio de un temor abyecto, pero haciendo al mismo tiempo una serie de inclinaciones cortas y nerviosas desde la cintura para no parecer grosero. Fortunato le sonrió y se inclinó profundamente de nuevo.

—No se preocupe –dijo en japonés. Se levantó y le entregó su rastrillo al anciano–. Sólo soy otro *gaijin* loco.

♠

Le dolía el estómago de nuevo. No era por el *bentō*, él lo sabía. Era el estrés dentro de su propia mente lo que carcomía su cuerpo desde dentro.

Estaba de regreso en Harumi-Dori, dirigiéndose a la esquina de Ginza. Había vagado durante horas, mientras el sol se ponía y la noche florecía a su alrededor. La ciudad parecía un bosque electrónico. Los largos letreros verticales se encimaban uno sobre otro a lo largo de toda la calle, mostrando ideogramas y caracteres en inglés sobre brillantes luces de neón. Las calles rebosaban de japoneses en ropa de correr o en pantalones de mezclilla y camisas deportivas, y mezclados con ellos, los *sararimen* en sencillos trajes grises.

Fortunato se detuvo para recargarse en una de las elegantes farolas con forma de f. Aquí está, pensó, en toda su gloria. No había un lugar más mundano en el planeta, ningún lugar más obsesionado con el dinero, los artefactos novedosos, la bebida y el sexo. Y a unas horas de distancia estaban los templos de madera en los bosques de pinos, donde los hombres se sentaban sobre sus talones e intentaban convertir sus mentes en ríos, polvo o luz de las estrellas.

Decídete, se dijo. Tienes que decidirte.

—¡*Gaijin-san*! ¿Usted gustar chica? ¿Chica bonita?

Fortunato se dio la vuelta. Era un merolico de un *pinku saron*, una singular institución japonesa donde el cliente pagaba por hora por una taza de sake sin fondo y una *jo-san* sin blusa. Ella se sentaba pasivamente en tus piernas mientras tú acariciabas sus pechos y te embriagabas hasta estar preparado para ir a casa con tu esposa. Era, decidió Fortunato, una señal.

Pagó tres mil yenes por media hora y entró en un pasillo oscuro. Una mano suave tomó la suya y lo condujo escaleras arriba hasta una sala completamente a oscuras repleta de mesas y otras parejas. Fortunato oyó que discutían asuntos de negocios a su alrededor. Su anfitriona lo guio a un extremo de la sala y lo sentó con las piernas atrapadas debajo de una mesa baja, su espalda apoyada en una silla de madera sin patas. Entonces ella se acomodó grácilmente en su regazo. Él escuchó el crujir de su kimono mientras ella lo abría para liberar sus pechos.

La mujer era pequeña y olía a polvo facial, a jabón de sándalo y, ligeramente, a sudor. Fortunato levantó ambas manos para tocar su rostro, sus dedos siguieron las líneas de su mandíbula. Ella no le prestó atención.

—¿Sake? –preguntó.

—No —dijo Fortunato—, *i-ie, domo* —sus dedos siguieron los músculos de su cuello hasta sus hombros, hacia los lados hasta los bordes de su kimono, después hacia abajo. Las puntas de sus dedos rozaron ligeramente sus pechos pequeños y delicados, los pequeños pezones se endurecieron ante su contacto. La mujer rio nerviosamente y alzó una mano para cubrirse la boca. Fortunato puso la cabeza entre sus pechos e inhaló el aroma de su piel. Era el olor del mundo. Era hora ya fuera de alejarse o de rendirse, y él se había acorralado a sí mismo en una esquina, sin fuerzas para resistir.

Suavemente guio su rostro hacia abajo y la besó. Sus labios estaban apretados, nerviosos. Rio de nuevo. En Japón a la acción de besar la llamaban *suppun*, la práctica exótica. Sólo los adolescentes y los extranjeros lo hacían. Fortunato la besó de nuevo y sintió cómo se ponía rígido, y la electricidad pasó a través de él hasta la mujer. Ella dejó de reír y empezó a temblar. Fortunato estaba temblando también. Podía sentir a la serpiente, Kundalini, que por fin se despertaba. Se movió por su entrepierna y empezó a desenroscarse por su espalda. Lentamente, como si no entendiera lo que estaba haciendo o por qué lo hacía, la mujer lo tocó con sus pequeñas manos y las colocó detrás del cuello de él. Su lengua lo tocó ligeramente en los labios, barbilla y párpados. Fortunato le desató el kimono y lo abrió. La levantó con facilidad por la cintura y la sentó en el borde de la mesa, puso las piernas de ella sobre sus propios hombros y se inclinó para abrirla con su lengua. Tenía un sabor picante, exótico, y en segundos ella había cobrado vida bajo su influencia, cálida y húmeda, moviendo sus caderas de manera involuntaria.

Ella empujó su cabeza, para alejarlo, y se inclinó hacia el frente, a fin de encargarse de sus pantalones, mientras Fortunato besaba sus hombros y cuello. Ella gimió suavemente. No parecía haber nadie más en la sala caliente y llena de gente, nadie más en el mundo. Estaba sucediendo, pensó Fortunato. Ya podía ver un poco en la oscuridad, ver su rostro simple y cuadrado, las líneas que se empezaban a notar bajo sus ojos, vio cómo su aspecto la había relegado a la oscuridad del *pinku saron*, deseándola aún más por el deseo que podía ver oculto en su interior. La bajó sobre él. Ella se quedó sin aliento cuando él la penetró, los dedos de ella se clavaron en sus hombros, y los ojos de él se pusieron en blanco.

Sí, pensó él. Sí, sí, sí. El mundo. Me rindo.

El poder se elevó en su interior como lava fundida.

Era un poco después de las diez cuando entró al Berni Inn. La mesera, la que le había dicho que su nombre era Megan, estaba saliendo de la cocina. Se detuvo en seco cuando vio a Fortunato. La mesera a sus espaldas casi chocó con ella con una bandeja de pasteles de carne.

Ella fijó su mirada en su frente. Fortunato no tenía que verse a sí mismo para saber que su frente se había hinchado de nuevo, abultándose con el poder de su *rasa*. Caminó al otro lado de la habitación para llegar hasta ella.

—Vete –dijo ella–. No quiero hablar contigo.

—El club –dijo Fortunato–. El que tiene el letrero del pato. Tú sabes dónde está.

—No. Yo nunca...

—Dime dónde está –ordenó él.

Toda expresión abandonó el rostro de la mesera.

—Frente al Roppongi. Ve a la estación de policía, baja dos cuadras y camina media calle a tu izquierda. El bar de enfrente se llama Takahashi's.

—¿Y el sitio en la parte trasera? ¿Cómo se llama?

—No tiene nombre. Es un lugar de reunión *yak*. No es el Yamaguchi-gumi, no es ninguna de las grandes pandillas. Es sólo un pequeño clan.

—¿Entonces por qué les tienes tanto miedo?

—Tienen a un ninja, un guerrero de las sombras. Es uno de esos... ¿cómo los llaman? Un as –ella miró la frente de Fortunato–. Como tú, ¿verdad? Dicen que ha matado a cientos. Nadie lo ha visto nunca. Podría estar en esta habitación justo ahora. Si no está aquí ahora, lo estará más tarde. Me matará por haberte dicho esto.

—No lo entiendes –dijo Fortunato–, ellos quieren verme. Tengo exactamente lo que quieren.

♦

Era tal como Hiram lo había descrito. El pasillo era de yeso gris desnudo y la puerta al final del mismo estaba recubierta de una imitación de piel color turquesa, con grandes cabezas de clavos de bronce. Adentro, una de las anfitrionas se acercó para tomar la chaqueta de Fortunato.

—No –dijo él en japonés–. Quiero ver al *oyabun*. Es importante.

Ella todavía estaba un poco sorprendida por su apariencia. Su rudeza era más de lo que podía manejar.

—*W-w-wakarimasen* –tartamudeó.

—Sí, sí entiendes. Me entiendes perfectamente bien. Dile a tu jefe que tengo que hablar con él. Ahora.

Esperó junto a la puerta. La habitación era larga y estrecha, con un techo bajo y azulejos espejeantes en la pared del lado izquierdo, sobre una fila de reservados. Había un bar a lo largo de la otra pared, con bancos cromados, como si fuera una fuente de sodas norteamericana. La mayoría de los hombres eran coreanos, vestían trajes baratos de poliéster y corbatas anchas. Los bordes de sus tatuajes se alcanzaban a ver alrededor de los cuellos y los puños de sus camisas. Siempre que lo veían, Fortunato les devolvía la mirada y se daban la vuelta.

Eran las once de la noche. Aun con el poder circulando dentro de él, Fortunato estaba nervioso. Era un extranjero, estaba fuera de su territorio, dentro de la fortaleza del enemigo. No estoy aquí para causar problemas, se recordó a sí mismo. Estoy aquí para pagar la deuda de Hiram y marcharme.

Y entonces, pensó, todo va a estar bien. No era ni siquiera medianoche del miércoles, y el asunto de Hiram ya estaba casi resuelto. El viernes el 747 saldría hacia Corea y después a la Unión Soviética, llevándose a Hiram y a Peregrine con él. Y entonces estaría solo de nuevo, sería capaz de decidir qué seguía. O quizá debería abordar el avión también y regresar a Nueva York. Peregrine dijo que no tenían un futuro juntos, pero quizá no era cierto.

Amaba Tokio, pero Tokio nunca correspondería a ese amor. Se encargaría de cubrir todas sus necesidades, de darle una enorme libertad a cambio de conducirse con cortesía, de deslumbrarlo con su belleza, de agotarlo con sus exquisitos placeres sexuales. Pero siempre sería un *gaijin*, un extranjero, nunca tendría una familia en un país donde la familia era lo más importante de todo.

La anfitriona estaba agachada junto al último reservado, platicando con un japonés de cabello largo y rizado con una permanente, que vestía un traje de seda. Vio que le faltaba el meñique de la mano izquierda. La yakuza solía amputar dedos de sus integrantes para expiar sus errores, aunque los chicos más jóvenes, había oído Fortunato, no estaban muy de acuerdo con esa idea. Fortunato respiró hondo y se acercó a la mesa.

El *oyabun* estaba sentado junto a la pared. Fortunato le calculó unos cuarenta años. Había dos *jo-san* a su lado, y otra frente a él, entre un par de corpulentos guardaespaldas.

—Déjenos solos —le ordenó Fortunato a la anfitriona. Ella se alejó entre protestas. El primer guardaespaldas se levantó para echar a Fortunato—. Ustedes también —dijo Fortunato, haciendo contacto visual con cada uno de ellos y cada una de las chicas.

El *oyabun* observó todo con una sonrisa tranquila. Fortunato se inclinó ante él desde la cintura. El *oyabun* inclinó la cabeza y dijo:

—Mi nombre es Kanagaki. ¿Gusta sentarse?

Fortunato se sentó frente a él.

—El *gaijin* Hiram Worchester me ha enviado para pagar su deuda —Fortunato sacó su chequera—. La cantidad, según creo, es de dos millones de yenes.

—Ah —dijo Kanagaki—, otro «as». Nos han proporcionado mucha diversión. Especialmente el bajito pelirrojo.

—¿Tachyon? ¿Qué tiene que ver con esto?

—¿Con esto? —señaló la chequera de Fortunato—. Nada. Pero muchas *jo-san* han intentado darle placer en los últimos días. Parece que está experimentado dificultades para desempeñarse como hombre.

¿Tachyon?, pensó Fortunato. ¿No se le para? Quiso reír. Sin lugar a dudas eso explicaba el humor de perros del hombrecito en el hotel.

—Esto no tiene nada que ver con los ases —dijo Fortunato—, esto es cuestión de negocios.

—Ah. Negocios. Muy bien. Resolvamos esto de manera profesional —miró su reloj y sonrió—. Sí, la cantidad es de dos millones de yenes. En algunos minutos serán cuatro millones de yenes. Una lástima. Dudo que usted tenga tiempo para traer aquí al *gaijin* Worchester-*san* antes de la medianoche.

Fortunato negó con la cabeza.

—No hay necesidad de que Worchester-*san* esté aquí en persona.

—Pero sí la hay. Sentimos que hay algo de honor en riesgo aquí.

Fortunato le sostuvo la mirada al hombre.

—Le estoy pidiendo que haga lo necesario –convirtió la frase tradicional en una orden–. Le daré el dinero. La deuda será cancelada.

La voluntad de Kanagaki era muy firme. Casi logró decir las palabras que intentaban salir de su garganta. Pero en lugar de eso dijo con voz ahogada:

—Honraré su oferta.

Fortunato llenó el cheque y se lo entregó a Kanagaki.

—Usted me comprende. La deuda está cancelada.

—Sí –dijo Kanagaki–. La deuda está cancelada.

—Usted tiene a un hombre que trabaja para usted. Un asesino. Creo que se hace llamar Zero Man.

—Mori Riishi –le dio el nombre al estilo japonés, iniciando con el apellido.

—No le sucederá daño alguno a Worchester-*san*. No será lastimado. Este Zero Man, Mori, se mantendrá alejado de él.

Kanagaki guardó silencio.

—¿Qué sucede? –preguntó Fortunato–. ¿Qué es lo que no me está diciendo?

—Es demasiado tarde. Mori ya se marchó. El *gaijin* Worchester morirá a la medianoche.

—Cristo –dijo Fortunato.

—Mori llegó a Tokio precedido de una gran reputación, pero no tenemos pruebas. Le interesaba mucho causar una buena impresión.

Fortunato se dio cuenta de que no había hablado de ello con Peregrine.

—¿En qué hotel? ¿En qué hotel se está hospedando Worchester-*san*?

Kanagaki extendió las manos.

—¿Quién sabe?

Fortunato se puso de pie. Mientras hablaba con Kanagaki, los guardaespaldas habían regresado con refuerzos y rodearon la mesa. Fortunato ni siquiera se tomó la molestia de lidiar con ellos. Formó una barrera de poder a su alrededor y corrió rápidamente hacia la puerta, arrojándolos a los lados al pasar.

Afuera, el Roppongi aún estaba lleno de gente. Más allá, en la estación Shinjuku los bebedores trasnochados intentarían meterse a empujones a los últimos trenes nocturnos. En Ginza estarían haciendo fila en las paradas de los taxis. Faltaban diez minutos para la medianoche. No había tiempo.

Dejó que su cuerpo astral se liberara y saliera como cohete hacia el Hotel Imperial. Las luces de neón, los cristales espejeantes y el cromo se hicieron borrosos a medida que adquiría velocidad. No disminuyó su velocidad hasta que atravesó la pared del hotel y sobrevoló la habitación de Peregrine. Percibió una imagen brillante, color rosa dorado, de su cuerpo físico.

Peregrine, pensó.

Ella se rodó en la cama y abrió los ojos. Fortunato vio, con una especie de punzada pequeña y distante, que no estaba sola.

Necesito saber dónde está Hiram.

—¿Fortunato? –susurró ella y entonces lo vio–. Oh, Dios mío.

Apresúrate. El nombre del hotel.

—Espera un minuto. Lo escribí –caminó desnuda hacia el teléfono. El cuerpo astral de Fortunato estaba libre de lujuria y hambre, pero aun así verla a ella le provocó deseo–. El Ginza Dai-Ichi. Habitación ocho cero uno. Dice que es un gran edificio en forma de H cerca de la estación Shimbashi.

Sé dónde está. Encuéntrame ahí tan pronto como puedas. Trae ayuda.

No pudo esperar su respuesta. Volvió de golpe a su cuerpo físico y lo elevó por el aire.

Odiaba el espectáculo que causaba su vuelo. Estar en Japón lo había hecho aún más consciente de sí mismo de lo que había sido en toda su vida en Nueva York. Pero no había opción. Levitó directo hacia el cielo, lo suficientemente alto para no poder distinguir los rostros que lo miraban, y se movió trazando un arco hacia el hotel Dai-Ichi.

Llegó a la puerta de la habitación de Hiram a las doce de la noche. La puerta estaba cerrada, pero Fortunato forzó los cerrojos con su mente, astillando la madera a su alrededor.

Hiram se sentó en la cama.

—¿Qué...?

Fortunato detuvo el tiempo.

Era como si un tren hubiese frenado hasta detenerse. Los innumerables sonidos del hotel se hicieron más lentos, hasta formar un bajo armónico profundo, entonces se mantuvieron en silencio entre lo que parecían sus latidos. La respiración del mismo Fortunato se detuvo.

No había nadie en la habitación con excepción de Hiram. A Fortunato le dolió girar la cabeza, a Hiram debió parecerle que se movía tan rápidamente que se veía borroso. Las puertas corredizas del baño estaban abiertas. Fortunato tampoco podía ver a nadie ahí.

Entonces recordó cómo el Astrónomo había sido capaz de esconderse de él, de lograr ocultarse a sus ojos. Dejó que el tiempo volviera a correr de nuevo. Levantó sus manos, luchando contra el aire pesado y pegajoso, y encuadró la habitación, formando un cuadrado vacío bordeado por sus pulgares e índices. Aquí estaba el armario, con las puertas abiertas. Aquí estaba un tramo de la pared cubierta de patrones formados por el bambú, pero no había nada en ella. Aquí estaba el pie de la cama, y el filo de una espada de samurái moviéndose lentamente hacia la cabeza de Hiram.

Fortunato se lanzó hacia delante. Tuvo la impresión de que su cuerpo tardaba siglos en elevarse y flotar hacia Hiram. Abrió sus brazos y arrojó a Hiram al piso, al tiempo que sentía que algo duro raspaba la suela de sus zapatos. Rodó hasta descansar sobre su espalda y vio que las sábanas y el colchón se dividían lentamente en dos.

La espada, pensó. Cuando se convenció de que estaba ahí, pudo verla. Ahora el brazo, pensó, y lentamente el hombre completo tomó forma frente a él, un joven japonés con camisa blanca de vestir, pantalones de lana gris y pies descalzos.

Dejó que el tiempo avanzara de nuevo antes de que el esfuerzo lo agotara por completo. Escuchó pisadas en el pasillo. Temía desviar la mirada, temía liberar al asesino de nuevo.

—Suelta la espada –dijo Fortunato.

—Puedes verme –dijo el hombre en inglés. Se volvió para mirar hacia la puerta.

—Ponla en el suelo –dijo Fortunato, convirtiéndola en una orden, pero era demasiado tarde. Ya no tenía contacto visual y el hombre se le resistió.

Sin pensar, Fortunato miró hacia la puerta. Era Tachyon, en una pijama de seda roja, con Mistral a sus espaldas. Tachyon se había lanzado en actitud de ataque hacia el interior de la habitación, y Fortunato supo que el pequeño extraterrestre estaba a punto de morir.

Miró de nuevo en busca de Mori, pero éste había desaparecido. Fortunato se quedó helado por el pánico. La espada, pensó. Encuentra la espada. Miró donde la espada tendría que estar si estuviera cortando el aire hacia Tachyon y detuvo el tiempo de nuevo.

Ahí. La espada, curva e increíblemente afilada, el acero deslumbrante como la luz del sol. Ven a mí, pensó Fortunato, y jaló la espada con su mente.

Sólo quería arrebatarla de las manos de Mori, pero juzgó mal su propio poder. La espada giró completamente, librando a Tachyon de morir por escasos centímetros. Giró unas diez o quince veces y finalmente se enterró en la pared detrás de la cama.

En algún punto de su movimiento rebanó la parte superior de la cabeza de Mori.

♠

Fortunato los protegió con su poder hasta que estuvieron en la calle. Era el mismo truco que Zero Man había utilizado. Nadie los vio. Dejaron el cuerpo de Mori en la habitación, su sangre empapando la alfombra.

Un taxi se detuvo y Peregrine salió de él. El hombre que había estado en la cama con ella salió un par de pasos detrás. Era un poco más bajo que Fortunato, con cabello rubio y bigote. Se paró junto a Peregrine y ella extendió su mano y tomó la de él.

—¿Está todo bien? –dijo.

—Sí –dijo Hiram–, está bien.

—¿Eso quiere decir que te reincorporas al tour?

Hiram miró a los otros a su alrededor.

—Creo que sí.

—Eso es bueno –dijo Peregrine, notando de repente lo serios que estaban todos–. Todos estábamos preocupados por ti.

Hiram asintió.

Tachyon se acercó a Fortunato.

—Gracias –dijo en voz baja–. No sólo por salvarme la vida. Probablemente salvaste al tour también. Otro incidente violento, después de Haití, Guatemala y Siria, bueno, habría desbaratado todo lo que intentamos lograr.

—Claro –dijo Fortunato–. Probablemente no deberíamos permanecer aquí mucho tiempo. No tiene sentido arriesgarnos.

—No –dijo Tachyon–, creo que no.

—Eh, Fortunato –dijo Peregrine–. Te presento a Josh McCoy.

Fortunato estrechó su mano y asintió. McCoy sonrió y le dio la mano de nuevo a Peregrine.

—He oído mucho de ti.

—Hay sangre en tu camisa –dijo Peregrine–. ¿Qué sucedió?

—No es nada –dijo Fortunato–. Ya se acabó.

—Tanta sangre –dijo Peregrine–. Como con el Astrónomo. Hay tanta violencia en ti. A veces me da miedo.

Fortunato no dijo nada.

—Entonces –dijo McCoy–, ¿ahora qué hacemos?

—Creo –dijo Fortunato–, que G. C. Jayewardene y yo iremos a ver a un hombre en un monasterio.

—¿Bromeas? –dijo McCoy.

—No –dijo Peregrine–, no creo que esté bromeando –miró a Fortunato por un largo tiempo, y entonces dijo–: Cuídate, ¿sí?

—Claro –dijo Fortunato–. ¿Qué más da?

—Ahí está –dijo Fortunato. El monasterio crecía en desorden por toda la ladera, y más allá había jardines de piedra y campos esculpidos en terrazas. Fortunato limpió la nieve de una roca junto al sendero y se sentó. Su cabeza estaba clara y su estómago tranquilo. Quizás era sólo el aire limpio de la montaña. Quizás era algo más.

—Es muy hermoso –dijo Jayewardene, poniéndose en cuclillas sobre sus talones.

La primavera no llegaría a Hokkaido hasta dentro de un mes y medio. Sin embargo, el cielo estaba muy claro. Lo suficiente para ver, por ejemplo, un 747 a kilómetros de distancia. Pero los 747 no volaban sobre Hokkaido. En especial no los que se dirigían a Corea, casi mil seiscientos kilómetros hacia el suroeste.

—¿Qué sucedió el miércoles por la noche? –preguntó Jayewardene tras algunos minutos–. Hubo un gran alboroto, y cuando todo acabó Hiram estaba de regreso. ¿Quieres hablar de ello?

—No hay mucho que decir –dijo Fortunato–. Gente peleando por dinero. Un chico murió. Nunca había matado a nadie en realidad, según resultó. Era muy joven y estaba muy asustado. Sólo quería hacer un buen trabajo, estar a la altura de la reputación que se había creado –Fortunato se encogió de hombros–. Así es el mundo. Ese tipo de cosas siempre va a ocurrir en un lugar como Tokio –se levantó y sacudió el polvo de sus pantalones–. ¿Listo?

—Sí –dijo Jayewardene–. He estado esperando mucho tiempo.

Fortunato asintió.

—Entonces hagámoslo.

Del *Diario de Xavier Desmond*

♣ ♦ ♠ ♥

21 de marzo, en camino a Seúl

UN ROSTRO PROVENIENTE DE MI PASADO ME CONFRONTÓ en Tokio y me ha obsesionado desde entonces. Hace dos días decidí que lo ignoraría a él y a los conflictos que me planteó su presencia, que no lo mencionaría en este diario.

He arreglado las cosas para que este volumen sea publicado después de mi muerte. No espero que sea un *best seller*, pero me inclino a pensar que el gran número de celebridades que se encuentran a bordo del *Carta Marcada* y la diversidad de acontecimientos de interés periodístico que hemos generado despertarán alguna curiosidad en el gran público estadunidense, así que mi manuscrito podría encontrar sus lectores. Cualquier regalía que obtenga, por modesta que sea, será bien recibida por la LADJ, a la cual heredaré todo mi patrimonio, como indica mi testamento.

Sin embargo, aunque con toda seguridad estaré muerto y enterrado antes de que alguien lea estas palabras, y por lo tanto no me encontraré en posición alguna de salir lastimado por cualquier admisión personal que pueda hacer al respecto, me encuentro reacio a escribir sobre Fortunato. Llámenlo cobardía, si así les parece. Los jokers son notorios cobardes, según las bromas crueles que se transmiten en la televisión. Yo podría justificar mi decisión de no mencionar a Fortunato: mis tratos con él a lo largo de los años han sido privados, tienen poco que ver con la política, los asuntos mundiales o los temas que he intentado abordar en este diario, y nada que ver en absoluto con esta gira.

Sin embargo, me he sentido libre, en estas páginas, de repetir los chismes que inevitablemente le han dado vuelta al avión, de reportar las diversas debilidades e indiscreciones del doctor Tachyon, Peregrine, Jack Braun, Digger Downs y el resto de los viajeros. ¿Puedo pretender que sus debilidades sean de interés público y las mías no? Quizá podría… el público siempre ha estado atraído por los ases y ha repelido a los jokers… pero no lo haré. Deseo que este diario sea honesto y auténtico. Y deseo que los lectores comprendan lo que ha sido vivir cuarenta años como joker. Y para hacer eso debo hablar sobre Fortunato, sin importar qué tan profundamente me avergüence de ello.

Fortunato vive ahora en Japón. Ayudó a Hiram de alguna manera oscura después de que Hiram abandonara la gira de manera repentina y bastante misteriosa. No pretendo conocer los detalles; todo fue cuidadosamente silenciado. Hiram parecía ser el mismo cuando regresó con nosotros en Calcuta, pero se ha deteriorado rápidamente una vez más, y se le ve peor cada día. Se ha vuelto inestable y desagradable, además de reservado. Pero esto no es sobre Hiram, cuyos problemas ignoro. El punto es que Fortunato estuvo envuelto en el asunto de alguna manera y vino a nuestro hotel, donde hablé brevemente con él en el corredor. Eso fue todo lo que sucedió… recientemente. Pero en años anteriores Fortunato y yo hemos tenido otro tipo de tratos.

Antes de empezar, pido disculpas: contar esto me resulta difícil. Estoy viejo y soy un joker, de manera que la edad y la deformidad me han vuelto más sensible en las últimas fechas. Mi dignidad es todo lo que me queda, y estoy a punto de renunciar a ella.

Pensaba escribir sobre el odio hacia uno mismo.

Éste es un momento para contar las verdades, por duras que sean, y la primera de ellas es que muchos nats se sienten asqueados por los jokers. Algunos de ellos son fanáticos, siempre listos para odiar todo lo que sea diferente. En ese aspecto, nosotros los jokers no somos distintos de otras minorías oprimidas; todos somos odiados con el mismo veneno sincero por aquellos que están predispuestos a odiar.

Hay otras personas normales, sin embargo, que están predispuestas a la tolerancia, que intentan ver más allá de la superficie y encontrar al ser humano debajo de ella. Gente de buena voluntad, sin odio hacia los demás, gente generosa con buenas intenciones como… bueno, como el doctor Tachyon y como Hiram Worchester, por mencionar dos ejemplos que tengo a mano. Ambos caballeros han probado con el paso de los años que les importan profundamente los jokers en lo abstracto: Hiram a través de sus obras de caridad anónimas, Tachyon a través de su trabajo en la clínica. Y a pesar de esto ambos se sienten tan asqueados por la deformidad física de la mayoría de los jokers como lo están Nur al-Allah o Leo Barnett. Puedes verlo en sus ojos, sin importar con cuánta indiferencia se esfuercen en comportarse. Algunos de sus mejores amigos son jokers, pero no querrían que su hermana se case con uno.

Esto es lo primero que aprendes cuando eres un joker. La primera verdad que nadie se atrevería a reconocer.

Qué fácil sería despotricar contra esto, denunciar a hombres como Tach y Hiram por su hipocresía y su «formismo» –una palabra horrenda, acuñada por un activista joker particularmente estúpido y tomada por los Jokers de Tom Miller para una Sociedad Justa cuando estaban en su apogeo. Fácil y equivocada. Ellos son hombres decentes, pero a pesar de todo, son sólo hombres, y no se puede tener una opinión más pobre de ellos por tener sentimientos humanos normales.

Porque, como pueden ver, la segunda verdad impronunciable del hecho de ser joker es que no importa cuánto ofendan los jokers a los nats, nosotros nos ofendemos a nosotros mismos peor aún.

El odio autoinfligido es el problema psicológico que caracteriza a Jokertown, una enfermedad a menudo mortal. La principal causa de muerte entre los jokers menores de cincuenta años es, y siempre ha sido, el suicidio. Esto *a pesar* del hecho de que virtualmente cada enfermedad conocida por el hombre es más seria cuando la contrae un joker, porque la química y la forma misma de nuestro cuerpo cambian de manera tan amplia e impredecible que la evolución de un tratamiento nunca es cien por ciento segura.

En Jokertown pueden buscar mucho y por mucho tiempo antes de encontrar dónde comprar un espejo –pero hay tiendas de máscaras en cada cuadra.

Si eso no fuera prueba suficiente, piensen por un instante en los apodos que nos rodean: son más que eso. Son reflectores sobre las profundas verdades del odio autoinfligido de los jokers. .

Si se publica este diario, tengo la intención de insistir que se titule *Diario de Xavier Desmond*, no *Diario de un Joker* o alguna variante de esta idea. Yo soy un hombre, un hombre específico, no sólo un joker genérico. Los nombres son importantes; son más que sólo palabras, dan forma y color a lo que nombran. Las feministas se dieron cuenta de esto hace mucho tiempo, pero los jokers todavía no lo han entendido.

He insistido por años en no responder a ningún nombre que no sea el mío, pero conozco a un dentista joker que se llama a sí mismo Fishface, un excelente pianista de *ragtime* que responde al nombre de Catbox y un brillante matemático joker que firma sus documentos como Slimer. Tan sólo en esta gira me encuentro acompañado por personas que se hacen llamar Chrysalis, Troll y el padre Calamar.

No somos, por supuesto, la primera minoría en experimentar esta forma particular de opresión. Ciertamente los negros han estado en esta posición; generaciones enteras crecieron con la creencia de que las chicas negras «más bonitas» eran las que tenían la piel más clara y cuyas facciones se asemejaban más al ideal caucásico. Finalmente algunos de ellos pudieron ver a través de esa mentira y proclamaron que ser *negro* era hermoso.

De vez en cuando varios jokers bienintencionados pero insensatos han intentado hacer lo mismo. Freakers, una de las instituciones más depravadas de Jokertown, tiene un concurso llamado «Señorita Desfigurada», que se celebra cada año en el Día de San Valentín. Sin importar qué tan sinceros o cínicos sean estos esfuerzos, con toda seguridad están mal orientados.

El problema radica en que cada joker es único.

Nunca fui un hombre guapo, ni siquiera antes de mi transformación. Pero ni siquiera después del cambio soy absolutamente espantoso. Mi nariz es una trompa de más o menos medio metro de largo, con dedos en su extremo. Mi experiencia ha sido que la mayoría de la gente se acostumbra a mi aspecto si está a mi alrededor algunos días. Me gusta decirme a mí mismo que luego de convivir conmigo toda una semana, apenas adviertes que soy diferente, y quizás haya algo de verdad en ello.

Si el virus hubiera tenido la amabilidad de darle trompas a todos los jokers, el cambio podría haber sido mucho más sencillo, y una campaña indicando que «las trompas son bellas» hubiera ayudado bastante.

Pero hasta donde yo sé soy el único joker con trompa. Puedo esforzarme en ignorar el concepto estético de la cultura nat en que vivo, convencerme de que soy un demonio guapo y que los demás son los que se ven extraños, pero nada de eso ayudará la próxima vez que encuentre a esa patética criatura llamada Snotman durmiendo en el basurero detrás de la Casa de los Horrores. La horrible realidad es que el estómago se me revuelve tanto por los casos más extremos de deformidad joker como me imagino le sucede al doctor Tachyon, pero en todo caso, me siento aún más culpable al respecto.

Lo cual me lleva, de manera indirecta, de regreso a Fortunato. Fortunato es, o era al menos, un proxeneta. Dirigía un círculo de prostitutas de alto nivel. Todas sus chicas eran bellísimas, hermosas, sensuales, expertas en todas las artes eróticas y en general personas agradables, una delicia tanto en la cama como fuera de ella. Las llamaba *geishas*.

Durante más de dos décadas yo fui uno de sus mejores clientes.

Creo que él hacía muchos negocios en Jokertown. Me consta que Chrysalis a menudo intercambia información por sexo, en el piso superior de su Palacio de Cristal, siempre que un hombre que necesite sus servicios le resulte atractivo. Conozco un puñado de jokers realmente acomodados, ninguno de los cuales está casado, pero casi todos ellos tienen amantes nats. Los periódicos estadunidenses que hemos conseguido durante el viaje dicen que las Cinco Familias y los Puños de Sombra combaten en las calles, y sé por qué: junto a las drogas y las apuestas, la prostitución es un gran negocio en Jokertown.

Lo primero que un joker pierde es su sexualidad. Algunos la pierden totalmente, se vuelven impotentes o asexuados. Pero aun aquéllos cuyos órganos sexuales e impulso sexual no fueron afectados por el wild card se encuentran privados de su identidad sexual. Desde el momento en que uno se transforma ya no es un hombre o una mujer, es tan sólo un joker.

Un impulso sexual normal, un odio anormal hacia sí mismo y una nostalgia de lo que se ha perdido, sea masculinidad, femineidad o belleza, lo que haya sido. Éstos son los demonios más comunes en Jokertown, y los conozco bien. El inicio de mi cáncer y la quimioterapia se han combinado para matar todo mi interés en el sexo, pero mis recuerdos y mi vergüenza permanecen intactos. Me avergüenza que me recuerden a Fortunato. No porque yo haya frecuentado a una prostituta o haya roto sus estúpidas leyes –leyes que desprecio. Me avergüenza porque, sin importar cuánto lo haya intentado durante esos años, nunca conseguí desear a una mujer joker. Conocí a varias dignas de ser amadas; mujeres buenas, amables, cariñosas, mujeres que necesitaban un compromiso, ternura y por supuesto, sexo, tanto como yo. Algunas de ellas llegaron a ser mis preciadas amigas. Sin embargo, nunca pude responder a ellas en el ámbito sexual. Permanecieron tan poco atractivas a mis ojos como yo debo haber sido a los suyos.

Así son las cosas en Jokertown.

La luz del cinturón de seguridad acaba de encenderse, y no me siento muy bien en este momento, así que aquí me despido.

En Praga siempre es primavera

♣ ♦ ♠ ♥

por Carrie Vaughn

Abril de 1987

LOS DELEGADOS SE ENCONTRABAN YA INSTALADOS EN LOS cuartos del hotel, y tanto el edificio como las calles de los alrededores habían sido examinados por los agentes de seguridad; por lo tanto, Joann Jefferson, agente de SCARE, se permitió regalarse una pausa en el balcón de una de las suites del piso superior, a fin de contemplar la ciudad de Praga, sin otro propósito que dar ese placer a sus ojos. El hotel se situaba en la orilla sur del río Moldava, con una vista del Puente del rey Carlos: esa construcción del Renacimiento flanqueada por dos filas de estatuas que se yerguen como peregrinos fantasmales. Más allá, sobre la colina al otro lado del agua color gris acero, se alzaba el conjunto arquitectónico de la fortaleza. El perfil de la ciudad era único, claramente europeo y medieval, pero con toques que parecían provenir de otros mundos. Iglesias con espirales extrañas, domos barrocos, techos con forma de sierras, y fachadas románticas de estilo *art nouveau*, residuos dorados del optimismo del siglo anterior, apretujadas en barrios de calles estrechas y torcidas. La ciudad comunista mostraba signos de fatiga, pero los indicios de lo que fue –una de las grandes capitales culturales de Europa– lograban asomarse en el panorama gris. El sol del atardecer resplandecía sobre los muros y las espirales del castillo en la montaña.

Ahí estaba ella, viendo el mundo, un sueño realizado. Después de cinco meses de viaje con la gira de la Organización Mundial de la Salud, la ironía estaba en que Joann iba a necesitar unas verdaderas vacaciones.

De regreso en el pasillo, mientras se dirigía hacia el cuarto que funcionaba como cabina de mando de los agentes de la gira, se encontró a Billy Ray, que acababa de concluir su propia revisión de seguridad. Tenía todo el aspecto de un tipo duro profesional, con su traje blanco de luchador, y la cara rota y recompuesta de modo extraño, que le daba una expresión iracunda, pero era un agente concienzudo. Llevaban años de trabajar juntos.

—¿Qué tal luce todo? –preguntó él.

—Bien. En calma. Me parece que todos están agotados.

—¡Qué bien nos vendría eso! ¡Que todos se quedaran en sus habitaciones, por una vez, sin meterse en líos!

Cruzó los brazos y bufó: tratándose de ese grupo, la idea era improbable.

—Ésa no es la forma de hacer que salga tu foto en el periódico, ¿no crees? –dijo Joann, y lo hizo reír.

Desde el otro lado del pasillo Ray le echó un vistazo suspicaz, dejando suficiente espacio entre ellos. Casi toda la gente que Joann conocía hacía lo mismo: tenía la costumbre de guardar bastante distancia entre ella y cualquier otra persona, pero Ray a menudo la miraba así, midiéndola, como si quisiera saber si su propia fuerza superior y su capacidad para curarse él mismo podrían resistir el poder de absorber vida que la distinguía.

Joann se ajustó con mayor firmeza su capa negra y plateada e inclinó la cabeza, cubierta por la capucha. Era consciente de la imagen de peligro y misterio que proyectaba, y de que no todo el tiempo apreciaba dicha imagen. La capa le ayudaba a controlar su poder, previniendo que se desatara y absorbiese la energía de todas las cosas y personas a su alrededor. Desde su infancia, no había podido tocar a ningún ser vivo más que para hacerle daño.

—Ten los ojos bien abiertos –añadió él–. Hay un par de detectives escondidos en el edificio de enfrente. No son más que espías vulgares, pero podrían ponerse impertinentes.

—Se enterarían más de la gira leyendo los periódicos que montando un operativo de vigilancia.

—Sin duda. Si quieres descansar un poco, yo haré el primer turno.

—Gracias, acepto –repuso ella. Lo miró alejarse hacia el cuarto de mando, agitando la mano en señal de despedida.

El personal que formaba el equipo de seguridad y el equipo de coordinación de la gira no ocupaban suites de lujo como las de los delegados. De cualquier modo, era un hotel de cinco estrellas, y Joann desbordaba de felicidad en su cuarto «sencillo», con su enorme cama y su baño con una tina apoyada en cuatro garras. Consideraba la posibilidad, más bien extravagante, de tomar un baño caliente cuando sonó el teléfono de su habitación.

—Lady Black, habla la diputada Cramer. ¿Me permite hablar con usted un minuto?

—Sí, diputada, desde luego. ¿Hay algún problema?

Por dentro, protestaba: si surgía algún problema, los delegados debían llamar al cuarto de mando, no a ella. A menos que fuera algo no oficial. Y «no oficial» significaba que sería complicado, por supuesto.

—Preferiría hablar en persona, de ser posible –indicó la delegada.

Aunque las palabras sugerían una petición, había en su voz un tono de mando inequívoco. ¡Adiós al baño caliente! Joann echó una mirada de melancolía a la inmensa cama y se despidió de su siesta vespertina.

Carol Cramer, la congresista republicana que representaba al estado de Missouri, era una de esas mujeres que ingresan por accidente a la política para llenar el hueco que les dejó el fallecimiento del marido, muerto de un ataque al corazón mientras se encontraba en campaña para reelegirse. Ganadora de las votaciones por su curul tres años antes, logró reelegirse por cuenta propia. Al parecer estaba dedicada a construir una larga carrera en la vida pública. Siendo la más nueva delegada política entre los miembros de la gira, mantenía un perfil bastante discreto. Su objetivo principal, por lo visto, consistía en cumplir con el deber de representar al Partido Republicano en la gira, al tiempo que evitaba cualquier tipo de escándalo que pudiera afectar en el futuro sus aspiraciones políticas. Esto volvía todavía más insólita su solicitud de una reunión secreta con una agente de seguridad de SCARE. Joann trató de tranquilizarse: ¿en qué problemas podría andar metida una señora amable del Medio Oeste de Estados Unidos como Carol Cramer? Ojalá no fuese nada demasiado grave.

Cramer la esperaba con la puerta entornada, y la abrió del todo tan pronto llegó Joann frente a la habitación. Después de declinar la silla que le ofrecía la diputada, se preparó a escuchar con atención. Cramer andaba de un lado a otro. Tenía más de cincuenta años y llevaba puesto un elegante traje azul claro; sus cabellos cortos, color ceniza, estaban rizados y peinados. Esa clase de mujer nunca saldría de su habitación sin verificar que su ropa, su pelo, su maquillaje y el resto de su atuendo fueran perfectos.

—Necesito... necesito pedirle un favor. Sólo que, si es posible, quisiera que nadie se enterara. Estoy segura de que no es nada ilegal. Pero... es un asunto delicado. Lady Black, necesito que localice a alguien.

Joann alzó una ceja y esperó más explicaciones.

—Unos amigos míos –en realidad se trata de contribuyentes políticos, y por eso deseo que no se haga público– tienen una hija de veinte años que abandonó sus estudios en el colegio Smith a principios de año y después desapareció. La familia posee recursos considerables y contrató investigadores para buscarla, pero apenas han avanzado. Piensan que está aquí, en Praga, y me han pedido que lo confirme y, de ser posible, que hable con ella.

De su cajón del escritorio extrajo un sobre arrugado. Lo abrió y sacó de él varias fotografías y un informe mecanografiado. Joann se acercó a mirar.

La chica que, según la etiqueta, se llamaba Katrina Duboss era una joker. Donde debiera haber un brazo izquierdo, se amontonaba un montón de miembros anaranjados con forma de serpientes, como la cabeza de la Medusa. Parecían prensiles y se agarraban al brazo de la silla donde se había sentado. Las escamas anaranjadas brillaban y provocaban un efecto tornasolado, ascendían de su rara extremidad por el cuello y llegaban a cubrir parte de una mejilla, dando la impresión de que llevaba la mitad de una máscara. La foto era una instantánea, tomada en el patio de una fiesta informal. Al fondo, un grupo de chicos en edad universitaria jugaban al frisbi. Vestida con una falda amplia y una breve camiseta sin mangas, Katrina tenía una lata de Coca-Cola en la mano normal, y miraba oblicuamente a la cámara, como si le hubiesen pedido que posara. La joven parecía un poco cohibida, pero no lucía avergonzada. No se escondía de la cámara ni trataba de ocultar su deformidad. Sus ojos color café tenían una expresión vivaz.

—Es una joker –observó Joann, sabiendo que señalaba algo evidente.

Cramer cerró los ojos y suspiró, como si se tratara de una tragedia.

—Sí, sucedió hace apenas un par de años. Contrajo la infección, y estuvo enferma durante mucho tiempo. Me temo que las cosas han cambiado en la familia a partir de ahí.

—Ya me imagino –comentó Joann, haciendo una mueca.

En la fotografía Katrina se mostraba a gusto. Incluso parecía feliz. Se había adaptado a su transformación, al parecer, pero cabía pensar que el resto de la familia no sabría sobrellevarlo tan bien.

El informe mecanografiado era una lista de lugares donde se le había detectado a lo largo del año. Katrina Duboss había retirado los fondos de una cuenta de ahorros para comprar un pasaje a Londres en avión. Ahí había vuelto a desaparecer, pero con lapsos que llegaban a durar varias semanas se le había visto en diversas ciudades europeas. Por lo visto hacía la típica peregrinación de mochila al hombro. Para cualquier estudiante universitario era normal abandonar unos meses los estudios para viajar, pero la chica Duboss llevaba un estilo de vida en que no se dedicaba a ninguna otra cosa.

—Estudiaba arte en la universidad –le informó Cramer–. Los padres entienden que haya querido viajar a Europa, pero ¿por qué esconderse? Podrían ayudarla, pero hace meses que no se ha comunicado con ellos.

Joann se daba cuenta de que esa historia estaba incompleta, pues había visto la misma situación en docenas de familias. Familias acomodadas que de pronto se encontraban con que uno de ellos se convertía en un joker, una pieza que no cabía en su mundito pulcro y ordenado, y la primera reacción casi siempre era enterrar el problema: ésa era la definición de «ayuda» para algunas personas. Joann se preguntó si los padres de Katrina le habían propuesto amputación y cirugía plástica, pensando quizá que medio cuerpo era mejor que todo un cuerpo deforme. Nadie podía culpar a Katrina por huir de semejante opción. Bueno, con la posible excepción de alguien como Cramer.

En realidad, no era correcto asumir prejuicios sobre Cramer, la familia Duboss ni ningún otro tema. Pero tampoco tenía por qué involucrarse en semejante telenovela cuando su trabajo consistía en dar protección a los integrantes de la gira.

—Señora, esto no entra en realidad en mis atribuciones. Le sugiero hablar con la embajada, ellos tienen personal que puede ayudarla con mucha más efectividad...

—Si recurro a ellos se generará publicidad que la familia considera del todo innecesaria. Quiero evitar eso, y la familia prefiere que no se hagan investigaciones oficiales.

Eso hacía que todo el asunto luciese sospechoso, lo cual a Joann no le agradó en absoluto. Lo de «no oficial» significaba en realidad «cúbreme el trasero». ¿Qué intentaba esconder la familia? Por supuesto, Cramer no deseaba que se le viera manipular las cosas para favorecer a un contribuyente de sus campañas.

—Siendo mayor de dieciocho años, la chica puede hacer lo que quiera —indicó Joann—. No se le puede forzar a volver a su país o a su casa.

—Ya lo sé, pero quisiera hablar con ella, si puedo. Debo hacerlo, por Mark y Bárbara.

La gira iba a permanecer dos días en Praga. Las fuerzas locales de seguridad harían parte del trabajo de cuidar y consentir a los delegados. Por esa razón, se suponía que Joann tendría algo de tiempo libre durante esos dos días. En teoría, podría tomarse un par de horas para sacudir algunos árboles y ver si la chica Duboss saltaba de uno de ellos. Lo más probable era que no saltara, y Joann no se sentiría mal si así sucedía.

—Veré qué puedo hacer, pero no puedo prometerle nada.

—Gracias —repuso la diputada Cramer y extendió la mano para estrechársela a Joann. Fue un movimiento reflejo, el instinto de cortesía de una profesional de la política. Joann mantuvo las manos dobladas bajo la capa, y apretó los labios como disculpa. No daba nunca la mano, ni siquiera con guantes. No debía acercarse tanto a la gente. Cramer reconoció su error, recogió su mano en actitud incómoda, y Joann encontró por sí misma la salida.

◆

La mañana siguiente, en lugar de repetir los pasos que otros ya habrían dado, Joann entró en contacto con sus fuentes en la Embajada de Estados Unidos. Los funcionarios de inteligencia asignados a esa sede diplomática no eran tontos: podían seguir las huellas de los ciudadanos norteamericanos que entraban y salían del país, sobre todo de aquellos que podían despertar una alarma de seguridad. No es que Katrina Duboss suscitara tales señales, pero si Cramer tenía razón podría estar mezclada con gente que sí presentaba esas características. Además, en esta parte del mundo cualquier joker llamaba la atención. No tuvo que dar explicaciones, y sus indagaciones fueron extraoficiales, como lo había solicitado Cramer. A pesar de eso, a Joann no le parecía mal que todo se volviera oficial, sólo por ver qué clase de esqueletos se destapaban en el proceso. La descripción de su puesto incluía cosas de esa especie. Pero antes de llegar tan lejos, prefirió esperar y ver qué sucedía.

En resumidas cuentas, consiguió lo que buscaba: un punto de partida. El empleado de la embajada pudo suministrarle una lista de lugares en que se reunían estudiantes inadaptados y personajes bohemios. En esta parte del mundo, la palabra *bohemio* tenía un significado literal. Los bohemios originales –de la región de Bohemia. Se preguntó si los aludidos se darían cuenta de ello.

Se fue de paseo con la lista en la mano.

Como de cualquier modo tenía que ir a explorar, ¿por qué no desempeñar el papel de turista? Así que se puso a andar a la deriva por las calles, admirando la arquitectura y deteniéndose en las esquinas, a fin de contemplarlo todo, desde el esplendor del *art nouveau* en el edificio de la ópera del siglo diecinueve hasta las espirales angulosas de la iglesia medieval de Týn, que emanaban un aire de malignidad. La Plaza de Wenceslao, situada al final de una calle amplia, con hileras de árboles que podían pertenecer a cualquier ciudad de Europa occidental, ostentaba un impresionante conjunto de construcciones del siglo diecinueve y una magnífica estatua ecuestre. Aun tras la Segunda Guerra Mundial y cuarenta años bajo un Estado comunista, la ciudad albergaba un barrio judío en el que había una sinagoga medieval intacta, con un perfil superior de ángulos agudos muy distintivo. Ahí se topó con un entusiasta guía de visitantes que hablaba inglés e insistía en que en el tejado de la sinagoga se encontraba el célebre Golem del rabino León. A Joann el relato la hizo sonreír, y le dio una buena propina.

Al borde de la Ciudad Vieja, al dar la vuelta a la esquina, tropezó con una fachada que exhibía la pintura de una mujer hermosísima, con cabellos rojos de rizos fluidos, ataviada con una túnica transparente y rodeada de caracoles y lirios. ¡Alfons Mucha! Se trataba de una imagen creada por Alfons Mucha, sobre el arco de una puerta, colocada ahí en medio de la ciudad como un hecho fortuito. Estaba oscurecida por el hollín, pero era obra de Mucha sin duda. Se quedó a contemplarla un instante: ¡qué ciudad más rara e incongruente!

Su padre amaría todo esto. Joann se tomó tiempo para enviarle una tarjeta postal que mostraba el Puente Carlos sobre el río. Había logrado mandarle una de la mayoría de las ciudades visitadas durante la gira. Una colección de fotos que incluía playas y monumentos, crepúsculos, la roca de Uluru, las pirámides de Guiza, una vista de Tokio y la Casa Rosada de Buenos Aires.

Tal vez, cuando tuviera tiempo libre, deberían viajar juntos. Pensó en proponérselo cuando hablara con él.

Los sitios de reunión de la juventud rebelde eran más o menos como ella esperaba. Bares, cafés, el sótano de una librería de viejo, todos con un aire vagamente clandestino. Aun detrás de la cortina de hierro había cosas que permanecían iguales, y no había manera de impedir que los jóvenes se juntaran para beber y hablar sobre cómo cambiar el mundo. Aunque en un país como el que habitaban, en esa ciudad, se vieran obligados a hablar en voz muy callada, mirando sobre sus hombros.

En todas partes la gente se le quedaba mirando, quizá por ser negra, o porque su altura y su capa ondulante atraían la atención. Aun en Nueva York se fijaban en ella, por difícil que parezca.

Estaba acostumbrada. Significaba que muy raras veces la gente se metía con ella. Decidió cubrirse con la superficie oscura de la capa para contener su energía, a fin de convertirse en casi una sombra. Así no causaría perturbaciones al entrar a los cafés y seguir en busca de jokers, artistas o cualquier persona cuyo aspecto sugiriera que conocía a Katrina.

Encontró el lugar al anochecer. Era la sexta dirección de la lista, que por fuera simulaba ser una tienda normal, al fondo de una calle poco frecuentada en las orillas de la Ciudad Vieja. Había que bajar por unos escalones hasta una puerta hundida, por donde se entraba a un sótano entre los cimientos de un edificio cuadrado de piedra. Mientras estaba detenida frente al lugar, dos jovencitas con pelo corto y pantalones de mezclilla gastados empujaron la puerta para salir. Iban del brazo, riéndose y hablando en checo, en voz baja.

La puerta no estaba cerrada, no había contraseñas secretas ni guardias. Un lugar escondido pero a la vista de todos, del tipo que los caminantes no encontrarían a menos que ya supiesen dónde se hallaba. Tan rápido como pudo se deslizó al interior.

Envuelta en la capa, trató se ser discreta y se ocultó en las sombras. Cuando un jovenzuelo de ojos legañosos que buscaba la salida estuvo a punto de tropezarse con ella, le bastó con apartarse, y él ni siquiera se volvió a mirarla. Siguió bajando escalones hasta que dio con una sala grande, envuelta por los murmullos de una contracultura recién nacida. Focos desnudos conectados mediante cables de extensión arrojaban una iluminación descarnada sobre el lugar. El sitio estaba dispuesto como un café que servía también de taller de trabajo, con pequeños grupos en torno a mesas que no eran sino planchas de triplay sobre burros de carpintería. Olía a café espeso y a cerveza fuerte. Las conversaciones se confundían en un rumor indistinto. Una muchacha de pelo negro, cubierta con una chamarra de mezclilla, tocaba la guitarra y cantaba con intensidad, aunque desafinaba un poco. Las paredes estaban decoradas con volantes, carteles y aun pinturas de spray que anunciaban grupos de rock británicos y revoluciones anticomunistas. No había nadie mayor de veinticinco años, y todos vestían pantalones de mezclilla desgarrados, camisetas, chamarras militares usadas, faldas de gitana y túnicas deslavadas, todo con el sentido de la moda que sugieren las tiendas de segunda mano. Corría por el lugar las ganas de anticiparse a todo, los jóvenes inclinados sobre sus trabajos, conversando animadamente. Estos chicos pertenecían al mundo de la película *Hair*, pero veinte años después.

El sótano donde se reunían podría haber sido construido seiscientos años antes; sus muros pálidos y los techos abovedados abrumaban por la antigüedad y el peso de las piedras. ¡Paredes medievales de roca, cubiertas de eslóganes y grafitis! Como para llorar. Pero el tiempo no se detiene, ¿verdad? Esto era una ciudad, no un museo.

Distinguió a la joker norteamericana al fondo del salón, inclinada sobre una mesa y dibujando sobre un pedazo grande de papel de carnicería. En su primer recorrido visual de la sala Joann no la había reconocido; el costado izquierdo de la joven daba a la pared, y desde donde la miraba su aspecto recordaba a la ninfa de Mucha, con pelo largo y rizado que caía sobre la espalda, ojos brillantes y rasgos finos. No llevaba túnica, sino un chal sobre una chamarra militar verde, un vestido de Paisley, medias y zapatos Doc Martens.

Sin moverse, Joann se limitó a observarla.

Katrina no era la única joker en el salón. Joann distinguió a otros tres, uno con piel húmeda y jaspeada de salamandra, otro con un par adicional de largos brazos pero sin huesos, metidos en los bolsillos de una chamarra sin mangas, y una tercera con pelo azul brillante, que podría pasar como tinte hasta que Joann se dio cuenta de que sus cabellos se movían por su cuenta, como algas marinas en una corriente. Los jokers no se habían juntado entre sí, sino que estaban dispersos por el salón, y trabajaban en sus propios proyectos. No eran suficientes como para formar una comunidad aparte. Por extraño que parezca, la discriminación es menos pronunciada cuando las minorías tienen un tamaño tan pequeño que no causa ansiedad. Joann había experimentado ese fenómeno a menudo. Katrina estaba ahí porque en ese lugar podía ser una artista, no tan sólo una joker.

Tenía buen aspecto. Lucía bastante saludable y sonreía. Aunque tal vez podría alimentarse un poco mejor.

Mientras observaba al grupo, Joann reparó en sus pautas de conducta. Los diversos grupitos de personas estaban absortos en sus propios proyectos, que vistos más atentamente guardaban semejanza: signos, estandartes, banderas, cosas para hacer ruido. Resultaba evidente que fabricaban objetos para algún tipo de manifestación. A Joann se le hundió el corazón: estos chicos se preparaban para confrontar a la policía checa o, en el peor de los casos, a las fuerzas de ocupación soviéticas. Esas cosas no terminaban bien nunca.

Chicos delgados de cabelleras despeinadas y rasgos descarnados, que tendrían cierta belleza ruda si engordaran un poco, abundaban en todos los grupos. Con frecuencia se asomaban a ver lo que hacían los otros grupos e intercambiaban consejos y comentarios. Uno de ellos, que vestía unos pantalones de mezclilla muy raídos y una camiseta descolorida, adornada con el nombre de una banda poco conocida, se movía como quien tiene verdadera autoridad: se involucraba en las conversaciones de aquí y de allá, asintiendo o negando con la cabeza. Todos en la pequeña colonia artística lo trataban con mucho respeto. Al parecer, era él quien mandaba en ese lugar.

Cuando llegó al lado de Katrina le pasó el brazo en ademán posesivo, la atrajo hacia sí y la besó. Ella se rio. Cuando trató de separarse para volver a su dibujo, él no la soltó, y conversaron; hablaba inglés con acento alemán.

Cuando terminó de cortejarla para ir dirigirse hacia otro grupo, Joann se acercó y llamó la atención de la joven.

—¿Katrina Duboss? –inquirió Joann con suavidad.

La joven abrió los ojos, con expresión de culpa, y se apretó contra la pared.

—¿Cómo sabe que soy yo?

—Soy Joann Jefferson. ¿Conoces a la diputada Carol Cramer? ¿Una amiga de tus padres?

—¿Es usted policía? ¿O investigadora privada, o algo parecido?

¿Algo parecido? ¿Qué pasaría si le dijera que se trataba de una agente federal?

—En realidad, no –replicó–. Por lo menos, aquí no lo soy. Se trata solamente de un favor que me ha pedido la diputada Cramer, que ha venido a la ciudad como delegada de una gira de las Naciones Unidas. Me pidió que te buscara para saber cómo estabas. ¿La conoces? Ella querría hablar contigo.

Katrina se tranquilizó. Hizo una mueca de desagrado.

—Sí. Sí la conozco. Mis padres me llevaban a rastras a sus cenas para recaudar fondos. No he visto nunca un grupo de depredadores con más pretensiones. Dígale que estoy bien. No quiero hablar con ella.

—Entiendo –aceptó Joann, añadiendo para sus adentros «no te culpo»–. Al parecer tu familia se preocupa por ti. ¿No tienes un mensaje que enviarles? ¿Algo que quieras comunicarles?

—En realidad no es por mí por quien se preocupan, ¿sabe usted? Lo que ocurre es que todavía no encuentran una buena manera de explicar a sus amistades lo que me ha sucedido.

A su lado, el manojo de serpientes se agitó hasta formar una especie de escudo frente a ella. El ademán equivalía a cruzar los brazos.

—Bueno, le diré a Cramer que estás bien.

Desde el otro lado del cuarto, el chico alemán las observaba con atención. Katrina apartó la mirada con rapidez.

—Será mejor que se vaya –le dijo a Joann–. Desentona en este lugar. La gente se está poniendo nerviosa.

—Eso me pasa siempre –sonrió Joann–. ¿No me quieres contar qué están haciendo todos aquí?

La chica la miró con enfado.

—¿Acaso piensa que soy una espía?

—No, es simple curiosidad. No quisiera verlos en problemas.

—Querrá decir mayores problemas de los que ya tengo, con los amigos de mis padres enviando gente como usted a buscarme.

—Hay de problemas a problemas –aclaró Joann–. Sólo ten cuidado, no te involucres en nada sin tomar precauciones. No sé exactamente cuándo ni dónde planean la protesta que, por lo que veo, van a montar, pero piénsalo dos veces antes de que te pongas en medio de todo eso.

—Gracias por preocuparse de mí –replicó Katrina en un tono tajante, lleno de sarcasmo y desprecio.

No era ninguna niña, se dijo Joann a sí misma. La chica merecía algún crédito.

Katrina tomó dos trozos de carboncillo, uno con la mano normal y el otro con una de sus serpientes, la cual se enrolló y alzó el material como si fuese una espada. Inclinándose sobre el papel, usó ambos carboncillos para añadir marcas, trazos, remolinos y líneas que terminaron por formar una imagen. El trabajo de Katrina era bello. Con un solo color había creado una serie sombreada sobre el papel: una calle empedrada se convertía en una lluvia de flores, que a su vez se transformaba en los cabellos ensortijados de una mujer, y el rostro de la mujer se alzaba con determinación. No era Joann la única que había vagado por las calles de Praga mirando la obra de Mucha.

—Qué bonito –dijo Joann, sintiendo que su comentario era inapropiado.

Katrina dejó aparecer en su rostro una breve sonrisa que conseguía expresar gratitud y sarcasmo.

—Hola, soy Erik.

El joven alemán estaba de regreso, y rodeó a Katrina con un brazo, en actitud protectora. Miró con enojo a Joann, y ésta tuvo que hacer un esfuerzo para no sonreír. El joven inquirió:

—Y tú ¿quién eres?

—Soy Joann –repuso con serenidad–. Tienes toda una comunidad aquí, Erik. Les deseo lo mejor.

—¿Qué haces en este lugar?

—Soy una simple turista que pasaba por aquí, y he admirado el trabajo de Katrina –le informó, observando la predecible expresión de incredulidad por parte de él–. Los dejo en paz. Que pasen buenas tardes.

Después de inclinar la cabeza para despedirse de ambos, salió del sótano y volvió a la calle.

En el camino de regreso a la embajada, Joann pudo notar que la seguían, lo cual no la tomó por sorpresa. Tal vez se trataba de los espías que Ray había detectado vigilando el hotel. Los elementos de seguridad de la gira habían advertido suficientes veces a todos los delegados que serían vigilados por agentes de inteligencia extranjeros de todas las especies si salían a la ciudad, y ella no esperaba ser la excepción. Por las noches, en la oscuridad, era más fácil notar su presencia, sobre todo porque había menos peatones. Tras ella venían dos de ellos, uno a cada lado de la calle, a un par de cuadras de distancia. El que iba del mismo lado de la calle era de estatura mediana, el pelo oscuro y muy corto sobre su cabeza angular. Vestía un traje y una chaqueta oscura de cuero. Simulaba buscar una dirección, con frecuencia consultaba una tarjeta que acunaba en la mano, leía los nombres de las calles y los letreros de las tiendas. Como llevaba ya diez cuadras haciendo lo mismo, Joann no creía que sus esfuerzos por encontrar un domicilio particular fuesen genuinos. Eso sin mencionar que cada cinco minutos volvía la cabeza para mirar a su compañero en el otro lado de la calle. Éste otro era un tipo corpulento, una cabeza más alto que la gente que pasaba a su lado. Ese detalle era lo único que se apreciaba claramente de su figura. Iba cubierto por un abrigo grande, con el cuello alzado y las manos metidas en los bolsillos, los hombros encogidos hasta las orejas. Avanzaba con pasos firmes y lentos, como si estuviera bajo una tormenta, aunque el cielo estaba despejado y el aire, aunque fresco, no resultaba desagradable. Ella podría haberlo tomado con facilidad por un viejo que anduviese perdido en sus pensamientos mientras daba un paseo nocturno, de no ser porque el hombre de menor talla con la chaqueta de cuero volvía la cabeza para mirarlo cada tantos segundos, y el hombre corpulento a veces le hacía una ligera inclinación de cabeza.

No importaba cuántas vueltas y cambios de nivel dieran las calles de la parte antigua de la ciudad, cuántos giros abruptos, desembocando en algunas plazas antes de continuar como calles, formando un ángulo inesperado: ellos seguían tras Joann. Después de todo, conocían la ciudad; pensó que serían agentes locales, no de la KGB.

Mientras recorría la Ciudad Vieja, a lo largo del principal paseo turístico que la llevaba de vuelta al hotel, notó que había pocas luces alumbrando las calles, pero con ellas bastaba. Joann se echó la capa hacia atrás, sobre los hombros, y alzó una de sus manos, como si quisiera sentir si lloviznaba de nuevo. Enfocó la mirada en las luces y respiró hondo. Dos lámparas, una frente a ella y la otra detrás, chisporrotearon y se apagaron de golpe. Un leve trazo de luz siguió el movimiento de su mano, indicando que la electricidad ya formaba parte de ella. La sintió zumbar en su piel y calentarle el cuerpo y los huesos. Sería casi agradable, si no estuviera preocupada por lo que sobrevendría a continuación. Se había transformado en una batería humana y almacenaba la fuerza de un rayo, envuelto en una capa aislante para que no se escapara antes del momento deseado.

Salió de las calles medievales empedradas y se echó a andar sobre el asfalto moderno, hasta un desagüe de acero cuyas rejas se veían en la esquina más distante, entre ella y los agentes que la seguían. Extendiendo el brazo a la vez que hacía la capa a un lado, dirigió un rayo que se arqueó y se desplazó por el aire hasta alcanzar ese blanco de metal. Se oyó el chasquido previo de un trueno y se produjo una lluvia de chispas. Joann dio vuelta a la esquina, aprovechando la explosión para que nadie observara sus movimientos. La descarga eléctrica no debía haber causado mucho daño –más allá de chamuscar el pavimento–, pero fue sin duda espectacular.

Que trataran de entender lo sucedido. ¿Acaso pensaban que podrían seguirla hasta el hotel sin hacer que se molestara? Un par de calles más adelante se metió al umbral de un edificio para mirarlos desde ahí. En efecto, por lo visto habían dejado de seguirla. Se frotó las manos con un gesto de satisfacción.

De vuelta en su hotel, Joann vio que tal vez le quedaba todavía una hora para descansar y dormir un poco, antes de volver a sus deberes. Billy Ray se le acercó en el vestíbulo del hotel en el momento en que entró, como si hubiese estado esperándola.

—¿Estuvo agradable tu paseo? –le preguntó, alzando una ceja y asumiendo una expresión irónica, aunque tal vez sólo era un efecto de la forma rara de su boca y mandíbula.

—Ya lo creo. Tuve compañía casi todo el camino, supongo que eran amigos nuestros del otro lado de la calle.

—¿Te molestaron?

—Para nada, ni siquiera un poco –no quería confesar que tal vez se había excedido un poco al deshacerse de ellos.

—Ya sé que eres capaz de cuidarte a ti misma, no hace falta que me lo recuerdes.

Ella se quitó la capucha de la cabeza, exponiendo su pelo oscuro cortado casi al rape y su sonrisa. Sintió una carga de estática que le cosquilleaba las mejillas y el cuero cabelludo. La energía del entorno del vestíbulo la llamaba desde el cableado del hotel, los focos e incluso el corazón palpitante de Ray. Necesitaría cubrirse de nuevo en un instante, antes de que el cosquilleo se convirtiese en comezón, y luego en ardor. Absorbería toda esa potencia y tendría que volverla a lanzar en un estallido que no podría controlar.

—Ray, ¿tú te preocupas por mí, verdad?

—Tu manera de coquetear es la más intensa que conozco –repuso él, sonriendo.

—¿Crees que se trata de eso?

Él dio un paso hacia ella; un paso riesgoso. La energía empezó a abandonar su cuerpo, sus fuerzas de as fluyeron sin que él pudiera detenerlas. Todo lo que ella necesitaría hacer era tocarle una mejilla, y entonces… Él lo sabía. Aunque sus labios seguían sonriendo, se le habían nublado los ojos. Tal vez tenía un poco de miedo.

—Uno de estos días tendré que hacer la prueba, sólo para ver qué se siente –prometió, cuando apenas estaba a un paso de ella. No tenía más que inclinarse para darle un beso.

—Ya sabes dónde encontrarme –se puso de nuevo la capucha y se alejó de él andando. Lo oyó reír, a su espalda.

♠

Joann no podía recordar una época en que el contacto con ella no tuviera efectos fatales. Su primera víctima fue su propia madre. Aquel recuerdo era muy borroso, por fortuna. El accidente, el miedo, los días en que intentó averiguar qué había sucedido, y por fin el descubrimiento de que ella tenía la culpa de todo. Estuvo aislada en el hospital, llorando mientras su padre la abrazaba. Él llevaba un traje que lo resguardaba del material peligroso, e impediría todo contacto hasta que los doctores averiguaran la naturaleza mortífera de su as. Estaban separados por una capa de hule grueso, envolturas de plástico resbaloso y una máscara antigases. Podía abrazarla, mas no tocarla; ella no volvería a sentir nunca el contacto bondadoso de otra piel. Su padre no podía consolarla con sus besos.

Pasaba mucho tiempo pensando en lo diferente que hubiese sido su vida si su padre no se hubiese quedado a su lado. Si en lugar de perdonarla la hubiera culpado, rechazándola a ella y sus poderes de fenómeno. En cambio, la abrazaba, al menos metafóricamente. Cuando con el paso de los días Joann tenía accesos en que quería aullar, romper ventanas y desgarrar su propia carne, él estaba ahí, listo para hablar con ella hasta que se tranquilizara. ¿Podría haberse tolerado a sí misma si él no hubiera permanecido a su lado para decirle que algún día todo lo sucedido valdría la pena?

—Este poder que posees es peligroso, por supuesto. Si no tienes cuidado, será destructivo. Pero lo mismo se puede decir de la electricidad, los cuchillos, los automóviles y otras herramientas que necesitamos. Joann, debes encontrar la manera de convertir en algo bueno esto que te pasa. Que sirva para construir cosas, no para romperlas.

Gracias a su padre había ingresado al servicio del gobierno, y no a un hospital. Casi todo el tiempo sentía que la decisión había sido correcta. Eligió ella misma su nombre de as, Lady Black, la Dama Negra, y eso tenía varios niveles de significado. Era el color del lado absorbente de su capa, y era el color de su piel. Representaba el lado oscuro y peligroso de su poder. El título de «Lady» ayudaba a la gente a tratarla con respeto.

A lo largo del día siguiente, los delegados estuvieron ocupados con reuniones y paseos. Praga era uno de los destinos en que los propósitos de la gira enunciados en el papel no correspondían mucho a la situación real. Ostensiblemente, los delegados debían observar con interés imparcial las innovaciones introducidas por un gobierno del bloque comunista en el tratamiento del virus de wild card, y reportar las condiciones experimentadas por las víctimas del virus. Pero en la práctica pasaron por una exhibición arreglada de instituciones impecables y entrevistas ensayadas, situaciones controladas, con algunos jokers elegidos previamente e incluso uno que otro as. Los oficiales checos les presentaron a un hombre maduro que podía reordenar los contenidos de cualquier libro mediante telequinesis hasta que se convertían en *El manifiesto comunista*. Toda una hazaña desde el punto de vista ideológico, aunque de dudosa utilidad. Los delegados norteamericanos tuvieron el tacto de no preguntar cuántos de los ases más poderosos de Checoslovaquia trabajaban para las agencias de inteligencia del gobierno, o si habían sido reclutados por la KGB, y los funcionarios checos les devolvieron la cortesía al no proporcionarles ninguna información.

La excursión de Joann la noche anterior era ejemplo de que al menos algunas víctimas del virus dentro del país no estaban bajo el control del Estado. El país no encerraba a todos los jokers, lo cual, en forma marginal, lo volvía mejor que otros, o al menos eso suponía ella.

En su papel de guardaespaldas y niñera, Joann acompañó a uno de los grupos de la gira, compuesto sobre todo por políticos norteamericanos y funcionarios de la OMS, y no por celebridades, que, protegidas por Billy Ray, se habían ido a la Ciudad Vieja a adoptar el rol de turistas fotogénicos. Después de tantas semanas de hacer lo mismo, se había fijado una rutina: el doctor Tachyon interrogaba a los asombrados profesionales médicos de la localidad, y éstos respondían a las preguntas en inglés básico, a veces en francés, o a través de intérpretes. Los políticos tomaban el rol de observadores, fingiendo interés mientras adoptaban expresiones impenetrables. Cramer estaba allí, pero Joann no tuvo oportunidad de hablar con ella sobre Katrina. Eso sucedió terminadas las horas oficiales, mientras casi todos los demás delegados tomaban la copa de la tarde en el bar del hotel. De nuevo, la diputada invitó a Joann a la antecámara de su suite.

—La encontré –anunció Joann, con lo cual suscitó un suspiro de Cramer–. No tiene ningún deseo de volver a su casa. Ni siquiera quiere hablar del asunto, en realidad.

—¿Se encuentra bien? No anda en dificultades, ¿o sí? –Cramer lanzaba sus preguntas desde el borde una silla labrada de respaldo recto, en la cual se había sentado después de retirarla de una mesita de desayuno.

Eso dependía de lo que uno entendiera por «dificultades».

—Creo que está bien –respondió Joann, sin perder la neutralidad–. Pero como ya lo mencioné antes, es una mujer adulta. Si no desea hablar con nosotras, no podemos obligarla.

Joann esperaba que ahí terminara la cuestión.

—¿Cree usted …? Me gustaría poder hablar con ella, Lady Black. Usted sabe dónde encontrarla. ¿Puede arreglar que nos encontremos?

Esto no sólo quedaba totalmente fuera de las responsabilidades normales de Joann; Cramer estaba rebasando los límites al usar su posición para obtener consideraciones especiales; un abuso menor de poder practicado por los políticos desde tiempos inmemoriales, pero un abuso a fin de cuentas, y Joann podía indicárselo. No tenía deseos de salir a cazar de nuevo a la artista vagabunda.

—Pero la señorita Duboss dijo con claridad que…

—Su familia está muy preocupada, debe comprender eso. Si pudiera hablar con ella en persona, al menos les daría a sus padres información de primera mano. No es tan difícil, ¿o sí?

—Veré si puedo hacer algo.

La recepción formal de la embajada era esa noche. En realidad, no tenía tiempo. Pero, para decir la verdad, el asunto le había picado la curiosidad. Si volvía al centro de la ciudad, quizá podría enterarse de qué se proponían los chicos con esa protesta.

Cuando llegó a la calle curva donde se ubicaba la comuna de arte en el sótano, el lugar estaba bloqueado por patrullas de la policía, las luces de los techos encendidas. Un par de agentes andaban por ahí, con aspecto aburrido. Otros entraban y salían de la puerta del sótano, llevando carteles arrancados de las paredes, montones de papel e incluso botes de pintura e instrumentos de artistas. Se llevaron ese botín a un pequeño camión de mudanzas que estaba parado al otro lado del callejón, y tiraron todo al interior, sin importarles de qué manera caían las cosas. Estaba segura de que, si les preguntaba, dirían que estaban reuniendo evidencia, sin importar el descuido que –contemplado desde afuera– exhibían en sus métodos. Esos tipos eran personal básico de seguridad, no pertenecían al servicio secreto ni a nada semejante. Desde su punto de vista, mientras estuvo en la esquina observando los sucesos y oyendo conversaciones en un idioma que no lograba entender, no pudo saber qué crimen estaban investigando, si es que acaso importaba ese detalle. Habían encontrado la base de operaciones de los jóvenes artistas y la habían clausurado.

Si esto pasara en Nueva York, se habría reunido una multitud de espectadores a ambos lados de los callejones, apretándose a codazos para ver mejor, y habría barreras y media docena de agentes para mantener al público fuera de la escena. Pero allí, en cambio, no había nadie. Las personas que pasaban por ahí ni siquiera se volvían a mirar, avanzaban con la cabeza baja. Observar un suceso semejante podía atraer una atención indeseable. Joann dedujo que le convenía seguir ese ejemplo, y se marchó.

Mantenía los ojos abiertos para buscar a sus viejos conocidos, los dos agentes que la habían seguido la noche anterior. Tenía el presentimiento de que tal vez fueron ellos quienes condujeron a los policías al sótano, después de que ella les había mostrado el camino. No se les veía por ahí. Pero ya no eran necesarios.

En la siguiente intersección, una figura se tendió hacia ella, y un conjunto de tentáculos anaranjados se enrolló entorno de su brazo. Al sentir el primer contacto, Joann dio un salto hacia atrás y se envolvió en su capa aislante.

Katrina Duboss, que llevaba suéter, chal y falda bohemia diferentes del día anterior, estaba de pie en la esquina, haciendo un mohín.

—¿Te repugno tanto? –preguntó.

—El contacto conmigo mata –advirtió Joann–. Podrías haber muerto si llegas a tocarme la piel.

La joven se puso pálida. A menudo Joann veía las mismas reacciones. Tener que explicarse con las personas era aún peor que la ausencia de todo contacto, al ver la mirada de lástima que aparecía en sus rostros cuando comprendían lo que la situación implicaba.

—¿Eres un as? –preguntó Katrina, escrutando bajo la capucha la cara de Joann–. ¿As o joker?

Una pregunta filosófica de la época, ¿verdad? Mirando cómo algunas personas retrocedían ante Joann con miedo, bien podría ser una joker, aunque su espejo dijera otra cosa.

—Andemos un poco, Katrina –propuso Joann, y ella y Katrina caminaron lado a lado. La joker se mantenía ahora a prudente distancia de su acompañante.

Joann estaba por iniciar lo que prometía ser una conversación difícil con Katrina, cuando ésta le preguntó:

—¿Vale la pena? ¿Digo, ser as, si ése es el precio que debes pagar?

Nadie se lo había preguntado en términos tan radicales, pero la pregunta resultaba elegante. Tan elegante como imposible de responder: nadie le había dado la opción de pagar un precio por ser un as. Tanto el poder como el precio habían entrado a su vida por azar.

—Para decir verdad, no siempre pienso en mí como un as. Me limito a hacer lo mejor que puedo con lo que tengo.

—Sí, a mí me pasa lo mismo –reconoció Katrina.

Unos pasos más adelante, Joann preguntó:

—¿Todos tus amigos salieron bien librados?

—Claro que sí. Los vimos venir. Y no fue gracias a ti.

Aun si Joann no hubiera sido quien guiara a la policía al sótano, los jóvenes la culparían de igual manera. No le importaba, sobre todo si esto ayudaba a que no se embarcasen en planes peligrosos de protesta.

—La diputada Cramer te quiere ver en persona. ¿Crees que podrías concederle unos minutos? Hay un café cerca del hotel donde las dos podrán reunirse sin llamar la atención.

—No quiero hablar con ella. Lo único que le importa es quedar bien con mis padres.

Joann hizo una inclinación de cabeza para expresar que la comprendía; no se podía culpar a la muchacha por ser inteligente.

—No comprendo por qué trabajas para Cramer –declaró Katrina–.

Te estuve investigando, a ti y a la gira de la OMS. Lo que estás haciendo no tiene nada que ver con la descripción de tu puesto.

—Lo hice por curiosidad. Resulta obvio que tú y tus amigos planean algo, o lo planeaban.

—Seguimos en ello. Esto no va a detenernos. Ya habíamos sacado de ahí todo lo que necesitaremos y no podrán pararnos. Podemos ir esta misma noche, si queremos.

La mirada que había en sus ojos y su modo de sonreír hicieron pensar a Joann que no estaba oyendo una hipótesis.

—¿Qué están planeando, exactamente? –le preguntó.

—Tendrás que leerlo en los periódicos de mañana.

—No se trata de un juego, Katrina. Si estos tipos te arrestan por no agradarles lo que haces, vas a entrar en un mundo de problemas. Es posible que ni la embajada ni tus padres puedan sacarte de ahí.

—Ya lo sé –replicó la interpelada mientras hacía una mueca–. Mis padres no alzarían un dedo por ayudarme. Este cateo policiaco no fue sino una táctica para asustarnos e intimidarnos. No funcionó.

Hablaba con la convicción justiciera de los jóvenes, la cara en alto, el puño cerrado.

—¿Eso es lo que te ha dicho el tal Erik? ¿Es él quien te ha metido en esto?

—¿Crees que una pobrecita insignificante como yo, fácil de engañar, no es capaz de formarse opiniones propias sobre este tema? ¿O tal vez piensas que agradezco tanto que alguien se fijara siquiera en un retorcido fenómeno como yo, que haré cualquier cosa por él?

Alzó el brazo, y las serpientes se retorcieron y agitaron. La luz que se reflejaba en sus escamas le daba el aspecto de estar en llamas.

—No hago esto por Erik, ni por estar loca, ni por desquitarme de mis padres, ni por formar parte de un culto, ni por ninguna de esas razones. Lo hago porque quiero hacerlo, porque es bueno hacerlo. Puedo usar el dinero de mi fideicomiso para algo útil, en lugar de irme de compras a las tiendas más caras u otra cosa por el estilo. Y también porque Praga es hermosa, y aquí vivieron Mucha y Dvořák, y Kafka, y porque, aunque desde afuera las protestas parezcan estúpidas, están resultando. Van a funcionar. Soñar no hace daño, ¿no crees?

Joann bajó los ojos. ¡Oh, la juventud y sus convicciones!

—Katrina, ten cuidado. Voy a estar en Praga un día más. Si estás en dificultades, si necesitas ayuda, ponte en contacto conmigo.

—Voy a estar bien. Dile a Cramer que estoy bien.

Con un revuelo de su falda, Katrina giró sobre los talones y se alejó a zancadas, mientras su brazo tentacular se le enrollaba en la cintura con gesto protector.

◆

Joann no volvió al hotel antes del anochecer, y Ray la recibió en la puerta.

—Llegas tarde –la reprendió, con una mirada dura–. Se supone que en media hora tenemos que estar en la embajada.

—Desde luego –repuso ella, abriéndose paso con el hombro–. ¿Pasó en mi ausencia algo que no pudieras manejar por ti mismo?

—La verdad es que no.

—Entonces aquí estoy, cumpliendo mis deberes, y no quiero que se hable más de esto.

—¿No te habrás metido en algún problema ahí fuera?

Ella alzó los ojos lo suficiente para que él percibiera su expresión bajo la capucha. Lo miró con una ceja alzada.

—He dicho que no quiero hablar del asunto. Confías en mí, ¿sí o no?

—No desconfío, no –admitió Ray, con el ceño fruncido–. Pero es que eres rarita, ¿sabes?

Tomando en cuenta que el adjetivo provenía de Billy Ray, podía considerarse casi un cumplido.

—Agente Ray, soy un as, y eso me hace igual de rarita que tú. ¿No te parece que es hora de arrear a los delegados y ponernos en camino?

Él hizo un ademán grandilocuente hacia el vestíbulo.

—Os sigo, Alteza.

♥

La Embajada de Estados Unidos en Praga era un auténtico palacio del siglo diecisiete, con patios, alas, decorados barrocos, techos cavernosos y por lo menos cien recámaras. Aun el doctor Tachyon se mostró impresionado cuando el grupo fue conducido por el jardín a través de un sendero y luego a través de un arco hacia la sala de recepción. Raras veces los seres humanos correspondían a la escala de valores del científico.

Joann había aprendido que todas las recepciones de las embajadas eran más o menos lo mismo. El embajador y su esposa harían el papel de gentiles anfitriones, y los empleados tendrían la aptitud invariable de suavizar todo tipo de dificultades, salvar metidas de pata y corregir otros errores antes de que se volvieran incidentes internacionales. La comida, las bebidas y la música eran siempre excelentes. La especialidad nacional tendría un lugar destacado: en Argentina, el tango, en Japón, el sashimi, y así por el estilo. En las naciones islámicas a veces había alcohol, y a veces no, pero lo compensaban con otras gratificaciones. Un café extraordinario, por ejemplo. Pero aquí estaban en Europa del Este: habría abundancia de alcohol.

Desde la perspectiva de Joann, aquello equivalía a ver una película. La misma película, con el mismo grupo. El doctor Tachyon vaciaba de un trago sus copas de champaña; Hiram Worcester, por fin reintegrado a la gira, sitiaba una bandeja entera de entremeses. Los políticos circulaban de un lado a otro, estrechando manos y conversando. Joan detectó a la diputada Cramer, vestida hasta el cuello con un estilo conservador, en lo que parecía más un traje de falda larga que un atuendo de gala. Xavier Desmond, que declaraba a veces no ser un político, también se encontraba allí. Por su parte, Chrysalis permanecía en el mismo sitio. Con un vestido púrpura sin tirantes que realzaba los contornos variables de su musculatura descubierta, se había sentado en la periferia, observando con atención. Un cambio en la gira: Peregrine ya no modelaba esbeltas creaciones de alta costura en cada recepción, como al principio. Seguía luciendo muy hermosa en un vestido de maternidad de brillos trémulos, que envolvía su crecido vientre con gran arte.

Todo esto tenía lugar en la sala de recepciones de la embajada, forrada con elegantes alfombras y cortinas que le daban un aire extraño a una reunión que era a la vez política, pública, sensacionalista y formal. Como de costumbre, Joann, con capa y capucha, permaneció al margen de todo, acechando. Se limitaba a acechar.

Cuando Cramer se separó de los presentes y cruzó el salón hacia

donde ella estaba, Joann sintió que algo se le clavaba en el estómago. ¿Y ahora qué? ¡No sería tan importante como para interrumpir
la recepción! Para alguien que no deseaba llamar la atención, Cramer atraería muchas miradas. Joann se enderezó y se dijo que ante
todo había que ser profesional. No tenía la menor posibilidad de
escaparse.

—Lady Black... Agente Jefferson. ¿Me permite hablar un momento con usted?

Joann reprimió un suspiro.

—Vayamos afuera si le parece, diputada Cramer.

El as llevó a la diputada por un pasillo lateral hacia un rincón
apartado del patio, donde no se les veía ni oía.

En tono impaciente, Cramer demandó:

—¿Pudo arreglar el encuentro con Katrina?

—No, diputada Cramer. La señorita Duboss afirmó que no desea
tener nada que ver con su familia.

¡Y la acusó a usted de alcahueta!, añadió Joann para sus adentros.

—Es lista –admitió Cramer, cambiando de expresión con un gesto
de dolor. Joann alzó una ceja, para implicar una pregunta cortés. La
otra mujer caminó de un lado a otro en el patio de mármol.

—Hablé por teléfono con los padres de Katrina esta tarde. Me
temo que entendí mal la situación. Cuando me solicitaron entrar en
contacto con ella, asumí que deseaban que volviera a su lado. Creí
que... sabe usted, si se tratara de mi hija, yo querría que regresara.

—¿Qué es lo que quieren, entonces? –inquirió Joann con suavidad.

Debía ser algo importante, pues la diputada inhaló profundamente antes de responder.

—Lo que quieren es reunir evidencia de que ha incumplido las
condiciones del fideicomiso para desheredarla. Si es arrestada, si se
le encuentra culpable de cualquier falta más allá de una multa de
tránsito, perderá el fideicomiso. Esto no es porque se haya marchado,
ni tampoco porque haya hecho nada malo. Es sólo por su condición.
Lo cual es terriblemente injusto. Creo que Katrina se comporta con
sabiduría al mantenerse lejos de ellos. Es su hija, deberían sentirse
obligados a cuidarla.

El mundo de los fideicomisos y de los hijos desheredados quedaba muy lejos de la experiencia de Joann, pero la consternación

expresada por Cramer era evidente. Para ella, la familia era mucho más importante que el virus de wild card o cualquier otra cosa. Esto lo daba a entender con toda claridad.

También era claro que, mientras hablaban, Katrina se estaba metiendo en una situación en la cual se arriesgaba a ser desheredada. A Cramer le gustaría saberlo, pero no se lo diría; era mejor que no lo supiera. Era Katrina quien necesitaba enterarse. Sin duda no se metería en problemas si supiera que su fondo de fideicomiso estaba amenazado. Lo cual además haría enfadar de verdad a sus padres.

¡Si tan sólo supiese Joann dónde estaba Katrina exactamente y qué estaba haciendo!

—Sólo quiero ofrecerle mi ayuda –prosiguió Cramer–. Si tiene dificultades es obvio que no podrá recurrir a su familia. Pero ojalá tuviese alguien a quien acudir. Nos metemos a la política pensando en arreglar todos los problemas del mundo, pensando que podemos crear algo diferente. Sabía que no iba a ser fácil, pero mire usted, esta gira: ¿acaso sirve de algo lo que estamos haciendo? Pensé que al menos podría ayudar a esta chica.

Joann había dejado de prestarle atención. Ya no se trataba de Cramer. Estaba resuelta: tendría que salir de ahí, encontrar a Katrina y no permitir que la policía le echara el guante. Lo demás podía esperar.

—Voy a intentar hablar otra vez con ella.

—Aprecio mucho su ayuda, agente Jefferson.

Eso fue amable, pero a estas alturas lo que le preocupaba a Joann era si Katrina apreciaría su presencia.

Echó un vistazo al salón de recepciones, donde la fiesta estaba a todo galope. Los delegados no podían gozar de mayor seguridad de la que tenían allí, en medio de la Embajada de Estados Unidos. Bien podía ausentarse un par de horas.

Billy Ray, plantado bajo el arco de la entrada, entre el salón de recepciones y el jardín, constituía por sí solo una impresionante demostración de fuerza. Vestía su traje de pelea blanco, y de pie, con los brazos cruzados y su cara de pocos amigos, estudiaba con atención a cualquiera que entrara o saliera. Se le acercó de lado, haciendo girar la capa tras ella, y le habló por encima del hombro.

—Billy, ¿puedes cubrirme?

—¿Por qué? ¿Qué pasa?

—Uno de los delegados me pidió un favor personal, pero el asunto se ha salido de cauce. Ahora tengo que asegurarme de que termine bien.

—Querida, lo que dices no tiene sentido. ¿Algo anda mal?

Después de conducirlo hacia fuera, bajo la protección de un arbusto, le contó toda la historia.

—Ah, genial –comentó Ray, alzando el labio superior–. Sabes que no estás en deuda con ninguna de estas personas, ¿verdad? Ni con Cramer ni con la niña rica.

—La cuestión es que ya no se trata de Cramer –suspiró Joann, mirando hacia la ciudad como si esperara ver fuegos artificiales que le indicaran dónde se realizaba la protesta de los jóvenes. El río arrojaba un brillo de plomo líquido bajo las luces nocturnas de la ciudad, y las espirales de la iglesia Týn se erguían como un cetro demoniaco.

—En los años sesenta –prosiguió Joann–, un par de estudiantes se prendieron fuego aquí para protestar por la ocupación soviética de su país. Tengo miedo que se haya metido en una cosa de ésas.

Una chica con la vida volteada de cabeza por el virus wild card, determinada a seguir adelante, a encontrarle sentido a su existencia, a hacer algo importante en el mundo. Joann podía entenderla.

—Y si está decidida a hacer algo de esa naturaleza, ¿cómo piensas detenerla?

—No quiero más que encontrarla y hablar con ella.

—Entonces déjame que te ayude.

—De verdad, no es necesario, no debes …

—Hablo en serio. Suena más divertido que esta función.

En efecto, Tachyon, completamente borracho, acosaba al pianista que había estado tocando música de fondo, implorándole que cantara algo de Mozart. Ray le dirigió una mirada socarrona.

—Además –agregó–, vas a necesitar a alguien que te cuide la espalda.

¿Cuidarla a ella? ¡Ridículo!

Juntos, salieron discretamente de la recepción. Él la tocó en el hombro, urgiéndola para que se apresurara por la acera hasta llegar a la entrada de servicio de la embajada. Ni siquiera lo pensó; el gesto había sido tan natural como el que se hace con la mano para proteger los ojos del sol. Por fortuna la tela de la capa los protegió tanto a ella como a él. Tan cerca y tan lejos, pensó Joann por millonésima vez.

♠

Esa tarde había caído un chubasco primaveral, las calles húmedas brillaban y soplaba un vientecillo fresco. La bastilla de su capa se mojaba por el roce con el pavimento.

En cuanto pensó en ello, Joann entendió que el destino de su excursión era obvio: la Plaza de Wenceslao. Durante décadas la amplia avenida había sido el escenario predilecto de mítines y reuniones políticas. Si el grupo de Katrina y Erik andaban tramando algo para atraer abundante atención, tendrían que ir a ese sitio. Ella y Ray corrieron a buscar un taxi en cuanto salieron de la embajada. Pero a esa hora y en esos barrios de la ciudad los taxis escaseaban. La parte central de la ciudad no era tan extensa, así que siguieron avanzando, cruzaron el río y entraron a la Ciudad Vieja.

En ese punto una figura inmensa, envuelta por un abrigo, se lanzó contra Ray: era uno de los hombres que la habían seguido el día anterior. El grandulón había atrapado al as por la cintura, y sin dejar de correr un instante, lo alzó de la acera y cruzó con él la calle.

Joann apoyó su espalda contra la pared del edificio más próximo y miró en torno suyo para localizar al compañero del atacante. Lo detectó al otro lado de la calle, esperando. El gigante seguía corriendo hasta que impactó un muro con el cuerpo de Ray, haciendo que los tabiques se agrietaran en todas direcciones. Ray se dobló, sorprendido, pero se mantuvo de pie y lanzó un puñetazo que impactó la panza del otro con un ruido sordo. Enseguida, el gigante volvió a agarrarlo como antes y lo lanzó de nuevo contra el muro. Tenían información sobre el as de Ray, por eso sabían que era necesario impactarlo repetidamente antes de que se desplomara. Tal parecía ser su objetivo.

Joann no podía permitir que eso sucediera. Corrió, desplazando la capa para descubrirse los hombros. El otro agente no se movió, y eso le pareció sospechoso a ella. ¿Qué esperaba? O, lo que era más probable, ¿qué escondía?

Sin dejar de mirar al socio, que observaba la acción a media cuadra de distancia, Joann dio una palmada sobre la espalda del hombre corpulento y dio *el jalón*, abriendo las puertas de su poder. La sensación era parecida a un remolino en las tripas, un agujero abierto de gran voracidad y poder, capaz de tragar más y más energía hasta que su ser explotara. Lo tenía bien planeado: dejarlo caer como un tronco después de haberle absorbido la energía hasta dejarlo casi seco, para enseguida dar vuelta y golpearlo con un enorme impacto salido de su propia energía. Quedaría en cama por semanas, si acaso no moría en el acto.

Pero no sucedió nada. Lo tenía bien agarrado, pero nada salía de él, no podía sentir ni siquiera una chispa. Era como un muerto que continuaba de pie y moviéndose. Se volvió y la miró con ojos de piedra. Con agilidad sorprendente, el grandulón la agarró y la alzó del piso, pero Joann seguía sin producir ningún efecto sobre él. Hizo un intento por revertir el proceso, y agarrándolo por los hombros con las dos manos intentó meterle el equivalente de una bomba de energía en el cuerpo. La potencia rebotó con una cascada de relámpagos, y él siguió sosteniéndola con los brazos. Ella respondía luchando, pateando y clavando sus uñas en esa extraña carne que resistía. Era de materia sólida, tenía los músculos duros y su expresión era vagamente blandengue en el momento en que empezó a apretarla.

¡Había alguien que podía tocarla! ¡La tocaba, la seguía tocando y no moría! No moría. Podía tocar a este hombre sin matarlo, y él a ella; esto le pareció muy emocionante. Aun si estaba intentando matarla, estuvo a punto de inclinarse y darle un beso. Proposición: por cada poder de un as existía, en alguna parte, un poder opuesto contra el cual ese don resultaba inútil. Tal idea ofrecía un equilibrio tranquilizador en el universo. Si ella tenía la capacidad de extraer la potencia vital de cualquier ser, ¿no resultaba razonable la idea de que en alguna parte hubiera un as con el poder de que su fuerza vital no fuese extraída?

Por supuesto, la ley de Murphy interfería en esto: el hombre que podía tocarla era el mismo que intentaba matarla.

Tenía los brazos inmovilizados. Le pateó las rodillas y el vientre, pero él ni siquiera hizo un gesto. Lo único que consiguió fue lastimarse los dedos de los pies al impactar sobre esa carne dura como una roca. El gran secreto profesional de Joann era que no tenía gran habilidad para las artes marciales ni en el combate mano a mano, cosas que por general eran requisito para todo agente federal empleado en tareas de seguridad. Podía aprender los movimientos, pero no le era posible en realidad practicar con ningún contrincante sin arriesgarse a matarlo con su poder. Dado que podía incapacitar a cualquiera con un simple movimiento de la mano, nadie había pensado que *necesitara* ser efectiva en el combate mano a mano. Pero allí, prensada en el poderoso abrazo del potente as, no podía más que revolverse, mientras él seguía apretándola. Sus costillas crujieron y estaba a punto de perder el aliento, pues sus pulmones no lograban expandirse.

Eso no le servía de nada. Retorciéndose, volviéndose lo más resbalosa posible, logró deslizarse hacia abajo, y salir al mismo tiempo de su capa. Las manos del otro titubearon al sentir su movimiento, aferraron la tela tersa de la capa y gracias a ello Joann logró librarse. Más por instinto que por razonamiento, se dio vuelta y soltó una estrella explosiva de energía almacenada, un relámpago que estalló frente a ella, con el trueno resonando en la piedra.

El as retrocedió, se cubrió los ojos con el brazo y arrojó la capa. La explosión no lo había matado, pero parecía haberlo cegado.

El otro agente seguía sin entrar en acción. Ray se estaba levantando del pavimento, sobándose la cabeza y rugiendo de rabia.

—Ray –le advirtió Joann.

—¡Joder, ya lo tengo! –gruñó él, y en seguida saltó.

El gigantón cerró la mano en un puño y trató de golpear a Ray, pero el as del traje blanco ya se había movido fuera de su alcance, cayendo sobre la cabeza de su contrincante, enganchándole el cuello con el brazo y depositando un tremendo puñetazo sobre su rostro. Fragmentos de piedra se le desprendieron de la cabeza.

Un momento, pensó Joann: ¿piedra?

El otro agente checo gritó lo que parecía una negación y corrió hacia ellos. Joann alzó una mano indicándole que se detuviese. El hombre se quedó quieto. Ambos se volvieron a mirar al gigante.

El hombretón parpadeaba, confuso. Ray le había hecho daño: tenía el rostro lleno de grietas, que comenzaban en una mejilla, envolvían el ojo, y luego cruzaban sobre la marca que tenía en la frente, una suerte de cicatriz o de tatuaje. Alzó la mano para rascarse allí, y otro pedazo de piedra se le desprendió, deshaciendo el símbolo.

El gigante se quedó congelado, como una estatua. Las grietas de la cara se le ensancharon, y el daño se extendió por todo su cuerpo hasta que toda su figura se desmoronó y se convirtió en escombros, sobre su abrigo y el resto de su ropa.

Un silencio extraño descendió sobre los tres, que observaban confusos lo ocurrido. Joann se inclinó sobre los restos del hombre, una pila de piedra y arena, y pasó los dedos por encima. Ray, que parpadeaba desde que el gigante se desintegró, seguía en cuclillas. ¿Qué estaba pasando?

La expresión del agente checo se endureció, y la pena se convirtió en impasividad. Por fin, habló:

—No importa. Puedo hacer otro, y otro más.

El as era él, no su corpulento compañero. Su poder consistía en dar vida a la piedra, en fabricar hombres de piedra.

—Usted es judío –dijo Joann, abriendo más los ojos–. Su poder consiste en hacer golems.

—Soy un buen comunista –replicó, de manera directa, como si estuviera acostumbrado a declararlo una y otra vez–. Yo y mis sirvientes somos buenos agentes, y me propongo descubrir qué traman ustedes.

Joann suspiró, llena de frustración.

—¡No tramamos nada! –exclamó.

—Sé que conspiran con los agitadores extranjeros para provocar intranquilidad civil.

No pudo evitar reírse.

—Lo ha entendido al revés. Es sólo… –iba a explicarle, pero abandonó la idea y sacudió la cabeza.

Cerró el puño y sintió la potencia chasquear. Podía derribarlo ahí mismo donde estaba, con sólo tocarlo, si era necesario. Era un ser humano, con un flujo normal de energía en un sistema nervioso convencional. Su sirviente de piedra era otra cosa. Pero no le hizo nada, porque él se limitaba a estarse quieto y de pie. Frotándose las manos, fue a recuperar su capa. Con un movimiento amplio de torsión bien practicado, se envolvió en ella y guardó su poder.

—Joann, ¿estás bien? –le preguntó Ray, que había logrado ponerse de pie, un poco lastimado y con un hilo de sangre fluyendo sobre su frente, pero en condiciones normales, a pesar del trato recibido. Se preguntó si debía advertirle sobre la sangre antes de que le manchara el traje.

—Estoy bien –respondió.

Le dolían las costillas, pero se recuperaría. Contempló al agente checo.

—Le digo que no he venido a causar ningún problema. Podemos irnos cada quien por su lado, sin tener que reportar lo sucedido.

—Ustedes tienen todo el poder sobre la situación. Decidan lo que quieren que hagamos –declaró el agente checo, alzando el mentón con expresión de orgullo desafiante.

Sin duda, esperaba que lo mataran ahí mismo. Es lo que él habría hecho, en caso de verse en la posición de ellos. Joann no necesitaba más que alzar la mano… o dar la orden para que Ray le arrancara la cabeza.

—Vámonos, Ray –decidió Joann, ajustándose con mayor firmeza la capa sobre los hombros y echándose a andar–. Ya hemos perdido suficiente tiempo.

—¿Estás segura? –insistió Ray.

—Segura.

Anduvieron juntos hasta la siguiente intersección. Al mirar sobre su hombro, Joann notó que el agente checo se había esfumado.

El reloj mental de Joann seguía su marcha. ¿Se habría metido en algún lío Katrina? ¿Estaba en riesgo de caer bajo arresto?

A esa hora había muy poco tránsito, pero de camino pasaron a su lado no menos de una docena de patrullas de la policía. Joann pensaba que con seguridad los iban a detener. Ella llevaba de fuera el lado oscuro de su capa y podía resultar casi invisible, pero el traje blanco de Ray resplandecía como un faro. Los coches de la policía parecían estar en alguna misión: iban de prisa, y todos se encaminaban más o menos a la misma dirección. Eso no era buena señal. Joann apresuró el paso, y Ray la siguió a unos metros, sin dejar de mirar en torno de ellos.

Joann oyó risas y gritos al desembocar en la avenida amplia y en la plaza. Por fin, pudo verlos.

Una multitud de muchachos, desde adolescentes hasta jóvenes de más de veinte años, cruzaba a toda prisa la calle a varias cuadras de distancia, entre risas. Creyó ver la falda campesina de Katrina, su suéter y su brazo de serpientes de joker, pero no estaba segura. Eso podría ser la bufanda de otra persona. El grupo tenía el mismo aspecto de los chicos del sótano. Joann corrió para darles alcance, pero le llevaban ventaja y tenían prisa. Por lo visto, habían realizado aquello que planeaban, les había salido bien y se disponían a marcharse del lugar. Se escaparon corriendo por la calle, dieron vuelta a una esquina distante y se perdieron de vista. Joann, viendo que no tenía demasiado caso perseguirlos, aminoró la marcha y al fin se detuvo, volviéndose a contemplar la avenida que iba al corazón de la Plaza de Wenceslao, con la estatua ecuestre del rey al centro.

La estatua estaba cubierta de flores. Envuelta en paños de flores por el flanco y cuello del caballo, guirnaldas en la cabeza, hileras que ascendían por el cuerpo del rey, que se enrollaban en torno a su lanza para colgar del extremo formando un estandarte. En torno a la estatua se dispersaban más flores, las que habían sobrado, sobre los arbustos, y también otras más aparecían suspendidas de los árboles. Estas hectáreas de flores de papel era lo que habían estado fabricando en las sesiones de artesanía del sótano. El monumento se había transformado en un jardín de fantasía, que brotaba en el centro de la ciudad.

Junto a las flores, los jóvenes habían plantado banderas, pancartas y carteles. Las consignas estaban amarradas a los árboles o pegadas a los escaparates y sobre la base de la estatua. Símbolos, caricaturas, eslóganes, casi todos en checo, que Joann no podía leer, pero había otros en alemán y en inglés; ninguno en ruso. Las consignas eran a favor de la democracia y la paz. Había dibujos de tanques y bombas tachados con grandes trazos rojos, símbolos pacifistas, versos de canciones y más cosas por el estilo. Entre ellos estaba el hermoso dibujo a carboncillo de Katrina, expuesto a que le cayera la lluvia, lo arrancaran o lo rompieran. Joann sintió el impulso de rescatarlo, enrollarlo con cuidado y salvarlo. Pero no: su lugar era ése.

En eso consistía la protesta. Sin marchas, sin gritos, sin disturbios. No habían hecho explotar nada, nadie se había incendiado. Llegaría el amanecer, y los residentes, la policía y las fuerzas de ocupación soviéticas –y los periodistas– verían una obra de arte vibrante y llena de color, energía y esperanzas.

—¿Eso era? –exclamó Ray, que se había acercado para estar junto a Joann–. ¿La gran protesta o manifestación o lo que fuera?

—Eso era –replicó Joann, riendo–. ¿No te parece bonito?

Ray contempló la escena, con aspecto de no entender, rascándose el cabello muy corto.

—Supongo que sí, es bonito. No sé si pudiera considerarse arte o algo así.

Ella lo miró.

—Billy, tú no podrías reconocer una obra de arte aunque te cayera sobre la cabeza y te diera de cenar.

—Joann, eso suena a una invitación a salir juntos.

Sobrevino uno de esos momentos en que la fuerza de gravedad daba la sensación de desplazarse un poco, o tal vez de un cambio atmosférico en el contenido de oxígeno del aire; el caso es que sentía la cabeza ligera. Se dio cuenta de que podía decirle que sí. Podía invitar a cenar a este hombre. No conduciría a nada y no tendría sentido hacerlo. Excepto... excepto que tal vez sí había un sentido. Pudo decir que sí, y pudo decir que no, pero no dijo nada. Estaba parada ahí, mirándolo con expresión boba, y él le devolvía la mirada en actitud similar. Entonces, él se inclinó hacia ella.

Era como un niño que se acercara poco a poco al borde de un precipicio, asomándose, viendo hasta dónde podía llegar sin caer y morir. Convencido, tal vez, de que aunque cayera era imposible que se hiciera daño. Después de todo, él era Billy Ray. Podían golpearlo, mas nunca romperlo.

Por una vez, ella no se apartó. No se cubrió con la capucha ni le presentó el hombro. No protegió a la gente que había en la calle, ni tampoco se cuidó a ella misma. Con la punta de los dedos, él le hizo una leve caricia en el mentón que subió por su mejilla izquierda. El contacto hormigueaba en su piel, y por una fracción de segundo ella quiso creer que esa sensación la causaba el choque del contacto humano sobre la piel, del movimiento seductor, dulce y sorpresivo de una mano sobre su rostro, que la invitaba a acercarse y recibir más. No tenía sino que volver el rostro, frotándolo contra su mano, y tenderle los brazos. Vencer el instinto de toda una vida manteniéndose a distancia de pronto parecía algo muy fácil.

Ray también debía haber abandonado sus pensamientos al deseo, porque se volvió más audaz. En lugar de sólo hacer la prueba, aumentó la presión sobre el rostro de ella y se acercó un paso más, como si fuera a besarla. Pero el cosquilleo cálido y placentero no era la emoción del flirteo, ni tampoco una antesala del amor; era energía. La fuerza vital que salía chisporroteando de la mano de Ray estaba fluyendo hacia su piel, inundando sus nervios, vertiéndose en su cuerpo y haciendo que su sangre se sintiese como metal fundido. Ray dejó escapar su aliento dolorosamente, se estremeció y puso los ojos en blanco.

Cayó hacia atrás, sin conocimiento. En lugar de dar un paso al frente y sujetarlo, como habría hecho todo ser normal, Joann se envolvió en su capa y dio un paso atrás. Tenía que aislar su energía, jalarla hacia su interior, forzar a su respiración para que entrara en ritmo sereno, aunque su corazón latía con frenesí. Logró controlarse, como había hecho toda su vida.

Ray golpeó el suelo con la cabeza y se quedó un momento inmóvil. Enseguida emitió un quejido y se pasó la mano por el rostro. ¡No estaba muerto! Sintió un gran alivio.

—Pegas tan fuerte como un tren, ¿te lo han dicho? –murmuró.

Era uno de los ases más duros, capaces de soportar daños enormes. Por un momento, ella había pensado que quizá, tal vez... Pero no.

Y eso era así, y estaba bien. Había que aceptarlo.

—Tú conocías el riesgo –le advirtió con una sonrisa torcida.

—No fui demasiado lejos –farfulló él–. Te pediría que me dieras la mano para levantarme... pero es mejor que no... No te ofendas.

Se alzó con trabajos hasta ponerse de pie, como un viejo.

—Hay que volver a la embajada –propuso ella–. Verificar que los delegados borrachos logren encontrar el hotel.

—Creo que prefiero que me vuelvas a noquear.

Joann había recuperado suficiente calma como para reírse de eso.

◆

La tarde siguiente el programa indicaba que la delegación de la oms debía viajar a Cracovia, pero Joann logró organizar el encuentro entre Cramer y Katrina por la mañana, en un café a medio camino entre el hotel y la Ciudad Vieja. No llamarían demasiado la atención ahí, y podrían hablar en privado.

Cramer ya estaba sentada a la mesa con Joann cuando llegó Katrina, con los ojos inflamados; era normal, pues sin duda ella y su grupo se habían dedicado toda la noche a celebrar su triunfal proyecto de redecoración de la Plaza de Wenceslao. La policía se había apresurado a limpiar la plaza, pero no antes de que esa misma mañana aparecieran fotos en las planas de los periódicos. Hasta la prensa internacional había comunicado la noticia. Era posible que Katrina tuviese razón, y que protestas como ésa podrían funcionar, si se hacían en cantidad suficiente a lo largo del tiempo.

Cramer se puso de pie, nerviosa, ajustándose las mangas de su chaqueta, como si fuera su propia hija quien llegaba. Katrina las vio, y con un suspiro se acercó a saludarlas.

—Querida Katrina, ¿te acuerdas de mí? –empezó a decir Cramer, con una mano extendida.

—La recuerdo, señora Cramer. Me da gusto verla –Katrina sacó a relucir sus buenos modales y estrechó la mano que le ofrecían.

Era la hija bien criada de una familia pudiente la que se presentaba allí. Esa fachada no correspondía a ella, después de haberla visto en su carácter de artista de ojos resplandecientes.

Se sentaron, y Katrina hizo descansar su brazo con el nudo de serpientes directamente sobre la mesa. Cramer lo miró un momento, y palideció un poco. Pero hay que decir, a su favor, que no tardó en reponerse y hablar con emoción.

—Debo confesar –anunció– que estoy muy decepcionada por la actitud de tus padres…

—Sin embargo, no dudo que usted siga aceptando sus contribuciones.

—Igual que tú sigues siendo beneficiaria de tu fideicomiso. No se trata de dinero, al menos, no para mí. Sólo quiero que sepas que… tienes amigos. Sé que no puedes acudir a ellos para que te ayuden. Pero has de saber que no estás sola.

—Lo sé, señora. Y se lo agradezco.

—Y que cuando decidas volver a tu país …

—Seguro que podré comprar un pasaje de avión, como todo el mundo –dijo Katrina.

Joann tuvo que ocultar su sonrisa con la mano.

Katrina permitió que la congresista le invitara un café, y hablaron con bastante incomodidad durante una media hora, antes de que Cramer declarase que tenía que volver al hotel para unirse a su delegación, la cual estaba a punto de dirigirse al aeropuerto. Joann logró hablar a solas unos minutos con Katrina, mientras acompañaba a la muchacha hacia fuera del café.

—Es igual a mis padres –le explicó Katrina a Joann–. Bueno, no exactamente. Al menos parece tener algo de decencia. Pero lo que mis padres quieren es que yo crea que esto es para mí el fin del mundo, que mi vida está arruinada.

Alzó los brazos, y las serpientes se retorcieron con furia.

—Pero aún puedo pintar –continuó–. Puedo dibujar. Puedo ver el mundo y tener un novio. Tengo una vida, y es buena. ¿Por qué no son capaces de entender eso?

—Los demás sí que lo entendemos –afirmó Joann, pues la pregunta de la chica no era retórica: Katrina buscaba una respuesta.

Joann hizo una pausa y se preguntó por qué no podía pensar de la misma manera. Podía buscarse una vida mejor. De hecho, tenía una vida bien construida, maldita sea. Ahí estaba, viajando por el mundo, algo que tantos soñaban hacer y no podían. Tenía amigos, tenía objetivos. Y quizás un día, en alguna parte, conocería a un as con el poder capaz de equilibrar el de ella. Tal vez fuera alguien capaz de producir fuentes inagotables de energía a partir de la nada. Quizás incluso fuera inteligente, guapo, ingenioso, lleno de bondad…

Soñar no hace daño ¿verdad?

—Cuídate mucho, Katrina –se despidió de la joven mujer, y escoltó a la diputada Cramer de vuelta al hotel.

Del *Diario de Xavier Desmond*

♣ ♦ ♠ ♥

10 de abril, Estocolmo

ME ENCUENTRO MUY CANSADO. ME TEMO QUE MI DOCTOR estaba en lo cierto –este viaje puede haber sido un gran error en cuanto a mi salud se refiere. Siento que aguanté extraordinariamente bien durante los primeros meses, cuando todo era fresco, nuevo y emocionante, pero durante este último mes se ha apoderado de mí un gran cansancio, y la rutina diaria se ha vuelto casi intolerable. Los vuelos, las cenas, las líneas de recepción interminables, las visitas a los hospitales, a los barrios marginales jokers y a instituciones de investigación, todo amenaza con convertirse en un gran borrón de dignatarios, aeropuertos, traductores, autobuses y restaurantes de hoteles.

No logro mantener la comida en el estómago, y he perdido peso. El cáncer, la tensión del viaje, mi edad… ¿quién puede decir a qué se debe? A todo esto, supongo.

Afortunadamente, el viaje casi termina. Tenemos programado regresar el 29 de abril, y sólo nos faltan unas cuantas paradas. Confieso que espero con ansias volver a casa, y no creo estar solo en esta situación. Todos estamos cansados.

Aun así, a pesar del efecto que ha tenido, yo no habría cambiado este viaje por nada. He visto las pirámides y la Gran Muralla, he caminado por las calles de Río, Marrakech y Moscú, y pronto agregaré Roma, París y Londres a esa lista. He visto y experimentado de qué están hechos los sueños y las pesadillas, y he aprendido mucho, según creo. Sólo espero sobrevivir lo suficiente para hacer algo de provecho con ello.

Suecia representó un cambio vigorizante en relación con la Unión Soviética y las otras naciones del Pacto de Varsovia que hemos visitado. No tengo sentimientos fuertes en relación con el socialismo, pero me fui cansando del modelo de «albergues médicos» para jokers que nos mostraban constantemente y los jokers modelo que los ocupaban. La medicina socialista y la ciencia socialista indudablemente conquistarían el wild card, y estaban realizando grandes pasos, nos dijeron en repetidas ocasiones, pero aun si uno da crédito a esas afirmaciones, el precio es una vida de «tratamiento» para el puñado de jokers que los soviéticos admiten tener.

Billy Ray insiste que los rusos en realidad tienen miles de jokers encerrados en enormes y grises «almacenes jokers», que llevan el nombre de hospitales pero son en realidad prisiones en todos los aspectos con excepción del nombre, y cuyo personal se compone por un montón de guardias y muy pocos médicos y enfermeras. Ray también dice que hay una docena de ases soviéticos, todos ellos empleados en secreto por el gobierno, el ejército, la policía o el partido. Si estas cosas existen –y la Unión Soviética niega todas las acusaciones, por supuesto– no estuvimos ni siquiera cerca de ninguna de ellas, con Intourist y la KGB manejando cuidadosamente cada aspecto de nuestra visita, a pesar de las promesas del gobierno a las Naciones Unidas de que esta gira autorizada por la ONU recibiría «todo tipo de colaboración».

Decir que el doctor Tachyon no se llevó bien con sus colegas socialistas sería quedarse corto de manera considerable. Su desdén por la medicina soviética es superado tan sólo por el desprecio de Hiram por la cocina soviética. Ambos parecen aprobar el vodka soviético, sin embargo, y han consumido bastante del mismo.

Hubo un divertido debate en el Palacio de Invierno, cuando uno de nuestros anfitriones explicó la dialéctica de la historia al doctor Tachyon, diciéndole que el feudalismo debe, de manera inevitable, dar paso al capitalismo, y el capitalismo al socialismo, a medida que la civilización madura. Tachyon escuchó con admirable cortesía y le dijo:

—Mi querido amigo, hay dos grandes civilizaciones que realizan viajes interestelares en este pequeño sector de la galaxia. Mi propia gente, que a tus luces, debe ser considerada feudal, y la Red,* que constituye una forma de capitalismo más voraz y virulenta que cualquier cosa que hayas soñado. Ninguna de nuestras civilizaciones muestra ningún signo de madurar hacia el socialismo, gracias –hizo una pausa y añadió–, aunque, si lo piensas bajo la luz adecuada, quizás el Enjambre que nos atacó recientemente pueda ser considerado comunista, aunque apenas pueda considerarse civilizado.

Fue un pequeño e inteligente discurso, debo admitirlo, aunque creo que habría impresionado más a los soviéticos si Tachyon no hubiera estado vestido en el traje cosaco completo de gala cuando lo hizo. ¿Dónde *consigue* esos trajes?

De las otras naciones del Bloque de Varsovia hay poco que reportar. Yugoslavia fue la más cálida, Polonia la más sombría, Checoslovaquia la que más se asemejaba a casa. Downs escribió un artículo fascinante para *¡Ases!*, especulando que los relatos de campesinos acerca de vampiros contemporáneos que se encuentran activos en Hungría y Rumania eran en realidad manifestaciones del virus wild card. Fue su mejor trabajo: un reportaje excelentemente escrito, y de mayor mérito aún si consideramos que su fuente fue una conversación de cinco minutos con un chef pastelero de Budapest. Encontramos un pequeño barrio marginal joker en Varsovia y una extendida creencia en un as *solidario* que se mantenía oculto y que pronto saldría de su escondite para guiar a cierto sindicato ilegal hacia la victoria. Por desgracia no salió de su escondite durante nuestros dos días en Varsovia. El senador Hartmann, con grandísimas dificultades, se las arregló para concertar una reunión con Lech Walesa, y creo que la foto del noticiero de AP de su reunión ha aumentado su estatura allá en casa. Hiram nos dejó por un breve tiempo en Hungría –debía

---

* Una confederación comercial formada por miembros de diversos planetas, encargada de vigilar el surgimiento de brotes del Enjambre y reaccionar ante la amenaza potencial que éstos puedan representar. Ver el segundo volumen de la saga *Wild cards: Ases en lo alto*. *N. de la T.*

atender otra «emergencia» en Nueva York– y regresó justo cuando llegábamos a Suecia, de mejor humor.

Estocolmo es una ciudad más agradable, en comparación con muchos de los lugares que hemos visitado. Prácticamente todos los suecos que hemos conocido hablan un inglés excelente, somos libres de ir y venir como nos plazca (dentro de los confines de nuestro horario despiadado, por supuesto), y el rey fue de lo más amable con todos nosotros. Los jokers son bastante raros aquí, tan al norte, pero el rey nos saludó con completa ecuanimidad, como si toda su vida los hubiera recibido como visitantes.

Aun así, a pesar de lo agradable que ha sido nuestra corta estancia, hay tan sólo un incidente digno de ser registrado para la posteridad. Creo que hemos descubierto algo que hará que los historiadores alrededor del mundo se enderecen en sus asientos y tomen nota, un hecho hasta ahora desconocido que pone gran cantidad de la historia reciente del Oriente Medio bajo una nueva y sorprendente perspectiva.

Ocurrió durante una tarde por demás ordinaria que varios delegados pasaron con los fideicomisarios del Nobel. Creo que el senador Hartmann era a quien ellos querían conocer en realidad. Aunque terminó de manera violenta, su intento de reunirse y negociar con Nur al-Allah en Siria es bien visto aquí por lo que fue –un esfuerzo sincero y valiente a favor de la paz y el entendimiento, y eso en opinión de muchos lo hace un candidato legítimo para el Premio Nobel de la Paz del próximo año.

En cualquier caso, otros de los delegados acompañaron a Gregg a la reunión, la cual fue cordial pero no muy estimulante. Uno de nuestros anfitriones, según resultó, había sido secretario del conde Folke Bernadotte cuando negoció la Paz de Jerusalén, y tristemente también había estado con Bernadotte cuando fue asesinado por terroristas israelíes dos años más tarde. Nos contó varias anécdotas fascinantes de Bernadotte, por quien claramente sentía una gran admiración, y también nos mostró algunos de sus recuerdos personales de esas difíciles negociaciones. Entre las notas, diarios y borradores provisionales estaba un libro de fotos.

Le di un rápido vistazo al libro y lo pasé a los demás, como hicieron la mayoría de mis compañeros. El doctor Tachyon, quien estaba sentado junto a mí en el sofá, se veía aburrido por los procedimientos y hojeó las fotografías con mayor cuidado. Bernadotte aparecía en la mayoría, por supuesto –de pie con su equipo de negociadores, hablando con David Ben-Gurión en una fotografía y con el rey Faisal en la siguiente. Los diversos colaboradores, incluyendo a nuestro anfitrión, aparecían en poses menos formales, intercambiando apretones de mano con soldados israelíes, comiendo en una tienda llena de beduinos, y así sucesivamente. Lo usual en estos casos. Por mucho la fotografía más llamativa mostraba a Bernadotte rodeado por los *nasr*, los ases de Puerto Said, quienes habían cambiado tan dramáticamente el curso de la batalla cuando se unieron a la Legión Árabe de elite de Jordania. Khôf está sentado junto a Bernadotte en el centro de la fotografía, y todos visten de negro: parecen la encarnación de la muerte, rodeados por ases más jóvenes que ellos. De manera bastante irónica, de todos los rostros en esa foto, sólo tres siguen vivos, entre ellos el siempre joven Khôf. Incluso una guerra no declarada tiene consecuencias.

Pero ésa no fue la fotografía que captó la atención de Tachyon. Fue otra, una instantánea muy informal, que mostraba a Bernadotte y a varios miembros de su equipo en la habitación de un hotel, la mesa frente a ellos cubierta de papeles. En la esquina de la fotografía aparecía un joven que yo no había notado en ninguna de las otras fotografías –delgado, de cabello oscuro, de mirada intensa y sonrisa bastante zalamera. Estaba sirviendo una taza de café. Todo muy inocente, pero Tachyon se le quedó mirando mucho tiempo a la fotografía y entonces llamó a nuestro anfitrión y le preguntó en privado:

—Discúlpeme si le impongo un reto a su memoria, pero me interesa mucho saber si recuerda a este hombre –lo señaló–. ¿Era miembro de su equipo?

Nuestro amigo sueco se inclinó, estudió la fotografía y soltó una risita.

—Ah, él –dijo en excelente inglés–. Era un chico que hacía mandados y trabajos esporádicos...

—Un correveidile –dijo.

—Sí, un correveidile, un mensajero, como dice usted. Era un joven estudiante de periodismo. Joshua... algo. Dijo que quería observar las negociaciones desde dentro para poder escribir sobre ellas después. Bernadotte pensó que la idea era ridícula cuando se la presentamos por primera vez, la rechazó de plano, de hecho, pero el joven era persistente. Finalmente se las arregló para acorralar al conde y le expuso su caso personalmente, y de alguna manera lo convenció. Así que no era un miembro oficial del equipo pero estuvo con nosotros constantemente desde ese momento hasta el final. No era un recadero muy eficiente, según recuerdo, pero era un joven tan agradable que a todos les caía bien a pesar de todo. No recuerdo que haya publicado ningún artículo.

—No —dijo Tachyon—. No lo habría escrito. Era un jugador de ajedrez, no un escritor.

Nuestro anfitrión se iluminó con el recuerdo.

—¡Claro, por supuesto! Él jugaba sin descanso, ahora que recuerdo. Era bastante bueno. ¿Lo conoce, doctor Tachyon? A menudo me he preguntado qué habrá sido de él.

—Igual yo —replicó Tachyon de manera muy simple y muy triste. Entonces cerró el libro y cambió de tema.

He conocido al doctor Tachyon por más años de los que puedo recordar. Esa noche, acuciado por mi propia curiosidad, me las arreglé para sentarme junto a Jack Braun y le hice algunas preguntas inocentes mientras comíamos. Estoy seguro de que no sospechó nada, pero estuvo bastante dispuesto a recordar a los Cuatro Ases, las cosas que hicieron e intentaron hacer, los lugares a los que fueron, y lo más importante, los lugares a los que no fueron. Al menos no de manera oficial.

Más tarde fui a visitar al doctor Tachyon, que bebía a solas en su habitación. Me invitó a entrar, y me quedó claro que se sentía bastante taciturno, perdido en sus malditos recuerdos. Él vive en el pasado tanto como cualquier hombre que yo haya conocido. Le pregunté quién era el joven de la fotografía.

—Nadie —dijo Tachyon—. Tan sólo un chico con el que solía jugar ajedrez —no sé por qué sintió que debía mentirme.

—Su nombre no era Joshua —le dije, y pareció sorprenderse. Me pregunto, ¿pensará que mi deformidad afecta mi mente, mi memoria?—. Su nombre era David, y se suponía que no debía estar ahí. Los Cuatro Ases nunca estuvieron oficialmente involucrados en el

Medio Oriente, y Jack Braun dice que para fines de 1948 los miembros del grupo habían tomado caminos separados. Braun estaba haciendo películas.

—Películas malas –dijo Tachyon con cierto veneno.

—Mientras tanto –dije–, el Enviado estaba negociando la paz.

—Desapareció durante dos meses. Nos dijo a Blythe y a mí que se iba de vacaciones. Nunca se me ocurrió que estuviera involucrado en eso.

Tampoco se le ocurrió al resto del mundo, lamentablemente. David Harstein, el as llamado el Enviado, no era particularmente religioso, por lo poco que conozco de él, pero era judío, y cuando los ases de Puerto Said y el ejército árabe amenazaron la existencia misma del nuevo Estado de Israel, actuó por su cuenta.

El suyo era un poder en pro de la paz, no de la guerra; no provocaba temor, tormentas de arena o atraía rayos desde el cielo despejado: tan sólo producía feromonas que hacían que a la gente le agradara su personalidad y quisieran complacerlo desesperadamente y concordar con él, lo cual hacía de su simple presencia garantía de una negociación exitosa. Pero aquellos que sabían quién y qué era mostraban una tendencia preocupante a repudiar sus acuerdos una vez que Harstein y sus feromonas se hubiesen retirado. Él debe haber reflexionado al respecto, y con tanto en juego, se habrá propuesto descubrir lo que podría suceder si su participación en el proceso se mantenía cuidadosamente en secreto. La Paz de Jerusalén fue su respuesta.

Me pregunto si Folke Bernadotte llegó a saber quién era su correveidile. Me pregunto dónde está Harstein ahora, y qué opina de la paz que fraguó de manera tan cuidadosa y secreta. Y me encuentro a mí mismo reflexionando en lo que dijo el Perro Negro en Jerusalén.

¿Qué pasaría con la frágil Paz de Jerusalén si sus orígenes fueran revelados al mundo? Mientras más reflexiono al respecto, más seguro me siento de que debo arrancar estas páginas de mi diario antes de ofrecerlo para su publicación. Si nadie emborracha al doctor Tachyon, quizás este secreto pueda incluso mantenerse como tal.

¿Lo habrá hecho de nuevo, me pregunto? Después del HUAC, de la prisión, del escándalo y de su célebre reclutamiento y su igualmente célebre desaparición, ¿se sentó de nuevo el Enviado en alguna otra negociación sin que el mundo lo supiera? Me pregunto si algún día lo sabré.

Pienso que es poco probable y desearía que no fuera así. Por lo que he visto en esta gira, en Guatemala y Sudáfrica, en Etiopía, en Siria y Jerusalén, en India, Indonesia y Polonia, el mundo de hoy necesita al Enviado más que nunca.

Marionetas

♣ ♦ ♠ ♥

por Victor W. Milán

MacHeath tenía una navaja, así decía la canción. Pero Mackie Messer tenía algo mejor. Y era mucho más fácil de ocultar a la vista.

Mackie apareció de manera inesperada en la tienda de equipo fotográfico, llevando consigo un soplo de aire fresco y el olor a diesel del Kurfürstendamm. Dejó de silbar su canción, permitió que la puerta se cerrara a sus espaldas y se detuvo con los puños hundidos en los bolsillos de su chaqueta mientras echaba un vistazo.

La luz se estrellaba y se reflejaba contra las cubiertas de los mostradores y las lentes de las cámaras, contra sus ojos vidriosos. Este lugar le ponía los nervios de punta. Era tan limpio y antiséptico que le hacía pensar en el consultorio de un médico. Y él odiaba a los médicos. Siempre lo había hecho, desde que la corte de Hamburgo lo obligó a visitar a un grupo de doctores cuando tenía trece años, y éstos dijeron que estaba loco y lo encerraron en una especie de hospital psiquiátrico y reformatorio, y el celador del lugar era un cerdo tirolés que le echaba encima su aliento a alcohol y a ajo, e intentaba hacer que lo masturbara… pero por fortuna Mackie descubrió entonces su as y consiguió huir de ahí, y este pensamiento le provocó una sonrisa y una oleada de confianza en sí mismo.

Sobre un banco cerca del mostrador estaba un ejemplar del *Berliner Zeitung* doblado de manera que se leía el encabezado: «El tour del Wild Card visitará el muro hoy». Sonrió levemente.

Sí. Oh, sí.

Entonces Dieter entró por la trastienda y lo vio. Se detuvo en seco, con una sonrisa tonta en su rostro.

—Ey, Mackie… Es un poco temprano, ¿no?

Tenía una cabeza estrecha y delgada, el cabello oscuro peinado hacia atrás con una buena dosis de fijador. Vestía un traje azul con demasiado relleno en los hombros; usaba una corbata delgada e iridiscente. Su labio inferior tembló un poco.

Mackie siguió de pie, inmóvil. Sus ojos eran los de un tiburón, fríos y grises, tan inexpresivos como canicas de acero.

—Yo sólo estaba, tú sabes, haciendo acto de presencia aquí –dijo Dieter. Una mano se sacudió hacia las cámaras, los tubos de neón y los brillantes carteles extendidos que mostraban mujeres bronceadas con lentes de sol y sonrisas artificiales. Su mano brillaba bajo la luz artificial, tan blanca como el vientre de un pez muerto–. Hacer acto de presencia es importante, ya lo sabes. Es necesario calmar las sospechas de la burguesía. En especial hoy.

Intentó desviar la mirada y no ver a Mackie, pero sus ojos volvían a caer sobre él, como si toda la habitación se inclinara hacia donde él se encontraba. El as no parecía gran cosa, incluso parecía vulnerable. Tenía tal vez unos diecisiete años pero cualquiera diría que era más joven si no reparara en su piel, en su resequedad hasta cierto punto apergaminada. No medía mucho más de un metro con setenta centímetros, era aún más delgado que Dieter, y su cuerpo estaba un poco deforme. Llevaba una chaqueta de cuero negra que Dieter sabía que estaba raspada hasta alcanzar un tono gris a lo largo de la línea inclinada de los hombros, pantalones de mezclilla que ya estaban cansados cuando los sacó de un basurero en Dahlem y un par de zuecos holandeses. Un mechón de cabello pajizo sobresalía por encima de su rostro alargado de mártir del Greco. Sus labios eran delgados pero muy expresivos.

—Así que se adelantó el calendario y viniste por mí antes –dijo Dieter, sin convicción.

Mackie se lanzó hacia delante, envolvió su mano en la corbata brillante y jaló a Dieter hacia él.

—Quizá sea demasiado tarde para ti, camarada. Quizá, quizá.

Sin dejar de brillar bajo la luz artificial, la tez del vendedor de cámaras adquirió un color pálido, como de papel laminado, del color de una hoja del *Zeitung* que hubiera pasado la noche volando por las aceras de la Budapesterstrasse. Y es que él había visto lo que esa mano podía hacer.

—M-mackie... –tartamudeó y trató de rechazar el brazo tan delgado como un carrizo.

Recuperó el control de sí mismo hasta cierto punto, y palmeó a Mackie cariñosamente en una de las mangas de cuero.

—Ey, ey, tranquilo, hermano. ¿Qué sucede?

—¡Intentaste vendernos, hijo de puta! –gritó Mackie, su saliva cayó sobre la loción para después de afeitar de Dieter.

Dieter se echó hacia atrás.

—¿De qué demonios hablas, Mackie? Yo nunca intentaría...

—Kelly. Esa perra australiana. Lobo pensó que estaba actuando de manera extraña y la presionó –una sonrisa se apoderó de la cara de Mackie–. Nunca irá al maldito Bundeskriminalamt,* hombre. Es *Speck*. Es carne fría.

La lengua de Dieter golpeó con rapidez sus labios azulados.

—Escucha, no entiendes. Ella no significaba nada para mí. Todo el tiempo supe que era tan sólo una fanática...

Sus ojos lo delataron cuando se deslizaron ligeramente hacia la derecha. La mano que escondía debajo de la registradora surgió de improviso con un revólver negro de cañón corto.

La mano izquierda de Mackie empezó a zumbar y vibró como la cuchilla de una sierra caladora. Cortó la parte superior de la pistola, atravesó el cilindro y los cartuchos, y rebanó el seguro del gatillo una fracción de centímetro frente al dedo índice de Dieter. El dedo se contrajo con un movimiento espasmódico, el martillo retrocedió y se accionó, y la parte trasera del cilindro, con su frente recién recortado brillando como la plata, cayó sobre el mostrador. El cristal se rompió.

Mackie sujetó a Dieter por la cara y lo arrastró hacia sí. El vendedor de cámaras bajó las manos y gritó al atravesar los mostradores. Los cristales rotos lo cortaron como si fueran garras: pasaron a través de la manga de su abrigo azul, de su camisa francesa y de su piel tan blanca que hacía pensar en el vientre de un pescado. La sangre salió a raudales, se derramó sobre las lentes Zeiss y arruinó el aspecto de algunas cámaras japonesas importadas que habían llegado a la

---

* Buró Federal de Investigación Criminal. *N. de la T.*

República Federal Alemana a pesar del chauvinismo y de los elevados impuestos de importación.

—¡Éramos amigos! ¿Por qué? ¿Por qué? –el delgado cuerpo de Mackie temblaba por la furia. Las lágrimas inundaron sus ojos. Sus manos vibraron, como si lo hicieran por voluntad propia.

Dieter gritó cuando sintió que las manos de Mackie raspaban la barba que le había crecido después de afeitarse, algo de lo que nunca podía liberarse, el único defecto en su aspecto.

—¡No sé de qué hablas! –gritó–. Nunca fue mi intención… sólo le estaba siguiendo el juego…

—¡Mentiroso! –gritó Mackie. La ira pasó a través de él como una explosión. Sus manos zumbaban y zumbaban, y Dieter manoteaba y aullaba mientras la carne se desprendía de sus mejillas y Mackie lo sujetaba con más fuerza, con las manos sobre sus pómulos, y la vibración creciente de sus manos se transmitía a través del hueso hasta la masa húmeda del cerebro de Dieter, y los ojos del vendedor de cámaras giraron sobre sí mismos y su lengua se asomó y la violenta agitación hizo hervir en un instante los fluidos internos de su cráneo y su cabeza explotó.

Mackie lo dejó caer y retrocedió mientras aullaba como si estuviera en llamas; se limpió la materia que manchaba sus ojos y se adhería a sus mejillas y a su cabello. Cuando pudo ver de nuevo, esquivó el mostrador y pateó el cuerpo tembloroso. Éste se deslizó hasta el piso rayado de linóleo. La máquina registradora parpadeaba advertencias anaranjadas de error, el mostrador nadaba en sangre y había trozos amarillo-grisáceos de cerebro por todas partes.

Mackie limpió un poco su chaqueta y gritó cuando sus manos se retiraron llenas de materia viscosa.

—¡Bastardo! –pateó el cuerpo sin cabeza una vez más–. Me embarraste de mierda. ¡Estúpido!

Se agachó, levantó el faldón del saco de Dieter y limpió las peores plastas de su cara, de sus manos y de su chaqueta de cuero.

—Oh, Dieter, Dieter –sollozó–, quería platicar contigo, estúpido hijo de perra –levantó una mano fría del cadáver, la besó tiernamente y la apoyó sobre una de las solapas salpicadas. Entonces se dirigió al baño trasero para lavarse lo mejor que pudo.

Cuando salió, el enojo y la pena se habían desvanecido, dejando una extraña euforia. Dieter había intentado joder a la Facción y había pagado el precio, y ¿qué demonios importaba si Mackie no había sido capaz de descubrir por qué? No importaba, nada importaba. Mackie era un as, era MacHeath encarnado, invulnerable, y en un par de horas les iba a mostrar a los hijos de puta…

Las puertas de cristal del frente se abrieron y alguien entró. Riendo para sí mismo, Mackie cambió de naturaleza y caminó a través de la pared.

La lluvia saltó nerviosamente por un momento sobre el techo de la limusina Mercedes.

—Nos reuniremos con un gran número de personas influyentes en esta comida, senador –dijo el joven negro, de rostro largo y delgado con una expresión seria, el cual viajaba dándole la espalda al conductor–. Será una excelente oportunidad de mostrarles su compromiso con la hermandad y la tolerancia, no sólo para los jokers, sino para los miembros de grupos oprimidos de todas las tendencias. Una oportunidad excelente, en verdad.

—Estoy seguro de que así será, Ronnie –pensativo, Hartmann dejó que sus ojos se deslizaran lejos de su segundo asistente y hacia fuera de la ventana empañada por la condensación. Bloques de anónimos departamentos de color café claro rodaron frente a él. La zona cerca del Muro de Berlín parecía contener la respiración.

—Aide et Amitié tiene una reputación internacional por su trabajo en la promoción de la tolerancia –dijo Ronnie–. El jefe del capítulo de Berlín, Herr Prahler, recientemente recibió un reconocimiento por sus esfuerzos por mejorar la aceptación pública de los «trabajadores invitados» turcos, aunque entiendo que él es más bien, eh, un personaje polémico…

—Un bastardo comunista –gruñó Möller desde el asiento delantero. Era un fornido chico rubio vestido de civil, con manos grandes y orejas prominentes que lo hacían parecerse a un cachorro de sabueso. Hablaba inglés como una atención hacia el senador norteamericano, aunque gracias a una abuela proveniente del Antiguo País y algunos cursos tomados en la universidad, Hartmann sabía suficiente alemán para salir adelante.

—Herr Prahler es miembro activo de la Rote Hilfe, la Ayuda Roja Internacional —explicó el homólogo de Möller, Blum, desde el asiento trasero. Estaba sentado al otro lado de Mordecai Jones, mejor conocido como Harlem Hammer. Jones estaba concentrado en el crucigrama del *New York Times* y actuaba como si no hubiera nadie más—. Él es un abogado, como usted sabe. Ha defendido a radicales desde que Andy Baader era joven.

—Querrá decir que ha ayudado a los malditos terroristas a salirse con la suya, con sólo un reglazo en las palmas de las manos.

Blum rio y se encogió de hombros. Era más delgado y moreno que Möller, y usaba su rizado cabello negro lo suficientemente desgreñado para presionar incluso los estándares notoriamente liberales de la Schutzpolizei* de Berlín. Pero sus ojos cafés de artista se mantenían vigilantes, y la manera en que se conducía sugería que sabía cómo usar la diminuta pistola automática que llevaba en la sobaquera, y que hacía que el saco de su traje gris se abultara de una manera que ni siquiera los meticulosos sastres alemanes podían ocultar por completo.

—Aun los radicales tienen el derecho a ser representados. Esto es Berlín, compadre. Tomamos seriamente la libertad aquí... al menos para ponerle el ejemplo a nuestros vecinos, ¿o no? —Möller hizo un sonido escéptico con la parte inferior de su garganta.

Ronnie se removió en su asiento y miró su reloj.

—¿No podríamos ir un poco más rápido? No queremos llegar tarde.

El conductor le lanzó una sonrisa sobre el hombro. Parecía una versión reducida de Tom Cruise, aunque con un rostro parecido al de un hurón. No podría ser tan joven como parecía.

—Las calles son estrechas aquí. No queremos tener un accidente. En ese caso llegaríamos aún más tarde.

El asistente de Hartmann cerró la boca y se entretuvo con los papeles del maletín abierto sobre su regazo. Hartmann dirigió otra mirada hacia la mole imperturbable de Hammer, quien continuaba

---

* Policía. *N. de la T.*

ignorándolos. El Titiritero estaba sorprendentemente tranquilo, dado su temor visceral hacia los ases. Quizás incluso sentía cierta emoción ante la proximidad de Jones.

No es que Jones pareciera un as. Se veía como un hombre normal de color, de treinta y tantos años, barbudo, con calvicie incipiente, de construcción sólida, que no parecía muy cómodo con chaqueta y corbata. Nada fuera de lo normal.

Pesaba doscientos trece kilos y tenía que sentarse en el centro del Mercedes para que no se ladeara. Podría ser el hombre más fuerte del mundo, más fuerte que Golden Boy tal vez, pero rehusaba involucrarse en cualquier tipo de competencia para resolver la cuestión. Le disgustaba ser un as, le disgustaba ser una celebridad, le disgustaban los políticos, y pensaba que todo el viaje era una pérdida de tiempo. Hartmann tenía la impresión de que sólo había accedido a venir porque sus vecinos en Harlem disfrutaban muchísimo que fuera el centro de atención, y él odiaba defraudarlos.

Jones era un símbolo. Lo sabía y lo padecía. Ésa era una de las razones por las que Hartmann lo había convencido de venir a la comida de Aide et Amitié; eso y el hecho de que a pesar de todas sus pretensiones piadosas de hermandad, a la mayoría de los alemanes no les gustaban los negros y se sentían incómodos cerca de ellos; fingían, pero ése no era el tipo de cosa que pudieras ocultarle al Titiritero. Éste encontraba divertidos el resentimiento del Hammer y la incomodidad de sus anfitriones; valdría la pena adoptar a Jones como marioneta –pero no del todo. Hammer era conocido principalmente por ser un as musculoso, pero el alcance total de sus poderes seguía siendo un misterio. Al Titiritero no le gustaría llevarse una mala sorpresa.

Más allá de los placeres menores que le provocaba el quebrar la armonía general, Hartmann se estaba hartando de Billy Ray. Carnifex enfureció e incluso fanfarroneó cuando Hartmann lo abandonó junto al resto de los miembros de la gira allá en el Muro –ordenándole que acompañara a la señora Hartmann y a los dos asistentes principales del senador de regreso al hotel–, pero ahora no podía quejarse sin ofender a sus anfitriones, cuyos agentes de seguridad estaban a cargo del trabajo. Y de cualquier manera, con Hammer a su lado, ¿qué le podría ocurrir?

—Mierda —dijo el conductor. Al dar vuelta a una esquina descubrió una camioneta blanca de la compañía telefónica estacionada de manera que bloqueaba la calle junto a una alcantarilla abierta. Frenó en seco.

—Idiotas —dijo Möller—. No deberían hacer eso —y abrió la puerta del lado del pasajero.

Hartmann vio que Blum, sentado a un costado suyo, miraba con inquietud por el espejo retrovisor.

—Oh-oh —metió la mano derecha en su abrigo.

Hartmann estiró el cuello. Una segunda camioneta había maniobrado hasta acomodarse a lo ancho de la calle, menos de diez metros detrás de ellos. Sus puertas se abrieron y sus ocupantes saltaron hasta el pavimento aún húmedo por la lluvia: portaban armas. Blum gritó una advertencia a su compañero.

Entonces vio que una figura ya se alzaba junto al auto, y casi de inmediato, un terrible rechinido de metal inundó la limusina. El grito de Hartmann se congeló en su garganta cuando una mano cortó el techo del auto y lo atravesó con una lluvia de chispas.

Möller sacó la MP5K de su sobaquera, la presionó contra la ventana y disparó una ráfaga. El cristal explotó hacia fuera.

La mano retrocedió de manera abrupta.

—Jesucristo —gritó Möller—, ¡las balas no le hacen nada!

Abrió la puerta de golpe. Un hombre con una máscara de esquiar sobre su rostro le disparó con un rifle de asalto desde la parte trasera de la camioneta de la compañía telefónica.

El ruido hizo temblar las gruesas ventanas del auto de manera continua. Aunque sonaba extrañamente remoto, el parabrisas terminó por astillarse. El hombre que había cortado el metal del techo gritó y cayó. Möller dio unos pasos de baile hacia atrás, cayó contra la defensa del Mercedes y se desplomó sobre el pavimento, retorciéndose y gritando. Su abrigo se abrió al caer. Arañas escarlatas se aferraban a su pecho.

Cuando el rifle de asalto se quedó sin municiones, el súbito silencio era impresionante. Los dedos del Titiritero se apretaron en torno a la manija acolchada de la puerta mientras el terror de Möller se impactaba contra él a toda velocidad. Se quedó sin aliento ante el placer intenso y delirante, que consistía en sentir la gélida oleada de su propio miedo.

—*Hände hoch!* –gritó una figura junto a la camioneta que los había encajonado por detrás–. ¡Manos arriba!

Mordecai Jones puso una enorme mano sobre el hombro de Hartmann y lo arrojó al piso. Pasó por encima de él, con cuidado de no aplastarlo, y recargó su peso contra la puerta. El metal gimió y se desprendió con él mientras que Blum, más convencional, jalaba la manija de su propia puerta para liberar el mecanismo de cierre, la giró, y abrió la puerta luego de empujarla con el hombro. Sacó su MP5K sujetando la empuñadura vestigial con su mano izquierda, apuntó la corta y gruesa pistola automática alrededor del marco de la puerta cuando Hartmann gritó:

—¡No disparen!

Hammer estaba corriendo hacia la camioneta de la compañía telefónica. El terrorista que le había disparado a Möller le apuntó con la pistola, jaló con su dedo el gatillo del arma vacía y terminó por adoptar una mueca de pánico. Jones le dio una leve bofetada y lo lanzó por el aire de espaldas hasta que rebotó en la fachada de un edificio y cayó hecho un ovillo sobre la banqueta.

El tiempo pareció detenerse en el aire. Jones se agachó, puso sus manos bajo la camioneta y se enderezó. La camioneta se elevó con él. Su conductor gritó de terror. Hammer cambió su punto de agarre y recargó el vehículo sobre su cabeza como si fuera una barra de pesas no particularmente pesada.

Una ráfaga de disparos tartamudeó desde la segunda camioneta. Las balas hicieron trizas el abrigo de Jones por la parte trasera. Él se tambaleó, estuvo a punto de perder el control, pero se las ingenió para girar en círculo con la camioneta todavía equilibrada sobre su cabeza. Entonces varios terroristas le dispararon a la vez. Él hizo una mueca y cayó de espaldas.

La camioneta aterrizó justo encima de él.

El conductor de la limusina tenía la puerta abierta y una pequeña P7 en su mano. Cuando Hammer cayó, Blum disparó una rápida ráfaga hacia la camioneta de atrás. Un hombre se agachó y retrocedió mientras balas de 9 milímetros perforaban agujeros limpios sobre el delgado metal... un joker, cayó en cuenta Hartmann. ¿Qué demonios está sucediendo aquí?

Agachó la cabeza por debajo del nivel de la ventana y sujetó el faldón del abrigo de Blum. Sintió que el vehículo temblaba sobre la suspensión mientras las balas lo golpeaban. El conductor soltó un grito ahogado y se desplomó fuera del auto. Hartmann oyó que alguien gritaba en inglés que detuvieran el fuego. Le gritó a Blum para que dejara de disparar.

El policía se volvió hacia él.

—Sí, señor –dijo. Entonces una ráfaga atravesó su puerta abierta y pulverizó el cristal de la ventana, arrojando al policía contra el senador.

Ronnie estaba pegado al respaldo del asiento del conductor.

—Oh, Dios –gimió–, ¡oh, Dios! –saltó por la puerta que Harlem Hammer había arrancado de sus goznes y corrió, con los papeles que se desperdigaban desde su maletín volando a su alrededor como gaviotas.

El terrorista que Mordecai Jones había arrojado a un lado se había recuperado lo suficiente para recargarse en una rodilla y meter otro cargador en su AK. La llevó a su hombro y la vació contra el asistente del senador. Un grito y un rocío de sangre surgieron de la boca de Ronnie, el cual cayó y derrapó sobre el suelo mojado.

Hartmann se acurrucó en el piso, preparándose para la fuga, aterrado y orgásmico por partes iguales. Blum agonizaba sin soltar el brazo de Hartmann, los agujeros en su pecho succionando como bocas de vampiro, su fuerza vital manando hacia el senador como si cabalgara sobre las olas de manera arrítmica.

—Estoy herido –dijo el policía–. Oh, mamá, mamá, por favor –y diciendo esto, murió. Hartmann se sacudió como una foca arponeada cuando el resto de la vida del hombre salió a borbotones y se vertió en su interior.

Afuera en la calle, el joven asistente de Hartmann se arrastraba con ambos brazos, los lentes torcidos, dejando un rastro caracolesco de sangre sobre la banqueta. El terrorista de complexión menuda que le había disparado caminó sin prisa y metió un tercer cargador en su arma. Tomó posición frente al hombre herido.

Ronnie parpadeó en dirección a él. De manera inconexa Hartmann recordó que era desesperadamente corto de vista, virtualmente ciego sin sus lentes.

—Por favor –dijo Ronnie, y la sangre brotó de su boca–, por favor.

—Toma un *Negerkuss* –dijo el terrorista, y le disparó un solo tiro en la frente.

—Dios mío –dijo Hartmann. Una sombra cayó sobre él, tan pesada como un cuerpo sin vida. Miró con ojos inhumanos a una figura negra contra el cielo de nubes grises en la lejanía. Una mano lo sujetó del brazo, un golpe de electricidad estalló a través de él, y su conciencia explotó mientras se convulsionaba.

◆

Mackie se levantó de un salto y se arrancó la máscara de esquiar.

—¡Me disparaste! Pudiste haberme matado –le gritó a Anneke. El rostro de él era casi negro.

Ella se rio de él.

El mundo parecía regresar a la conciencia de Mackie en colores Kodachrome. Se dirigió hacia ella, su mano empezando a zumbar, cuando un alboroto a sus espaldas hizo que girara la cabeza.

El enano había cogido el rifle de Ulrich por el cañón todavía caliente y lo hizo girar sobre sí mismo, haciendo eco del tema de Mackie, con variaciones.

—¡Estúpido bastardo, pudiste haberlo matado! –gritó–. ¡Pudiste haber liquidado al senador!

Ulrich había disparado la ráfaga final que derribó al policía en la parte trasera de la limusina. A pesar de ser un levantador de pesas, apenas alcanzaba a retener su arma ante la sorprendente fuerza del enano. Los dos forcejeaban en la calle, escupiéndose mutuamente, como gatos.

Mackie se echó a reír.

Entonces Mólniya llegó junto a él, tocando su hombro con una mano enguantada.

—No pierdan el tiempo. Tenemos que movernos con rapidez.

Mackie se arqueó como un gato para recibir el contacto. El camarada Mólniya estaba preocupado de que todavía estuviera enojado con Anneke por dispararle y después reírse de eso.

Pero eso estaba olvidado. Anneke estaba riendo también, sobre el cuerpo del hombre que acababa de liquidar, y Mackie tuvo que reír con ella.

—Un *Negerkuss*. Le dijiste que si quería un *Negerkuss*. Ja, estuvo bueno —antes de disparar sobre el asistente del senador el terrorista le había ofrecido un *Negerkuss*, un pequeño pastelillo cubierto de chocolate. Eso le parecía especialmente gracioso, ya que los *Negerkuss* eran una marca registrada del grupo, allá por los buenos tiempos, cuando todos menos el Lobo aún eran niños.

La suya era una risa nerviosa, una risa de alivio. Había pensado que todo se había acabado cuando el cerdo le disparó. Logró comprender que levantaba la pistola justo a tiempo de desaparecer, y la ira le quemó por dentro hasta ponerlo negro, el deseo de hacer que su mano vibrara hasta que fuera tan dura como la hoja de un cuchillo y la llevara hasta el interior de ese maldito policía, para asegurarse de que sentía el zumbido, para sentir la avalancha caliente de sangre en su brazo y el rocío de gotas en su cara. Pero el bastardo estaba muerto ahora, era demasiado tarde...

Se había preocupado una vez más cuando el hombre negro levantó la camioneta, pero entonces el camarada Ulrich le disparó. Era fuerte, pero no era inmune a las balas. A Mackie le agradaba el camarada Ulrich. Era tan seguro de sí mismo, tan guapo y muscular. A las mujeres les agradaba. Anneke a duras penas podía mantener sus manos lejos de él. Mackie podría haberlo envidiado, de no ser un as él también.

Mackie ni siquiera tenía una pistola. Las odiaba, y de cualquier manera no necesitaba un arma —no había mejor arma que su propio cuerpo.

El joker norteamericano llamado Rasguños estaba sacando torpemente el cuerpo inerte de Hartmann de la limusina.

—¿Está muerto? —gritó Mackie en alemán, presa de un pánico repentino. El enano soltó el rifle de Ulrich y miró frenéticamente hacia el auto. Ulrich casi se cayó.

Rasguños levantó la mirada hacia Mackie, con el rostro congelado en la inmovilidad de su exoesqueleto, pero su falta de comprensión resultaba evidente por la inclinación de su cabeza. Mackie repitió la pregunta en el inglés vacilante que había aprendido de su madre antes de que la perra inútil muriera y lo abandonara.

El camarada Mólniya se puso de nuevo su otro guante. No llevaba máscara, y ahora Mackie notó que se veía un poco descompuesto a la vista de la sangre derramada por toda la calle.

—Está bien –contestó a nombre de Rasguños–. Sólo le di un choque eléctrico para dejarlo inconsciente. Vámonos, de prisa.

Mackie sonrió y asintió con la cabeza. Sintió una cierta satisfacción ante los remilgos de Mólniya, aunque quería complacer al as ruso tanto como a Lobo, el líder de su propia célula. Quería ayudar a Rasguños, aunque odiaba estar tan cerca del joker. Temía tocarlo accidentalmente; la simple idea hizo que se le pusiera la carne de gallina.

El camarada Lobo se acercó, la Kalashnikov colgando de su enorme mano.

—Métanlo en la camioneta –ordenó–. A él también –asintió con la cabeza en dirección del camarada Wilfried, quien había bajado a trompicones del asiento del conductor de la camioneta y estaba de rodillas, arrojando su desayuno sobre el asfalto húmedo.

Volvió a llover de nuevo. Amplios charcos de sangre se deshilacharon como banderines azotados por el viento sobre el pavimento. A la distancia las sirenas iniciaron un canto que ponía los pelos de punta.

Metieron a Hartmann en la segunda camioneta y Rasguños se sentó tras el volante. Mólniya se deslizó junto a él. El joker retrocedió hasta la banqueta, se dio la vuelta y se alejó manejando.

Mackie se sentó sobre la salpicadera, tamborileando sobre sus muslos a ritmo de rock pesado. ¡Lo hicimos! ¡Lo capturamos! Apenas podía quedarse sentado. Su pene estaba rígido dentro de sus pantalones de mezclilla.

Por la ventana trasera vio que Ulrich, armado con una lata de aerosol, escribía las siglas de su organización con pintura roja sobre una pared: RAF. Se rio de nuevo. Eso haría que la burguesía ensuciara sus propios pantalones, seguro. Diez años antes esas iniciales habían sido sinónimo del terror en la República Federal. Ahora lo serían de nuevo. Mackie tuvo escalofríos de felicidad de tan sólo pensar en ello.

Un joker envuelto de pies a cabeza en un manto raído se adelantó y escribió con pintura en aerosol tres letras más, debajo de las primeras, con una mano envuelta en vendajes: JJS.

La otra camioneta se inclinó marcadamente hacia un lado cuando sus llantas rodaron sobre el cuerpo tendido del as negro norteamericano, y todos se marcharon.

♥

Con su computadora portátil marca NEC bajo el brazo y un poco de la parte interior de su mejilla atrapada entre sus pequeños dientes laterales, Sara cruzó el vestíbulo del Bristol Hotel Kempinski con un dinamismo que cualquiera habría interpretado como confianza. Un error de interpretación que le había sido útil en el pasado.

Instintivamente se escondió en el bar del hotel más lujoso de Berlín. El tema de la gira en sí ha sido explotado demasiado desde hace mucho, pensó, pero ¿qué demonios? Sintió las orejas calientes al pensar que ella era la protagonista de una de las selectas historias de la gira que no debían ser difundidas.

Adentro estaba oscuro, por supuesto. Todos los bares son la misma canción; la madera y el latón pulidos, el viejo cuero flexible y las plantas de orejas de elefante distinguían este bar en particular.

Ella echó hacia atrás los lentes de sol sobre su cabello casi blanco de tan rubio, restirado en una severa cola de caballo, y permitió que sus ojos se adaptaran. Siempre se adaptaban más rápido a la oscuridad que a la luz.

El bar no estaba lleno. Un par de meseros con bandas elásticas en los brazos y cuellos almidonados para pajarita hacían sus recorridos entre las mesas como si tuvieran un radar. Tres hombres de negocios japoneses estaban sentados ante una mesa platicando y señalando un periódico, mientras discutían ya fuera los tipos de cambio o los bares nudistas locales.

En la esquina Hiram hablaba del negocio, en francés, por supuesto, con el *cordon bleu* del Kempinski, quien era más bajito que él pero igual de robusto. El chef del hotel tenía la tendencia a abanicar sus cortos brazos rápidamente mientras hablaba, lo cual lo hacía parecer como un pajarito regordete que todavía no había logrado dominar el vuelo.

Chrysalis se sentó frente a la barra a beber en espléndido aislamiento. No había moda joker aquí. En Alemania, Chrysalis se encontró con que era discretamente evitada en lugar de sentirse idolatrada.

Llamó la atención de Sara y le guiñó un ojo. En la escasa luz Sara sólo se enteró de esto por la manera en que las pestañas cubiertas de rímel de Chrysalis pasaron frente a un globo ocular que la miraba fijamente. Sonrió. Socias en el plano profesional en casa, algunas veces rivales en el intercambio de información que era el juego principal de Jokertown, se habían hecho amigas en este viaje. Sara tenía más en común con Debra-Jo que con sus pares nominales que iban con ellas.

Al menos Chrysalis iba vestida. Mostraba un rostro distinto en Europa del que mostró en el país del cual fingió no ser originaria. Algunas veces Sara la envidiaba secretamente. La gente la miraba y veía a una joker exótica, atractiva y grotesca. Pero no la veían *a ella*.

—¿Me buscaba, señorita?

Sara se sobresaltó y giró sobre sí misma. Jack Braun estaba sentado en el extremo de la barra, a menos de metro y medio de ella. No lo había notado. Ella tenía la tendencia de ignorarlo; su fuerza la hacía sentir incómoda.

—Voy a salir –le dijo. Dio un manotazo a la computadora, un poco más fuerte de lo necesario, de manera que los dedos le escocieron–. Voy a la oficina postal a enviar mi más reciente material por módem. Es el único sitio en que puedes lograr una conexión transatlántica que no codifique toda tu información.

—Me sorprende que no haya ido a vender galletitas con el senador Gregg –dijo él con tono de burla, mirándola desde debajo de sus cejas pobladas.

Ella sintió que sus mejillas se coloreaban.

—El hecho de que el senador *Hartmann* asista a un banquete puede ser un tema caliente para mis colegas de las revistas de moda que se dedican a cazar celebridades. Pero eso no es precisamente una noticia relevante, ¿o sí, señor Braun?

Era una tarde despejada. No había muchas noticias importantes aquí, no del tipo que le interesaría a los lectores que seguían la gira de la OMS. Las autoridades de Alemania Occidental habían asegurado a sus visitantes que no existía el problema del wild card en su país, y usaron a los miembros de la gira como una ficha en cualquiera que fuera el juego que estaban jugando con su gemelo siamés del lado Oriental –la lúgubre ceremonia de esta misma mañana, por ejemplo. Por supuesto que tenían razón: aun de manera proporcional, el número de víctimas alemanas del wild card era minúsculo. Las dos mil víctimas patéticas o antiestéticas estaban discretamente encerradas en viviendas u hospitales del Estado. A pesar de lo mucho que habían despreciado a los norteamericanos por su trato hacia los jokers durante los años sesenta y setenta, los alemanes se avergonzaban de sus propios jokers.

—Depende de lo que se diga en el banquete, supongo. ¿Tiene algún compromiso después de enviar su reporte, señorita? –Golden Boy le dedicaba su sonrisa de protagonista de película de segunda. Brillos dorados parecían salir del contorno de su rostro. Estaba flexionando sus músculos para provocar el resplandor que le dio su nombre de as. El enfado hacía que se restirara la piel de alrededor de sus ojos. O él se le estaba insinuando en serio o se estaba burlando de ella. Ninguna de tales opciones le hacía gracia.

—Tengo trabajo que hacer. Y debería descansar. Algunos de nosotros hemos tenido mucho que hacer en esta gira.

¿Es ésa la verdadera razón por la que te sentiste aliviada cuando Gregg comentó que sería muy indiscreto que lo acompañaras al banquete?, se preguntó Sara. Frunció el ceño, sorprendida ante la idea, y se dio vuelta secamente para irse.

Pero la enorme mano de Braun se cerró en torno a su brazo. Ella se quedó sin aliento y se volvió hacia él, enojada y asustada. ¿Qué podría hacer contra un hombre que podía levantar un autobús? La reportera dentro de ella reflexionó sobre la ironía de que Gregg, a quien había llegado a odiar de manera obsesiva, hubiera sido el primer hombre en años cuyo contacto había llegado a aceptar con los brazos abiertos…

Pero Jack Braun miraba ceñudo más allá de ella, hacia el vestíbulo del hotel. Se estaba llenando con jóvenes fornidos y resueltos, que llevaban sacos de vestir.

Uno de ellos entró al bar, miró fijamente a Braun, consultó un pedazo de papel que llevaba en la mano.

—¿Herr Braun?

—Soy yo. ¿Qué puedo hacer por usted?

—Pertenezco a la Landespolizei de Berlín. Me temo que debo pedirle que permanezca en el hotel.

Braun quedó boquiabierto.

—¿Y a qué se debe eso?

—El senador Hartmann ha sido secuestrado.

Ellen Hartmann cerró la puerta con cuidado, como si estuviese hecha de cáscara de huevo, y se alejó. Las vides cubiertas de flores que se desdibujaban en la alfombra parecían enroscarse alrededor de sus tobillos mientras caminaba de regreso a la suite y se sentaba sobre la cama.

Sus ojos estaban secos. Ardían, pero estaban secos. Sonrió ligeramente. Era difícil liberar sus emociones. Tenía tanta experiencia controlando sus emociones para las cámaras. Y Gregg...

Sé quién es. Pero es todo lo que tengo.

Tomó un pañuelo de la mesilla de noche y lo rasgó en pedazos, metódicamente.

—Bienvenido a la tierra de los vivos, senador... Por el momento.

La mente de Hartmann recuperó lentamente la conciencia. Había un sabor metálico en su boca y escuchaba un zumbido. La parte superior de su brazo derecho le dolía como si estuviera quemada por el sol. Alguien tarareaba una canción conocida. Un radio funcionaba a bajo volumen.

Sus ojos se abrieron a la oscuridad. Sintió la punzada obligatoria de ansiedad ante la ceguera, pero algo ejercía presión sobre sus ojos, y por el pequeño tirón punzante en la parte posterior de su cabeza adivinó que se trataba de una gasa pegada con cinta. Sus muñecas estaban atadas tras el respaldo de una silla de madera.

Tan pronto fue consciente de su cautividad, la primera sensación que recibió fue la de los olores: sudor, grasa, humedad, polvo, tela mojada, especias desconocidas, orina antigua y aceite para armas fresco, todo agolpándose en sus fosas nasales.

Hizo inventario de todas estas cosas antes de reconocer la voz ronca.

—Tom Miller –dijo–. Desearía poder decir que es un placer.

—Ah, sí, senador. Pero yo puedo hacerlo –pudo sentir cómo se regodeaba Gimli de la misma manera en que podía oler su apestoso aliento: la pasta de dientes y el enjuague bucal pertenecían al mundo nat que rendía culto a la superficialidad–. También podría decir que no tiene idea de cuánto he esperado esto, pero por supuesto que lo sabe. Lo sabe perfectamente bien.

—Ya que nos conocemos tanto, ¿por qué no me descubres los ojos, Tom? –mientras hablaba hizo un sondeo con su poder. Habían pasado diez años desde la última vez que tuvo contacto físico con el enano, pero no creía que la conexión, una vez establecida, se deteriorara en ningún momento. El Titiritero le temía a la pérdida de control más que a ninguna otra cosa con excepción de ser descubierto; y el hecho mismo de ser descubierto representaba la máxima pérdida de poder. Si pudiera engancharse de nuevo al alma de Miller, Hartmann podría al menos asegurarse de mantener bajo control el pánico que burbujeaba como magma en el fondo de su garganta.

—¡Gimli! –gritó el enano. Su saliva salpicó los labios y mejillas de Hartmann.

De manera instantánea Hartmann dejó caer la conexión. El Titiritero se tambaleó. Por un momento había sentido el odio de Gimli ardiendo como un cable incandescente. ¡Lo sospecha!

La mayor parte de lo que sintió era odio. Pero debajo de eso, por debajo de la superficie consciente de la mente de Gimli yacía la conciencia de que había algo fuera de lo normal en Gregg Hartmann, algo ligado de manera inextricable al desastre sangriento de las Revueltas de Jokertown. Gimli no era un as, Hartmann estaba seguro de eso. Pero la paranoia natural de Gimli era en sí misma una especie de sexto sentido.

Por primera vez en su vida el Titiritero enfrentó la posibilidad de haber perdido a una marioneta.

Supo que palideció, supo que se estremeció, pero afortunadamente su reacción se interpretó como repugnancia ante los escupitajos.

—Gimli –repitió el enano, y Hartmann sintió que se volteaba, dándole la espalda–. Ése es mi nombre. Y la máscara se queda puesta, senador. Me conoce, pero eso no aplica a todos aquí. Y a ellos les gustaría que todo siga igual.

—Eso no va a funcionar, Gimli. ¿Tú crees que una máscara para esquiar va a disfrazar a un joker con el hocico peludo? Yo… si alguien te vio atraparme, no tendrán dificultades en identificarte a ti y a tu pandilla.

Estaba hablando de más, se dio cuenta demasiado tarde –no quería que Miller reflexionara demasiado sobre el hecho de que Hartmann podía identificarlo a él y a algunos de sus cómplices. Lo que
sea que lo había dejado inconsciente había revuelto su cerebro como
mezcla para omelette. Una descarga eléctrica de algún tipo, pensó.
Allá en los sesenta había sido un jinete de la libertad por un corto
periodo –era el tipo de cosa de moda de la nueva frontera, y siempre estaba presente el odio, embriagador como el vino, la posibilidad de violencia encantadora, carmesí e índigo. Un policía estatal,
un paleto sureño lo pinchó con un bastón eléctrico, lo cual fue una
experiencia demasiado de primera mano para su gusto y lo envió
rápidamente de regreso al norte. Pero se había sentido así, cuando
estaba en la limusina.

—Vamos, Gimli –dijo una voz rasposa de barítono en un inglés
con marcado acento, pero claro–. ¿Por qué no le quitamos la máscara? El mundo entero sabrá quiénes somos muy pronto.

—Oh, está bien –dijo Gimli. El Titiritero podía saborear su resentimiento sin tener que hacer contacto con él. Tom Miller tenía que
compartir el escenario con alguien, y no le gustaba. Pequeñas burbujas de interés brotaron del pánico incipiente de Hartmann.

Hartmann escuchó el roce de unos pies sobre el suelo desnudo.
Alguien lo toqueteó de manera breve y torpe; maldijo y contuvo la
respiración de manera involuntaria cuando se desató la cinta, despe-
gándose renuentemente de su cabello y su piel.

Lo primero que vio fue la cara de Gimli. Aún parecía una bolsa llena de manzanas podridas. Su apariencia alegre no mejoraba en nada
su imagen. Hartmann dirigió su mirada más allá del enano hacia el
resto de la habitación.

Era un cuchitril en un edificio de apartamentos de mala muerte,
igual que la mayoría de los cuchitriles de mala muerte en los edificios de apartamentos en decadencia de todo el mundo. El piso de
madera estaba manchado y el papel tapiz a rayas tenía tantas manchas de humedad como las axilas de un obrero. Por la basura desper-
digada, que tronaba y crujía bajo sus pies, Hartmann supuso que el
lugar estaba abandonado. Sin embargo, una bombilla brillaba en un
plafón esférico roto, y había un radiador que soltaba demasiado calor.

A juzgar por el entorno, había altas probabilidades de que aún se encontrara en el sector occidental, lo cual hizo que se sintiera muy alegre –hasta cierto punto. Por otro lado, había estado en otros hogares alemanes antes, y éste olía *a algo malo,* de manera inconfundible.

Había otros tres jokers en la habitación, uno de ellos envuelto de pies a cabeza en una capucha polvorienta, otro cubierto con quitina amarillenta salpicada con diminutos granos rojos, el tercero era el peludo que había visto cerca de la camioneta. Los tres jóvenes nats en el campo de visión de Hartmann se veían ofensivamente normales en comparación.

Su poder le permitió percibir la presencia de otros detrás de él, lo cual le resultó extraño, pues normalmente no era capaz de saborear las emociones de otros, a menos que provinieran de alguien que vivía un momento muy intenso, o que se tratara de una de sus marionetas. Sintió que el poder en su interior se retorcía de una manera peculiar.

Miró hacia atrás. Dos más estaban sentados ahí, aparentemente nats, aunque el joven flacucho recargado en la pared junto al radiador tenía una apariencia extraña. Un hombre a mediados de la treintena estaba sentado junto a él en una silla de plástico de mal gusto, con las manos metidas en los bolsillos de una gabardina. Hartmann pensó que el hombre mayor estaba alejándose subconscientemente del más joven; cuando sus ojos se encontraron le dieron una fuerte impresión de tristeza.

Eso es extraño, pensó. Tal vez la tensión había aumentado su percepción normal; tal vez estaba imaginando cosas. Pero algo emanaba de ese chico que le sonreía a Hartmann, y ese algo hacía que se erizaran todos los bordes de su conciencia. De nuevo percibió la reacción evasiva del Titiritero.

Un zapato aplastó los desechos. Se dio vuelta y se encontró mirando a un enorme nat vestido con un pantalón y un saco de color ocre verdoso, casi militar. El hombre no llevaba corbata, su camisa se hallaba desabotonada hasta el mechón de vello rubio entrecano del pecho. Sus manos enormes descansaban sobre sus caderas con los faldones de la camisa echados hacia atrás, como algo salido de una pequeña producción de teatro de *Inherit the Wind.*

Sonrió. Tenía una de esos rostros feos y robustos, de los que las mujeres suelen enamorarse y que merecen la confianza de los hombres. Su largo cabello estaba peinado hacia atrás; tenía una frente alta.

—Es un gran placer conocerlo, senador –era la oleada de voz ondulante que había oído insistirle a Gimli que le quitara la venda de los ojos.

—Ustedes tienen la ventaja.

—Eso es cierto. Oh, pero me atrevería a decir que mi nombre no le es desconocido. Soy Wolfgang Prahler.

Detrás de Hartmann alguien chasqueó la lengua, exasperado. Prahler frunció el ceño, luego soltó una risotada.

—Vamos, camarada Mólniya, ¿estoy quebrantando el protocolo de seguridad? Bueno, ¿qué no acordamos que debíamos salir a la luz del día para llevar a cabo una tarea tan importante?

Como muchos berlineses educados, hablaba inglés con un marcado acento británico. Desde el interior de Hartmann, el Titiritero sintió un destello de inquietud al escuchar el nombre de *Mólniya*. Significaba «relámpago», y los soviéticos tenían una serie de satélites de comunicación con ese nombre.

—¿De qué se trata todo esto? –el corazón de Hartmann se aceleró tan pronto hubo dicho tales palabras. No era su intención usar ese tono con el grupo de asesinos a sangre fría que lo tenían completamente a su merced. Pero el Titiritero se había hecho cargo de la situación–. ¿No podían esperar hasta el banquete de Aide et Amitié para conocerme?

La risa de Prahler resonó desde lo profundo de su pecho.

—Claro, veo que no ha comprendido nada. Nunca tuvimos la intención de dejarlo llegar vivo al banquete, senador. Se le tendió, como dirían ustedes los norteamericanos, una trampa.

—Se le atrajo con un cebo y cayó –dijo una menuda mujer pelirroja que llevaba un suéter de cuello de tortuga alto y pantalones de mezclilla–. Se usa queso para una rata; se usa un elegante banquete para un elegante señor.

—Queso para las ratas –alguien soltó una risita–, banquetes para los señores elegantes… Como el que tenemos aquí –el chico que vestía ropas de cuero tenía una voz adolescente masculina y cascada a la vez. Hartmann sintió que un cosquilleo le recorría el escroto como los dedos de una prostituta. No había duda al respecto. La emoción que captaba provenía claramente de él, como la estática en una línea. Era el indicio de algo potente… y terrible. Por primera vez el Titiritero no sintió el deseo de investigar más a fondo una conciencia.

Le temía a éste más que a Prahler y al resto de los jóvenes que portaban armas de fuego con actitud casual. Incluyendo a Gimli.

—¿Te tomaste todas estas molestias para ayudar a Gimli aquí presente a saldar una vieja deuda imaginaria? –se obligó a decir–. Qué generoso de tu parte.

—Hacemos esto por la revolución –dijo con dificultad un nat rubio, que combinaba un corte militar con un bronceado artificial, como si se hubiese esforzado en memorizar esa frase. Su suéter de cuello de tortuga y sus pantalones de mezclilla se amoldaban a su figura atlética. Estaba de pie junto a la pared, acariciando el cañón del rifle de asalto soviético recargado en el suelo junto a su pie.

—Usted no nos importa, senador –dijo la mujer, al tiempo que recogía el flequillo cuadrado que ocultaba su frente–. Es tan sólo una herramienta, sin importar lo que le indique su ingenuo egocentrismo.

—¿Quiénes demonios son ustedes?

—Llevamos el nombre sagrado de Facción del Ejército Rojo –la chica se aproximó a supervisar a un joven fornido que jugueteaba con un aparato de radio, encaramado sobre una mesita de madera.

—El camarada Lobo nos nombró así –dijo el chico rubio, sin mirar al senador–. Él solía juntarse con Baader, Meinhof y todos ellos. Eran muy cercanos –levantó un puño cerrado.

Hartmann sintió un nudo en la garganta. Desde que el terrorismo surgió a comienzos de los setenta, no era raro que los abogados más radicales se involucraran en las actividades de los acusados a quienes debían representar en la corte, especialmente en Alemania e Italia. Si lo que le decían era cierto, Prahler había sido un líder en el grupo de Baader y Meinhof y en la RAF, sin que las autoridades se enteraran de ello.

—Voy a replantear mi pregunta –Hartmann se dirigió a Tom Miller–. ¿Cómo te involucraste en esto, Gimli?

—Estuve en el lugar y el momento correcto, senador.

El enano sonrió con aire de superioridad. El Titiritero sintió el impulso de aplastar su cara engreída, de arrancarle las tripas y estrangularlo con ellas. La frustración le dolía como si le infligieran un tormento físico.

El sudor bajó lentamente por la frente de Hartmann como si fuera un ciempiés. Sus emociones eran sumamente distintas de las del Titiritero. Su otro yo fluctuaba entre la ira y el miedo, mientras que lo que él experimentaba en este momento era cansancio y molestia.

Y tristeza. Pobre Ronnie. Tenía tan buenas intenciones.

La pelirroja le dio un manotazo en el hombro al hombre sentado.

—¡Eres un idiota, Wilfried, ahí estaba! Acabas de pasarlo –el hombre murmuró una disculpa y giró de regreso el sintonizador.

—...fue capturado por la Facción del Ejército Rojo, que involucra a Jokers por una Sociedad Justa, los cuales han huido de la persecución en América –era la voz del camarada Lobo, la cual fluía como ámbar líquido desde el pequeño radio barato–. Nuestras exigencias para liberarlo son las siguientes: inmediata liberación del luchador por la libertad palestina al-Muezzin. Un avión con suficiente combustible para llevar a al-Muezzin a un país del Tercer Mundo en territorio liberado. Inmunidad para los miembros de este equipo de acción. Exigimos que el monumento a Jetboy sea demolido y en su lugar se construyan instalaciones para dar albergue y atención médica a jokers víctimas de la intolerancia norteamericana. Y finalmente, sólo para atizarle a los cerdos capitalistas donde más les duele, diez millones de dólares en efectivo, los cuales serán utilizados para ayudar a las víctimas de la agresión norteamericana en América Central. Si estas condiciones no se han cumplido para las diez de la noche de hoy, tiempo de Berlín, el senador Gregg Hartmann será ejecutado.

Una voz agregó:

—Ahora volvemos a la programación regular.

—No podemos quedarnos de brazos cruzados –Hiram Worchester enredaba los dedos en su barba mientras miraba por la ventana al cielo moteado de Berlín.

Digger Downs le dio vuelta a una carta. Tres de tréboles. Hizo una mueca.

Billy Ray caminó de un lado para el otro sobre la alfombra de la suite de Hiram, como un tiranosaurio con comezón.

—Si yo hubiera estado ahí, esta mierda nunca hubiera sucedido

–dijo, y dirigió una mirada asesina y verdosa en dirección de Mordecai Jones.

Hammer se sentó en el sofá. Era de roble con un tapiz floreado, y como gran parte del mobiliario del hotel, había sobrevivido a la guerra. Afortunadamente construían muebles resistentes en 1890.

Del tronco de Jones surgió un sonido muy similar a una caja de cambios oxidada y se dedicó a mirar sus grandes manos, las cuales descansaban sobre sus rodillas.

La puerta se abrió y Peregrine entró volando en la habitación –en sentido figurado, las alas temblorosas, atadas a su espalda. Llevaba una blusa suelta de terciopelo y pantalones de mezclilla que disimulaban el avanzado estado de su embarazo.

—Acabo de enterarme... ¿no es terrible? –se detuvo y se le quedó mirando al Hammer–. Mordecai... ¿qué demonios estás haciendo aquí?

—Lo mismo que usted, señora Peregrine. No me dejan salir.

—¿Pero por qué no estás en el hospital? Los reportes informaron que fuiste herido de manera terrible.

—Sólo me dispararon –se dio una palmada en el estómago–. Tengo un cuero muy resistente, casi como ese material del que uno lee en *Popular Science*... Kevlar.

Downs destapó otra carta. Un ocho rojo.

—Mierda –murmuró.

—Pero te cayó encima una camioneta –dijo Peregrine.

—Sí, pero tengo metales pesados en mis huesos en lugar de calcio, de manera que son más maleables, y mis entrañas y todo lo demás son mucho más resistentes que las de la mayoría de la gente. Y puedo curarme muy rápidamente. Desde que me convertí en un as, nunca me he enfermado, he durado bastante.

—¿Entonces por qué dejaste que se escaparan? –lo amonestó Billy Ray–. Demonios, el senador era tu responsabilidad. ¿Por qué no les pateaste el trasero?

—A decir verdad, señor Ray, me dolió como un demonio. Quedé fuera de combate por un rato.

El *señor* no implicó la misma carga de respeto que el *señora*. Billy Ray ladeó la cabeza y lo miró fijamente, pero Jones lo ignoró.

—Déjalo en paz, Billy –dijo la compañera de Carnifex, Lady Black, la cual se hallaba sentada con sus largas piernas cruzadas a la altura de los tobillos.

Peregrine se acercó y tocó a Mordecai en el hombro.

—Debe haber sido terrible. Me sorprende que te hayan permitido salir del hospital.

—No lo hicieron –dijo Downs, cortando la baraja con su mano izquierda–. Simplemente se fue, luego de destrozar la pared. Los del departamento de salud pública están un poco molestos al respecto.

Jones bajó la mirada hacia el piso.

—No me gustan los doctores –murmuró.

Tan pronto fue afectado por el virus wild card, Jones vivió como un virtual prisionero del Departamento de Salud Pública de Oklahoma, mientras fue su espécimen de laboratorio. La experiencia le había provocado un temor patológico hacia la ciencia médica y todos sus accesorios.

—¿Dónde está Sara? –Peregrine miró a su alrededor–. Pobrecita. Esto debe ser un infierno para ella.

—La dejaron ir al centro de control de crisis del Ayuntamiento. Ningún otro reportero de la gira pudo ir. Sólo ella–. Downs hizo una mueca y siguió jugando solitario.

—Sara se encargó de tomar la declaración del señor Jones sobre lo que vio y escuchó durante el secuestro –dijo Lady Black–. Se negó a hacer más declaraciones antes de abandonar el hospital.

—Hubo una cosa jodidamente extraña –dijo Jones, meneando la cabeza–. Mientras estuve tirado ahí con esa mald... con esa camioneta sobre mi pecho, escuché a esos sujetos gritarse entre ellos. Como niñitos en un patio de juegos.

Hiram se alejó de la ventana. Las ojeras que se habían marcando en torno a sus ojos desde que la gira empezó eran aún más profundas.

—Entiendo –alzó las manos a la altura de su pecho; manos delicadas, que no armonizaban con el resto de su masa corporal–. Entiendo lo que sucedió. Esto ha sido un golpe para todos nosotros. El senador Hartmann no es sólo la última y mejor esperanza de que los jokers tengan un trato justo... y quizá los ases también. Mientras este demente, Barnett, siga suelto, Hartmann es nuestro amigo. Estamos intentando suavizar el golpe al hablar del tema. Pero no es suficiente. Tenemos que actuar.

—Es lo que yo digo –Billy Ray dio un puñetazo en la palma de su mano–. ¡Vamos a patear traseros! ¡Busquemos a los involucrados!

—¿El trasero de quién? –preguntó Lady Black con aire cansado–. ¿Quiénes son los involucrados?

—Ese enano bastardo, Gimli, para empezar. Debimos atraparlo cuando estaba jodiendo en Nueva York el verano pasado...

—¿Cómo vamos a encontrarlo?

Extendió sus brazos.

—Demonios, deberíamos salir a buscarlo, en lugar de estar sentados aquí sobre nuestros traseros retorciéndonos las manos y diciendo cuánto sentimos que el maldito senador haya desaparecido.

—Hay diez mil policías allá afuera peinando las calles –dijo Lady Black–. ¿Tú crees que puedes encontrarlo más rápido que ellos?

—Pero ¿qué podemos hacer, Hiram? –preguntó Peregrine. Su rostro había palidecido y su piel se había tensado sobre los pómulos–. Me siento tan impotente.

Sus alas se abrieron levemente y se cerraron de nuevo.

—Me gustaría saberlo, Peri –dijo Hiram–. Seguramente hay algo que podemos hacer...

—Mencionaron un rescate –dijo Digger Downs.

Hiram golpeó su palma dos veces, en una imitación inconsciente de Carnifex.

—Eso es. ¡Eso es! Quizá podamos reunir suficiente dinero para pagar la recompensa.

—Diez millones es mucho dinero –dijo Mordecai.

—Seguramente podemos negociar una reducción –dijo Hiram, haciendo a un lado las objeciones con sus pequeñas manos.

—¿Y qué hay respecto a sus demandas de liberar a ese terrorista? No podemos hacer nada al respecto.

—Con dinero baila el perro –dijo Downs.

—Muy poco elegante –Hiram andaba de un lado para el otro como una nube desgarbada–, pero tienes razón. Es un hecho que si podemos reunir suficientes fondos, van a aceptar de un salto nuestra oferta.

—Ey, espera un minuto... –dijo Carnifex.

—Soy un hombre de medios nada despreciables –Hiram tomó un puñado de mentas de una bandeja de plata–. Yo podría contribuir con una buena cantidad...

—Yo también tengo dinero –dijo Peregrine, emocionada–, ayudaré.

Mordecai frunció el ceño.

—No me vuelven loco los políticos, pero ¡rayos!, siento que por mi culpa perdimos al tipo y cosas así. Cuenten conmigo, en lo que pueda servir.

—¡Esperen, maldita sea! –dijo Billy Ray–. El presidente Reagan anunció que no negociará con los terroristas.

—Quizás estará de acuerdo si incluimos una Biblia y unos lanza-cohetes en el paquete... –dijo Mordecai.

Hiram levantó la barbilla.

—Somos ciudadanos, señor Ray, no empleados del gobierno. Podemos hacer lo que deseemos.

—Por Dios que veremos...

Xavier Desmond entró a la habitación.

—No soportaba estar sentado ahí ni un minuto más –dijo–. Estoy tan preocupado... por Dios, Mordecai, ¿qué estás haciendo aquí?

—No te preocupes por eso, Des –dijo Hiram–. Tenemos un plan.

El hombre de la Oficina Criminal Federal dio unos golpecitos con su paquete de cigarrillos sobre el borde del escritorio en el centro para el control de crisis del Ayuntamiento, sacó a sacudidas un cigarrillo y lo puso entre sus labios.

—¿Qué demonios estabas pensando, al permitir que eso saliera al aire sin consultarme? –no hizo ningún movimiento para encender el cigarrillo. Tenía las arrugas de un viejo en el rostro de un joven, y amarillos ojos de lince y orejas sobresalientes.

—Herr Neumann –dijo el representante del alcalde, mientras el auricular resbalaba entre su hombro y su doble papada, con lo cual el aparato quedó bastante sudado–, en Berlín nuestra primera reacción es alejarnos de la censura. Tuvimos suficiente de eso en los malos días del pasado, ¿no es así?

—No me refiero a eso. ¿Cómo vamos a controlar esta situación si no nos informan cuando planean acciones como éstas? –se recargó hacia atrás y pasó un dedo por una de las arrugas que formaban un paréntesis en torno a su boca–. No es deseable que se repita lo que sucedió en Múnich.

Tachyon estudió el reloj digital incorporado al tacón de uno de los pares de botas que había comprado en el Ku'damn el día anterior. Si se exceptúan los relojes, llevaba un atuendo completo del siglo diecisiete. Esta gira era una maniobra política, pensó. Pero aun así, es posible que hubieran hecho algún bien. ¿Debía terminar de esta manera?

—¿Quién es al-Muezzin? –preguntó.

—Su verdadero nombre es Daoud Hassani. Es un as que puede destruir cosas con su voz, más o menos como el as que murió recientemente, Aullador –dijo Neumann. Si advirtió la mueca de dolor de Tachyon no lo mostró–. Es originario de Palestina, uno de los hombres de Nur al-Allah, que trabaja desde Siria. Se adjudicó la responsabilidad de haber derribado el avión de El Al en Orly el pasado mes de junio.

—Me temo que no hemos oído todo lo que deberíamos respecto de la Luz de Alá –dijo Tachyon, y Neumann asintió gravemente. Desde que la gira salió de Siria, hubo tres docenas de bombardeos en el mundo entero en retribución por el «traicionero ataque» contra el as profeta.

Si tan sólo esa mujer hubiera terminado el trabajo, pensó Tach. Tuvo cuidado en no expresarlo en voz alta. Estos terrícolas podían ser sensibles sobre este tipo de cosas.

El sudor escurrió por un lado de su quijada hasta el cuello de encaje de su blusón. El radiador zumbó y gimió por el calor. Desearía que fueran menos sensibles al frío. ¿Por qué estos alemanes insisten en hacer este planeta caliente aún más caliente?

La puerta se abrió y oyeron los gritos de los corresponsales de la prensa internacional, apretujados en el pasillo exterior. Un asistente político se deslizó dentro de la habitación y le susurró algo al secretario del alcalde. Éste colgó bruscamente el teléfono.

—La señorita Morgenstern ha venido desde el Kempinski –anunció.

—Que pase de inmediato –dijo Tachyon.

El secretario del alcalde sacó su labio inferior, el cual brillaba de humedad bajo las luces fluorescentes.

—Imposible. Ella es reportera, y hemos excluido a la prensa de esta sala mientras dure la crisis.

Tachyon miró al hombre de arriba abajo.

—Exijo que la señorita Morgenstern sea admitida de inmediato –dijo en ese tono de voz reservado en Takis para los mozos que pisaban las botas recién lustradas y para las camareras del servicio que derramaban sopa sobre los invitados de honor.

—Déjala entrar –dijo Neumann–. Nos trajo la declaración de Herr Jones.

Sara llevaba una gabardina blanca con un cinturón rojo del ancho de su mano, que lucía como un vendaje ensangrentado. Tach meneó la cabeza. Como todas las tendencias de moda que ella adoptaba, ésta le crispaba los nervios.

Sara se acercó, le dio un abrazo breve y seco y se alejó sin quitarse su pesada bolsa de mano.

Tachyon se preguntó qué había sido eso. ¿Había una mirada metálica en sus ojos de acuarela, o eran verdaderas lágrimas?

—¿Escuchaste eso? –canturreó la pelirroja llamada Anneke–. Uno de los cerdos que matamos hoy era judío.

Aún eran las primeras horas de la tarde. La radio hervía con reportes y conjeturas sobre el secuestro. Los terroristas estaban exaltados, pavoneándose entre sí.

—Una gota más de sangre para vengar a nuestros hermanos en Palestina –dijo Lobo ostentosamente.

—¿Y qué hay del as negro? –demandó el que parecía un guardavidas y le contestó a Ulrich–. ¿Ya murió?

—No lo va a hacer por lo pronto –dijo Anneke–. Según las noticias, salió caminando del hospital una hora después de ser admitido.

—¡Eso es mentira! Le disparé medio cargador. Y vi cómo le cayó encima esa camioneta.

Anneke se acercó furtivamente hasta el radio y recorrió con sus dedos la mandíbula de Ulrich.

—¿No crees que si puede levantar una camioneta él solo, podría ser difícil lastimarlo, querido?

Se paró sobre la punta de sus zapatillas deportivas y lo besó justo detrás del lóbulo de la oreja.

—Además, matamos a dos...

—Tres –dijo el camarada Wilfried, quien escuchaba atentamente las ondas radiofónicas–. El otro... el policía, acaba de morir –tragó saliva.

Anneke aplaudió, fascinada.

—¿Ves?

—Yo también maté a alguien –dijo el chico detrás de Hartmann. Tan sólo el sonido de su voz llenó al Titiritero de energía. *Tranquilo, tranquilo*, le advirtió Hartmann a su otra mitad. Y se preguntaba: *¿será que ya domino a éste? ¿Puedo crear títeres sin saberlo? ¿O acostumbra exteriorizar sus sentimientos en un tono que puedo percibir sin haber establecido previamente una conexión entre nosotros?*

El Titiritero no respondió.

El chico vestido de cuero se adelantó arrastrando los pies. Hartmann vio que estaba jorobado. ¿Un joker?

—El camarada Dieter –dijo el adolescente–. Yo lo maté ¡así! –levantó las manos y éstas vibraron súbitamente, letales como las cuchillas de una motosierra.

¡Un as! Hartmann se quedó sin aliento.

La vibración se detuvo. El chico mostró sus dientes amarillos a los demás, que permanecieron en silencio.

A través del retumbar en sus oídos Hartmann escuchó el ruido que provocaron los tubos de metal contra la madera cuando el hombre del abrigo se levantó de su silla.

—¿Mataste a alguien, Mackie? –preguntó con suavidad. Su alemán era demasiado perfecto para ser natural–. ¿Por qué?

Macki bajó la cabeza.

—Era un informante, camarada –dijo de soslayo. Sus ojos se movieron rápidamente entre Lobo y el otro–. El camarada Lobo me ordenó que lo tuviera bajo custodia, ¡pero él intentó matarme! Sacó una pistola y yo tuve que aplicarle la sierra.

Para ilustrar sus palabras, blandió una mano vibrante de nuevo.

El hombre se adelantó lentamente hasta donde Hartmann pudo verlo. Era de estatura media, demasiado bien vestido, cabello rubio y bien cortado. Un hombre apuesto, pero anodino –con excepción de sus manos, enfundadas en lo que parecían ser gruesos guantes de goma. Hartmann miró estos últimos con súbita fascinación.

—¿Por qué no me dijeron esto, Lobo? –la voz permaneció inmutable, pero el Titiritero pudo escuchar un grito silencioso de ira. Había tristeza también… el poder la estaba atrayendo, no había duda de eso. Y una gran cantidad de temor.

Lobo se encogió de hombros.

—Pasaron muchas cosas esta mañana, camarada Mólniya, descubrí que Dieter planeaba traicionarnos, envié a Mackie tras él, las cosas se salieron de control. Pero todo está bien ahora, todo va a estar bien.

Los hechos embonaron como una llave en un candado, y supo por qué llamaban a ese hombre *Mólniya* o el *Relámpago*. Hartmann comprendió de golpe lo que le había sucedido en la limusina. El hombre con los guantes era un as, y había usado algún tipo de poder eléctrico para aplicarle una descarga y dejarlo inconsciente.

Los dientes de Hartmann casi se astillaron del esfuerzo que le costó reprimir el terror. ¡Un poder desconocido! Quizás es capaz de saber quién soy, quizá ya lo ha hecho y va a revelar mis secretos…

Su otro yo respondió gélidamente: *No sabe nada.*

Hartmann replicó: *¿Cómo puedes estar tan seguro? No sabemos cuáles son sus poderes.*

Es un títere.

Tuvo que luchar arduamente para evitar que su rostro reflejara su emoción. *¿Cómo diablos puede ser posible?*

Lo atrapé cuando nos dio la descarga. No tuve que hacer nada; su propio poder fusionó nuestros sistemas nerviosos a partir de ese instante. Con eso fue suficiente.

Mackie se retorció como un perrito castigado que hubiese orinado sobre la alfombra.

—¿Hice lo correcto, camarada Mólniya?

Los labios de Mólniya palidecieron, pero asintió con un esfuerzo visible.

—Sí… bajo las circunstancias.

Mackie se pavoneó.

—Bien, perfecto. Ejecuté a un enemigo de la Revolución. Ustedes no son los únicos que pueden hacerlo.

Annecke cloqueó y rozó la mejilla de Mackie con la punta de sus dedos.

—¿Te preocupa la búsqueda de gloria individual, camarada? Tienes que eliminar esas tendencias burguesas si quieres formar parte de nuestra Facción del Ejército Rojo.

Mackie se humedeció los labios y se escabulló, sonrojándose. El Titiritero sintió lo que pasaba en su interior, como la agitación bajo la superficie del sol.

¿Y qué hay de él?, preguntó Hartmann.

Él también. Y la atleta rubia también. Ambos nos cargaron después de que el ruso te diera la descarga. Esa sacudida me hizo hipersensible.

Hartmann dejó que su cabeza cayera hacia delante para ocultar su ceño fruncido. *¿Cómo pudo suceder todo esto sin mi conocimiento?*

Soy tu subconsciente, ¿recuerdas? Siempre estoy trabajando.

El camarada Mólniya suspiró y volvió a su asiento. Sintió cómo se erizaban los vellos en el dorso de sus manos y de su cuello cuando sus neuronas hiperactivas se activaron. No había nada que pudiera hacer contra las descargas de bajo nivel como éstas, que sucedían por sí solas bajo presión. Por eso llevaba guantes –y por algunas historias espeluznantes que aún circulaban en el Acuario sobre su noche de bodas.

Tuvo que sonreír. *¿Por qué estoy tenso?* Aun si lo identificaran como lo que era, después del hecho no habría repercusiones internacionales; así era como se jugaba este juego, por nosotros y por ellos. Así se lo aseguraron sus superiores.

Correcto.

Dios, ¿qué hice para merecer estar atrapado en esta maquinación lunática? No estaba seguro de quién estaba más loco: esta colección de pobres hombres desfigurados, ingenuos políticos sedientos de sangre o sus propios jefes.

Era la oportunidad de la década, le dijeron. Al-Muezzin estaba en el bolsillo de la *Big K*. Si lo ayudamos, caerá en nuestras manos en agradecimiento. Queremos que trabaje para nosotros. Que nos ponga en contacto con la Luz de Alá.

¿Valía la pena el riesgo?, exigió saber. *¿Valía la pena arruinar los contactos clandestinos que había estado construyendo en la*

República Federal durante los últimos diez años? ¿Valía la pena arriesgar la Gran Guerra, la guerra que ninguna de las dos partes iba a ganar sin importar lo que dijeran los planes de guerra impresos en papeles de lujo? Reagan era un presidente loco, un vaquero.

Pero había un límite a la presión que podías aplicar, aun si eras un as y un héroe, el primer hombre en el Bala Hissar en Kabul en el día de Navidad de 1979. Le habían cerrado las puerta en las narices. Tenía sus órdenes.

No era que estuviera en desacuerdo con los objetivos. Sus archirrivales, los miembros del Komitet Gosudarstvennoi Bezopasnosti –el Comité de Seguridad del Estado– eran arrogantes, recibían más elogios de los que merecían, pero eran incompetentes y mediocres. Ni un solo hombre competente de la GRU* se resistiría a bajarle los humos a esos imbéciles. Como patriota, él sabía que la Inteligencia Militar sabría hacer un mucho mejor uso de un activo tan valioso como Daoud Hassani de lo que harían sus conocidas contrapartes en la KGB.

Pero el método…

No estaba preocupado por sí mismo. Estaba preocupado por su esposa e hija. Y por el resto del mundo también, el riesgo era enorme si algo salía mal.

Metió la mano en un bolsillo para sacar sus cigarrillos y un encendedor.

—Un hábito asqueroso –le dijo Ulrich en su peculiar estilo torpe.

Mólniya sólo lo miró.

Tras un momento Lobo soltó una risa que sonó forzada.

—Los chicos de ahora tienen diferentes normas. En los viejos tiempos… ah, Rikibaby, la camarada Meinhof, ella también fumaba. Siempre tenía un cigarrillo encendido.

Mólniya guardó silencio y siguió mirando a Ulrich. Sus ojos tenían un rastro de pliegue epicántico, un legado del yugo mongol. Después de un momento el joven rubio encontró otro sitio que mirar.

El ruso encendió el cigarrillo, avergonzado de su victoria barata. Pero tenía que mantener a estos jóvenes animales asesinos bajo

---

* Glavnoe Razvedyvatel'noe Upravlenie: Directorio Principal de Inteligencia, el servicio de inteligencia de las fuerzas armadas de la Federación Rusa. *N. de la T.*

control. Qué ironía que él, que había renunciado a los comandos del Spetsnaz y había sido asignado a la Dirección de Inteligencia en Jefe del Estado Mayor Soviético porque no podía soportar la violencia, se encontrara obligado a trabajar con estas criaturas para quienes el derramamiento de sangre se había convertido en una adicción.

Oh, Milya, Masha, ¿alguna vez las veré de nuevo?

◆

—*Herr Doktor*...

Tach se rascó un lado de la nariz. Estaba inquieto. Había estado encerrado aquí durante dos horas, sin tener la certeza de que ayudaba en algo. Afuera... bueno, no había nada que hacer. Pero podría estar con la gente del tour, confortándolos, dándoles palabras de apoyo.

—Herr Neumann –lo saludó.

El hombre de la Oficina Criminal Federal se sentó junto a él. Tenía un cigarrillo entre los dedos, sin encender, a pesar de la capa de tabaco que colgaba como un banco de niebla en el aire espeso. Tardó en expresar qué deseaba:

—Quería pedirle su opinión.

Tachyon levantó una ceja magenta. Se había dado cuenta desde hacía mucho rato de que los alemanes solamente lo querían ahí porque era el líder de la gira en ausencia de Hartmann. De otra manera les hubiera gustado muy poco tener a un doctor en medicina, y además extranjero, entre ellos. Como estaban las cosas, la mayoría de los oficiales civiles y policiales que circulaban por el centro de control de crisis lo trataban con la deferencia correspondiente a su posición de autoridad, y por lo demás lo ignoraban.

—Adelante, pregunte –dijo Tachyon con un gesto un poco sardónico. Neumann parecía sinceramente interesado, y había dado muestras de una inteligencia al menos incipiente, lo cual según las pautas de Tachyon era raro para su raza.

—¿Sabía usted que durante la última hora y media varios miembros de su grupo han intentado reunir una gran suma de dinero para ofrecerla a los secuestradores del senador Hartmann como rescate?

—No.

Neumann asintió con lentitud, como si estuviera analizando algo detenidamente. Sus ojos amarillos se estrecharon.

—Están experimentando una gran dificultad. La postura de su gobierno...

—No es mi gobierno.

Neumann inclinó la cabeza.

—...del gobierno de Estados Unidos es que no habrá negociación con los terroristas. No hace falta decir que las restricciones monetarias norteamericanas no permitieron que los miembros de la gira llevaran una cantidad de dinero consigo que fuera remotamente suficiente, y ahora el gobierno norteamericano ha congelado los bienes de todos los participantes en la gira para evitar que se lleve a cabo un acuerdo independiente.

Tachyon sintió que sus mejillas se calentaban.

—Eso es condenadamente prepotente.

Neumann se encogió de hombros.

—Yo tenía curiosidad de saber qué pensaba usted sobre ese plan.

—¿Por qué yo?

—Usted es una autoridad reconocida en asuntos de jokers... ésa es la razón de que honre a nuestro país con su presencia, por supuesto –golpeó el cigarrillo sobre la mesa junto a una esquina doblada de un mapa de Berlín–. Además, usted proviene de una cultura en la cual el secuestro no es un acontecimiento poco común, si no estoy mal enterado.

Tach lo miró. Aunque era una celebridad, la mayoría de los terrícolas sabían poco de sus antecedentes más allá del hecho de que era extraterrestre.

—No puedo hablar de la RAF, por supuesto...

—La Rote Armee Fraktion en su encarnación actual consiste principalmente en jóvenes de clase media... de manera muy similar a sus encarnaciones anteriores, y si vamos al caso, como la mayoría de los grupos revolucionarios del Primer Mundo. El dinero significa poco para ellos; como hijos de nuestro milagro económico, por así llamarlo, han sido criados para asumir que siempre habrá suficiente.

—Eso, con toda seguridad, no es algo que pueda decir acerca de los Jokers por una Sociedad Justa –dijo Sara Morgenstern, uniéndose a la conversación. Un asistente se movió para interceptarla, sujetando su mano para guiarla lejos de la importante conversación masculina. Ella se alejó de él como si una chispa hubiera saltado entre ellos y lo fulminó con la mirada.

Neumann dijo algo tan rápido que ni siquiera Tachyon lo entendió, y el asistente se retiró.

—Frau Morgenstern. También estoy muy interesado en lo que tenga que decirnos.

—Los miembros de JSJ son muy pobres. Puedo dar fe de eso.

—¿El dinero los tentaría, entonces?

—Eso es difícil de decir. Están comprometidos como sospecho no lo están los miembros de la RAF. Sin embargo –su mano dio un giro de mariposa–, no han perdido ningún as en Medio Oriente. Por otro lado, cuando ellos exigen dinero para beneficio de los jokers, les creo. Considerando que eso no necesariamente beneficiará a los jokers que viven bajo el dominio del Ejército Rojo.

Tach frunció el ceño. La demanda de derrumbar la Tumba de Jetboy y construir un hospicio joker lo irritaba. Como la mayoría de los neoyorquinos, no extrañaría el monumento –una monstruosidad erigida para honrar el fracaso, y un fracaso que él personalmente preferiría olvidar. Pero la demanda de un hospicio era una bofetada en el rostro. *¿Cuándo se ha rechazado a un joker en mi clínica? ¿Cuándo?*

Neumann esperaba su respuesta.

—¿Está en desacuerdo, Herr Doktor? –preguntó suavemente.

—No, no. Ella tiene razón. Pero Gimli… –chasqueó los dedos y extendió el dedo índice– o mejor dicho, Tom Miller, es alguien que se preocupa de manera genuina por los jokers. Pero también tiene un buen ojo para lo que los norteamericanos llaman la oportunidad principal. Usted sin duda podría tentarlo.

Sara asintió.

—Pero ¿por qué lo pregunta, Herr Neumann? Después de todo, el presidente Reagan se niega a negociar el regreso del senador –su voz tenía un timbre de amargura. Tach estaba perplejo. Tan nerviosa como era, él había pensado que seguramente la preocupación por Gregg habría quebrado a Sara a estas alturas.

En cambio, ella parecía ir ganando estabilidad con cada hora que pasaba.

Neumann la miró por un momento, y Tach se preguntó si estaba enterado del mal guardado secreto de su aventura con el senador secuestrado. Tenía la impresión de que esos ojos amarillos –ahora bordeados de rojo por el humo– lo sabían todo.

—Su presidente ha tomado una decisión –dijo con suavidad–, pero es mi responsabilidad aconsejar a mi gobierno sobre qué camino tomar. Éste es un problema alemán también, como podrán imaginar.

A las dos y media Hiram Worchester salió al aire y leyó una declaración en inglés. Tachyon la tradujo al alemán durante las pausas.

—Camarada Lobo... Gimli, si estás ahí –dijo Hiram con la voz aflautada por la emoción–, queremos al senador de regreso. Estamos dispuestos a negociar como ciudadanos de manera independiente. Por favor, por amor de Dios, y por los jokers, por los ases y todos nosotros, por favor, llámennos.

Mólniya miró fijamente la puerta. El barniz se estaba descascarando. Estrías de colores verde, rosa y café quedaban al descubierto debajo del tono blanco, especialmente alrededor de las muescas que indicaban que alguien había usado la puerta para practicar el lanzamiento de cuchillos. No había manera de ignorar la presencia de los otros en la habitación, en particular el zumbido incesante del chico demente; hacía mucho que había aprendido a desconectarse de eso para proteger su cordura.

Nunca debí dejarlos ir.

Le tomó por sorpresa que Gimli y Lobo quisieran concertar una reunión con la delegación de la gira. Podía decirse que era la primera cosa en la que habían estado de acuerdo desde que todo este asunto de opereta se había puesto en marcha.

Debió impedir que asistieran. No le gustaba esta reunión... era una tontería. Reagan había prohibido una negociación al descubierto, pero ¿acaso no probaban las audiencias de Irangate que el presidente no se oponía al uso de canales privados para negociar con terroristas contra los cuales había tomado una línea dura en público?

Además, pensó, *hace mucho aprendí a no dar órdenes que no serán obedecidas.*

En cambio, los hombres que había comandado en Spetsnaz eran profesionales, la elite de las fuerzas armadas soviéticas, formados en el espíritu de equipo y hábiles como cirujanos. Un gran contraste con esta mezcla de aficionados amargados y asesinos *amateurs*.

Si al menos tuviera a alguien que hubiese sido entrenado en casa, o en uno de los campamentos ubicados en los Estados que tienen una buena relación con los soviéticos, como Corea, Iraq o Perú... Alguien que no fuese Gimli: tenía la impresión de que desde hace años se necesitaría un explosivo plástico para abrir la mente del enano lo suficiente para aceptar las ideas de cualquier otra persona, en particular de los nats.

Deseó haber ido a la reunión. Pero su lugar era aquí, vigilando al prisionero. Sin Hartmann no tenían nada –con excepción de un mundo entero de problemas.

¿La KGB tendrá tantos problemas con sus marionetas? Supuso que así era. Habían maquillado varios tropiezos importantes con el paso de los años –la mención de México todavía podía provocar a los veteranos una mueca de dolor–, y GRU conservaba evidencia de numerosos errores que la Gran K pensaba que ellos habían encubierto.

Pero los publicistas del Komitet habían hecho bien su trabajo, en ambos lados de la Cortina de Hierro. Mólniya no podía sacudirse la imagen de la KGB como el titiritero omnisciente, sus hilos envolviendo al mundo como una telaraña.

Intentó verse a sí mismo como una araña maestra. Lo cual lo hizo sonreír.

No. No soy una araña. Soy tan sólo un hombre pequeño y asustado a quien alguien alguna vez llamó un héroe.

Pensó en Ludmilya, su hija. Se estremeció.

Hay hilos alrededor de mí, eso es cierto. Pero yo no soy el que tira de ellos.

♣

Lo quiero.

Hartmann examinó el escuálido cuartucho. Ulrich caminaba de un lado a otro, molesto por haber sido abandonado en el departamento. Sus manos no se quedaban quietas un instante. Los otros dos jokers estaban sentados en silencio. El ruso estaba sentado y fumaba mientras veía fijamente la pared.

Se esmeró en no mirar al chico con la maltratada chaqueta de cuero.

Mackie Messer tarareó la vieja canción sobre el tiburón y sus dientes y el hombre con su navaja de bolsillo y los guantes elegantes. Hartmann recordó una versión similar de cuando era adolescente, cantada por Bobby Darin u otro baladista juvenil por el estilo. También recordó una versión distinta, una que había escuchado por primera vez en una oscura habitación nublada por el humo de la droga en el antiguo campus de Yale cuando regresó a su alma máter para dar una conferencia en contra de la guerra en el 68. Aquella segunda versión era oscura y siniestra, una traducción más directa del original. Escuchó cómo la cantaba un barítono cargado de whisky que, como el mismísimo y viejo Bertolt Brecht, se deleitaba en interpretar el papel de Baal: Thomas Marion Douglas, el desafortunado cantante principal de Destiny. Se estremeció al recordar la manera en que las palabras recorrieron su espalda en esa noche distante.

Lo quiero.

¡No!, le gritó al Titiritero. *Está loco. Es peligroso.*

Podría ser útil, una vez que salgamos de aquí.

El cuerpo de Hartmann se contrajo en un rictus de terror. *¡No! ¡No hagas nada! Los terroristas están negociando justo en este momento. Saldremos de ésta.*

Sintió el desdén del Titiritero. Rara vez su alter ego había parecido más discreto, tan distinto. *Tonto. ¿En qué se ha involucrado alguna vez Hiram Worchester que valiera la pena? Va a fracasar.*

Entonces sólo esperaremos. Tarde o temprano esto se va a solucionar. Sintió que unas enredaderas viscosas de sudor se enroscaban en su cuerpo bajo su camisa y chaleco salpicados de sangre.

¿Cuánto crees que deberemos esperar antes de que nuestros jokers y sus amigos terroristas se hagan estallar mutuamente? Las marionetas son nuestra única salida.

No es tan sencillo convencerlos de que me dejen ir. No soy el doctor Tachyon, ni tengo su capacidad para dominar las mentes ajenas.

Sintió una vibración petulante en su interior.

No te olvides de 1976, le dijo al Titiritero. *Creíste que podías manejar eso también.*

El Titiritero se rio de él hasta que Hartmann cerró los ojos para concentrarse y lo obligó a permanecer en silencio.

¡Se ha convertido en un demonio! ¿Habrá terminado por poseerme?, se preguntó. *¿Soy otra de las marionetas del Titiritero?*

No. Yo soy el amo. El Titiritero es sólo una fantasía, una representación imaginaria de mi poder. Un juego que juego conmigo mismo.

No había terminado de decirse esto cuando se escuchó una risa triunfal, que provenía de los enredados corredores de su alma.

◆

—Está lloviendo de nuevo –dijo Xavier Desmond.

Tach hizo una mueca y se abstuvo de elogiar la sólida comprensión que el joker tenía de lo obvio. Des era su amigo, después de todo.

Se refugió en el paraguas que compartía con Desmond y se dijo que el chubasco pasaría pronto. Los berlineses que paseaban por los senderos del Tiergarten no se apresuraban a dirigirse a las banquetas del cercano Bundesallee, y si alguien podía conocer el clima en esa ciudad, eran ellos. Ancianos con sombreros de fieltro, mujeres jóvenes con cochecitos para niños, jóvenes intensos en suéteres de lana oscuros, un vendedor de salchichas con mejillas como duraznos maduros; la multitud habitual de alemanes que aprovechaba cualquier cosa que pareciera un buen clima después del largo invierno prusiano.

Le echó un vistazo a Hiram. El enorme y rollizo restaurantero lucía deslumbrante en su traje a rayas de tres piezas, el sombrero inclinado con gallardía y su barba negra rizada. Tenía un paraguas en una mano, una reluciente mochila negra en la otra, y Sara Morgenstern se hallaba de pie a su lado, aunque no hacían contacto propiamente dicho.

La lluvia goteaba del ala del sombrero de plumas de Tach, ya que sobresalía del área cubierta por el paraguas barato de plástico. Del otro lado, un riachuelo corría por la trompa de Des. Tach suspiró.

¿Cómo me dejé envolver en esto?, se preguntó por cuarta o quinta vez. Era una pregunta ociosa; cuando Hiram llamó para decir que un industrial de Alemania Occidental, que deseaba permanecer en el anonimato, había ofrecido prestarles el dinero del rescate, supo que estaba involucrado.

Aunque Sara se hallaba de pie, con un aspecto muy rígido, él percibió que ella temblaba, casi de manera subliminal. Su rostro tenía el color de la gabardina y contrastaba con la palidez de la piel. Ojalá no hubiera insistido en venir, pensó. Pero ella era la periodista principal de este viaje; habrían tenido que encerrarla bajo llave para evitar que cubriera esta reunión con los secuestradores de Hartmann. Y además estaba su interés personal.

Hiram se aclaró la garganta.

—Aquí vienen —su voz tenía un tono más alto de lo normal.

Tachyon miró hacia la derecha sin volver la cabeza. No era un error; no había suficientes jokers en Alemania Occidental para que fuera probable que dos de ellos se aparecieran por coincidencia justo en este momento... Y no podía existir duda alguna de la identidad del pequeño hombre barbudo que caminaba con un vaivén digno de Toulouse-Lautrec, escoltado por un ser que parecía un oso hormiguero color beige parado sobre sus patas traseras. Y por alguien más.

—Tom —dijo Hiram, su voz había enronquecido súbitamente.

—Gimli —replicó el enano. Lo dijo sin vehemencia. Sus ojos brillaron al ver la mochila que colgaba de la mano de Hiram—. Lo trajeron.

—Por supuesto... Gimli —le entregó el paraguas a Sara y entreabrió la bolsa. Gimli se paró de puntillas y echó un vistazo al interior. Sus labios se fruncieron con un silbido silencioso—. Dos millones de dólares norteamericanos. Y dos más en cuanto nos entreguen al senador Hartmann.

La sonrisa del enano mostró una serie de dientes irregulares.

—Dimos esa cifra únicamente para empezar la negociación.

Hiram se sonrojó.

—Fue lo que acordamos cuando hablamos por teléfono...

—Acordamos considerar su oferta una vez que demostraran su buena fe —dijo uno de los dos nats que acompañaban a Gimli y a su compañero. Era un hombre alto que se veía más voluminoso por su gabardina. La lluvia intermitente le había pegado el cabello rubio oscuro a la cabeza, desde lo alto de la frente, la cual ya anunciaba una inminente calvicie–. Soy el camarada Lobo. Permítanme recordarles, está el asunto de la libertad de nuestro camarada, al-Muezzin.

—¿Qué es exactamente lo que hace que socialistas alemanes arriesguen sus vidas y su libertad por un terrorista musulmán fundamentalista? –preguntó Tachyon.

—Todos somos camaradas en la lucha contra el imperialismo occidental. ¿Qué es lo que lleva a un taquisiano a arriesgar su salud en nuestro clima bestial por un senador de un país que una vez lo sacó de sus costas como si fuera un perro rabioso?

Tach echó la cabeza para atrás, sorprendido. Entonces sonrió.

—*Touché* –él y Lobo compartieron una mirada de perfecto entendimiento.

—Pero nosotros sólo podemos darles dinero –dijo Hiram–. No podemos hacer arreglos para que el señor Hassani sea liberado. Les dijimos eso.

—Entonces no se cierra el trato –dijo la compañera nat de Lobo, una pelirroja que Tach podría haber encontrado atractiva excepto por ese labio inferior que sobresalía de manera hosca y el tono de piel azulado–. ¿De qué nos sirve su dinero hecho de papel higiénico? Solamente lo pedimos para hacerlos sudar, cerdos.

—Ey, espera un minuto –dijo Gimli–. Ese dinero puede comprar muchas cosas para los jokers.

—¿Estás tan obsesionado con comprar tu entrada al fascismo consumista? –se burló la pelirroja.

Gimli se puso morado.

—El dinero está aquí. Hassani está en Rikers, y eso está muy lejos.

Lobo estaba frunciendo el ceño en dirección a Gimli de manera especulativa. En algún lugar se escuchó el escape de un auto.

La mujer escupió como un gato y saltó hacia atrás, con el rostro pálido y una mirada que anunciaba violencia.

Tach detectó que había más movimiento por el rabillo del ojo: el rechoncho vendedor de salchichas abrió la cubierta de su carrito y su mano empuñó una mini ametralladora negra Heckler & Koch.

Siempre desconfiado, Gimli siguió su mirada.

—¡Es una trampa! –abrió rápidamente su abrigo, debajo del cual sujetaba un pequeño rifle de asalto Krinkov.

Tachyon pateó el arma de la mano de Gimli con la punta de su elegante bota. La mujer nat sacó una AK del interior de su abrigo y escupió una ráfaga con una sola mano. El sonido estuvo a punto de hacer estallar los tímpanos de Tachyon.

Tach se arrojó sobre Sara, que había empezado a gritar, la tiró sobre el césped húmedo y fragante mientras la terrorista movía su arma de izquierda a derecha, al tiempo que adoptaba una expresión parecida al éxtasis.

El movimiento se generalizó en un instante: viejos con sombreros de fieltro, mujeres jóvenes que empujaban carriolas, jóvenes enfundados en suéteres de lana oscuros que sacaban rápidamente ametralladoras y se acercaban corriendo hacia el grupo.

—Esperen –gritó Hiram–, ¡deténganse! Todo es un malentendido.

Los otros terroristas habían sacado sus armas y disparaban en todas direcciones, mientras los espectadores gritaban y se dispersaban. Uno de los hombres que sostenía una metralleta resbaló sobre el césped, sin dejar de disparar; otro hombre en traje de negocios que portaba una MP5K tropezó con la carriola, pues la mujer que la empujaba se había quedado congelada mientras sujetaba el manubrio, y cayó sobre ella.

Sara yacía debajo de Tachyon, rígida como una estatua. El trasero apretado contra su entrepierna era más firme de lo que él hubiera esperado. Ésta es la única manera en que voy a lograr estar sobre ella, pensó con tristeza. Casi sintió un dolor físico al darse cuenta de que era el contacto con él y no el miedo a las balas que crepitaban sobre ellos lo que la había puesto así.

Gregg, eres un hombre afortunado. Si de alguna manera sobrevives a este embrollo.

Mientras se lanzaba en busca de su rifle, Gimli chocó con un nat de gran tamaño que lo levantó por una pierna con su fuerza desproporcionada y lo arrojó hacia los rostros de tres de sus camaradas, con suma facilidad.

Por su parte, Des parecía hacerle el amor al césped. *Un tipo inteligente,* pensó Tachyon. Su cabeza estaba llena de pólvora quemada y los aromas verdes y ocres del césped húmedo. Entretanto Hiram, visiblemente aturdido, deambulaba en medio de una tormenta de balas horizontal, mientras agitaba los brazos y decía:

—Esperen, esperen… oh, esto no debió ocurrir.

Los terroristas huyeron. Gimli se agachó entre las piernas de un nat que bajó los brazos para intentar agarrarlo, se levantó, lo golpeó en los testículos y siguió a sus colegas.

Tach escuchó un grito de dolor. El joker con hocico cayó al suelo: negras hebras viscosas de sangre surgían de su vientre. Gimli lo atrapó sin dejar de correr y se lo echó al hombro como si fuera un tapete enrollado.

Media decena de colegialas católicas se desperdigaron como codornices azules, las coletas al vuelo, en el instante en que los fugitivos pasaron como una estampida entre ellas. Tachyon vio que un hombre se acomodaba sobre una rodilla y levantaba su ametralladora para lanzar una ráfaga contra los terroristas.

Lo alcanzó con su mente y el hombre cayó, dormido.

Una camioneta estacionada en la calle contigua tosió al arrancar y rugió en el mismo instante en que Gimli luchaba por sujetar las manijas de las puertas abiertas con sus brazos regordetes.

Hiram se sentó en el césped húmedo, llorando. De la mochila negra se asomaban fajos de dinero junto a él.

—La Policía Política –dijo Neumann, como si intentara sacar una brizna de comida descompuesta del interior de su boca–. No los llaman *PoPo* por nada.

—Herr Neumann… –un hombre disfrazado con una bata de mecánico intentó pedir disculpas en un tono suplicante.

—Cállese. Doctor Tachyon, tiene mi disculpa personal –Neumann había llegado cinco minutos después de que escaparan los terroristas, justo a tiempo para evitar que Tachyon fuera arrestado por maltratar a gritos a los policías entrometidos.

Tachyon sintió a Sara a un lado y detrás suyo, como una sombra blanca sobre la nieve. Ella acababa de terminar la narración de una reseña de lo que había sucedido en el micrófono activado por la voz sujeto a la solapa de su abrigo. Se veía tranquila.

Hizo un gesto a las ambulancias, hacinadas más allá del cordón policial, como ballenas con luces azules giratorias.

—¿A cuántas personas les dispararon sus enfermos mentales?

—Tres espectadores y un policía fueron heridos por las balas. Otro oficial requiere ser hospitalizado, pero él, ah, no recibió disparos.

—¿Qué estaban pensando? —la ira de Tachyon se desbordaba sobre los oficiales vestidos de civiles que habían tropezado uno con otro, y no parecía agotarse—. Díganme, ¿qué pretendían con todo esto?

—No fue mi gente —dijo Neumann—. Era la rama política de la policía de Berlín de *tierra*. La Bundeskriminalamt no tuvo nada que ver en esto.

—Todo fue una trampa —dijo Xavier Desmond, acariciando su trompa con dedos pesados—. Ese filántropo millonario que nos prestó el dinero del rescate...

—Era un agente de la Policía Política.

—Herr Neumann —un agente de la PoPo, con manchas de césped en las rodillas de sus pantalones muy arrugados, apuntaba un dedo acusador en dirección a Tachyon—. Él dejó ir a los terroristas. Pauli tenía un disparo limpio hacia ellos, y él... él lo derribó con una especie de poder mental.

—El oficial estaba apuntando su arma hacia una multitud de personas entre las cuales estaban huyendo los terroristas —dijo Tach secamente—. No había manera de disparar sin herir a espectadores inocentes... O quizás estoy confundido y no he comprendido quiénes son los terroristas.

El hombre vestido de civil se sonrojó.

—¡Usted interfirió con uno de mis oficiales! Pudimos haberlos detenido...

Neumann extendió la mano y pellizcó la mejilla del hombre.

—Váyase a otra parte —dijo suavemente—. De verdad.

El hombre tragó saliva y se alejó, enviando miradas hostiles sobre su hombro en dirección a Tachyon. Tachyon sonrió y le hizo una señal obscena.

—Oh, Gregg, Dios mío, ¿qué hemos hecho? —sollozó Hiram—. Nunca lo recuperaremos.

Tachyon tiró de su codo, más con la intención de animarlo a pararse que de alzarlo. Olvidó el poder de gravedad de Hiram; el hombre gordo se paró rápidamente.

—¿A qué te refieres, Hiram, amigo?

—¿Está loco, doctor? Lo van a matar ahora.

Sara jadeó. Cuando Tach la miró ella desvió rápidamente la mirada, como si no quisiera mostrarle sus ojos.

—No es así, amigo mío –dijo Neumann–. Así no es como se juega este juego.

Metió las manos en los bolsillos de sus pantalones y miró a lo lejos a través del parque nublado, hacia la línea de árboles que cubrían las vallas exteriores del zoológico.

—Pero ahora el precio va a subir.

—¡Bastardos! –Gimli se dio la vuelta, dejando caer lluvia desde el faldón de su gabardina, y golpeó a puñetazos las paredes manchadas–. Los hijos de puta. ¡Nos tendieron una trampa!

El Sudario y Rasguños, dos de los jokers que formaban parte del grupo terrorista, estaban agachados sobre el colchón delgado y sucio en el que el joker al que llamaban el Oso Hormiguero yacía entre gemidos. Todos los demás iban y venían alrededor de la habitación llena de pesada humedad.

Hartmann, aún en la silla, la cabeza inclinada dentro del cuello de su camisa, deformada por el sudor, concordaba plenamente con la evaluación de Gimli. *¿Es que esos tontos intentan que me maten?*

Un pensamiento lo golpeó como el arpón neumático de un ballenero: *¡Tachyon! ¿Será que ese demonio extraterrestre sabe quién soy realmente? ¿Es ésta una retorcida conspiración taquisiana para librarse de mí sin hacer un escándalo?*

El Titiritero se burló de él. *Nunca atribuyas a la malicia lo que puede ser adecuadamente explicado por la estupidez.* Hartmann reconoció la cita, Lady Black se la había dicho a Carnifex durante uno de sus arrebatos de ira.

Mackie Messer se paró, sacudiendo la cabeza.

—Esto no está bien –dijo–. Tenemos al senador. ¿Qué no lo saben?

Entonces tuvo un ataque de furia y se movió por la habitación como un lobo acorralado, gruñendo y cortando el aire con las manos. La gente se empujaba para quitarse de su camino.

—¿Qué les pasa? –gritó Mackie–. ¿Con quién creen que se están metiendo? Les diré algo. Tal vez debamos enviarles algunas piezas del senador aquí presente, para mostrarles cómo son las cosas.

E hizo vibrar sus manos a pulgadas de distancia de la punta de la nariz del prisionero.

Hartmann echó la cabeza hacia atrás de un tirón. *¡Cristo, casi me alcanzó!* Había hablado en serio… el Titiritero percibió su intención y la sintió flaquear un segundo antes.

—Cálmate, Detlev –le dijo Anneke con dulzura. Desde que el grupo regresó había estado revoloteando de un lado a otro y riéndose por cualquier cosa, exaltada por el tiroteo en el parque. Manchas rojas brillaban como maquillaje teatral sobre sus mejillas–. Los capitalistas no estarán dispuestos a cumplir lo que exigimos si la mercancía está dañada.

Mackie palideció: el Titiritero sintió su ira, explotando dentro de él como una bomba.

—¡Mackie! ¡Me llamo Mackie Messer, maldita perra! ¡Mackie el Cuchillo, como la canción!

Detlev significaba *maricón*, recordó Hartmann. Y contuvo el aliento.

Anneke le dedicó una sonrisa al joven as. Por el rabillo del ojo Hartmann vio que Wilfried palidecía, y Ulrich tomó una AK con una despreocupación calculada que él nunca hubiera pensado que el terrorista rubio pudiera mostrar.

Lobo puso su brazo alrededor de los hombros de Mackie.

—Ya, Mackie, ya. Anneke no quiso insultarte –la sonrisa de ella lo hizo lucir como un mentiroso. Pero Mackie se recargó contra el hombre grande y permitió que éste lo calmara. Mólniya se aclaró la garganta, y Ulrich bajó el rifle.

Hartmann volvió a respirar. La explosión no iba a ocurrir. No todavía.

—Es un buen chico –Lobo le dio a Mackie otro abrazo y lo dejó ir–. Es el hijo de un desertor norteamericano y una puta de Hamburgo… otra víctima de su aventura imperialista en el sureste de Asia, senador.

—Mi padre era un general –gritó Mackie en inglés.

—Sí, Mackie, lo que digas. El chico creció recorriendo los muelles y los callejones, entrando y saliendo de todo tipo de instituciones. Finalmente llegó a Berlín, como otro despojo indefenso arrojado por el consumismo frenético. Vio los carteles, asistió a grupos de estudio en la Universidad Libre… es casi analfabeta, el pobre chico… y ahí es donde lo recluté.

—Y ha sido taaan útil –dijo Anneke, poniendo los ojos en blanco en dirección de Ulrich, quien sonrió. Mackie les dirigió una mirada y la desvió con rapidez.

♣

Tú ganas, dijo el Titiritero.

¿Qué?

Tienes razón. Mi control no es perfecto. Y este chico es demasiado impredecible, demasiado… terrible.

Hartmann casi rio en voz alta. De todas las cosas que esperaba del poder que habitaba en su interior, la humildad no era una de ellas.

Qué desperdicio, habría sido un títere perfecto. Y su emoción, toda esa furia resulta adorable… como una droga. Pero una droga mortal.

Así que te has rendido. Suspiró, aliviado.

No. El chico simplemente tiene que morir. Pero eso está bien. Ya tengo todo planeado.

♦

El Sudario se acuclilló sobre el Oso Hormiguero. Parecía una momia solícita mientras le secaba la frente con una extensión de su propio vendaje, previamente sumergido en agua de uno de los contenedores plásticos de cinco litros apilados en el dormitorio. Meneó la cabeza y murmuró para sí mismo.

Con los ojos brillantes de malicia, Anneke bailoteó hasta él.

—¿Piensas en todo ese precioso dinero que perdiste, camarada?

—Sangre joker ha sido derramada… de nuevo –dijo el Sudario con ecuanimidad–. Más vale que no haya sido en balde.

Anneke caminó lentamente hasta Ulrich.

—Debiste verlos, cariño. Listos para entregar al senador *Schweinfleisch* por un maletín repleto de dólares –frunció los labios–. Creo que estaban tan emocionados que se olvidaron por completo del luchador de primera que juramos liberar. ¡Nos habrían vendido a todos!

—¡Cállate, perra! –gritó Gimli. Hubo una explosión de saliva desde el centro de su barba cuando se lanzó tras la pelirroja. Rasguñando la madera con sus patas de quitina Rasguños se interpuso entre ellos, lanzó sus brazos córneos en torno de su líder cuando aparecieron las pistolas.

Un fuerte *pop* los detuvo como si fueran una imagen congelada. Mólniya alzó una mano desnuda frente a su cara, con los dedos extendidos, como si fuera a sujetar una pelota. Un efímero destello azul dibujó los nervios de su mano y desapareció.

—Si peleamos entre nosotros –dijo con calma–, nos estamos entregando a nuestros enemigos.

Sólo el Titiritero sabía que su calma era una mentira.

Deliberadamente Mólniya se puso de nuevo el guante.

—Fuimos traicionados. ¿Qué más podemos esperar del sistema capitalista al cual nos oponemos? –sonrió–. Vamos a fortalecer nuestra determinación. Si nos mantenemos unidos, podemos hacerlos pagar por su traición.

Los antagonistas potenciales se alejaron unos de otros.

Hartmann temió.

El Titiritero estaba exultante.

El final del día se extendió sobre la llanura del Brandenburgo al oeste de la ciudad como una capa de agua contaminada. Desde la siguiente cuadra, música metálica del Cercano Oriente brotaba, en tonos agudos, desde un radio. Dentro del cuartito el clima era tropical, por el calor que salía a oleadas del radiador que el hábil camarada Wilfried había logrado hacer funcionar a pesar del estado de abandono de la construcción, al igual que había hecho con la electricidad, y por la humedad de los cuerpos confinados bajo estrés.

Ulrich dejó caer las cortinas baratas y se alejó de la ventana.

—Cristo, aquí apesta –dijo, haciendo ejercicios de estiramiento–. ¿Qué es lo que hacen esos malditos turcos? ¿Orinar en las esquinas?

Acostado sobre el colchón fétido junto a la pared, el Oso Hormiguero se hizo un ovillo aún más pequeño en torno a su barriga lastimada y gimió.

Gimli se le acercó y palpó su cabeza. Su fea carita se hizo nudo por la preocupación.

—Está muy mal –dijo el enano.

—Tal vez debamos llevarlo a un hospital –dijo Rasguños.

Ulrich adelantó su cuadrado mentón y sacudió la cabeza.

—De ninguna manera. Lo decidimos.

Rasguños se arrodilló junto a su jefe, tomó la mano del Oso Hormiguero y tocó su frente baja y peluda.

—Tiene algo de fiebre.

—¿Cómo lo sabes? –preguntó Wilfried, su rostro ancho preocupado–. Tal vez de manera natural su temperatura es más alta que la de una persona, como un perro o algo así.

Gimli cruzó la habitación tan rápido como si se hubiera teletransportado. Hizo perder pie a Wilfried con una patada transversal y se sentó a horcajadas sobre su pecho, golpeándolo. El Sudario y Rasguños lo bajaron a rastras. Wilfried sostenía las manos frente a su cara.

—Ey, ey, ¿qué hice? –parecía que estaba a punto de llorar.

—¡Estúpido bastardo! –aulló Gimli, moviendo los brazos como un molino de viento–. ¡No eres mejor que el resto de los malditos nats! ¡Ninguno de ustedes lo es!

—Camaradas, por favor—empezó Mólniya.

Pero Gimli no escuchaba. Su rostro era del color de la carne cruda. Envió a sus compañeros a volar con un tirón de hombros y se dirigió al lado del Oso Hormiguero.

El Titiritero odió que Gimli se fuera así, libre de toda culpa. Tendría que matar al maldito pedazo de mierda algún día.

Pero el instinto de supervivencia superó incluso al afán de venganza. La prioridad del Titiritero era reducir las probabilidades en su contra. Y ésta era la manera más rápida.

♣

Las lágrimas surcaban las mejillas abultadas de Gimli.

—Es suficiente –sollozó–. Vamos a buscarle atención médica y vamos a hacerlo *ahora* –se agachó y pasó un flácido brazo peludo sobre su cuello. El Sudario miró a sus colegas, sus ojos mostraron una expresión alerta sobre la envoltura de vendas, y siguió al enano.

El camarada Lobo bloqueó la puerta.

—Nadie sale de aquí.

—¿De qué demonios estás hablando, hombrecito? –dijo Ulrich en tono beligerante–. No está tan malherido.

—¿Quién dice que no, eh? –dijo el Sudario. Por primera vez Hartmann se dio cuenta de que tenía acento canadiense.

La cara de Gimli se retorció como un trapo.

—No digas estupideces. Sufre. Se está muriendo. Demonios, vámonos.

Ulrich y Anneke se movían furtivamente para tomar sus armas.

—Unidos venceremos, hermano –entonó Lobo–. Divididos nos atraparán. Como dicen ustedes: *amis.*

Un doble chasquido los hizo girar la cabeza. Rasguños estaba de pie junto a la pared más lejana. El rifle de asalto que acababa de amartillar apuntaba a la cintura del terrorista rubio.

—Entonces tal vez nos atraparán, camaradas –dijo–. Porque si Gimli dice que nos vamos, nos vamos.

Lobo quedó boquiabierto, como un anciano que hubiese olvidado su dentadura postiza. Echó un vistazo a Ulrich y a Anneke. Tenían rodeados a los jokers. Si todos se movían al mismo tiempo…

Aferrándose a una de las muñecas del Oso Hormiguero, el Sudario levantó una AK con su mano libre.

—Tranquilo, nat.

Mackie hizo que sus manos zumbaran. Sólo el contacto de la mano de Mólniya sobre su brazo le impidió cortar un poco de carne joker. ¡Monstruos! Sabía que no podíamos confiar en ellos.

—¿Y qué pasará con nuestros planes? –preguntó el soviético.

Gimli retorció la mano del Oso Hormiguero.

—Éstos son nuestros planes. Él es un joker. Y necesita ayuda.

La cara del camarada Lobo se puso del color de una berenjena. Las venas sobresalían como dedos rotos en sus sienes.

—¿A dónde creen que van? –sus palabras salieron entre rechinidos de dientes.

Gimli rio.

—Cruzaremos el Muro. Iremos con los amigos que nos esperan.

—Entonces váyanse. Abandónennos. Abandonen las cosas grandiosas que iban a hacer por sus compañeros monstruos. Nosotros aún tenemos al senador, vamos a ganar. Y si alguna vez los atrapamos...

Rasguños rio.

—Ustedes jamás volverán a tener un instante de tranquilidad cuando esto se vaya al infierno. Los cerdos van a arrastrarse sobre ustedes, se los garantizo. Son tan incompetentes que es inevitable.

Los ojos de Ulrich se movían beligerantemente a pesar del rifle que apuntaba a su cintura.

—No –dijo Mólniya–. Dejen que se vayan. Si peleamos todo estará perdido.

—Lárguense –dijo Lobo.

—Sí –dijo Gimli. Él y el Sudario arrastraron cuidadosamente al Oso Hormiguero hacia fuera, en dirección al pasillo sin luz del edificio abandonado. Rasguños los cubrió hasta que se perdieron de vista, y entonces salió de la habitación rápidamente. Hizo una pausa, les sonrió tanto como se lo permitió la quitina que deformaba sus rasgos, y cerró la puerta.

Ulrich lanzó su Kalashnikov contra la puerta. Afortunadamente no se disparó.

—¡Bastardos!

Anneke se encogió de hombros. Claramente estaba aburrida del psicodrama.

—Norteamericanos –dijo.

Mackie se deslizó hasta Mólniya. Todo parecía estar mal. Pero Mólniya lo arreglaría. Él sabía que lo haría.

◆

Ulrich se dio vuelta, empuñando sus enormes manos.

—¿Qué vamos a hacer?

Lobo se sentó en un banco con las manos sobre las rodillas. Había envejecido visiblemente a medida que la emoción de la gran aventura disminuía. Quizá la proeza con la que había esperado coronar su vida se estaba amargando.

—¿Qué quieres decir, Ulrich? —preguntó el abogado, exhausto.

Ulrich le dirigió una mirada de indignación.

—Bueno, quiero decir que es la hora límite. Son las diez en punto. Y según la radio, todavía no han cumplido con nuestras demandas.

Recogió una AK y metió una bala en la cámara.

—¿Por qué no matamos al hijo de puta ahora mismo?

Anneke rio como una campanilla.

—Tu sofisticación política nunca deja de sorprenderme, mi amor.

Lobo levantó la manga de su abrigo y miró su reloj.

—Lo que sucederá ahora es que tú, Anneke, y tú, Wilfried, irán y telefonearán el mensaje que acordamos al centro de manejo de crisis que las autoridades establecieron de manera tan conveniente. Ya demostramos que podemos jugar a esperar; es hora de hacer que las cosas se muevan un poco.

Pero el camarada Mólniya se limitó a contestar:

—No.

♥

El miedo se estaba concentrando. Poco a poco se concentró en una especie de tumor negro y amorfo en el centro de su cerebro. Con el paso de cada minuto parecía que el corazón de Mólniya ganaba un latido. Si lo miraba con atención, sus costillas vibraban por la velocidad de su pulso. Su garganta se había resecado y se hallaba en carne viva, el interior de sus mejillas quemaba como si fuesen las paredes de un crematorio. La boca le sabía a cadáveres. Tenía que salir de ahí. Todo dependía de ello.

Todo.

No, gritó una parte de él. *Tienes que quedarte. Ése era el plan.*

En su mente vio a su hija Ludmilya, sentada en un edificio convertido en escombros, sus ojos derretidos caían sobre sus mejillas cubiertas de burbujas y ampolladas. *Esto es lo que podría ocurrir, Valentin Mikhailovich*, le dijo una voz muy profunda, *si algo sale mal. ¿Te atreves a confiarle semejante tarea a estos adolescentes?*

—No –dijo. Su paladar reseco apenas pudo producir la palabra–. Me iré.

Lobo frunció el ceño. Entonces los extremos de su ancha boca se dibujaron hacia arriba y formaron una sonrisa. Eso le permitiría recuperar el control de la situación. *Bien. Déjalo pensar que así será. Tengo que salir de aquí.*

Mackie bloqueó la puerta, las lágrimas inundaban los párpados inferiores de sus ojos. Mólniya sintió que el temor crecía en su interior y estuvo a punto de arrancarse un guante para quitar al chico de su camino con una descarga. Pero sabía que el joven as nunca lo lastimaría, y sabía por qué.

Murmuró una disculpa y pasó junto a él, con un empujón de hombros. Escuchó un sollozo a medida que la puerta se cerraba a sus espaldas, y después tan sólo sus propios pasos, a medida que avanzaba por el pasillo oscuro.

♠

Una de mis mejores actuaciones, se felicitó a sí mismo el Titiritero.

Mackie golpeó la puerta con sus palmas abiertas. Mólniya lo había abandonado. Le dolía, y no podía hacer nada al respecto. De nada serviría hacer que sus manos vibraran y cortaran la placa de acero.

Lobo aún seguía ahí. Lobo lo protegería… pero hasta ahora no lo había hecho. No realmente. Lobo había dejado que los demás se rieran de él… De él, de Mackie el as, de Mackie el Cuchillo. Había sido Mólniya quien lo había protegido durante las últimas semanas. Mólniya lo había cuidado.

Pero Mólniya se había ido. Aunque él, de entre todos, no debía irse. Se dio la vuelta, llorando, y se deslizó lentamente desde la puerta hasta el piso.

♣

El regocijo inflamó al Titiritero. Todo funcionaba justo como lo había planeado. Los títeres daban marometas bajo su dirección y no sospechaban nada. Y aquí estaba él, sentado a un paso de distancia, bebiendo esas pasiones como brandy. El peligro no era más que intensidad añadida; él era el Titiritero y conservaba el control.

Y finalmente llegó el momento de ponerle fin a Mackie Messer y
salir de ahí.

Anneke se puso de pie, avanzó y se detuvo justo encima de Mackie,
para burlarse de él:

—Eres un bebé llorón. ¿Y te llamas a ti mismo revolucionario? –él
se enderezó, gimiendo como un cachorrito perdido.

El Titiritero buscó un hilo y tiró de él.

Y el camarada Ulrich replicó:

—¿Por qué no te fuiste con los jokers, rarito?

◆

—Kreuzberg –dijo Neumann.

Desplomado en su silla, Tachyon apenas pudo reunir la energía
para levantar la cabeza y decir:

—¿Disculpe? –las diez de la noche ya eran historia. Igualmente,
temió, el senador Gregg Hartmann.

Neumann sonrió.

—Los tenemos. Nos llevó un tiempo del demonio, pero localizamos la camioneta. Están en Kreuzberg. El barrio turco junto al Muro.

Sara se quedó sin aliento y desvió la mirada con rapidez.

—Un equipo antiterrorista del GSG-9 está a la espera –dijo Neumann.

—¿Saben lo que hacen? –preguntó Tach, que no había olvidado el
fiasco de la tarde.

—Son los mejores. Son los que liberaron el Lufthansa 737 que la
gente de Nur al-Allah secuestró de Mogadiscio en 1977. Hans-Joachim Richter en persona está a cargo –Richter era el jefe del Noveno Grupo de Guardias Fronterizos, el GSG-9, formado especialmente
para combatir el terrorismo tras la masacre de Múnich en el 72. Un
héroe popular en Alemania, tenía la reputación de ser un as, aunque
nadie sabía cuáles eran sus poderes.

Tach se puso de pie.

—Vámonos.

♥

La mano izquierda de Mackie cortó en dos al camarada Ulrich, desde la base del cuello hasta la cadera. Le gustó la sensación de atravesarlo, y el tronido del hueso lo emocionó tanto como la velocidad que consiguió.

El brazo de Ulrich fue lo primero en desprenderse. Ulrich miró a Mackie. Sus labios se abrieron y mostraron sus dientes perfectos; miró hacia abajo, a lo que había sido su perfecto cuerpo animal, y gritó.

Mackie lo observó, fascinado. El grito hizo que su pulmón expuesto se inflara y desinflara, como la bolsa de una aspiradora, mostrando su color morado grisáceo, húmedo y cubierto de venas azules y rojas. De inmediato sus tripas se derramaron por ese costado, se amontonaron sobre su rifle caído, y la sangre que surgía de ahí se llevó consigo la fuerza que lo mantenía de pie, y se desplomó.

—¡Dios santo! –dijo Wilfried y vomitó mientras se alejaba de los restos de su compañero. Algo le llamó la atención más allá de Mackie y gritó:

—No...

Anneke apuntó su Kalashnikov a la parte baja de la espalda del as. El miedo hizo que su dedo se agarrotara. Mackie literalmente desapareció. La explosión salpicó a Wilfried y las partes más próximas de la pared.

Mólniya se detuvo junto a un Volvo desmantelado y apoyó la espalda sobre él. Tomó grandes bocanadas de la noche berlinesa con sabor a diesel. No era la parte más turística de la ciudad, ni la más segura, pero eso no le preocupaba. Lo que temía era el miedo mismo.

¿Qué me poseyó? Nunca me había sentido así en mi vida.

Había huido del apartamento con la sensación de que lo recubría una luminosa bruma de pánico. Tan pronto como puso pie en el exterior, ésta se evaporó como agua. Ahora estaba tratando de controlarse y decidir si debía llevar a cabo su tarea, o regresar y enviar a un par de sus crueles cachorros de Lobo.

Papertin tenía razón, se dijo a sí mismo. *Ya no soy tan duro...*

Escuchó el fuerte tartamudeo que venía del edificio. Su sangre corrió como freón por sus venas antes de que alzara la cabeza y lograra ver los fogonazos que iluminaron las cortinas dos pisos más arriba.

Se acabó.

Si no me encuentran aquí, pensó, *la Tercera Guerra Mundial no ocurrirá esta noche.*

Se dio la vuelta y caminó por la calle tan deprisa como pudo.

Hartmann yacía de costado con las tablas del suelo palpitando contra la magulladura que le habían hecho en el pómulo. Había pateado la silla tan pronto como las cosas empezaron a suceder.

¿Qué demonios salió mal?, se preguntó desesperadamente. El bastardo no debía hablar, sólo disparar.

Se estaba repitiendo lo que vivió en el 76. De nuevo el Titiritero, en su arrogancia, se había extralimitado. Y pudo costarle la vida.

Sus fosas nasales zumbaban con el hedor de lubricante, sangre y mierda recientemente derramados. Hartmann podía escuchar a los dos sobrevivientes dar traspiés por la habitación mientras se gritaban uno al otro. Ulrich agonizaba a unos metros de distancia. Podía sentir cómo la vida se le escapaba como la mar en retirada.

—¿Dónde está? ¿A dónde se fue el hijo de puta? –decía Lobo.

—Se fue a través de la pared –Anneke hiperventilaba, le arrancaba las palabras al aire como si fueran pedazos de tela.

—Bueno, búscalo. Oh, Dios santo.

Su terror iba en aumento a medida que intentaban cubrir las tres paredes interiores con sus armas. Hartmann lo podía sentir y lo compartía: el as deformc sc había vuelto loco.

Entonces oyó que alguien gritaba en el otro extremo de la habitación.

Mackie se quedó un momento con el brazo hundido hasta el codo en la espalda de Anneke. Dejó de zumbar, a fin de que su mano sobresaliera del esternón de la mujer como una cuchilla. La sangre de Anneke manaba en torno al brazo de Mackie, recubierto por la manga de cuero, justo en el sitio en que éste se clavaba en el torso de la mujer. Disfrutó profundamente la visión, y la manera íntima en que los restos del corazón de Anneke seguían aferrados a su brazo. A los necios no se les ocurrió mirar en dirección del dormitorio, mientras él se deslizaba de nuevo a través de esa pared, pero tampoco hubiera significado gran diferencia, si lo hubiesen hecho. Tres pasos rápidos y todo terminó para la camarada Anneke, la pequeña pelirroja.

—Púdrete –le dijo, y se rio.

El corazón de la chica se convulsionó una vez más en torno al brazo de Mackie y se quedó inmóvil. Liberó su brazo con un zumbido e hizo girar su cuerpo en redondo al mismo tiempo.

Lobo estaba de pie, presa de un gran temblor. Había levantado su arma mientras Mackie se daba vuelta. Mackie empujó el cadáver de la mujer hacia él. Lobo alcanzó a dispararle, pero Mackie rio y volvió a desaparecer.

Lobo vació su cargador hasta que el polvo de yeso llenó la habitación. El cadáver de Anneke se desplomó sobre el cuerpo del senador. Y entonces Mackie apareció de nuevo.

Lobo suplicó a gritos en alemán y en inglés. Mackie le quitó la Kalashnikov, lo inmovilizó contra la puerta y, tomándose su tiempo, le aserró la cabeza en dos, justo por la mitad.

Mientras viajaba en la camioneta blindada por el centro de Berlín, con los luces multicolores bañándola a ella y a los rostros y armas de los hombres de la GSG-9 sentados frente a ella, Sara Morgenstern pensó: *¿Qué me está pasando?*

No estaba segura de si se refería a ese mismo instante o a las semanas previa, cuando empezó la aventura con Gregg.

Qué extraño, qué extraño de verdad. ¿Cómo pude haber pensado que lo amaba... a él? No siento nada por él ahora.

Pero eso no era cierto. El vacío que había dejado el amor lo recuperaba una emoción más antigua... ahora contaminada con el sabor tóxico de la traición.

Andrea, Andrea, ¿qué he hecho?

Se mordió el labio. El comando GSG-9 que viajaba del lado opuesto a ella la vio y le sonrió, sus dientes destacaron en su rostro ennegrecido. Lo miró con recelo, aunque no había una insinuación de sexo en esa sonrisa, sólo la camaradería de un hombre que estaba a punto de entrar en la batalla con una mezcla de placer y temor y necesitaba mantenerse entretenido. Se obligó a sonreírle a su vez y se acurrucó contra Tachyon, que estaba sentado junto a ella.

Él la rodeó con un brazo. No era sólo un gesto fraterno. Ni siquiera el peligro inminente lograba sacar el sexo por completo de su mente. Por extraño que pudiera parecerle, Sara descubrió que no le molestaba la atención. Quizás era su aguda conciencia de cuán incongruentes eran ambos, un par de pequeñas y abigarradas cacatúas viajando entre panteras.

En cuanto a Gregg… ¿realmente le importaba lo que le sucediera?

¿O preferiría que nunca saliera con vida de ese edificio de departamentos?

Los gritos habían cesado, al igual que los sonidos de sierra circular. Hartmann había temido que duraran para siempre. Sintió náuseas por el hedor a cabello y huesos quemados por la fricción.

Se sentía como personaje de una fábula medieval pintada por el Bosco: un glotón a quien se le ofreció el banquete más exquisito, sólo para que se convirtiera en cenizas en su boca. El Titiritero no logró alimentarse con la muerte de los terroristas. Había estado casi tan aterrado como ellos.

El murmullo se acercaba cada vez más: la canción de Mackie el Cuchillo. El as loco no podía escapar del frenesí asesino y venía en su dirección con su mano terrible todavía goteando sesos. Hartmann se retorció pero no pudo librarse de sus ataduras. El cadáver de la mujer era un peso muerto sobre sus piernas. Iba a morir. A menos que…

Un golpe de bilis subió por su garganta. Se obligó a tragarla, buscó un hilo y jaló. Jaló con fuerza.

El tarareo se detuvo y el suave golpeteo de los zuecos sobre la madera cesó. Hartmann miró hacia arriba. Mackie se inclinó sobre él con los ojos brillantes.

Quitó a Anneke de encima de las piernas de Hartmann y levantó la silla del senador de un jalón. Era fuerte para su tamaño. O quizás estaba inspirado. Hartmann hizo una mueca de dolor, anticipando el contacto, seguro de que estaba a punto de morir.

Su propia respiración casi lo ensordeció. Pudo sentir la emoción creciendo dentro de Mackie. Se armó de valor y la acarició, jugueteó con ella, la hizo crecer.

Mackie se arrodilló ante la silla. Desabrochó la bragueta del pantalón de Hartmann, deslizó sus dedos al interior, sacó el miembro del senador hacia fuera hasta el aire húmedo y cerró sus labios en torno a él. Lo hizo lentamente al principio, después adquirió mayor velocidad.

Hartmann gimió. ¿Cómo se suponía que iba a disfrutar eso?

Si no lo haces, esto nunca terminará, se burló el Titiritero.

¿Qué me estás haciendo?

Salvándote. Y consiguiendo el mejor títere de todos.

Pero es impredecible. El placer involuntario fracturaba sus pensamientos en fragmentos caleidoscópicos.

Pero ya lo atrapé. Él quiere ser mi marioneta. Te ama, como esa perra neurasténica de Sara nunca pudo.

Dios, Dios, ¿todavía soy un hombre?

Estás vivo. Y vas a pasar de contrabando a esta criatura de regreso a Nueva York. Y el que se interponga en nuestro camino a partir de ahora, morirá. Ahora relájate y disfrútalo.

El Titiritero asumió el control. Mientras Mackie seguía en lo suyo, él disfrutaba las emociones del chico. Calientes, húmedas y saladas, se derramaron en su interior.

La cabeza de Hartmann se echó hacia atrás y gritó involuntariamente. Sintió un placer como no había sentido desde la muerte de Succubus.

El senador Gregg Hartmann empujó una puerta cuyo cristal se había roto mucho tiempo atrás. Se recargó en el frío marco de metal y miró hacia una calle que estaba vacía con excepción de los autos desmantelados y la maleza que se abría paso entre las grietas del pavimento.

Un haz de luz blanca lo taladró desde la azotea de enfrente, tan implacable como un láser. Levantó la cabeza, parpadeando.

—Dios mío –gritó una voz alemana–, es el senador.

La calle se llenó con autos, luces giratorias y ruido en un instante. Hartmann vio al doctor Tachyon despedir reflejos magenta del cabello, a Carnifex en su traje de revista de historieta, y detrás de las puertas y de los restos de los vehículos apareció un grupo de hombres totalmente enfundados en ropas negras, trotando con cautela hacia delante con las metralletas cortas listas para disparar.

Detrás de todos ellos vio a Sara, vestida con un abrigo blanco que era la desafiante antítesis de un camuflaje.

—Yo... escapé –dijo, con una voz chirriante–. Se acabó. Ellos... ellos se mataron entre sí.

Las luces de los reflectores de la televisión se derramaron sobre él, calientes y blancas como leche recién salida de un pecho. Su mirada encontró la de Sara y le sonrió, pero los ojos de ella perforaron los suyos como varillas de hierro.

¡Escapó!, pensó él. Con el pensamiento vino el dolor.

Pero el Titiritero no iba a soportar más dolor. No esta noche. Entró en ella por los ojos.

Y ella vino corriendo hacia él, con los brazos abiertos, su boca un agujero rojo por el cual se vertían palabras de amor. Y Hartmann sintió que su marioneta le envolvía el cuello con los brazos y lágrimas manchadas de maquillaje caían a borbotones sobre el cuello de su camisa, y odió esa parte de él que había salvado su vida.

Y allá abajo, donde nunca había luz, el Titiritero sonrió.

Espejos del alma

♣ ◆ ♠ ♥

por Melinda M. Snodgrass

A BRIL EN PARÍS. LOS CASTAÑOS RESPLANDECIENTES EN SUS mejores galas de color rosa y blanco. Los capullos apilándose como nieve perfumada al pie de las estatuas del Jardín de las Tullerías y flotando como espuma de colores sobre las aguas turbias del Sena.

Abril en París. La canción burbujeaba en su cabeza mientras permanecía de pie ante una sencilla tumba en el cementerio de Montmartre. Espantosamente inadecuada. La hizo desaparecer, sólo para que regresara con mayor intensidad.

Molesto, Tachyon encogió un hombro, apretó con más fuerza el sencillo ramo de violetas y lirios del valle. El quebradizo papel verde de la florería crujió sonoramente y su sonido invadió la tarde. A lo lejos, a su izquierda, pudo escuchar el balido urgente de las bocinas a medida que el tráfico de autos pegados defensa con defensa se arrastraba por la rue Norvins hacia el Sagrado Corazón. Con sus resplandecientes paredes blancas, sus cúpulas y su domo, la catedral flotaba como un sueño de *Las mil y una noches* sobre la ciudad de las luces y los sueños.

La última vez que vi París...

El rostro de Earl mantenía la expresión de una estatua de ébano. Lena, sonrojada, apasionada, gritaba:

—¡Debes irte! —miraba a Earl en busca de ayuda y consuelo. El silencio probablemente sea lo mejor: el camino menos difícil. Un silencio mucho más extraño cuanto que provenía de éste de entre todos los hombres.

Tachyon se arrodilló y apartó los pétalos que cubrían la losa de piedra.

Earl Sanderson, Jr.
Noir Aigle
1919-1974

Viviste demasiado, mi amigo. O eso se dice. Esos inquietos y ruidosos activistas pudieron haberte aprovechado mejor si hubieras tenido la gracia de morir en 1950. No… aún mejor: mientras liberabas Argentina o España o salvabas a Gandhi.

Depositó el ramo sobre la tumba. Una repentina brisa hizo temblar las delicadas campanillas blancas de los lirios como las pestañas de una jovencita justo antes de ser besada. O como las pestañas de Blythe justo antes de llorar.

La última vez que vi París…

Era un helado y sombrío diciembre, y él se hallaba en un parque en Neuilly.

Blythe van Renssaeler, alias Brain Trust, murió ayer….

Se puso de pie sin la menor gracia, sacudió las rodillas de sus pantalones con un pañuelo. Sonó su nariz de manera rápida y enfática. Ése era el problema con el pasado. No le gustaba quedarse enterrado.

Extendida sobre la losa estaba una grande y elaborada corona. Rosas, gladiolas y metros de listón. Una corona para un héroe muerto. Una farsa. Un pequeño pie se levantó y mandó la corona a volar. Tachyon caminó sobre ella con desprecio, aplastando los delicados pétalos bajo sus tacones.

Uno no puede apaciguar a los antepasados, Jack. Sus fantasmas no nos dejarán en paz.

Los suyos ciertamente no lo hacían.

En la rue Etex llamó un taxi, buscó la nota, leyó el nombre del Left Bank Café en su francés oxidado. Se acomodó para ver cómo los anuncios de neón aún sin encender pasaban rápidamente a su lado. xxx, *Les Filles!, Les Plus Sexys*. Le pareció extraño encontrar todas estas obscenidades al pie de una colina cuyo nombre se traduce como la Montaña de los Mártires. Algunos santos habían muerto en Montmartre. La Sociedad de Jesús fue fundada en esa colina en 1534.

El conductor avanzaba a base de ruidosos y profanos golpes de bocina, con estallidos de velocidad capaces de provocar un infarto, seguidos de frenazos que le desgarraban el cuello. A cada estruendo de bocinas correspondía un intercambio de insultos inventivos. Pasaron disparados por la Place Vendôme, no lejos del Ritz, donde se hospedaba la delegación. Tachyon se hundió más profundamente en su asiento, aunque era poco probable que lo vieran. Estaba harto de todos ellos. Sara, callada, elegante y tan hermética como una mangosta. Había cambiado desde Siria, pero se rehusaba a hacer confidencias. Peregrine y su embarazo, negándose a aceptar que quizá no lograría vencer a las probabilidades. Mistral, joven y hermosa; había sido discreta y comprensiva y había guardado su vergonzoso secreto. Fantasy, astuta y divertida –pero incapaz de guardar el secreto. La sangre caliente bañaba su rostro, de manera que su condición humillante era ahora pública, un tema para reírse de ella disimuladamente o para discutirla en tonos que iban del más compasivo al más socarrón. Su mano se cerró con fuerza sobre la nota. Había al menos una mujer que él podía enfrentar sin vergüenza. Uno de sus fantasmas, pero más bienvenido que los vivos en este momento.

Ella había elegido un café en el boulevard Saint-Michel, en el corazón del Quartier Latin. El área siempre había rechazado a los burgueses. Tachyon se preguntó si Danielle aún lo haría. ¿O los años habrían apagado su ardor revolucionario? Uno sólo podía esperar que no hubieran apagado sus otros ardores. Entonces recordó y se encogió aún más.

Bueno, si él ya no podía saborear la pasión, al menos podía recordarla.

Ella tenía diecinueve años cuando se conocieron en agosto de 1950. Una estudiante universitaria que pensaba especializarse en filosofía política, sexo y revolución. Danielle había estado dispuesta a consolar a la víctima destrozada de una caza de brujas capitalista: la nueva estrella de la izquierda intelectual francesa. Ella se enorgullecía de sus sufrimientos. Como si la mística de su martirio pudiera contagiársele mediante el contacto físico.

Ella lo había usado. Pero él también la usó a ella. Como una mortaja, una protección contra el dolor y el recuerdo. Se ahogó a sí mismo en sexo y vino. Botellas y más botellas en el penthouse de Lena Goldoni en Champs-Élysées mientras escuchaba la apasionada retórica de la revolución.

Unas uñas con la punta esmaltada de rojo se encontraban con los labios escarlata de Dani cada vez que ésta fumaba de manera inexperta unos Gauloises capaces de desollar la laringe. Su cabello negro se veía tan liso como un casco de ébano sobre su cabecita, mientras que sus pechos exuberantes tensaban esos suéteres demasiado estrechos. Y usaba las faldas tan cortas que de vez en cuando disfrutaba de darle un tentador vistazo al pálido interior de sus muslos.

¡Dios, cómo habían hecho el amor! ¿Habría existido alguna emoción más allá del uso mutuo? Tal vez, porque ella había sido una de las últimas en condenarlo y rechazarlo. Ella incluso lo fue a despedir ese helado día de enero. Cuando él aún tenía equipaje y algo de dignidad. Ahí, en la plataforma de la estación de tren de Montparnasse, ella lo presionó para que aceptara dinero y una botella de coñac. Él no rechazó su oferta. El coñac había sido muy bien recibido, y el dinero significaba que otra botella le seguiría.

En 1953 había llamado a Dani cuando otra batalla infructuosa con las autoridades alemanas por una visa lo envió a toda velocidad de regreso a Francia. La llamó con la esperanza de obtener otra botella de coñac, otra ayuda financiera, una ronda más de fornicación desesperada. Pero un hombre había contestado, y en el fondo había oído llorar a un niño, y cuando ella finalmente había venido al teléfono, el mensaje fue claro. *Que te jodan, Tachyon.* Con una risita nerviosa, él sugirió que ésa era la razón por la que había llamado, y escuchó el zumbido desagradable de un teléfono desconectado.

Más tarde, en ese parque frío de Neuilly se enteró de la muerte de Blythe, y nada pareció importar después de eso.

Y sin embargo, cuando la delegación llegó a París, Dani lo había contactado a través de una nota en el Ritz. Le propuso reunirse en la Margen Izquierda del Sena mientras el cielo parisino cambiaba de gris plateado a rosa y la Torre Eiffel se convertía en una red de luces rutilantes. Así que tal vez ella había sentido algo por él. Y tal vez, para vergüenza suya, él no había sentido nada por ella.

El Dôme fue un típico café parisino para la clase obrera. Mesas diminutas alegres y azules se apretujaban en la acera, mientras meseros agobiados y ceñudos en delantales blancos no muy limpios se inclinaban sobre los clientes sentados bajo las sombrillas blancas. Tach inspeccionó el puñado de clientes habituales, el aroma del café y de la comida asada a la parrilla: era temprano, aun para París. Él esperaba que ella no se hubiese instalado adentro, con todo ese humo. Su mirada se topó con una figura gruesa que vestía un anticuado abrigo negro. Había una intensidad vigilante en el rostro fatigado de esa mujer, y...

Dios mío, ¿era ella?...¡No!

—Bonsoir, Tachyon.

—Danielle –se las arregló para decir débilmente, y buscó a tientas el respaldo de una silla.

Ella le dedicó una sonrisa enigmática, bebió un trago de café, aplastó un cigarrillo en un cenicero sucio, encendió otro, se echó hacia atrás la cabeza, en una horrible parodia de su antigua actitud scxy, y lo miró a través del humo que se elevaba.

—No has cambiado.

La boca de él se movió, pero no dijo palabra, y ella rio con tristeza.

—¿Se te hace difícil decir trivialidades? Por supuesto que he cambiado: han pasado treinta y seis años.

Treinta y seis años. Blythe tendría setenta y cinco.

Su mente había terminado por aceptar los ciclos de vida lastimeramente cortos de los humanos, pero la realidad jamás lo había golpeado antes. No de esta manera. Blythe había muerto. Braun permanecía igual. David estaba perdido, así que al igual que Blythe se mantenía como un recuerdo de juventud y encanto. Y de sus nuevos amigos, Tommy, Angelface e Hiram apenas estaban entrando en esa incómoda etapa de la mediana edad. Mark no era más que un niño. Sin embargo, cuarenta y un años antes había sido el padre de Mark quien había confiscado la nave de Tach. ¡Y Mark todavía ni siquiera había nacido entonces!

Pronto (o al menos en la manera en que su gente medía el tiempo), él se vería forzado a verlos pasar de la juventud a la decadencia inevitable y de ahí a la muerte. Agradeció el apoyo de la silla cuando su trasero golpeó el frío hierro forjado.

—Danielle... –dijo de nuevo.

—¿Un beso, Tachy, por los viejos tiempos?

Pesadas bolsas amarillentas colgaban debajo de sus ojos descoloridos. El quebradizo cabello canoso se hallaba recogido en un chongo descuidado, había profundos surcos a ambos lados de su boca, a través de los cuales el lápiz labial escarlata se había corrido como una herida sangrante. Se acercó más, y lo golpeó una oleada de su fétido aliento. Tabaco fuerte, vino barato, café y dientes podridos combinados en un aroma capaz de revolverle el estómago.

Él retrocedió, y esta vez la risa de la mujer sonó forzada. Como si ella no hubiera anticipado esta reacción y estuviera ocultando la herida. La áspera risotada terminó en un largo acceso de tos que llevó a Tachyon a pararse de la silla y acercarse a su lado. De mal humor, ella despreció la mano que él le ofrecía.

—Enfisema. Y no empiece, *le petit docteur*. Soy demasiado vieja para dejar mis cigarrillos, y demasiado pobre para conseguir atención médica cuando llegue el momento de morir. Así que fumo más rápido con la esperanza de morir más pronto, y entonces no va a costar tanto el final.

—Danielle…

—¡*Bon Dieu*, Tachyon! Eres aburrido. No me das un beso por los viejos tiempos, y aparentemente tampoco sabes de qué conversar. Aunque hasta donde recuerdo, tampoco eras muy platicador entonces.

—Encontraba toda la comunicación que necesitaba en el fondo de una botella de coñac.

—No parece que te haya molestado en absoluto. ¡Mírate! Ahora eres un gran hombre.

Ella veía una figura de renombre mundial, una figura delgada, que vestía un traje de brocado y encaje, pero él, cada vez que repasaba sus miles de recuerdos, veía un desfile de años perdidos. Habitaciones baratas que apestaban a sudor, a vómito, orina y desesperanza. Gimiendo en un callejón en Hamburgo, golpeado casi hasta la muerte. Aceptando un pacto con el diablo con un hombre de sonrisa amable, a cambio de otra botella. Alucinando despierto en una celda.

—¿A qué te dedicas, Danielle?

—Soy camarera en el Hotel Intercontinental –pareció leerle el pensamiento–. Sí, un final poco glamoroso para mi fervor revolucionario. La revolución nunca llegó, Tachy.

—No.

—¿Y no te parte el corazón?

—No. Nunca acepté tus... todas tus... versiones de la utopía.

—Pero te quedaste con nosotros. Hasta que finalmente te expulsamos.

—Sí. Te necesitaba y te usé.

—Dios mío, ¿es una confesión desgarradora? En reuniones como ésta se supone que todo debe ser «*Bonjour*», «*Comment allez-vous*» y «Por Dios, no has cambiado nada». Pero ya pasamos por eso, ¿no? –su amargo tono burlón agregó un filo de navaja a sus palabras.

—¿Qué quieres, Danielle? ¿Por qué deseabas verme?

—Para molestarte –la colilla del Gauloise siguió a su predecesor hacia un cenicero lleno de ceniza–. No, no es verdad. Vi cuando llegó tu pequeña caravana. Con todas esas banderas y limusinas. Me hizo pensar en años pasados y en otras banderas. Creo que quería recordar, y por desgracia a medida que uno envejece, los recuerdos de la juventud se hacen más borrosos, menos reales.

—Desafortunadamente yo no comparto esa amable pérdida de la claridad. Mi especie no olvida.

—Pobre principito –tosió de nuevo.

Tachyon metió la mano en el bolsillo de su chaqueta, sacó su cartera y extrajo unos billetes.

—¿Para qué es eso?

—Es el dinero que me diste y el coñac, más treinta y seis años de intereses.

Ella se echó hacia atrás, con los ojos brillantes por las lágrimas contenidas.

—No te llamé buscando caridad o compasión.

—No, me llamaste para atacarme, para herirme.

Ella apartó la mirada.

—No, te llamé para recordar otros tiempos.

—No fueron tiempos muy buenos.

—Tal vez no para ti. A mí me encantaron. Era feliz. Y no te hagas ilusiones. Tú no eras la razón.

—Lo sé. La revolución fue tu primer y último amor. Me resulta difícil aceptar que te hayas rendido.

—¿Quién dice que me rendí?

—Pero dijiste... pensé que...

—Aun los viejos pueden rezar por el cambio, quizá con más fervor que los jóvenes. Por cierto –apuró el resto de su café con un sorbo ruidoso–, ¿por qué no nos ayudaste?

—No podía.

—Ah, por supuesto. El principito, el delicado monarca. Nunca te importó la gente.

—No en la manera en que usas esa frase. Reduces a la gente a consignas. Fui criado para guiar, proteger y cuidar de ellos como individuos. Nuestro método es mejor.

—¡Eres un parásito! –y en su rostro vio una sombra fugaz de la chica que había sido.

Una sonrisa casi triste tocó sus labios.

—No, un aristócrata, lo cual probablemente tú argumentarías que es un sinónimo –su largo índice jugueteó con los billetes que había puesto sobre la mesa–. A pesar de lo que pienses, no fue mi sensibilidad aristocrática lo que me impidió usar mi poder para ayudarlos. Lo que ustedes estaban haciendo era bastante inofensivo... a diferencia de esta nueva generación que no le da mayor importancia a matar a un hombre solamente para tener éxito.

Ella encogió un hombro.

—Por favor, ve al punto.

—Había perdido mis poderes.

—¿Qué? Nunca nos lo dijiste.

—Temía perder mi mística si lo hacía.

—No te creo.

—Es cierto. Por la cobardía de Jack –su rostro se oscureció–. La HUAC regresó a Blythe al estrado. Exigían los nombres de todos los ases conocidos, y como ella tenía mi mente, los sabía. Ella estaba a punto de traicionarlos, así que usé mi poder para detenerla y al hacerlo destruí su mente y convertí a la mujer que amaba en una loca delirante –levantó las temblorosas puntas de sus dedos hasta su frente húmeda. Volver a narrar este recuerdo en ésta, de todas las ciudades, infundía nuevo poder en el recuerdo, y nuevo dolor.

»Me tomó años superar mi remordimiento, y fue la Tortuga quien me enseñó cómo. Destruí a una mujer, pero salvé a otra. ¿Eso equilibra la balanza? –hablaba más consigo mismo que con ella.

Pero ella no estaba interesada en su dolor antiguo; sus propios recuerdos eran demasiado intensos.

—Lena estaba muy enojada. Te llamó un aprovechado asqueroso, tomando y tomando sin dar nada a cambio. Todos te querían fuera porque habías echado a perder nuestro hermoso plan.

—Sí, y ni siquiera *una* sola persona estuvo de mi lado. Ni siquiera Earl –su expresión se suavizó, mientras miraba más allá de la ruina de la edad, a la hermosa chica que recordaba–. No, eso no es cierto. Tú me defendiste.

—Sí –admitió bruscamente–. Para lo que ayudó. Me llevó años recuperar el respeto de mis camaradas–. Miró ciegamente hacia el centro de la mesa.

Tachyon echó un vistazo al reloj en el tacón de su bota y se levantó.

—Dani, tengo que irme. La delegación tiene que estar en Versalles a las ocho, y tengo que cambiarme. Ha sido... –lo intentó de nuevo–. Me da gusto que me hayas contactado –las palabras parecían rebuscadas y poco sinceras, aun a sus propios oídos.

El rostro de ella se descompuso, después se endureció formando líneas amargas.

—¿Eso es todo? ¿Cuarenta minutos y *au revoir*, ni siquiera te tomas un trago conmigo?

—Lo siento, Dani. Mi horario...

—Ah, sí, el gran hombre –el montón de billetes aún estaba entre ellos sobre la mesa–. Bueno, tomaré éstos como un ejemplo de que tu nobleza obliga.

Abrió una bolsa sin forma, extrajo una billetera, recogió los francos y los embutió en la billetera maltratada. Entonces hizo una pausa y se quedó mirando una foto. Una pequeña sonrisa cruel se formó en sus labios arrugados.

—No, mejor aún. Voy a darte valor por tu dinero –nudosos dedos artríticos sacaron de un tirón la fotografía y la arrojaron sobre la mesa.

Era una fotografía impresionante de una joven. Un río de cabello rojo cubría a medias el rostro estrecho y sombreado. Una mirada traviesa de complicidad en los ojos desviados hacia arriba. Un índice delicado presionado contra un carnoso labio inferior como si estuviera callando al espectador.

—¿Quién es ella? –preguntó Tach, pero ya sabía la respuesta con una certeza avasalladora.

—Mi hija –sus ojos se encontraron. La sonrisa de Dani se amplió–. Y la tuya.

—Mía –la palabra emergió como un suspiro perplejo y alegre.

De repente, todo el cansancio y la angustia del viaje desaparecieron. Había sido testigo de horrores. Jokers apedreados hasta morir en los barrios bajos de Río. Genocidio en Etiopía. Opresión en Sudáfrica. Hambre y enfermedad en todas partes. Todo esto lo había dejado sin esperanza y derrotado. Pero si *ella* caminaba en este planeta, entonces podía soportarlo. Aun la angustia de la impotencia se desvaneció. Con la pérdida de su virilidad había perdido una parte importante de sí mismo. Ahora le había sido devuelta.

—¡Oh, Dani, Dani! –estiró su mano y tomó la de ella–. Nuestra hija. ¿Cómo se llama?

—Gisele.

—Debo verla. ¿Dónde está?

—Pudriéndose. Está muerta.

Las palabras parecieron hacerse añicos en el aire, enviando fragmentos de hielo a las profundidades de su alma. Un grito de angustia se desprendió de él, y se echó a llorar, con lágrimas derramándose entre sus dedos.

Danielle se alejó caminando.

Versalles, el mayor tributo al derecho divino de los reyes jamás construido. Tachyon, taconeando sobre el piso de parquet, hizo una pausa y contempló la escena a través del cristal distorsionador de su copa de champaña. Por un instante podría haber estado en casa, y la nostalgia que se apoderó de él casi se hizo palpable.

En efecto, no existe belleza en este mundo. Desearía poder dejarlo para siempre.

No, no es cierto, corrigió mientras su mirada se posaba en los rostros de sus amigos. *Todavía hay mucho aquí por amar.*

Uno de los pulidos asistentes de Hartmann estaba junto a su hombro. ¿Éste era el afortunado que había sobrevivido el rapto en Alemania, o lo habían hecho volar hasta aquí especialmente para servir como carne de cañón para esta gira, devastadora para sus integrantes? Bien, quizás el incremento en la seguridad mantendría a este joven vivo hasta que llegaran a casa.

—Doctor, a Monsieur de Valmy le gustaría conocerlo.

El joven le abrió camino por la fuerza a Tachyon mientras el extraterrestre estudiaba al candidato presidencial más popular de Francia desde De Gaulle, Franchot de Valmy, de quien muchos decían sería el próximo presidente de la República. Una figura alta y delgada que se movía con facilidad entre la multitud. Su cabello, de un intenso color castaño, tenía una sola franja blanca de dos pulgadas de ancho. Muy llamativo. Más llamativo aún, aunque mucho menos evidente, era el hecho de que fuera un wild card. Un as. En un país loco por los ases.

Hartmann y De Valmy se estaban dando un apretón de manos. Era una demostración excepcional de adulación política. Dos ávidos cazadores usando el poder y la popularidad del otro para catapultarse a los más altos cargos en sus tierras.

—Señor, el doctor Tachyon.

De Valmy dirigió la mirada irresistible de sus ojos verdes hacia el taquisiano. Tachyon, educado en una cultura que confería un alto valor al encanto y al carisma, descubrió que este hombre poseía ambos en una magnitud casi taquisiana. Se preguntó si ése sería su don de wild card.

—Doctor, me siento honrado —habló en inglés.

Tach colocó una mano pequeña sobre su pecho y respondió en francés:

—El honor es todo mío.

—Me interesa escuchar sus comentarios sobre el trabajo de nuestros científicos en relación al virus wild card.

—Bien, acabo de llegar —tocó su solapa, levantó los ojos y le clavó a De Valmy una mirada penetrante—. ¿Y le estaré reportando a *todos* los candidatos en la contienda? ¿Ellos también querrán escuchar mis comentarios?

El senador Hartmann dio un pequeño paso al frente, pero De Valmy estaba riendo.

—Usted es muy astuto. Sí, estoy... ¿cómo dicen ustedes los norteamericanos? Cantando victoria...

—Y con razón —dijo Hartmann con una sonrisa—. Usted ha sido preparado por el presidente como su aparente heredero.

—Ciertamente es una ventaja –dijo Tachyon–. Pero su estatus como as no le ha perjudicado.

—No.

—Tengo curiosidad de conocer su poder.

De Valmy cubrió sus ojos.

—Oh, monsieur Tachyon, me avergüenza hablar al respecto. Es un poder tan despreciable. Simples trucos de salón.

—Es usted muy modesto, señor.

El asistente de Hartmann lo fulminó con la mirada, y Tach lo miró sosamente a su vez, aunque lamentó la demostración momentánea de sarcasmo. Era de mala educación de su parte desquitarse con los demás por su cansancio e infelicidad.

—No estoy por encima de usar la ventaja que se me ha otorgado, doctor, pero espero que sean mis políticas y liderazgo los que me den la presidencia.

Tachyon rio brevemente y llamó la atención de Gregg Hartmann.

—Es irónico, ¿no?, que en este país el wild card confiere un prestigio para ayudar a un hombre a alcanzar un alto cargo, mientras que en nuestro país esa misma información lo derrotaría.

El senador hizo una mueca.

—Leo Barnett.

—¿Disculpe? –preguntó De Valmy, confundido.

—Un predicador fundamentalista que está reuniendo a bastantes seguidores. Si por él fuera, restauraría todas las antiguas leyes del wild card.

—Oh, peor que eso, senador. Creo que los colocaría en campos de concentración y aplicaría esterilizaciones masivas forzadas.

—Bueno, ése es un tema desagradable. Pero con relación a otro tema desagradable, me gustaría tener oportunidad de hablar con usted, Franchot, acerca de sus sentimientos sobre la eliminación gradual de misiles de mediano alcance en Europa. No es que yo tenga influencias en la actual administración, pero mis colegas en el Senado… –le tomó el brazo a De Valmy y se alejaron, con sus diversos ayudantes siguiéndolos varios pasos atrás como esperanzados peces piloto.

Tach bebió champaña. Los candelabros brillaban en la larga fila de espejos, multiplicándolos cientos de veces y lanzando luces brillantes como fragmentos de vidrio dentro de su cabeza adolorida.

Tomó otro trago de champaña, aunque sabía que su presente incomodidad se debía en parte al alcohol. Eso y el incómodo murmullo formado por cientos de voces, el atareado roce de los arcos con las cuerdas, y en el exterior, la presencia vigilante de un público adorador. Siendo un sensible telépata, esto lo golpeaba como un mar urgente y hambriento.

Mientras la caravana conducía por el largo bulevar bordeado de castaños, pasaron junto a cientos de personas que los saludaban agitando las manos, todos ellos estirándose ansiosamente para dar un vistazo a *les ases fantastiques*. Era bienvenido un poco de alivio después del odio y temor que habían recibido en otros países. Aun así, estaba contento de que sólo faltara un país, y entonces estaría en casa. No es que algo lo estuviera esperando, con excepción de más problemas.

En Manhattan, James Spector estaba en las calles. La muerte encarnada acechando con libertad. Otro monstruo creado por mi intromisión. Cuando llegue a casa tendré que lidiar con esto. Ubicarlo. Rastrearlo. Encontrarlo. Detenerlo. Fui tan estúpido al abandonarlo para perseguir a Roulette.

¿Y qué hay sobre Roulette? ¿Dónde puede estar? ¿Me equivoqué al liberarla? Soy sin lugar a dudas un tonto en lo que a las mujeres se refiere.

—Tachyon –el alegre llamado de Peregrine flotó sobre los acordes de Mozart y lo sacó de su niebla introspectiva–. Tienes que ver esto.

Se propuso conservar la sonrisa en su lugar y mantener los ojos estrictamente alejados del montículo del vientre de Peregrine. Mordecai Jones, el mecánico de Harlem, quien se veía incómodo en su esmoquin, miró nerviosamente una lámpara alta de oro y cristal como si esperara que lo atacase. La larga marcha de espejos le recordó de manera no muy grata la Casa de los Horrores, y Des, con los dedos al final de su trompa de elefante crispándose ligeramente, intensificó ese recuerdo. El pasado parecía colgar de sus hombros como un peso muerto.

El grupo de amigos y compañeros viajeros se separó, y una figura encorvada, deforme, quedó al descubierto. El joker se tambaleó y sonrió hacia arriba en dirección de Tach. Su rostro era atractivo, incluso noble, aunque se veía un poco cansado, con líneas alrededor de los ojos y una boca que revelaba sufrimientos pasados: era un rostro amable... era el suyo, de hecho. Hubo una carcajada del grupo cuando Tach miró boquiabierto sus propios rasgos.

Hubo un cambio como el del barro al ser aplastado o el de una esponja al ser exprimida, y el joker lo examinó con sus propios rasgos: una gran cabeza cuadrada, ojos cafés divertidos y una mata de cabello gris, ubicados en la parte superior de ese cuerpo diminuto y deforme.

—Discúlpeme, la oportunidad era demasiado tentadora como para dejarla pasar –rio el joker.

—Y tu expresión fue la mejor de todas, Tachy –comentó Chrysalis.

—Puedes reír. No puede imitarte –carraspeó Des.

—Tach, éste es Claude Bonnel, *Le Miroir*. Presenta este acto fantástico en el Lido.

—Para burlarse de los políticos –retumbó Mordecai.

—Su parodia de Ronald y Nancy Reagan es para morirse de risa –se rio Peregrine.

Jack Braun, atraído por el risueño grupo, merodeaba en la periferia. Sus ojos encontraron los de Tachyon, y el extraterrestre miró a través de él. Jack se movió hasta que estuvieron en lados opuestos del círculo.

—Claude ha estado tratando de explicarnos la sopa de letras que es la política francesa –dijo Digger–. Cómo De Valmy ha unido una impresionante coalición de la RPR, la CDS, la JJSS, la PCF...

—No, no, Mr. Downs, no debe incluir mi partido entre los rangos de aquellos que apoyan a Franchot de Valmy. Nosotros los comunistas tenemos mejor gusto y un candidato propio.

—El cual no ganará –dejó escapar Braun, frunciendo el ceño hacia el diminuto joker.

Sus rasgos se hicieron borrosos, y Earl Sanderson, Jr. dijo suavemente:

—Y pensar que algunos apoyaban las metas de la revolución mundial...

Jack, cuyo rostro se puso de un blanco enfermizo, se tambaleó. Hubo un fuerte chasquido cuando su vaso se rompió en sus manos, y se vio una llamarada dorada cuando su campo de fuerza biológico se activó para protegerlo. Hubo un silencio incómodo después de que se marchara el gran as, y entonces Tachyon dijo con serenidad:

—Gracias.

—Un placer.

—¿Está aquí como representante del wild card?

—En parte, pero también tengo una función oficial. Soy representante del partido en el Congreso.

—Usted es un pez gordo de los comunistas –silbó Digger, con su habitual falta de tacto.

—Así es.

—¿Cómo captó a Earl? ¿O simplemente ha hecho hincapié en estudiar a aquéllos de nosotros que estamos en la gira? –preguntó Chrysalis.

—Tengo una telepatía de muy bajo nivel. Puedo captar los rostros de aquellos que han afectado profundamente a una persona.

El asistente de Hartmann estaba de nuevo a su lado.

—Doctor, el doctor Corvisart ha llegado y desea conocerlo.

Tachyon hizo una mueca.

—El deber llama, así que es necesario renunciar al placer. Señores, señoras –hizo una reverencia y se alejó.

Una hora más tarde Tach estaba cerca de la pequeña orquesta de cámara, permitiendo que los tranquilizadores acordes del quinteto *La trucha* de Schubert hicieran su magia. Los pies le dolían, y se dio cuenta de que cuarenta años en la Tierra lo habían despojado de su habilidad para permanecer de pie durante horas. Recordando sus antiquísimas lecciones de porte, metió las caderas, echó hacia atrás los hombros y levantó la barbilla. El alivio fue inmediato, pero decidió que otra copa también sería de ayuda.

Detuvo con una seña a un mesero y estiró la mano para tomar la copa de champaña. Entonces se tambaleó y cayó pesadamente sobre el hombre cuando un asalto mental enceguecedor y sin dirección golpeó sus escudos.

¡Control mental!

¿Dónde se encuentra la fuente?

Afuera… en algún lugar.

¿Quién es el objetivo?

Era vagamente consciente de las copas que rompió al desplomarse contra su sorprendido apoyo. Se obligó a abrir unos párpados que parecían infinitamente pesados. Tan intenso era el efecto de su propia lucha por recuperar el control y el estridente poder del control mental del invasor, que la realidad tomó una extraña calidad distorsionada. Los invitados a la recepción palidecieron hasta volverse grises, a pesar de sus brillantes galas. Pudo «ver» el ataque mental que recibía como si fuera una línea brillante de luz: su origen era difuso, imposible de ubicar. Pero formaba un halo en torno a:

Un hombre…

De uniforme…

Uno de los capitanes de seguridad…

Que cargaba un sospechoso maletín.

¡Una BOMBA!

Localizó al oficial con su mente y lo sujetó. Por un momento el hombre se retorció y bailó como una polilla en una flama mientras su controlador y Tach peleaban por la supremacía. El esfuerzo era demasiado para esa mente humana, y la conciencia lo abandonó como una vela al extinguirse. El mayor cayó despatarrado sobre el piso de madera pulida. Tach notó que sus propios dedos se cerraban sobre los bordes del maletín negro de piel, aunque no recordaba haberse movido.

El atacante sabe que perdió a su peón. ¿Piensa detonarlo a una hora precisa o por control remoto? No hay tiempo para meditarlo.

La solución, cuando llegó, apenas fue consciente. Hizo contacto con Jack Braun y se apoderó de su mente. Golden Boy se puso rígido, dejó caer su bebida y corrió hacia las largas ventanas que daban hacia el jardín central y las fuentes. La multitud salió volando como bolos de boliche cuando el as pasó disparado entre ella. Tachyon echó hacia atrás su brazo, pidió a sus ancestros que le dieran la puntería y la fuerza necesarias y lanzó el maletín.

Jack, como un héroe de una película de futbol de los años cuarenta, saltó, atrapó el portafolio que giraba por los aires, lo apretó con fuerza contra su pecho y se lanzó por la ventana. El vidrio formó un halo en torno a su cuerpo dorado brillante. Un segundo después, una tremenda explosión voló el resto de las ventanas que revestían el Salón de los Espejos. Las mujeres gritaron cuando fragmentos de vidrio afilados se clavaron en las partes desprotegidas de su piel. Vidrio y grava del patio golpetearon como gotas de lluvia histéricas sobre el piso de madera.

La gente se lanzó a la ventana para ver a Braun.

Tachyon le dio la espalda a la ventana y se arrodilló junto al mayor, que respiraba de manera estentórea. Uno debe tener prioridades.

♥

—Vamos a repasarlo.

Tach posó cuidadosamente sus nalgas adoloridas sobre la dura silla de plástico y se removió hasta que pudo echar una mirada disimulada a su reloj. *12:10 a.m.* La policía definitivamente era la misma en todo el mundo. En lugar de estar agradecidos porque hubiera evitado una tragedia, lo estaban tratando como si fuera el criminal. Y Jack Braun se había librado de todo esto porque las autoridades habían insistido en llevarlo al hospital. Por supuesto que no estaba lastimado, por eso fue que Tachyon lo había elegido. Sin duda, en la mañana los periódicos estarían llenos de elogios para el valiente as norteamericano, pensó Tach con amargura. Nunca advierten mis contribuciones.

—*Monsieur?* –lo instó Jean Baptiste Rochambeau, de la Sûreté francesa.

—¿Qué pretenden? Ya les he contado todo: percibí un control mental poderoso y natural en proceso. Debido a la falta de entrenamiento y control del usuario, no pude localizar la fuente. Pude, sin embargo, localizar a la víctima. Cuando luché por obtener el control, leí la mente del controlador, leí la presencia de la bomba, controlé mentalmente a Braun, le lancé la bomba, él salió por la ventana, la bomba explotó, sin que él saliera lastimado con excepción quizá de que acabó llevándose algo del topiario.

—No hay un topiario más allá de las ventanas del Salón de los Espejos –dijo el asistente de Rochambeau, con su voz nasal y aguda.

Tach giró en la silla.

—Fue una pequeña broma –explicó amablemente.

—Doctor Tachyon, no dudamos de su historia. Es sólo que es imposible. No existe un… poder mental… –miró a Tachyon buscando confirmación de ello– tan poderoso en Francia. Como el doctor Corvisart ha explicado, tenemos a cada portador, tanto latente como efectivo, en los archivos.

—Entonces uno se les ha escapado.

Corvisart, un hombre arrogante, de cabello canoso, con mejillas regordetas como las de una ardilla y un diminuto capullo cerrado por boca, sacudió tercamente la cabeza.

—Cada niño se somete a pruebas y es registrado al nacer. Todo inmigrante es sometido a un examen médico en la frontera. Cada turista debe hacerse las pruebas antes de recibir una visa. La única explicación es la que he sospechado por varios años. El virus ha mutado.

—¡Eso es una tontería patente y absoluta! Con todo respeto, doctor, soy la máxima autoridad en el virus wild card en este o en cualquier otro mundo.

Quizás eso era un poco exagerado, pero quién podía culparlo. Había soportado tontos con gran paciencia por demasiadas horas.

Corvisart temblaba de indignación.

—Nuestra investigación ha sido reconocida como la mejor del mundo.

—Ah, pero yo no publico mis resultados –Tachyon se puso de pie–. No tengo que hacerlo –avanzó un paso–. Y tengo cierta ventaja –y otro más–. ¡*Yo* ayudé a desarrollar la maldita cosa! –gritó.

Corvisart se mantuvo tercamente firme.

—Usted se equivoca. El control mental que describió no existe, no está en el archivo, por lo tanto el virus ha mutado.

—Quiero ver sus notas, duplicar la investigación, revisar estos archivos tan cacareados –esto lo dijo en dirección a Rochambeau. Podría tener el alma de un policía, pero al menos no era un idiota.

El oficial de Sûreté enarcó una ceja.

—¿Tiene alguna objeción, doctor Corvisart?

—Supongo que no.

—¿Desea empezar ahora?

—¿Por qué no? La noche está arruinada de todos modos.

Lo acomodaron en la oficina de Corvisart, con una impresionante computadora a su disposición, abultados archivos con copias impresas de la investigación, un montón de discos de treinta centímetros de altura, y una taza de café fuerte que Tach mezcló generosamente con brandy de su petaca.

La investigación era buena, pero estaba orientada por dos objetivos: demostrar la premisa de Corvisart y realizar su ilusión de volverse famoso al detectar una mutación del virus –¿cómo lo bautizaría?, ¿*Wild Cardus Corvisartus*?–, lo cual coloreaba sutilmente las interpretaciones del francés sobre la información recogida. Pero el virus no estaba mutando.

Gracias a los dioses y a los ancestros, Tach elevó esta sincera oración a los cielos.

Aún se desplazaba ociosamente por los registros del wild card cuando una anomalía captó su atención. Eran las cinco de la mañana, de ninguna manera el momento más adecuado para retroceder varios años y confirmar que detectó lo que creyó haber detectado, pero su crianza y su propia naturaleza curiosa no lo dejaron en paz. Tras varios minutos de tecleo ferviente había dividido la pantalla y tenía ambos documentos lado a lado. Se dejó caer hacia atrás en la silla y estrujó sus rizos ya desordenados con dedos nerviosos.

—Bien, ¡quién lo iba a decir! –dijo en voz alta en la habitación silenciosa.

La puerta se abrió, y el sargento gangoso metió la cabeza.

—*Monsieur?* ¿Necesita algo?

—No, nada.

Su mano salió disparada y borró los malditos documentos. Lo que descubrió era sólo para él. Porque era dinamita política. Causaría estragos en la elección, le costaría la presidencia a un hombre y sacudiría las bases de la confianza del electorado si se supiera.

Tach apretó sus manos contra la parte baja de su espalda, se estiró hasta que las vértebras le tronaron y sacudió la cabeza como un poni cansado.

—Sargento, me temo que no he encontrado nada que sea de ayuda. Y estoy demasiado cansado para continuar. ¿Pueden llevarme por favor al hotel?

Pero su cama en el Ritz no había ofrecido ni comodidad ni descanso, así que aquí estaba, inclinado sobre el barandal del Puente de la Concordia, mirando barcazas de carbón deslizarse cerca de él, y aspirando con entusiasmo el aroma de pan horneado que parecía flotar por toda la ciudad. Cada parte de su pequeño cuerpo parecía estar sufriendo alguna incomodidad. Sus ojos se sentían como dos agujeros quemados en una cobija, su espalda aún le dolía por culpa de esa silla, y su estómago exigía ser alimentado. Pero lo peor de todo era que había visto u oído algo de importancia. Y hasta que diera con ello, su cerebro continuaría hirviendo como jalea sobre una estufa.

—Algunas veces –le dijo a su mente con severidad–, me siento como si tuvieras tu propia mente.

Caminó por la Place de la Concorde, donde Marie Antoinette había perdido la cabeza, el sitio marcado ahora por un venerable obelisco egipcio. Había muchos restaurantes entre los cuales elegir: el Hotel de Crillon, el Hotel Intercontinental, tan sólo a dos cuadras de la plaza donde Dani estaba sin duda en pleno ajetreo, y más allá el Ritz. No había visto a ninguno de sus compañeros desde los dramáticos eventos de la noche anterior. Su entrada sería recibida con exclamaciones, felicitaciones… Decidió perderse todo ese caos.

Todavía estaba usando las galas de la recepción. Lavanda pálido y rosa viejo, y una espuma de encaje. Frunció el ceño cuando un conductor de taxi lo miró boquiabierto y se subió a la banqueta y casi chocó contra una de las fuentes centrales. Apenado, Tachyon se lanzó rápidamente por la reja de hierro ricamente decorada de los jardines de las Tullerías. A los lados se alzaban el Jeu de Paume y la Orangerie, y más allá las bien cuidadas hileras de castaños, fuentes y estatuas.

Tach se dejó caer cansadamente sobre el borde de una pileta. La fuente cobró vida a chorros y envió un fino rocío de humedad de lado a lado de su rostro. Por un momento permaneció sentado con los ojos cerrados, saboreando el contacto refrescante del agua. Retirándose a una banca cercana, sacó la fotografía de Gisele y estudió de nuevo esos rasgos delicados. ¿Por qué cada vez que venía a París no encontraba más que muerte?

Y de repente la pieza encajó en su lugar. El rompecabezas estaba completo ante él. Con un grito de alegría se puso de pie de un salto y se lanzó en una carrera frenética. Los tacones altos de sus zapatillas formales derraparon sobre el sendero de grava. Maldiciendo, dio unos saltitos y se las quitó. Entonces con un zapato en cada mano voló por las escaleras hacia la rue de Rivoli. Las bocinas sonaron, las llantas rechinaron, los conductores le gritaron, pero él corrió sin prestar atención a todo eso. Se detuvo jadeando ante la entrada de cristal y mármol del Hotel Intercontinental. Se encontró con los ojos atónitos del portero, metió los pies en sus zapatos, se enderezó la chaqueta, dio unas palmaditas a su cabello revuelto y entró caminando casualmente en el tranquilo vestíbulo.

—*Bonjour.*

Los ojos del empleado de la recepción se abrieron de asombro al reconocer a la extravagante figura frente a él. Era un hombre guapo de unos treinta y tantos años con brillante cabello de un color castaño intenso y profundos ojos azules.

—Hay una mujer que trabaja aquí, Danielle Moncey. Es vital que hable con ella.

—¿Moncey? No, Monsieur Tachyon. No hay nadie con…

—¡Demonios! Se casó. Olvidé eso. Es una camarera, de cincuenta y tantos años, ojos negros, cabello gris –su corazón estaba desbocado y le provocaba fuertes punzadas en las sienes. El joven miró nerviosamente las manos de Tachyon, las cuales se habían cerrado con apremio sobre sus solapas, jalándolo a medias por encima del mostrador. Luego de liberar al empleado, Tachyon se frotó las puntas de los dedos–. Discúlpeme. Como puede ver, esto es muy importante… muy importante para mí.

—Lo siento, pero no hay una Danielle trabajando aquí.

—Es una comunista –añadió Tach en su desesperación.

El hombre sacudió la cabeza, pero la vivaz rubia detrás del mostrador de intercambio monetario dijo de repente:

—Ah, no, François. Se refiere a Danielle.

—¿Se encuentra aquí?

—Oh, *mais oui.* Está en el tercer piso…

—¿Puede mandarla llamar? –Tachyon le dirigió a la chica su mejor sonrisa insinuante.

—Monsieur, ella está trabajando –protestó el empleado de la recepción.

—Sólo necesito un minuto de su tiempo.

—Monsieur, no puedo tener a una mujer de la limpieza en el vestíbulo del Intercontinental –su voz era casi un gemido.

—¡Fin de la discusión! Entonces yo iré hasta ella.

♠

Danielle colocaba juegos de sábanas en un cesto. Soltó un grito ahogado cuando lo vio e intentó abrirse paso a empujones usando su carrito de la limpieza como un ariete. Él bailó hacia un lado y la atrapó por la muñeca.

—Tenemos que hablar –sonreía como un tonto.

—Estoy trabajando.

—Tómate el día libre.

—Perderé mi empleo.

—Ya no vas a necesitar este empleo.

—Ah, ¿por qué no?

Un hombre y su esposa salieron de su habitación y miraron a la pareja con curiosidad.

—Esto no va a funcionar.

Ella lo miró, luego vio su reloj de pulsera barato.

—Es casi hora de mi descanso. Te veré en el Café Morens, justo abajo del hotel, sobre la Rue du Juillet. Cómprame algunos cigarrillos y lo de siempre.

—¿Qué es eso?

—Ellos lo sabrán. Siempre tomo mi descanso ahí.

Tomó el rostro de ella entre sus manos y la besó. Sonrió al ver su expresión confundida.

—¿Qué ha pasado contigo?

—Te lo diré en el café.

Mientras él se apresuraba de regreso a través del vestíbulo vio al empleado de la recepción colgando el teléfono en una de las cabinas públicas. La joven rubia agitó la mano y le preguntó:

—¿La encontró?

—Oh, sí. Muchas gracias.

Tachyon se movió nerviosamente en una de las mesas diminutas que habían sido apretujadas en la terraza del café. La calle era tan estrecha que los autos estacionados tenían dos llantas trepadas en las aceras.

Dani llegó y encendió un Gauloise.

—¿De qué se trata todo esto?

—Me mentiste –él sacudió un dedo con coquetería debajo de su nariz–. Nuestra hija no está muerta. En Versalles... lo que nos atacó no era un wild card, era alguien de mi misma sangre. No te culpo por querer hacerme daño, pero déjame resarcirte. Las llevaré a ambas de regreso a América.

Un auto pequeño venía a lo lejos por la calle. Cuando pasó frente a ellos, una serie de disparos de un arma de fuego automática resonaron en los edificios de piedra gris. Danielle se sacudió en su asiento. Tachyon la atrapó y se arrojó con ella detrás de uno de los autos estacionados; su codo golpeó la banqueta con un chasquido espantoso y pronto tuvo la sensación de que algo le quemaba la cadera. Se quedó quieto, la mejilla apretada contra el pavimento, había algo caliente escurriendo sobre su mano. Su pierna se había entumecido.

Escuchó los estertores de Danielle y trató de apoderarse de su mente sin dilación: entonces vio a Gisele aparecer. La vio reflejada más de un millón de veces en un millón de diferentes recuerdos. *Gisele*. Una brillante presencia de luciérnaga.

Intentó alcanzarla desesperadamente pero ella parecía retroceder, como un espejismo escurridizo entre los senderos mentales cada vez más oscuros de su madre agonizante.

Danielle estaba a punto de morir.

Y hasta donde pudo comprobar, Gisele también.

Pero había dejado una parte de sí misma: un hijo. Tach se aferró a la moribunda, violando cada regla relacionada con el control mental avanzado, en especial en lo que se refería a la prohibición de sujetar una mente moribunda. El pánico se apoderó de él y optó por volver antes de cruzar ese límite aterrador.

En el mundo físico el aire se llenó con el ulular ondulante de las sirenas. *Oh, ancestros, ¿qué haré?* ¿Ser encontrado aquí con una camarera de hotel asesinada? Es absurdo. Habría preguntas que contestar. Sabrían de su nieto. Y si los wild cards son un tesoro nacional, ¿cuánto más valorarían a alguien con sangre parcialmente taquisiana?

El dolor estaba empeorando. Tachyon movió la pierna y se dio cuenta de que la bala no había alcanzado el hueso. El esfuerzo lo había hecho sudar y llenó la parte posterior de su garganta con bilis. ¿Cómo podría llegar al Ritz? Apretó la mandíbula. Porque era un príncipe de la casa Ilkazan. *Son sólo dos cuadras*, pensó.

Puso a Danielle suavemente a un lado, dobló sus manos sobre su pecho y besó su frente. *Madre de mi hija.* Más tarde la lloraría como es debido. Pero primero venía la venganza.

La bala había traspasado limpiamente la parte carnosa del muslo. No había mucha sangre. Todavía. Mientras caminaba empezó a sangrar. Necesitaba camuflaje, algo para ocultar la herida justo lo suficiente para pasar por la recepción y llegar a su habitación. Examinó los autos estacionados hasta que encontró un periódico doblado. Y la ventana estaba abierta. No era perfecto, pero era lo suficientemente bueno. Ahora sólo tenía que reunir suficiente autocontrol para no cojear mientras avanzaba desde la puerta principal hasta el elevador.

Pan comido, como diría Mark. El entrenamiento lo era todo. Y la sangre. La sangre siempre saldrá a relucir.

◆

Trató de dormir, pero fue inútil. Finalmente, a las seis, Jack Braun pateó a un lado la ropa de cama en la que estaba envuelto, se arrancó la pijama empapada de sudor, se vistió y salió a buscar comida.

Cinco meses de hombros encorvados y nerviosas miradas hacia atrás. Cinco meses en los cuales no consiguió sostener una sola conversación con cualquiera de los viajeros. Rehusaban concederle el menor contacto visual. ¿Pasar por ese infierno valía la pena a cambio de la esperanza de ser rehabilitado?

La invasión del Enjambre tenía la culpa. Lo había vuelto visible de nuevo, lo había sacado del negocio de los bienes raíces, de las tardes californianas y del sexo junto a la piscina. Ahora enfrentaba una verdadera crisis. Ningún as, sin importar qué tan sucia fuera su reputación, sería rechazado. Y había hecho bien su trabajo, pisoteó todos los monstruos que surgieron entre Kentucky y Texas. Y había descubierto algo interesante: la mayoría de los ases más nuevos y jóvenes no sabían quién demonios era él. Unos cuantos, Hiram Worchester, la Tortuga, lo sabían, y le molestaba. Pero eso era tolerable. Así que tal vez habría alguna manera de regresar. De ser un héroe de nuevo.

Hartmann lo había convencido de formar parte de la gira mundial.

Jack siempre había admirado a Hartmann. Admiraba la manera en que había guiado la lucha para revocar los peores apartados de la Ley de Control de Poderes Exóticos. Entonces él había llamado al senador y ofreció cubrir parte de los gastos. El dinero siempre era bienvenido para un político, aun si no iba a ser usado para financiar una campaña. Y Jack se enteró muy pronto de que también iría en el avión.

Y la mayor parte del viaje no había sido mala. Tuvo suficiente acción con las mujeres –especialmente con Fantasy. Habían permanecido en la cama una noche en Italia, y ella le había informado con un humor despiadado de la impotencia de Tachyon. Y él había reído, demasiado fuerte y por demasiado tiempo, dado que siempre intentaba ridiculizar a Tachyon. Convertirlo en una amenaza menor.

Con el paso de los años había absorbido un poco de la cultura taquisiana gracias a las entrevistas que Tachyon había concedido. Así se había enterado de que la venganza era definitivamente parte de su código. Así que se había cuidado las espaldas y había esperado a que Tachyon actuara en su contra. Pero nada había sucedido.

La incertidumbre lo estaba matando.

Y entonces sucedió lo de anoche.

Untó mantequilla en el último bollo de la canasta de pan, empujó el bocado con un sorbo del café francés increíblemente fuerte. De verdad deseaba que estos franchutes entendieran lo que significaba un auténtico desayuno. Podía ordenar un desayuno americano, por supuesto, pero el costo era tan increíble como el café. Esta canasta de pan seco y café le costó diez dólares. Agréguenle huevos y tocino y el costo se elevaba a casi treinta dólares. ¡Por un desayuno!

De repente lo absurdo de la idea lo golpeó. Era un hombre rico, no un granjero de Dakota del Norte durante la Depresión. Sus aportaciones a esta gira habían sido lo suficientemente grandes para comprarle una parte del enorme 747, o al menos el combustible para volarlo...

Vio que Tachyon entraba al hotel, y el cabello en la nuca de Jack se erizó. La puerta del pequeño restaurante le daba sólo una visión limitada, de manera que pronto el extraterrestre estuvo fuera de su vista. Jack sintió cómo se relajaban los músculos de su cuello y hombros, y con un suspiro levantó un dedo y ordenó un desayuno americano completo.

Tachyon lucía extraño. Su tenedor se movió de manera mecánica del plato a la boca. *Iba totalmente rígido.* Y llevaba un periódico doblado junto a su muslo, como un soldado en un desfile de gala. Pero lo que hiciera o dejara de hacer ese bastardo no era de su incumbencia.

Si exceptuamos lo que pasó la noche anterior. Vaya que fue de mi incumbencia.

La ira carcomió su vientre. Ciertamente la bomba no podía lastimarlo, pero el hecho es que él se había apoderado de su mente. Casualmente, como un hombre que tomara una menta. Como si fuera un objeto.

Jack terminó con el resto de la yema mientras su enojo y su indignación crecían. ¡Maldita sea! Era estúpido temerle a un hombrecillo que vestía como un hada de fantasía.

No le tengo miedo, corrigió rápidamente la mente de Jack. Había permanecido alejado del extraterrestre por cortesía, como un reconocimiento de cuánto lo odiaba Tachyon. Pero ahora Tachyon había cambiado las reglas. Se había apoderado de su mente. Y eso él no podía dejarlo pasar.

La entrada y la salida de la bala parecían dos pequeñas bocas rojizas. Tach, sentado en calzoncillos, se clavó una hipodérmica, oprimió el émbolo y espero a que el analgésico hiciera efecto. Sólo por si acaso se había inyectado también una antitetánica y un poco de penicilina. Las agujas usadas se encontraban sobre la mesa, junto a una compresa de gasa y un rollo de algodón. Pero por el momento debía pensar seriamente.

Así que Danielle no había mentido… Simplemente no le había contado todo. Gisele había muerto. La pregunta era ¿cómo? ¿Eso importaba? Probablemente no. Lo que importaba era que ella se había casado y había dado a luz un hijo. *Mi nieto.* Y había que encontrarlo.

¿Y el padre? Bien, ¿qué hay de él? Asumiendo que todavía estuviera vivo, no era un guardián adecuado para el chico. El padre –u otros desconocidos– estaba manipulando este don taquisiano para propagar el terror.

Así que, ¿por dónde comenzar? Sin duda, por el departamento de Danielle. De ahí a la sala de registros para buscar el certificado de matrimonio y el certificado de nacimiento.

No debía perder de vista que ese ataque contra Danielle y él mismo no había sido un accidente. *Ellos*, quienesquiera que fueran, lo estaban vigilando. Así que, sin importar cuán desagradable fuera, iba a tener que hacer un esfuerzo por pasar desapercibido.

Braun pasó unos momentos titubeando en el pasillo. Pero la indignación le ganó a la prudencia. Probó la puerta, la encontró cerrada, dio un giro con fuerza y rompió la perilla. Cruzó el umbral y se congeló con asombro al ver a Tachyon, con las tijeras preparadas, sentado en medio de un círculo de rizos rojos cortados.

El taquisiano abrió la boca a su vez, con una madeja final de ese cabello inverosímil sujeta en una mano.

—¡Cómo te atreves!

—¿Qué demonios estás haciendo?

Para ser su primer intercambio en casi cuarenta años, algo le faltaba.

En rápidos movimientos como los del obturador de una cámara, el resto de la escena se fue enfocando. El índice de Jack se extendió velozmente.

—Eso es una herida de bala.

—Tonterías –la gasa fue colocada de prisa sobre el blanco muslo con salpicaduras de vellos rojo-dorados–. Ahora sal de mi habitación.

—No hasta que obtenga algunas respuestas de ti. ¿Quién demonios te disparó? –chasqueó los dedos–. La bomba en Versalles. Tienes problemas con esa gente…

—¡No! –gritó demasiado rápido y demasiado fuerte.

—¿Has informado a las autoridades?

—No hay necesidad. Ésta no es una herida de bala. No sé nada de los terroristas –las tijeras cortaron con saña el último rizo. Éste revoloteó hasta el piso, formando una figura que recordaba mucho a un signo de interrogación.

—¿Por qué te estás cortando el cabello?

—¡Porque me da la gana! Ahora lárgate antes de que me apodere de tu mente y te haga marcharte.

—Hazlo, y regresaré a romperte el maldito cuello. Nunca me has perdonado…

—¡En eso tienes razón!

—Me lanzaste una maldita bomba.

—Porque sabía que no te lastimaría. Desafortunadamente.

Sus dedos largos y delgados juguetearon con su cabeza trasqui-
lada y revolotearon entre los rizos hasta que éstos rodearon su cara.
Esto tuvo el efecto de hacerlo parecer muy joven de repente.

Braun se le acercó y apoyó sus manos en ambos brazos de la silla,
a fin de atrapar eficazmente a Tachyon.

—Esta gira es algo importante. Si haces una locura, podría dañar
la reputación de todos. Tú no me importas en absoluto, pero Gregg
Hartmann sí.

El extraterrestre desvió la mirada y miró inexpresivamente por la
ventana. A pesar de estar vestido sólo con camisa y calzoncillos se
las arregló para dar una apariencia majestuosa.

—Iré con Hartmann.

Hubo un destello de alarma en lo profundo de sus ojos violetas, el
cual suprimió rápidamente.

—Bien, ve. Lo que sea con tal de librarme de ti.

El silencio se extendió entre ellos. Súbitamente Braun preguntó:

—¿Estás en problemas? –no hubo respuesta–. Si lo estás, dímelo.
Quizá pueda ayudar.

Las largas pestañas se levantaron, y Tachyon lo miró directo a los
ojos. No había nada joven en el estrecho rostro ahora. Se veía tan
frío, viejo e implacable como la muerte.

—He tenido suficiente de tu ayuda para toda una vida, gracias.

Jack casi salió corriendo de la habitación.

Sin poder calmar su inquietud, Tachyon se quitó el suave sombrero
café de fieltro y lo estrujó entre sus manos. El diminuto apartamento
de dos habitaciones parecía que hubiese sido golpeado por un ciclón.
Los cajones estaban abiertos, un marco barato había sido despojado de su contenido antes de arrojarlo sobre una mesa marcada. ¿Qué
habría resguardado, que era tan importante como para ser retirado?

¿Habrá sido la policía?, se preguntó. No, ellos habrían sido más
cuidadosos. Entonces los asesinos de Dani habían estado aquí, y la

policía estaba por llegar, lo que significaba que Tach tenía que apresurarse. Los pantalones de mezclilla recién adquiridos se sentían rígidos contra su piel, y tiró molesto de la entrepierna mientras hojeaba los libros de bolsillo que cubrían la sala.

Un ligero roce salió de la habitación. Tachyon se congeló, se deslizó con agilidad de gato hacia la hornilla eléctrica y levantó el cuchillo que estaba a un lado. En un veloz movimiento cruzó la habitación y se apretó contra la pared, listo para apuñalar a lo que pasara por la puerta.

Eran pasos cuidadosos y amortiguados, pero provocaban suficiente vibración para que Tach pudiera deducir que su oponente era grande. Había dos seres respirando, uno a cada lado de la pared. Tach contuvo su respiración y esperó. El hombre entró por la puerta rápidamente; Tach se lanzó hacia abajo, listo para clavarle la cuchilla debajo de las costillas. La hoja se quebró, y una luz dorada brilló en las sucias paredes del apartamento. Jack Braun, formando una pistola con las manos, puso su dedo índice firmemente entre los ojos de Tachyon:

—Bang, bang, estás muerto.

—¡Vete al demonio! −en un estallido de ira arrojó el cuchillo roto contra la pared−. ¿Qué estás haciendo aquí?

—Te seguí.

—¡No te vi!

—Lo sé. Soy bastante bueno en esto −la implicación era clara.

—¿Por qué me sigues?

—Porque te estás metiendo en problemas.

—Puedo cuidarme solo.

Golden Boy soltó un resoplido burlón.

—Si no hubieras sido tú, te habría liquidado −gritó Tach.

—¿Sí? ¿Y si hubiera más de uno? ¿O si hubieran tenido pistolas?

—No tengo tiempo de discutir esto contigo. La policía podría llegar en cualquier instante −el extraterrestre dijo por encima del hombro mientras irrumpía en la habitación y continuaba su búsqueda.

—¿Policía? ¡Detente! ¿Qué está sucediendo? ¿Por qué la policía?

—Porque la mujer que vivía en este apartamento fue asesinada esta mañana.

—Oh, grandioso. ¿Y por qué eso tiene que ver contigo? −la boca de Tachyon se apretó con terquedad. Braun sujetó el frente de la camisa del extraterrestre, lo levantó del suelo y lo sujetó a la altura de sus ojos, con sus narices casi tocándose–. Tachyon –era un murmullo de advertencia.

—Es un asunto privado.

—Si la policía está involucrada entonces no lo es.

—Puedo resolverlo solo.

—No lo creo. Ni siquiera pudiste detectarme –Tachyon puso mala cara–. Dime lo que está pasando. Podría ayudarte.

—Oh, muy bien –espetó malhumorado–. Estoy buscando alguna pista del paradero de mi nieto.

Eso requirió algunas explicaciones. Tachyon soltó la historia en rápidas frases entrecortadas mientas terminaban de buscar con torpeza en la habitación desordenada, sin encontrar absolutamente nada.

—Como puedes ver, tengo que encontrarlo primero y sacarlo del país antes de que las autoridades francesas se den cuenta de lo que poseen –concluyó, poniendo su mano en la perilla. Y escuchó una llave raspando contra la cerradura.

—Oh, mierda –susurró Tach.

—¿La policía? –articuló Jack.

—Sin duda –articuló a su vez el taquisiano.

—Rápido, por la escalera de incendios –Jack señaló hacia atrás, por encima de su hombro.

Apenas tuvieron tiempo de huir.

—Veamos lo que tenemos –Braun hizo una pausa para encender un cigarrillo. Tachyon dejó de devorar su enorme y muy postergado almuerzo y extrajo el papel de sus pantalones de mezclilla. Lo arrojó, sólo para que aterrizara revoloteando en el frasco de la mostaza.

—Demonios, ten cuidado –dijo Jack, molesto, y limpió el papel con su servilleta.

Tachyon continuó engullendo la comida. Con un gruñido de molestia el as extrajo un par de lentes de lectura y miró la caligrafía florida del taquisiano.

Giselle Bacourt contrajo matrimonio con François Andrieux en una ceremonia civil el 5 de diciembre de 1971.

Tuvo un hijo, Blaise Jeannot Andrieux, nacido el 7 de mayo de 1975.

Gisele Andrieux resultó muerta en un tiroteo con el guardaespaldas personal del industrial Simon de Montfort, el 28 de noviembre de 1984.

Marido y mujer eran miembros del Partido Comunista Francés.

François Andrieux fue detenido para ser interrogado, pero resultó liberado cuando no pudo encontrarse información que lo incriminara de manera concluyente.

Habían intentado el sencillo recurso de revisar la guía telefónica, y –no es de sorprender– Andrieux no aparecía. Jack suspiró, se echó hacia atrás en su silla y regresó sus lentes al bolsillo de su camisa. La Torre Eiffel dibujó una sombra alargada sobre el café en el que se encontraban.

—Se está haciendo tarde, y tenemos esa cena en la Torre Eiffel.

—No voy a ir.

—¿Eh?

—No, voy a hablar con Claude Bonnell.

—¿Quién?

—¡Bonnell, Bonnell! Le Miroir, ¿sabes?

—¿Por qué?

—Porque es una figura importante en el Partido Comunista. Puede conseguirme la dirección de Andrieux.

—¿Y si eso no funciona? –el humo del cigarrillo formó un aro en el aire entre ellos.

—No quiero pensar en eso.

—Bueno, pues más vale que lo hagas, si realmente quieres encontrar a este chico.

—¿Qué sugieres?

—Intenta rastrear los materiales usados en la bomba. Tuvieron que comprar las cosas en alguna parte.

Tach hizo una mueca.

—Suena lento y tedioso.

—Lo es.

—Entonces depositaré mis esperanzas en Bonnell.

—Bien, tú dedícate a tener esperanzas, y yo seguiré mi idea de la bomba. Por supuesto, cómo vamos a obtener esa información es algo que no sé. Supongo que podrías ir a ver a Rochambeau y sacarle información...

Tachyon formó un triángulo con las puntas de los dedos frente a su rostro y miró especulativamente a Jack por encima de la parte superior.

—Tengo una idea mejor.

—¿Qué?

—No suenes tan suspicaz. Tú y Billy Ray podrían hablar con Rochambeau sobre la bomba. Digan que creen que estaba destinada para el senador –podría haber sido así, por lo que sabemos– y sugieran compartir la información.

—Podría funcionar –Jack aplastó el cigarrillo–. Billy Ray es un as del Departamento de Justicia, y el guardaespaldas de Hartmann. Pero a mí me preguntarán por qué deseo involucrarme en este asunto.

—Diles que porque eres *Golden Boy* –su tono fue de ácido sin diluir.

♥

El vestidor de Bonnell tras bastidores en el Lido no tenía nada de extraordinario. El penetrante olor de la crema facial, el maquillaje teatral y el fijador en aerosol se superponían a los olores más débiles de sudor antiguo y perfume rancio.

Tachyon se sentó a horcajadas sobre una silla, con los brazos descansando sobre el respaldo, y miró al joker mientras le daba los últimos toques a su maquillaje.

—¿Me podría pasar mi gorguera?

Bonnell abrochó el collarín en torno a su cuello, se levantó, le dirigió una mirada crítica final al disfraz blanco y negro de arlequín, y se acomodó en la maltratada silla de madera.

—Muy bien, doctor. Estoy listo. Ahora dígame qué puedo hacer por usted.

—Necesito un favor –se expresó en francés.

—¿Y cuál es?

—¿Tiene las direcciones de sus miembros?

—Asumo que se refiere al Partido.

—Oh, discúlpeme. Así es.

—Y para responderle, sí, sí tenemos.

Bonnell no lo estaba ayudando en absoluto. Tach siguió insistiendo con torpeza.

—¿Podría conseguirme una en específico?

—Eso dependería de sus motivos.

—Nada nefasto, se lo aseguro. Un asunto personal.

—Hmmm... –Bonnell enderezó los tarros y tubos ya dispuestos de manera meticulosa sobre el tocador–. Doctor, usted supone demasiado. Nos hemos tratado una sola vez, sin embargo, viene a mí para solicitar información privada. ¿Y si le preguntara por qué?

—Preferiría no decirlo.

—Yo ya más o menos esperaba que ésa fuera su respuesta. Así que me temo que debo rehusarme.

El agotamiento, la tensión y el dolor punzante de su pierna lo golpearon como una tormenta. Tach recargó la cabeza en sus brazos y luchó por contener sus lágrimas. Consideró renunciar. Una mano amable pero firme tomó su barbilla y lo obligó a levantar la cabeza.

—Esto realmente significa mucho para usted, ¿no es así?

—Más de lo que puede imaginar.

—Entonces cuénteme para que lo sepa. ¿Puede confiar en mí? ¿Tan sólo un poco?

—Viví en París hace mucho. ¿Ha sido comunista durante mucho tiempo? –preguntó de manera abrupta.

—Desde que fui capaz de comprender la política.

—Entonces me sorprende no haberlo conocido hace años. Los conocía a todos. Thorenz, Lena Goldoni... Danielle.

—No vivía en París en ese entonces. Todavía me encontraba en Marsella, donde dejaba que me golpearan mis vecinos supuestamente normales –su sonrisa era amarga–. Francia no siempre ha sido tan amable con sus wild cards.

—Lo siento.

—¿Por qué debería sentirlo?

—Porque es mi culpa.

—Ésa es una actitud excesivamente absurda y autoindulgente.

—Muchas gracias.

—El pasado está muerto, enterrado, y se ha ido para siempre más allá de donde puede ser recordado. Sólo el presente y el futuro importan, doctor.

—Y yo creo que ésa es una actitud absurda y simplista. Las acciones del pasado tienen consecuencias para el presente y el futuro. Hace treinta y seis años llegué a este país quebrantado y amargado. Dormí con una chica. Ahora vuelvo para descubrir que dejé una marca más permanente en este lugar de lo que había pensado. Engendré a una niña que nació, vivió y murió sin que yo supiera nunca de su existencia. Podría maldecir a su madre por eso, y sin embargo, quizás ella era sabia. Durante los primeros trece años de la vida de Giselle su padre fue un borracho perdido. ¿En qué podría haberle ayudado? –caminó y no se detuvo hasta apoyarse contra una pared. Entonces giró y apoyó los hombros contra el frío yeso.

—Perdí mi oportunidad con ella, pero la vida me ha otorgado otra. Ella tuvo un hijo, mi nieto. Y quiero encontrarlo.

—¿Y el padre?

—Es un miembro de su partido.

—Usted dice que quiere encontrarlo. ¿Para qué? ¿Se lo arrebataría a su padre?

Tach se frotó los ojos con cansancio. Cuarenta y ocho horas sin dormir estaban cobrando su precio.

—No lo sé. No he pensado a largo plazo. Todo lo que quiero es verlo, abrazarlo, mirar el rostro de mi futuro.

Bonnell dio una palmada sobre sus muslos y se levantó de la silla.

—*C'est bien*, doctor. Un hombre se merece la oportunidad de contemplar la intersección de su pasado, presente y futuro. Lo ayudaré a encontrar a este hombre.

—Es suficiente si me da su dirección, no hay razón para que se involucre.

—Él podría asustarse. Yo puedo tranquilizarlo, acordar una reunión. ¿Su nombre?

—François Andrieux.

Bonnel tomó nota.

—Muy bien. Entonces, voy a hablar con este hombre y después lo llamaré a usted en el Ritz…

—Ya no me estoy quedando ahí. Puede localizarme en el Lys en la margen izquierda.

—Ya veo. ¿Alguna razón en particular?

—No.

—Debe aprender a mentir sin que sus expresiones lo delaten. Es muy gracioso, aunque no es terriblemente convincente–. Tachyon se sonrojó y Bonnell se rio–. Vamos, vamos, no se ofenda. Me ha dicho lo suficiente sobre sus secretos esta noche. No lo presionaré para que me diga nada más.

♠

Los integrantes de la gira estaban cenando en la Torre Eiffel.

Tachyon, recargado en el barandal, no dejaba de moverse, inquieto, pero se las ingenió para esperar a que Braun saliera. Por las ventanas del restaurante podía ver que el grupo había llegado a la etapa de brandy-café-puros-y-discursos. La puerta se abrió, y Mistral, entre risitas, salió como una flecha, seguida por el capitán Donatien Racine, uno de los ases más destacados de Francia. Su único poder era el de volar, pero eso sumado al hecho de que era militar de carrera le había asegurado el apodo de El Tricolor por parte de la prensa. No le gustaba ese nombre.

Sujetando a la norteamericana por la esbelta cintura, Racine saltó con ella por encima del barandal de protección. Mistral le dio un beso rápido, se liberó del brazo que la rodeaba y se alejó flotando en la brisa suave que soplaba en torno a la torre. Su gran capa azul y plateada se extendió en torno suyo hasta que pareció una exótica polilla atraída por las luces brillantes que recubrían a la torre. Al ver a la pareja salir volando y lanzarse en picada en un intrincado juego persecutorio, Tachyon súbitamente se sintió muy cansado y muy atado a la tierra.

Las puertas del restaurante se abrieron, y la delegación salió como agua por una presa rota. Tras cinco meses de cenas formales y discursos interminables, no era ninguna sorpresa.

Braun, muy elegante en frac y corbata blanca, hizo una pausa para encender un cigarrillo. Tachyon lo contactó con un hilo de telepatía.

Jack.

Éste se puso tenso, pero no dio más señales de haber captado el mensaje.

Gregg Hartmann miró hacia atrás.

—Jack, ¿vienes?

—Los alcanzo. Creo que voy a disfrutar del aire y la vista y voy a ver a esos chicos locos lanzarse en caída libre –señaló a Mistral y Racine.

Unos minutos más tarde se reunió con Tachyon junto al barandal.

—Bonnell prepara una reunión con él.

Braun gruñó y se sacudió la ceniza.

—La Sûreté estaba en el hotel cuando regresé. Intentaron ser sutiles al interrogar a la delegación sobre tu paradero, pero los sabuesos de los noticieros están husmeando. Detectan una historia.

El taquisiano se encogió de hombros.

—¿Vendrás conmigo? ¿A la reunión?

Ancestros, ¡cómo se me atoró en la garganta la solicitud de ayuda!

—Por supuesto.

—Puede que necesite ayuda con su padre.

—¿Y qué vas a hacer?…

—Lo que sea necesario. Es mi nieto.

Montmartre. Donde artistas, legítimos o no, pululaban como langostas listos para caer sobre el turista desprevenido. *Un retrato de su hermosa esposa, monsieur.* El costo nunca se mencionaba, por cortesía, pero cuando estaba terminado era suficiente para comprar una auténtica obra maestra.

Autobuses repletos de turistas pujaron al subir la colina y poco después expulsaron a sus ansiosos pasajeros. Los niños gitanos, que daban vueltas como buitres, se abalanzaron sobre ellos de inmediato. Los viajeros europeos, conocedores de las costumbres de estos ladrones de carita inocente, los ahuyentaron con fuertes amenazas. Los japoneses y norteamericanos, aturullados por los brillantes ojos negros de sus rostros oscuros, les permitieron acercarse. Más tarde se lamentarían cuando descubrieran la pérdida de carteras, relojes, joyería.

Entre tanta gente habría un niño pequeño.

Braun, con las manos en las caderas, miró al otro lado de la plaza, al Sacré-Coeur. Estaba repleto de gente. Los caballetes se alzaban como mástiles desde un agitado mar de colores. Suspiró y miró su reloj.

—Se retrasaron.

—Paciencia.

Braun miró fijamente su reloj una vez más. Los niños gitanos, atraídos por la delgada banda de oro del Longines, se acercaron sigilosamente.

—Lárguense –rugió Jack–. Jesús, ¿de dónde vienen? ¿Hay una fábrica de gitanos así como hay una fábrica de putas?

—Normalmente son vendidos por sus madres a «cazadores de talentos» de Francia e Italia. Éstos los entrenan para robar y trabajan como esclavos para sus dueños.

—Suena como algo salido de Dickens.

Tachyon se cubrió los ojos del sol con una mano delgada y buscó a Bonnell.

—Sabes que hoy tenías que dar un discurso en una conferencia para investigadores.

—Sí.

—¿Llamaste para cancelar?

—No, lo olvidé. Tengo cosas más importantes en mi mente en este momento que la investigación genética.

—Diría que eso es exactamente lo que tienes en mente –fue la respuesta seca de Braun.

Un taxi se detuvo, y Bonnell luchó penosamente por salir. Lo seguían un hombre y un niño pequeño. Los dedos de Tachyon se clavaron profundamente en el bíceps de Jack.

—Mira. ¡Dios mío!

—¿Qué?

—Ese hombre. Es el empleado del hotel.

—¿Eh?

—Estaba en el Intercontinental.

El trío caminaba hacia ellos. Súbitamente el padre se quedó inmóvil, señaló a Jack, gesticuló enfáticamente, sujetó al niño por la muñeca y se movió con rapidez hacia el taxi.

—No, Dios mío, no –Tachyon corrió hacia ellos. Intentó alcanzarlos, su poder ejerció presión en sus mentes como un torno. Luego de comprobar que se quedaron inmóviles, caminó lentamente hacia ellos. Sintió cómo le faltaba el aliento mientras devoraba la terca carita debajo de una mata de cabello rojo. El niño se defendía de Tachyon con un poder nada despreciable, y eso que era sólo una cuarta parte taquisiano. El orgullo se apoderó de Tach.

De repente fue arrojado al suelo, puños y rocas le llovían encima. Intentó desesperadamente mantener el control mental mientras los niños gitanos le quitaban la cartera y el reloj, y seguían su golpiza histérica. Jack corrió a quitarle de encima a los pequeños granujas.

—No, no, atrápalos a ellos. ¡No te preocupes por mí! –gritó Tach. Con una patada logró tirar a dos al suelo, se puso de rodillas a trompicones, puso los dedos rígidos, y los clavó con fuerza en la garganta de un desgarbado adolescente. El chico cayó hacia atrás.

Jack vaciló, se volvió hacia Andrieux y el niño y se echó a correr. Tachyon, distraído, no lo perdía de vista. Ni siquiera vio venir la bota hacia él: el dolor explotó en su sien. A lo lejos oyó gritar a alguien, después, la amarga oscuridad.

◆

Bonnell estaba limpiándole la cara con un pañuelo húmedo cuando finalmente recobró el sentido. Tachyon se levantó con desesperación, apalancándose sobre sus hombros, después volvió a caer cuando el movimiento envió nuevas oleadas de dolor a través de su cabeza y llenó la parte posterior de su garganta con una fuerte sensación de náusea.

—¿Los atrapaste?

—No –Jack sujetaba una defensa como un hombre que mostrara el pez ganador del primer lugar en un concurso–. Cuando caíste corrieron y lograron llegar al taxi. Intenté sujetar el auto, pero sólo pude agarrar la defensa… que se desprendió –agregó, aunque no era necesario. Jack miró a la multitud de curiosos que los había rodeado y la ahuyentó.

—Entonces los perdimos.

—¿Qué esperaba? Apareció con el As Judas –dijo Bonnell con enojo.

Jack se encogió y murmuró, muy molesto:

—Eso fue hace mucho tiempo.

—Algunos de nosotros no olvidamos. Y otros no deberían hacerlo –dirigió una mirada furibunda a Tachyon–. Pensé que podía confiar en usted.

—Jack, vete.

—Púdrete –largas zancadas bruscas lo transportaron hasta la multitud y desapareció de su vista.

—Es extraño, pero me siento muy mal por eso —se sacudió—. Entonces, ¿qué hacemos ahora?

—Primero obtengo su promesa de que no habrá más trucos como el de hoy.

—Está bien.

—Volveré a programar la reunión para esta noche. Y esta vez *venga solo*.

Jack no estaba seguro de por qué lo hizo. Tras el insulto de Tachyon, debió dejar de lado el asunto o haberle dicho a la Sûreté todo lo que sabía. En su lugar se apareció en el Lys con una compresa fría y aspirinas.

—Gracias, pero tengo un botiquín.

Jack arrojó la botella hacia arriba varias veces.

—¿Ah, sí? Bien, entonces me quedo con ellas. Todo esto me está dando un terrible dolor de cabeza.

Tach levantó la compresa de su ojo.

—¿Por qué a ti?

—Acuéstate y deja esa cosa sobre tu ojo —se rascó la barbilla—. Mira, déjame decirte algo. ¿No te parece todo esto un poco demasiado conveniente?

—¿De qué manera? —pero Jack pudo adivinar por el tono cauteloso del pequeño extraterrestre que había tocado una fibra sensible.

—En lugar de sólo darte la dirección de Andrieux, Bonnell insiste en concertar una reunión. Y ellos intentaron huir…

—Porque estabas ahí.

—Sí, es cierto. Tú los controlas con la mente, luego eres atacado por una pandilla de niños gitanos. Estuve investigando un poco y averigüé que ellos nunca hacen ese tipo de cosas. Creo que alguien preparó esto con anticipación, para asegurarse de que no pudieras usar tu control mental. ¿Y qué te parece el tal Andrieux? Dijiste que era el empleado del hotel. Entonces ¿por qué negó conocer a Danielle? Ella era su suegra, por Dios. Esto me huele bastante mal.

Tachyon arrojó la compresa contra la pared.

—¿Entonces qué sugieres que haga?

—Ya no colabores con Bonnell. No asistas a más reuniones. Déjame ver lo que puedo hacer con los fragmentos de la bomba. Rochambeau trabajará con Ray al respecto.

—Eso podría llevar semanas. Nos vamos en unos pocos días.

—¡Estás jodidamente obsesionado con esto!

—¡Sí!

—¿Por qué? ¿Es porque eres impotente? ¿De eso se trata todo esto?

—No deseo discutir esto.

—¡Sé que no quieres, pero tienes que hacerlo! No estás pensando con claridad, Tachyon. Imagina lo que otro escándalo podría hacerle a la gira, a tu reputación… a la mía por lo que viene al caso. Estamos reteniendo evidencia vital relacionada con un asesinato.

—No tenías que involucrarte.

—Lo sé, y a ratos desearía no haberlo hecho. Pero ya estoy en esto, así que voy a llegar al final. Entonces, ¿te vas a quedar tranquilo hasta ver si puedo averiguar algo?

—Sí, esperaré.

Jack le lanzó una mirada suspicaz.

—Perfecto.

—Ah, Jack —el gran as hizo una pausa, puso la mano en la perilla de la puerta y miró hacia atrás–. Me disculpo por lo de esta tarde. Estuvo mal que te dijera que te fueras.

Por la expresión del taquisiano, Golden Boy dedujo cuán difícil era pedir disculpas para él.

—Está bien –respondió Jack con brusquedad.

Era una casa vieja, una casa muy vieja, en el distrito universitario. Las grietas atravesaban las deslucidas paredes de yeso y el olor a humedad del moho flotaba en el aire. Bonnell le dio un fuerte apretón al brazo de Tachyon.

—Recuerde que no debe esperar demasiado. Este niño no lo conoce.

Tachyon apenas lo escuchó y ciertamente no le prestó atención. Ya estaba subiendo las escaleras.

Había cinco personas en la habitación, pero Tachyon sólo vio al niño. Estaba encaramado en un banco y mecía un pie, de manera que su talón golpeara rítmicamente contra una maltratada pata de madera. Su cabello lacio y delgado no tenía el fuego cobrizo metálico de su abuelo, pero era, no obstante, de un rojo profundo e intenso. Tach sintió una oleada de orgullo ante esta evidencia de su linaje. Las cejas rectas y rojas le daban a Blaise una expresión excesivamente seria, que no quedaba nada mal en el rostro estrecho del niño. Sus ojos eran de un brillante color negro-morado.

Parado detrás, con una mano posada de manera posesiva sobre el hombro de su hijo, estaba Andrieux. Tachyon lo estudió con el ojo crítico de un psi lord taquisiano al momento de evaluar el ganado para cría. *Nada mal, humano por supuesto, pero nada mal.* Era guapo y parecía inteligente. Aun así, esto era difícil de asegurar. Si tan sólo pudiera realizar pruebas... Intentó alejar de su mente la desagradable sospecha de que este hombre había participado en la muerte de Dani.

Miró de nuevo a Blaise y encontró al chico estudiándolo con igual interés. No había nada tímido en su mirada. De repente los escudos de Tach repelieron un poderoso asalto mental.

—¿Estás intentando vengarte por lo de ayer?

—*Mais oui.* Te apoderaste de mi mente.

—Tú te apoderas de la mente de la gente.

—Por supuesto. Nadie puede detenerme.

—Yo puedo –las cejas se juntaron hasta formar un ceño imponente–. Soy Tachyon. Soy tu abuelo.

—No pareces un abuelo.

—Mi raza vive por mucho tiempo.

—¿Yo también?

—Por más tiempo que un humano –el niño pareció satisfecho con esta referencia indirecta a su naturaleza extraterrestre. Mientras hablaban, Tach hizo un sondeo preliminar de sus habilidades. Tenía una increíble aptitud para el control mental para ser tan joven. Y su formación al respecto era completamente autodidacta, lo cual era en verdad sorprendente. Con la instrucción apropiada sería una fuerza digna de consideración. Nada de telequinesis, nada de clarividencia y, lo peor de todo, casi nada de telepatía. Era virtualmente un ciego mental.

Eso es lo que resulta de la reproducción no planeada y sin restricciones.

—Doctor –dijo Claude–. ¿Gusta sentarse?

—Primero me gustaría darle un abrazo a Blaise –miró inquisitiva- mente al chico, quien hizo una mueca.

—No me gustan los besos y abrazos.

—¿Por qué no?

—Siento que se me suben las hormigas.

—Es una reacción común en nuestra raza. Pero no te vas a sentir así conmigo.

—¿Por qué no?

—Porque soy de tu familia y de tu raza. Te entiendo mejor de lo que nadie en el mundo va a poder entenderte –François Andrieux se removió, furioso.

—Bueno, lo intentaré –dijo Blaise con decisión y se deslizó de su banco. Una vez más Tachyon estuvo satisfecho con su seguridad.

Mientras sus brazos se cerraban en torno a la pequeña figura de su nieto, las lágrimas acudieron a sus ojos.

—Estás llorando –lo acusó Blaise.

—Sí.

—¿Por qué?

—Porque estoy muy feliz de haberte encontrado. De comprobar que existes.

Bonnell se aclaró la garganta con un pequeño sonido discreto.

—Por más que me resista a interrumpir esto, me temo que debo hacerlo, doctor –Tachyon se tensó, cauteloso–. Tenemos que hablar un poco de negocios.

—¿Negocios? –la palabra sonó peligrosamente ruin.

—Sí. Le he dado lo que quería –señaló a Blaise con un giro de su mano diminuta–. Ahora usted tiene que darme lo que yo quiero. François, llévatelo.

Padre e hijo se marcharon. Tachyon estudió de manera especula- tiva a los hombres presentes.

—Por favor, no considere un escape con ayuda de su mente. Hay más de nosotros esperando afuera de esta habitación. Y estamos armados.

—De alguna manera asumí que lo estarían –Tachyon se acomodó en un sofá hundido. El sofá soltó una nube de polvo bajo su peso–. Entonces, usted es un miembro de esta pequeña pandilla de terro- ristas fuera de control.

—No, señor, soy su líder.

—Hmm, y usted hizo que mataran a Dani.

—No. Eso fue un acto de estupidez flagrante por el cual François ha sido... *castigado*. Yo desapruebo el hecho de que los subordinados actúen por propia iniciativa. Se equivocan con gran frecuencia. ¿No le parece?

El fallecido primo de Tachyon, Rabdan, vino a su mente, y se encontró a sí mismo asintiendo. Se detuvo de inmediato. Había algo muy *outré* en esta pequeña conversación tan comunicativa, siendo que estaba frente al hombre que había intentado asesinar a cientos de personas en Versalles.

—Oh, y yo que tenía tantas esperanzas de que Andrieux fuera brillante –reflexionó Tachyon, y después preguntó–: ¿Éste es un secuestro para obtener una recompensa?

—Oh, no, doctor, usted es invaluable.

—Siempre lo he creído así.

—No, necesito su ayuda. Dentro de dos días habrá un gran debate entre todos los candidatos presidenciales. Tenemos la intención de matar a tantos de ellos como nos sea posible.

—¿Incluso a su propio candidato?

—En una revolución a veces hay sacrificios que son necesarios. Pero para su información, le tengo poca lealtad al Partido Comunista. Ellos han traicionado a la gente, han perdido la voluntad y la fuerza para tomar decisiones difíciles. El mandato ha pasado a nuestras manos.

Tach descansó su frente en una mano.

—Oh, por favor, evitemos las consignas. Son de las cosas más molestas de todos ustedes.

—¿Puedo describirle mi plan?

—No veo manera de evitarlo.

—La seguridad se habrá vuelto indudablemente muy cuidadosa.

—Indudablemente.

Bonnell le dirigió una mirada rápida al detectar su tono irónico. Tachyon lo miró a su vez con inocencia.

—En lugar de intentar llevar a cabo este reto con nuestras armas, usaremos las ya existentes. Usted y Blaise controlarán mentalmente a tantos guardias como sea posible y los harán barrer la plataforma con disparos de armas automáticas. Eso debería dar el resultado deseado.

—Interesante, pero ¿qué podrían ustedes ganar con esto?

—La destrucción de la elite gobernante de Francia va a sumir al país en el caos. Cuando eso ocurra, yo no necesitaré sus poderes esotéricos. Las pistolas y las bombas serán suficientes. Algunas veces las cosas más simples son lo mejor.

—Qué gran filósofo. Debería proponerse como guía de la juventud.

—Ya lo he hecho. Soy el amado tío Claude de Blaise.

—Bueno, esto por supuesto ha sido educativo, pero siento muchísimo tener que rehusarme.

—No me sorprende. Había anticipado esto. Pero considere, doctor, que yo tengo a su nieto.

—Usted no le hará daño, es demasiado valioso para usted.

—Es cierto. Pero mi amenaza no es de muerte. Si usted se rehúsa a seguir mis indicaciones, me veré forzado a hacer que le sucedan cosas desagradables a usted, asegurándonos de que sobreviva. Entonces desapareceré con Blaise. Encontrarnos le parecerá difícil cuando sea un inválido confinado a su cama.

Sonrió con satisfacción ante la expresión de horror en el rostro de Tachyon.

—Jean lo escoltará a su habitación ahora. Ahí podrá reflexionar sobre mi propuesta y, estoy seguro, verá la manera de ayudarme.

—Lo dudo –dijo Tachyon entre dientes, recuperando el dominio de su voz, pero era jactancia hueca y Bonnell lo sabía.

La «habitación» resultó ser el muy frío y húmedo sótano de la casa. Horas después Blaise llegó con su cena.

—Vine a visitarte –anunció, y Tach suspiró, una vez más admirando y lamentando la astucia de Bonnell. El joker obviamente había hecho un estudio cuidadoso de Tachyon, sus actitudes y su cultura.

Comió mientras Blaise, con la barbilla descansando en su manos ahuecadas, lo miraba pensativamente.

Tach dejó su tenedor a un lado.

—Estás muy callado. Creí que íbamos a hablar.

—No sé qué decirte. Es muy extraño.

—¿Qué?

—Averiguar sobre ti. Ahora yo no soy tan especial, lo que me molesta, pero también es bueno saber... –reflexionó.

—Que no estás solo –sugirió Tach suavemente.

—Sí, eso es.

—¿Por qué los ayudas?

—Porque tienen razón. Las viejas instituciones deben caer.

—Pero para ello deben asesinar personas.

—Sí –concordó alegremente.

—¿Eso no te molesta?

—Oh, no. Usualmente son cerdos capitalistas burgueses y merecen morir. Algunas veces matar es la única manera.

—Una actitud muy taquisiana.

—Vas a ayudarnos, ¿cierto? Será divertido.

—¡Divertido!

Así lo educaron. Tach se consoló a sí mismo. Dota a cualquier niño con este tipo de poder sin supervisión y reaccionará igual.

A medida que platicaban, Tachyon reconstruyó una imagen de libertad sin restricciones, virtualmente nada de educación formal, la emoción de jugar a las escondidillas con las autoridades. Más escalofriante fue la comprensión de que Blaise no se retiraba de sus víctimas cuando morían. Más bien, seguía habitando sus mentes durante el terror y el dolor de su momento final.

Habrá tiempo para corregir esto, se prometió a sí mismo.

—¿Entonces vas a ayudar? –preguntó Blaise, bajando de la silla de un salto–. Tío Claude dijo que no se me olvidara preguntarte.

Los segundos se convirtieron en minutos mientras lo consideraba. La acción más noble sería decirle a Bonnell que se fuera al demonio. Consideró las amenazas elegantemente articuladas de Bonnell y se estremeció. Había sido criado y entrenado para aprovechar la oportunidad, para convertir la derrota en victoria. Confiaría en eso. Seguramente no podrían vigilarlo de manera tan cercana en el mitin.

—Dile a Claude que ayudaré.

Un abrazo exuberante.

Solo, Tachyon continuó reflexionando. Tenía una ventaja más. Jack… quien seguramente se daría cuenta de que algo había salido terriblemente mal y alertaría a la Sûreté. Pero su esperanza descansaba en un hombre cuya debilidad le era bien conocida, y sus temores se basaban en un hombre quien, a pesar de su exterior civilizado, no poseía humanidad.

Casi habían pasado veinticuatro horas desde que el pequeño bastardo había desaparecido. Jack lanzó un golpe a la pared, y lo detuvo justo a tiempo. Tirar una pared en el Ritz no iba a servir de nada.

¿Estaba Tachyon en apuros?

¿A pesar de su promesa, se había ido con Bonnell? ¿Y eso significaba problemas? ¿Sería posible que tan sólo estuviera disfrutando el tiempo con su nieto?

Si había salido a visitar el zoológico o algo así, y Jack alertaba a la Sûrete, y descubrían lo de Blaise, Tachyon nunca se lo perdonaría. Sería otra traición. Quizá la última. El taquisiano encontraría una manera de desquitarse.

Pero ¿y si realmente está en problemas?

Un golpe en la puerta lo sacó de sus pensamientos distraídos. Uno de los asistentes intercambiables de Hartmann estaba parado en el pasillo.

—Señor Braun, al senador le gustaría que lo acompañara al debate mañana.

—¿Debate? ¿Cuál debate?

—Los mil y once –una risita condescendiente– o el número que sea de candidatos que hay para esta loca carrera, tomarán parte en un debate en el que tomarán turnos de manera sistemática, en los Jardines de Luxemburgo. Al senador le gustaría que tantos miembros de la gira como sea posible estén ahí. Para mostrar su apoyo a esta gran democracia europea… Señor Braun… ¿se encuentra bien?

—Bien, gracias, estoy bien. Dígale al senador que estaré ahí.

—¿Y el doctor Tachyon? El senador está muy preocupado por su continua ausencia.

—Creo que puedo prometerle al senador que el doctor estará ahí también.

Tan pronto hubo cerrado la puerta, Jack saltó hasta el teléfono y llamó a Rochambeau: le informó que era muy probable un ataque terrorista contra los candidatos. No había necesidad de mencionar al niño. Sólo era urgente poner a las tropas en alerta máxima.

Y pasar toda la noche suplicando haber adivinado la situación. Haber tomado la decisión correcta.

◆

Debería estar dormido, preparando mente y cuerpo para el día siguiente. Su vida y el futuro de su estirpe dependían de su habilidad, velocidad y astucia.

Y de Jack Braun. Lo cual resultaba irónico.

Si Jack Braun había llegado a la conclusión correcta. *Si* había alertado a la Sûrete. *Si* había suficientes oficiales. *Si* Tachyon podía extender su talento más allá de todos los límites y controlar un número inaudito de mentes.

Se sentó en el catre desvencijado y abrazó su estómago. Se dejó caer de nuevo e intentó relajarse. Pero era una noche para los recuerdos, para los rostros salidos del pasado. Blythe, David, Earl, Dani.

Le estoy apostando mi vida y la vida de mi nieto al hombre que destruyó a Blythe. Qué bonito.

Pero la posibilidad de morir puede actuar como un estímulo para la introspección. Obliga a una persona a despojarse de las pequeñas mentirillas reconfortantes y aislantes que lo protegen a uno de sus culpas y remordimientos más privados.

¡Entonces dame esos nombres!

Está bien… está bien.

El poder penetrando como una lanza… fragmentando su mente… su mente… su mente.

Pero ellos no lo habrían sabido de no haber sido por Jack. Y ella no habría absorbido sus mentes de no haber sido por Holmes, y ella no habría estado ahí de no haber sufrido la paranoia de una nación. *Y ninguno de nosotros habría sufrido si no hubiéramos nacido,* pensó Tach, citando uno de las adagios favoritos de su padre. En algún momento uno debe dejar de dar excusas y aceptar la responsabilidad por sus acciones.

Tisianne brant Ts'ara: Jack Braun no destruyó a Blythe, tú lo hiciste.

Se encogió, preparado para sentir dolor. En su lugar se sintió mejor. Más ligero, más libre, en paz por primera vez en tantos, tantos años. Rio sin parar y no se sorprendió cuando la risa se convirtió en silenciosas lágrimas.

Cuando terminó la tormenta, se recostó, exhausto pero tranquilo. Listo para el día siguiente. Después regresaría a casa y formaría un hogar para criar a su nieto. Con calma y un poco de arrepentimiento le dio la espalda al pasado.

Él era Tisianne brant Ts'ara sek Halima sek Ragnar sek Omian, un príncipe de la casa Ilkazam, y mañana sus enemigos aprenderían, para su propio sufrimiento y arrepentimiento, lo que significaba levantarse en su contra.

Claude, Blaise y un conductor permanecieron en un auto a casi una cuadra de distancia de los jardines. Tachyon, conectado por medio del cañón de una Beretta con un Andrieux de rostro pétreo, se mantuvo en las afueras de una enorme multitud. Los parisinos no eran otra cosa que entusiastas de la política. Pero desperdigados entre todo este mar de humanidad como una infección insidiosa, estaban los otros quince miembros del comando de Bonnell. Esperando. A que la sangre fluyera y alimentara sus sueños violentos.

En el estrado se hallaban los siete candidatos. Aproximadamente la mitad de la delegación se había sentado frente a la plataforma adornada con banderines. Si Tach fallaba y provocaba un tiroteo no había manera de que escaparan sin lesiones. Entonces vio a Jack: caminaba de un lado al otro con las manos metidas profundamente en los bolsillos y miraba ceñudo a la muchedumbre.

Blaise era un visitante en la mente de Tachyon, preparado para detectar el más mínimo uso de la telepatía. Su poder podía ser leve, pero era lo suficientemente sensible para detectar el cambio en la concentración que ese tipo de comunicación mental requería. Y sin embargo, su presencia le convenía a su abuelo. Haría más fácil lo que estaba por venir.

Con todo el esmero de que fue capaz, Tachyon construyó un telón mental falso de la escena: una imagen ilusoria, creada para tranquilizar a su nieto. La rodeó con todos los escudos protectores pertinentes y se la presentó a Blaise. Entonces, oculto desde detrás de su cubierta protectora hizo contacto con la mente de Jack.

Disimula, sigue frunciendo el ceño.

¿Dónde estás?

Cerca de la puerta, por los árboles.

Ya.

¿Vino la Sûreté?

Están por todas partes. ¿Y tus terroristas?

Igual, por todas partes.

¿Cómo…?

Vendrán a ti.

¿Qué…?

Confía.

Se retiró y construyó una trampa cuidadosamente. Era similar a la conexión que disfrutaba con Baby cuando la nave incrementaba y amplificaba sus propios poderes naturales para permitir la comunicación interespacial, pero mucho, mucho más fuerte. Sus dientes eran muy profundos. ¿Qué podría hacerle a Blaise? No. No había tiempo para las dudas.

La trampa mental se cerró. Un grito mental de alarma salió del niño. Una lucha desesperada y su jadeante resignación. El jinete se convirtió en montura.

Tachyon unió el poder de Blaise al suyo. Era como una barra de luz incandescente blanca.

Cuidadosamente la separó en distintas hebras, cada una de las cuales se sacudía como un látigo ardiente, y gracias a ello, se instalaba en sus secuestradores, que se convirtieron en estatuas inmóviles.

Estaba jadeando del esfuerzo, el sudor brotaba de su frente y corría en riachuelos hasta entrar a sus ojos. Los hizo marchar, como un regimiento de zombis. Cuando Andrieux se sumó al regimiento, Tachyon obligó a su mano a moverse, a cerrarse en torno a la Beretta, a retirarla de las manos inertes de su esclavo.

Braun estaba dando saltos, gesticulando, pidiendo ayuda con grandes movimientos de sus brazos.

¡Aprisa! ¡Aprisa!

Tenía que detenerlos. A todos ellos. Si fallaba…

Blaise estaba luchando de nuevo. Era como ser pateado una y otra vez en el estómago. Un hilo se rompió. El de Claude Bonnell. Con un grito Tachyon dejó caer el control y corrió hacia la puerta. Detrás de él estaba el cruel gruñido de una Uzi. Aparentemente uno de sus cautivos había intentado correr y había sido detenido por las fuerzas francesas de seguridad. Quizás había sido Andrieux. Antes de que pudiera comprender qué ocurrió, se escucharon más disparos y gritos. Un río de gente pasó a su lado y casi lo hizo caer. Apretó la Beretta y trató de moverse con mayor rapidez. Dio la vuelta a la esquina justo cuando el aturdido conductor intentaba alcanzar la llave. Un golpe de la mente de Tachyon, y éste se desplomó sobre el volante: el estruendo de la bocina se agregó al caos.

Bonnell salió del auto con dificultad, sujetando a Blaise de la muñeca. Fue tambaleándose y tropezando hacia una calle lateral estrecha y desierta.

Tach voló tras ellos, atrapó la mano libre de Blaise y lo liberó de un tirón.

—¡Déjame ir! ¡Déjame ir!

Dientes afilados se hundieron profundamente en su muñeca. Tachyon hizo dormir al niño con una orden demoledora y lo sostuvo con un brazo. Él y Bonnell se miraron el uno al otro por encima de la figura inerte.

—Bravo, doctor. Fue más astuto que yo. Pero ¡qué evento mediático será mi juicio!

—Me temo que no será así.

—¿Eh?

—Necesito un cuerpo. Uno infectado con el wild card. Entonces la Sûrete tendrá a su misterioso as *mentat* y dejará de buscar.

—¡No puede hablar en serio! Usted no puede tener la intención de matarme a sangre fría –leyó la respuesta en la implacable mirada lila de Tachyon. Bonnell se tambaleó hacia atrás, se detuvo contra una pared, se humedeció los labios–. Lo traté bien, con amabilidad. No lo lastimé.

—Pero a otros no les fue tan bien. No debió haberme enviado a Blaise. Se apresuró a contarme sus otros *triunfos*. Un banquero inocente, controlado por Blaise, enviado al interior de su banco cargando su propia muerte. La explosión de esa bomba mató a diecisiete. Y usted lo considera un triunfo.

El rostro de Bonnell se transformó y tomó el aspecto de Thomas Tudbury, la Gran y Poderosa Tortuga.

—Por favor, se lo suplico. Al menos deme la oportunidad de un juicio.

—No –los rasgos se transformaron de nuevo: ahora era Mark Meadows, ahora el Capitán Trips parpadeó confundido ante la pistola.

Ahora era Danielle, tal como había sido en su juventud, años antes–. Creo que el resultado es bastante predecible. Simplemente apresuro su ejecución.

Una transformación final: la figura desarrolló un cabello largo y negro que caía en cascada sobre sus hombros, más largas pestañas negras que rozaban sus mejillas, y alzó el rostro para mostrarle sus ojos de un profundo azul de medianoche: *Blythe*.

—Tachy, por favor.

—Lo siento, pero estás muerta.

Y Tach le disparó.

—Ah, doctor Tachyon –Franchot de Valmy se levantó de su escritorio con la mano extendida–. Francia tiene con usted una inmensa deuda de gratitud. ¿Cómo podremos pagarle?

—Expidiendo un pasaporte y una visa.

—Me temo que no comprendo. Usted, por supuesto, cuenta con esos documentos...

—No son para mí, sino para Blaise Jeannot Andrieux.

De Valmy jugueteó con un bolígrafo.

—¿Por qué no simplemente va y los solicita a la autoridad correspondiente?

—Porque François Andrieux está actualmente bajo custodia. Le harán pruebas, y no puedo permitir eso.

—¿No está siendo demasiado directo conmigo?

—En absoluto. Sé de su habilidad para falsificar documentos –el francés se quedó estupefacto y cuando logró recuperarse se acomodó lentamente contra el respaldo de su silla–. Sé que usted no es un as, Monsieur de Valmy. Me pregunto, ¿cómo reaccionaría el público francés ante las noticias de un fraude semejante? Le costaría la elección.

De Valmy se forzó a responder con sus labios rígidos:

—Soy un servidor público muy competente. Puedo transformar a Francia.

—Sí, pero nada de eso es tan atractivo como los poderes que otorga el wild card.

—Lo que pide es imposible. ¿Y si alguien rastrea eso hasta mí? ¿Y si...? –Tachyon tomó el teléfono–. ¿Qué está haciendo?

—Llamando a la prensa. Yo también puedo organizar conferencias de prensa en cualquier momento. Uno de los privilegios de la fama.

—Tendrá sus documentos.

—Gracias.

—Descubriré por qué hace esto.

Tachyon hizo una pausa en la puerta y miró hacia atrás.

—Entonces ambos tendremos un secreto a propósito del otro, ¿no es así?

El enorme avión estaba a oscuras por el vuelo nocturno a Londres. La sección de primera clase estaba desierta si exceptuamos a Tach, a Jack y a Blaise, quien dormía profundamente en los brazos de su abuelo. Había algo en este pequeño grupo que advertía a todos que debían permanecer alejados.

—¿Hasta cuándo lo vas a tener dormido? –una sola luz de lectura sacaba fuego de las cabezas rojas gemelas.

—Hasta que lleguemos a Londres.

—¿Alguna vez te perdonará?

—No lo sabrá.

—Podrá olvidar a Bonnell tal vez, pero recordará todo lo demás. Lo traicionaste.

—Sí –su respuesta apenas fue audible por el ruido de los motores–. ¿Jack?

—¿Sí?

—Te perdono.

Sus ojos se encontraron.

El humano se agachó y apartó suavemente un mechón de cabello sedoso de la frente del niño.

—Entonces creo que tal vez haya esperanza para ti también.

Leyendas

♣ ♦ ♠ ♥

por Michael Cassutt

I

EL MES DE ABRIL TRAJO POCO ALIVIO A LOS MOSCOVITAS sorprendidos por un invierno inusualmentc frío. Tras una breve ráfaga de brisas del sur, que envió a los chicos a los campos de futbol recién reverdecidos y animó a las chicas guapas a desprenderse de sus abrigos, los cielos se habían oscurecido de nuevo, y una lluvia deprimente y aburrida había vuelto a caer. Para Polyakov la escena era otoñal y, por lo tanto, totalmente apropiada. Sus maestros, luego de examinar la nueva brisa proveniente del Kremlin, habían decretado que ésta sería la última primavera moscovita de Polyakov. El más joven y menos contaminado Yurchenko subiría de rango y Polyakov se retiraría a una casa de campo lejos de Moscú.

Mejor así, pensó Polyakov, ya que los científicos decían que los patrones climáticos habían cambiado por las explosiones en Siberia. Era posible que nunca hubiera otra primavera decente en Moscú.

Sin embargo, aun enfundada en sus ropas otoñales Moscú tenía la habilidad de inspirarlo. Desde esta ventana podía ver el grupo de árboles donde el río Moscú bordeaba el parque Gorky, y más allá, con la apariencia apropiadamente medieval que les daba la niebla, estaban las cúpulas de la catedral de San Basilio y el Kremlin. En la mente de Polyakov la edad se equiparaba con el poder, lo cual tenía sentido, dado que él era ya un anciano.

—¿Quería verme? –la voz interrumpió sus cavilaciones. Era un joven mayor, vestido con el uniforme de la Dirección de Inteligencia del Estado Mayor, conocida extraoficialmente como la GRU. Tenía unos treinta y cinco años, un poco mayor para seguir en el rango de mayor, pensó Polyakov, especialmente si ya posee la medalla de Héroe de la Unión Soviética. Con sus rasgos clásicos de ruso blanco y su cabello rubio rojizo, el hombre parecía uno de esos oficiales poco comunes cuyas fotografías aparecían en la portada de *Estrella Roja* todos los días.

—Mólniya –Polyakov eligió usar el nombre en clave del joven oficial en lugar de su nombre cristiano y su patronímico, y le tendió la mano. La formalidad inicial era uno de los trucos del interrogador. El mayor titubeó, pero terminó por estrecharla. A Polyakov le complació notar que Mólniya llevaba guantes negros de goma. Hasta ahora su información era acertada–. Sentémonos.

Se instalaron frente a frente, a ambos lados de la madera pulida de la mesa de conferencias. Alguien les había provisto de agua, y Polyakov la señaló:

—Ustedes tienen una sala de conferencias muy cómoda aquí.

—Estoy seguro de que difícilmente puede compararse con las de la Plaza Dzerzhinsky –replicó Mólniya con la cantidad exacta de insolencia. La Plaza Dzerzhinsky era la ubicación de la sede de la KGB.

Polyakov rio.

—De hecho es idéntica, gracias a la planificación central. Pero Gorbachov está acabando con eso, según entiendo.

—Es sabido que también leemos el correo del Politburó.

—Bien. Entonces sabe exactamente por qué estoy aquí y quién me envió.

Mólniya y la GRU habían recibido órdenes de cooperar con la KGB, y esas órdenes venían de los puestos más altos. Ésa era la ligera ventaja que Polyakov traía a esta reunión... una ventaja que, como rezaba el dicho, tenía todo el peso de las palabras escritas en agua... ya que él era un anciano y Mólniya era el gran as soviético.

—¿Conoce el nombre de Huntington Sheldon?

Mólniya sabía que lo estaban probando y dijo con voz cansada:

—El director de la CIA de 1966 a 1972.

—Sí, un hombre absolutamente peligroso... y el ejemplar de la semana pasada de la revista *Time* tiene una fotografía de él parado frente a la Lubiyanka ¡señalando la estatua de Dzerzhinsky!

—Quizás haya una lección en eso... –*¡Preocúpate por tu propia seguridad y deja en paz nuestras operaciones!*

—No estaría aquí si ustedes no hubieran tenido un fracaso tan espectacular.

—A diferencia del récord perfecto de la KGB –Mólniya no intentó ocultar su desprecio.

—Oh, nosotros hemos tenido nuestros fracasos. Lo que es diferente sobre nuestras operaciones es que han sido aprobadas por el Consejo de Inteligencia. Ahora, usted es un miembro del Partido. No pudo graduarse de la Escuela de Alta Ingeniería de Kharkov sin estar al menos familiarizado con los principios del pensamiento colectivo. Los éxitos se comparten. Lo mismo sucede con los fracasos. Esta operación que usted y Dolgov maquinaron, ¿qué estaban haciendo, tomando lecciones de Oliver North?

Mólniya se sobresaltó ante la mención del nombre de Dolgov, un secreto de Estado y, sobre todo, un secreto de la GRU. Polyakov continuó:

—¿Le preocupa lo que digamos, mayor? No es necesario. Ésta es la habitación más limpia en la Unión Soviética –sonrió–. Mis ayudantes la limpiaron. Lo que digamos aquí queda entre nosotros.

»Entonces, dígame –dijo Polyakov–, ¿qué demonios salió mal en Berlín?

Las secuelas del secuestro de Hartmann habían sido terribles. Aunque sólo unos cuantos periódicos alemanes y norteamericanos de derecha mencionaron una posible participación soviética, la CIA y otras agencias occidentales hicieron las conexiones. Encontrar los cuerpos, aun mutilados como estaban, de esos vándalos de la Facción del Ejército Rojo había permitido a la CIA rastrear hacia atrás hasta llegar a sus residencias, nombres encubiertos, cuentas bancarias y contactos, destruyendo en cuestión de días una red que había estado en vigor durante veinte años. Dos agregados militares, en Viena y Berlín, habían sido expulsados, y más iban por el mismo camino.

La participación del abogado Prahler en un asunto tan brutal e inepto haría imposible que otros agentes encubiertos de su nivel actuaran… y haría difícil reclutar nuevos.

Y quién sabe qué más estaba diciendo el senador norteamericano.

—Usted sabe, Mólniya, por años mi servicio mantuvo a espías en el mismo corazón del servicio de inteligencia británico... incluso tuvimos uno que actuaba como contacto con la CIA.

—Philby, Burgess, Maclean y Blount. Y el viejo Churchill, también, si les cree a las novelas occidentales de espías. ¿Hay un punto en esta anécdota?

—Sólo estoy intentando darle una idea del daño que ha hecho. Esos espías paralizaron a los británicos durante más de veinte años. Eso es lo que podría sucedernos... a ambos. Sus jefes de la GRU nunca lo admitirán; si lo hacen, ciertamente no lo discutirán con usted. Pero ése es el desorden que tengo que limpiar.

—Ahora... si sabe algo sobre mí –Polyakov estaba seguro de que Mólniya sabía tanto sobre él como la KGB, lo cual significaba que Mólniya no sabía algo muy importante– sabrá que soy justo. Soy viejo, gordo, anónimo... pero soy objetivo. Me retiro dentro de cuatro meses. No tengo *nada* que ganar si causo una nueva guerra entre nuestros dos servicios.

Mólniya apenas le regresó la mirada. Bueno, Polyakov esperaba algo así. La rivalidad entre la GRU y la KGB había sido sangrienta. En varias ocasiones en el pasado, cada servicio se las había arreglado para hacer que les dispararan a los líderes de su rival. No hay nada que dure tanto como la memoria institucional.

—Ya veo –Polyakov se puso de pie–. Siento haberlo molestado, mayor. Obviamente el secretario general se equivocó... no tiene nada que decirme...

—¡Haga sus preguntas!

◆

Cuarenta minutos después, Polyakov suspiró y se recargó en su silla. Al girar ligeramente, podía ver por la ventana. La sede de la GRU era conocida como el Acuario, debido a sus paredes de vidrio. Le quedaba bien. Mientras otro oficial de la GRU conducía frente al Instituto de Biología Espacial, el cual, junto al poco usado Aeropuerto Central Frunze, rodeaban al Acuario, Polyakov había notado que este edificio –quizás el lugar más inaccesible, de hecho incluso invisible para los habitantes de la ciudad de Moscú– parecía ser casi transparente. ¡Un edificio de quince pisos con nada más que ventanas desde el piso hasta el techo!

Encontrarlo acogedor era un error. Polyakov sentía lástima por el ocasional visitante teorético. Aun antes de llegar al círculo interior, uno tenía que penetrar uno exterior consistente en tres burós secretos de diseño de aeronaves, el aún más secreto buró de diseño de aeronaves de Chelomei, o la Academia de las Fuerzas Aéreas de la Orden de la Bandera Roja.

En el extremo más alejado del patio, situado contra la pared impenetrable de concreto que rodeaba al Acuario, estaba un crematorio. La historia era que, en la entrevista final antes de ser aceptados en la GRU, a cada candidato se le mostraba este edificio verde y bajo, así como una película especial.

La película exhibía la ejecución en 1959 del coronel Popov de la GRU, quien había sido atrapado espiando para la CIA. Popov estaba atado a una camilla con cable irrompible y simplemente fue destinado a alimentar vivo a las llamas. El proceso se interrumpió para que el ataúd de otro empleado de la GRU, sustancialmente más respetado, pudiera ser consignado primero.

El mensaje era claro: *La GRU sólo se deja a través del crematorio. Somos más importantes que la familia, que el país.* Un hombre como Mólniya, entrenado por una organización así, no era vulnerable a ninguno de los trucos de interrogador de Polyakov. En casi una hora todo lo que Polyakov había logrado sacarle eran detalles operativos... nombres, lugares, eventos. Material que Polyakov ya poseía. Había algo más por saber –un secreto de algún tipo–, Polyakov estaba seguro de ello. Un secreto que nadie más había podido sacarle a Mólniya. Un secreto que, quizá, nadie más que Polyakov sabía que existía. ¿Cómo podía hacer que Mólniya hablara? ¿Qué podía ser más importante para este hombre que ese crematorio?

—Debe ser difícil ser un as soviético.

Si Mólniya se sorprendió al escuchar la declaración repentina de Polyakov, no lo demostró.

—Mi poder es sólo otra herramienta que debe ser usada contra los imperialistas.

—Estoy seguro de que eso es lo que a sus superiores les gustaría pensar. Dios nos libre si lo usara para su propio beneficio –Polyakov se sentó de nuevo. Esta vez se sirvió un vaso de agua. Le tendió la botella a Mólniya, quien negó con la cabeza–. Debe estar cansado de las bromas. Agua y electricidad.

—Sí –dijo Mólniya con voz cansada–. Tengo que ser cuidadoso cuando llueve. No puedo tomar baños. La única forma del agua que me agrada es la nieve… Dado el número de personas que saben de mí, es increíble cuántas bromas he escuchado.

—Tienen a su familia, ¿cierto? No conteste. No es algo que yo sepa. Es sólo… la única manera de controlarlo.

El virus wild card se había disipado relativamente para cuando alcanzó la Unión Soviética, pero aún era lo suficientemente potente para crear jokers y ases, y para ocasionar la creación de una comisión estatal secreta para lidiar con el problema. De una manera típicamente estalinista, los ases fueron segregados de la población y «educados» en campos especiales. Los jokers simplemente desaparecieron. De muchas maneras fue peor que la Purga, la cual Polyakov había visto cuando era adolescente. En los años treinta el golpe en la puerta vino para los miembros del partido… aquéllos con ambiciones incorrectas. Pero *todos* estaban en peligro durante la Purga Wild Card.

Aun aquéllos en el Kremlin. Aun aquéllos en los más altos niveles.

—Conocí a alguien como usted, Mólniya. Yo trabajaba para él, no muy lejos de aquí, por cierto.

Por vez primera Mólniya bajó la guardia. Estaba genuinamente intrigado.

—¿Es cierta la leyenda?

—¿Cuál leyenda? ¿Que el camarada Stalin era un joker y murió con una estaca clavada en el corazón? ¿O que fue Lysenko quien resultó afectado? –Polyakov pudo decir que Mólniya los conocía a todos–. ¡Debo decir que me sorprende la idea de que tales invenciones circulen entre oficiales de inteligencia militar!

—Estaba pensando en la leyenda según la cual no quedó nada de Stalin para enterrar… que el cuerpo exhibido en el funeral fue preparado por los mismos genios que conservaron el de Lenin.

Muy cerca, pensó Polyakov. ¿Qué sabía Mólniya?

—Usted es un héroe de guerra, Mólniya. Sin embargo, huyó de ese edificio en Berlín como un soldado raso. ¿Por qué?

Éste era otro de los antiguos trucos, la súbita transición de regreso a asuntos más inmediatos.

Mientras Mólniya respondía que honestamente no recordaba haber huido, Polyakov le dio la vuelta a la mesa y, acercando su silla, se sentó junto a él. Estaban tan cerca que Polyakov podía oler el jabón y, debajo de él, el sudor... y algo que podría ser ozono.

—¿Puede usted saber cuando alguien es un as?

Finalmente Mólniya se estaba poniendo nervioso.

—No sin una demostración... no.

Polyakov bajó la voz y clavó un dedo en la medalla de héroe en el pecho de Mólniya.

—¿Qué piensa ahora?

El rostro de Mólniya se sonrojó y se formaron lágrimas en sus ojos. Retiró con su mano enguantada la mano de Polyakov de un jalón. Tan sólo duró un instante.

—¡Me estaba quemando!

—En segundos, sí. Carne quemada.

—Es usted –había tanta fascinación (después de todo, tenían mucho en común) como miedo en el rostro de Mólniya.

—Ésa era otra leyenda, el segundo as. Pero se suponía que pertenecía a la alta jerarquía del partido, a la gente de Brézhnev.

Polyakov se encogió de hombros.

—El segundo as no le pertenece a nadie. Es muy cuidadoso con respecto a eso. Su lealtad es a la Unión Soviética, a los ideales soviéticos y a la realidad potencial, no a la lamentable realidad –permaneció cerca de Mólniya–. Y ahora conoce mi secreto. De un as a otro... ¿Qué tiene que decirme?

Era bueno dejar el Acuario. Años de odio institucional habían impregnado el lugar de una barrera casi física –como una carga eléctrica que repelía a todos los enemigos, especialmente a la KGB.

Polyakov debería sentirse eufórico: había obtenido información muy importante de Mólniya. Aun el mismo Mólniya no sabía qué tan importante. Nadie sabía por qué el secuestro de Hartmann había fracasado, pero lo que le había sucedido a Mólniya podía explicarse mejor por la presencia de un as escondido, uno con el poder de controlar las acciones de otros hombres. Mólniya no podía saber, por supuesto, que algo muy parecido había sucedido en Siria. Pero Polyakov había visto ese reporte. Polyakov temía conocer la respuesta.

El hombre que bien podría ser el próximo presidente de Estados Unidos era un as.

II

—El presidente lo verá ahora.

Para sorpresa de Polyakov la recepcionista era una joven de belleza extraordinaria, una rubia sacada de una película norteamericana. Ya no estaba Seregin, el viejo portero de Andropov, un hombre con la apariencia física de un hacha –bastante apropiada– y una personalidad que hacía juego con ella. Seregin era perfectamente capaz de dejar que un miembro del Politburó esperara una eternidad en esta oficina exterior, o si era necesario, expulsar físicamente a alguien lo suficientemente tonto para hacer una visita inesperada al presidente del Comité de la Seguridad del Estado, el jefe de la KGB.

Polyakov imaginó que esta mujer de movimientos elegantes era potencialmente tan letal como Seregin; sin embargo, la idea le pareció absurda. Un intento de poner una sonrisa en el rostro del tigre. Conozcan a su nuevo, solícito Kremlin. ¡La KGB amigable de hoy!

Seregin ya no estaba. Pero igualmente, tampoco estaba Andropov. Y el mismo Polyakov ya no era bienvenido en el piso superior… no sin la invitación del presidente.

El presidente se levantó de su escritorio para besarlo, interrumpiendo el saludo de Polyakov.

—Georgy Vladimirovich, qué gusto verlo –lo dirigió hacia un sofá: otra nueva adición, un rincón para conversar en la otrora espartana oficina–. No se le ve a menudo por estos lugares –*Porque usted así lo ha decidido*, quería decir Polyakov.

—Mis obligaciones me han mantenido lejos.

—Por supuesto. Los rigores del trabajo de campo –el presidente, quien como la mayoría de los jefes de la KGB desde los tiempos de Stalin era en esencia un político designado por el partido, había servido a la KGB como soplón, *stukach,* no como operativo o analista. En esto era el líder perfecto de una organización integrada por un millón de *stukachi*–. Cuénteme su visita al Acuario.

Rápidamente a los negocios. Otro signo del estilo de Gorbachov. Polyakov fue minucioso hasta el punto del tedio en su repetición del interrogatorio, con una omisión importante. Contaba con la famosa impaciencia del presidente y no se decepcionó.

—Esos detalles operativos están bastante bien, Georgy Vladimirovich, pero se desperdician en los pobres burócratas, ¿hmm? –una sonrisa de autodevaluación–. ¿La GRU le dio su cooperación total y completa, como indicó el secretario general?

—Sí... es una lástima –dijo Polyakov, ganándose la igualmente famosa risa del presidente.

—¿Tiene suficiente información para salvar nuestras operaciones europeas?

—Sí.

—¿Cómo procederá? Entiendo que las redes alemanas están regresando. Cada día Aeroflot trae a varios de nuestros agentes de regreso.

—Aquéllos no sujetos a juicio en Occidente, así es –dijo Polyakov–. Berlín es un erial para nosotros ahora. La mayor parte de Alemania es estéril y lo será durante años.

—Cartago.

—Pero tenemos otros activos. Activos encubiertos que no han sido utilizados en años. Propongo que activemos uno conocido como el Danzante.

El presidente sacó un bolígrafo e hizo una nota para que le trajeran el archivo del Danzante del registro. Asintió.

—¿Cuánto tiempo llevará esta... recuperación, en su estimación honesta?

—Al menos dos años.

La mirada del presidente se desvió.

—Lo cual me lleva a una pregunta personal –insistió Polyakov–. Mi retiro.

—Sí, su retiro –el presidente suspiró–. Creo que el único camino es incluir a Yurchenko en esto tan pronto como sea posible, ya que él será el que terminará el trabajo.

—A menos que posponga mi retiro –Polyakov había mencionado

lo indecible. Miró al presidente hacer una búsqueda inhabitual de una respuesta no programada.

—Bien. Eso sería un problema, ¿o no? Todos los documentos se han firmado. La promoción de Yurchenko ya está aprobada. Usted será promovido a general y recibirá su tercera medalla de héroe. Estamos preparados para anunciarla en la asamblea en pleno del próximo mes —el funcionario se inclinó hacia delante—. ¿Es por dinero, Georgy Vladimirovich? No debería mencionar esto, pero a menudo existe un bono de pensión por... servicios extremadamente valiosos.

No iba a funcionar. El presidente podía ser un mercenario político, pero no carecía de habilidades. Le habían ordenado limpiar la casa en la KGB y eso haría. En este momento temía más a Gorbachov que a un espía enemigo.

Polyakov suspiró.

—Sólo quiero terminar mi trabajo. Si ése no es el... deseo del partido, me retiraré como acordamos.

El presidente había anticipado una lucha y se sintió aliviado al ganar tan rápidamente.

—Comprendo lo difícil de su situación, Georgy Vladimirovich. Todos conocemos su tenacidad. No tenemos suficientes elementos como usted. Pero Yurchenko es capaz. Después de todo... usted lo entrenó.

—Le informaré.

—Le diré algo —dijo el presidente—. Su retiro no entra en vigor hasta fines de agosto.

—Mi sexagésimo tercer cumpleaños.

—No veo ninguna razón por la que debamos privarnos de sus talentos antes de esa fecha —el presidente estaba escribiendo notas para sí mismo de nuevo—. Esto es altamente inusual, como usted sabe, pero ¿por qué no va con Yurchenko? ¿Hmm? ¿Dónde está este Danzante?

—En Francia, por el momento, o en Inglaterra.

El presidente estaba satisfecho.

—Estoy seguro de que podríamos pensar en peores lugares para un viaje de negocios —escribió otra nota con su bolígrafo—. Lo autorizaré a acompañar a Yurchenko... para ayudar en la transición —una encantadora frase burocrática.

—Gracias.

—Tonterías, se lo ha ganado –el presidente se levantó y se dirigió al aparador. Eso, al menos, no había cambiado. Sacó una botella de vodka que estaba casi vacía, sirvió dos vasos llenos y terminó con ella–. Un brindis prohibido: ¡por el final de una era!

Y bebieron.

El presidente se sentó de nuevo.

—¿Qué sucederá con Mólniya? Sin importar cómo echó a perder todo en Berlín, es demasiado valioso para desperdiciarlo en ese horrible horno que tienen ellos.

—Está enseñando tácticas ahora, aquí en Moscú. Cuando sea oportuno, si es bueno, puede que lo dejen regresar al trabajo de campo.

El presidente se estremeció visiblemente.

—¡Qué desastre! –su sonrisa restirada mostraba un par de dientes de acero–. ¡Que un wild card trabaje para ti! Me pregunto, ¿puede dormir uno en esas condiciones?

Polyakov vació su vaso.

—Yo no.

III

A Polyakov le encantaban los periódicos ingleses. *The Sun*... *The Mirror*... *The Globe*... con sus estridentes titulares de ocho columnas sobre las últimas peleas de la realeza y sus mujeres desnudas, eran pan y circo, todo en uno. Un miembro del parlamento era enjuiciado por contratar una prostituta por cincuenta libras y después, en las palabras típicamente restringidas de *The Sun*, «¡No sacó provecho a su dinero!» («Todo acabó tan *rápido*», alega la mujerzuela). ¿Cuál era el mayor pecado para estos periodistas?, se preguntó Polyakov.

Un diminuto balazo en esa misma primera plana mencionaba que la gira de ases había llegado a Londres.

Quizás el afecto de Polyakov por los periódicos derivaba de su apreciación profesional. Cada vez que estaba en Occidente, su historia o cubierta era la de un corresponsal de Tass, lo cual había requerido que dominara suficientes habilidades periodísticas rudimentarias para pasar como tal, aunque la mayoría de los reporteros occidentales que conocía asumían que era un espía. Nunca había aprendido a escribir bien –ciertamente no con la ebria elocuencia de sus colegas de la calle Fleet–, pero tenía una gran tolerancia a la bebida y podía reconocer una historia.

En ese nivel, al menos, el periodismo y la inteligencia no eran mutuamente excluyentes.

Por desgracia, los antiguos lugares favoritos de Polyakov no eran apropiados para un encuentro con el Danzante. El que cualquiera de ellos fuera reconocido sería desastroso para ambos. Ellos no podían, de hecho, usar un sitio público de ningún tipo.

Para empeorar las cosas, el Danzante era un agente incontrolable: un «activo cooperativo», por usar la jerga cada vez más insulsa del Centro de Moscú. Polyakov no lo había visto en más de veinte años, y eso había sido un encuentro accidental seguido de aún más años de separación. No había señales preestablecidas, entregas de mensajes, intermediarios, canales que le informaran al Danzante que Polyakov había venido por él.

Aunque la notoriedad del Danzante hacía que ciertos tipos de contacto fueran imposibles, hacía el trabajo de Polyakov más sencillo en un sentido: si quería saber cómo encontrar a este activo en particular, todo lo que tenía que hacer era tomar un periódico.

Su asistente, y futuro sucesor, Yurchenko, estaba ocupado congraciándose con el *rezident* de Londres; ambos hombres mostraban sólo un interés pasajero en las idas y venidas de Polyakov, bromeando que su amigo a punto de retirarse estaba pasando su tiempo con las prostitutas de King's Cross:

—Sólo asegúrese de no terminar en los periódicos, Georgy Vladimirovich –había bromeado Yurchenko–. ¡Si lo hace… al menos aproveche su dinero! –ya que tal comportamiento por parte de Polyakov no carecía de precedentes. Bueno… él nunca se había casado. Y años en Alemania, en particular en Hamburgo, le habían desarrollado el gusto por boquitas jóvenes a precios accesibles. También era bastante cierto que la KGB no confiaba en un agente que no poseyera una debilidad notable. Un vicio era tolerado, mientras fuera uno de los controlables –alcohol, dinero o mujeres– en lugar de, digamos, la religión. Un dinosaurio como Polyakov –¡que había trabajado para Beria, por Dios!– que había desarrollado el gusto por el amor... bueno, eso se consideraba libertino, incluso encantador.

Desde la oficina de Tass cerca de la calle Fleet, Polyakov fue solo al Grosvenor House Hotel, en uno de los famosos taxis negros ingleses –éste de hecho pertenecía a la embajada– por Park Lane a Knightsbridge y de ahí a Kensington Road. Era temprano en un día laboral y el taxi se arrastraba por un mar de vehículos y humanidad. El sol estaba en lo alto, quemando la bruma matutina. Iba a ser un hermoso día primaveral londinense.

En Grosvenor House, Polyakov tuvo que convencer a un grupo de agentes de la policía secreta bastante obvios para que lo dejaran pasar, mientras advertía la presencia de otros agentes más discretos. Le permitieron llegar hasta la estación del conserje, donde encontró, para su molestia, a otra joven en lugar del acostumbrado vigilante viejo. Esta chica incluso se parecía a la nueva recepcionista del presidente.

—¿El teléfono interno me conectará con los pisos donde se queda la gira de ases?

La conserje frunció el ceño y formuló una respuesta. Claramente la presencia de la gira aquí no era del conocimiento común, pero Polyakov se adelantó a sus preguntas, de la misma manera que había logrado pasar a los guardias, al presentar sus credenciales de prensa. Ella las examinó –eran genuinas de todos modos– y lo guio a los teléfonos.

—Es posible que ellos no contesten a esta hora, pero estas líneas son directas.

—Gracias –esperó hasta que ella se hubo retirado, después pidió a la operadora que llamara al número de habitación que uno de los empleados de servicio de la embajada ya le había facilitado.

—¿Sí? –Polyakov no había esperado que la voz cambiara; sin embargo, se sorprendió de que no lo hubiera hecho.

—Ha pasado mucho tiempo... Danzante.

Polyakov no se sorprendió por el largo silencio en el otro extremo.

—Eres tú, ¿no es así?

Se sintió satisfecho. El Danzante retenía suficiente conocimiento de las técnicas usadas en inteligencia para que la conversación telefónica permaneciera insulsa.

—¿No te prometí que te visitaría algún día?

—¿Qué quieres?

—Que nos reunamos, ¿qué más? Para verte.

—Éste definitivamente no es el lugar…

—Hay un taxi esperando en la puerta. Es fácil detectarlo. Es el único por el momento.

—Bajaré en unos minutos.

Polyakov colgó y se apresuró a llegar al taxi, sin olvidar asentir en dirección a la conserje de nuevo.

—¿Tuvo suerte?

—La suficiente. Gracias.

Se deslizó hacia el interior del taxi y cerró la puerta. Su corazón latía con fuerza. *Dios mío*, pensó, *¡soy como un adolescente esperando a una chica!*

Tras una breve espera la puerta se abrió. Inmediatamente Polyakov se sintió inundado por la esencia del Danzante. Tendió su mano al estilo occidental.

—Doctor Tachyon, supongo.

El conductor era un joven uzbeko de la embajada cuya especialidad profesional era el análisis económico, pero cuya mayor virtud era su habilidad para mantener la boca cerrada. Su total falta de interés en las actividades de Polyakov y el reto de navegar por las concurridas calles de Londres les permitieron a Polyakov y a Tachyon algo de privacidad.

El wild card de Polyakov no tenía rostro, así que nunca se sospechó que tuviera un as o un joker. Eso, y el hecho de que sólo había usado sus poderes en dos ocasiones.

La primera vez fue durante el largo y brutal invierno de 1946-1947, el invierno siguiente a la liberación del virus. Polyakov era un teniente de grado superior entonces, y había pasado la Gran Guerra Patriótica como un *zampolit*, u oficial político, en las fábricas de municiones en los Urales. Cuando los nazis se rindieron, el Centro de Moscú lo asignó a las fuerzas de contrainsurgencia que luchaban contra los nacionalistas ucranianos –los «hombres de los bosques» que habían peleado con los nazis y no tenían intenciones de rendirse (de hecho continuaron luchando hasta 1952).

El jefe de Polyakov ahí era un matón llamado Suvin, quien confesó borracho una noche que había sido verdugo en la Lubiyanka durante la Purga. Suvin había desarrollado un gusto real por la tortura; Polyakov se preguntó si ésa era la única respuesta posible a un trabajo que diariamente requería que uno le disparara a un compañero miembro del partido en la nuca. Una noche Polyakov trajo a un adolescente ucraniano para interrogarlo. Suvin había bebido y le sacó la confesión a punta de golpes al chico, lo cual era una pérdida de tiempo: éste ya había confesado el robo de alimentos. Pero Suvin quería relacionarlo con los rebeldes.

Polyakov recordaba, mayormente, que esa noche se encontraba exhausto. Como todos en la Unión Soviética ese año, incluyendo a aquéllos en los más altos niveles, pasaba hambre a menudo. Fue el cansancio, pensaba avergonzado ahora, no la compasión humana, lo que lo hizo lanzarse contra Suvin y arrojarlo a un lado. Suvin se volvió hacia él y lucharon. Desde debajo del otro hombre, Polyakov se las arregló para colocar las manos en su garganta. No existía la posibilidad de ahorcarlo... sin embargo, Suvin repentinamente se puso rojo –peligrosamente rojo– y literalmente estalló en llamas.

El joven prisionero estaba inconsciente y no se enteró de nada. Ya que las bajas en la zona de guerra eran atribuidas de manera rutinaria a la acción enemiga, el bravucón de Suvin fue reportado oficialmente como muerto de «manera heroica» de «trauma torácico extremo» y «quemaduras» –un eufemismo para no reconocer que ardió en llamas hasta convertirse en cenizas. El incidente aterrorizó a Polyakov. Al principio ni siquiera se dio cuenta de lo que había sucedido; la información acerca del virus wild card era restringida. Pero eventualmente se dio cuenta de que tenía un poder... que era un as. Y juró nunca usar el poder de nuevo.

Sólo había roto esa promesa una vez.

Para el otoño de 1955, Georgy Vladimirovich Polyakov, que ya había ascendido a capitán, fingía ser un joven reportero del Tass en

Berlín Occidental. Los ases y los jokers aparecían mucho en las noticias en esos días. Los periodistas del Tass monitoreaban las audiencias de Washington con horror, pues a algunos de ellos les recordaba la Purga —y por supuesto, con placer. ¡Los poderosos ases norteamericanos eran neutralizados por sus propios compatriotas!

Era sabido que algunos ases y su titiritero taquisiano (como lo describía *Pravda*) habían huido de Estados Unidos tras las primeras audiencias del HUAC. Se convirtieron en objetivos de alta prioridad para el Octavo Directorado, el departamento de la KGB responsable de Europa Occidental. Tachyon en particular era un objetivo personal para Polyakov. Quizás el taquisiano tenía alguna pista en cuanto al secreto del virus wild card… algo que lo explicara… algo que lo hiciera desaparecer. Cuando escuchó que el taquisiano estaba en las zonas bajas de Hamburgo, se dirigió inmediatamente hacia allá.

Como Polyakov había realizado viajes previos de «investigación» al distrito de la zona roja de Hamburgo, sabía cuáles burdeles era probable que atendieran a un cliente tan inusual como Tachyon. Encontró al extraterrestre en el tercer establecimiento. Era casi el amanecer; el taquisiano estaba ebrio, desmayado y sin dinero. Tachyon debería estar agradecido: los alemanes tenían poca simpatía por los indigentes ebrios, y los dueños de los prostíbulos de Hamburgo mucha menos aún. Tachyon habría corrido con suerte si lo hubieran arrojado en el canal… con vida.

Polyakov lo había llevado a una casa de seguridad en Berlín Oriental, donde, tras una larga discusión entre los *rezidenti*, se le abasteció de cantidades controladas de alcohol y mujeres mientras recuperaba lentamente la salud… y mientras Polyakov y al menos una docena de colegas lo interrogaban. Incluso el mismo Shelepin se tomó un tiempo libre de sus intrigas en Moscú para hacerle una visita.

En tres semanas resultó evidente que a Tachyon no le quedaba nada más que ofrecer. Lo más probable, sospechó Polyakov, era que el taquisiano hubiera recuperado suficiente fuerza para soportar cualquier interrogatorio. Sin embargo, les había proporcionado tanta información sobre los ases norteamericanos, la historia y la ciencia taquisianas y sobre el virus wild card mismo, que Polyakov en parte esperaba que sus superiores le otorgaran al extraterrestre una medalla y una pensión.

Hicieron prácticamente eso. Como los ingenieros alemanes de cohetes capturados tras la guerra, el destino final de Tachyon consistió en que lo repatriaran discretamente... en este caso a Berlín Occidental. Transfirieron a Polyakov a la residencia de ilegales en esa ciudad al mismo tiempo, con la esperanza de lograr contactos adicionales con el extraterrestre y permitir que ambos hombres entraran de manera simultánea a la ciudad. Por lo sucedido en Berlín Oriental, nunca serían amigos. Pero debido al tiempo compartido en el sector occidental, nunca podrían ser enemigos totales.

—En cuarenta años en este mundo he aprendido a alterar mis expectativas cada día —le dijo Tachyon—. Honestamente creí que estabas muerto.

—Lo estaré dentro de poco —dijo Polyakov—. Pero tú te ves mejor ahora a comparación de como te veías en Berlín. Los años en verdad pasan lentamente por los de tu especie.

—Demasiado lentamente a veces —viajaron en silencio por un rato, fingían disfrutar del paisaje mientras ordenaban sus ideas sobre el otro.

—¿Por qué estás aquí? —preguntó Tachyon.

—Para cobrar una deuda.

Tachyon asintió ligeramente, un gesto que mostraba cuán absolutamente integrado se había vuelto.

—Eso pensé.

—Sabías que sucedería algún día.

—¡Por supuesto! ¡Por favor no me malinterpretes! Mi gente honra sus compromisos. Tú me salvaste la vida. Tienes derecho a cualquier cosa que pueda darte —entonces sonrió forzadamente—. Esta única vez.

—¿Qué tan cercano eres al senador Gregg Hartmann?

—Es un miembro de alto rango de esta gira, así que he tenido algo de contacto con él. No mucho últimamente, tras ese terrible asunto en Berlín.

—¿Qué opinas de él... como hombre?

—No lo conozco lo suficientemente bien para juzgarlo. Es un político, y por regla general yo los desprecio. En ese sentido, me parece de lo mejor entre un grupo de lo peor. Parece ser genuino en su apoyo a los jokers, por ejemplo. Esto probablemente no sea un problema en tu país, pero es un tema muy sensible en Norteamérica, tanto como el derecho al aborto –hizo una pausa–. Dudo mucho que él sea susceptible a ningún tipo de acuerdo, si eso es lo que preguntas.

—Veo que te ha dado por leer novelas de espías –dijo Polyakov–. Estoy más interesado en... llamémoslo un análisis político. ¿Es posible que llegue a ser presidente de Estados Unidos?

—Muy posible. Reagan está paralizado por la crisis actual y no es, a mi juicio, un hombre en buen estado de salud. No tiene un sucesor obvio, y la economía norteamericana podría empeorar antes de la elección.

La primera pieza del rompecabezas: hay un político norteamericano que ha dejado a su paso una serie de muertes misteriosas, dignas de Beria o Stalin. La segunda: el mismo político es secuestrado –ni más ni menos que en dos ocasiones. Y escapa bajo circunstancias misteriosas en ambas ocasiones.

—Los demócratas tienen varios candidatos, ninguno desprovisto de debilidades. Hart se eliminará solo. Biden, Dukakis, cualquiera de los otros podría desaparecer mañana. Si Hartmann puede reunir una organización robusta, y si realiza un adecuado arranque de su campaña, podría ganar.

Un informe reciente de Moscú había predicho que Dole sería el siguiente presidente de Estados Unidos. Los estrategas en el American Institute ya estaban creando un perfil psicológico experto del senador de Kansas. Pero éstos eran los mismos analistas que predijeron que Ford vencería a Carter y que Carter vencería a Reagan. Basado en el principio de que los eventos nunca resultan como dicen los expertos, Polyakov se inclinaba a creerle a Tachyon.

Incluso la probabilidad de que Hartmann llegara a la presidencia era importante...¡si en realidad era un as! Debía vigilarlo, incluso detenerlo de ser necesario, pero el Centro de Moscú nunca autorizaría esa medida.

El conductor, según se lo indicaron previamente, se encaminó de regreso hacia Grosvenor House. El resto del viaje transcurrió mientras recordaban las dos Berlines y su estancia en Hamburgo.

—No estás satisfecho, ¿verdad? –dijo Tachyon–. Deseabas más de mí que un análisis político superficial.

—Tú sabes la respuesta a eso.

—No tengo documentos secretos que pudiera compartir contigo. Tampoco paso suficientemente inadvertido para trabajar como espía.

—Tienes poderes, Tachyon.

—¡Y limitaciones! Sabes lo que haré y lo que no haré.

—¡No soy tu enemigo, Tachyon! Soy el único que recuerda tu deuda, y en agosto me retiraré. En este punto soy tan sólo un viejo que intenta juntar las piezas de un rompecabezas.

—Entonces háblame de ese rompecabezas.

—Sabes que no puedo hacerlo.

—¿Entonces cómo puedo ayudarte?

Polyakov no respondió.

—Temes que por el simple hecho de hacerme una pregunta directa, yo pueda saber demasiado sobre tus intenciones. ¡Eres como todos los rusos!

Por un momento Polyakov deseó tener un poder wild card que le permitiera leer las mentes. Tachyon tenía muchas características humanas, pero seguía siendo un taquisiano… Y ni siquiera todos los años de entrenamiento de Polyakov le ayudaban a concluir si el extraterrestre estaba mintiendo o no. ¿Debía confiar en el honor taquisiano?

El taxi se detuvo junto a la banqueta y el conductor abrió la puerta. Pero Tachyon no se bajó.

—¿Qué va a ser de ti?

Sí, ¿qué será de mí?, pensó Polyakov.

—Me convertiré en un respetable jubilado, como Jrushchov, acostumbrado a saltarme las filas; pasaré mis días leyendo y reviviendo mis aventuras junto a una botella de vodka ante personas que no las creerán.

Tachyon dudó.

—Por años te he odiado… no por explotar mi debilidad, sino por salvar mi vida. Yo estaba en Hamburgo porque deseaba morir. Pero ahora, finalmente, tengo algo por qué vivir… es algo muy reciente. Así que te estoy agradecido, ¿sabes?

Entonces salió del taxi y cerró la puerta con fuerza.

—Te veré de nuevo –dijo, con la esperanza de una negativa.

—Sí –dijo Polyakov–, así será –el conductor se alejó. Desde el espejo retrovisor Polyakov observó que el taquisiano los miró alejarse antes de entrar al hotel.

Sin duda se preguntaba dónde y cuándo aparecería Polyakov de nuevo. Polyakov se lo preguntó también. Estaba completamente solo… ridiculizado por sus colegas, descartado por el partido, leal a viejos ideales que apenas podía recordar. Como el pobre Mólniya en cierta forma, enviado a alguna misión mal encauzada y luego abandonado.

El destino de un as soviético es ser traicionado.

◆

Estaba programado para permanecer en Londres por varias semanas más, pero si ya no podía obtener información útil de una fuente relativamente cooperadora como el Danzante, no tenía sentido quedarse. Esa noche empacó para regresar a Moscú y a su retiro. Tras una cena en la que su único acompañante fue una botella de Stolichnaya, Polyakov dejó el hotel para dar un paseo por la calle Sloane, frente a las boutiques de moda. ¿Cómo les decían a las jóvenes que hacían sus compras aquí? Sí, Sloane Rangers. Las Rangers, a juzgar por los especímenes aislados que se apresuraban a llegar a casa a esta hora, o por los extraños maniquíes en los escaparates, eran criaturas delgadas, espectrales. Demasiado frágiles para Polyakov.

En cualquier caso, su destino final… su despedida de Londres y el Occidente… era King's Cross, donde las mujeres eran más sustanciales.

Al llegar a Pont Street, sin embargo, advirtió que lo seguía un taxi negro fuera de servicio. Por unos instantes pensó que podrían ser ladrones: agentes renegados norteamericanos, terroristas de la Luz de Alá, incluso matones ingleses… hasta que leyó, en el reflejo de un escaparate, el número de matrícula de un vehículo perteneciente a la embajada soviética. Un examen más detallado reveló que el conductor era Yurchenko.

Polyakov dejó de lado sus estrategias evasivas y simplemente se acercó al coche. En la parte trasera había un hombre que no conoció.

—Georgy Vladimirovich –gritó Yurchenko–, ¡entra!

—No hay necesidad de gritar –dijo Polyakov–. Llamarás la atención –Yurchenko era uno de esos jóvenes refinados para quienes el uso de las técnicas de inteligencia resultaba tan sencillo que, a menos que se le recordara a menudo, descuidaba su uso.

Tan pronto como Polyakov subió al asiento delantero, el auto se metió en el tráfico. Era bastante obvio que tomarían un paseo.

—Pensamos que te habíamos perdido –dijo Yurchenko amablemente.

—¿De qué se trata todo esto? –dijo Polyakov. Señaló al hombre callado en el asiento trasero–. ¿Quién es tu amigo?

—Éste es Dolgov de la GRU. Me ha traído noticias preocupantes.

Por primera vez en años Polyakov sintió verdadero temor. ¿Así sería su retiro? ¿Una muerte «accidental» en un país extranjero?

—No me mantengas en suspenso, Yurchenko. La última vez que lo comprobé, todavía era tu jefe.

Yurchenko no pudo mirarlo.

—El taquisiano es un agente doble. Trabaja para los norteamericanos y lo ha estado haciendo durante treinta años.

Polyakov se volvió hacia el hombre de la GRU.

—Así que por fin la GRU está compartiendo su preciada información. Qué día tan maravilloso para la Unión Soviética. Supongo que deben sospechar que yo soy un agente.

El hombre de la GRU habló por primera vez.

—¿Qué le dio el taquisiano?

—No voy a hablar con usted. Lo que mis agentes me den es asunto de la KGB.

—La GRU le informará de la situación, entonces: Tachyon tiene un nieto llamado Blaise, al cual encontró en París el mes pasado. Blaise es un nuevo tipo de as… potencialmente el más poderoso y peligroso del mundo. Y nos lo arrebataron de las manos para llevarlo a Norteamérica.

El auto cruzaba Lambeth Bridge, se dirigía hacia un distrito industrial gris y deprimente, una ubicación perfecta para una casa de seguridad… el escenario perfecto para una ejecución.

¡Tachyon tenía un nieto con poderes! Imaginen que este niño entrara en contacto con Hartmann: el potencial era espeluznante. La vida en un mundo amenazado por la destrucción nuclear era segura en comparación con una vida dominada por un Ronald Reagan que tuviera el wild card. ¿Cómo pudo ser tan estúpido?

—No lo sabía –reconoció–. El Danzante no era un agente activo. No había razón para tenerlo bajo vigilancia.

—Pero sí la había –insistió Dolgov–. ¡Para empezar, es un maldito extraterrestre! ¡Y si su presencia en la gira misma no fuera suficiente, recuerde lo que ocurrió en París!

Era fácil para la GRU espiar a alguien en París: la embajada ahí estaba llena de sus agentes. Por supuesto, el sistema hermano no se había molestado en pasar su información vital a la KGB. ¡Polyakov hubiera actuado de manera diferente con Mólniya si hubiera sabido de Blaise!

Ahora necesitaba tiempo para pensar. Se dio cuenta de que estaba conteniendo la respiración. Un mal hábito.

—Esto es serio. Obviamente debimos trabajar juntos. Estoy preparado para hacer lo que pueda…

—¿Entonces por qué empacaste? –lo interrumpió Yurchenko, el cual sonaba genuinamente angustiado.

—¿Me has estado vigilando? –miró primero a Yurchenko y luego a Dolgov–. ¡Dios mío, realmente pensaron que iba a desertar!

Polyakov se volvió de lado y su mano rozó a Yurchenko y éste retrocedió como si le hubieran dado un manotazo. Pero Polyakov no lo soltó. El taxi golpeó de refilón un auto estacionado y derrapó al regresar al tráfico en el momento en que Polyakov vio que los ojos de Yurchenko se ponían en blanco… el calor ya había hecho hervir su cerebro.

Dolgov se lanzó hacia el asiento delantero, intentó sujetar el volante y se las arregló para maniobrar hasta chocar contra otro auto estacionado, y por fin se detuvieron. Polyakov se había preparado para el impacto, el cual arrojó el cuerpo humeante de Yurchenko lejos de él… y lo liberó para intentar alcanzar a Dolgov, quien cometió el error de sujetarlo a su vez.

Por un instante el rostro de Dolgov fue el rostro del Gran Líder… el Benevolente Padre del Pueblo Soviético… él mismo convertido en un joker asesino. Polyakov era tan sólo un joven mensajero que llevaba mensajes entre el Kremlin y la casa de campo de Stalin: no era un asesino. Nunca había tenido la intención de serlo. Pero Stalin ya había ordenado la ejecución de todos los wild cards.

Si era su destino cargar con este poder, también debía ser su destino usarlo. Así como había eliminado a Stalin, también eliminó a Dolgov. No le permitió al hombre decir una sola palabra, ni siquiera el gesto final de desafío, mientras lo quemaba hasta matarlo.

El impacto había atascado las dos puertas delanteras, así que Polyakov comprendió que debería arrastrarse para salir por la parte trasera. Antes de hacerlo retiró el silenciador y el pesado revólver de servicio que portaba Dolgov... el arma que planeaba presionar contra la nuca de Polyakov. Polyakov disparó una descarga al aire, y después puso el revólver de vuelta a donde Dolgov lo cargaba. Scotland Yard y la GRU podían pensar lo que quisieran... otro asesinato sin resolver con los asesinos mismos convertidos en víctimas de un desafortunado accidente.

El fuego de los dos cuerpos alcanzó el pequeño derrame de gasolina que surgió después del choque... El crematorio no le molestaría en lo absoluto a Dolgov.

Polyakov sabía que debía marcharse, pues la explosión y las llamas atraerían la atención.... sin embargo, había algo atractivo en las llamas. Como si un viejo y cumplido coronel de la KGB estuviera muriendo también, para renacer como un superhéroe, el único as soviético verdadero...

No estaría mal crear su propia leyenda.

IV

Había muchos letreros en ruso en la terminal de British Airways en el Aeropuerto Internacional Robert Tomlin, colocados allí por miembros de la Ayuda Judía, que tenía su sede en la cercana Brighton Beach. Para los judíos que se las arreglaban para emigrar desde el bloque del Este, aun para aquellos que soñaban con eventualmente establecerse en Palestina, ésta era su isla de Ellis.

Entre los que desembarcaban este día de mayo se encontraba un hombre fornido, de poco más de sesenta años, vestido como un típico emigrante de clase media, con una camisa café abotonada hasta el cuello y una chaqueta gris muy gastada. Una mujer de Ayuda se adelantó para ayudarlo.

—*Strasvitye s Soyuzom Statom* –dijo en ruso–, bienvenido a Estados Unidos.

—Gracias –respondió el hombre en inglés.

La mujer se alegró.

—Si ya habla el idioma, las cosas le resultarán muy fáciles aquí. ¿Puedo ayudarlo?

—No, sé lo que hago.

Afuera, en alguna parte de la ciudad, vivían el doctor Tachyon y su muy especial nieto, que no esperaba su próximo encuentro. Al sur, Washington y el senador Hartmann, un objetivo formidable. Pero Polyakov no trabajaría solo. Tan pronto como pasó a la clandestinidad en Inglaterra, se las arregló para contactar los restos destrozados de la red de Mólniya. La próxima semana Gimli se le uniría en Norteamérica…

Mientras esperaba que la aduana revisara su exiguo equipaje, Polyakov pudo ver por las ventanas que era un hermoso día de verano norteamericano.

Del *Diario de Xavier Desmond*

♣ ♦ ♠ ♥

27 de abril, en algún lugar sobre el Atlántico

LAS LUCES INTERIORES SE APAGARON HACE VARIAS HORAS, Y la mayoría de mis compañeros de viaje están dormidos desde hace mucho, pero el dolor me ha mantenido despierto. Me he tomado varias píldoras, y están ayudando, pero aun así no puedo dormir. Sin embargo, me siento extrañamente eufórico... casi sereno. El final de mi viaje está cerca, tanto en el sentido mayor como en el menor. He llegado lejos, sí, y por primera vez me siento bien al respecto.

Todavía nos queda una parada más: una breve estancia en Canadá, visitas torbellino a Montreal y Toronto, más una recepción gubernamental en Ottawa. Y luego a casa. El Aeropuerto Internacional Tomlin en Manhattan, Jokertown. Será bueno ver la Casa de los Horrores de nuevo.

Desearía decir que la gira ha logrado todo lo que nos propusimos hacer, pero difícilmente es el caso. Empezamos bien, quizá, pero la violencia en Siria, Alemania Occidental y Francia desbarataron nuestro sueño tácito de lograr que el público olvidara la matanza del Día Wild Card. Sólo puedo esperar que la mayoría se dé cuenta de que el terrorismo es una parte deprimente y desagradable del mundo en que vivimos, que existiría con o sin el wild card. El baño de sangre en Berlín fue instigado por un grupo que incluía jokers, ases y nats, y haríamos bien en recordar eso y en obligar al mundo a recordarlo. Atribuir esa matanza de manera exclusiva a Gimli y a sus patéticos seguidores, o a los dos ases fugitivos todavía buscados por la policía alemana, equivale a caer en las manos de hombres como

Leo Barnett y Nur al-Allah. Aun si los taquisianos nunca nos hubieran traído su maldición, al mundo no le faltarían hombres desesperados, locos y malvados.

Para mí, existe una triste ironía en el hecho de que fueron la valentía y la compasión de Gregg las que pusieron su vida en riesgo, y fue el odio lo que lo salvó, al hacer que sus captores se volvieran unos contra otros en ese holocausto fratricida.

En verdad, éste es un mundo extraño.

Ruego que hayamos visto la última aparición de Gimli, pero mientras tanto me puedo regocijar de que haya sido vencido. Después de Siria parece poco probable que alguien todavía pudiera dudar de la sangre fría de Gregg Hartmann cuando se encuentra bajo fuego, pero si ése fuera el caso, seguramente todos esos temores han sido enterrados firmemente en Berlín. Después de que la entrevista exclusiva de Sara Morgenstern fuera publicada en el *Post*, entiendo que Hartmann subió diez puntos en las encuestas. Está casi a la par con Hart ahora. La opinión a bordo del avión es que Gregg definitivamente va a presentar su candidatura.

Le dije esto a Digger allá en Dublín, frente a una Guinness y un poco de excelente pan de soda irlandés, y estuvo de acuerdo. De hecho, fue más allá y predijo que Hartmann obtendría la nominación. Yo no estaba tan seguro y le recordé que Gary Hart todavía parecía un obstáculo formidable, pero Downs sonrió de manera exasperantemente críptica, debajo de su nariz rota, y dijo:

—Sí, tengo el presentimiento de que Gary hará algo realmente estúpido y se irá al carajo, no me pregunte por qué.

Si mi salud lo permite, haré todo lo que pueda para convencer a Jokertown de que apoye la candidatura de Hartmann. No creo que sería el único. Después de las cosas que hemos visto tanto en casa como en el extranjero, es probable que un creciente número de ases y jokers prominentes apoyen al senador: Hiram Worchester, Peregrine, Mistral, el padre Calamar, Jack Braun… quizás incluso el doctor Tachyon, a pesar de su notorio desagrado por la política y los políticos.

A pesar del terrorismo y del derramamiento de sangre, creo que logramos algo bueno en este viaje. Sólo puedo esperar que nuestro reporte abra algunos ojos oficiales, y los reflectores de la prensa que han brillado sobre nosotros en todos lados hayan incrementado la conciencia pública sobre la situación apremiante en que viven los jokers en el Tercer Mundo.

En un nivel más personal, Jack Braun hizo mucho para redimirse e incluso sepultó su enemistad de treinta años con Tachyon; Peri se ve positivamente radiante en su embarazo, y nos las arreglamos, aunque tardíamente, para liberar al pobre Jeremiah Strauss de veinte años de cautiverio simiesco. Recuerdo a Strauss en los viejos tiempos, cuando Angela era la dueña de la Casa de los Horrores y yo era el gerente, así que le ofrecí una reservación siempre y cuando reanudara su carrera teatral como el Proyeccionista. Estaba agradecido, pero no se comprometió a hacerlo. No le envidio su periodo de ajuste. Para todos los efectos prácticos, es un viajero del tiempo.

Y el doctor Tachyon... bien, su nuevo corte de cabello punk es feo en extremo, todavía cuida su pierna herida, y a estas alturas el avión entero sabe de su disfunción sexual, pero nada de esto parece molestarlo desde que el joven Blaise se sumó a la comitiva en Francia. Tachyon ha sido evasivo en cuanto al niño en sus declaraciones públicas, pero por supuesto todos saben la verdad. Los años que pasó en París difícilmente son un secreto de Estado, y si el cabello del niño no fuera una pista suficiente, su poder de control mental anuncia a gritos su linaje.

Blaise es un niño extraño. Parecía un poco impresionado por los jokers cuando se nos unió al principio, especialmente por Chrysalis, cuya piel transparente lo fascinaba. Por otro lado, tiene toda la crueldad natural de un niño sin educación (y créanme, cualquier joker sabe lo cruel que puede ser un niño). Un día en Londres, Tachyon recibió una llamada telefónica y tuvo que marcharse algunas horas. Mientras no estaba, Blaise se aburrió, y para divertirse tomó el control de Mordecai Jones y lo obligó a subirse a una mesa y recitar «Soy una pequeña tetera», que Blaise acababa de aprender como parte de una lección de inglés. La mesa se derrumbó bajo el peso de Hammer, y no creo que sea probable que Jones olvide la humillación. Ya no le agrada mucho el doctor Tachyon.

Por supuesto, no todos recordarán esta gira con cariño. El viaje fue muy duro para muchos de nosotros, no hay manera de negarlo. Sara Morgenstern ha publicado varias historias importantes y ha hecho algunos de los mejores reportajes de su carrera; sin embargo, la mujer se vuelve más tensa y neurótica a cada día que pasa. En cuanto a sus colegas en la parte trasera del avión, Josh McCoy parece alternar entre estar locamente enamorado de Peregrine y absolutamente furioso con ella, y no puede ser fácil para él cuando todo el mundo sabe que no es el padre del bebé. Mientras tanto, el perfil de Digger nunca volverá a ser el mismo.

Downs es, cuando menos, tan incontenible como irresponsable. Tan sólo el otro día le decía a Tachyon que si obtenía una exclusiva de Blaise, tal vez podría mantener la impotencia de Tachyon fuera de la prensa. Esta táctica no fue bien recibida. Digger también ha estado muy unido con Chrysalis últimamente. Los escuché mientras tenían una conversación muy curiosa en un bar de Londres.

—Sé que lo es –decía Digger. Chrysalis le dijo que saberlo y probarlo eran dos cosas diferentes. Digger dijo algo sobre cómo *olían* diferente según él, cómo lo había sabido desde que se conocieron, y Chrysalis sólo rio y dijo que estaba bien, pero que los olores que nadie más podía detectar no eran muy buenos como prueba, y aun si lo fueran, tendría que revelar su propia identidad para hacerlo público. Todavía seguían en eso cuando salí del bar.

Creo que incluso Chrysalis estará encantada de regresar a Jokertown. Es evidente que ama a Inglaterra, pero dadas sus tendencias anglófilas, eso apenas fue una sorpresa. Hubo un momento tenso cuando fue presentada a Churchill durante una recepción, y él le preguntó bruscamente qué intentaba probar con su acento británico fingido. Es bastante difícil leer las expresiones en sus rasgos, pero por un momento estuve seguro de que iba a matar al viejo justo ahí frente a la reina, el primer ministro y una docena de ases británicos. Afortunadamente apretó los dientes y atribuyó la frase a la avanzada edad de lord Winston. Lo cual no es muy exacto: desde que éste era joven, nunca se limitó a la hora de expresar sus pensamientos.

Es probable que Hiram Worchester haya sufrido más en este viaje que cualquiera de nosotros. Cualquier reserva de fuerza que le quedara se acabó en Alemania, y desde entonces se le ve exhausto. Hizo añicos su asiento especial hecho a la medida cuando dejamos París –hubo algún tipo de error de cálculo con su control de gravedad, creo, pero nos retrasó casi tres horas mientras se hacían reparaciones. Su temperamento se ha desgastado también. Durante el asunto con el asiento, Billy Ray hizo demasiadas bromas sobre los gordos, hasta que Hiram perdió el control y se volvió en contra suya, blanco de ira, y lo llamó (entre otras cosas) un «incompetente» y «boca de alcantarilla». Eso fue todo lo que necesitó. Carnifex le dedicó esa sonrisita desagradable que tiene y le dijo:

—Por eso te patearé el trasero, gordo –y tuvo la intención de pararse de su asiento.

—No dije que pudieras pararte –le contestó Hiram; cerró el puño y triplicó el peso de Billy, luego de arrojarlo con fuerza sobre el cojín de su asiento. Billy luchó por pararse mientras Hiram lo hacía más y más pesado, y no sé dónde habría acabado todo si el doctor Tachyon no los hubiera puesto a los dos a dormir con su control mental.

No sé si sentirme molesto o divertido cuando veo a estos ases de fama mundial peleando como niños pequeños, pero Hiram al menos tiene la excusa de su mala salud. Se ve terrible actualmente: el rostro pálido, hinchado, sudoroso, sin aliento. Tiene una enorme costra horrible en el cuello, justo debajo de la línea del cuello de la camisa, y se la toquetea cuando cree que nadie lo ve. Yo le aconsejaría firmemente que buscara atención médica, pero está tan hosco últimamente que dudo que mi consejo sea bienvenido. Sus cortas visitas a Nueva York durante la gira siempre parecían hacerle mucho bien, a pesar de todo, así que sólo nos queda esperar que el regreso a casa le devuelva la salud y el ánimo.

Y finalmente, yo.

Observar y comentar la vida de mis compañeros de viaje y lo que han ganado o perdido es la parte fácil. Resumir mi propia experiencia es más difícil. Soy más viejo y, espero, más sabio que cuando dejamos el Aeropuerto Internacional Tomlin, y es indudable que estoy cinco meses más cerca de mi muerte.

Ya sea que este diario se publique o no después de mi fallecimiento, el señor Ackroyd me asegura que él personalmente entregará copias a mis nietos y hará todo lo que esté en su poder para asegurarse de que se lean. Así que tal vez es a ellos a quienes escriba estas últimas palabras concluyentes... para ellos, y para todos los que son como ellos...

Robert y Cassie: ustedes y yo nunca nos conocimos. La culpa de eso recae tanto en mí como en su madre y en su abuela. Si se preguntan por qué, recuerden lo que escribí sobre el odio hacia uno mismo y por favor comprendan que a pesar de todo no estaba exento de ello. No tengan una opinión adversa de mí… o de su madre o abuela. Joanna era demasiado joven para comprender lo que estaba sucediendo cuando su papi cambió, y en cuanto a Mary… nos amamos en algún momento, y no puedo irme a la tumba odiándola. La verdad es que, si nuestros roles se hubieran invertido, tal vez habría hecho lo mismo. No somos más que humanos, y hacemos lo mejor que podemos con las cartas que el destino nos repartió.

Su abuelo fue un joker, es cierto. Pero espero que mientras lean este libro se den cuenta de que él era algo más que eso, y que acaso logró unas cuantas cosas que se propuso, como defender a su gente, y que acaso hizo algún bien. La LADJ es mi modesto legado, pero me parece un monumento tan grande como las Pirámides, el Taj Mahal o la Tumba de Jetboy. Si consideramos todo el trabajo que eso implicó, quizá no lo he hecho tan mal. Dejaré atrás algunos amigos que me amaron, muchos recuerdos preciados, muchos asuntos sin terminar. Me he mojado un pie en el Ganges, escuché al Big Ben dar la hora y caminé por la Gran Muralla China. Vi nacer a mi hija y la sostuve en mis brazos, y he cenado con ases y estrellas televisivas, con presidentes y reyes.

Lo más importante: espero haber hecho del mundo un lugar un poco mejor por haber trabajado en ello. Y eso es lo más alto a lo que podría aspirar cualquiera de nosotros.

Háblenle de mí a sus hijos.

Mi nombre era Xavier Desmond y fui un hombre.

De *The New York Times*

♣ ♦ ♠ ♥

17 de julio de 1987

XAVIER DESMOND, EL FUNDADOR Y PRESIDENTE EMÉRITO DE la Liga Anti-Difamación Joker (LADJ) y líder de la comunidad de víctimas del virus wild card por más de dos décadas, falleció ayer en la Blythe van Rensselaer Memorial Clinic, tras una larga enfermedad.

Desmond, quien era popularmente conocido como «el alcalde de Jokertown», era el propietario de la Casa de los Horrores, un conocido local nocturno ubicado en Bowery. Inició sus actividades políticas en 1964, cuando fundó la LADJ para combatir los prejuicios contra las víctimas del wild card y para promover la educación de la comunidad sobre el virus y sus efectos. Con el tiempo, la LADJ llegó a ser la organización de los derechos jokers más grande y más influyente de la nación, y Desmond se convirtió en el portavoz joker más ampliamente respetado. Participó en los comités consultivos de varios alcaldes sucesivos y fungió como delegado en la reciente gira global patrocinada por la Organización Mundial de la Salud. Aunque dejó el cargo como presidente de la LADJ en 1984, argumentando avanzada edad y mala salud, continuó influyendo en las políticas de esta organización hasta su muerte.

Le sobreviven su exesposa, Mary Radford Desmond, su hija, la señora Joanna Horton, y sus nietos, Robert Van Ness y Cassandra Horton.

Esta obra se imprimió y encuadernó
en el mes de enero de 2014, en los
talleres de Macrolibros S.L.,
que se localizan en la
calle Vázquez de Menchaca, 9,
Polígono Industrial Argales
47008 Valladolid (España).